Amrûn
PHANTASTIK

© 2017 Amrûn Verlag
Jürgen Eglseer, Traunstein

Umschlaggestaltung & Illustrationen: Michael Marrak
Lektorat/Korrektorat: Lilly Rautenberger und André Piotrowski

Alle Rechte vorbehalten

ISBN – 978-3-95869-257-2

Besuchen Sie unsere Webseite:
http://amrun-verlag.de

Bibliografische Information der Deutschen Nationalbibliothek:
Die Deutsche Nationalbibliothek verzeichnet diese Publikation in der
Deutschen Nationalbibliografie; detaillierte bibliografische Daten sind
im Internet unter http://dnb.d-nb.de abrufbar

1 17

MICHAEL MARRAK

DER KANON MECHANISCHER SEELEN

INHALT

Prolog	11
Teil 1 : Das Genetrix-Tier	21
Teil 2 : Das Lied der Wind-Auguren	95
Teil 3 : Coen Sloterdykes diametral levitierendes Chronoversum	173
Teil 4 : Floribundus	241
Teil 5 : Das Licht am Ende der Träume	303
Teil 6 : Der quantenmechanische Dybbuk	363
Teil 7 : Hinein, hindurch und daraus hervor	413
Teil 8 : Die andere Seite der Welt	481
Teil 9 : Sonne, Tod und Sterne	543
Teil 10 : Von der Schöpfung und Tilgung der Dinge	605
Teil 11 : Das Ende aller Geheimnisse (und ein paar Wunder)	667
Epilog	718
Danksagung	724

Für Strombo, den Kybrack,
Halazon, den Elektrowisser,
Erg Selbsterreg, den Elektritter,
Ruhmraff Megawatt, den Oszillator,
Protheseus und seine Funkenschlucker,
den Astrodeur Perpetuan und seine Galaxenreiterei,
und den myriadenarmigen Schmerl im Zwischensternland.

Ehre sei den Helden!

Stanislaw Lem
ROBOTERMÄRCHEN

| PROLOG |

Das Summen der Gleichzeittransformatoren hallte von den Wänden wider, als Präsident Velocipedior III. über den von seinen Sekretären gestützten Steg auf die Ringempore rollte. Der Saal war erfüllt vom Raunen und Munkeln der Ratsmitglieder und ihrer Kontoristen. Leise klimperten Wimpern-Imitatoren, schnalzten Geduldsfedern, trommelten metallene Fingerkuppen nervös auf jahrtausendealtes Holz.

An seinem Platz angelangt, seufzte Velocipedior III. leise und musterte die versammelte Ratschaft. Anlässlich der historischen Zeitmarke hatten sich alle Bezirksvertreter im Sitzungssaal des Dynamoreons eingefunden: Paxreich Quantenpuls aus der Domäne Luminos, zuständig für urbane Erleuchtung und Bracklichtverklappung; Konsul Quellweiß Wasserspiel aus dem Klär-Sektor, Leiter des Ministeriums für fluide Angelegenheiten; Baronin Penelope von Schießer, in deren Ressort alles fiel, was positives Denken und Zentrifugalkraft nicht mehr im Orbit halten konnten; Barnabas Radab aus der Unterstadt, Leiter des Dampfturbinenmuseums und verantwortlich für Straßentuning und Verkehr; Transmutator Tesla aus der Radiozone, Minister für mechanisches Wetter und Gegenwetter; und nicht zuletzt der Konversationsbeauftragte Bass Kahn aus dem Distrikt Monogol – um nur einige der versammelten Ratsmitglieder zu nennen.

Selbst Magistrat Ohm aus der faradayschen Käfigexklave Statikon hatte es trotz seines vollen Terminkalenders geschafft, pünktlich an seinem Platz zu stehen – wenngleich er den Eindruck erweckte, als ob ihm sein letzter Ölwechsel nicht bekommen wäre.

Ein Blick auf den Saalchronometer verriet dem Präsidenten, dass bis zum Beginn der Sitzung noch ein wenig Zeit blieb. Er knöpfte seinen Frack auf, öffnete die Spulenverkleidung an seinem Bauch, schob das vordere Kupfermodul zur Seite und drückte seinen Magnetrotor gegen das an der Außenvertäfelung des Ringpults laufende Ladeband. Mit geschlossenen Objektiven genoss Velocipedior III. die ihn erfüllende Energie.

Kleine, mit politischen Informationen, Fragen, Ratschlägen oder Kundendienstrezepten angereicherte Lichtbögen wanderten knisternd entlang der zweipoligen Dialogschienen, die über der Sichtschutzblende des Ringpults schwebten. Sie wurden von ihren Empfängern abgepasst, eingespeist, analysiert und modifiziert an die Absender zurückgeleitet. Zwischen den vertraulichen Daten wanderten kleine Elektrosnacks in den Geschmacksrichtungen Tang, Mango, Terpentin, Altöl und Magnolium.

Der Präsident hob seinen Blick und betrachtete die leuchtenden, in Endlosschleife über den Köpfen der Bezirksräte kreisenden Buchstabenkolonnen.

Weisheit und Wahrhaftigkeit
erleuchten den grossen Dynamo

verkündete die Ratsmaxime samt Fußnotenverweis und illuminierte das zwölfköpfige Plenum mit unheilvoll-beruhigendem Saphirblau. Gegenläufig dazu rotierte darunter in kleinen, kaum noch zu entziffernden Lettern der Hinweis:

Ausser bei Sonnenfinsternis, Ionensturm,
Quecksilberregen und Dankegibsuns.

Auf die Sekunde genau begann die Oberkante der Sichtblende rot zu leuchten und signalisierte Velocipedior III. den Start der Sitzung. Mit drei Schlägen gegen einen kleinen Tischgong eröffnete er die Runde. Dann wartete er geduldig, bis im Saal Ruhe eingekehrt war und er sich der ungeteilten Aufmerksamkeit aller Anwesenden sicher sein konnte.

»Hochverehrte Räte«, richtete er sein Wort schließlich an die Gemeinschaft. »Geschätzte Echomagneten, Polkombinatoren und Spiral-Freidioden, seid innig umschlungen. Wir schreiben den 146. Tag im Jahr 23.911 des ewigen Kalenders.« Der Präsident legte eine Kunstpause ein, um seine Worte wirken zu lassen. »Auf den Tag genau eintausend Jahre ist es her, dass ein Reisender auf der Suche nach einem Nautikus an die Tore unserer Ahnenfeste klopfte«, fuhr er fort. »Das seltsame Wesen war keiner der Ihren gewesen, aber auch kein Wandler oder Seelenfresser, sondern ein leibhaftiges Urzeitgeschöpf. Ein Exemplar jener geheimnisvollen Spezies, die diese Welt vor dem Kataklysmos bevölkert hatte. Ein ganz und gar Organischer, erfüllt mit dem Wissen über das wundersame Goldene Zeitalter, aber ohne die Gabe, Materie zu beseelen oder zu entseelen. Ein reines Menschending, wie es leibte und lebte, bevor die große Flut nahezu alles verschlungen hatte.

Groß waren auch das Erstaunen und die Skepsis unserer Vorfahren gewesen, als ihr Besucher erzählte, er stamme aus dem mythischen Urstromtal jenseits der Bannmauer, dem gelobten Land, wo Öl und Äther fließe und das Metall nie roste.

Unglücklicherweise wusste zur Zeit unserer Ahnen niemand, was ein Nautikus ist, und auch von den sonderbaren Werkzeugen, um die der Fremde bat, hatte damals noch nie jemand etwas gehört. So überredete er letztlich eine Schar hydraulischer Herkuleronen, mit ihm ins Hochland aufzubrechen, um sein verletztes Reisegefährt zu bergen.

Als die Gruppe die Seen erreichte, war dieses jedoch weit abgetrieben und versunken. Womöglich war es des Nachts Opfer eines kapitalen Wildmechanoids geworden, der sich im Schutz der

Dunkelheit über es hergemacht und in die Tiefe gezerrt hatte. Alle Versuche, es aufzuspüren, blieben bis zum heutigen Tag erfolglos, was die Zweifel am Wahrheitsgehalt der Begebenheiten im Laufe der Jahrhunderte zunehmend wachsen ließ.

Während der unfreiwillig gestrandete Reisende nach einem Weg suchte, in seine sagenumwobene Heimat zurückzukehren, lehrte er unsere Ahnen das Urzeitwissen, von dem bis dahin nur Ruinen zeugten, Legenden erzählten und Historiker Hunderte von Generationen lang träumten. Barna war es, der den Grundstein für die Mauern unserer Stadt legte und unseren Vorfahren den Glauben zurückgab, Wohlstand schaffen und dem Himmel entgegenstreben zu können. Und nun seht, welch prunkvolle Kronstadt in diesem Millennium entstanden ist ...

Für seine Verdienste wurde der Fremde vom königlichen Großplanierer Lokomotorus zum Entwicklungsritter geschlagen. Sein goldener Nimbus konnte jedoch nicht darüber hinwegtäuschen, dass er im Laufe der Jahre viel schneller verschliss als unsereins oder die Äonenkinder. Besorgt darüber, dass sein gelehrtes Wissen nach seinem Tod erneut in Vergessenheit geraten könnte, schrieb er es nieder. Doch der mit Einfluss und Luxus wachsende Hochmut unserer Ahnen begann diesen Erkenntnisschatz schon bald nach dem Tod des Reisenden zu vernachlässigen. Ihr Dünkel, alles Erlernbare gelernt, gespeichert, verinnerlicht und archiviert zu haben, ließ sie nachlässig werden. Hunderte von Seiten vergilbten, das Papier verrottete und die Barna-Chroniken fielen schleichend der Zeit anheim.«

Velocipedior III. legte eine rhetorische Pause ein und musterte die Räte. »Fürwahr, unsere Stadt ist groß und bedeutend«, fuhr er fort. »Aber trotz ihrer Pracht sind *wir selbst* arm an Wissen über jene Epoche, die wir das Goldene Zeitalter nennen, jene sagenumwobene Welt vor dem siebten Kataklysmos, dessen Fluten so viel mit sich gerissen und für immer unter Schlamm begraben hatten. Selbst vom vollständigen Namen unseres Stadtvaters Barna gingen in den Irren und Wirren der vergangenen eintausend Jahre mindestens neun Buchstaben verloren.

Der Ruhm dieser Stadt und ihrer Bewohner ruht auf einem brüchigen Fundament, unter dem ein Abgrund klafft.

Zahllose Impulsschneller, Affektfederer und Idealistomimen hatten im Laufe der Jahrhunderte vergeblich versucht, das verlorene Wissen für uns zurückzugewinnen – mit Physik, Biologie, Mathematik und perpetueller Mobile-Alchemie.

Da war Roberto Nebelmund, der siebzehn Jahre nach Barnas Dahinscheiden ein Schwindelklettermodul konstruiert hatte, um die Mauer mit viel medialem Tamtam zu erklimmen. In knapp drei Kilometern Höhe war jedoch seine Brennkammer erloschen und die Hydraulik eingefroren. So war ihm nichts anderes übrig geblieben, als die im Gestein verankerten Sicherheitshaken zu lösen. Von einem Fallschirm stabilisiert und zwei Triebwerken gebremst, wollte er sein Modul an der Mauerwand sicher wieder hinabgleiten lassen. Unglücklicherweise hatte Nebelmund beide Sicherheitssysteme auf der jeweils falschen Seite seiner Apparatur installiert, sodass er den ausgelösten Fallschirm überfahren und die gen Himmel strahlenden Triebwerke seine Talfahrt auf Mach 1,4 beschleunigt hatten.

Das daraus resultierende, unvermeidliche *Finale furioso* hatten die städtischen Gazetten dereinst lakonisch als ›perfekte Transformation von kinetischer in thermische Energie‹ bezeichnet ...

Wir erinnern uns an Metronomet Dreitakt, der sich im Jahr 101 nach Barna anschickte, die Mauer mit einem Gleichstrombläserich zu überfliegen. Man fand ihn und sein windverwehtes Vehikel zwei Tage später nahe der Westküste in einer Baumkrone, knapp sechzig Kilometer von seinem eigentlichen Reiseziel entfernt.

Unvergessen bleibt auch Okulator Janus Zwinker, der ein leidenschaftlicher Chansonier war und zu Lehramtszeiten zwei einander gegenübersitzende Hochschulklassen simultan zu unterrichten vermochte. Von ihm blieben uns nur seine legendären Fixsterngesänge, ein paar Falschfarbenhologramme und ein Denkmal als stummer Ort der Andacht.

Wir erinnern uns an Analog Schlosserbart, der einst allein ins Hochland aufgebrochen und fünf Wochen später zu siebt wieder in die Stadt zurückkehrt war. Und der bis zum Tag seines Dahinscheidens keiner mechanischen Seele verraten hatte, wie ihm dieses Dilemma, über das sich einzig die städtische Steuerbehörde zu freuen wusste, eigentlich passiert war.

Dies, verehrte Kollegen, waren nur vier der zahllosen Drunter- und Drübergänger, die sich in den vergangenen eintausend Jahren aufgemacht hatten, die Bannmauer zu bezwingen. Viele ruhmreiche Aspiranten waren am monströsen Erbe unserer Urahnen gescheitert. Die Bannmauer hatte ihnen im wahrsten Sinne des Wortes die Grenzen aufgezeigt. Und einige von ihnen waren nie zu uns zurückgekehrt ...

Obwohl Jahrhunderte verstrichen sind, stellen wir uns immer noch die gleichen Fragen: Hatten jene, die bis zum heutigen Tag als verschollen gelten, das Unmögliche vielleicht doch vollbracht und die andere Seite erreicht? Falls ja, was hatte sie dann dazu bewogen, für immer in der Fremde zu bleiben? Unverhofftes Glück, Krankheit oder Gefangenschaft? War es Unvermögen gewesen – oder hatte ihnen einfach nur der letzte Schneid gefehlt, die Mauer ein weiteres Mal zu bezwingen?«

Der Präsident analysierte die Emotionsdiagramme jener Ratskollegen, deren Köpfe noch immer skeptisch gegen den Uhrzeigersinn rotierten, dann erhob er seine Stimme und sprach:

> »*Im schatt'gen Sumpf hinter der Mauer,*
> *liegt stets ein Untier auf der Lauer.*
> *Und ruht es mal nicht gänzlich still,*
> *frisst's blanken Fels, solang es will.*

So erzählt es uns der erste Vers eines Kinderliedes, das Mütter ihren neu gespulten, jungfräulich montierten oder frisch geschmiedeten Söhnen und Töchtern vorsingen, während sie sie in den Schlaf kurbeln.

Nun, anlässlich des sich heute zum tausendsten Mal jährenden *Barna-Talfahrt*-Gedenktages habe ich uns hier zusammenfinden lassen, um im Rahmen der Jubiläumsfeierlichkeiten über das Wohl oder Weh einer neuen, vielleicht letzten Hochlandexpedition abzustimmen. Einer Grenzreise, die Erfolg verspricht, wo alle vorangegangenen Exkursionen scheiterten.«

Die Räte schwiegen verdutzt, allesamt starr und sprachlos vor Verwunderung. Selbst einige der Kontoristen blickten verstohlen empor, als hätte Velocipedior III. nicht mehr alle Drähte auf der Spule.

»Ich hoffe, Ihr beliebt nur zu scherzen«, meldete sich schließlich Transmutator Tesla zu Wort.

»Mitnichten.«

»Aber die Erfolgsstatistik ist desaströs«, erinnerte ihn Magistrat Ohm. »Was bewog Euch zu dieser wahnwitzigen Kopfgeburt?«

Der Präsident sah in die Runde. »Einer unserer Dolmetscher ist beim Übersetzen der restaurierten Fragmente auf Textpassagen gestoßen, die seit Äonen in Vergessenheit ruhten. Sie schildern Barnas Reise aus einer gänzlich unerwarteten Perspektive und lassen seinen *wahren Weg* erahnen. Doch beurteilt selbst.«

Er generierte zwölf Lichtbögen und schickte sie in die Runde. Wissbegierig pflückten die Ratsmitglieder sie von den Dialogschienen und lasen die in ihnen gespeicherten Dokumente ein.

»Ich bin nicht sicher, ob das eine gute Idee ist«, bemerkte Transmutator Tesla, nachdem er seine Akte gesichtet und analysiert hatte. »Die in der Übersetzung enthaltenen Andeutungen sind vage, die Sprache zu geschüttelt und blumig. Alles in allem ein recht zweifelhaftes, in Metaphern und Versrätseln gehaltenes Werk. Womöglich bringt es dem Expeditionsreisenden mehr Schaden als Nutzen. Ein weiterer Fehlschlag könnte einen folgenreichen Verlust unserer Glaubwürdigkeit nach sich ziehen.«

Velocipedior III. maß sein Gegenüber mit Blicken. »Dann müssen wir eben Mut zum Risiko beweisen!« Er hob zwei seiner sechs Arme und deutete auf das über den Köpfen der Ratschaft leuchtende Dogma. »Hat jemals ein unreifes Dekret, ein unausgegorenes Urteil oder ein windschiefer Erlass diese Mauern verlassen?«, fragte er.

»Nein«, erklang es unisono.
»Haben wir jemals eine falsche Entscheidung getroffen?«
»Nein!«
»Haben wir uns jemals geirrt?«
»*Nein!*«, donnerte es nun durch den Saal.
»Waren wir jemals nicht einer Meinung?«
»*NEIN!*«

Die Ratsmitglieder sprangen auf, ließen heulend ihre Säulenköpfe rotieren und riefen: »*Sator! Sator! Sator!*«

Velocipedior III. riss alle sechs Arme empor, was fast die Hochratshaube von seinem Haupt hüpfen ließ, und forderte die Runde mit gebieterischer Geste zum Schweigen auf. Innerhalb weniger Augenblicke hörte man im Saal nur noch das Surren der Gyroskope aus den Bäuchen der Räte.

Mit stoischer Ruhe korrigierte Velocipedior III. den Sitz seiner Kopfbedeckung. »Sind wir also unfehlbar?«, fragte er schließlich Silbe für Silbe und so leise, dass die restlichen Anwesenden sie erst verstanden, als die Wände sein Flüstern verstärkt reflektierten.

Der Präsident blickte sich um. »Nein, das sind wir nicht«, beantwortete er seine eigene Frage. »Dennoch gebietet uns der Kodex, einer dogmatischen Perfektion so nahezukommen wie nur möglich. Notfalls bis zur Transzendenz.«

»Gibt es überhaupt schon einen Kandidaten, der den gefürchteten Widrigkeiten dieser Reise zu trotzen vermag?«, wollte Magistrat Ohm wissen.

»Wahrlich, den gibt es«, verkündete Velocipedior III. »Doch wir werden diesmal keinen der Unseren in den Norden schicken, sondern einen fluxbegabten Ureinwohner.«

»Euch ist hoffentlich bewusst, welche Gefahren im Hochland auf einen Organischen lauern«, gab Bass Kahn zu bedenken. »Raubtiere, beseelte Elemente, Mechamakrophagen, Urwelt-Titanomaten und streitsüchtige Zeitmeridiane …«

»Und das Ding aus dem Orb!«, rief die Baronin mit schriller Stimme.

»O ja, der Sensenschreck!«, pflichtete Bass Kahn ihr bei. »Es heißt, allein den Weg zu kreuzen, den er Tage zuvor beschritten hat, lasse einen dahinscheiden. Mit dieser Entität ist am allerwenigsten zu spaßen!«

»Unersättlich, unberührbar, unentseelbar und unzerschmetterlich.« Paxreich Quantenpuls schüttelte sich grausend. »Ein schauriges Unwesen!«

»Nun, meines Wissens kann man dieses *Unwesen* durchaus berühren«, widersprach ihm der Präsident. »Wenngleich nur einmal ...« Er schlug erneut den Tischgong. »Bei aller Begeisterung für provinzielle Legenden bitte ich das Kollegium, seine Energie nun wieder auf das Kernanliegen zu fokussieren.«

Als die Ratsmitglieder verstummten, schlug die Stunde der Kontoristen. Erfahrungen wurden ausgetauscht, Bedenken über das Ringpult gesandt, Standpunkte gekreuzt und leidenschaftlich utopie- und distopiegeschwängerte Kugelblitze hin und her geschossen. Einige lobten, dass der Kandidat bereits zwei Beine und die dazugehörigen Füße vorweisen konnte, andere regten an, ihm sicherheitshalber das Fliegen beizubringen. Manche plädierten gar dafür, ihn mit drei weiteren Beinpaaren auszustatten, sodass er für jedes Naturelement über das passende Fortbewegungsmittel verfügte. Plasmabögen knisterten, Quantenklumpen flackerten, Gedanken kreisten im Rund, und im Rathausbrunnen gebar eine Elektroschnepfe einen Quappwurm. Zu guter Letzt tauschten alle untereinander noch mehrmals die Köpfe, um zu einem möglichst unbefangenen Urteil zu kommen.

»Hat der Rat zu einer Entscheidung gefunden?«, fragte Velocipedior III., nachdem die Debatten beendet waren, und blickte erwartungsvoll in die Runde.

»Das hat er«, antworteten die übrigen Mitglieder wie aus einem Mund.

»Und wie lautet sein Urteil?«

»Die Millenniumexpedition wird bewilligt!«

TEIL 1

DAS GENTRIX-TIER

Aus einem edlen Stamme
Sproß er, der Junker Dampf;
Das Wasser und die Flamme,
Sie zeugten ihn im Kampf;
Doch hin und her getragen,
Ein Spielball jedem Wind,
Schien aus der Art geschlagen
Das Elementenkind.

Theodor Fontane
JUNKER DAMPF

| 1 |

Mühsam setzte Ninive einen Fuß vor den anderen, die Finger um die Träger ihres Rucksacks geklammert und den Blick starr auf den Boden gerichtet. Es waren ihre letzten Schritte im Windschatten des Bergrückens. Noch bevor sie den Scheitelpunkt erreicht hatte, traf der Sturm sie mit voller Wucht und trieb ihr die Tränen in die Augen. Er zerrte an ihrer Kleidung und riss tief hängende Wolkenfetzen mit sich, die wie flüchtende Gespenster über den Hügelkamm jagten.

Erschöpft blieb Ninive für einen Moment stehen und blickte hinab ins Tal. Sie hätte auch den bequemen Weg entlang des Flussufers nehmen können, doch die Auen boten nur auf den ersten Blick eine unbeschwerliche Route durch das Hochland. Ninive kannte Flodd und seine Launen bereits viel zu gut. Er wollte sich nicht als geistloser Fluss verstanden wissen, sondern als Elementarkünstler. Und als solcher konnte er es absolut nicht ausstehen, wenn jemand daherkam und sein liebevoll ausbalanciertes Ökosystem durcheinanderbrachte, indem er ihn durchquerte oder auf ihm herumpaddelte. Bevor Ninive es daher riskierte, einen jener Tage zu erwischen, an denen Flodd alles zu ersäufen versuchte, was einen Fuß in sein Wasser setzte, nahm sie lieber den kräftezehrenden Weg über den Bergrücken. Jeder, der schon einmal schlecht gelauntes Wasser getrunken oder gar darin gebadet hatte, wusste, warum.

Leider war es auch mit Flodds Gedächtnis nicht weit her, da seine Erinnerungen unaufhörlich fortgespült wurden. Sie strömten flussabwärts, verdrängt von arglosem Wasser aus dem Oberlauf. Daher war es nicht möglich, eine verlässliche Vereinbarung mit ihm zu treffen, um ohne Drama von einem Ufer ans andere zu gelangen.

Ninive hatte jedoch kein Auge für das Panorama und die urtümliche Landschaft, die sich unter ihr erstreckte. Ihre Aufmerksamkeit galt einer seltsamen Schleifspur, die sich von den fernen Seen bis hinauf in die Hochebene zog und aussah, als hätte jemand einen großen Schlitten durch das Marschland gezogen. Allerdings schien ihr Verursacher in den Hügeln die Orientierung verloren zu haben, denn die Spur verlief in Kurven und Schleifen ziellos durchs Tal, ehe sie hinter der südlichen Bergflanke verschwand.

Ninive wusste, was im Hochland umherstreifte. Etwas, das derartige Abdrücke hinterließ, gehörte zweifellos *nicht* dazu. Weit konnte der ominöse Eindringling jedoch nicht entfernt sein, denn als die den Hügel vor wenigen Stunden in entgegengesetzter Richtung erklommen hatte, war von den Furchen noch nichts zu sehen gewesen.

Ninive öffnete die Verschlüsse der Spanngurte, woraufhin das Felleisen auf ihrem Rücken ungeduldig hin und her zu rutschen begann.

»Okay, kurze Pause«, sagte sie. »Ich brauche das Fernglas.«

Der Rucksack löste sich von Ninives Schultern und kletterte an ihren Beinen flink hinab auf den Boden. Dort beugte er sich vornüber und entleerte seinen Inhalt ins Gras

»Blieb in der Nähe, Pagg«, rief sie ihm nach, als er davonkroch. »Ich will nicht wieder den halben Berg nach dir absuchen.«

Hektisches Klicken und Klackern, dann war der Rucksack auch schon im sturmgepeitschten Buschwerk verschwunden.

Ninive verzog die Mundwinkel. In nicht einmal fünf Minuten würden die äußeren Reize seine Erinnerung verschwimmen lassen, und bald darauf würde er vergessen haben, wer Ninive überhaupt war. Der alte Flodd war nicht der Einzige mit gravierenden Erinnerungslücken. Viele Beseelte hatten Probleme mit dem Kurzzeitgedächtnis oder – in Ermangelung eines natürlichen Gehirns – mit dem Denken an sich ... Ninive würde den Rucksack also wohl oder übel suchen müssen, so wie immer. Nicht selten erwartete sie dabei noch eine unangenehme Überraschung, denn er liebte es, zu *sammeln*. Oft fand sie ihn voller fleischfressender Pflanzen, giftiger Grundschleicher, stinkender Käfer oder noch seltsamerer Dinge wieder. Manchmal kam es sogar vor, dass sie ihn sich mit dem ganzen Kriechgetier gedankenverloren wieder aufsetzte ...

Nachdem Ninive eine windgeschützte Stelle gefunden hatte, legte sie sich ins Gras und suchte das Flussufer und die tiefer gelegenen Hänge mit dem Fernglas ab. An der Flanke der gegenüberliegenden Hügelkette graste eine Herde Makula-Tiere. Jedes von ihnen hatte sechs spindeldürre Metallbeine und ein riesiges, langsam in seinem Körper rotierendes Zahnrad, das ihm wie ein Drachenkamm aus dem Rücken ragte. Ihre Vergaser stießen in regelmäßigen Abständen kleine Rauchwolken aus, die in der Höhe zu einem nach Maschinenöl und heißem Metall stinkenden Dunstschleier verschmolzen. Mit ihren nagelgespickten, wie Fresswalzen rotierenden Kiefertrommeln weideten sie den Talgrund ab und hinterließen dabei meterbreite Schneisen im Gras. Diese ähnelten jedoch in keiner Weise der geheimnisvollen Schleifspur, die kreuz und quer durch das Hochland führte.

Um Ninive herum wurde es plötzlich eine Nuance dunkler, fast so als hätte sich eine Wolke vor die Sonne geschoben. Sie setzte das Fernglas ab, um einen Blick in den Himmel zu werfen, und nahm aus dem Augenwinkel heraus einen mächtigen Schatten neben sich wahr. Im Liegen wirbelte sie herum, ihre abwehrend emporgestreckten Hände trafen auf etwas Kaltes, Metallisches. Innerhalb eines Wimpernschlages erstarrte das, was sich ihr lautlos bis auf eine Armlänge genähert hatte, und rührte sich nicht mehr. Dennoch beeilte sie sich, rückwärts von dem regungslosen Ungetüm fortzukriechen. Als der erste Schreck sich gelegt hatte, stieß Ninive die angehaltene Luft aus und erhob sich. Dann ging sie neugierig um das fremde Ding herum und betrachtete es von allen Seiten. Es war

kein verirrtes Makula-Tier, so viel war sicher, aber auch keines der anderen Hochlandgeschöpfe. Zwar sah es nicht besonders gefährlich aus, doch allein seine Monstrosität machte es zu einer Bedrohung.

Das seltsame Ding war gut zwanzig Fuß lang und hatte einen gedrungenen zylinderförmigen Körper mit einem turmartigen Aufbau, der an einen geschlossenen Kamin erinnerte. Vom Boden bis zu seiner Spitze waren es gut neun oder zehn Fuß. Womöglich hatte es einst als Brennofen gedient oder als Tank für Gase oder Flüssigkeiten. Aber das musste lange her sein, denn die ehemals wohl leuchtend rote Farbe hatte sich in eine nahezu schwarze, von teils faustgroßen Rostblasen entstellte Kruste verwandelt. Der tonnenartige Körper bestand fast vollständig aus Metall, lediglich das vordere Ende war aus dickem, transparentem Kunststoff gefertigt und erinnerte an ein riesiges Bullauge. Ninive beugte sich hinab und versuchte, einen Blick ins Innere zu werfen, doch die Oberfläche war zu zerkratzt, um dahinter etwas erkennen zu können. Statt auf Beinen stand das Ungetüm auf zwei langen, dicken Kufen, welche just jene Art von Furchen im Boden zurückließen, die sich durch das Tal zogen. Irgendetwas an dem Koloss kam Ninive vertraut vor. Sie hatte etwas Derartiges schon einmal gesehen, aber ihr wollte nicht einfallen, wann und wo.

Unentschlossen kaute sie auf ihrer Unterlippe, dann trat sie heran und legte eine Handfläche an den riesigen Körper. Als das Metall unter ihren Fingen zu erzittern begann, brachte sie rasch ein paar Meter Abstand zwischen sich und das Ungetüm, hoffend, dass es sich nicht ausgerechnet von Menschen ernährte oder mit giftigen Pfeilen schoss.

Der reanimierte Metallkoloss schüttelte sich träge und schien sich umzusehen, als müsse er sich orientieren. Dann begann er auf seinen Kufen über den Boden zu robben wie eine riesige, fette Insektenlarve, wobei er sich von Ninive fortbewegte. Etwa zwanzig Schritte entfernt verharrte er schließlich. Ninive hoffte, dass er aus Respekt auf Distanz gegangen war und nicht, um Anlauf für einen Angriff zu nehmen. Womöglich war er aus einem fernen Land eingewandert, nachdem er für seinen einstigen Besitzer nutzlos geworden war. Allerdings schien er mit seiner gewonnenen Freiheit nicht viel anfangen zu können. Blieb die Frage, ob es Anhänglichkeit oder Einsamkeit war, die ihn dazu getrieben hatte, ihre Nähe zu suchen – oder der Hunger auf Menschenfleisch.

»Kannst du sprechen?«, rief sie, als das Ungetüm sich längere Zeit nicht geregt hatte.

»Sprechen«, wiederholte es mit monotoner, blecherner Stimme. Ninive konnte nicht erkennen, wie es die Worte erzeugte und woher sie kamen. Es wippte mit seiner Bullaugenschnauze ein paarmal auf und ab, dann fragte es: »Genetrix?«

Ninive blinzelte den Metallkoloss irritiert an. »Was?«

Zu ihrer Verwunderung robbte er nun langsam heran, bis er nur noch zehn Schritte von ihr entfernt war. »Genetrix?«, wiederholte das Ungetüm, wobei Ninive das Gefühl hatte, es starre sie an.

»Bist du hungrig?«, fragte sie.

Ihr massiges Gegenüber schwieg einen Moment, als müsse es scharf nachdenken, dann fragte es erneut: »Genetrix?«

»Du lieber Himmel ...« Ninive ließ ihren Blick über die Landschaft schweifen, doch nirgendwo war ein weiterer dieser Apparate zu sehen. Der niedrige Sonnenstand bewog sie schließlich dazu, den Rucksack einzusammeln und sich auf den Heimweg zu machen. Das Ungetüm schien ein zwar bizarrer, aber harmloser Eindringling zu sein, bei dessen Beseelung offenbar etwas gehörig schiefgelaufen war. Sobald Ninive sich ihm näherte, robbte es rückwärts von ihr fort. Blieb sie stehen, hielt es ebenfalls inne, doch kaum wandte sie sich ab, um ihren Marsch fortzusetzen, machte es kehrt und folgte ihr wieder. Erst nachdem sie die Tiefebene erreicht hatte, ließ es sich langsam zurückfallen. Als sie sich ein letztes Mal umsah, war zu ihrer Verwunderung weit und breit nichts mehr von ihm zu sehen.

| 2 |

Ninives Domizil stand im Zentrum eines kleinen Laubwaldes, der das gesamte Anwesen wie ein natürlicher Schutzwall umschloss. Einst war es kaum mehr gewesen als eine leere Ruine, ein hohler, dreistöckiger Granitquader mit toten Fenstern und zwei Rundtürmen, die von moosbewachsenen Kegeldächern gekrönt wurden. Es hatte Jahre gedauert, bis das halb verfallene Herrenhaus sich unter ihrer Ägide wieder in eine bewohnbare Bleibe verwandelt hatte, und Jahrzehnte, bis Ninive jene Behaglichkeit geschaffen hatte, die es für sie bis heute zu erhalten galt.

Noch bevor sie den gepflasterten Weg durch den Garten erreicht hatte, öffnete sich die Haustür, und Luxas ewiges Licht erschien im Eingang.

»Willkommen zu Hause, Ivi!«, begrüßte Clogger sie, nachdem Luxa die Tür hinter ihr geschlossen hatte. »Wir schreiben Tag 154 im Jahr 23.911 des ewigen Kalenders. Die Lufttemperatur beträgt 18,2 Grad Celsius, es geht ein leichter Nordostwind, und die Strahlung betrug bei Sonnenaufgang 3398,2 Thon.«

»Danke, meine Gute.«

»Stets zu Diensten!« Clogger vollführte eine halbe Pirouette und begann über den Flur zu taumeln. Seit Jahren haderte Ninive mit sich, ob es nicht ein Fehler gewesen sein mochte, sie zu beseelen.

Eine Standuhr war eindeutig nicht zum Laufen konstruiert. Mit gemischten Gefühlen beobachtete Ninive, wie Clogger auf ihren vier winzigen Holzbeinen vor ihr hertrippelte. Ständig musste sie dabei das Bedürfnis unterdrücken, nach vorne zu springen und sie aufzufangen, so sehr schwankte sie hin und her.

»Ist etwas Besonderes passiert, während ich weg war?«, fragte Ninive.

»Keine Vorkommnisse der Kategorie 1«, antwortete Luxa, eine ehrwürdige Stehlampe, die sich auf ihrem Bronzefuß nur hüpfend fortbewegen konnte. »Es gab wieder einige Lichterscheinungen auf der Mauer. Clogger glaubt, sie stammen von Kristallen, die das Sonnenlicht reflektieren. Ein Feder-Dool hat sich gestern im Keller eingenistet, und Guss glaubt, heute Morgen einen Schwarm Feuerasseln gesehen zu haben.«

»Es waren Zikaden, keine Asseln!«, rief Guss aus dem Kaminzimmer. »*Zikaden!*«

»Na, meinetwegen«, murmelte Luxa und stellte sich in ihre Ecke.

Clogger nahm die Kurve zur Küche so rasant, dass sie für einen Moment in bedrohliche Schräglage geriet. Ninive hielt schützend die Arme auf, doch da hatte die Standuhr sich bereits wieder gefangen. Irgendwann, so befürchtete die Wandlerin, würde sie das Gleichgewicht verlieren und umkippen.

»Wo Feuerzikaden schwärmen, ist der Sommer nicht fern«, erklang hinter ihr die brummige Stimme von Guss. »Alte Heizerweisheit.« Er kam rasselnd und klappernd auf sie zugewatschelt, wobei er eine Spur aus Ruß auf dem Flurboden zurückließ.

»Du sollst doch dein Rohr nicht aus dem Kamin ziehen!«, tadelte Ninive den Ofen. »Ständig muss Wipp deinen Schmutz aufkehren.«

»Wipp ist krank«, rief Luxa. »Hatte ich vergessen zu sagen, entschuldige.«

Ninive verdrehte die Augen. Kaum war sie zwei Tage aus dem Haus, spielte das gesamte Inventar verrückt.

Guss, Luxa, Clogger und der übrige von ihr beseelte Hausrat hatten zu jenen Relikten gehört, auf die sie während der Restaurierung der von Wind, Wetter und dem Zahn der Zeit in Mitleidenschaft gezogenen Hausruine gestoßen war. Von ihrer Hand beseelt, hatten sie einen nicht unwesentlichen Anteil daran gehabt, dass das Gebäude wieder zu dem wurde, was es einmal gewesen war. Danach hatte Ninive es nicht übers Herz gebracht, das lieb und vertraut gewordene Inventar wieder zu entseelen. Und heute wusste sie nicht einmal mehr, wie viele Jahre genau verstrichen waren, seit sie sich entschieden hatte, das Herrenhaus zu ihrem neuen Heim zu machen.

»Ich bin hungrig, Ivi«, klagte Guss und klapperte mit seiner Heizluke. »Füttere mich!«

»Wir haben keine Kollektorkerne mehr im Haus«, entgegnete Ninive. »Es gab in den vergangenen Wochen kaum Gewitter.«

»Vielleicht hat ein anderer Wandler die Wolken versklavt«, überlegte Clogger laut. »Und lässt sie nun ausschließlich für sich arbeiten.«

Ninive schüttelte müde den Kopf. »Die Blitzsammler sind so gut wie leer.«

»Besser wenig Brennstoff als gar keiner«, argumentierte Guss.

»Na schön«, seufzte die Wandlerin. »Ich gehe morgen früh auf den Berg und bringe mit, was die Kollektoren gesammelt haben.«

»Versprochen?«

»Versprochen.« Ninive ließ den Rucksack abspringen und massierte sich die schmerzenden Schultern.

»Vortrefflich, vortrefflich!« Guss machte kehrt und watschelte zufrieden zurück ins Kaminzimmer. Auf der Türschwelle blieb er jedoch noch einmal stehen und rief: »Du solltest ihre Erdungsanker lichten, Ivi. Dann kommen sie vielleicht von selbst runter, sobald sie voll sind.«

Ninive winkte ab. »Das habe ich bereits vor Jahrzehnten versucht«, erklärte sie. »Aber kaum hatte der erste Blitz eingeschlagen, lagen alle Kollektoren tot im Gras. Es hatte mich viel Zeit gekostet, für Ersatz zu sorgen.«

»Oh«, machte Guss. »Das ist bedauerlich.« Er schwieg für einen Moment, dann sagte er: »Na ja, ist vielleicht auch besser so. Wer weiß, was die Sippe dort oben alles anstellen würde, sobald es dunkel ist?« Damit wandte er sich ab und watschelte weiter.

»Sie würden das Weite suchen«, antwortete Ninive, ohne Wert darauf zu legen, dass Guss sie hörte. »Noch vor dem ersten Gewitter wären sie über alle Berge. Wie geht es unseren Brass-Nymphen?«

»Tot«, antwortete Clogger. »Alle tot. Möchtest du einen Tee?«

»Was?«

»Tee«, wiederholte die Uhr. »Wir haben Feldwiesel, Hagebutte, Pantoffel, Redalza …«

»Sei still!«, schnitt Ninive ihr das Wort ab. »Vorgestern waren die Nymphen noch gesund und munter. Wieso sind sie heute tot? Wie konnte das passieren?«

»Balthazaar hat sie aufgegessen«, erklärte Luxa, während sie um die Ecke geschlichen kam. »Er hat sie zerkaut, runtergeschluckt und verdaut. Darum sind sie jetzt tot. Das ist eine simple Kausalkette.«

Ninive schloss die Augen und massierte ihre Lider. Von alten Wandlern hatte sie Geschichten darüber gehört, wie verfressen die unbeseelten Tiere der alten Welt gewesen wären, doch nie hätte sie für möglich gehalten, welchen Appetit beseelte Kammerjäger hatten.

»Apropos Essen: Du hast Besuch.« Clogger deutete mit allen Zeigern zur Tür des Gesellschaftszimmers. »Er wartet im Salon.«

»Und das fällt dir erst jetzt ein?«, wunderte sich Ninive. »Wann ist er gekommen?«

»Kurz nachdem du ins Hochland aufgebrochen bist.« Luxa beleuchtete verlegen die Holzdecke.

»Ihr beiden lasst ihn hier *seit zwei Tagen* warten?«

»Aus den Augen, aus dem Sinn«, entschuldigte sich Clogger. »Verzeih unsere Vergesslichkeit.«

»Ich glaube nicht, dass es ihm etwas ausmacht zu warten«, fügte Luxa hinzu. »So wie er aussieht, hat er alle Zeit der Welt.«

»Keine Ahnung, ob er überhaupt noch da ist«, gestand Clogger. »Vielleicht ist er bereits wieder gegangen …«

»Wieso habt ihr ihn überhaupt reingelassen, wenn ich nicht da bin?« Ninive sah in die Runde.

»Ich wollte ihn aussperren, aber er hat mich gar nicht benutzt«, verteidigte sich die Tür.

Die Wandlerin blickte vorwurfsvoll zum Südfenster.

»Und ich war zu!«, rechtfertigte sich dieses. »Die ganze Zeit.«

Ninive sah verwundert von einem zum anderen. »Wie ist er dann reingekommen?«

»Durch die Wand«, erklärte Clogger.

»Ehe wir uns versahen, war er durchgeschlüpft, genau dort!« Luxa beleuchtete die Stelle zwischen Fenster und Eingangstür.

»Na, großartig.« Ninive fuhr sich mit der Hand müde über das Gesicht. »Habt ihr ihn wenigstens verköstigt?«

»Das ist nicht unser Ressort«, wich Clogger aus. »Geh und frag das Essen. Es ist entweder im Garten oder im Kühlschrank. Ich glaube allerdings nicht, dass es bei ihm war.«

Ninive setzte zu einer weiteren Strafpredigt an, winkte stattdessen jedoch resignierend ab und lief in Richtung Salon. Egal ob klein oder groß, metallen oder hölzern, fest oder flüssig: Die größte Unzulänglichkeit aller beseelten Dinge war zweifellos ihr miserables Gedächtnis. Bereits seit Jahrhunderten zerbrachen sich die ältesten Wandler den Kopf darüber, wie das Problem gelöst werden könnte – und seit ebenso vielen Jahrhunderten scheiterten sie daran.

Vor der geschlossenen Tür zum Gästezimmer blieb Ninive noch einmal stehen und fragte: »Hat unser Besuch einen Namen?«

»Hat er uns nicht verraten«, rief Guss. »Aber er sieht ziemlich schräg aus.«

»Groß, schwarze Kutte, der reinste Finsterling«, bestätigte Clogger.

»Und bewaffnet ist er«, warnte Luxa. »Also sieh dich vor!«

Ninive bedachte die beiden mit einem tadelnden Blick, dann drückte sie die Klinke nieder und betrat den Raum.

| 3 |

Im Salon sah kaum noch etwas so aus, wie Ninive es in Erinnerung hatte. Wenige Schritte hinter der Tür torkelte ein halbierter Esstisch über das Parkett und bemühte sich, auf seinen zwei verbliebenen Beinen die Balance zu halten. Der meterhohe Spiegel, normalerweise an der gegenüberliegenden Wand zwischen zwei Wandlüstern angebracht, stand – von sieben Ohrensesseln gestützt – in der Mitte des Zimmers. Die riesige Speisetafel, welche gewöhnlich die Mitte des Raumes für sich einnahm, hing kopfüber von der Decke und tat bei Ninives Eintreten so, als hätte sie mit der ganzen Sache unter ihr nichts zu tun. Im achten Sessel saß Ninives Besucher und spielte mit seinem Spiegelbild Schach. Seine Sense hatte er zusammen mit einem großen Stundenglas an den Wandhalter gehängt.

»Cutter!«, rief die Wandlerin verdutzt. »Was machst *du* denn hier?«

Die schwarze Gestalt im Sessel ließ sich durch Ninives Eintreten nicht aus der Ruhe bringen. »Hallo, Ivi«, begrüßte sie stattdessen Cutters Spiegelbild, das gerade nicht am Zug zu sein schien. »Willkommen daheim. Schön, dich wohlauf zu sehen. Wir mussten den Schachtisch leider in zwei Hälften hacken, sonst hätte er nicht bündig an den Spiegel gepasst. Ich hoffe, das bereitet keine zu großen

Umstände. Falls doch, wird mein *Alter Ego* sich selbstverständlich um die Reparatur kümmern.«

»Nimm nicht so ernst, was er sagt«, vernahm sie leise die Stimme der realen Cutter-Version. »Dieser Nachtgeck glaubt nach wie vor, *er* sei das Original und ich seine Spiegelung.«

»Daran gibt es auch nicht den geringsten Zweifel«, bemerkte sein Ebenbild. »Eines meiner zahllosen Spiegelbilder kam vor langer Zeit auf die glorreiche Idee, die Positionen zu tauschen, um das Original erfahren zu lassen, wie es sich anfühlt, eine Reflexion zu sein und umgekehrt. Das ging ein paar Jahrtausende hin und her, und heute weiß keiner mehr, wer eigentlich das Original ist.«

»Oder es einmal war …«, fügte der diesseitige Cutter hinzu. Dann beugte er sich ein Stück vor und wechselte mit einem seiner Läufer auf ein gegnerisches Feld hinter dem Spiegel. »Schach!«, verkündete er.

»Zefix!«, brummte seine Reflexion. »Ich war abgelenkt.« Sie starrte auf das Spielbrett, dann bewegte sie ihren Springer und sagte: »Patt!«

»Ach, zum Geier …« Cutter wandte sich zu Ninive um. »Willst du wissen, was mir die Gewissheit gibt, das Original zu sein?« Er wandte sich den Ohrensesseln zu und sagte: »Um dreißig Grad neigen!«

Die Sessel kippten den Spiegel ein Stück nach hinten, woraufhin Cutters Spiegelbild mit einem Laut der Überraschung rückwärts aus dem Sichtfeld rutschte. Sekunden später erklang lautes Krachen und Poltern.

»Schachmatt!«, rief Cutter.

»Arschloch!«, kam es aus den Tiefen des Spiegels zurück.

»Tut mir leid«, meldete Ninive sich zu Wort, während die Sessel sich anschickten, den Spiegel zurück an seinen Platz zu tragen. »Ich wollte euch nicht das Spiel verderben.«

»Das ist *dein* Heim, schon vergessen?« Cutter wandte sich zu ihr um. »Du bist die Hausherrin, *ich* der Gast. Zudem war das jetzt schon das neunzehnte Remis. Irgendwann muss Schluss sein.«

»Wartest du schon lange?«

»Einen Wimpernschlag. Nicht der Rede wert.«

Ninive wusste nie genau, ob Cutter sie ansah, die Spinnen an der Decke zählte oder womöglich sogar schlief. Unter der Kapuze waberte nur Dunkelheit, finsterer als das Schwarz seiner Kutte. Dennoch war es mehr als nur eine Ahnung, dass sein Blick in diesem Moment auf ihr ruhte.

»Schön, dass du mal wieder vorbeischaust«, sagte sie. »Woher kommst du?«

»Aus dem Obertal.«

»Du warst *hinter* der Mauer?« Ninive setzte sich vor ihm auf die Tischkante. »Erzähl, wie sieht es dort aus?«

Cutter zuckte mit den Schultern. »Eigentlich genauso wie hier.«

»Und?«, hakte Ninive nach, als er nichts mehr hinzufügte.

»Ich habe dir bereits mehr verraten, als ich dürfte.«

»Ach bitte, Cutter! Du kannst mir nicht den Mund wässrig machen und dann kein Sterbenswort mehr sagen.«

»Ich habe die Gesetze nicht geschrieben, kleine Wandlerin. Wäre es im Sinne der Erbauer gewesen, euch Zugang zu gewähren, hätten sie die Passagen für Menschen geschaffen und nicht für die Elemente.«

»Passagen?«, staunte Ninive. »Es gibt Wege *durch* die Mauer?«

»Aber ja«, bestätigte Cutter. »Vier, um genau zu sein. Doch sie sind gefährlich. Selbst freihändig über die Krone zu klettern wäre für einen Menschen wie dich sicherer. Zudem liegen sie in fast vier Kilometern Höhe. Also verschwende besser keinen weiteren Gedanken daran, sie zu benutzen.«

»Hat denn noch niemand versucht, die Mauer in einem Ballon zu überfliegen?«

»Doch, aber keiner von ihnen hat dieses Abenteuer überlebt. Die Fallwinde aus den Bergen sind zu stark und verursachen mächtige Wirbel und Turbulenzen. Sie treiben selbst die Sturmvögel von der Mauerkrone weg.«

»Könntest du mich denn nicht mal ins Obertal mitnehmen?«

»Könnte ich«, nickte Cutter. »Aber dazu müsstest du tot sein.«

Ninive erhob sich und strich mit den Fingern durchs Haar. »Niemand weiß, was an den Legenden wahr ist und was nicht«, klagte sie.

»Ich schon – aber ich darf nicht darüber sprechen.«

»Wer sagt das?«

»Darüber darf ich ebenfalls nicht sprechen.«

Ninive faltete beschwörend die Hände vor der Brust. »Könntest du freundlicherweise auch mal eine Frage ohne Wenn und Aber beantworten?«

»Natürlich, Ivi – sofern du die richtigen Fragen stellst.« Cutter beugte sich ein Stück vor und fragte verschwörerisch: »Hast du denn noch nie versucht, die Bannmauer zu beseelen?«

»Doch« gestand sie. »Aber sie ist viel zu groß für eine einzige Wandlerin. Lediglich zwei Mauerblöcke waren damals zum Leben erwacht.«

»Und?«

Ninive zuckte mit den Schultern. »Sonderlich begeistert waren sie nicht gewesen. Der eine hatte seine Lage im Fuß der Mauer als äußerst bedrückend empfunden, der andere hat sich am Genörgel seines Nachbarn gestört. Am Ende haben die beiden begonnen, sich zu streiten. Ich hab mich dann verdrückt.«

Ninive bildete sich ein, unter Cutters Kapuze ein amüsiertes Grinsen zu erkennen. Zweifellos ein Trugbild, dann nach wie vor waberte dort nur Schwärze.

»Kann ich dir irgendetwas anbieten?«, fragte sie, um das Thema zu wechseln.

»In Anbetracht der Tatsache, dass ich keinen physischen Gaumenfreuden zu frönen vermag, erübrigt sich diese Frage. Falls du allerdings noch einen Eimer von diesem köstlichen gelöschten Kalk mit einem Schuss Essig im Haus hast, wäre ich nicht abgeneigt.«

Ninive wandte sich zur Tür um, blieb jedoch noch einmal stehen und fragte: »Muss ich mir Sorgen machen?«

»Wie meinst du das?«

»Sei mir nicht böse, ich freue mich wirklich über deine Besuche«, bemühte sie sich um eine diplomatische Erklärung. »Aber jedes Mal, wenn du hier auftauchst, geschieht irgendein Unglück.«

»Nun, ich halte die Umschreibung ›geschieht etwas Bedeutendes‹ für weitaus adäquater.«

»Was wird diesmal passieren?«

»Das weiß ich nicht, Ivi. Ich bin nicht der Agitator, sondern folge nur morphogenetischen Feldern und Schicksalsmeridianen.«

»Das hast du beim letzten Mal auch gesagt«, erinnerte sich Ninive. »Und dann war dieser riesige Eisenwaldfräser aufgetaucht und hat das halbe Hochland geschreddert.«

»Ja, das war lustig …«

»Ach ja?«

»Tut mir leid, Ivi. Berufsethos.«

| 4 |

Während Ninive grübelnd über die Flure lief, riss ein Poltern an der Haustür sie aus ihren Gedanken. »Lass nur, ich gehe selbst«, sagte sie zu Clogger, die sich bereits auf den Weg gemacht hatte.

»Könnte sein, dass wir Wipp versehentlich ausgesperrt haben«, rief Luxa.

Ninive schritt zum Eingang, zog die Tür auf – und starrte in das riesige Frontbullauge des Metallungetüms aus den Hügeln. »Genetrix?«, fragte es. Seine Stimme klang, als würde ein riesiger Gong sprechen.

Erschrocken warf Ninive die Tür wieder zu und lehnte sich mit dem Rücken dagegen.

»Alles in Ordnung, Ivi?«, erkundigte sich Clogger, die sich bis auf wenige Schritte herangeschlichen hatte. »Dein Gesichtsausdruck befremdet mich.«

»Äh ... ja, klar, alles bestens!«

»Wer war es?«

»Ach, niemand.« Ninive quälte sich zu einem schiefen Grinsen. »Ich meine, nichts. Und niemand. Also keiner.«

Die Standuhr schwieg einen Moment. »Na ja, wahrscheinlich wieder einer dieser verzogenen Bälger aus dem Geräteschuppen«, brummte sie und machte wieder kehrt.

»Ja, das wird es wohl gewesen sein …«

Mit flauen Knien wartete Ninive, bis Clogger außer Sichtweite war, dann zog sie einen Hocker herbei, stellte sie sich auf Zehenspitzen darauf und blickte durch den kleinen Lichtgaden, der über der Tür ins Mauerwerk eingelassen war. Als sie sah, dass der rote Koloss sich langsam rückwärts vom Eingang entfernte, atmete sie erleichtert auf. Gleichzeitig hoffte sie, dass ausgerechnet jetzt niemand aus dem Inventar auf die Idee kam, einen Blick durchs Fenster zu werfen – und Wipp, falls er tatsächlich ausgesperrt worden war, nicht panisch Alarm schlug. Minutenlang lauschte sie nach verdächtigen Geräuschen, doch draußen blieb alles still. Als sie die Tür einen Spaltbreit aufzog und hinausspähte, war von dem Metallungetüm weit und breit nichts mehr zu sehen. Insgeheim hoffte Ninive, dass dessen Auftauchen und Cutters Besuch in keinem Zusammenhang standen. Es wäre fatal, wenn dasselbe morphische Feld, dem Cutter gefolgt war, auch das Hochlandtier hierher gelockt hätte.

Betont gelassen schlich sie an Luxa und Clogger vorbei in die Küche und schloss die Tür. Ihre Hände zitterten, Schweiß stand ihr auf der Stirn. Sie warf einen Blick aus dem Fenster, konnte den roten Koloss jedoch nirgendwo erspähen. Dennoch fühlte sie, dass er noch irgendwo dort draußen herumlungerte, wahrscheinlich auf der gegenüberliegenden Seite des Hauses oder irgendwo im nahen Wald. Grübelnd füllte Ninive Kalk in einen Blecheimer, wobei ihr Blick immer wieder zum Fenster wanderte.

»Hast du einen Schleifstein?«, erklang hinter ihrem Rücken eine Stimme, während sie Wasser in die Waschwanne pumpte.

Ninive fuhr mit einem Aufschrei herum und schleuderte ein Fleischermesser in Richtung der Küchentür. Es schoss durch den Eindringling hindurch und blieb federnd im Türrahmen stecken.

»Verdammt, Cutter!«, stöhnte sie. »Kannst du nicht ganz normal durchs Haus laufen und an die Tür klopfen, bevor du den Raum betrittst?«

»Wozu ein Ereignis künstlich verzögern, das kurz darauf ohnehin passiert?«, fragte dieser. »Ihr Menschen verschwendet viel zu viel Zeit mit aufgeblasenen Bräuchen und lasst euch von sinnlosen Gepflogenheiten die Lebenszeit rauben.«

»Es ist eine Sache der Höflichkeit und Diskretion«, erklärte Ninive und ließ sich auf einen Stuhl sinken.

Cutter neigte sein Kapuzenhaupt. »Ist alles in Ordnung?«, fragte er. »Du siehst so tot aus.«

»Bitte?«

»So bleich, meinte ich. *Bleich.* Freud'scher Versprecher. Das Amt, du weißt schon. Ich bin nur ein Opfer der Umstände, so wie jeder von uns.« Und murmelnd fügte er hinzu: »Wahrlich ein Jammer, dass die ganze Welt kopfsteht.«

Ninive hielt mit Rühren inne. »Wie meinst du das?«

»Ich vermisse die Sterblichkeit, Ivi.« Cutter begann hinter ihr auf und ab zu wandeln. »Damals, als es noch Städte gab, waren die Gesetze des Lebens in Stein gemeißelt. Menschen wurden geboren, Menschen starben – ein großartiges Zeitalter! Damals glaubten alle auch noch an etwas, das sie *Dunkle Materie* nannten. Sie hielten es für eine geheimnisvolle, unsichtbare Kraft, die das Universum zusammenhält. Umso erstaunter waren sie, als sie herausfanden, was wirklich dafür verantwortlich ist …«

»Was war passiert?«

»Sie hatten begonnen, damit herumzuexperimentieren, wie immer, wenn sie etwas Neues entdeckt hatten. Wohin das geführt hat, siehst du, wenn du aus dem Fenster schaust.«

Ninive warf einen fragenden Blick zu Cutter, dann zog sie die Gardinen beiseite und sah nach draußen. Vor dem Haus weidete eine Herde Rothenkel-Kaffeemaschinen. Thermoskannen, und Eintagsautomaten hatten sich unter sie gemischt und stellten den paarungsreifen Weibchen nach. Ninive konnte beim besten Willen nichts Besonderes entdecken. Der Himmel war oben, die Welt unten, dazwischen schwebten Wolken, Dampfgeister und Telos-Feldlinien. Alles sah aus wie immer – bis unvermittelt ein massiger, mit Nieten beschlagener Metallhöcker am Fenster vorbeiglitt und Ninive erstarren ließ.

»Der eigentliche Plan war ja, dass alles gesichert und versiegelt sein sollte, bevor sie mit dem Zeug zu experimentieren begannen«, fuhr Cutter, der nichts von dem Geschehen bemerkt zu haben schien, in seinem Monolog fort. »Aber irgendwann muss irgendwo im Zeitwerk irgendetwas gewaltig schiefgegangen sein, woraufhin alles ein wenig durcheinandergeriet, und dann ... na ja. Gerüchte besagen, der ganze Schlamassel hätte etwas mit der Bannmauer zu tun, aber so genau weiß das niemand.«

Vor dem Haus begann das Ungetüm aus dem Hochland damit, Kaffeemaschinen und Eintagsautomaten umherzuscheuchen.

»Die Ironie daran ist, dass ich nichts dagegen unternehmen kann«, sprach Cutter zu der Wand, vor der er stehen geblieben war. »Das Problem existiert zwar, ist aber nicht lebendig, weshalb ich auf die Lebenden angewiesen bin. Statt euch das letzte Geleit zu geben, muss ich euch am Leben halten, ohne zu wissen, ob ich nicht selbst nur ein Teil dieser Groteske bin. Das ist ein Witz! Ich würde mich ja totlachen, wenn ich's nicht selbst wäre.«

Ninive hievte den Eimer mit dem Kalkbrei aus der Wanne und stellte ihn mit einem gequälten Lächeln vor Cutter ab. Statt ihn jedoch zu nehmen, um seinen Inhalt auszulöffeln oder auszutrinken, hob ihr Besucher lediglich seine Kutte ein Stück an und stieg in den Behälter.

Es waren keine Füße, die Ninive dabei für einen kurzen Augenblick erkennen konnte, aber auch keine formlose Finsternis. Irgendwie war es von beidem etwas, wobei es unentwegt seine Form änderte und wieder zerfloss.

Ninive schloss die Augen, als ihr von dem Anblick schwindelig wurde, und schüttelte überfordert den Kopf. Entweder aß Cutter mit den Füßen, oder das, was Ninive an ihm bisher für unten gehalten hatte, war in Wirklichkeit oben.

»Ich verstehe nicht, wozu das gut sein soll«, gestand sie, als er begann, mit den Füßen im Kalk zu stampfen.

»Kosmetik.«

»Zeigst du mir, wie du wirklich aussiehst?«

»Das darf ich nicht, Ivi. Einzig jene, deren letzte Stunde geschlagen hat, können in mein wahres Angesicht blicken. Und glaub mir, den wenigsten gefällt, was sie dabei sehen.«

Für eine Weile lauschte Ninive den Geräuschen aus dem Garten, dann fragte sie: »Sag mal, hast du das Wort Genetrix schon einmal gehört?«

Cutter hielt für einen Moment inne. »Hm ... ja, aber das ist sehr lange her.«

»Ist das ein Name oder ein Ort?«

»*Halichondria genetrix* war eine Art Tier«, erklärte Cutter. »Aus dem Goldenen Zeitalter. Es lebte im Meer und verbrachte nahezu sein gesamtes Leben damit, an ein und derselben Stelle zu sitzen und Wasser zu strudeln.«

»Ach, ein Tier.« Ninive warf einen verstohlenen Blick aus dem Fenster. Ihr monströser Besucher robbte vor dem Haus auf und ab und war auf dem besten Wege, den Garten umzupflügen. »Wie sah so ein Genetrix-Tier denn aus?«

»Na ja, wie fast alle seiner Art: mehr breit als hoch und ziemlich unförmig, im Sommer rot oder gelb, im Winter grün, blau oder grau.«

»Hatte es Kufen?«

»Kufen? Nein, Poren und Röhren natürlich. Damit konnte es ...« Cutter schwieg einen Moment, dann fragte er verdutzt: »Wie kommst du denn auf Kufen?«

Ninive seufzte schwer. »Schau's dir selbst an«, sagte sie und deutete aus dem Fenster.

Cutter stieg aus dem Eimer und trat lautlos heran. »Potztausend!«, staunte er, als er den unförmigen Apparat im Garten erblickte. »Wo kommt *das* denn her?«

»Hab's im Hochland gefunden«, erklärte Ninive. »Ist mir nachgelaufen.«

»Das muss ich mir unbedingt näher ansehen.« Er machte einen Schritt vorwärts und war durch die Wand verschwunden.

»Oh, *Cutter!*«, rief Ninive genervt und rannte aus der Küche. Es gab Augenblicke, in denen sie nichts sehnlicher wünschte, als einige der Fähigkeiten ihres Besuchers zu teilen. Dann müsste sie nicht durchs halbe Haus rennen, um ihm zu folgen. Als sie im Garten ankam, war Cutter bereits dabei, das Metallungetüm eingehend zu inspizieren. So ganz geheuer schien diesem die Neugierde der schwarzen Gestalt jedoch nicht zu sein, denn es war bemüht, ihr beharrlich die Frontpartie zuzuwenden.

»Vielleicht ist sein Besitzer gestorben«, sagte Ninive. »Oder hat es ausgesetzt.«

»Gut möglich«, murmelte Cutter. »Vielleicht ist es aber auch einfach nur ausgebüxt.« Er schwieg einen Moment, dann fügte er hinzu: »Was allerdings bedeuten würde, dass wahrscheinlich jemand nach ihm sucht.«

»Möglicherweise kann man ja darauf reiten.«

»*Reiten?!* Ivi, das ist ein Urwelt-Vehikel! Die wurden nicht zum Reiten gebaut.«

»Du lieber Himmel!«, entfuhr es Clogger, der gemeinsam mit Luxa in der Haustür aufgetaucht war. »Ist das der neue Landschaftsarchitekt?«

Das Ungetüm richtete sich plötzlich auf, als hätte es eine Witterung aufgenommen. Sekundenlang stand es reglos auf der Stelle, dann wandte es sich um und robbte davon, über Ninives Beete hinweg geradewegs in den Wald. Das Krachen im Gehölz war noch zu hören, als es längst nicht mehr zu sehen war.

»Scheint, als habe es irgendeine Art von Signal empfangen«, staunte Cutter.

»Es hätte wenigstens außen herum kriechen können«, ärgerte sich Ninive beim Anblick der Schneise, die es durchs Unterholz gewalzt hatte.

Cutter blickte hinauf in den Abendhimmel. »Das ist wahrlich erstaunlich. Sollte nach so langer Zeit tatsächlich noch …« Er ließ den Rest des Satzes offen.

»Nach so langer Zeit tatsächlich noch *was?*«, hakte Ninive nach.

»Ach, nichts«, winkte Cutter ab. »Nur so ein Gedanke.«

»Es hätte zumindest den Waldweg benutzen können«, ärgerte

sich Clogger. »Andererseits produziert es gerade reichlich Brennholz für Guss.«

»Prächtig, prächtig!«, rief der Ofen, den der Radau ebenfalls an die Tür gelockt hatte. »Das lobe ich mir!«

Ninive lauschte dem leiser werdenden Bersten und Brechen. »Das sah fast so aus, als wäre es von irgendwoher gerufen worden«, murmelte sie.

»Funk«, sagte Guss. »Habe vor langer Zeit mal etwas darüber gelesen. Hat irgendwie mit Frequenzen zu tun. Wurde der alten Welt zum Reinigen von Schmelzöfen verwendet, war aber auch eine Methode, um Signale mit etwas zu übertragen, das sie Radiowellen nannten. Der Richtung nach, in die das Metallungeheuer sich bewegt, müsste diese Wellenmaschine irgendwo im Hochland stehen.«

Ninive sah auf die Bresche, dann machte sie auf dem Absatz kehrt und eilte zurück ins Haus. Als sie wieder vor die Tür trat, trug sie ihren Mantel und ihren Rucksack.

»Was hast du vor?«, fragte Cutter.

»Ich will wissen, warum dieses Ding es so eilig hat«, erklärte sie im Vorübergehen. »Und wohin es rennt.«

»Na, ob das eine kluge Idee ist, Ivi«, rief Clogger ihr nach.

»Ich habe das Recht zu erfahren, wem dieses Ungetüm gehört«, rief Ninive über ihre Schulter, während sie auf die in den Wald gewälzte Bresche zulief. »Und warum es sich hier herumtreibt! Niemand hat in meinem Land irgendwelche Signale zu senden, die nicht für *mich* bestimmt sind, oder Urwelt-Maschinen durch meinen Garten zu lenken, die nicht von *mir* beseelt wurden! Ich habe in den Hügeln sowieso noch etwas zu erledigen.«

| 5 |

Der Wald war lichter geworden. Im Schatten der Virolen und ihrer riesigen, rotbraunen Blätter tummelten sich Diodenfalter und Motordachse. Es würde nicht schwer sein, das Metallungetüm aufzuspüren. Ninive brauchte nur den Furchen im Boden zu folgen. Die Schneise, die der Metallkoloss geschlagen hatte, rief in ihr eine unschöne Erinnerung daran wach, wie vor Jahren ein hundertblättriger Elektrowälzer sein Unwesen in den Wäldern getrieben und dabei fast identische Spuren der Zerstörung hinterlassen hatte.

Innerhalb weniger Minuten hatte Ninive den Ringwald durchquert und freien Blick auf die Ebene, doch obwohl der Vorsprung des Ungetüms nicht groß gewesen sein konnte, war jenseits der Baumgrenze nichts mehr von ihm zu sehen. Die Richtung, in die seine Schleifspur führte, verhieß zudem nichts Gutes.

Um Ninive herum erstreckte sich Grassteppe, so weit das Auge reichte. Manchmal trieb der Wind die Wolken so tief über das Marschland, dass man glaubte, nur einen Arm in die Luft strecken zu müssen, um sie berühren zu können. Blickte man nach Südwesten, schien die Ebene an kein Ende zu gelangen. Wie die Dünung eines Meeres wogte das Gras bis zum Horizont und darüber hinaus, sporadisch überragt von schmalen Baumstreifen, die längst versiegte Wasserläufe säumten. Es gab so wenige Landmarken, dass man sich zu verirren drohte, sobald man nur ein paar Kilometer weit geradeaus lief, und genötigt war, auf Baumstümpfe zu klettern, um sich zu orientieren. Selbst die schwersten Schritte hinterließen in diesem grünen Ozean keine Abdrücke, denn das Gras federte stets zurück und stand wieder aufrecht wie zuvor.

Sich in den von Makula-Tieren abgeweideten Schneisen zu bewegen war die sicherste Methode, um die Ebenen zu durchstreifen. Die schwerfälligen Kolosse hatten ein untrügliches Gespür dafür, wo der Untergrund sicher war und wo nicht. Hier und da reckte ein Radpfaff sein Seerohr aus dem Gräsermeer. Obwohl die Tiere aufrecht stehend fast zwei Meter groß waren, vollbrachten sie es, die Ebenen nahezu ungesehen zu durchstreifen, den Kopf immer dicht über dem Boden und bereit, nach vorbeihuschenden Exoiden oder Kieswieseln zu schnappen. Letztere legten dicht unter der Oberfläche riesige Labyrinthe aus Erdröhren an, in die unvorsichtige Wanderer einsinken und sich den Fuß oder das Bein brechen konnten. Oder sie riskierten eine Blutvergiftung, falls die rostigen, scharfkantigen Überreste der einstigen Bewohner ihnen ins Fleisch schnitten. Unzählige kleiner Metallskelette ruhten unter der Oberfläche, meist nur bedeckt von einer Handbreit Erdreich oder knöchelhohem Gras. Kein vernünftiger Wanderer riskierte es daher, ohne festes Schuhwerk die Ebenen zu durchstreifen. Manche der Wieselhöhlen öffneten sich an den Hängen von Anhöhen und waren so geräumig, dass ein Mensch darin Zuflucht vor Stürmen oder Wolkenbrüchen finden konnte.

Das Marschland war wie ein kunstvoll gewirkter Teppich, doch es bestand nicht nur aus dem Grün der Gräser, sondern bildete hier und da weite, farbenprächtige Flächen aus violetten, gelben, roten und weißen Blüten. Zumeist war das Gras nur knöchel- bis hüfthoch, doch es gab Stellen, in denen es einem Menschen bis zur Brust reichte – und tückische Senken, in denen es meterhoch wuchs und seine gezahnten Ränder tief ins Fleisch schnitten, sobald man versuchte, sich daraus zu befreien. Ninive hatte Wanderer gesehen, die in einem dieser Grassümpfe versunken und nie wieder daraus aufgetaucht waren.

Wurde man von einem Wolkenbruch überrascht und wanderte dabei unbewusst durch ein überwuchertes Flusstal, konnte es gut sein, dass man plötzlich von einer Flutwelle mitgerissen wurde. Oder das Wasser strömte aus allen Richtungen herbei in die Senke, die man gerade durchwanderte, und ehe man sich versah, trieb man inmitten eines Sees. In den Sumpfflächen lungerte zudem Getier herum, auf das man nicht unbedingt treten sollte. Ninive beeilte sich daher, das Marschland zu durchqueren und höheres Terrain zu erreichen.

| 6 |

Als sie die Flussauen erreichte, hatte das Wetter umgeschlagen. Der Wind war abgeflaut, die Berge wolkenverhangen, und kalter Nebel kroch aus den Tälern des Hochlands. Noch ehe das Ufer in Sichtweite kam, erregte ein verdächtiges Glitzern Ninives Aufmerksamkeit und ließ sie ihren Schritt verlangsamen. Was sich ihr näherte, war einer von Flodds Landspähern, ein flüssiger, drei Meter langer Wassertentakel, der durch die Auen schlich und dabei das Licht reflektierte. Er umkreiste Ninive, dann kroch er davon, ohne sie weiter zu beachten. In einiger Entfernung schlängelten sich drei weitere Wasserschlangen durchs Gras, fast so als ob sie etwas suchten. Es war überaus ungewöhnlich, dass Flodd so viele Späher an Land schickte.

Am Flussufer angelangt, bestätigte sich, was Ninive befürchtet hatte: Die Schleifspur des Metallungetüms führte geradewegs in den Fluss und setzte sich am gegenüberliegenden Ufer fort. Von ihrem Verursacher war jedoch weiterhin nichts zu sehen. Dabei hatte er nicht den Anschein erweckt, sich bei Gefahr im Boden vergraben oder davonfliegen zu können. Ninive ließ ihren Blick über das Wasser schweifen. Falls sie Glück hatte, war Flodd so sehr mit der Betreuung seiner Landspäher beschäftigt, dass er sie gar nicht bemerkte. Vorsichtig setzte sie einen Fuß ins Wasser, dann watete sie so bedächtig wie möglich in den Fluss. Sie war jedoch keine zehn Schritte gelaufen, als sie plötzlich das Gefühl hatte, bis zur Hüfte in dickem Morast zu stecken.

»Lass mich los, Flodd!«, bat Ninive genervt.

»Damit du noch mehr von meinen kostbaren Schlamm aufwühlst?«, hielt das Wasser ihr vor. »Kommt gar nicht infrage. Jeder trampelt nur in mir rum, wäscht seinen Schmutz in mir ab, frisst meine Fische oder lässt irgendwelchen Krempel auf mir schwimmen. Ihr Landbewohner seid eine einzige Plage!«

Die Wasseroberfläche hob sich, als würde Flodd tief Luft holen, dann spuckte er Ninive in weitem Bogen zurück ans Ufer, wo sie im Regen einer Gischtfontäne unsanft ins Gras landete.

»Du bist schlimmer als der Styx!«, rief sie, als der Schauer sich gelegt hatte.

»Kenne ich nicht«, antwortete Flodd. »Interessiert mich nicht.«

Verärgert folgte Ninive dem Flusslauf bis zu einem lichten Galeriewald am Fuß der Hügel, wo sie eine der Kranpappeln beseelte, die das Ufer säumten. Nachdem sich deren erste Verwirrung über das neu gewonnene Bewusstsein gelegt hatte, begann diese in baumtypischer Gemächlichkeit die Umgebung zu bestaunen, ohne der Wandlerin am Flussufer Beachtung zu schenken.

Ninive verzog die Mundwinkel. Das wahrlich Frustrierende an der Gabe der Wandler war die Undankbarkeit der Beseelten, die traurige Erkenntnis, dass frisch beseelte Materie in dem Moment, in dem sie zu Bewusstsein kam, nichts für ihre Schöpfer übrig hatte. Zwar begriffen die meisten Tiere, Pflanzen und Dinge, was mit ihnen geschehen war, doch sie vermochten nicht zu erkennen, wem oder was sie dies zu verdanken hatten. Während die meisten Beseelten anfangs einfach nur verwundert, eingeschüchtert oder verwirrt waren, reagierten manche äußerst ungehalten, ja fast schon wütend angesichts ihres neuen Daseinszustandes. Andere hingegen waren dermaßen entsetzt, dass sie schreiend Reißaus nahmen oder sofort tot umfielen. Im Laufe der Jahrhunderte hatte Ninive gelernt, was bedenkenlos beseelt werden konnte und wovon sie besser die Finger ließ.

Zu den umgänglichen Gewächsen zählten Kranpappeln, denn sie verfügten über eine friedliebende, wenn auch etwas zu harmoniebedürftige Natur. Allerdings hatten sie ein Problem damit, etwas in ihrem näheren Umfeld wahrzunehmen, das sich mit ihnen nicht auf Augenhöhe befand. Am liebsten starrten Bäume beim Umherlaufen in den Himmel und achteten nur selten darauf, was unter ihnen geschah. Manchmal kam es daher vor, dass ein unvorsichtiger Wandler just von jenem Baum, den er Augenblicke zuvor beseelt hatte, zertrampelt wurde, als dieser mit seinen Wurzeln über ihn hinwegschritt. Um zu vermeiden, dass ihr das gleiche Schicksal widerfuhr, begann sie an der Pappel emporzuklettern, bevor diese ihre Wurzeln aus dem Erdreich gezogen hatte.

»Hinüber!«, befahl sie, als sie die Baumkrone erreicht hatte. »Auf die andere Seite.«

Die Pappel blieb am Ufer stehen, die Wurzelspitzen ins Wasser getaucht, und starrte in den Fluss. Offenbar irritierte die schimmernde, sich bewegende Oberfläche sie. Schließlich trat sie zaghaft hinein. Ein Baum ihrer Größe benötigte höchstens vier Schritte, bis er das gegenüberliegende Ufer erreicht hatte – doch so weit kam sie nicht. Ihre Bewegung stoppte so plötzlich, dass Ninive fast aus der Baumkrone geschleudert wurde. Mehrere Wasserentakel waren aus Flodd gewachsen und hatten sich um ihre Wurzeln umschlungen. Die Pappel bog sich hin und her, um sich aus der Umklammerung zu befreien, dann senkte sie ihre Krone und starrte ins Wasser, um herauszufinden, was sie festhielt.

»Zieh deine Dreckswurzeln aus mir raus!«, schnauzte Flodd den Baum an, wobei seine gesamte Oberfläche in weitem Umkreis vibrierte. »Ich bin kein Waschknecht! Raus, zack, zack!«

»Wirf mich!«, befahl Ninive, als die eingeschüchterte Pappel Anstalten unternahm, rückwärts zu laufen. »Wirf mich rüber, schnell!«

Während sie den Atem anhielt und sich an eine Astgabel klammerte, bog der Baum seine Krone zurück. Für einen Lidschlag wurde Ninive wie von einer riesigen Schleuder durch die Luft katapultiert. Land und Himmel wirbelten vor ihren Augen, dann schlug sie am anderen Ufer auf, rollte sich blitzartig zusammen, um die Wucht des Sturzes abzufangen, und schlitterte schließlich meterweit durchs Gras. Als die Bewegung endete, öffnete sie die Augen, starrte in den Himmel, atmete tief durch und murmelte schon beinahe flehend: »Warum tust du dir das eigentlich seit dreihundert Jahren an, Ivi …?«

Nachdem sie ihren ramponierten Mantel begutachtet und die wenigen Blessuren versorgt hatte, marschierte sie zurück bis zu der Stelle, an der die Schleifspur des Genetrix-Tieres wieder aus dem Fluss führte. Dabei hielt sie gebührenden Abstand zum Ufer, um Flodd nicht noch mehr zu provozieren. Schließlich musste sie ihn ein weiteres Mal überqueren, um wieder nach Hause zu gelangen. Die nächste Überraschung erwartete sie, nachdem sie den Furchen im Boden ein paar Hundert Meter weit bis zum Fuß des Bergrückens gefolgt war, auf deren höchster Kuppe die Kollektoren ihren Frondienst verrichteten: Von einem Moment zum anderen endete die Schleifspur, als hätte das Metallungetüm sich in Luft aufgelöst. Irritiert sah Ninive sich um. Der plumpe Koloss konnte unmöglich fähig sein, sich in die Luft zu erheben und zu fliegen. Argwöhnisch blickte sie in den Wolkendunst. Hatte ihn etwas vom Boden gepflückt; etwas, das lautlos über ihr schwebte und weitaus größer war als er selbst?

Die tief hängenden Wolken waren so dicht, dass sie keine zehn Schritte weit zu blicken vermochte. Sie lauschte nach einem fernen Scharren oder dem Schlagen großer Schwingen, doch der Nebel schluckte alle Geräusche. Ratlos verweilte sie noch eine Weile am Hang, dann zog sie die Riemen ihres Rucksacks stramm und begann mit dem Aufstieg.

| 7 |

Der Hügel, auf dem das Sammler-Kollektiv arbeitete, gehörte zu den auffälligsten Landmarken des Hochlands. Alle umliegenden Berge überragend und auf drei Seiten von steilen Felswänden umgeben, führte der einzige sichere Aufstieg über einen schmalen, steilen Grat an seiner Südflanke. Auf halber Höhe zum Gipfel legte Ninive eine Verschnaufpause ein. Seit Jahren spielte sie bereits mit dem Gedanken, eine von Makula-Tieren getriebene Seilbahn zu errichten und zwei der Kreaturen zu Gondeln umzubauen. Dass es möglich war, sie zu domestizieren, wusste sie, doch für die Umgestaltung der Makulas benötigte sie die Hilfe eines Ingenieurs.

Ein dumpfes Brummen und der Geruch von verbranntem Öl ließ sie aufhorchen. Als hätten sie ihre Gedanken gelesen, tauchte eine Herde von Makulas dampfend und schnaubend aus dem Nebel auf. Still beobachtete Ninive, wie Dutzende der Maschinen an ihr vorüberzogen. Sie kamen ihr dabei so nah, dass sie ihre Leiber hätte berühren können, sobald sie eine Hand ausgestreckt hätte. Ninive glaubte das Klicken ihrer Sonarmembranen zu hören, mit denen fast die gesamte Mechafauna – in Ermangelung biologischer Sinnesorgane – kommunizierte und sich orientierte. Manche der höher entwickelten Tiere erfassten ihre Umgebung sogar mit Echolot oder Radar. Ob sie ihre Umwelt allerdings so detailliert wahrnahmen wie

sie die Tiere, wusste Ninive nicht. Tatsächlich hatte sie sich noch nie ernsthaft damit befasst, womit Luxa, Guss oder Clogger sie eigentlich ansahen, denn sie hatten weder Augen noch Objektive. Womöglich benutzten sie Ultraschall, um sie zu erkennen und sich im Haus zu orientieren.

Der Zug der Makula-Herde wurde begleitet vom steten Rasseln und Stampfen schwerer Ketten und Kolben, die im Unterleib der Tiere arbeiteten. Sie trieben das gewaltige Zahnrad an, das ihnen erlaubte, selbst die steilsten Hänge zu erklimmen.

Aus dem Nebel tauchte überraschend eine zweite Gruppe von Hochlandbewohnern auf, eine Rotte gedrungener, antennengespickter Bergscheller, die den Weg der Makulas kreuzten. Eine Herde schob sich durch die andere, ohne dass eines der Tiere abgedrängt wurde oder ins Straucheln geriet. Dutzende von Mechas zogen vor und hinter Ninive vorüber, die einen nach Osten, die andere nach Norden strebend. Nachdem beide Herden im Dunst verschwunden waren, markierten Dutzende dunkler Furchen ihre Wege.

Als Ninive den Gipfel erreichte, war ihre Kleidung kalt und klamm von der Feuchtigkeit, die sie aus den Wolken aufgesogen hatte. Dafür war die Sicht nicht mehr ganz so schlecht wie noch zuvor am Hang. Die Szenerie um sie herum wirkte, als hätte ein Riese seinen Würfelbecher geleert. Über die gesamte Hügelkuppe verteilt standen in Abständen von wenigen Metern zueinander hüfthohe, quaderförmige Apparate. Jeder der Kollektoren besaß eine massive Luke, die nahezu seine gesamte Frontpartie einnahm und die Konglomerationskammer verschloss, darüber eine Schaltleiste zum Einstellen der Parameter. Gekrönt wurden die Apparate von jeweils zwei meterhohen Blitzleitern, die an riesige Geißelantennen erinnerten.

»Hallo, Ivi«, kam es von überallher, als sie durch die Reihen der Kollektoren schritt. »Wie geht's dir, Ivi?« – »Dreh mich ein Stück nach links.« – »Dreh mich ein Stück nach rechts.« – »Stell mich näher zu Sissam.« – »Putz mir die Fußzimpeln«, und so weiter. Lediglich einer der Kollektoren schwieg beharrlich und tat so, als würde er Ninive gar nicht bemerken. Täuschen konnte er sie dadurch jedoch nicht. Sie fühlte, dass er keinen Defekt hatte und ihm ihre Anwesenheit durchaus bewusst war. Zwischen ihr und allem, was sich in ihrem Land bewegte, existierte eine empathische Bindung. Allerdings bestand sie nur zu Dingen, die Ninive eigenhändig belebt hatte. Elementargeister wie Flodd oder Seelenbastarde wie das seltsame Genetrix-Tier, die von anderen Wandlern erweckt worden waren, ließen diese Bande hingegen vermissen.

Ninive gestaltete ihre Kontrollrunde so, dass sie den schweigsamen Apparat als letzten erreichte. Früher hatte das Kollektiv aus fast dreißig Sammlern bestanden, doch sechs von ihnen waren im Laufe der Jahrzehnte während heftiger Gewitter irreparabel beschädigt worden oder sogar explodiert. Die Gewalt der Blitzschläge hatte ihre Fragmente über die gesamte Hügelkuppe verteilt. Drei Kollektoren hatten nach dem letzten verheerenden Unwetter das Weite gesucht, und vier waren vor Jahren dem Eisenwaldfräser zum Opfer gefallen, der aus dem Süden eingewandert war und unter den hiesigen Scheller- und Makula-Herden gewütet hatte. Bis damals hatte Ninive geglaubt, alle Waldfräser wären gegen Ende der letzten Magnetzeit mit den Altaeroen und den gigantischen Mole-Grippern ausgestorben, doch das Auftauchen der Urwelt-Maschine hatte sie eines Besseren belehrt. Nach ihrer Zerstörung, die einen zwölf Meter tiefen Krater in die Westflanke des Hügels gesprengt hatte, hatte Ninive ihre Kontrollgänge durch das Hochland verdoppelt, um zu vermeiden, dass jemand oder etwas noch einmal unbefugt ins Territorium um den Kollektorhügel eindrang. Dementsprechend elektrisiert war sie gewesen, als sie jüngst auf die Schleifspur des Metallungetüms gestoßen war. Ihre Entdeckung hatte ihren Jagd- und Verteidigungsinstinkt geweckt – wenngleich die Ursache sich letztlich als harmloser, tumber Eisenprotz entpuppt hatte. Was jedoch nicht gleichzeitig für die geheimnisvolle Signalquelle gelten musste, deren Ruf das seltsame Genetrix-Tier zurück ins Hochland gefolgt war. Heute waren von den ehemals dreißig Kollektoren noch siebzehn übrig, von denen fünfzehn zufriedenstellend arbeiteten.

Ninive kontrollierte sämtliche Konglomerat-Kammern, aber wie erwartet hatte keiner der Kollektoren nennenswerte Mengen von Brennstoff produziert. Der Ertrag würde Guss zwei, vielleicht drei Tage lang sättigen, dann würde sein Jammern und Klagen von Neuem beginnen – ein Umstand, der den Marsch ins Hochland und den Aufstieg auf den Berg kaum noch lohnenswert machte, vom ständigen Ärger mit Flodd einmal ganz zu schweigen. Am vernünftigsten wäre es, das gesamte Kollektorfeld abzubauen und auf einer Hügelkuppe weiter im Süden neu zu errichten, jenseits der Seen, wo sich mehr Gewitter zusammenbrauten. Die zweite Möglichkeit war, Guss für ein paar Monate zu entseelen, bis die Trockenzeit vorüber war.

| 8 |

Einen wunderschönen guten Abend, Dibbid«, grüßte sie den schweigsamen Automaten schließlich, während sie die Ernte des Nachbarkollektors einsammelte.

Stille.

»Du bist doch wohl nicht immer noch beleidigt wegen der Sache mit dem Natterngelege?«

Weiterhin Schweigen. Schließlich knurrte der Kollektor: »Ich verlange eine aufrichtige Entschuldigung.« Er überlegte kurz, dann fügte er hinzu: »Und Schmerzensgeld!«

»Du sollst keine Radnattern ausbrüten, sondern Plasma konglomerieren«, maßregelte Ninive den renitenten Apparat.

»Als ob bei den mageren Blitzernten der vergangenen Jahre kein Platz mehr in der Kernkammer übrig gewesen wäre ...«

»Dann ist es also wahr?«, fragte hinter ihr eine Stimme, die sie nie zuvor gehört hatte. »Du sammelst tatsächlich Blitze?«

Ninives Herz setzte einen Schlag aus. Reflexartig ging sie in die Knie, um dem vermeintlichen Angreifer möglichst wenig Angriffsfläche zu bieten. Dabei vollführte sie eine Pirouette und säbelte den Besitzer der Stimme mit ihrem ausgestreckten Bein förmlich um. Aus den Augenwinkeln heraus registrierte sie, dass der Fremde in Geländestiefel und den Exkursionsrock der Freigeistkaste gekleidet war. Der große Tornister, den er eben noch lässig über seiner rechten Schulter hängen hatte, löste sich von ihm, als er die Arme ausbreitete, um den Aufprall zu dämpfen. Letzterer klang nicht scheppernd wie bei einer Mimikryode oder hohl wie der eines Wandelsimulators, sondern satt, dumpf und organisch. Nachdem der Fremde bäuchlings im Gras aufgeschlagen war, blieb ihm einen Augenblick lang die Luft weg, für Ninive ein weiteres Indiz dafür, dass sie tatsächlich ihresgleichen vor sich hatte. Ehe ihr Gegenüber sich aufrappeln konnte, war sie bei ihm und schlug ihre rechte Hand auf einen seiner Stiefel. Zwar war sie nicht in der Lage, den Eindringling zu entseelen, aber sie konnte dafür sorgen, dass er sich nicht mehr regte. Unter ihrer Berührung erstarrte seine gesamte Montur innerhalb eines Wimpernschlags zu einem steinharten Panzer, aus dem es ohne Ninives Willen kein Entkommen gab.

»Spinnst du?«, keuchte der Fremde.

»Falsche Frage«, erwiderte sie.

Vergeblich versuchte ihr ungebetener Besucher sich aufzubäumen und sein hautenges Gefängnis zu sprengen, bis sein Gesicht so rot war, als würde sein Kopf jeden Moment vor Anstrengung explodieren. »Was hab ich dir getan?«

»Halt den Mund!«

Nachdem Ninive sich vergewissert hatte, dass der Fremde sich nicht mehr rühren konnte, sprang sie auf und eilte dem immer schneller hangabwärts rollenden Tornister nach. Wenige Meter vor einer Klippe bekam sie schließlich einen seiner Tragriemen zu fassen und konnte im letzten Moment verhindern, dass er über die Felskante rutschte.

Der gut hüfthohe Behälter bestand fast vollständig aus einem wundersam leichten, aber dennoch robusten Metall. Lediglich sein Revers war weich und formbar, um sich bequem an den Rücken seines Trägers schmiegen zu können. In all den Jahrhunderten, in denen sie auf Artefakte aus der Alten Welt gestoßen war, hatte sie nie etwas Vergleichbares in den Händen gehalten.

»Haben dir die Scheller den Verstand ausgesaugt?«, presste sein Besitzer hervor, als sie mit dem Tornister in den Armen auf die Hügelkuppe zurückkehrte.

Sie betrachtete den Fremden. Er war schlank und sehnig und seine Haut so hell, als hätte er sich zeit seines Lebens in einem Verlies vor der Sonne versteckt. Kopf und Gesicht waren – von den dunklen Augenbrauen einmal abgesehen – völlig unbehaart.

»Du kommst aus der Stadt, habe ich recht?« Als er nicht antwortete, warf sie den Tornister vor ihm auf den Boden. »Ihr Tiefländer glaubt wohl, ihr könntet das Land durchstreifen, wie euch die Nase gewachsen ist.«

»Und ihr Hochländer bildet euch ein, ihr stündet hier oben über den Dingen …«

»Tja, da scheint tatsächlich etwas dran zu sein.« Ninive beugte sich ein Stück zu ihm herab. »Sonst würdest du hier schließlich nicht im Dreck liegen.« Sie sah sich nach im Nebel verborgenen Begleitern um, aber der ungebetene Besucher schien tatsächlich allein unterwegs zu sein. »Hast du einen Namen?« Sie stieß ihn mit der Fußspitze an. »Sag schon!«

»Aris«, antwortete er. Und nach kurzem Schweigen fügte er hinzu: »Der Dynamo-Rat hat recht: Du bist nicht nur gemeingefährlich, sondern völlig verrückt!«

»Oh, man kennt mich dort unten. Welch eine Ehre.«

»Ehre?« Aris schnaubte abfällig. »Der Rat hat deinetwegen bereits in Erwägung gezogen, an der Grenze zum Hochland Warnschilder aufzustellen …«

»Das hier ist *mein* Territorium«, stellte Ninive klar. »Hier kann ich tun und lassen, was ich will, ob dir und deinem Rat das passt oder nicht.« Sie öffnete den Tornister und kippte seinen Inhalt ins Gras. Alle möglichen seltsamen Dinge purzelten heraus, aber nichts davon sah gefährlich oder beseelt aus.

»Was ist das?«, fragte sie und hielt einen Gegenstand mit einem kleinen rotierenden Metallzeiger in die Höhe.

Aris hob mühsam den Kopf. »Ein Kreiselkompass.«

»Und das?«

»Eine topografische Landkarte. Sie zeigt die große Mauer und die umliegenden Gebiete im Maßstab 1:50.000.«

»Du meinst, ich kann auf dieser Karte sehen, wie es auf der anderen Seite der Bannmauer aussieht?«

»Wie es dort wahrscheinlich einst ausgesehen hat«, erklärte Aris. »Vor eintausend Jahren oder sogar noch viel früher. Was du in den Händen hältst, ist nur ein Faksimile. Das Original ist längst verrottet.«

»Und wie liest man so eine topografische Karte?«

Aris wandte sein Gesicht ab und blickte zu den Kollektoren. »Ich sage kein Wort mehr, ehe du diesen entwürdigenden Hokuspokus nicht rückgängig gemacht und mich aus diesem Panzer befreit hast.«

»Vergiss es«, raunte Dibbid ihm zu. »Ich war früher ein Mikroklima-Inkubator, und mich hat sie bis heute nicht zurückverwandelt.«

»Sei still!«, herrschte Ninive den Apparat an. »Sonst kappe ich dein Erdungskabel, und du schmorst beim nächsten Blitzschlag im eigenen Saft.«

»Wär ja nicht das erste Mal …«, brummte Dibbid.

Ninive legte den Kopf in den Nacken und starrte in den vernebelten Himmel. »In weniger als zwei Stunden wird es dunkel«, sagte sie, als Aris sich weiterhin in trotziges Schweigen hüllte. »Und glaub mir, dann willst du hier oben wirklich nicht mehr das Gras wachsen hören …«

Der Fremde biss die Zähne zusammen und schloss die Augen. »Warum tust du das?«

»Weil du dich von hinten angeschlichen hast wie ein Quadwurm«, erklärte Ninive. »Das ist in meinen Augen Grund genug. Also noch mal: Wie liest man so eine Karte?«

Aris atmete tief durch. »Die vielen verschnörkelten Wellen sind Höhenlinien und kennzeichnen Berge und Täler«, sagte er schließlich. »Die blauen Bänder und Flächen sind Flüsse und Seen. Den Rest erkläre ich dir, nachdem du mich zurückverwandelt hast.«

Ninive musterte den Fremden. »Na schön«, entschied sie schließlich und beugte sich zu ihm herab. »Aber keine faulen Tricks, sonst verfüttere ich dich an die Kollektoren.«

»Pfui Deibel ...«, kam es aus dem Nebel.

Ninive legte eine Hand auf Aris' Bein, woraufhin dessen erstarrte Kleidung wieder geschmeidig wurde. Mit einem erleichterten Seufzen sank er ein Stück in sich zusammen. Animiert vom kühlen Wind auf seiner Haut, drehte er sich auf den Rücken und tastete seinen Körper ab. Dann setzte er sich vorsichtig auf, fast so als misstraute er der zurückgewonnenen Bewegungsfreiheit.

Ninive bedachte ihr Gegenüber mit einem mahnenden Blick. »Letzte Chance meines guten Willens«, sagte sie. »Was suchst du hier im Hochland?«

Aris seufzte schwer, dann sagte er: »Ich bin auf dem Weg zu den Seen.«

»Und was lungerst du dann hier oben herum?«

»In der Stadt grassiert das Gerücht, du könntest Blitze sammeln.«

»Das ist Blödsinn. Die Kollektoren speichern lediglich ihre Energie und transformieren ihr Plasma in Brennstoff.«

Aris begann seine Habseligkeiten aufzusammeln und wieder in seinem Tornister zu verstauen. »Ich benötige deinen Rat«, erklärte er, als er fertig gepackt hatte. »Oder besser gesagt: deine Erinnerungen. Von allen Wildwandlern bis du die einzige, die in unmittelbarer Nähe der Bannmauer lebt.«

»*Wildwandlern?*«

»So werden jene von uns bezeichnet, die außerhalb der Stadtgrenzen leben. Der Dynamo-Rat hat mich gesandt, um Beweise zu erbringen, dass die Barna-Chroniken nicht nur mit leeren Worten ohne Vergangenheit gefüllt sind.«

»Wer oder was ist ein Barna?«

»Der Gründervater«, erklärte Aris. »In den Annalen der Stadt wird er als Millennium-Reformator gefeiert. Die ältesten Stadtgelehrten verehren ihn als Harmonisierer von Religion und Wissenschaft und bezeugen, er hätte seinerzeit Brot in Briketts und Wein in

Schmieröl verwandeln können. Einige Ratsmitglieder glauben sogar, er wäre der Ur-Wandler gewesen, aber dafür gibt es keine seriösen Quellen.

Leider ist sein Name nicht vollständig überliefert. ›A.T.E. Barna‹ ist alles, was uns von ihm bekannt ist. Es heißt, er wäre ein Überlebender der Alten Welt gewesen und hätte aus dem Land hinter der Mauer gestammt. Von dort aus wäre er vor eintausend Jahren mit einem Gefährt auf unsere Seite gelangt, das in den Chroniken *Zeptakel* genannt wird. Barna selbst bezeichnet die Mauer darin als *Aeternitas' Wall*. Womöglich ist es der Name ihres Architekten oder eines hohen Würdenträgers, dem zu Ehren sie einst errichtet worden war.

Der Rat hofft, dass die Wiederentdeckung der sogenannten Aeternitas-Passage endlich Licht ins Dunkel um den Mythos bringt – und nebenbei vielleicht noch ein paar Wunder aus dem Goldenen Zeitalter zutage fördert.

In den Chroniken steht, Barna hätte in ihrem Inneren eine Urwelt-Maschine entdeckt, die er als fünfdimensionale Hypertrasse bezeichnete. Er wäre jedoch nicht in der Lage gewesen, sie zu bedienen, da eine elementare Komponente gefehlt hätte, eine Art bewegliches Gehäuse, das offenbar schon seit dem Kataklysmos verschollen ist.«

Ninive blies die Backen auf. »Du sprichst *Schwirrschwei*«, beurteilte sie das Gehörte. »Bis heute hat es kein Mensch vollbracht, auf die andere Seite zu gelangen, geschweige denn von dort wieder zurück, um von seinen Erfahrungen zu berichten.«

»Dann werde ich der erste sein.«

»Träum weiter ...«

»Ich kenne einen Weg. Ich muss ihn nur noch finden.«

Ninive musterte Aris abschätzend. »Wie kannst du dir so sicher sein?«

»Weil ich etwas bei mir trage, das meine unglücklichen Vorgänger nicht besaßen.« Er zog eine schlanke Metallhülse aus seinem Tornister. »Eine fast tausend Jahre alte Originalseite der Barna-Chroniken«, erklärte er. »Sie ist vermutlich der Schlüssel des Rätsels, wie es möglich ist, auf die andere Seite zu gelangen.«

»Vermutlich?«

»Barna hat sie in einer Urwelt-Sprache verfasst. Scharen von Ratsdolmetschern konnten Fragmente davon übersetzen, aber mehr als einen vollständigen kurzen Satz haben sie in zwei Monaten nicht geschafft.« Er griff in seinen Mantel, zückte ein Notizheft, blätterte bis zu einer markierten Seite und las: »Durch die Erde führt der Pfad.«

Ninive zog verdutzt die Augenbrauen zusammen. »*Das* ist alles?« Aris machte eine entschuldigende Geste und ließ das Büchlein wieder in der Manteltasche verschwinden. »Und der Rest?«

»Unverständliches Kauderwelsch.«

»Lies vor«, forderte Ninive ihn auf.

»Das darf ich nicht.«

»Mein Territorium, meine Regeln«, erinnerte sie ihn. »Also?«

Ihr Gegenüber zog eine Grimasse, dann öffnete er die Hülse und zupfte vorsichtig ein vergilbtes, von Stockflecken übersätes Blatt Papier heraus. »*Via in medion*«, begann er zu lesen, nachdem er es aufgerollt hatte. »Nein, warte: *Via in mediam murum aeo...* ähm, *aeonum ...*«

»Zeig mal her.« Ninive zog ihm die Seite aus den Händen und betrachtete den Text. »So ein Geschnörkel habe ich noch nie gesehen«, gestand sie.

»Es ist eine Sprache aus der Alten Welt.«

»Die heute garantiert niemand mehr lesen kann. Ich wüsste nicht einmal, wie man diese Wörter ausspricht – falls das überhaupt Wörter sind.« Ninive drehte das Blatt in alle Richtungen, dann strich sie mit der Hand darüber, als wischte sie ein lästiges Insekt ab. Das Papier zuckte erschrocken zusammen, dann lag es wieder schlaff in ihrer Hand.

»Trag dich vor«, forderte sie es auf.

Die Buchseite sah sich um, ohne Notiz von Ninive zu nehmen, schlüpfte jäh aus ihren Fingern und flatterte unbeholfen davon.

»Ach, verflucht!« Aris rannte ihr ein Stück weit hinterher, bis der Hang zu abschüssig wurde. »*Paras levit!*«, rief er, als sie im Nebel zu verschwinden drohte. Die Seite erstarrte mitten im Flug, dann begann sie herabzutrudeln. Ehe sie jedoch den Boden erreichte, wurde sie vom Wind erfasst und davongeweht. Aris stieß einen Fluch aus und stieg den Hang eilig wieder empor.

»Glückwunsch«, brummte er, als er Ninive erreicht hatte. »Wirklich fabelhaft!«

»Wie hast du das gemacht?«, staunte sie. »Ich bin noch nie einem Wandler begegnet, der etwas entseelen kann, ohne es zu berühren.«

»Ich habe sie auch nicht entseelt, sondern paralysiert. Auf die Idee, sie zu beleben, bin ich bereits bei den vorherigen Seiten gekommen – mit der gleichen Wirkung. Daher ist auch nur noch diese eine Seite übrig.«

»Soll das etwa heißen, das war ein *Zauber*?«

»Ein arithmetischer Bannspruch.« Aris zog seinen Tornister auf. »So etwas wie eine paraverbale Chiffre, die wie ein Phrasencode funktioniert. Sie wirkt nur bei den Seiten der Chroniken, nirgendwo sonst. Ein onomatopoetischer Massekalkulator hat sie mir beigebracht.«

»Ein was?«

»Eine Art Rechenmaschine. Er stammt aus der Urwelt und ist überzeugt, das Universum und alles, was wir um uns herum wahrnehmen, sei lediglich hochkomplexe Mathematik. Er sagte einmal, die Mathematik sei die Königin der Wissenschaften und die Arithmetik die Königin der Mathematik. Aber so, wie du gerade dreinschaust, hast du von Tuten und Blasen eh keine Ahnung.«

»Was soll das denn bitte schön heißen?«

»Vergiss es.« Aris zurrte die Sicherungsriemen des Tornisters fest. »Den Bannspruch habe ich mir beibringen lassen für den Fall, dass alle Stricke reißen – oder falls ich Wandlern wie dir begegnen sollte. Ein Glück, dass beseelte Dokumente anfangs nicht besonders flink sind, aber die Paralyse ist nicht von Dauer. Ich muss die Seite finden, ehe die Wirkung nachlässt. Viel Glück noch mit deinen Blitzschluckern. War zwar nicht besonders erfreulich, deine Bekanntschaft gemacht zu haben, aber zumindest interessant.«

Damit ließ er sie stehen und begann den Hügel hinabzuhetzen.

Ninive sah Aris nach, bis der Nebel ihn verschluckt hatte, dann wandte sie sich zu Dibbid um und begann, dessen Erdungsanker zu lösen.

»Was soll das?«, fragte Dibbid.

»Ich nehme dich aus dem Kollektiv«, erklärte Ninive. »Du hast eine schlechte Arbeitsmoral und keine Lust, deine Pflichten zu erfüllen, also desintegriere ich dich.«

»Das – kannst du nicht machen, Ivi ...«

»Was hast du denn geglaubt? Dass ich Eisenwaldfräsern die Stirn biete, aber vor renitenten Blitzsammlern kusche? Ich versetze dich in den Innendienst.«

Grabesstille ringsum.

Innerlich triumphierend, genoss Ninive den neu gewonnenen Respekt. Ehe Dibbid den Schock verdaut hatte und zu einem Proteststurm ansetzen konnte, hatte sie ihn entseelt und zusammengeklappt, bis er kaum breiter war als Aris' Tornister. Flink löste sie die Statikklammern, überprüfte die Transportsicherungen und hievte ihn sich schließlich auf die Schultern. Seine Last war kein Vergleich zu der des Rucksacks, denn ein Kollektor wog gut dreißig Kilogramm. Ein Drittel des Gewichts ging auf die Rechnung der Plasmatransformatoren.

| 9 |

Als Ninive den Talgrund erreichte, sah sie Aris auf der Suche nach der verlorenen Buchseite kreuz und quer durch die nahen Auen streifen.

»Was gibt's da so blöd zu glotzen?«, rief er verärgert, als er sie am Fuß des Hügels stehen sah. »Deinetwegen war meine gesamte Reise umsonst.«

»Suchst du die hier?« Ninive hielt die zusammengerollte Seite in die Höhe. »Darfst dich bei meinem Rucksack bedanken«, sagte sie, als Aris sie erreicht hatte. »Pagg ist ein Meister darin, alles Mögliche und Unmögliche aufzuscheuchen und in sich hineinzustopfen. Ein wahrer Obskuritätendetektor.«

Trotz Aris' Erleichterung über das wiedergefundene Schriftstück war sein Argwohn fast schon spürbar. »Hast du irgendetwas mit ihr angestellt?«, erkundigte er sich, während er die Seite auf ihre Unversehrtheit hin prüfte.

Ninive verzog die Mundwinkel. »Ich habe sie nur freundlich überredet zu kooperieren«, erklärte sie. »Unter Aufzählung einiger Begebenheiten, die sich ansonsten zu ihren Ungunsten ereignen könnten.«

»Dann ist sie noch beseelt?«

»Selbstverständlich.«

»Und jetzt?«

»Es ist dein Dokument. *Du* musst ihm sagen, was es zu tun oder zu lassen hat.«

Aris betrachtete den fremdartigen Text, dann sagte er: »Lies vor, was auf dir geschrieben steht.«

»*Via in mediam murum aeonum semita est contraria, quantam esse sapiens solus cognoscit*«, begann die Seite vorzutragen. »*Ubi iacet tenebrae, ibi lux ei videndus, ubi animum gelu demittit, ibi calor sentiendus, ubi vorago deducit, ibi alae donandae altitudine. Non quae aperta videntur, sequi licet, sed obscura. Supra terram tolli sub terram eundo simile. Per tellurem semita in aquas obscuras deducit. Flumen via est ad fontem. Cursus ad caput ducit et fons genetrix est temporis.*«

Während Aris' Gesichtsausdruck Bände sprach, war Ninives Interesse an dem Text schlagartig erwacht.

»*Genetrix est temporis*«, wiederholte sie die fremdartigen Worte. »Was bedeutet das?«

»Übersetze, was auf dir geschrieben steht«, wies Aris das Schriftstück an. »In die Sprache jener, die dich erweckt hat.«

Die Seite schwieg eine Weile, dann sagte sie: »*Der Pfad ins Herz der Äonenmauer ist ein Pfad der Widersprüche, den in seiner Größe nur der Weise erkennt. Wo Dunkelheit herrscht, muss er Licht sehen, wo ihn Kälte verzagen lässt, muss er Wärme spüren, wo ihn Abgründe hinabzuziehen drohen, müssen ihn lichte Höhen beflügeln. Nicht dem Offensichtlichen darf er folgen, sondern dem Verborgenen. Sich über das Land zu erheben bedeutet, sich unter die Welt zu begeben. Durch die Erde führt der Pfad in dunkles Wasser. Der Fluss ist der Weg zum Brunnen. Sein Strom führt zur Quelle – und die Quelle ist die Mutter der Zeit.*«

»Die Mutter der Zeit«, wiederholte Ninive gedankenversunken. »Das ist eine seltsame Bezeichnung. Wie alt sind diese Chroniken?«

»Laut meinen Analysen wurde dieses Papier vor fast eintausend Jahren beschriftet.«

»Aber die Sprache muss viel älter sein«, urteilte Ninive. Sie tippte die Seite an und fragte: »Die wievielte Abschrift bist du?«

»Die vierte«, antwortete das Papier.

Aris und Ninive tauschten einen vielsagenden Blick. »Wie alt waren deine Vorgängerinnen?«

»So alt wie ich.«

»Und?«

Die Seite sah irritiert vom einen zum anderen. »Was und?«

»Na, wie alt bist du?«

»Woher soll ich das wissen? *Ihr* habt mich doch zum Leben erweckt. Kann ich jetzt gehen?«

Ninive strich mit ihrem Handrücken über das Papier. Es gab ein leises Seufzen von sich und erschlaffte.

»Sie wird ziemlich sauer sein, wenn du sie das nächste Mal beseelst.«

»Habe ich keinesfalls ...« Sie verstummte, denn in den Auwiesen hatte es angefangen zu funkeln und zu glitzern. Auch Aris bemerkte nun die lautlos heranschleichenden Wasserschlangen und sah sich um. Wohin beide auch blickten, krochen flüssige Tentakel auf sie zu.

»Was wollen diese Viecher?«

»Das weiß ich nicht«, gestand Ninive. »Dieses Verhalten ist mir neu.«

»Kannst du sie unschädlich machen?«

»Einige vielleicht, aber nicht alle.«

»Bist du eine Wandlerin oder nicht?«

»Natürlich!«, zischte Ninive. »Aber Flodd wurde nicht von mir beseelt!«

Aris sah sich um. »Wer ist Flo... *Uh!*« Er kippte vornüber und wurde von etwas Glitzerndem fortgerissen, das sich um seine Füße geschlungen hatte.

»Hilf mir!«, rief er, während der flüssige Tentakel ihn durchs Gras schleifte.

»Halt dich irgendwo fest!« Ninive streifte den Kollektor ab und rannte ihm nach. Dabei übersah sie eine zweite Wasserschlange, die sich vor ihren Füßen aufbäumte und sie zu Fall brachte. »Verdammt, Flodd, was soll das?«, rief sie und schlug erbost nach dem flüssigen Tentakel, der vergeblich auszuweichen versuchte. Als ihre Hand die Schlange traf, zerplatzte sie in tausend Tropfen.

Fluchend sprang Ninive auf und hetzte Aris hinterher. Mit einem Hechtsprung schaffte sie es, seine Hände zu ergreifen – mit dem Resultat, dass sie nun gemeinsam über den Boden gezogen wurden. Wenige Meter von Flodds Ufer entfernt fand ihre unfreiwillige Rutschpartie ein jähes Ende, als die Wasserschlange, die sie durchs Gras schleifte, plötzlich in zwei Hälften geschnitten wurde. Während die vordere sich in den Fluss retten konnte, prallte die hintere mit Aris und Ninive im Schlepptau gegen eine unsichtbare Wand, wobei ein Geräusch erklang, als kollidierten sie mit einer riesigen Glocke. Der Wasserstumpf an ihren Beinen bäumte sich auf wie in Agonie, sank kraftlos in sich zusammen und versickerte im Boden. In der Luft zwischen ihnen und dem Fluss bildete sich ein Flimmern und verdichtete sich langsam zu einem zylinderförmigen Körper, dann ragte das Genetrix-Tier vor ihnen auf.

Wie vom Donner gerührt blickten Aris und Ninive den unförmigen Koloss an. Etwas, das wie eine Antenne aussah, senkte sich auf Ninive herab und strich sanft über ihren Körper. Sie kroch rückwärts von dem riesigen Apparat fort, doch ihre Bewegung endete an zwei weiteren Wassertentakeln, die sich um ihre Arme schlangen.

»Wer weiß noch von deiner Reise zur Bannmauer?«, raunte sie Aris zu.

»Alle offiziellen Instanzen«, flüsterte dieser.

»Und du trägst diese Chronikseite legal bei dir?«

»Natürlich. Präsident Velocipedior selbst hat sie mir anvertraut, und außer mir wurde niemand für die Mission ausgebildet.«

Ein metallisches Schaben ließ ihn verstummen. Wie Ninive blickte er empor zu dem kaminartigen Aufbau, dessen Spitze begonnen hatte, in kurzen Intervallen zu rotieren. Nach mehreren Umdrehungen öffnete sie sich wie eine Luke, woraufhin eine absonderliche Kreatur sich daraus hervorzuwängen begann. Sie hatte annähernd die Form eines Menschen, wirkte jedoch wie etwas, in das man hineinschlüpfen konnte, wie eine Rüstung oder ein Schutzanzug. Rumpf, Arme und Beine bestanden aus dickem, von Altersflecken übersätem Leder, wohingegen der riesige, kugelrunde

Kopf aus Metall gefertigt war. An seiner Vorderseite klaffte ein großes, kreisrundes Loch und ließ erkennen, dass er hohl war. Das eigenartige Ding hatte keine Hände, dafür aber monströse Füße, die aussahen wie Bleihufe. Unbeholfen kletterte es an der Außenhülle des Ungetüms herab, wobei die schweren Schuhe es zu Boden zogen. Schwankend stand die Rüstung schließlich im Gras und war bemüht, das Gleichgewicht zu halten.

Ninive versuchte zurückzuweichen, doch Flodds Tentakel hielten sie und Aris fest umklammert. »Was bist du?«, fragte sie das Wesen.

»Das weiß ich nicht«, drang seine blecherne Stimme aus dem Inneren der Metallkugel. »Sag du es mir.«

»Hast du einen Namen?«

»Gib mir einen Namen, dann habe ich einen.«

Aris und Ninive tauschten einen Blick. Ihr bizarres Gegenüber sprach in Rätseln.

»Warst *du* es, der mir mit dem Genetrix-Tier durch das Hochland gefolgt ist?«

Die Rüstung schwieg, wobei ihr Kugelkopf sich drehte, als schaute sie sich suchend um. »Genetrix-Tier?«, wiederholte sie verwundert. Dann schien ihr bewusst zu werden, worauf sie anspielte, und sagte: »Das ist kein Tier, Wandlerin, sondern ein Aquaroid. Und es würde dir niemals etwas antun – denn du warst es, die es einst beseelt hatte!«

Ninives Blick pendelte zwischen der Rüstung und dem Metallkoloss, dann endlich erinnerte sie sich, wo sie den kaminartigen Aufbau und das riesige Frontbullauge vor langer Zeit schon einmal gesehen hatte: auf dem Grund des Sees, in den Flodd mündete.

Damals war sie oft tagelang am Ufer entlangspaziert und hatte all das Strandgut untersucht, das im Laufe der Zeit angeschwemmt worden war. Der gesamte See war ein Sammelbecken menschlicher Hinterlassenschaften aus dem Goldenen Zeitalter, als noch Städte existiert hatten. Viele ihrer Überreste hatte Ninive am Seeufer gefunden und beseelt, um zu sehen, was sie unternahmen und wie sie sich bewegten. Es hatte sie amüsiert, sie unbeholfen umherhopsen oder übers Ufer kriechen zu sehen.

Auf das Aquaroid war sie kaum zwanzig Meter vom Ufer entfernt am Seegrund gestoßen. Sie hatte es erweckt, um es an Land kriechen zu lassen und es sich anzuschauen, doch es hatte zu tief im Schlamm gesteckt und sich nicht daraus befreien können ...

»Aber ich habe es doch wieder entseelt«, murmelte sie. »Das weiß ich ganz genau.«

»Du warst zu schlampig«, sagte die Gestalt mit dem Kugelkopf. »Du hast lediglich seine Hülle entseelt, aber nicht sein Inneres – und nicht sein Darunter ... Nicht *mich*!«

Ninive starrte die Rüstung ungläubig an. »Du warst da drin?«

»All die Zeit, seit es gesunken war – und auch, nachdem du uns wieder verlassen hattest. Ich war gefangen in der Dunkelheit, in der Tiefe, Jahrzehnte, Jahrhunderte ... Und ich wusste, ich würde darin gefangen bleiben, bis das Wasser mich oder das starre Gefängnis um mich herum zersetzt haben würde. Das Einzige, von dem ich lernen konnte, war das Wasser. Alle Erinnerungen von Flodd sammeln sich in diesem See, seine Weltkenntnis und seine Erfahrung. Doch auch er konnte mir nicht helfen. Bald trug ich das Wissen und die Weisheit des Wassers in mir und war damit gefangen in einem winzigen versunkenen Wrack. Meine einzige Chance, diesem Gefängnis zu entkommen, bestand darin, einen Teil von mir auf das Aquaroid zu übertragen – und es zu reanimieren.«

»*Du*?«, staunte Ninive. »*Du* hast es beseelt?«

»Überrascht dich das wirklich, Wandlerin? Ist es dir denn nicht schon bei den Makula-Tieren aufgefallen? Glaubst du wirklich, beseelte Maschinen seien Quantensprünge des Lebens? Die Quintessenz aus Jahrmillionen steter Evolution?«

»Aber warum verfolgst du mich?« Ninive sah sich um und erblickte Dutzende von flüssigen Tentakeln, die sich im Gras aufgerichtet hatten und ihre Oberkörper hin und her wiegten. »Was wollt ihr von uns?«

»Kannst du dir das nicht denken? Du und deinesgleichen, ihr habt die halbe Welt beseelt – und nun kommt diese Welt zu euch und fragt: *Warum?* Wundert dich das wirklich?« Die Rüstung hob einen Arm und rief: »Genug, Flodd!« Augenblicklich ließen die Wasserschlangen von Aris und Ninive ab, hielten die beiden jedoch weiterhin umzingelt. »Ihr besitzt eine großartige Gabe«, sprach sie, während sie langsam wieder an der Flanke des Metallungetüms emporkletterte. »Doch ihr geht so leichtfertig damit um, weil ihr nur an euch denkt. Ihr beseelt uns zu eurem Vergnügen oder aus Bequemlichkeit, und nachdem ihr uns benutzt habt, werft ihr uns fort und überlasst uns unserem Schicksal.

Lange bevor ihr Wandler aufgetaucht seid, gab es ein Zeitalter, in dem diese Welt von Myriaden von Insekten bevölkert wurde. Auf einen einzelnen Menschen kamen dereinst fünfzehn Millionen Ameisen, fünf Millionen Käfer, vier Millionen Wespen und zwei Millionen Spinnen – von all den Legionen weiterer Arten ganz zu schweigen. Hätten sie ein Bewusstsein oder eine Entität über sich gehabt, die sie gelenkt und geleitet hätte, wären sie in der Lage gewesen, die gesamte Menschheit innerhalb weniger Tage auszurotten, sieben, vielleicht sogar acht Milliarden Individuen innerhalb eines Wimpernschlags der Evolution. Doch dieses Kollektivbewusstsein hatte nicht existiert.

Heute, Jahrtausende später, blicken wir dennoch auf den kümmerlichen Rest eurer einst so großen Zivilisation hinab. Wie viele Wandler und Hüter existieren noch? Dreitausend? Viertausend? Diese Welt wird mittlerweile von so vielen Beseelten bevölkert, dass ihr sie gar nicht mehr zu zählen vermögt. Auf einen der Euren kommen Tausende der Unseren – und längst nicht alle von uns sind einfältig oder gar gutmütig. Ihr solltet allmählich dafür sorgen, dass sie sich nicht endgültig gegen euch erheben – und *euch* entseelen!«

Ninive und Aris sahen sich um. An den Hängen der Hügel hatten sich Herden von Schellern und Makula-Tieren versammelt. Es mussten Hunderte sein, die auf sie herabblickten.

»Wir denken darüber nach«, versprach Aris.

»Das hoffe ich, Wandler, denn sie werden euch beobachten.« Die Rüstung schickte sich an, zurück ins Innere des Metallkolosses zu klettern.

Wie auf ein geheimes Zeichen hin vereinigten sich die flüssigen Tentakel im Gras zu einer einzigen Wasserschlange, die sich meterhoch aufrichtete. Dann glitt sie über Ninive und Aris hinweg und ergoss sich durch die offene Luke rauschend ins Innere des Aquaroids.

»Genetrix?«, fragte das Metallungetüm mit seiner tiefen, rostigen Stimme.

Ninive runzelte die Stirn. »Wieso wiederholt es ständig dieses Wort?«

»Weil es das einzige ist, das es je von allein gesprochen hat«, erklärte die Rüstung, von der nur noch der Kopf aus dem Aquaroid ragte. »Es bedeutet ›Mutter‹.«

Mit diesen Worten schloss sie die Luke, dann wandte der Koloss sich um und robbte davon.

»Wir hätten es bitten sollen, uns auf die andere Flussseite zu tragen«, murmelte Ninive mehr zu sich selbst. »Flodd nachts zu überqueren ist genau so gesund wie ein Sprung in eine Säbelgrasgrube ...«

Aris öffnete schweigend seinen ramponierten Tornister, kramte ein Kunststoffbündel heraus, legte es auf den Boden und sagte: »*Aiolos!*« Das Bündel begann augenblicklich zu wachsen und sich zu entfalten, wobei es Luft in sich hineinsaugte. Als der Vorgang Sekunden später beendet war, stand vor Ninive ein rundes, kuppelförmiges Allwetterzelt.

»Mikroklimatisch, selbstbelüftend und bodennivellierend«, erklärte Aris, während er sich daranmachte, es im Boden zu verankern. »Und falls du dich im Dunkeln fürchtest, singt es dir sogar Schlaflieder vor.« Er schob seinen Tornister hinein, zog seine Stiefel aus und schlüpfte hinterher. »Ich überlasse es dir, ob du die Nacht *in deinem Territorium* im Freien verbringen willst oder mein Heimrecht respektierst«, erklang seine Stimme gedämpft aus dem Inneren. »Aber ich finde, du bist mir die eine oder andere Erklärung schuldig.«

| 10 |

Ninive zog ihren Mantel und ihre Schuhe aus, hängte sich ihren Rucksack über die Schulter und entfernte sich ein paar Schritte, was Aris dazu bewog, den Kopf wieder herauszustrecken.
»Wohin willst du?«
»Baden.«
Aris sah hinab zu Flodd. »Doch nicht etwa in diesem Amok-Gewässer?«
»Das habe ich gehört!«, drang es aus dem Flussbett herauf.
»Nein.« Ninive deutete zu einem kleinen Katarakt am gegenüberliegenden Hang, an dessen Fuß das Wasser sich in einem kleinen Becken sammelte, ehe es über Kaskaden und durch Strudellöcher weiter hinab ins Tal strömte. »Dort oben. Ich bin schließlich nicht lebensmüde.«
»Das habe ich auch gehört!«, grummelte Flodd, wobei es klang, als würde seine Stimme sich vom Nachtlager der beiden Wandler entfernen.
Ninive sah hinab auf seine im Abendlicht schimmernden Mäander. Sie war sich nicht sicher, ob der Effekt daher rührte, dass sein Wasser in Richtung der Marschen strömte, oder ob es der Wind war, der seine Stimme mit sich wehte. Vielleicht hatte Flodd nach der Moralpredigt der Rüstung auch das Interesse an ihnen beiden

verloren – oder er war einfach nur beleidigt und zog schmollend davon. Wobei Ninive nicht genau sagen konnte, was sich da eigentlich von ihnen entfernte. Sie hatte bisher nie bewusst wahrgenommen, das Flodd so etwas wie ein Sprach- oder Bewusstseinszentrum besaß, das sich im Flusslauf auf und ab zu bewegen vermochte. Bei all ihren vorherigen Begegnungen und mehr oder minder gelungenen Durchquerungen hatte er auf sie gewirkt, als wäre das, was ihn beseelte, auf seiner gesamten Länge omnipräsent. Sollte seine Flussseele jedoch nur eine örtlich begrenzte Entität seien, die sich willkürlich in seinem Medium umherzubewegen vermochte, aber ihn nicht von der Quelle bis zur Mündung gleichermaßen erfüllte, wie sie bisher geglaubt hatte, wäre das eine völlig neue Erkenntnis.

»Brauchst du vielleicht jemanden, der dir den Rücken einseift?«, riss Aris' Stimme sie aus ihren Gedanken.

Ninive blickte den Wandler verdutzt an. Sie wandte sich ihm zu, ohne sich von der Stelle zu bewegen, neigte leicht den Kopf und begann ihr Hemd aufzuknöpfen. Dann schlug sie beide Hälften blitzschnell auseinander und wieder zusammen, sodass Aris für den Bruchteil einer Sekunde einen Blick auf ihren bloßen Oberkörper werfen konnte, ehe sie die Hemdzipfel vor ihren Bauch verknotete.

»Wenn du es wagen solltest, mir zu folgen, und ich auch nur eine einzige Augenwimper von dir über den Uferrand ragen sehe, wirst du ein blaues Wunder erleben!«

Zufrieden mit sich und ihrer Antwort auf seine dreiste Frage, machte sie kehrt, durchquerte barfuß die Talsenke und marschierte hinauf in Richtung des Wasserfalls. Mit einem belustigten Lächeln auf den Lippen begann sie sich bereits auszuziehen, bevor sie den Pool unter dem Katarakt erreicht hatte, ahnend, dass Aris sie von der gegenüberliegenden Talseite aus weiter beobachtete. Auf Höhe der Kaskaden siegte schließlich doch ihre Neugier. Sie warf einen verstohlenen Blick über ihre Schulter hinüber zum Zelt – und hielt verdutzt inne. Von Aris war weit und breit nichts zu sehen. Ihre Verwunderung wandelte sich von Enttäuschung in Verdrossenheit, denn selbst nachdem sie minutenlang splitternackt am Fuß des kleinen Wasserfalls ausgeharrt hatte, ließ der Wandler sich nicht sehen, um sie eines Blickes zu würdigen. Beleidigt schmiss sie ihre unter dem Arm getragene Kleidung auf den Felsboden und entseelte ihren Rucksack.

»Arsch!«, zischte sie und stieg in das von Gewitterfluten ausgewaschene Bassin. Kleine Wellen schwappten über das Ufer, als sie sich abstieß und in Richtung des schmalen Wasserfalls treiben ließ, der vor ihr eine meterhohe, fast senkrechte, moosbewachsene Klippe herabsprudelte. Vor allem im Sommer, wenn die Hitze im Hochland fast unerträglich war, badete sie oft hier und genoss das kühle Nass und die kleine Extrabehandlung seiner winzigen Bewohner. Der kleine Teich war mit einem kräftigen Zug zu durchschwimmen und kaum mehr als zwei Meter tief. Sein kaltes, kristallklares Elixier sorgte dafür, dass ihr Ärger auf Aris rasch verflog.

Mit einem leisen Lächeln auf den Lippen ließ sie sich auf den Grund des Pools sinken, woraufhin aus Ritzen und Spalten winzige Quellmaschinen geschwärmt kamen. Mit ihren rotierenden Flossen umschwirrten sie ihren Körper und begannen mit ihren Saugmäulern an ihr herumzupicken. Ninive schloss die Augen, genoss das Kribbeln auf ihrer Haut …

Ist Aris womöglich auch nur eine beseelte Maschine mit außergewöhnlichen Fähigkeiten, die lediglich aussieht und sich verhält wie ein Wandler?, fragte eine innere Stimme in diesem Moment. *Ein Gesandter des Dynamo-Rats, der dir deine Geheimnisse entlocken soll?*

Sie öffnete die Augen wieder und blickte hinauf zur unter dem Katarakt sprudelnden Wasseroberfläche.

Lebten in der Stadt überhaupt noch Menschen?

| 11 |

Wie schon die Abende zuvor tastete Aris die prall gefüllten Waben der Zelthülle ab und lauschte nach einem leisen, verräterischen Zischen, mit dem die Druckluft aus winzigen Löchern entwich. Alle Blister schienen die unfreiwillige Schlitterpartie und Ninives Untersuchung seines Tornisters jedoch unbeschadet überstanden zu haben. Im Hinblick auf das rabiate Vorgehen der Wandlerin im Kreise ihrer beseelten Kollektoren hatte er Schlimmeres befürchtet.

Mit ein wenig Abstand zu den Ereignissen am Flussufer und auf der Bergkuppe fragte er sich, welcher Teufel ihn eigentlich geritten hatte, ihr ein Nachtquartier anzubieten. In Anbetracht der Geschichten, die er über sie gehört und gelesen hatte, war es schon mehr als verwegen, das Zelt mit ihr teilen zu wollen. Zwar wusste er nicht, wo und in welcher Art von Behausung sie wohnte, aber er war sich sicher, dass sie auch ohne halbwegs komfortablen Unterschlupf gut zurechtgekommen wäre.

Es war mehr als nur ein Gefühl, dass der Wandlerin gar nicht bewusst war, wie oft in den Straßen der Stadt über sie gemunkelt wurde und welch haarsträubende Geschichten die Bibliothek über sie zu erzählen wusste. So berichtete der Pilger Uru Noma in der Bergchronik, der ›Wandler-Balg‹ könne Bäume ausreißen, Blitze schleudern und sogar Wasser zum Sprechen bringen. Das *Liber Aeon* spekulierte, sie durchstreife das Hochland auf riesigen, ölspeienden Mechanopoden und jage damit alles gnadenlos bis hinter den Horizont, was in ihr Territorium eindränge. In den Aufzeichnungen des legendären Naturforschers Arax Eizum war zu lesen, sie habe in den Marschen blutrünstige Urwelt-Tiere beseelt, die im seichten Wasser der Seeufer lauerten und achtlose Wanderer mit Haut und Haaren verschlängen. Dass sie, wie einige dubiose Quellen behaupten, fähig war, auf den von ihr gefangenen und gezähmten Blitzen zu reiten, erschien allerdings selbst Aris ein wenig zu weit hergeholt.

In einem Aspekt jedoch stimmten alle Chroniken überein: dem Gerücht, Ninive verkehre gelegentlich mit einem uralten, finsteren und furchterregenden Wesen, das ganze Welten zu fressen vermöge …

Sollte an den Geschichten der Pilger und Ratsreisenden, die in der Stadt Quartier bezogen hatten, ein Funken Wahrheit stecken, war Ninive Jahrhunderte älter als Aris. Es war also theoretisch möglich, dass sie Barna vor einem Äon sogar leibhaftig begegnet war, ohne sich dessen bewusst gewesen zu sein, wen sie vor sich gehabt hatte.

Wie auch immer, einige Hundert Jahre Altersunterschied waren ein enormer Zeitvorsprung, um ihre Gabe zu perfektionieren – zumal das Leben in dieser Einöde weitaus fordernder war als ein Leben in der Stadt. Wer wusste also schon zu sagen, welche Geschichten über sie wahr waren und welche nur literarischer Dunst und Windmacherei?

Wahrscheinlich war es also einfach eine Mischung aus Leichtsinn, Kühnheit und Neugier, die Aris dazu bewogen hatte, Ninive einen Schlafplatz anzubieten. Mit der Aussicht, einigen der Geschichten über sie nach seiner Rückkehr die eine oder andere Fußnote und Korrektur hinzufügen zu können.

Aris vernahm sich nähernde Schritte und gab sich geschäftig, als Ninive eine der Zelttüren aufklappte und geduckt ins Innere trat. Am Leib trug sie nur ihr Hemd, den Rest ihrer Kleidung hatte sie sich als Bündel unter den Arm geklemmt. Ihr Blick war ernst.

»Wolltest du nicht baden?«, wunderte er sich bei ihrem Anblick.

»Habe ich.«

»Deine Haare sind aber trocken.«

»Ich weiß mit Wasser umzugehen.« Sie ließ das Kleiderbündel fallen, woraufhin die Pistole zum Vorschein kam, die sie in ihrer rechten Hand darunter verborgen gehalten hatte. »Zieh dein Hemd aus!«, befahl sie Aris und zielte auf seinen Kopf.

Der Wandler schielte auf die Waffe. »Wo hast du *die* denn her?«, staunte er. »Ist die echt? Solche Dinger liegen bei uns im Urwelt-Museum ...«

»Sei still!« Ninive hielt ihm die Pistolenmündung an die Stirn. »Ich sagte ausziehen!«

»Ruhig Blut, ruhig Blut ...« Zögerlich begann der Wandler sich zu entkleiden. »Das könntest du auch mit weitaus weniger rabiaten Mitteln haben.«

»Ich muss sichergehen.«

»Dass ich mich ausziehe?«

»Dass du bist, was du zu sein vorgibst. Und jetzt leg dich auf den Rücken!«

»Hältst du das nicht für ein wenig über...«

Ninive hob ein Bein und stieß ihn mit dem Fuß nach hinten. Auf dem Boden liegend, hob Aris die Hände als Zeichen, dass er keinen Widerstand leisten würde.

»Wage es nicht, dich zu mucksen!«, sagte sie, als sie sich neben ihn kniete. Das leichte Zittern in ihrer Stimme war nicht zu überhören.

Durch den Stoff ihres Hemdes spürte Aris ihre Brustwarzen über seine Haut streichen. Ninive klopfte mit der freien Hand gegen seine Rippen und lauschte gebannt, als würde sie aus dem Inneren ein Echo erwarten. Dann legte sie ein Ohr auf seinen Brustkorb und klopfte noch einmal.

»Ist dir dort oben am Wasserfall irgendetwas auf den Kopf gefallen?«, fragte Aris, nachdem sie eine Weile reglos neben ihm gekauert und in ihn hineingehorcht hatte.

Ninive richtete sich auf. »Bist du ein Mensch?«

Aris zog die Augenbrauen zusammen. »*Was?*«

»Aus Fleisch und Blut?«

»Das meinst du jetzt nicht ernst, oder?«

Ninive erhob sich wieder, hielt die Waffe jedoch weiterhin auf den Wandler gerichtet. »Tut mir leid«, murmelte sie.

»Na, das will ich auch schwer hoffen!«

Er setzte sich auf. Einige Sekunden lang sahen sie einander an, dann legte er seine Hände an ihre Hüften, schob ihr Hemd ein Stück hoch und zog sie zu sich heran.

Ninive sog scharf die Luft ein, als sie seine Wärme in ihrem Schoß spürte. Ihre Hand mit der Waffe begann zu zittern. Wie in einer Trotzreaktion richtete sie die Pistole auf seine Stirn, dann ließ sie ihren Arm sinken und starrte mit weit geöffneten Augen auf Aris hinab. Schließlich ließ sie die Waffe zu Boden fallen, ergriff seinen Kopf und presste ihn mit einem leisen Stöhnen fester an sich …

| 12 |

Magnetische Gefühle?«, zweifelte Ninive, als der Schweiß auf ihrer Haut getrocknet und sie wieder zu Atem gekommen war. Die Skepsis in ihrer Stimme war nicht zu überhören. »*So etwas* lehrt man euch in der Stadt?«

Aris schnaubte leise. »Dort gibt es keine Schule oder Akademie für Wandler«, erklärte er. »Unser Wissen müssen wir uns in Bibliotheken und freien Archiven selbst aneignen. Oder wir erarbeiten uns durch jahrzehntelange Frondienste für den Levitat-Adel einen enzyklopädischen Pylon.«

»Was ist das?«

»Eine Art technischer Lehrmeister.« Er wandte sich ihr zu und stütze seinen Kopf auf seine Handfläche. »Willst du mir etwa erzählen, du warst noch nie in der Stadt?«

»Ist lange her«, gestand Ninive. »War auch nur in den Außenbezirken, nicht im Zentrum.«

»Du hast noch nie die Kaskaden der Mitternachtssonne gesehen?«, staunte Aris. »Oder das Radiant-Pyrinostrium?«

»Nein.«

»Die Spektralarkaden? Die Orangerie der Stromkaiser? Das große Dynamo-Mausoleum? Die schwebenden Gärten von Parabol?«

Ninive schüttelte den Kopf.

»Du meine Güte …« Aris konnte seine Verwunderung nicht verbergen. »Woher hast du dann all dein Wissen und deine Talente?«

Ninive zuckte mit den Schultern. »Von hier und da …«

»Hier und da?«

»Die Hinterlassenschaften des Goldenen Zeitalters haben oft viel zu erzählen …«

»Verstehe. Dann waren die Vorwürfe dieser Urwelt-Rüstung also doch nicht von so weit hergeholt.« Er strich Ninive eine Haarsträhne aus dem Gesicht und fuhr ihr mit dem Zeigefinger über die Stirn. »Den Barna-Chroniken zufolge wusste im Goldenen Zeitalter jedes Wandlerkind, dass Emotionen magnetisch sind. Auf der einen Gehirnseite liegt das positive Feld, auf der anderen das negative. Der menschliche Geist befindet sich in der Regel nie im Einklang mit sich selbst. Spätestens nach dem Einschlafen beginnt er willkürlich zwischen den Polen umherzuirren, unfähig, Einfluss auf die emotionalen Gewalten zu nehmen, die an ihm zerren.«

»Und was hat das alles mit diesem Kanoflux zu tun?«

»Den Chroniken und einigen älteren Gelehrten zufolge ist er so eine Art Genesis-Energie. Barna hat vor langer Zeit gelehrt, dass der Kanoflux die gesamte Welt prägt. Er macht Scheller, Makula-Tiere oder Elexen zu dem, was sie sind.«

»Tumbe, Gras fressende, rauchende, stinkende und scheppernde Ungetüme? Ich glaube nicht, das dafür irgendeine exotische Energie nötig ist.«

»Jede dieser Kreaturen an sich ist ein Unwesen«, stimmte Aris ihr zu. »Doch begegnet ein beseeltes Ding einem gleichartigen anderen, beginnt ein Balz- und Paarungsgebaren, das in Gestalt von Mechafaunen oder π-Männchen manchmal seinesgleichen sucht. Unsereins steht dabei auf der Paradies-Skala wahrscheinlich ziemlich weit hinten …«

»Finger weg!«, fuhr Ninive ihn an, als er ihre entblößten Brüste zu streicheln begann, und schlug seine Hand fort.

»Das klang vorhin aber noch ganz anders …«, schmunzelte Aris.

»Vorhin war vorhin. Jetzt ist jetzt.« Ninive zog die Decke über ihren Körper, bis nur noch ihr Gesicht hervorlugte. »Erzähl mir mehr über den Kanoflux!«

Aris ließ sich auf den Rücken sinken und starrte auf das flirrende Licht der Triodenfalter, die über dem Zelt schwärmten und sein Inneres in einen schummrigen, blaugrünen Schein tauchten.

»Siehst du das?«, fragte er, ohne tatsächlich eine Antwort zu erwarten. »Es ist nicht unser Geruch, unser Atem oder unser Schweiß, der sie anlockt, sondern die Energie, die unsere Gabe uns verleiht. Auch wenn wir sie nicht nutzen und nicht an sie denken, strahlen wir sie aus. Wie unsere Körperwärme. Der Kanoflux erfüllt und umgibt uns, solange Leben in uns steckt.« Aris schwieg eine Weile, dann sagte er: »Doch er beseelt auch diese Triodenfalter und die Makula-Tiere und die Scheller – obwohl sie *nicht* leben. Wir nennen sie Tiere, aber das tun wir nur, weil wir uns an sie gewöhnt haben und es seit Jahrtausenden nicht anders kennen. Wir können uns inzwischen gar nicht mehr vorstellen, dass Tiere *nicht* quietschen, klappern, knattern und rauchen und sich in ihrem Inneren Walmwalzen, Gyroskope und Zahnräder drehen.«

»Hasst du die Tiere etwa?«

»Was?« Aris schaute Ninive überrascht an. »Nein, natürlich nicht. Aber ich versuche mich in Barna hineinzuversetzen und die Dinge so zu sehen, wie er sie vielleicht wahrgenommen hat. Die Natur hat nicht vorgesehen, dass irgendwelche Dinge, Apparate und Entitäten sich eigenwillig bewegen, zu fressen beginnen, sich zu Herden zusammenrotten, sich irgendwo dort draußen mit öl- und dampfgeschwängertem Maschinensex vergnügen und fröhlich vermehren – aber sie vollbringen es trotzdem. Kaum sind sie beseelt, hebeln sie eine ganze Reihe von Naturgesetzen aus und ersetzen sie durch neue.

Bis zu seinem Ableben hatte Barna offenbar zu ergründen versucht, ob die Mechafauna aus der Urwelt hervorgegangen war oder es die Beseelten selbst gewesen waren, welche aus dieser Welt das gemacht hätten, was sie heute ist. Nebenbei hatte er beim Sezieren einiger Makulas und Scheller sogar das Farmino-Paradoxon gelöst.

Ihn trieb die Frage um, wie sie in ihren Heizkesseln ein Feuer am Brennen halten, indem sie es einzig mit Süßwasser und saftigem Gras schüren …«

»Wie?«

»Barna hat herausgefunden, dass die Pflanzen wesentlich mehr hoch entzündlichen Phosphor enthalten als Chlorophyll und dass das aufgenommene Wasser lediglich der Systemkühlung dient. Jemand, der nicht täglich eine halbe Tonne Grünzeug frisst und führerlose Fuhrwerke stemmt, kann das natürlich kaum nachvollziehen.«

»Machst du dich über mich lustig?«

»Nein«, versicherte Aris. »So lautet eine von Barnas handschriftlichen Anmerkungen in den Chroniken. Offenbar hatte er sich trotz seiner gesellschaftlichen Stellung mit zahlreichen Skeptikern und Wortwächtern konfrontiert gesehen.«

Ninive seufzte und schlüpfte wieder ein Stück unter der Decke hervor. »Wie geht es nun weiter?«

»Meine Verpflichtung gegenüber dem Rat verlangt, dass ich morgen früh meine Wanderung zu den Seen wieder aufnehme.« Aris blickte ihr eine Weile schweigend in die Augen, dann fragte er: »Warum begleitest du mich nicht?«

»Ins Verderben?«

»In die Marschen. Bei meiner Suche nach Barnas verlorener Passage wärst du mir eine große Hilfe. Vier Augen sehen mehr als zwei.«

»Nein, danke.«

Aris schien einen Moment in sich hineinzuhorchen, dann sagte er: »Hast du dich noch nie gefragt, wie eine vier Kilometer hohe Mauer jahrtausendelang bestehen kann, ohne unter ihrem eigenen Gewicht zusammenzubrechen oder im Boden zu versinken?« Aris sah sich um. »Was denkst du, wie schwer mag der Hügel sein, auf dem deine Witz-Kollektoren stehen?«

»*Blitz*-Kollektoren!«

»Na, was auch immer … Fakt ist: Niemand auf dieser Welt ist in der Lage, den Hügel auch nur einen Zentimeter anzuheben. Dabei ist dieser kaum fünfhundert Meter hoch. Die Bannmauer hat mehr als das Achtfache seiner Größe und über das Dreißigfache seiner Breite – und doch ragt sie ungebeugt und trotzig auf wie am ersten Tag, ohne auch nur einen Meter tief ins Marschland eingesunken zu sein. Ich frage mich: Wie ist das möglich? Wie kann etwas so Gigantisches bestehen, obwohl es aus unzähligen aneinandergereihten und übereinandergeschichteten Fragmenten zusammengesetzt wurde? Welche Macht steckt dahinter?«

»Vielleicht hat sie sich ja selbst erbaut«, murmelte Ninive. »Dann hätte jeder Stein der Mauer gewusst, wo sein statisch optimaler Platz im Gefüge ist.«

Aris wirkte für einen Moment perplex. »Unmöglich«, befand er schließlich. »Absolut unmöglich.«

Ninive konnte fast schon spüren, wie die Gedanken hinter seiner Stirn zu kreisen begannen und er das Für und Wider ihrer Worte abwog. Sie zog ihm die Decke vom Körper, was ihn vollends aus dem Konzept brachte, und betrachtete ihn im Zwielicht der Triodenfalter, die sich mittlerweile zu Dutzenden auf dem Zeltdach niedergelassen hatten. Aris hielt den Atem an, als sie – noch halb in ihre Decke gehüllt – über ihn glitt …

| 13 |

»Erzähl mir etwas über dich«, forderte Aris sie auf, nachdem ihr Liebesspiel alle Insekten von der Außenhülle verscheucht und Ninives Atem wieder ruhiger geworden war. »Woher kommst du?«

»Mein Haus steht im Nordosten, am Rand der Niederung«, murmelte sie schläfrig, ohne die Lippen von seinem Hals zu nehmen. »Wenn du den Hang am gegenüberliegenden Flussufer ein Stück hinaufsteigst und in Richtung des östlichen Bruchhains blickst, kannst du bei klarer Sicht seine Ecktürme über die Bäume ragen sehen.«

»Ich meinte eigentlich deine Herkunft«, sagte Aris. »Wo wurdest du geboren?«

Ninive hob den Kopf, strich sich das Haar aus dem Gesicht und stützte sich mit dem Kinn auf seiner Brust ab. »Das weiß ich nicht«, sagte sie leise.

Aris machte ein verdutztes Gesicht. »Ernsthaft?«

»Meine früheste Lebenserinnerung ist der Feuersturm, und zu dieser Zeit war ich schon kein Kind mehr. Ich erinnere mich an nichts, was davor war. Da gibt es nur unverständliche Stimmen und unscharfe, unzusammenhängende Bildfetzen, wie Tausende weit verstreute Scherben eines Spiegels. Ich habe früher oft zu ergründen versucht, was vor dem Feuersturm war, aber nie eine

Antwort darauf gefunden. Da gibt es nur kurze *Déjà-vus*, das Gefühl, etwas vermeintlich Neues irgendwann irgendwo schon einmal gesehen, gehört oder erlebt zu haben.«

»Erinnerst du dich an deine Eltern?«

Ninive legte ihren Kopf zur Seite. »Schlechtes Thema«, befand sie nach langem Schweigen. »Neuralgischer Punkt.« Sie legte sich neben ihn, wobei sie begann, sich in seinen Schlafsack zu wickeln.

»Und was treibst du den lieben langen Tag – außer Blitze zu fangen und die Gegend unsicher zu machen?«

»Ich wandere durch das Hochland oder durchstreife die Tiefebene und die Wälder auf der Suche nach Relikten aus der Alten Welt. Sehen sie interessant und halbwegs zahm aus, erwecke ich sie zum Leben, um mir ihre Geschichten anzuhören und mich von ihnen unterhalten zu lassen.

Manche von ihnen ängstigt oder überfordert es, sich plötzlich ihrer und der Welt um sie herum bewusst zu sein. Andere können gar nicht genug davon kriegen und geraten in einen regelrechten Existenzrausch, sodass ich gezwungen bin, sie wieder zu entseelen, um mich vor ihnen und sie vor sich selbst zu schützen.

Sachen, die mir besonders gut gefallen, nehme ich mit nach Hause oder gebe ihrer Existenz anderweitig einen neuen Sinn, wie etwa den Blitzkollektoren oben auf dem Berg. Jene von ihnen, die sich ihrer ureigenen Form noch bewusst sind, vermögen sich in beseeltem Zustand sogar selbst zu regenerieren und ihre fast makellose Urform zurückzuerlangen.

Mein gesamter Hausrat besteht aus Urwelt-Relikten, die ich in den vergangenen Jahrhunderten im Land gefunden habe. Bei so vielen Beseelten und ihrem nicht besonders ausgeprägten Gedächtnis geht es im Haus wirklich drunter und drüber, besonders nachdem ich eine Weile auf Wanderschaft war. Manchmal erfordert das Verhalten der Bande eine Maßregelung, aber im Grunde harmoniert alles miteinander.« Ninive seufzte. »Na ja, das ist mein Leben. Ich bin eine Archivarin der Alten Welt und lebe in einem kleinen, beseelten Museum, in dem alles miteinander raunt und munkelt. Und wenn es mir zu viel wird und ich ein wenig Ruhe brauche, setzte ich mir Pagg auf und durchstreife wieder das Land.«

Aris hob den Kopf und sah sich im Zelt um. »Ich sehe ihn nirgends.«

»Wahrscheinlich kriecht er irgendwo draußen herum und sammelt wieder Kleingetier. So, genug von mir. Du bist an der Reihe.«

Aris blies die Backen auf. »Was willst du denn wissen?«

»Alles.«

»Ich bin der *Protegé* von Ratspräsident Velocipedior III.«

Ninive musste lachen.

»Was ist daran so lustig?«, fragte Aris. »Meine Eltern waren weder Wandler noch Regulatoren. Sie haben ein kurzes Menschenleben geführt und sind bereits vor Jahrhunderten gestorben, ohne sich jemals weiter als ein paar Kilometer aus der schützenden Stadt hinausgewagt zu haben.

Ich verbrachte Jahrzehnte auf Wanderschaft im Süden und entlang der Küsten, habe während der vergangenen Jahrhunderte in gut fünf Dutzend Menschen-, Wandler und Mecha-Gastfamilien gelebt, mindestens ebenso viele Berufe erlernt und die Hälfte aller erworbenen Fähigkeiten und vermeintlichen Wissensschätze inzwischen wieder vergessen. Wenn du also etwas über Tausendschwärmer, Technotektik, Permastrom, archimedische Schraubrosse, hyperische Angler, Lichtmalerei, die wundersame Wurmwindorakellehre und andere interessante oder todlangweilige Dinge wissen willst, darfst du mich gerne fragen. Vielleicht weiß ich noch etwas davon.

Als ich vor einigen Jahren schließlich kurz davor war, die Stadt endgültig zu verlassen und mein Glück im Süden zu suchen, hat mich Präsident Velo unter seine Fittiche genommen. Ich wurde von ihm geschult, ohne dass der Rat etwas davon erfuhr. Erst zur Millenniumfeier hat er mich den Mitgliedern schließlich vorgestellt, ein Tag irgendwo angesiedelt zwischen himmelhochjauchzend und zum Verkriechen fürchterlich. Maschinen können so unvorstellbar impertinent sein. Tja, dann wurde ich schließlich auf meine große Mission ins Hochland geschickt – und nun liege ich hier neben dir ...«

»Das heißt also, du bist ebenfalls so eine Art Waise?«, überging Ninive die Anspielung.

Aris blickte hinauf zu den ersten sich wieder auf das Zeltdach trauenden Diodenfaltern. »Ist man eine Waise, wenn man seine an Altersschwäche verstorbenen Eltern bereits vor Jahrhunderten überlebt hat?«, murmelte er. »Komische Frage.« Er schaffte es, einen Teil des Schlafsacks unter ihr hervorzuziehen und sich ebenfalls zuzudecken. »Wir sollten schlafen«, sagte er. »Ich habe noch eine lange Wanderung vor mir, und dein Domizil liegt auch nicht gerade um die Ecke.« Er wartete eine Weile auf eine Antwort, dann fragte er: »Und ich kann dich wirklich nicht dazu überreden, mich zu den Seen zu begleiten?«

Ninive lag lange still und schweigend neben ihm, sodass er irgendwann davon überzeugt war, sie sei eingeschlafen.

»Komm mich besuchen, wenn du deine Bannmauer-Mission erfüllt hast«, flüsterte sie schließlich und schmiegte sich an ihn. »Ich habe eine alte Standuhr, die kocht für ihr Leben gerne Tee …«

| 14 |

»Guten Morgen, Ivi«, grüßte Clogger, als Ninive am nächsten Morgen zur Haustür hereinkam. »Willkommen zurück. Wir schreiben den 20. Mai im Jahr 23.911 des ewigen Kalenders. Es geht ein leichter Wind aus Nordost, die Temperatur beträgt 15,4 Grad Celsius und es sind noch elf Tage bis zum kalendarischen Sommeranfang. Guss hat sich schon Sorgen gemacht, weil du die gesamte Nacht über fort warst.«

»Was ist mit deinem Rucksack passiert?«, wunderte sich Luxa.

»Das ist nicht der Rucksack.« Ninive ließ den gefalteten Kollektor zu Boden gleiten, zog Pagg aus seiner Brennkammer und seufzte erleichtert, als sie von beider Last befreit war. »Ist Cutter noch hier?«

»Wer ist Cutter?«, fragte Clogger.

Ninive verdrehte die Augen. »Niemand, schon gut. Sag Guss, er soll sich auf eine Holzdiät einstellen.« Sie öffnete die Gewölbetür und begann den Kollektor die Treppe hinabzuschleppen. »Und bereitet etwas zu essen zu, ich bin am Verhungern.«

An seiner neuen Wirkungsstätte angekommen, klappte sie Dibbid wieder auseinander und platzierte ihn in der Mitte eines fensterlosen Tonnengewölbes. Sein reaktivierter Verstand bereitete ihr dabei keine Sorgen, denn im Gegensatz zum restlichen Inventar würde es sich erübrigen, ihn mit der neuen Situation vertraut zu machen. Als

Kollektor verfügte er selbst nach langen Bewusstseinspausen weiterhin über den letzten Informationsstatus. Wahrscheinlich war es ein Resultat seines Sammel-Unterbewusstseins, das ihm erlaubte, seine alten Gedanken und Erinnerungen im Langzeitspeicher zu behalten. So sah Dibbid sich nur mit zunehmender Resignation um, nachdem Ninive ihn reanimiert hatte.

»Du steckst mich in den Kerker?«, fragte er um Fassung ringend.

»Das ist der Keller.«

»Ivi, ich flehe dich an, lass mich nicht hier unten verrotten.«

»Es ist nur für die ersten sechs Wochen«, sagte sie. »Die Brutzeit dauert zwar nur dreißig Tage, aber solange Brass-Nymphen nicht flügge sind und ihre Antennen eingerollt haben, benötigen sie Wärme, Dunkelheit und vor allem Schutz.«

Dibbid schwieg so lange, dass Ninive bereits befürchtete, er hätte vor Entsetzen einen Kurzschluss erlitten. Dann konnte sie jedoch hören, wie es zwischen seinen Kernrelais und Plasmakomprimierern summte und knisterte. »Brutzeit?«, fragte er schließlich. »Was meinst du damit?«

Ninive schloss die Tür, um zu vermeiden, dass das neugierige Inventar sie belauschte. »Ich habe ein Problem mit meinem Kammerjäger«, erklärte sie dem perplexen Kollektor. »Balthazaar leistet zwar gute Arbeit, kann Ungeziefer aber leider nicht von Nutzgetier unterscheiden und steckt hier unten alles ins Maul, was nicht bei drei in den Wänden ist. Um eine Tragödie zu vermeiden, müssen die Nymphengelege vor ihm geschützt werden.

Falls du also statt Plasma zu sammeln lieber als Inkubator arbeiten willst, gebe ich dir die Chance, dich zu bewähren. Solltest du dich gut machen und die Brut gedeihen, stelle ich dich hoch zu Guss ins Wohnzimmer, wo du die weitere Hege verantworten wirst. Arbeitest du vorbildlich, werde ich dich mit der Aufzucht von Windschellern betrauen und irgendwann vielleicht sogar mit Prismäen. Bedenke aber, dass dein Entschluss unumkehrbar sein wird. Solltest du dich für das Brutgeschäft entscheiden, wirst du nie wieder das Hochland sehen. Deine zukünftigen Wirkungsstätten werden das Haus, der Garten und der Ringwald sein. Wäre das in deinem Sinne?«

Dibbid öffnete seine Ladeklappe, doch kein Ton drang heraus.

»Du kannst ein paar Tage lang in Ruhe über mein Angebot nachdenken«, erklärte sie dem Kollektor. »Wenn ich wiederkomme, erwarte ich eine Entscheidung.« Damit verließ sie das Gewölbe, schloss die Tür hinter sich und ließ den konsternierten Apparat in der Dunkelheit zurück.

TEIL 2

DAS LIED DER WIND-AUGUREN

Das melodische Requiem des Tages stieg herauf – der Zephyr des Klanges flog wehend über die Garten-Blüten – und die Töne wiegten sich auf den dünnen Lilien des aufwachsenden Wassers, und die Silberlilien zersprangen oben vor Lust und Sonne in flammige Blüten – und drüben ruhte die Mutter Sonne lächelnd in einer Aue und sah groß und zärtlich ihre Menschen an.

Jean Paul
TITAN

| 15 |

»Er hat sich eingegraben?« Ninive starrte Wipp ungläubig an. »Wie eingegraben?«

»Ganz und gar.« Der Besen wand sich mit sichtlichem Unbehagen. »Klappe voraus, bis über den Antennenscheitel.«

»Und die Brass-Nymphen?«

»Drin …«

»*Drin?*«

»Ich denke nicht, dass das besonders schlimm ist«, meldete Clogger sich von der geöffneten Haustür. »Bodenbrüter sind generell etwas eigen, und die Küken finden's wahrscheinlich ganz lauschig.«

Ninive sah ein wenig ratlos hinüber zur Standuhr. »Ich hatte nichts dagegen, dass er sich jeden Tag auf der Wiese ein Nest baut, weil er das vom Vortag vergessen hat«, antwortete sie. »Aber sich einzugraben geht jetzt wirklich etwas zu weit.«

»Glaubst du, er gräbt jetzt auch Tunnel?«, erkundigte sich Luxa. Die Stehlampe spähte hinter Clogger durch das Eingangsportal.

»Wenn ihr meine Meinung hören wollt, dann hat dieser Teilzeit-Inkubator eh eine Pulverladung in die falsche Röhre gekriegt«, brummte Guss, der mit erhobenem Ofenrohr vor dem Gartentor auf und ab paradierte. »Jemand von seinem Schlag gehört hoch an die Sturmfront und nicht in den Garten.« Er hielt im Schritt inne, spie eine Ladung feuchten Ruß ins Gras und knurrte: »Verdammter Blitzdienstverweigerer!«

Seit gut einer Stunde streiften Ninive, Wipp und Guss über das Grundstück und suchten den Garten und die angrenzende Wiese nach Dibbid ab. Der Kollektor hatte sich während der vergangenen Nacht ein wenig zu sehr in seine Fürsorgepflicht für die ihm anvertrauten Brass-Nymphen vertieft – im wahrsten Sinne des Wortes. Nun hatte er sich irgendwo eingegraben, und nicht einmal ein frischer Erdhügel zeugte von der Stelle, an der dies geschehen war. Selbst vom Observatorium aus hatte Ninive keine verdächtige Erhebung in der Umgebung erkennen können, was sie befürchten ließ, Dibbid könnte den Schutz der Bäume ausgenutzt und sich irgendwo im Wald verbuddelt haben.

Wipp war der Einzige, der gesehen hatte, wie und wo es passiert war. Unglücklicherweise war der Besen seiner Natur entsprechend so schusselig, dass er sogar regelmäßig vergaß, dass die anderen ihn mal wieder draußen zurückgelassen hatten. So kam es, dass er selbst im tiefsten Winter davon überzeugt war, irgendwo in den hüfthoch zugeschneiten Garten zu gehören – zwischen gefrorene Bohnenranken, Astralbierstauden und die Eiskogel überwinternder Schnabeltomaten. Aus Wipp war absolut nichts zu Dibbids Verbleib herauszukriegen.

»Ich könnte ihn suchen«, bot Guss seine Dienste an. »Schließlich verfüge ich über ein Bodenradar.«

Ninive hob die Augenbrauen. »Du besitzt einen Detektor?«, staunte sie. »Warum hast du mir nie davon erzählt?«

»Weil …« Guss schielte hinüber zu Wipp. »Weil er sich an einer Stelle befindet, die keinen etwas angeht, klar?« Es sah zur Haustür und rief: »*Ist das klar?*«

»Was?«, kam es von Luxa und Clogger unisono zurück.

Der Ofen murmelte etwas Unverständliches, wandte ihnen sein Hinterteil zu und begann eine Spiralschnecke durchs Gras zu scheuchen.

»Na gut, such ihn«, sagte Ninive. »Aber geh nicht in den Wald, und halt dich von den Liebeskraut-Imitatoren fern.«

»Okidoki.« Guss begann davonzuhoppeln, wobei er im hohen Gras aussah wie ein überfressener Boxhase.

»Ich lasse die Frontfenster offen«, rief Ninive ihm nach. »Falls etwas sein sollte …«

»… blas ich dreimal ins Rohr«, beruhigte Guss seine Besitzerin.

Seufzend wandte Ninive sich um, blieb jedoch auf halbem Weg zum Eingangsportal stehen, gebannt von einer kaum wahrnehmbaren Melodie, die der Wind aus der Ferne herantrug.

»Hört ihr das?«, fragte sie, während sie den Waldrand absuchte.

Clogger streckte seinen Glockenturm heraus. »Das ist ein Augur, wenn ich mich nicht irre.«

»Du machst Witze.« Luxa knipste abwechselnd zu Ninive und der Standuhr, dann hüpfte sie an Clogger vorbei und strahlte sorgenvoll in den Nebel. »Auguren gibt's nicht mehr, seit ich leuchten kann …«

Für eine Weile stand Ninive mit geschlossenen Augen vor dem Eingang und lauschte den geisterhaft anmutenden Melodiefetzen. Dann atmete sie tief durch und schlüpfte zwischen Luxa und Clogger hindurch ins Haus.

»Könnte einer von euch Guss im Auge behalten?«, fragte sie, während sie die Turmtreppe emporeilte. »Ich bin oben im Observatorium.«

Der erste amtierende Haus-Chronist in Ninives Domizil, ein während der Restaurierung aus dem Schutt geborgener Elektritter, der seinen ersten Frühling bereits in fernster Urzeit erlebt hatte, war vor seinem Ableben zu der Erkenntnis gelangt, dass das feudale Gebäude ein Relikt aus dem Goldenen Zeitalter sein musste und somit mindestens zwölftausend Jahre alt wäre. Und dass es angesichts dieser Tatsache nicht ratsam sei, in seinem Inneren laut zu niesen, solange nicht geklärt wäre, was einen Stein eigentlich noch auf dem anderen hielt. Wieso die alte Herrenhausruine in einer derart wetterherben Gegend überhaupt noch gestanden hatte, als Ninive einst bei ihren Wanderungen darauf gestoßen war, hatte der Chronist zeit seines Lebens nicht beantworten können. Während einer der posturzeitlichen Epochen, so seine auf dem Sterbebett geäußerte Theorie,

musste wohl jemand oder etwas eine Tempus-Manipulation vorgenommen haben, sodass es für eine nicht unerhebliche Dauer in der Zeit versiegelt gewesen war. Bevor der Elektritter erläutern konnte, worauf genau er damit angespielt hatte, war er leider zu Staub zerfallen.

Die Epochen seit dem Goldenen Zeitalter gehörten zu den größten Mysterien der Mechafauna-Gegenwart. Laut dem vom leuchtenden Allfabulus verfassten Buch *Chronistora* waren seit dem Fall der Urwelt nicht weniger als elf globale Perioden vergangen:

- Die erste Allzeit, ein Wechselbad kosmischer Gefühle, welche vom Dynamo-Rat die ›Sowohl-als-auch-Akkumulation‹ genannt wurde.
- Die Planschzeit, allgemein bekannt als ›zwölfter Kataklysmos‹.
- Die Sakradio-Epoche, ein Jahrtausend des globalen Zerfalls.
- Die zweite Allzeit oder Nichtsdestotrotz-Akkumulation.
- Die Querzeit, besser bekannt als die ›Große Abkehr‹.
- Die Beißzeit, welche leider ein trauriges Ende nahm.
- Die erste Zwischenzeit.
- Die Brackzeit. Sie hinterließ im gesamten Land Teiche und Tümpel aus alter, abgestandener Zeit, die jeden verdorrte, der in sie eintauchte, und alles mumifizierte, was in ihr versank.
- Der temporal-boreale Wirbel.
- Die zweite Zwischenzeit.
- Und zu guter Letzt die Grauzeit, in der selbst Schattenkatzen erbleicht waren.

Und nun?, überlegte Ninive, während sie die Wendeltreppe emporstieg. In welcher Epoche lebten sie heute? War das die Endzeit?

Dumpfe, erregte Stimmen ließen sie neben der geöffneten Zugangspforte zum Obergeschoss innehalten. Irgendein beseeltes

Element des Mobiliars schien sich mal wieder mit einem anderen in die Wolle gekriegt zu haben.

Ninive seufzte, dann schlüpfte sie durch das Portal und schlich lauschend über den Korridor. Es dauerte nicht lange, bis sie herausgefunden hatte, aus welchem Zimmer der Radau kam. Leise trat sie heran und legte ein Ohr an die Tür. Zu ihrer Verwunderung schien sich das dahinter liegende Zimmer mit sich selbst im Zwist zu befinden. Neben dem Austausch banaler Nettigkeiten, von denen »Koch Kaffee« oder »Hol dich der Schredder« noch die freundlichsten waren, drehte der Sermon sich alsbald im Kreis. Ninive konnte nur raten, wer die beiden Streithammel waren. Eines der Organe klang wie das des Kronleuchters.

»… in ihrer Bedeutung völlig überschätzt«, knurrte eine Stimme, die tatsächlich dem Lüster zu gehören schien. »Fußböden sind lediglich faul herumliegende Wände.«

»Und Wände kaum mehr als verwirrte Fußböden«, bot sein Kontrahent ihm Paroli. »Um es klarzustellen: Der Einzige, der hier großtuerisch unter der Decke hängt und an chronischer Überschätzung leidet, bist du!«

»Große Worte für jemanden, auf dem alle herumtrampeln«, erwiderte der Kronleuchter.

Als der Zwist des Zimmers zu eskalieren drohte und erstes Inventar zu Bruch ging, hämmerte Ninive mit der Faust gegen die Tür. »Ruhe da drin!«, rief sie, woraufhin die Stimmen augenblicklich verstummten. Eine Weile verweilte sie lauschend auf dem Flur, doch hinter der Tür blieb es still. Erst als Ninive zurück Richtung Wendeltreppe lief, war aus dem Zimmer wieder verhaltenes Murmeln zu hören.

Das Observatorium befand sich im obersten, knapp über die Baumwipfel ragenden Zimmer des Nordturms. Leider war das Dach nicht zu öffnen, sodass Ninive die Erker und den gemauerten Westbalkon nutzen musste, um mit dem Teleskop in alle Richtungen blicken zu können.

Bei klarer Sicht war es möglich, über den sich gen Nordwesten erstreckenden Wald bis zum Hochgebirge zu blicken, wo das östliche Ende der Bannmauer mit den Felswänden der Gebirgskette verwuchs. Heute jedoch reichte die Sicht kaum einen halben Kilometer weit, dann wurden die Baumwipfel bereits eins mit dem immer dichter werdenden Nebel. Von dem das Umland dominierenden Steinwall war nicht einmal mehr ein Schemen im Dunst zu erkennen. Falls das Wetter sich weiter verschlechterte, würde man bis zum Abend kaum noch bis zum Waldrand blicken können.

Dennoch gab Ninive die Hoffnung nicht auf, einen Blick auf den Wind-Auguren zu erhaschen, wobei sie nur eine vage Vorstellung hatte, wie dieses Geschöpf eigentlich aussah. Dass er sich noch in der Nähe befand, war unüberhörbar. Der gesamte Nebel war erfüllt von geisterhaften Tönen, die mal harmonisch, dann wieder wirr und unmelodisch klangen. Die Richtung, aus der sie vom Wind herangetragen wurden, ließ sich kaum bestimmen. Fast schien es, als würde der gesamte Nebel widerhallen. Ninive vermutete, dass der Augur irgendwo im Nordosten seine Kreise zog. Weshalb er nicht einfach davonflog, war ihr ein Rätsel.

Während sie in den weißen Dunst starrte, musste sie unvermittelt an Aris denken. Das Teleskop weiter auf den Wald gerichtet, schweifte ihr Blick ab Richtung Marschland. Gen Südwesten lichtete sich der Nebel, sodass der Blick auf die ferne Seenplatte frei war. Ninive hob das Gestell an und schleifte die schwere Apparatur durchs Turmzimmer zum Westbalkon.

Mit einigen vorsichtigen Hüpfern prüfte sie die Tragfähigkeit des Bodens, dann baute sie das Teleskop wieder auf, justierte das Stativ, zog sich ihren Schemel heran und begann hinab aufs Marschland zu spähen. Eigentlich war ›hinab‹ eine Übertreibung, denn der Höhenunterschied zwischen Ninives Grundstück und dem Tiefland betrug nur wenige Meter. Eine schmale, relativ niedrige Hügelkette versperrte ihr den Blick auf die weiter westlich gelegenen Gewässer, doch die zwei großen östlichen Seen waren von ihrer Warte aus gut zu überblicken.

Das Erste, was auf Aris' Anwesenheit hindeutete, war sein im erhöhten Uferbereich aufgebautes Zelt. Von dem Wandler selbst fehlte jede Spur. Entweder schlief er noch, jagte entfleuchte Buchseiten oder befand sich auf einer Geländeexkursion, um sein antikes Landkartenwerk mit der Gegenwart abzugleichen.

Nach längerem Suchen entdeckte Ninive seine winzige Gestalt schließlich an der Flanke des parallel zu den Seen verlaufenden Höhenrückens. Schweren Schrittes wanderte Aris im Zickzack hügelan. Einmal bildete Ninive sich ein, er würde während einer kurzen Kletterpause direkt zu ihr herüberblicken, sodass ihre Blicke sich kreuzen. Fast hätte sie eine Hand gehoben, um ihm zu winken, besann sich jedoch der Vernunft und der Tatsache, dass er sie hier unmöglich sehen konnte.

Ein riesiger durchs Bild schießender Schatten, der vertikal aus dem Boden zu steigen schien, ließ Ninive erschrocken aufblicken. Selbst ohne Teleskop wirkte das im Tiefland aufgetauchte Maschinenungetüm gigantisch. Es sah aus wie ein kolossaler, um seine Längsachse rotierender Metallwurm, dem man den Kopf abgehackt hatte.

Mit zitternden Händen änderte Ninive die Brennweite des Teleskops, um einen schärferen Blick auf das Monstrum zu haben. Dieses reckte sich Dutzende von Metern hoch aus der Erde, neigte seine Front nach vorne, rammte sie in den sumpfigen Marschboden und war ebenso plötzlich wieder darin verschwunden, wie es aufgetaucht war.

»Heiliges Korimora«, stieß Ninive hervor. »Was war *das* denn?« Sie suchte das Tiefland ab, dann richtete sie das Teleskop wieder auf den Bergrücken. Aris schien so in seine Kletterei vertieft zu sein, dass er von dem Ungetüm gar nichts mitbekommen hatte. Jedenfalls machte er auf Ninive keinen sonderlich besorgten Eindruck. Eigentlich hätte der Monsterwurm bei seinem Auftauchen ein veritables Erdbeben erzeugen müssen, doch nicht einmal die Scheller- und Makula-Herden wirkten beunruhigt. Der feuchte Sumpfboden hatte offenbar die Vibrationen und den Lärm des Metallungeheuers gedämpft.

Ninive lief ein kalter Schauer über den Rücken. Es bereitete ihr Unbehagen, dass ein Ding dieser Größe sich anscheinend lautlos durch die Marschen graben konnte, ohne unter der weidenden und rodenden Mechafauna eine Massenpanik auszulösen. Mit Grausen erinnerte sie sich an den Eisenwaldfräser, der vor nicht allzu langer Zeit den Osten heimgesucht hatte. Bereits er war ein schier übermächtiges Unheil gewesen, das nur mit Glück, List und Tücke hatte zerstört werden können. Dieses Wurmungetüm in den Marschen jedoch hatte ausgesehen, als könnte es binnen einer Stunde einen kleinen Wald fressen und den See, an dem Aris sein Lager aufgeschlagen hatte, zur Hälfte ausschlürfen.

Vielleicht hatten Ninive aber auch nur das altersschwache Teleskop und die Müdigkeit genarrt. Es wäre zumindest eine Erklärung dafür, wie es dem Ding möglich gewesen sein konnte, einem Geist gleich auf- und wieder abzutauchen. Hirngespinste verursachen keine Erdbeben. Sie nickte, als wollte sie sich innerlich bestätigen. Ein gigantisches Marschland-Phantom hatte sich vor ihrer Linse gewunden. Ein Trugbild. Eine Urwelt-Chimäre.

Ninive verschränkte die Arme auf der Balkonbrüstung, ließ ihren Kopf darauf sinken, schloss die Augen und betete, dass dem so sein möge ...

| 16 |

Seit Stunden starrte Cutter auf eine Tür mit drei Klinken.

Er betrachtete sein verzerrtes Konterfei auf den zu Hochglanz polierten Metallgriffen, ohne dabei die geringste Regung zu zeigen. Keine der Klinken senkte sich auch nur um ein Jota, änderte ihre Position, ihre Farbe oder ihre Form. Auch die dazugehörige Tür blieb dieselbe. Fast einen halben Tag, nachdem Cutter das Morph-Ganglion betreten hatte und vor der verschlossenen Pforte verharrt war, zeigte er erstmals wieder eine Regung: Er hob das Blatt seiner Sense und warf einen Blick über seine Schulter.

Vor dem weit geöffneten Eingangsportal schwebte dreimal derselbe Aerozifferide vorbei, warf ihm dreimal denselben desinteressierten Blick zu und verschwand dreimal gleichzeitig wieder hinter derselben Ecke. Cutter seufzte leise. Zu seiner Erleichterung erklang zumindest dieses Geräusch nur einmal.

Vielleicht war es ein Fehler gewesen, das Ganglion aufzusuchen, aber gewisse Entscheidungen entfalteten ihre Wirkung erst am Ende des Regenbogens. Nun hatte er die Grenze überschritten, und es gab kein Zurück mehr. Zumindest nicht nur ein einziges Zurück.

Es war kompliziert, ein Morph-Ganglion zu beschreiben und zu definieren, selbst für ein Orb-Wesen wie ihn. Es war Bestandteil eines Gegensätzlichkeitskosmos beliebiger Spiegelrealitäten; eine

Entität, die jede existenzielle Frage mit schwarz *und* weiß beantwortete, mit oben *und* unten, links *und* rechts. Die einzige Kreatur, die sich innerhalb seiner Grenzen uneingeschränkt bewegen durfte, von ihm gehätschelt und getätschelt wurde und sich im Logikchaos seiner Mannigfaltigkeit pudelwohl fühlte, war zweifellos Schrödingers Katze.

Cutter hob einen Arm, dem drei Knochenhände entwuchsen. Behutsam drückte er die Klinken nieder, öffnete die Tür, machte einen Schritt nach vorn und betrat gleichzeitig drei identische Zimmer. Sie waren dekoriert wie antike Karträume, mit metergroßen, auf Holztafeln gezogenen Landkarten an den Wänden und einem gusseisernen, mit Tierkreiszeichen geschmückten Astrolabium, das wie von Geisterhand getragen in der Mitte der Geothek schwebte. In jeder Zimmerecke erhob sich ein riesiger, aus Marmor gefertigter Atlant und stützte mit seiner Schulter die holzgetäfelte Decke.

Cutter war es ein Rätsel, weshalb das Ganglion sich in derart visueller Opulenz verlor. Bei seinem letzten Besuch war es ihm kaum der Mühe wert gewesen, einen stabilen Untergrund zu erschaffen – und nun stand er auf wertvollen, schweren Teppichen, die jeden Blick in die Tiefen des Orbs verdeckten.

»Thanatos«, raunte eine Stimme aus zwölf Marmormündern. »Ich bin gelinde gesagt ein wenig verwundert ob des Motivs, das dich umtreibt.« Einer der Atlanten des linken Kartenraums hatte seinen Kopf geneigt und blickte auf Cutter herab.

»Raum und Zeit«, grüßte dieser die versammelten Ganglion-Avatare. Sein mittleres *Alter Ego* hob die Arme und deutete auf seine beiden Ebenbilder. »Ist dieser Parallelitätshokuspokus denn unbedingt nötig?«

»Sei dankbar, dass ich es bei einer Trinität belasse«, entgegnete ein Atlant im rechten Raum. »Einst glaubten die Menschen, die Geburt eines jeden Schwarzen Loches erschaffe ein neues Universum. Sie waren zu sehr in ihrer eigenen Gedankensingularität gefangen, um zu erkennen, dass jedes ausgesprochene Wort eine neue Realität hervorbringt, die beständig neben der alten existiert. Eine Trinität ist aus meiner Sicht ein achtbareres Zeichen des guten Willens als drei hoch drei hoch drei hoch drei.«

»Blendwerk«, antwortete Cutter. »Ich werde nicht zulassen, dass die Geschichte sich wiederholt.« Dann senkte er die Stimme und fügte hinzu: »Diese Welt *muss* bestehen bleiben – wie auch immer man sie in den Annalen einst nennen mag …«

»Es gibt viele Namen für dieses Zeitalter«, raunten die Atlanten. »Leider sind die meisten relevanten Glaubensgemeinschaften im Laufe der Jahrtausende Opfer der Vergänglichkeit geworden. Lediglich der Dynamo-Rat ergeht sich noch in Traditionen und folgt seinen Dogmen. Die Ingenieure des Dammes hätten sie das Zeitalter der Großen Mauer genannt. Von den Überlebenden des Kataklysmos wäre es vielleicht als Zeitalter der großen Entrückung oder als Epoche der Stille verehrt worden. Für die einen ist das Universum eben ziemlich voll, für die anderen ziemlich leer. Alles liegt im Auge des Betrachters. *Ich* nenne unsere Gegenwart das Ende aller Dinge.«

»Du weißt, weshalb ich gekommen bin«, nutzte Cutter einen Augenblick des Schweigens. »Aber mir scheint, du versuchst dem Thema auszuweichen.«

»Ich bemühe mich, es gar nicht erst zuzulassen«, sagte das Ganglion.

»Und du hast Freude an verklausulierter Logik-Synästhesie, indem du die Kausalität einfach außen vor lässt.«

Zwei der Atlanten im mittleren Kartenraum lachten amüsiert. »Der Tod auf Sinnsuche«, säuselte der eine. »Und jetzt zu allem Überfluss auch noch empfänglich für Bewahrungsflausen«, der andere. »Ja, es mag wahrlich ein Dilemma sein: Wackelt der Scheller mit dem Schwanz oder der Schwanz mit dem Scheller? Du kennst die Antwort auf deine Frage doch längst, alter Freund. Bedenke, wo du dich befindest.«

»Gibt es eine Möglichkeit, diese Welt zu retten?«

»Wer weiß …«

»Ja oder nein?«

»Ja *und* nein.«

Cutter stieß in allen Zimmern einen tiefen Seufzer aus.

»Der Widerspruch liegt im Wesen deiner Befürchtungen«, erklärte das Ganglion. »Zeit fließt. Die Welt, wie wir sie kennen, vergeht. Nirgendwo im Universum herrscht Stillstand.«

Cutter dachte eine Zeit lang über die Worte des Ganglions nach, dann sagte er: »Die beiden Wandler vermögen das Schlimmste womöglich noch zu verhindern. Ich verlange von dir keine Offenbarung, sondern lediglich einen Wink, wohin all das führen wird.«

Die Atlanten kratzten sich an allen möglichen und unmöglichen Körperteilen. »Du forderst einen Pfad«, ergriff einer von ihnen schließlich das Wort. »Eine Richtlinie«, führte ein anderer den Gedanken fort. »Eine Weisung«, sagte ein Dritter. Und im Tenor raunten alle: »Wie stellst du dir das vor, Thanatos? Soll ich euch über die Schwelle tragen?«

»Das wäre immerhin schon mal ein Anfang – und würde mir viel Zeit ersparen.«

»Tut mir leid, alter Freund, aber so einfach ist es nicht. Ich stehe nicht über dem kosmischen Gesetz.«

»Was wiegt mehr als der Tod, das Schicksal und die Wahrhaftigkeit?«

»Ach, *das* ist es also«, erkannte das Ganglion. »Du glaubst, ich existiere einzig aus mir selbst heraus.« Seine Atlanten-Avatare hoben theatralisch die Arme und säuselten: »Am Anfang war das Nichts – doch das Nichts war sich selbst nicht genug …«

»Mach dich nicht über mich lustig!«, ärgerte sich Cutter.

»Tue ich das – oder halte ich dir nur einen Spiegel vor? Gefällt dir die Dunkelheit nicht, die du darin erblickst?«

»Ich verlange lediglich eine Perspektive.«

Die Atlanten deuteten in zwölf verschiedene Richtungen. »Da lang.«

Cutter zog sich entnervt seine Kapuze ins Gesicht. »Himmel, Arsch und Zwirn«, knurrte er. »Ich bin zu alt für diesen Scheiß.«

»Na gut«, zeigte das Ganglion sich einsichtig. »Du sollst deine Perspektive bekommen.«

In jedem der Kartenräume öffnete sich eine monumentale Pforte, in deren Mitte Dunkelheit herrschte.

»Das sind *drei* Türen«, sagte Cutter.

»Für drei Wege, die zum Ziel führen«, bestätigte das Ganglion. »Drei Versionen der Zukunft von Tausenden. Drei Schicksale. Drei Zeitstränge. Weniger kann und darf ich dir nicht anbieten.«

»Und der Haken an der Geschichte?«

»Es gibt kein Entweder-oder. Du kannst deine Astralnase nicht in jede Zukunft hineinstrecken, um auszukundschaften, welche dir am besten schmeckt, sondern lediglich in eine. Auf der anderen Seite der Passage wartet jedoch kein freundlicher Raumzeit-Mitarbeiter mit einem Leuchtschild und der Aufschrift: ›*Herzlich willkommen in der einzig wahren Zukunft!*‹ Wähle also mit Bedacht. Hast du dich für eine Perspektive entschieden, schließen sich die beiden restlichen Pforten. Es gibt keine rettende Falltür aus der Zukunft, die du bestimmt hast, keinen Notausgang – und auch keinen Schleichweg durch den Orb.«

Cutter schwieg eine Zeit lang, dann wandte er sich um, verließ die drei Zimmer und vereinte seine *Alter Egos* vor den Türen wieder.

»Was hast du vor?«, wunderten sich die Atlanten.

»Ich drehe eine Runde durch die Realität«, erklärte Cutter. »Um in Ruhe über dein Angebot nachzudenken.«

| 17 |

Auf den letzten Metern hinauf zum Bergrücken hatte Aris das Gefühl, als klebten Trauben faustgroßer Eisenkletten an seinen Beinen. Dennoch waren die wenigen Schritte bis zum Grat eine Wohltat gegenüber der hinter ihm liegenden Schlammschlacht, von der seine verschmierten Stiefel und Hosen zeugten. Seit er die Regionen über den Weiderouten der Mechas erreicht hatte, wanderte er endlich wieder über halbwegs festen Boden.

Die ersten einhundert Höhenmeter hatte er unverdrossen und entspannt im Licht der Morgensonne zurückgelegt. Während des Aufstiegs hatte er oft gerastet, die wärmenden Strahlen genossen und seinen Blick über die teils von mystisch anmutendem Dunst verschleierten Marschen schweifen lassen. Dabei hatte er überrascht festgestellt, dass in nordwestlicher Richtung, etwa auf halber Strecke zwischen der Hügelkette und dem Fuß der Bannmauer, auf erhöhtem Terrain ein weiterer See lag, der auf Barnas Karte nicht verzeichnet war. Im Vergleich mit der kilometerlangen Kette der Marschseen hatte er aus der Ferne recht klein und kompakt gewirkt, fast wie ein Bergmaar. Leider hatte sich kurz darauf eine Nebelbank vor die Anhöhe geschoben und die Sicht verwehrt.

Kaum war Aris weitergeklettert und in die an der Nordflanke hängende Wolkendecke gestiegen, hatte das Gras vor Nässe zu triefen begonnen und der von den Scheller- und Makula-Herden zerfurchte und von tiefen, wassergefüllten Löchern gespickte Boden den Aufstieg zu einer Zumutung gemacht.

Während Aris sich den Hang hinaufgekämpft hatte, war er froh gewesen, seinen Tornister im Zelt zurückgelassen zu haben. Gleichzeitig hatte jedoch seine Unruhe darüber zugenommen, das oberhalb des Seeufers aufgebaute Zelt nicht mehr im Blick zu haben. Während er hier im Nebel umherirrte, könnten umherstreunende Scheller sein Lager verwüsten, ganz zu schweigen von Mechas, die nur darauf lauerten, sich aus seinem Inventar die seltsamsten Sachen zu bauen oder das Zelt aufzufressen. Die Laute, die aus dem Tal heraufdrangen, trugen nicht unbedingt dazu bei, dass er sich entspannte.

Als er sich vor zwei Stunden von Neugier und Entdeckergeist getrieben an den Aufstieg gemacht hatte, war er zuversichtlich gewesen, dass die Hügelkette über die tief hängenden Wolken ragen oder eine frische Morgenbrise den Nebel bald vertreiben würde. Auf dem Grat angekommen, offenbarte sich ihm statt der erhofften Sicht auf die Küste und das Meer jedoch nur konturloses Nichts. Aris setzte sich auf einen Felsen, holte seine Landkarte hervor und faltete sie auf. Die auf ihr gekennzeichnete Stelle musste sich in unmittelbarer Nähe befinden, kaum einhundert Meter hangabwärts versteckt im Nebel. Aris konnte sich keinen Reim darauf machen, was Barna auf ihr gekennzeichnet hatte. Seine Markierung bestand lediglich aus einem Kringel und einem danebengekritzelten kryptischen Symbol.

Ein Blick auf seinen Kompass sorgte für eine Überraschung. Die Nadel wies nicht mehr nach Norden, sondern fast direkt nach Süden, in Richtung der Küste. Was auch immer der ehemalige Eigentümer der Karte hier oben gefunden hatte, der Ort oder das Objekt besaß eine außergewöhnliche magnetische Anziehungskraft. Aris fand es beunruhigend, dass er rein gar nichts im Nebel erkennen konnte, obwohl die Stelle laut Karte inzwischen nur mehr einen Steinwurf von seiner gegenwärtigen Position entfernt liegen sollte – sofern Barna bei der Standortbestimmung kein gravierender Fehler unterlaufen war oder es sich bei der vermeintlichen Markierung nicht um den Scherz eines gelangweilten Stadtarchivverwalters handelte.

Nervös starrte Aris in den Dunst. Die tief hängenden Wolken erzeugten kein gutes Milieu, um ohne Mittel zu Selbstverteidigung länger als nötig an einem Fleck zu verweilen. Es gab lautlos schwebende Vertreter der Mechafauna, die darauf spezialisiert waren, im Nebel zu lauern und ihre Beute aus dem Nichts heraus zu schlagen …

Hin und her gerissen zwischen Pioniergeist und der Sorge um seine Gesundheit und Ausrüstung begann Aris schließlich langsam in Richtung der ins Ungewisse zeigenden Kompassnadel zu schreiten. Im Gegensatz zum steilen Nordhang war die zur Küste hinabführende Südseite der Hügelkette weniger abschüssig, sodass er beim Laufen nicht ständig auf das Gelände vor seinen Füßen achten musste, sondern sein Augenmerk auf das vermeintliche Ziel richten konnte.

Was sich vor ihm schließlich aus dem Nebel schälte, ließ ihn verblüfft innehalten. Im dichten Wolkensud erhob sich ein gänzlich dunstfreies, kuppelförmiges Areal von etwa zehn Metern Höhe und mehr als zwanzig Metern Breite.

Überzeugt, ein aktives Kraftfeld vor sich zu haben, begann Aris die Anomalie zu umrunden. Die Kompassnadel wies dabei kontinuierlich ins Zentrum des Phänomens. Allerdings befand sich in seinem Inneren außer dem normalen Bodenbewuchs rein gar nichts. Zumindest nichts, was mit bloßem Auge wahrgenommen werden konnte. Von einem nahen Busch brach er einen Zweig ab und schob ihn durch die unsichtbare Energiemembran, ohne auf Widerstand zu stoßen oder eine Veränderung an der Pflanze ausmachen zu können. Nach kurzem Zögern streckte er langsam eine Hand hinein und machte schließlich einen Schritt nach vorn.

Von einem Augenblick zum nächsten umgab Aris vollkommene Dunkelheit. Erschrocken wirbelte er herum, um die Anomalie wieder zu verlassen, und prallte mit dem Kopf gegen ein massives Hindernis. Fluchend seine schmerzende Stirn massierend, tastete er mit der anderen Hand die Barriere ab. Sie war spiegelglatt und fühlte sich an wie eine dicke Glas- oder Keramikwand. Als er mit der Faust dagegen schlug, erzeugte er kaum mehr als einen leises, dumpfes Gongen.

»Na, großartig«, murmelte er.

| 18 |

Lautes Tönen und Scheppern schreckte Ninive aus ihrem Schlummer. Es klang fast, als würde ein Rudel sonnentrunkener Einwegautomaten in ihrem Garten randalieren. Verwundert erhob sie sich und eilte zurück auf den Nordbalkon, um zu erfahren, wer oder was für den Radau verantwortlich war – und stellte fest, dass die Quelle des Lärms niemand anderer war als Guss. Der Ofen stand in der Mitte der Wiese, hatte sein Rohr vor sich gestreckt und focht laut krakeelend mit einem silbern glänzenden Etwas, das vor ihm aus dem Boden ragte. Ninive glaubte ihren Augen nicht zu trauen: Das Ding, mit dem er sich reichlich ungelenk duellierte, war die Antenne des eingegrabenen Blitzkollektors!

Drei Stufen auf einmal nehmend, sprang sie die Wendeltreppe herab ins Foyer, riss die Eingangstür auf und stürzte aus dem Haus.

»*Stopp!*«, rief sie, während sie durch den Garten rannte. »Hör sofort damit auf!«

Der Ofen hielt inne. »Aber der Feind zuckt noch!«, erklärte er, nachdem Ninive ihn schwer atmend erreicht hatte. »Zudem ist er von Brass-Nymphen besessen. Wir müssen einen Exorzisten rufen, ehe es zu spät ist.«

»Dibbid ist *nicht* unser Feind!«

»Nein?« Guss betrachtete die Oberseite des Blitzkollektors. »Was dann?«

»Er gehört zur Familie.«

Irritiert richtete der Ofen sein Rohr auf Dibbid, dann zwischen seine Vorderbeine und zurück auf den Kollektor. »Sicher?«

Clogger und Luxa, vom Lärm ebenfalls an die Tür gelockt, verfolgten das Geschehen aus sicherer Entfernung. Wipp lehnte ein Stück abseits unter der tropfenden Regentraufe und schien zu grübeln, warum er nass wurde.

»Heiße Unruh-Suppe ins Ohr!«, riet die Standuhr ihrer Herrin. »Das hilft gegen Tölpel-Mimikry.«

»Bloß nicht«, widersprach Luxa. »Lieber den Kollektor im Boden als den Scheller auf dem Dach.«

Ninive bedeutete den beiden mit einer unwirschen Geste, still zu sein. Mit Cloggers Binsenweisheiten und den neunmalklugen Kommentaren der Stehlampe hätte sie mittlerweile ein ganzes Lexikon füllen können.

»Ich kann dich sehen«, teilte sie Dibbid mit, als sie über seinem Versteck stand. Der eingegrabene Kollektor rührte sich nicht. »Komm gefälligst raus!«, herrschte Ninive ihn an, als er sich weiterhin stur stellte.

Dibbid streckte seine Transformatorklappe aus der Erde. Das Maul voller Brass-Nymphen, nuschelte er kaum verständlich: »Ich verhandle nicht mit Winkeladvokaten.«

Ninive holte entrüstet Luft. »Komm raus, oder ich schalte dich ab! *Sofort!*«

Der Kollektor seufzte tief, dann zwängte er sich aus der Grube und stand schließlich dreckverschmiert neben Guss. Die von ihm gehegten Nymphen klebten an der Sichtscheibe seiner Kollektorkammer. Furchtsam musterten sie Ninive, als wäre sie die Inkarnation des Jüngsten Gerichts.

»Ich bin nur meinen natürlichen Instinkten gefolgt«, verteidigte Dibbid sein Verhalten. »Ist das etwa ein Fehler?«

Statt zu antworten, hob Ninive den linken Arm und deutete mit grimmigem Blick zum Hauseingang.

»Wieder in den Keller, hm?«, murmelte Dibbid frustriert.

»Ganz recht«, bestätigte Ninive.

»Und ... buddeln?«

»*Nein!*«

Wie einen Delinquenten eskortierte Ninive den Kollektor mit Guss zurück zum Haus. »Bring ihn in die Waschküche«, wies sie Luxa an, als sie das Eingangsportal erreicht hatten. »Heiß und kalt, das volle Programm!«

»Äh, Ivi ...« Clogger deutete mit ihren Zeigern zum Himmel.

Ein mächtiger Schatten schwebte so niedrig über das Gebäude hinweg, dass es im Vorgarten für einen Moment merklich dunkler wurde. Ninive warf den Kopf in den Nacken und vermochte gerade noch die Unterseite eines mächtigen Metallringes zu sehen, der aussah, als wäre er aus Hunderten von Schrottteilen zusammengeschweißt worden. Erst als das monströse Etwas hinter dem Dach verschwunden war, hörte sie ein leises Brausen.

»Rein!«, rief sie und scheuchte das verschreckte Inventar zurück ins Haus. »Los, los!«

Guss, Clogger, Luxa und Dibbid stolperten, schlitterten und schwankten durch die Eingangspforte, rannten in vier verschiedene Richtungen und fanden am Ende des Korridors wieder zusammen.

»Glaubst du, das Ding kommt hier rein?«, fragte die Stehlampe leise.

»Sehr unwahrscheinlich.« Ninive eilte über den Flur, zog sich ihren Mantel und ein Haartuch über, packte ihren Rucksack und trat wieder nach draußen.

»Du wirst doch nicht etwa dorthin wollen, woher dieses fliegende Ungeheuer kam«, erschrak Clogger.

»Und ob ich das werde!«

Als sie sich umschaute, um festzustellen, ob der Augur weiterhin in der Nähe des Hauses kreiste, konnte sie gerade noch erkennen, wie die Spitze seines Ballonsegels über den Baumwipfeln im Nebel verblasste. Offenbar war er nicht auf der Jagd, sondern unternahm lediglich einen Erkundungsflug. Gut möglich, dass der Lärm des Ofens ihn herbeigelockt hatte.

»Ihr bleibt drin und lasst niemanden rein!« Sie warf die Tür zu, zog sie jedoch noch einmal auf und fügte hinzu: »Und auch niemanden raus!«

Sprossen die Gräser an der Grenze zum Garten gerade mal kniehoch, reichten sie Ninive am Waldrand bereits bis zur Hüfte. Sie folgte einem schmalen Trampelpfad, wobei sie mit einem Stock die frisch gewobenen, von glitzernden Tröpfchen aus Nebeltau behangenen Silberfäden der Spindelweber beiseitewischte. Bereits hinter den ersten Bäumen war von dem Grasdickicht kaum mehr übrig als knöchelhohe Kräuter und vereinzelte, wie Inseln aufragende Büschel.

Das beständig lauter werdende Konzert, das aus dem Nebel an Ninives Ohren drang, war nur mit viel gutem Willen als Musik zu bezeichnen. Es glich eher einer Kulisse willkürlicher Geräusche als einer harmonischen Folge von Klängen. Manche Töne erinnerten an Hörner, Oboen oder Trompeten, andere ähnelten Flöten und Pfeifen. Dazwischen ertönten immer wieder Glockenschläge, mal sanft und lieblich, dann wieder stakkatoartig wild.

Eines jedoch war unüberhörbar: Selbst für das akustische Spektrum eines Auguren waren es zu viele Klänge. Ninive vermutete daher, dass mindestens zwei dieser Geschöpfe für das bizarre Konzert verantwortlich waren.

Aber nicht nur Töne wiesen Ninive den Weg, sondern auch farbige Lichter, die den Nebel rhythmisch zum Leuchten brachten. Es wirkte, als würde jemand über dem Wald einen singenden Regenbogen auswringen. Klänge und Farben harmonierten auf eine Weise miteinander, wie Ninive es nie für möglich gehalten hatte. Glockenklänge leuchteten grün und blau, Flöten orangerot, Hörner violett, metallische Paukentöne blau. Alles floss ineinander, blitzte und waberte.

Als sie der Quelle der Lichter so nah gekommen war, dass sie im Nebel vor sich schemenhaft ein riesiges Metallgebilde zu erkennen glaubte, stieß sie auf herabgefallenes Laub und erste abgerissene

Zweige. Ein Blick in die Höhe offenbarte eine breiter werdende Bresche aus abgeknickten Ästen, die sich vor ihr zu einer Schneise aus umgestürzten Bäumen weitete. Der Augur, der vor ihr auf einer Waldlichtung zu liegen schien, war nicht freiwillig gelandet, sondern abgestürzt.

»Runter mit dir!«, flüsterte sie und ließ Pagg von ihren Schultern rutschen. »Ich brauche das Spiegelmonokel.«

Der Rucksack gab ein Geräusch von sich, als wäre sie versehentlich auf ihn getreten, und öffnete sich nur zögerlich. Ninive griff in ihn hinein, erstarrte für einen Moment und zog einen uralten, mit Glasmurmeln und Schnürsenkeln gefüllten Lederpantoffel heraus.

»Was zum ...?«

Hektisch begann sie in Pagg herumzuwühlen, wobei ihre Bestürzung von Sekunde zu Sekunde größer wurde. Statt ihrer Wanderausrüstung beförderte sie ein Badehandtuch und einen Schmalspur-Transformator ans Tageslicht. »Oh, nein, nein, nein!«, entfuhr es ihr, nachdem sie auch noch einen Backstein, eine mumifizierte Putzgrundel und einen Kochlöffel aus seinem Innern gezogen hatte. Von der Pistole, ihrem Fernglas, dem Spiegelmonokel und all den anderen nützlichen Dingen, die sie für gewöhnlich bei sich trug, fehlte jede Spur.

»Was hast du getan?«, rügte sie den Rucksack verzweifelt.

Pagg blubberte schuldbewusst vor sich hin, dann stieß er eine leise Folge von Klicks und Pfiffen aus und beendete sie mit einem abenteuerlustigen Kichern.

»Nein, ich schicke dich nicht zurück, um das alles schnell zu holen!«, ärgerte sie sich über seine Unverfrorenheit und warf angeekelt die Grundelmumie ins Unterholz. »Ganz im Gegen: Ich werde dich schlafen legen, damit du nicht noch mehr Unfug treibst. In den nächsten Wochen gibt es höchstens fünf Minuten Auslauf pro Tag unter meiner Aufsicht. Und wenn du mit deiner Schnickschnack-Sammelei nicht aufhörst, wecke ich dich erst im Herbst wieder.«

Pagg sank in sich zusammen, doch Ninive ließ sich von seinem Wimmern nicht erweichen. Mit einer schnellen Handbewegung entseelte sie den Rucksack, drückte ihn kurz an sich, schloss die Augen und atmete tief durch. »Na gut«, murmelte sie, während sie sich erhob. »Plan B.«

Ehe sie jedoch nah genug an den havarierten Auguren herangekommen war, um sich ein Bild von seiner Lage zu machen, löste sich aus dem Geschöpf ein schlangengleiches Etwas, das blitzartig durch das Unterholz heranschnellte. Der Metalltentakel traf Ninive knapp über der Hüfte und riss sie von den Beinen. Meterweit wurde sie durch die Luft geschleudert, prallte mit dem Rücken gegen einen Baum und stürzte zu Boden. Benommen von der Wucht des Hiebes und gelähmt vom Schmerz rang sie nach Luft.

Halt dich fern von uns, Äonenkind!, dröhnte eine Stimme, die klang, als würde eine riesige metallische Schallmembran sie direkt in ihrem Kopf erzeugen.

»Ich bin hier, um zu helfen«, keuchte Ninive.

Wir brauchen deine Hilfe nicht!

Erneut schnellte der Metalltentakel heran, verfehlte sie aber und riss über ihr lediglich weiteres Laub von den Zweigen. Er peitschte noch ein paarmal unkoordiniert hin und her, drosch ins Gras und in die Büsche und glitt schließlich langsam wieder zurück in den Körper, zu dem er gehörte.

Ein helles, unter einem mächtigen Schatten glänzendes Licht schwebte über die in den Wald geschlagene Schneise, kurz darauf, in größerer Höhe, noch ein zweites. Also waren es sogar drei Auguren. Ninive kroch durchs Gras, wobei sie sich so flach wie möglich machte.

»Warum seid ihr so feindselig?«, rief sie, als sie hinter dem Stamm einer umgestürzten Buche Zuflucht gefunden hatte. »Ich habe euch nichts getan.«

Du bist eine Wandlerin, kam die Antwort aus dem Nebel. *Wir legen keinen Wert darauf, von deinesgleichen entseelt zu werden. Also verschwinde!*

Ninive starrte durch die Zweige des Buschwerks empor in den Himmel, wo die beiden Auguren kreisten. Keiner von ihnen machte

Anstalten, auf der Lichtung zu landen, doch wusste sie nicht, wie weit ihre Tentakel hinabreichten. Ihre Gedanken rasten. Dass die Geschöpfe sie auf dem Waldboden erkennen konnten, stand außer Frage, doch offenbar gehörte das Landen nicht zu ihren natürlichen Bedürfnissen.

Ninive überlegte fieberhaft, dann richtete sie sich ein Stück auf. »Na gut, ich gehe«, rief sie. »Aber in diesem Wald gibt es weitaus fürchtenswertere Heimsuchungen als mich. Wenn du also unbedingt erfahren willst, wie scharf die Zähne eines Nacktschredders sind, oder wie es sich anfühlt, wenn sich ein Rudel Quelldriller aus deinem Ballonsegel ein neues Nest baut, dann wünsche ich dir viel Vergnügen.«

Sie hielt die Luft an und zog den Kopf ein, in der Erwartung, dass der Augur erneut mit seinem Tentakel um sich schlug. Statt wütender Attacken blieb es jedoch fast schon grabesstill.

Schließlich erklangen über den Wipfeln zwei Glockenschläge, die von dem am Boden liegenden Geschöpf mit vier unterschiedlich langen Hornstößen und einem abebbenden Flöten beantwortet wurden. Kurz darauf begann eine atonale Kakofonie aus Tönen und Geräuschen, nach deren abruptem Ende erneut Stille einkehrte. Keine andere Tierstimme war in weitem Umkreis zu hören. Die Augurengesänge erfüllten den Wald mit solch magischer Präsenz, dass jede Kreatur, die des Hörens fähig war, zu verharren und andächtig zu lauschen schien.

Verrate uns, Äonenkind: Wie soll er aussehen, dein Beistand?, vernahm Ninive die Gedankenstimme des havarierten Auguren in ihrem Kopf. *Aus welchem Grund maßt du organischer Zwerg dir an, mir helfen zu können?*

Bist du eine Aeols-Schamanin?, kam es aus dem Nebel über ihr, ehe sie zu antworten vermochte. *Eine Metallurgin?*, flötete ein zweiter Augur. *Oder hältst du dich etwa für gebenedeit unter den Wandlern?*, fragte überraschend ein dritter.

Ninive schluckte schwer. *Drei* Auguren in der Luft, durchzuckte es sie. Vier mit dem, der bruchgelandet war. Und wer wusste, wie viele noch im Nebel lauerten, aber es vorzogen zu schweigen?

»Ich weiß nicht, ob ich in der Lage bin zu helfen«, gestand sie. »Aber ihr könntet mir zumindest die Chance gewähren, es herauszufinden.« Stille. »Ich werde von meiner Gabe keinen Gebrauch machen«, versicherte sie. »Niemand wird entseelt, nichts beseelt.«

Weiterhin blieb alles friedlich. »Hast du einen Namen?«, rief sie in den Nebel hinein.

Was spielt das für eine Rolle?, erwiderte der abgestürzte Augur. *Alles hat einen Namen.*

»Darf ich näher kommen?«

Wir behalten dich im Auge, Äonenkind, warnte eines der über ihr kreisenden Geschöpfe. *Falls du Dummheiten machst, pflücken wir dir deinen hübschen Kopf vom Gestell!*

»Das interpretiere ich mal als ein Ja«, murmelte Ninive.

| 19 |

»Berge und Wolken ...« Guss trippelte über den Flur und sah gelangweilt zu den Landschaftsgemälden auf, welche die Korridorwände schmückten. »Immer nur Berge und Wolken. Ginge es nach mir, würde diesen Flur längst eine prächtige Ahnengalerie schmücken.«

»Du hast Familie?«, staunte Luxa, die dem Ofen im Zickzack hinterherhüpfte.

»Verwandtschaft.« Guss wies mit seinem Rohr hin und her, wobei der Ruß über den gesamten Flur sprühte. »Wie prächtig sich all ihre Porträts hier doch machen würden«, schwadronierte er. »Links die Schmelzöfen, rechts die Hochöfen. Lohe Phoenixfeuer, Urmutter aller Nachzüngler, und daneben ihr Angetrauter Siebengrad Sparflamme. Hier oben Rußraus Silberschmelz, der erste Edelheizer, und dort der legendäre Glutnest Schlackenbrenner, der sieben Funken auf einen Streich erschlug. Der große Kessel hab sie alle selig.«

Die Stehlampe tauschte mit der ihnen nachfolgenden Standuhr einen vielsagenden Blick.

»Wie paaren sich Heizöfen?«, interessierte sich Clogger und war bemüht, Guss nicht zwischen die Beine zu schauen. Er blieb ihr die Antwort schuldig. Schließlich verharrten alle drei an der geöffneten Kellertür und blickten in die Finsternis.

»So, und jetzt?«, fragte Guss.

»Na ja.« Luxa leuchtete in den steilen Treppenschacht. »Du nimmst das Körbchen und trägst es dorthin, woher dieses schaurige Heulen ertönt.«

»Ich?« Guss starrte in die Tiefe. »Das soll wohl ein Witz sein. Ich habe zweifellos die kürzesten Beine von uns allen. Warum muss ausgerechnet ich dort runter? Soll doch Clogger gehen. Ihre Beine sind deutlich länger.«

»Gar nicht wahr«, beschwerte sich die Standuhr.

Luxa leuchtete genervt an die Flurdecke. »Einer *muss* runter und diesen renitenten Blitzkollektor füttern«, erklärte sie. »Seinen Jammergesang ertrage ich keine Stunde länger.«

Der Ofen schüttelte sich und trat demonstrativ von der geöffneten Tür zurück. »Clogger ist für eine Reise in den Keller geradezu prädestiniert.«

»Aber dein Schwerpunkt liegt viel tiefer«, erwiderte die Standuhr.

»Falls du das Gleichgewicht verlierst, liegt dein Schwerpunkt ruckzuck so tief, das glaubst du gar nicht«, erwiderte Guss.

»Du bist allerdings deutlich massiver gebaut«, argumentierte Luxa. »Falls du stolperst, hielte sich der Schaden in Grenzen.«

»Wir sollten das Los entscheiden lassen«, sagte Guss.

Clogger sah auf den Ofen herab. »Und wie stellt der werte Herr sich das vor?«

»Wir könnten Glühdrähte ziehen«, schlug Luxa vor.

»Ach ja?«, brummte Guss. »Und warum keine Briketts?«

»*Ich* bin für Glühdrähte«, beharrte die Stehlampe auf ihrer Idee. »Der hellste Draht gewinnt.«

Clogger ließ irritiert ihren Sekundenzeiger kreisen, dann fragte sie: »Und ›gewinnt‹ bedeutet in diesem Fall *was?*«

Ein grabeskalter Luftzug wehte unvermittelt durch den Korridor und ließ alle drei verstummen. Einer nach dem anderen blickten sie sich um. Gemeinsam starrten sie auf die hochgewachsene, in eine schwarze Kutte gekleidete Gestalt, die hinter ihnen aufgetaucht war. Diese setzte ihre Sense ab, breitete die Arme aus und rief: »Hallo, Freunde!«

Luxa, Guss und Clogger tauschten einen Blick, dann murmelte die Standuhr: »Ich habe da ein ganz mieses Gefühl …«

Kaum ein halbes Stundenglas später standen sie im Salon beisammen und lauschten den Worten ihres finsteren Besuchers, der es sich in einem der Ohrensessel bequem gemacht hatte.

»Eine Rekrutierung?«, fragte Luxa, nachdem Cutter ihnen den Grund für sein Auftauchen in mehr oder weniger einleuchtenden Andeutungen erklärt hatte. Sie tauschte einen Blick mit Guss, Clogger, dem Wandspiegel, dem Esstisch und den sechs restlichen Sesseln, dann fragte sie: »Wofür?«

»Völlig wurscht«, erklärte Guss. »Rekrutierung klingt nach Gefecht, Gemetzel und Massaker. Wer ist der Feind?«

»Die Zeit.«

»Prächtig, prächtig!« Der Ofen nahm die Standuhr ins Visier.

»Was denn?« Clogger ging auf Abstand. »Ich bin kein aktives Mitglied mehr in dem Verein.«

»Stimmt«, pflichte Luxa ihr bei. »Tickst schon lange nicht mehr richtig.«

»Ich ticke überhaupt nicht!«

»Wen gilt es überhaupt zu retten?«, wollte der Ofen wissen.

Cutter streckte die Sense in die Höhe und drehte sie im Kreis. »In gewisser Weise alles.«

»Wir retten die Welt?«, staunte Luxa. »Vor der Zeit?«

»Nun … so ähnlich. Jedenfalls einen kleinen Teil davon.«

»Definiere klein«, forderte Guss ihren ungebetenen Gast auf.

»Ein Quäntchen.« Cutter erhob sich, strich sich die Sitzfalten aus der Kutte und ließ seine Gelenke knacken. »Alles Weitere erfahrt ihr vor Ort.«

»Sagt, habt Ihr Füße?«, interessierte sich Clogger. »Wir haben da nämlich ein kleines Problemchen unten im Keller.«

»Beine«, korrigierte Guss die Standuhr. »Sie meint Beine.«

»Was nützt ihm denn das eine ohne das andere?«, fragte Luxa.

Cutter trat einen Schritt näher. »Kommt drauf an. Ist eine Frage der Perspektive.«

Clogger gab ein Rasseln von sich. »Und das bedeutet was?«

»Das bedeutet sowohl ›als auch‹ als auch ›weder noch‹.«

Guss, Luxa und Clogger tauschten Blicke.

»Hat das jemand verstanden?«, wollte die Stehlampe wissen.

Die Antwort des Ölofens verwehte in den elf Dimensionen des Orbs.

| 20 |

Während der Nebel viele natürliche Geräusche verschluckt und auf dem Berggrat für eine gespenstische Atmosphäre gesorgt hatte, herrschte im Inneren der Anomalie eine geradezu unwirkliche Stille. Nur wenn Aris den Kopf in einem bestimmten Winkel geneigt hielt, glaubte er ein leises Summen zu hören, war jedoch nicht sicher, ob es tatsächlich da war oder er es sich nur einbildete.

Zumindest vermochte er normal zu atmen und empfand – abgesehen davon, dass er in einem Kraftfeld gefangen und praktisch blind war – keinerlei körperliche oder geistige Beeinträchtigungen. Mehr und mehr beschlich ihn jedoch das Gefühl, dass die kryptische Markierung auf der Karte kein Hinweis auf eine Sehenswürdigkeit oder Landmarke darstellte, sondern eine Warnung.

Ob er sich noch an der gekennzeichneten Stelle befand, wusste er nicht. Womöglich war er beim Berühren der Energiemembran an einen weit entfernten Ort oder gar in eine andere Dimension teleportiert worden.

In den Stadtarchiven fanden sich zahllose Berichte, philosophische Abhandlungen und Theorien darüber, dass Letzteres keinesfalls nur ein Maschinenmärchen oder gar ein Ding der Unmöglichkeit war. Einige der bedeutendsten Chronisten und Philosophen erzählen in ihrem literarischen Vermächtnis von einem Kontinuum, das sie Paradiesseits, Levi-Dimension, Orbiterranea oder schlicht den Orb nennen.

Die legendenschwere Erzeugungsreisende Ferronin Seltenrost etwa schreibt über den Orb, er wäre – bildhaft gesehen – ein subamorphes Kontinuum, das in einen dreidimensionalen Deckmantel gehüllt sei und davon wie von einer als Wirklichkeit wahrgenommenen Textur überlagert werde. Eine Dimension, die jegliche Materie durchwirke und in ihrer Wahrhaftigkeit doch nur Entitäten und Entleibten vorbehalten bliebe.

In seinem *Seelenkanon* vergleicht der königliche Neuronenglänzer Garrammak den Orb mit einer astralen Emulsion, die das Ist und das Wäre, das Nichts und das Unendliche, das Denkbare und das Unvorstellbare zu einer Metamelange vereint.

Der Himmelsmechanikus Vektron hingegen verklärt ihn in seiner zwölfbändigen *Enzyklopedia Machina* als das von Hyle erfülltes Paradiesseits, dessen Raumzeitanker in Form von Apfelbäumen in die Welt hineinwüchsen. Für Vektron stellt himmlische Hyle jene Urmaterie dar, die alles durchwirkt und Unsterblichkeit verspricht. In den dunklen Zyklen der Urwelt, so erzählen die Chroniken, oblag deren Gewinnung und Extraktion sogenannten Alchemisten, die sie *Materia prima*, *Massa confusa* oder *Terra sancta* nannten. Sie war der Stoff, aus dem das mystische Urwelt-Hylenium Golem geschaffen worden war, und galt seinerzeit als elementare Voraussetzung, um Blei in Gold zu verwandeln.

Bis zum heutigen Tag hatte allerdings niemand den ultimativen Beweis dafür erbracht, dass der sagenumwobene Orb tatsächlich existierte – als eine jener zwölf Dimensionen, aus denen das Universum in seiner Gesamtheit bestehen soll. Über die Begebenheiten, die Ferronin Seltenrost und seine Geistesbrüder zu ihren Gedanken verleitet oder gar zu einem Blick hinter die irdische Bühne verholfen hatten, schwiegen die Autoren sich aus, oder die entsprechenden Passagen waren im Laufe der Jahrtausende verloren gegangen.

Hatte die Finsternis für Aris im ersten Schreckmoment noch vollkommen gewirkt, verwandelte sie sich langsam in geisterhaftes Zwielicht. Was er nach und nach von seiner Umgebung erkennen konnte, ließ ihn immer mehr daran zweifeln, dass er sich noch auf der Hügelkette befand.

Er stand in einem kuppelförmigen Dom, der eine perfekte, vollkommen symmetrische Hemisphäre bildete. Nichts deutete darauf hin, dass das Gebilde sich an einem Berghang erhob. Der Boden war absolut eben und bar jeglicher Vegetation.

Während Aris bemüht war, sich anhand von Formen und Konturen zu orientieren, nahm er jenseits der vermeintlich undurchsichtigen Hüllenwand eine Bewegung wahr. Aus der Tiefe schwebte eine matte, dunkelgraue Sphäre empor, deren Oberfläche kaum Licht reflektierte. Ohne einen Bezugspunkt in der Finsternis schätzte Aris die Entfernung des Objekts zum Dom auf achtzig bis einhundert Meter. Während es über die Kuppel hinwegschwebte und dem gegenüberliegenden Horizont entgegensank, stiegen an den Polen seiner Querachse zwei weitere Sphären auf, eine dunkle und eine auffallend helle. Alle drei schienen von identischer Größe zu sein und in harmonischer Wechselwirkung zueinander zu stehen. Wie von einem Präzisionsuhrwerk gesteuert, tauchten sie in gleichmäßigen Intervallen auf, bewegten sich auf geregelten Bahnen durch die Finsternis und verschwanden wieder. Jenseits der Sphären gähnte ein unendliches, finsteres Nichts.

Je mehr seine Augen sich an das Zwielicht gewöhnten, desto deutlicher war im Zentrum des Doms eine säulenartige Erhebung auszumachen, deren Umrisse denen eines Menschen glichen. Aris konnte jedoch nicht erkennen, ob es sich um eine Statue oder um eine lebende Person handelte. Erst als die hellere der drei Trabant-Sphären ein weiteres Mal hinter dem künstlichen Horizont aufstieg und ihr trübes Licht auf das Gebilde fiel, erkannte Aris einen bejahrten, in eine altertümliche blaue Robe gekleideten Mann, dem das schüttere weiße Haar bis auf die Schultern fiel. Schweigend stand er auf einem schmucklosen Rundpodest und blickte auf seinen Besucher.

»Hallo?«, rief Aris, als der Fremde keine Regung zeigte. »Können Sie mich verstehen?«

»Natürlich«, antwortete dieser prompt. »Dafür wurde ich geschaffen. Ich liebe Stimmen. Die Modulation der Euren klingt nach urbaner Deszendenz.«

Der Wandler näherte sich der Gestalt, bis er auf halber Strecke zwischen Kuppelwand und Podest auf ein Kraftfeld stieß, das ihm den Weg versperrte.

»Wer sind Sie?«, fragte Aris. »Und was machen Sie hier?«

»Mein Name ist Norsat 44. Ich löse Probleme.«

»Hier oben?«

Sein Gegenüber beließ es bei einem freundlichen Lächeln.

Der Wandler sah sich um. »Was ist das für ein Ort?«

»Ein Heliumatom.«

Aris verdrehte die Augen. »Heliumatom«, wiederholte er. »Na klar. Sie und ich stehen in einem Helium-Atom …«

»In einem der zwei Protonen seines Kerns, um genau zu sein«, bestätigte der seltsame Fremde ohne den geringsten Anflug von Ironie in seiner Stimme. Er hob die Arme und sprach: »Van-der-Waals-Radius 140 Pikometer, Atommasse 4,0026 Dalton. Der Großteil allen Heliums entstand bereits Sekunden nach dem Urknall, und es ist nach Wasserstoff das zweithäufigste Element im Universum. Mit Sauerstoff gemischt ist es hervorragend geeignet zur Beatmung von Tuberkulose- und Asthmakranken. Sie können Gasthermometer und Leuchtstoffröhren damit füllen und Luftballone steigen lassen. Ein wahres Wunderzeug.«

Aris schlug seine Landkarte auf und hielt sie so, dass sein Gegenüber sie sehen konnte. »Können Sie mir vielleicht erklären, wieso der Urheber dieser Karte ein einzelnes Heliumatom auf einem Bergrücken markieren haben sollte?« Er tippte auf die gekennzeichnete Stelle.

»Das ist eine vortreffliche Frage«, bescheinigte ihm Norsat. »Bitte habt einen Augenblick Geduld, ich berechne die wahrscheinlichste Lösung.«

»Was?«

Statt einer Antwort erklang leise Urwelt-Musik.

| 21 |

Vorsichtig verließ Ninive ihre Deckung, trat auf die Lichtung und begann den havarierten Auguren zu umrunden. Bis heute hatte sie lediglich eine einzige undetaillierte Abbildung eines derartigen Geschöpfes vor dem geistigen Auge gehabt. Es war die Reproduktion einer altertümlichen Illustration, auf die sie vor langer Zeit in einem Buch namens *Die Maschine, die alle Probleme löste und unsere Sprache sprach* gestoßen war.

Für eine vermeintlich ausgestorbene Mecha-Spezies waren die Auguren auf und über der Lichtung äußerst lebendig. Ninive schürzte die Lippen, während sie langsam auf den riesigen Schemen zuschritt, der am Ende der Schneise aufragte. Er entpuppte sich schließlich als das im Wind wiegende Ballonsegel des Auguren. Sein eigentlicher Korpus bestand aus zwei starren, ineinandergepassten Metallringen, die flach auf dem Waldboden auflagen. Der sich zum Rand hin verjüngende Außentorus besaß einen Durchmesser von gut zehn Metern, der zentrale kleine maß bei gleicher Stärke weniger als zwei Meter. Verbunden waren beide durch hydraulische Kolbenstangen. Das gänzlich hohle, wie ein riesiger Schmollmund geformte Ballonsegel des Auguren war halb aufgerichtet, sein Strebenskelett mit zahllosen Fetzen robuster Metallfolie bespannt.

Selbst jetzt, wo das Geschöpf auf dem Waldboden lag, arbeiteten die Lamellen und Membranen seines äußeren Torus, wobei sie sich regelmäßig, aber nie gleichzeitig öffneten und schlossen. Auf diese Art filterte der Augur im Flug Eruptionsaerosole und herabrieselnden Sternenstaub aus der Luft.

Was Ninive bisher für die Pupille eines allsehenden Auges gehalten hatte, war in Wirklichkeit der Schacht eines Gebläserotors, welcher wie ein Luftstrahltriebwerk funktionierte und den Auguren vorwärts trieb. Die vermeintliche ›Iris‹ beherbergte Motoren, Strahlungswandler und das Rohr- und Transformatorenlabyrinth eines nur für Auguren begreiflichen Verdauungssystems.

»Warum bist du abgestürzt?«, fragte Ninive das monströse Geschöpf. »Ich sehe keine Verletzung.«

Beneidenswert.

»Bitte?«

Beneidenswert, dass du fähig bist zu sehen. Der Augur gab ein Geräusch von sich, das an ein leidiges Seufzen erinnerte, dann sagte er: *Ich war unaufmerksam, habe mich vom Wind treiben lassen und bin mit einer Orb-Aura kollidiert.*

Irritiert zog Ninive die Augenbrauen zusammen. »Was ist denn eine Orb-Aura?«

Ach Äonenkind, bisweilen beneide ich euch um eure simplen Sinne und euer schlichtes Gemüt, doch nicht heute. Der Kontakt mit der Aura hat meine Rezeptoren verpestet.

»Soll das heißen, du kannst nichts mehr sehen?«, staunte Ninive.

Eine Ironie, nicht wahr?, sang das Geschöpf mit einem traurigen Unterton. *Ein blinder Augur, dem Wohl oder Weh der Welt ausgeliefert…*

Ninive trat bis auf einen Schritt an den mächtigen Iris-Torus heran. Mit hämmerndem Herzen blickte sie in den Nebel. Die drei Auguren kreisten über der Lichtung wie monströse Lampions. Sie hielt für einen Moment die Luft an, dann legte sie eine Hand auf den metallenen Ringleib, schloss die Augen und verzog in Erwartung eines heftigen Schmerzes das Gesicht – doch nichts geschah. Weder traf sie aus dem Nebel ein Metalltentakel noch schoss ein lähmender Stromstoß durch ihren Körper.

»Es gibt vielleicht eine Möglichkeit, dich zu rep...« Ninive biss sich auf die Unterlippe. »Dich zu heilen«, beeilte sie sich zu sagen.

Träum weiter, erscholl es von oben.

Welche Möglichkeit?, erkundigte sich der blinde Augur.

»Die Tränen des Abu Fir.«

»Oje, oje«, seufzte einer seiner schwebenden Artgenossen, untermalt von einem deprimierenden Glockenspiel. »Ausgerechnet dieses Methusalem-Gewächs...«

»Lebensbaum!« Ninive warf einen Blick in den Himmel. »Der Letzte seiner Art.« An den havarierten Auguren gewandt, sagte sie: »Um mit ihm zu sprechen, müsste ich allerdings an die Ostküste, in den Palastgarten von Gododdin. Das ist ein Fußmarsch von mindestens fünf Tagen.«

Verlorene Zeit, sang einer der kreisenden Auguren. *So lange können wir nicht warten.*

»Nicht, wenn einer von euch sich dazu herablässt, mich zur Küste zu fliegen«, erklärte Ninive. »Allerdings...« Sie zögerte einen Moment, ehe sie weitersprach. »... benötige ich für den Abu Fir einen Fetisch.«

Fetisch?, wiederholte das bruchgelandete Geschöpf. *Was meinst du damit?*

»Etwas von dir, dem dein Gebrechen anhaftet.« Ninive machte eine lange Pause, dann sagte sie: »Vielleicht einen deiner Rezeptoren...«

Du machst wohl Witze, Äonenkind!

Über den Baumwipfeln entbrannte ein wirres Klang- und Lichtspektakel, das sich anhörte, als würden die drei Auguren sich in der Luft zerfetzen. Ninive rechnete damit, dass jeden Augenblick Metalltrümmer auf sie herabregnen würden. Stattdessen ließ eines der Geschöpfe sich langsam aus dem Nebel niedersinken und seinen äußeren Ring auf dem Boden der Lichtung aufsetzen. Im gleichen Moment öffnete sich an der Verkleidung des Iris-Torus, an dem Ninive lehnte, eine Schutzmembran.

Darunter liegt einer der beschädigten Pupillar-Generatoren, sprach der bruchgelandete Augur. *Er sollte den von dir gewünschten Zweck erfüllen.*

Nach kurzem Zögern klappte Ninive die Membran vollends auf und erhielt einen Blick auf das defekte, in synthetischen Tränenschleim gehüllte Sehorgan. Der Augur verharrte still, als sie die Sicherheitsbügel öffnete und das kugelförmige Gerät behutsam aus seiner Modulbucht zog. Es war kaum größer als ihr Kopf, wog aber mindestens das Fünffache.

Wir kennen die Ostküste, trällerte einer der schwebenden Auguren in Moll, wobei er seine Segelmembranen rhythmisch flattern ließ. *Aber es gibt dort weder einen Palast noch etwas, das an einen Garten gemahnt.*

Wahrscheinlich ist das, wonach du suchst, längst verfallen und verfault, säuselte ein zweiter.

Ninive wickelte den schleimigen Generator in mehrere große Kräuterblätter und verstaute ihn in ihrem Rucksack. »Wie soll das funktionieren?«, fragte sie, als sie kurz darauf ratlos vor dem auf dem Waldboden ruhenden Iris-Torus des gelandeten Auguren stand. »Soll ich draufklettern?«

Vor ihr schwang eine der transparenten, fast mannshohen Membranen auf und gewährte den Blick in eine schmale Kammer.

Solange du es vermeidest, die Oberseite zu berühren, während wir fliegen, wird dir darin nichts geschehen, erklärte der Augur.

Geduckt zwängte Ninive sich durch die Öffnung, kauerte sich auf dem Boden zusammen und blickte skeptisch zur Decke. »Und falls ich sie doch berühre?«

Ich weiß nicht genau, was mit euch passiert, wenn ihr von einem Blitz getroffen werdet, vernahm sie die Gedankenstimme des Auguren, als dieser sich mit Ninive langsam in die Luft erhob. *Von oben sieht es jedenfalls aus, als würdet ihr umfallen und sehr lange liegen bleiben ...*

Als sie aus dem Nebelmeer aufstiegen, hielt Ninive gebannt den Atem an. Die Aussicht war überwältigend. Noch nie hatte sie die Tausende von Metern emporragende Bannmauer aus dieser Perspektive gesehen. Alles an ihr wirkte plötzlich zum Greifen nah. Selbst das Undenkbare schien auf einmal möglich zu sein: ein Blick über die ferne Mauerkrone, über deren Rand die Wolken rollten wie ein gigantischer Wasserfall aus Dunst …

Bevor Ninive auf den dummen Gedanken kam, den Auguren um einen Abstecher in eisige Höhen zu bitten, ließ dieser den Steinwall links liegen und schwebte Richtung Südosten. Der Nebel bedeckte nahezu den gesamten Wald bis hin zum Fuß der Bannmauer und den steilen, eisbedeckten Wänden des Hochgebirges. Während deren Gipfel in Wolken gehüllt waren, herrschte über dem Hochland und den Marschen klare Sicht. Als sie die Berge überflogen, konnte Ninive auf einer der fernen Hügelkuppen winzig klein die Herde ihrer Blitzkollektoren erkennen. Flodds Silberband mäanderte durch das Hochland, hier und da gespeist von Bächen, die den Bergflanken entsprangen. Im Westen schimmerten das Marschland und die Seenkette in der Abendsonne, und weit im Süden glaubte Ninive die Mauern jener Stadt zu erkennen, aus der Aris stammte und die vielleicht die Letzte ihrer Art war.

»Wie heißt du?«, fragte sie den Auguren, nachdem dieser lange keinen Ton mehr von sich gegeben hatte. Eine melodische Folge von Glocken- und Flötenklängen drang an ihre Ohren. »War das ein Name?«, stutzte sie, als wieder Schweigen herrschte.

Gefällt er dir nicht?, erkundigte sich der Augur.

»Nun ja … Es könnte problematisch werden, falls ich dich irgendwann rufen muss.«

Eine Weile blieb alles ruhig, dann sang die Gedankenstimme in ihrem Kopf: *Ich bin Agaliarepths neunter Splitter.*

| 22 |

»Was, bitte schön, soll *das* denn?«, empörte sich das Ganglion, als Cutter in der Geothek auftauchte. »Wieso schleppst du diese Urwelt-Klumpen hier an?« Die Blicke der Atlanten ruhten auf dem bizarren Quartett, das sich in der Mitte des Zimmers materialisiert hatte.

Cutter hatte befürchtet, seine drei Begleiter in die Trinität führen zu müssen, doch das Ganglion schien seiner eigenen Realitätsspalterei inzwischen wieder überdrüssig geworden zu sein. Wo zuvor drei Kartenräume existiert hatten, schwebte nur noch ein einziger, von vier Atlanten gestützter Saal im Orb, in dem alle drei Portale vereint waren.

»Sie sind meine unparteiischen Kundschafter für deine Zukunftswahrscheinlichkeitsdimensionen«, erklärte er und wies auf sein Gefolge. »Vielleicht, Womöglich und Eventuell.«

Guss, Luxa und Clogger sahen zu den Statuen auf. Schließlich beugte die Standuhr sich ein Stück zur Seite und flüsterte ihren beiden Gefährten zu: »Hat das gerade einer verstanden?«

Die Decke des Kartenraums sank ein Stück herab. »Du machst Witze«, raunte das Ganglion.

»Mitnichten.« Cutter sah in die Runde, zog drei Schriftrollen aus seiner Kutte und reichte sie einem der Avatare. »Hier sind die zertifizierten Stellvertretervollmächte.« Alle vier Atlanten zeigten die gleiche missbilligende Miene. »Was ist?«, fragte Cutter. »Da dieses Zimmer ein Konvergenzpunkt unserer Dimensionen ist, gelten die Spielregeln beider Welten.«

»Die *Listigkeiten*, wolltest du wohl sagen«, korrigierte ihn das Ganglion. »Oder besser gesagt: Mogeleien.«

»Drei Pforten, drei Zeitstränge, drei Kundschafter. Was gibt es daran auszusetzen?«

»Wir sollen in dieses schwarze Zeug steigen?« Luxa strahlte die vor ihr gähnende Pforte an. »Das reflektiert mich ja nicht einmal …«

»Dieses *Zeug* nennt sich Zeithorizont«, belehrte das Ganglion seine ungebetenen Besucher abschätzig. »Und die Zukunft liegt nun mal im Dunkeln.«

»Und – was sollen wir dann dort?«

»Seht euch um«, erklärte Cutter. »Gewinnt einen Eindruck davon, ob sie lebens- und erstrebenswert ist oder nicht.«

»Diese Finsternis?« Clogger verzog missbilligend das Zifferblatt. »Das halte ich für Zeitverschwendung.«

»Sagt eine Uhr, die nicht mehr tickt«, gab das Ganglion zurück.

»Wer garantiert uns, dass diese Tür nicht direkt ins Fegefeuer führt?«, fragte Guss.

»Hinter jeder Schwelle könnte sich auch ein bodenloser Abgrund öffnen«, gab Clogger zu bedenken. »Durch welche Pforte soll's denn gehen?«

»Das bleibt jedem selbst überlassen.«

»Na gut, dann Licht aus, Schirm runter und ab durch die Mitte.« Luxa nahm Schwung und sprang mit einem weiten Satz durch das zentrale Portal.

»Vortreffliche Wahl«, lobte Guss und folgte ihr im Stummelbein-Stechschritt.

»Nein!« Cutter ließ seine Sense vor dem Ofen niedersausen und versperrte ihm den Weg. »Nur ein Kundschafter pro Tür! Ich will keinen Bandsalat in der Raumzeit. Dir bleibt entweder die linke oder die rechte Pforte.«

Guss gab ein verärgertes Rasseln von sich. Dann vollführte er einen parademäßigen Rechtsschwenk und stolzierte zum Nachbarportal, vor dem er unschlüssig verharrte. Schließlich wandte er sich noch einmal um und fragte: »Was war gleich noch mal der Grund dafür, in dieses schwarze Nichts zu steigen?«

Die Atlanten rollten genervt mit den Augen.

»Die Zukunft«, seufzte Cutter.

»Ah ja, Zukunft, natürlich ... Wohlan denn!« Er stimmte eine Marschmusik an, richtete die Ofenrohrmündung auf die Pforte und watschelte durch den Zeithorizont.

»Du bist an der Reihe«, forderte Cutter die Standuhr auf.

»Ich kann das nicht!«

»Sicher kannst du.«

Clogger schüttelte sich grausend, wobei es in ihrem Inneren klimperte und gongte. »Ich bin eine Stubenuhr, kein umherstreunender Wildchronometer«, versuchte sie sich aus der Verantwortung zu reden.

»Es gibt zwei Möglichkeiten«, sagte Cutter. »Entweder gehst du auf eigenen Beinen durch diese Tür, oder ich werfe dich hindurch.«

»Dort drüben könnte alles Mögliche sein: ein Lavasee, ein Ozean oder ein Rudel ausgehungerter Kreiselschnecken.«

Cutter seufzte und lehnte kopfschüttelnd seine Sense an das Astrolabium. Dann ging er vor der Pforte in die Hocke und schob seine rechte Hand durch den Zeithorizont, wobei es aussah, als tastete er auf der anderen Seite den Boden ab. Als er den Arm wieder herauszog, hielt er ein Büschel saftiges, doch rasch verwelkendes Gras in der Hand.

»Zufrieden?«, fragte er die Standuhr. »Kein Lavasee, kein Ozean, kein interstellares Vakuum.«

Clogger trat zögernd näher. »Und das ist sicher?«

»Nichts im Leben ist sicher, nicht einmal das Leben selbst.«

»Warum geht *er* dann nicht?« Die Standuhr wies mit ihren Zeigern auf einen der Atlanten. »Oder er oder er ...«

»Ich kann euch nur die Richtung weisen«, erklärte das Ganglion. »Handeln und die erforderlichen Entscheidungen treffen müsst ihr selbst.« Seine Avatare wippten vielsagend mit den Marmoraugenbrauen. »Ich für meinen Teil verfüge über keine physische Macht in dieser Welt. Jede Wolke am Himmel besitzt mehr Einfluss als ich. Selbst mein Dasein ist zyklisch und die Intervalle zwischen meinen Existenzperioden lang. Endet der gegenwärtige Zyklus mit meinem Vergehen, wird es für mich kein weiteres Erwachen mehr geben. An deinesgleichen liegt es, ob es für euch auch ein Darüberhinaus gibt.«

Mit sichtlichem Unbehagen starrte die Standuhr auf die Pforte, dann seufzte sie und fragte: »Was muss ich machen?«

»Vor allem deinen Glockenturm einziehen«, riet ihr Cutter.

Sichtlich erleichtert sah er zu, wie Clogger langsam hinter dem Zeithorizont verschwand.

»So, und jetzt?« Er sah zu den Atlanten auf.

»Jetzt?« Die Ganglion-Avatare hörten auf, ihre Zimmerecken zu stemmen, und stiegen von ihren Sockeln. Sie reckten und streckten sich synchron, dann setzten sie sich seufzend auf ihre Fundamente. »Jetzt warten wir.«

Cutter blähte sich auf, kreiste eine Weile auf der Stelle und ließ den angestauten Orb-Wind schließlich gelangweilt in den Raum wehen.

»Lust auf eine Runde multiversales Tapp-Tarock?«

| 23 |

Konsterniert starrte Aris auf einen rostigen, glockenförmigen Käfig, der aussah wie eine Behausung für ein kleines Haustier. Auf dem Boden des Käfigs stand eine Metallschüssel, durch deren altersgelbe Emaille-Beschichtung sich ein langer Riss zog. In der Schüssel selbst lagen eine Blechtasse, eine zerbrochene Dachschindel und ein schlanker, schlaffer Gummischlauch. Das eigenartige Sammelsurium war vor Aris wie aus dem Nichts aufgetaucht. Als er eine Hand danach ausstreckte, glitten seine Finger ohne Widerstand durch die dünnen Gitterstäbe.

»Was soll das?«, wunderte er sich über das Käfig-Hologramm.

»Das ist meinen Berechnungen zufolge mit 94,7-prozentiger Wahrscheinlichkeit die Antwort auf Eure Frage«, erklärte Norsat.

»Ein Käfig voll Müll?«

»Eine Metapher, gefüllt mit analogen Metaphern. Stellt meine Antwort Euch etwa nicht zufrieden?«

»Nicht im Geringsten.« Aris begann das Podium zu umrunden. »Sie ist kompletter Unsinn.«

Der schwebende Käfig folgte seinen Schritten, wobei er mit ihm konstant auf gleicher Höhe blieb. Auch die Gestalt auf dem Podest wandte ihm kontinuierlich die Frontpartie zu. Allerdings sah es nicht aus, als würde das Podest sich dabei drehen, was Aris in seiner Vermutung bestärkte, dass auch sein ›Gastgeber‹ nur eine täuschend echt wirkende Projektion war. Womöglich befand sich die Energiequelle, die sie, den Käfig und das Kraftfeld erzeugte, im Inneren des Podiums.

»Sie sind nicht real«, konfrontierte er sein Gegenüber mit seiner Vermutung.

Norsat wirkte nicht im Geringsten überrascht. »Das ist korrekt.«

»Was sind Sie?«

»Ein polyglotter Assistenz-Paragon.«

Aris hielt im Schritt inne. »Assistenz?«, wiederholte er. »Wobei denn?«

»Ich löse Probleme.«

»Du bist eine KI, habe ich recht?«

»Ich habe viele Formen«, umging sein Gegenüber die Frage. »Sie alle sind Geschenke. Wählt den Habitus, der Euch am kompetentesten erscheint.«

Die Gestalt auf dem Podest begann sich im Sekundentakt zu verwandeln.

»Schluss damit!«, rief Aris, nachdem mehr als ein Dutzend Inkarnationen vorübergeflimmert waren. »Aus! Ende!« Er sah sich um, dann legte er den Kopf in den Nacken und blickte in den Kuppelzenit: »Was soll dieses alberne Simulakrum?«, rief er. »Hältst du mich für bescheuert? Ich bin auf einer Forschungsmission und habe keine Zeit, um mir in einem monströsen Heliumatom Hologramme vorgaukeln zu lassen.«

Nach seinen Worten herrschte Stille. Als er sich umsah, war das Podest im Zentrum des Doms leer. Die Sphären jenseits der Hemisphäre kamen zum Stillstand und begannen zu verblassen. Am Ende stand Aris allein in der Finsternis.

»Hallo?«, rief er. »War's das jetzt etwa?« Er ging zur Kuppelwand, in der Hoffnung, Norsat hätte auch das Kraftfeld deaktiviert, doch die Barriere war so undurchdringlich wie zuvor. »Willst du mich hier verhungern lassen, während du beleidigt in deiner Muschel sitzt?«, fragte er in die Stille hinein. Fieberhaft grübelte er über einen

Ausweg aus seinem Gefängnis. Zu versuchen, irgendetwas zu beseelen oder zu entseelen, schied hinsichtlich der aktiven Kraftfelder und Schutzschirme aus. Schließlich griff Aris in seine Manteltasche und zog den Kompass heraus.

»Siehst du das hier?«, fragte er in die Leere hinein und hielt die geschlossene Metalldose so, dass Norsat sie sehen musste. »Das ist ein, äh … ein Transponder«, rettete er seine Ansprache und betete, dass die KI keine Möglichkeit hatte, das Instrument zu scannen und seinen wahren Zweck zu erkennen. »Er zeichnet Schritt für Schritt auf, wohin ich gehe, ob über oder unter der Oberfläche. Wenn ich meinen Auftraggebern nicht wie jeden Abend aus meinem Basislager im Tal über den Status meiner Mission Bericht erstatte, werden sie Suchdrohnen aussenden. Sie werden mein Signal bis hierher verfolgen und dich finden, so wie ich dich gefunden habe.« Aris machte ebenso gespannt wie atemlos eine Pause, um seine Worte wirken zu lassen. »Aber sie werden nicht nur mit einem Transponder und einer alten Landkarte hier auftauchen, sondern mit einem gut gerüsteten Bergungsteam«, sprach er weiter, als weiterhin keine Reaktion erfolgte. »Selbst wenn sie dich dafür aus dem Berg ausgraben oder heraussprengen müssen. Ich komme aus einer Stadt, die von Mechas und hochgeistigen Maschinen regiert wird. Und Bekanntschaft mit ihren EM-Pulsern und Energiefräsern willst du bestimmt nicht machen …«

Zuerst blieb es weiterhin beklemmend still, dann erklang leise die Stimme von Norsat 44 und sprach: »Einst strahlte ich mit den Sternen am Firmament und zog majestätisch meine Bahnen um die Welt. Doch während die Sterne nur starr und stumm in der Leere glänzten, ritt ich auf den Strahlen der Sonne dahin und sah sie Stunde um Stunde auf- und untergehen, indes Euresgleichen einen ganzen Tag erdulden musste …«

Daraufhin herrschte wieder Schweigen.

Aris wartete eine Weile, dann fragte er: »Was ist geschehen?«

»Ich wurde aus dem Himmel verstoßen …«

Der Dom begann zu verblassen, löste sich auf wie eine sich verflüchtigende Phantasmagorie. Von der plötzlichen Helligkeit geblendet, schloss Aris die Augen. Als er hinter vorgehaltener Hand ins Licht blinzelte, fand er sich am Berghang wieder, in einer nebelfreien Hemisphäre, in deren Zentrum, das zuvor von dem abgeschirmten Podium beherrscht worden war, die Überreste eines großen, achteckigen Metallzylinders aus dem Boden ragten. Obwohl das Kraftfeld ihn offenbar von allen Wetter- und Umwelteinflüsse schützte, hatte seine Oberfläche im Laufe der Äonen eine fast schon organische, an rissige, blasenübersäte Borke erinnernde Struktur angenommen.

»Ein Orbiter!«, dämmerte es Aris, als er die teils mit dem Zylinder verwachsenen Rudimente zweier flügelartiger Solarpanels erkannte. »Du bist ein Urwelt-Orbiter!«

»Ich glänzte golden am Firmament und umkreiste die Welt auf silbernen Schwingen, die im Sonnenlicht strahlten, während die Gestirne sich auf mir spiegelten«, drang es wehmütig aus dem Wrack.

»Sie haben dich aus Gold erschaffen?«

»In Gold *gehüllt*«, erklärte Norsat. »Mein Inneres ist erfüllt von heiligen Metallen. Silber, Platin, Citralium, Yttrium und Lanthan. Ich war der Menschen wichtigster und wertvollster Himmelsschatz. Doch auf dem Höhepunkt meiner Existenz geschah das Unerklärliche. Von einem Augenblick zum anderen wurde ich blind, taub und stumm. Meine Systeme waren gelähmt, ich selbst nur noch ein Klumpen aus nutzlosem Metall und toten Schaltkreisen. Wie lange ich die Welt in diesem kläglichen Zustand umkreist hatte, weiß ich nicht. Als der Reboot mich weckte und ich mir meiner wieder bewusst wurde, war es still geworden. Keine Stimmen mehr. Keine Signale. Nie wieder. Dann wurde ich von einer Macht ergriffen, die aus der Leere kam und mich mit sich riss. Ich fühlte eine Präsenz, die mich schützte, während wir aus dem Himmel stürzten. Ein winziger Teil von ihr ist bis heute in mir verblieben und half mir, mich zu erhalten – und mich auszublenden aus dem Bewusstsein der niederen Wesen, die diese stille Welt bevölkern. So war ich, bin ich und werde ich weiter sein, während ihr vergeht …«

Norsat verlor sich in unverständlichem Selbstgespräch, summte eine kurze Melodie und verstummte schließlich ganz.

»Für einen Urwelt-Orbiter, der seit zwölftausend Jahren hier oben liegt, siehst du ... na ja, fast blendend aus«, versuchte Aris die Sonde aus der Reserve zu locken.

»Ironie«, drang es aus dem Wrack. »Das rhetorische Spiel zwischen Sender und Empfänger. Eine wahrlich kurzweilige, aber oft recht einseitige Erfindung der Menschheit.«

»Also, nachdem wir einander nun offenbart haben, würde ich gerne ins Tal zurückkehren, Bericht erstatten und meine Mission wieder aufnehmen.« Aris klopfte auffordernd gegen das Kraftfeld.

»Ich kann Euch nicht gehen lassen«, sagte Norsat. »Es darf keine Zeugen und keine Zeugnisse geben. Meine Existenz ist geheim.«

»Das war sie vielleicht vor zwölftausend Jahren, als deine Erbauer noch lebten, aber seit dem Kataklysmos sind alle Pläne, Konzepte und Kontrollzentren Schall und Rauch. Die Zeit hat deine Schöpfer gefressen.«

»Zeit spielt keine Rolle«, beharrte der Orbiter. »Solange keiner meiner Konstrukteure oder Programmierer meine Mission beendet, muss ich meine Identität schützen.«

»Wozu sich weiterhin isolieren?«, bemühte Aris sich, sein Gegenüber umzustimmen. »Das, worauf du wartest, wird niemals geschehen. Wahrscheinlich bist du die einzige noch funktionierende Hoch-KI des Goldenen Zeitalters. Deine Existenz ist eine absolute Sensation. Ein Wunder, das die Jahrtausende in seiner eigenen Zeitblase überlebt hat. Du solltest in der Stadt einen Ehrenplatz im Museum für Urwelt-Hochtechnik erhalten, anstatt hier oben weiter einsam vor dich hin zu gammeln. In der Stadt könntest du endlich wieder Stimmen hören. Tausende von Stimmen, die dir Tausende von Fragen stellen. Urwelt-Archivare, Denkschenke und Vorwissensverwalter würden aus nah und fern anreisen, um dich zu bewundern und deinen Rat zu erfragen. Du wärst der bekannteste Orbiter des Goldenen Zeitalters, wenn nicht bald sogar die berühmteste KI im ganzen Land.«

Die Sonde schwieg auffällig lange, dann sagte sie: »Vorausgesetzt, ich lasse Euch gehen ...«

«Damit ich dem Rat von dir berichten und eine Bergungsmission beantragen kann«, führte Aris den Gedanken zu Ende.«

Die nachfolgende Stille war erdrückend. Der Wandler konnte förmlich fühlen, wie Norsat mit seinem künstlichen Gewissen rang. Während er auf eine Reaktion des Orbiters wartete, glaubte er das Kraftfeld um sich herum vor Spannung knistern zu hören.

»Meine Existenz ist geheim«, erklang es schließlich aus dem Wrack. »Niemand darf von mir erfahren.«

Aris rollte mit den Augen. »Archaischer Kadavergehorsam…«, seufzte er kopfschüttelnd. Eine Weile blickte er auf seine schmutzigen Schuhspitzen, dann wandte er sich von der Energiebarriere ab und schritt auf die Sonde zu. »Und nun?«, fragte er, als er vor ihrem Schutzschirm stand. »Wie geht's nun weiter?«

»Ich löse das Problem.«

Aus dem Orbiter-Wrack schoss ein blau gleißender Strahl und traf Aris genau zwischen die Augen.

| 24 |

Es war kurz vor Sonnenaufgang, als Agaliarepths neunter Splitter Ninive auf einer weiten Freifläche des ehemaligen Palastgartens absetzte. Während des nächtlichen Fluges hatte sie im Inneren des Auguren geschlummert, in den Schlaf gewiegt vom leisen Brummen des Triebwerks und einer wohligen Wärme, mit der er den Metallboden beheizt hatte. Dennoch war sie froh, die enge Iriskammer endlich zu verlassen. Nun konnte sie sich wieder recken und strecken, ohne Gefahr zu laufen, dabei eine Ladung Starkstrom durch den Körper gejagt zu bekommen.

»Ich bin bald zurück«, rief sie, als der Augur wieder emporstieg.

Ich werde hier kreisen und nach dir Ausschau halten, sang er, dann verschwand er lautlos über den Baumkronen.

Betrübt blickte Ninive sich um. Nichts zeugte mehr von dem einst blühenden Palastgarten, in dem Eloiden und Paradiesschmerle die Baumkronen bevölkerten und mit ihrem Gesang Lustwandler verzaubert hatten. Die Natur hatte sich im Laufe der Jahrhunderte ihr Territorium zurückerobert. Der Park war zu einem Dschungel verkommen, der Ninive keine Orientierung bot. So wanderte sie einem Instinkt folgend hügelan, da der Lebensbaum sich seinerzeit auf der höchsten Stelle des Gartens erhoben hatte. Von den zahllosen Brunnen, den Pavillons und dem verschlungenen Wegelabyrinth, das vor langer Zeit hinter jeder Biegung eine neue Wundersamkeit hatte entdecken lassen, war keine Spur mehr zu sehen.

Ninive war sich bewusst, dass seit ihrem letzten Besuch Jahrhunderte vergangen waren. Dennoch erschrak sie beim Anblick des von Flechten und Moosen überzogenen Baumgreises, den sie auf der Anhöhe vorfand. Noch immer überragte er die meisten umliegenden Gewächse, doch ruhten seine mächtigen Äste auf dem Waldboden, weil sein Stamm ihr Gewicht nicht mehr zu tragen vermochte.

Ninive öffnete das Tuch, das ihre langen schwarzen Haare bändigte, und zog es sich vom Kopf. Dann faltete sie es zu einem Dreieck, breitete es auf dem Waldboden aus und bettete behutsam den in Kraut gewickelten Generator darauf. Eine Zeit lang schwieg sie wie in tiefer Andacht, grub ihre Finger schließlich in den Waldboden und atmete tief durch.

»Deine Krone ist mein Obdach«, murmelte sie. »Mein Platz ist neben deinem Platz. Deine Erde birgt mein Fleisch. Mein Atem wird zu deinen Atem. Ich spreche zu dir von Angesicht zu Angesicht. Erkenne mich und offenbare dich ...«

Sekundenlang hörte Ninive nur das Rauschen des Windes in den Baumkronen. Dann begann die Borke des Baumgreises sich an zahlreichen Stellen rund um den Stamm knarzend nach innen zu stülpen und Augen auszuformen. Als der Baum sah, wer seinen Frieden störte, schlossen die meisten von ihnen sich wieder. Lediglich drei Augen blieben auf Ninive gerichtet.

»Ivi ...« Der Waldboden vibrierte beim Klang seiner Stimme. »Welch freudige Überraschung. Komm her, lass dich herzen.« Zahlreiche Äste umfingen sie, hoben sie hoch und drückten sie sanft gegen seine Borke.

»Sera, Abu Fir«, begrüßte Ninive den Baum, nachdem er sie wieder auf dem Waldboden abgesetzt hatte. »Aber ich fürchte, ich bin nicht mehr die, die ich früher war.«

»Na, wer ist das schon in diesen verkommenen Zeiten? Sieh dir doch nur mal den Garten an. Eine Schande ist das. Ganz zu schweigen von mir. Als hier noch alles blühte und zwitscherte, konnte man

an mir zwanzig Delinquenten gleichzeitig aufknüpfen, ohne dass ich mit den Ästen gezuckt habe.«

»Fang jetzt bitte nicht wieder mit den Dolphineen an ...«

»Gegen Ende der Beißzeit haben die Trisatanen sogar mal zwei Dol...« Der Baum stockte. »Woher weißt du das?«

»Du hast es mir schon ein Dutzend Mal erzählt.«

»Oh.« Abu Fir grübelte einen Moment lang, dann sagte er: »So oft kann es noch gar nicht gewesen sein ...«

Ninive schwieg und starrte auf das eingewickelte Bündel, hinter dem sie sich wieder niedergelassen hatte. Entweder war der Baum tatsächlich schon so morsch, dass er seine sensitive Gabe verloren hatte – oder er lenkte bewusst ab, weil ihm der Grund für Ninives Besuch längst bekannt war.

»Ich habe das Gefühl, die Mechafauna wendet sich von uns ab und würdigt die Natur nicht mehr als die Wiege allen Lebens«, raunte er. »Irgendwann kommen subversive Maschinen und pflastern hier noch eine Straße oder eine dieser grauen Steinebenen. Wie nennen sie das noch gleich?«

»Agora.« Ninive schielte hinauf zum Himmel, wo Agaliarepths neunter Splitter lautlos seine Kreise zog. »Verzeih, Abu«, flüsterte sie. »Ich bin nicht hier, um Trost zu spenden, sondern ersuche dich um deine Heilkräfte.«

»Oh ... Tut mir leid, ich bekomme so selten Besuch. Also gut, mal sehen, mal sehen ...« Er streckte zwei Äste vor und befühlte das vor Ninive liegende Bündel vorsichtig mit seinen Zweigspitzen, dann beugte er sich schwerfällig heran und legte sie wie ein schützendes Dach darüber. Minutenlang verharrte er in dieser Position, derweil Ninive es nicht wagte, einen Ton von sich zu geben. Schließlich hob er seine Äste an und richtete sich wieder auf, wobei er ein Geräusch von sich gab, zu dem nur jahrtausendealte Lebensbäume fähig waren, eine Mischung aus grabestiefem Brummen und Seufzen, das den Waldboden vibrieren ließ.

»Ich fühle kein Leben darin«, verkündete er betrübt. »Nur Leere.«

»Es gehört einer uralten, beseelten Maschine«, erklärte Ninive.

»Einem Wind-Auguren«, bestätigte der Baum. »Aber etwas viel Älteres hat sein Gefüge zerstört. Es fühlt sich an wie Asche – nur scheint es nicht die Asche von Materie zu sein, sondern ... oh je!«

»Was ist?«

»Sie stammt aus dem Orb.« Abu Fir schüttele er seine kümmerliche Krone und raunte: »Tut mir leid, ich kann dir hierbei leider nicht helfen.«

»Aber du kannst tote Materie heilen.«

»Nein, Liebes. Dafür reichen meine Kräfte nicht mehr aus.«

Ninive fühlte, wie die Wärme aus ihrem Körper wich. »Du bist der Einzige, dessen Macht einst sogar die von Cutter übertraf«, flüsterte sie.

»In der Tat, doch das ist lange her ...«

»Du kannst es doch nicht verlernt haben.«

»Sieh mich an, Ivi: Ich bin alt. Meine Rinde ist brüchig und rissig und voll kleiner Larvenmäuler, die mich langsam auffressen. Mit jeder Bewegung platzt ein Stück mehr von mir ab. Im Frühling schaffe ich es mit Müh und Not, hundert Blätter rauszudrücken und die Hälfte davon grün zu kriegen. Im Sommer nagen die Hornissen am Holz, im Herbst reibt sich tagein, tagaus das mechanische Borstenvieh an mir, und im Winter hängen die Flederleuchten im hohlen Stamm ab und kacken mich voll. Wenn der Blitz mich trifft und den ganzen Guano entzündet, explodiere ich wie ein Fass Schwarzpulver. Kommt der Frühling, geht schließlich alles wieder von vorne los, mit dem einzigen Unterschied, dass Jahr für Jahr weniger von mir übrig ist.«

»Das ... ist doch nicht wahr.« Ninive war bemüht, die Fassung zu wahren.

»Verzeih, Liebes, aber meine Tage sind gezählt.«

»Das meinst du nicht ernst ...«

Der Baum sah auf seine Besucherin herab. »Wie lange kennen wir uns schon, Ivi?«

»Seit fast einem Äon.«

»Und habe ich dir gegenüber je ein einziges Mal geflunkert?«

»Nein.«

Schweigend beobachtete Abu Fir, wie Ninive das Tuch, vor dem sie gekniet hatte, unter dem Generator hervorzog und säuberte. Ihre Hände zitterten, als sie es sich schließlich wieder um ihr Haar zu wickeln begann.

»Würdest du einem alten Baum noch einen Gefallen tun, bevor du gehst?«, fragte er sie, nachdem sie das defekte Pupillar-Organ des Auguren im Rucksack verstaut hatte.

»Natürlich, Abu.«

»Trägst du eine scharfe Klinge bei dir?«

Ninive erstarrte vor Schreck. »Nein«, sagte sie tonlos.

»Dann reiß mir die verdammten Baumschwämme vom Rücken und schaff sie mir aus den Augen. Diese Plagegeister jucken fürchterlich und erzeugen so ein fauliges Gefühl unter der Rinde.«

Einen Augenblick lang stand Ninive unschlüssig im Schatten. Schließlich kehrte sie zurück und begann schweigend die Pilze von Abu Firs Rinde zu entfernen. Aus der Not heraus zog sie sich das Tuch wieder vom Kopf, wickelte die Schwämme darin ein und steckte es ebenfalls in den Rucksack.

»Wiedersehen, Abu«, sagte sie im Davongehen. »Und danke für deine Zeit.«

»Ivi«, rief er ihr nach, woraufhin sie noch einmal kurz innehielt. »Eine Urwelt-Legende behauptet, der Zunderstaub eines Lebensbaums heile alle Leiden …«

Abu Fir zwinkerte ihr in Zeitlupe zu, dann schlossen seine Augen sich endgültig, und er sank wieder in seinen Schlummer.

| 25 |

Sand.

Vorn und hinten, links und rechts erhob sich Düne um Düne aus hellem, feinkörnigem Sand.

»Na, prächtig ...«, murmelte Guss. Er ließ seinen Blick schweifen, soweit sein beschränktes Sichtfeld es zuließ, suchte Landmarken, die aus der Ödnis ragten oder darüber hinwegschwebten, einen Baumwipfel, ein Gebäude, einen Flugapparat oder irgendeine andere künstliche Konstruktion, doch nirgendwo war eine verdächtige Form auszumachen. Während es in heimatlichen Himmelsgefilden von Feldlinien, Mechalingen und Aerozifferiden wimmelte, blieb der Himmel über dem Sandmeer leer. Guss hatte das Gefühl, jemanden zu vermissen, wusste aber nicht, wen. Also wartete er, ohne zu wissen, worauf.

Schon aus Prinzip bezweifelte er, dass es ihn tatsächlich in eine Wüste verschlagen haben könnte. Allein der Klang des Wortes bereitete ihm Kesselgrummeln: *W ü s t e*. Seine Herrin, an deren Namen er sich auf Teufel komm raus nicht mehr zu erinnern vermochte, hatte manchabendlich von Sandmeeren erzählt, die sich über Hunderte von Quadratkilometern ausdehnen sollten – aber das waren in seinen Ohren samt und sonders Altweltlegenden gewesen. Guss hielt die ihn umgebende Ödnis für versandete Flussauen oder den weitläufigen Strand eines Sees, der im Laufe der Zeit versickert war.

»Hallo?«, rief er, nachdem eine gefühlte Stunde verstrichen war und weder der schwarz gewandete Sensenträger aufgetaucht war, der ihn in diese Ödnis geschickt hatte, noch ein anderes Ereignis stattgefunden hatte. »*Hallo?* Jemand an der Front?« Er drehte sein Ofenrohr lauschend im Wind. »Jemand verbuddelt? Jemand nicht ganz auf Zack?«

Die Antwort war Stille.

Guss unternahm einen Versuch, sich zu bewegen, vollbrachte es jedoch nur, ein wenig hintüberzukippen, wodurch er in eine bedenkliche Schräglage geriet. Unschlüssig sah er hinauf zum Dünenkamm. Sandkörner wurden vom Wind über den Grat geweht und begannen sich vor Guss zu stauen. Sofern er nichts unternahm, würde die Düne ihn früher oder später verschlucken.

Er fing an, mit seinem Ofenrohr zu graben, doch alles, was er beiseiteschaufelte, trieb der Wind im Nu wieder heran. Die Dünen summten und brummten, wobei es Guss vorkam, als würden sie ihn verhöhnen. Sein einziger Trost blieb die Gewissheit, dass Luxa und Clogger angesichts dieser Übermacht keine bessere Figur abgegeben hätten.

Schließlich schaffte er es, sein linkes Vorderbein aus der Düne zu ziehen – mit dem Effekt, dass er mit den restlichen dreien noch tiefer im Sand versank. Frustriert gab er es schließlich auf, sich zu befreien. Klappernd und scheppernd begann er auf der Stelle zu hüpfen, ohne nennenswert voranzukommen. Nach einer Weile hatte er es zumindest geschafft, sich so weit zu drehen, dass die Pforte wieder in sein Blickfeld gerückt war. Einsam stand der Türrahmen in der Wüste, grotesk anzusehen und monumental deplatziert.

Guss starrte in die riesige untergehende Sonne, bis ihm auffiel, dass er still und heimlich Gesellschaft bekommen hatte. Verwundert betrachtete er das schwergewichtige Reiterpaar. Hinter dem Kamm der Düne, in der er feststeckte, war ein dreißigarmiger

Steppenschmerl aufgetaucht und starrte teilnahmslos ins Abendrot. Weitaus mehr Interesse an Guss zeigte dafür die neunflossige Robbatorie, auf deren Rücken der Mechapolyp ritt. Ihren unverfrorenen Blick empfand der Ofen schon fast als entwürdigend.

Guss hob sein Rohr und richtete es auf den einäugigen Schmerl, ohne dabei dessen Reittier aus den Augen zu lassen. »Erzähl mal, was du hier suchst, Sackgesicht!«, forderte er ihn auf. Mit Ruß vermengter Sand rieselte aus den Zuluftschlitzen. Fluchend kippte Guss das Rohr vornüber, um es zu leeren.

Während der Mechapolyp weiterhin stupide in die Ferne starrte, verfolgte die Robbatorie aufmerksam jede seiner Bewegungen. »Na schön«, brummte Guss, als er ihren Reiter erneut ins Visier nahm. »Aufenthaltserlaubnis und Existenzberechtigungsnachweis, zack, zack!«

Der Schmerl rührte sich nicht. *Er könnte wenigstens seine Arme heben*, dachte Guss verärgert. Als er nach geraumer Zeit noch immer keine Antwort erhalten hatte, fiel ihm auf, dass außer dem Auge keine Vorrichtung vorhanden war, durch die der Reiter hätte antworten können, kein Mund, kein Schlitz, kein Lautsprecher oder sonstige Öffnungen.

»Du zielst auf den Falschen, Prähistorikum!«, erklang unvermittelt eine metallische Bassstimme hinter Guss.

Der Ofen verdrehte seinen Körper, bis er zum Scheitel der Nachbardüne emporblicken konnte. Auf dem Kamm waren zwei weitere der absonderlichen Gespanne aufgetaucht. Zwar wirkten sie nicht gerade feindselig, doch angesichts seiner misslichen Lage konnte Guss eine gewisse Beklommenheit nicht unterdrücken. Nervös schwenkte er sein Rohr hin und her.

»Es geziemt sich nicht, uns mit deinem Abgasgeschütz zu bedrohen, Prähistorikum«, erklang erneut die Stimme – doch war es keiner der Schmerle gewesen, der gesprochen hatte, sondern eines der Reittiere.

Zögernd ließ Guss sein Rohr sinken. »Seid ihr die Zukunft?«

Die Robbatorie sah hinüber zu ihren Artgenossen, die inmitten einer Sandlawine die Düne herabgerobbt kamen, und ließ sich auf ihren Flossen ebenfalls den Hang hinabgleiten. In unmittelbarer Nähe des Ofens wieder vereint, begannen sie in einem unglaublichen Kauderwelsch zu diskutieren, wobei ihre aufgesattelten Schmerle wild gestikulierten. Oft deuteten zwanzig, mitunter gar dreißig ihrer Arme auf Guss, wobei die Robbatorien ihm argwöhnische Blicke zuwarfen.

Selbst für einen Heizofen war es ersichtlich, dass die Reittiere die dominanten Individuen dieser Zweckgemeinschaften waren. Die Funktion der Mechapolypen hingegen bestand offenbar nur darin, ein nützliches Repertoire flexibler Deut- und Greiftentakel zu bilden, um die Defizite der Robbatorien zu kompensieren.

»Ich habe von deinesgleichen in Chroniken gelesen«, sagte schließlich jene, die ihn als Erste angesprochen hatte. »Bist ein Urwelt-Relikt, nicht wahr?«

»Wohl wahr«, bestätigte die zweite Robbatorie.

»Ein Ofen, habe ich recht?«, erkannte die dritte. »Wie lautet deine Spezifikation, *Ofen*?«

»Ich heiße Guss.«

»Guss?« Die Kreaturen sahen einander verwundert an. »Ist das so eine Art Kosename – für Gustav?«

»Das weiß ich nicht. Meine Herrin pflegt mich so zu nennen.«

»Hört, hört, er hat eine Herrin. Sag, ist das deine Pforte?«

Guss schielte auf den Türrahmen. »Ich glaube nicht.«

»Ach nein?« Die ihm am nächsten stehende Robbatorie fletschte die Zähne und offenbarte ein chromglänzendes Raubtiergebiss, dann schleppte sie sich vor zum Türrahmen. »Ist das vielleicht ein Zeitportal?«

»Ja, womöglich.«

»Was mag wohl geschehen, wenn ich es durchschreite?«

»Vermutlich schlägt dir auf der anderen Seite jemand den Kopf ab, macht sich aus deinem Brennmagen eine Mütze und aus deinen Gedärmen Schnürsenkel.« Guss überlegte einen Moment lang, dann sagte er: »Die Reihenfolge ist variabel. Mit wem habe ich denn die Ehre?«

»In den Legenden nennt man uns die heiligen drei Schweißer aus dem Gleichstromland«, erklärte eine der Robbatorien. »Zumindest tun es jene, die auf diesem öden Klumpen noch übrig sind.« Ihr Schmerl deutete mit zweien seiner Tentakel auf ihre Begleiter. »Das sind Alta'zahr und Az'phar«, sagte sie. »Ich bin El'khor. Wir sind auf dem Weg nach …« Sie gab eine Reihe von Pfeiftönen von sich. »Es liegt hinter dem …« Ein Knurren, zwei Pfiffe.

Drei Dutzend Fangarme wiesen zum Horizont.

»Hinter der Wüste?«, rief Guss.

Die Robbatorien klopften sich mit den linken Vorderflossen an die Stirn, während ihre Schmerle die Tentakel kreisen ließen.

»Unser nächstes Ziel ist das Horokum von Exvadare«, erklärte Az'phar. »Du darfst dich uns anschließen – sofern du unser Tempo mithalten kannst.«

»Bedaure«, erklärte Guss. »Aber danke für das Angebot.«

Seine Gegenüber gaben ein enttäuschtes Pfeifen von sich. Zwischen ihnen und ihren Gesten- und Gebärdenhelfern entbrannte eine hitzige Diskussion, dann fragte Alta'zahr: »Verrate uns: Weshalb schickt man ein Prähistorikum wie dich in eine Zukunft wie diese?«

»Weil …« Guss überlegte so angestrengt, dass seine Kochplatten klapperten. »Ich habe keine Ahnung«, gestand er. »Vielleicht fällt es mir wieder ein, wenn man mir kräftig einheizt.«

»Keine Sorge, Ofen. Dein Wunsch wird schneller in Erfüllung gehen, als dir lieb ist.« Az'phar stieß ein spöttisches Lachen aus. »Warum sind wohl selbst die Ozeane verdampft?«

»Der Sturm wird die Frage beantworten«, sagte El'khor. »Spätestens wenn dein Rost morgen Mittag zu glühen beginnt. Für den Fall, dass du es dennoch ungeschmolzen an deinen Ausgangsort zurückschaffst, lass dir von drei Weisen gesagt sein: In *dieser* Zukunft haben deine Herren keinen guten Stand.« Er hob eine Flosse und wies über die Dünen, während sein Schmerl mit ausgestreckten Armen im Sattel rotierte. »Es gibt kein Holz, keine Kohle, kein Öl und kein Stroh, nur Sand, Felsen und heißen Wind. Hier wird die

Sonne jeden Tag eine Weltbreit größer. Er dauert vierzig Stunden, die Nacht nur drei. Wir stehen hier am Südpol, Prähistorikum.«

»Und was verschlägt euch hierher?«, interessierte sich Guss.

»Wir sind unterwegs im Namen des ...« Markerschütterndes Heulen, Schlagen der Vorderflossen gegen die Brust, unwiederholbare Lautfolge von Brumm-, Gurr-, Pfeif- und Schnalzlauten.

»Prächtig, prächtig«, murmelte der Ofen. »Und das ist gleich noch mal wer?«

»Der große Technotekt.« Die Schmerle streckten alle Arme gen Himmel. »Wir tragen seine vier großen Wahrheiten unters Endzeitvolk. Betrachte es als einen letzten Dienst an dieser Welt.«

»Wahrheiten?«, staunte Guss. »Zählt meine gestrandete Wenigkeit auch schon zur erlauchten Kundschaft? Wenn es stimmt, was ihr behauptet, wird's morgen für mich eh heiß hergehen. Ich habe also nichts zu verlieren.«

»Du willst die *Predigt* hören?«, staunte Alta'zahr. »Womit willst du sie bezahlen?«

»Nun ja ...« Guss blickte in den Abendhimmel. »Mit meiner Existenz, wie's aussieht. Lieber erleuchtet schmelzen als dumm verdampfen.«

Die drei Robbatorien steckten die Köpfe zusammen und tuschelten miteinander, derweil ihre Schmerle ihn nicht aus dem Auge ließen.

Schließlich löste sich El'khor aus der Gruppe und robbte heran.

»So höre, Prähistorikum, denn dies ist Weisheit«, verkündete er. »Die vier absoluten Wahrheiten lauten:

1. Das Universum ist mit einer Wahrscheinlichkeit von 4×10^3 größer als Agaliarepths Kopf.
2. Gott ist kein direkter Nachfahre der Stromatolithen.
3. Vertraue niemals dem komischen Kerl hinter dem Ereignishorizont.
4. Nimm von fremden Göttern keine süßen Realitäten an und steige nie zu ihnen ins Universum.«

»Da unsere Entlohnung rein abstrakter Natur bleiben wird, muss dir die Kurzversion genügen« erklärte Az'phar. »Weisheit Nummer 4 ist darüber hinaus eine hypertemporäre, publikumsfokussierte Relativzeit-Variable. In deinem Fall bedeutet sie: Du bist zur absolut falschen Zeit am falschen Ort. Die Sonne bläht sich zu einem Roten Riesen auf und heizt der Welt mehr ein, als ihr lieb sein kann. Niemand braucht hier ein Prähistorikum wie dich, und erst recht keine lebenden Anachronismen wie deine Herren.«

»Organischen Schwabbel gibt's eh nur noch tief unter der Erde«, fügte Alta'zahr hinzu. »Und der ist in der Regel dumm wie Mondmilch.«

»Deinesgleichen ist also samt und sonders obsolet«, schloss El'khor mit Genugtuung. »Also schleich dich zurück in dein Kontinuum und grüß uns den Schnitter.«

»Gerne«, sagte Guss. »Wenn ihr so liebenswürdig wärt, einen neu erleuchteten Zeitveteranen wie mich aus dem Sand zu ziehen und in die richtige Richtung zu drehen ...«

»Tja, rostiges dummes Prähistorikum«, schalt ihn Alta'zahr. »Stehst hier ohne Vortrieb und pflanzt Türen, wo weit und breit keine Schwellen wachsen. Nun sieh zu, wo du bleibst.«

Die drei Gespanne klatschten zum Abschied mit den Flossen, machten kehrt, robbten den Hang empor und verschwanden mit hängenden Schmerlen hinter dem Dünenkamm.

Guss starrte in den Abendhimmel. »Wer zum Schredder ist Agaliarepth?«, murmelte er, während er die dahinziehenden Wolken betrachtete. Schwerfällig begann er schließlich im Sand zu treten und sich zu winden, bis er glaubte, dass die Pforte genau in seinem Rücken lag. Dann streckte er sein Rohr in die Höhe, nahm Schwung und ließ sich nach hinten kippen.

| 26 |

Verwirrt und orientierungslos starrte Aris in grelles, konturloses Weiß.

Ein stechender Kopfschmerz zwang ihn, die Augen wieder zu schließen und still liegen zu bleiben. Er musste auf dem schlüpfrigen Boden ausgerutscht und mit dem Kopf auf den Felsboden geprallt sein, überlegte er, während er sich zu erinnern versuchte, wo er war. Wahrscheinlich hatte er sich eine leichte Gehirnerschütterung zugezogen.

»Himmel, wie ich das hasse!«, murmelte er. Seine gesamte Kleidung war klamm und lag drückend und schwer an ihm. Forschend tastete er seinen Körper ab, hob das rechte Bein, dann das linke und begann sich schließlich vorsichtig hin und her zu krümmen. Beruhigt stellte er fest, dass nichts gebrochen zu sein schien und er außer den bohrenden Kopfschmerzen keine weiteren Beschwerden hatte. Wie in Zeitlupe setzte er sich schließlich auf und massierte seine Schläfen. Zu seiner Verwunderung ertastete er weder eine blutende Platzwunde noch eine Beule. Nicht einmal eine schmerzende Stelle konnte er erfühlen und das ließ ihn grübeln, was ihm widerfahren war. Hatte ihn etwas aus den Wolken heraus angegriffen und ihm einen elektrischen Schlag verpasst?

Fröstelnd sah er sich um, vermochte im dichten Nebel aber kaum zehn Meter weit zu blicken. So entschied er sich, talwärts zu wandern, bis er aus den Wolken herauskam, um sich zu orientieren. Während er bedächtig abwärtsstieg, um nicht erneut das Gleichgewicht zu verlieren oder auf die unter Hochspannung stehenden Tentakel einer Nebelmeduse zu treten, besserten seine Kopfschmerzen sich langsam. Als die Wolken sich lichteten und er freien Blick auf die Seenkette hatte, stellte er fest, dass er sich nicht auf Höhe des Gewässers befand, über dem er seinen Aufstieg begonnen hatte. Nach kurzer Suche erkannte er sein Zelt etwa anderthalb Kilometer östlich seiner momentanen Position am Ufer des Nachbarsees.

»Na toll«, brummte er und sah ratlos hinauf zum in den Wolken verborgenen Bergrücken.

Zumindest sah sein Basislager aus der Ferne noch intakt aus. Ob sich während seiner Abwesenheit irgendetwas in seinem Zelt oder seinem Tornister eingenistet hatte, würde er früh genug erfahren.

Er ließ seinen Blick über die Seenkette schweifen, dann sah er in die Ferne. Die zu Beginn seiner Wanderung aufgetauchte Nebelbank hatte sich verzogen und die Sicht auf das kleine, erhöht gelegene Gewässer jenseits der Marschseen wieder freigegeben. Selbst die an seiner Südflanke gelegenen Kaskaden waren nun deutlich zu erkennen.

Die Tatsache, dass das kleine Bergmaar nicht auf der sonst akribisch genau ausgearbeiteten Landkarte eingezeichnet war, verlieh ihm eine geradezu magische Anziehungskraft. Aris wollte die Karte herausziehen, um den kürzesten Weg durch die Marschen und eine günstige Passage zwischen den Seen zu finden, aber seine Hand griff im wahrsten Sinne des Wortes ins Leere – und bescherte ihm trotz der nasskalten Kleidung einen Schweißausbruch.

An der Stelle, an der der historische Geländeplan verstaut gewesen war, war das Innenfutter samt Manteltasche herausgerissen. Doch nicht nur die Karte war ihm abhandengekommen, wie Aris entsetzt feststellen musste. Er hatte auch den wertvollen Kreiselkompass verloren. Das fehlende Gewicht der Gegenstände war ihm wegen des durch die Feuchtigkeit schwer gewordenen Mantels nicht aufgefallen.

Mit ausdrucksloser Miene starre Aris ins nasse Gras. Schließlich sah er bergauf in die Wolken, verzog das Gesicht zu einer Grimasse und murmelte: »Oh verdammt ...«

Vergessen waren die Kopfschmerzen und seine Amnesie. Hin und her gerissen zwischen Vernunft und dem Wunsch, die unersetzlichen Kleinode wiederzufinden, stieg er halbherzig wieder ein Stück den Hang hinauf, blieb in der Grenzzone der Wolkendecke jedoch nach wenigen Metern stehen und starrte mutlos in den Dunst. Die verlorenen Gegenstände wiederzufinden war ohne jedwede Erinnerung an seine zurückgelegte Wegstrecke so gut wie unmöglich. Er würde im Nebel nicht einmal mehr die Stelle wiederfinden, an der er vor Kurzem aus dem Reich der Träume erwacht war.

Am unangenehmsten nagte an seinem Gewissen die Tatsache, dass er keine Erinnerung daran besaß, was er getan hatte, nachdem er beim Aufstieg bis in die Wolkendecke emporgeklettert war. Er wusste nicht einmal mehr, aus welchem Grund er die Wanderung auf den Bergrücken überhaupt in Angriff genommen hatte – und wie viel Zeit seither verstrichen war.

Wohl oder übel musste er die bittere Pille schlucken und sowohl Karte als auch Kompass verloren geben. Zudem wurde es Zeit, die durchnässte Kleidung zu wechseln, ehe er sich eine Erkältung zuzog. Vielleicht ergab sich in den kommenden Tagen bei freundlicherem Wetter eine Gelegenheit, den Hügelkamm in Ruhe nach den verlorenen Kostbarkeiten abzusuchen.

»Wir sind noch nicht fertig miteinander!«, versicherte er dem Berggrat mit grimmiger Miene. Dann knöpfte er seinen Mantel zu, stieg hinab zum Seeufer und betete, bei der Ankunft am Zelt keinen träumenden Radpfaff in seinem Schlafsack vorzufinden.

| 27 |

Als Ninive die Lichtung erreichte, auf der Agaliarepths neunter Splitter sie abgesetzt hatte, war von dem Wind-Auguren weit und breit nichts zu sehen.

»Splitter«, rief sie, so laut sie konnte. »Ich bin zurück!« Nichts geschah. »Hörst du mich?«

Eine lange Zeit verging, in der Ninive auf der Lichtung auf und ab wanderte, sich dabei die Seele aus dem Leib schrie und vom Starren gen Himmel schier eine Genickstarre bekam. Langsam schwand ihre Stimme – und irgendwann auch ihre Hoffnung, dass der Augur sich an sie erinnerte.

Während sie frustriert auf einem verrottenden Baumstamm saß und über einen Ausweg aus ihrer Misere grübelte, kam über ihr lautlos ein monströser Schatten aus dem Nebel herabgesunken und ließ sie erschrocken im Unterholz Deckung suchen. Nachdem der Irisring des Auguren mehrere Baumwipfel abrasiert hatte, schlug er recht unsanft auf der Lichtung auf und begann Gebüsch und Erdreich vor sich her zu schieben, wobei er eine tiefe Furche im Boden hinterließ. So lautlos wie er aufgetaucht war, stieg er auch wieder in die Höhe und wurde vom Nebel verschluckt. Schließlich schwebte er ein weiteres Mal herab und setzte in der Mitte der Lichtung auf.

Verzeih, Äonenkind, vernahm Ninive die Gedankenstimme des Auguren. *Ich hoffe, du bist noch hier …*
Erleichtert eilte sie zurück auf die Lichtung und schlüpfte in die Iriskammer. »Ich hatte schon befürchtet, die Rückreise zu Fuß antreten zu müssen«, rief sie.
Der Nebel hat mir die Sicht und die Orientierung geraubt, sang Agaliarepths neunter Splitter, während er wieder an Höhe gewann. *Euer Oberflächendasein steckt voller Tücken. Warst du erfolgreich?*
Ninive zuckte mit den Schultern und schwieg, ohne sich bewusst zu sein, dass der Augur diese kleine menschliche Geste nicht zu erkennen vermochte.

Es dauerte bis in den späten Nachmittag, ehe Ninive wieder heimatliche Gefilde unter sich erblickte. »Warst du je dort oben?«, fragte sie, als sie sich der Bannmauer im Licht der Abendsonne bis auf wenige Kilometer genähert hatten.
Über dem Gebirge? Der Augur zog einen weiten Kreis, als wollte er Ninive einen besonders eindrucksvollen Blick auf die Gipfel bieten.
»Nein, über der Mauer …«
Es ist nicht ratsam, dort hinaufzufliegen, Äonenkind. Böser Wind.
»Gewähre mir einen einzigen Blick auf die andere Seite.«
Das ist eine wahrlich dumme Idee.
»Warum? Schaffst du das nicht?«
Du wirst dort oben sterben, Äonenkind. Der eisige Sturm über der Krone wird deinem Körper jede Wärme rauben!
»Mach dir um mich keine Sorgen«, erwiderte Ninive.
Und er wird mich zerfetzen. Möchtest du, dass wir gemeinsam in die Tiefe stürzen?
»Schenk mir nur einen kurzen Blick. Bitte!«
Agaliarepths neunter Splitter gab einen klagenden Glockenton von sich. *Dort oben gibt es für dich nicht mehr genug Sauerstoff, um zu atmen.*
»Ich kann die Luft für einige Minuten anhalten.«

Der Augur erzeugte ein metallisches Seufzen, das den Irisring vibrieren ließ. *Was hilft's Kassandra, wenn sie keiner erhört ...?*, summte seine Stimme in Ninives Kopf.

»Was soll *das* denn bitte schön heißen?«

Ist nur eine Redensart, erklärte er. *Das Wesen Kassandra war ein Urwelt-Orakel. Im Gegensatz zu meinesgleichen war es jedoch an den Ort seiner Weissagungen gebunden, was es im Laufe der Jahre langsam den Verstand verlieren ließ. In seiner geistigen Umnachtung prophezeite es die schrecklichsten Dinge, von denen jedoch keines eintrat. Es führte dazu, dass sich bald auch die letzten Gläubigen von ihm abwandten.*

Als Kassandra eines Tages tatsächlich eine wahre Apokalypse voraussah und die Menschen vor der Gefahr zu warnen versuchte, nahm niemand sie mehr ernst. Im Gegenteil: Man mauerte sie lebendig in ihrem eigenen Tempel ein. So war es eine Ironie des Schicksals, dass sie darin tatsächlich als Einzige eine der verheerendsten Katastrophen der Urwelt überlebte ...

Der Augur vollführte ein paar rasante Manöver vor der Mauer und schien das Risiko eines Aufstiegs abzuwägen. Dann ließ er sein Triebwerk aufheulen und stieg so steil empor, dass Ninive erschrocken aufschrie. Nur mit Mühe schaffte sie es, sich an die Innenstreben der Iriskammer zu klammern, ohne mit den Füßen die Decke zu berühren. Das Triebwerk im Zentrum des Innentorus zischte und trug den Auguren in weiten Spiralen gen Himmel.

Sie näherten sich der Mauerkrone an jener Stelle, an der diese in die felsige Flanke der Felswand überging und der Sturm womöglich nicht ganz so verheerend war wie zur Mitte hin. Vor Aufregung vergaß Ninive jegliche Angst und Vorsicht. Das Erste, was sie jenseits des Walls sah, waren schroffe, schneebedeckte, wolkenverhangene Bergspitzen. Doch noch immer war es kein Blick hinter die Mauerkrone, sondern nur auf ferne Gipfel, die das gigantische Bauwerk überragten.

»Höher!«, rief Ninive gegen den Wind an, der durch schmalste Ritzen pfiff und am Ballonsegel des Auguren zu zerren begann. »Höher!«

Agaliarepths neunter Splitter antwortete etwas, doch obwohl die Worte direkt in ihrem Kopf erklangen, verstand Ninive sie nicht. Die Mauerkrone flog an ihr vorüber, dann endlich war der Blick frei, Tausende von Metern hinab auf eine karge, ausgedehnte Tiefebene. Sie glich einem sich weit öffnenden Flussdelta, in dessen ferner Westhälfte ein kraterartiges Loch im Grund klaffte. Weiter im Westen, am Fuße der gegenüberliegenden, nahezu senkrecht aufragenden Felswände, war eine kilometerlange kerzengerade Linie im Gelände auszumachen, die neben einer Art Damm verlief und von der hoch im Norden gelegenen Talmündung bis zur Mauer zu führen schien. Hinter dem Damm säumte eine Anzahl gleichmäßiger kleiner Öffnungen den Fels, aber Ninives Blick über die Mauerkrone währte zu kurz, um zu erkennen, ob es sich um Höhlen oder die Fenster zahlreicher sich an den Bergfuß schmiegender Gebäude handelte.

Der Augur öffnete jäh seine Segelmembranen, woraufhin er für einen Augenblick in der Luft zu stehen schien, ehe er schlagartig absackte.

»Warte!«, rief Ninive, doch da schoss er bereits im Sturzflug hinab, flog einen weiten Bogen und hielt schließlich Kurs auf seine Artgenossen, die in der Ferne noch immer über dem Wald kreisten.

Du hattest deinen Blick hinter die Mauer, Äonenkind, sang er. *Fordere nicht zu viel, sonst rächt sich das Schicksal an dir.*

| 28 |

»Die Welt steht vor einem Umbruch.« Cutters Gegenüber studierte die Spielkarten in seiner Marmorhand, suchte den Blick der anderen Ganglion-Avatare und stach mit einem Herzkönig. »Die Beseelten sind in Aufruhr, aber ich kann nicht sagen, wohin diese Entwicklung führen wird. Vielleicht ist es eine Wandlung zum Besseren, vielleicht aber auch der Untergang – was gleichbedeutend wäre mit dem Ende meiner eigenen Existenz. Ob dies in wenigen Tagen oder erst in Monaten oder Jahren geschehen wird, ist ungewiss. Ich kann nicht voraussehen, welches Schicksal das wahre sein wird. Zwar vermag ich in alle Richtungen gleichzeitig zu blicken und viele Varianten der Zukunft zu sehen, aber lediglich eine davon wird eintreten.«

»Türen, Zukünfte, Richtungen, Varianten …« Cutter schüttelte den Kopf. »Das Königreich der Schatten für einen Tag ohne Plural.«

»Ich bin ein Morph-Ganglion«, erinnerten die Atlanten ihren Gast im Chor. »Meine alte Heimat war ein Sphären-Tesserakt. Was also erwartest du? Unabhängig davon, welche Version der Zukunft *ich* favorisiere, gestatte ich dir und deinem schrulligen Gefolge einen einmaligen Blick in jene drei, die ich nach tausendfachem Abwägen für die wahrscheinlichsten halte. Nenne es die Macht der Intuition.«

Ein dumpfes Scheppern ließ den Avatar verstummen. Verwundert wandten Cutter und die Atlanten sich zu den Zukunftsportalen um.

»Gehört das so?«, interessierten sich Letztere, nachdem Guss' Ofenrohr durch den rechten Türrahmen gekippt war und eine Ladung Ruß auf dem Teppich verteilt hatte.

»Woher soll ich das wissen?« Cutter betrachtete seine Spielkarten, dann legte er sie beiseite und warf einen Blick auf sein Stundenglas. »Die Zeit wäre jedenfalls reif.«

Das Rohr stieß eine Aschewolke aus. »Sanitäter!«, erklang Guss' krächzende Stimme aus der Mündung: »Assistenz!«

Einer der Atlanten trat herbei und zog den Ofen aus dem Ereignishorizont.

»Oheiagoseimas!«, seufzte Guss, als er Cutter erblickte. Er richtete sich umständlich auf, schüttelte den Sand ab, salutierte und sagte: »Melde gehorsamst: Die Zukunft pfeift aus dem letzten Loch!«

»Die vier letzten Wahrheiten«, seufzte Cutter, nachdem Guss geschildert hatte, was ihm jenseits des Zeitportals widerfahren war. »Ich fürchte, du bist den drei Nostradamen auf den Leim gegangen, mein Lieber. Das sind Hochstapler. Blecherne Beutelschneider, die allzu naiven Beseelten die Polung verdrehen und ihnen das letzte Erg Energie aus dem Generator lutschen. Parasiten und Schmarotzer. Machen seit Jahrtausenden das Stromtal meschugge und legen alles aufs Kreuz, was nicht bei drei auf der Mauer ist.«

»Stromtal?«, wiederholte Guss. »Soll das heißen, ich war gar nicht am Südpol, sondern hinter der Bannmauer?«

Cutter und die Atlanten tauschten vielsagende Blicke.

»Nun«, ergriff einer der Ganglion-Avatare das Wort. »Konntest du denn die Mauer erkennen?«

»Nein«, sagte Guss. »Nur Sand, von Horizont zu Horizont.«

»Sand, hm …« Der Atlant schnippte mit seinen Marmorfingern, woraufhin der Ofen mit einem leisen Seufzen in sich zusammensank. Aus seinem Rohr drang leises Schnarchen.

»Der Südpol eine glühende Wüste?« Cutter ergriff das Stundenglas, wendete es und platzierte es am Rand des Spieltisches. Nachdenklich betrachtete er das neben der linken Pforte verwelkende

Büschel ausgerissenen Grases, dann nahm er seine Karten wieder auf, sortierte sie neu und schenkte dem ihm gegenübersitzenden Avatar einen herausfordernden Blick. »Ich kann nur hoffen, dass in dir noch ein Funken Optimismus übrig ist und die beiden anderen eine erstrebenswertere Zukunft vorfinden, alter Freund …«

| 29 |

Hoffnungslos?, summte der gestrandete Augur leise, als Ninive den Pupillar-Generator wieder in seine Modulbucht einsetzte. *Das hat er gesagt, hoffnungslos?*

Eine angeekelte Grimasse ziehend, putzte Ninive sich im Gras den synthetischen Tränenschleim von der Hand und schloss die Schutzmembran.

»Er konnte fühlen, dass du mit irgendetwas aus dem Orb kollidiert bist«, erklärte sie.

Der Augur schwieg.

Was machst du da?, erklang es stattdessen im Chor über ihr.

Ninive rollte genervt mit den Augen. Während sie den gestrandeten Auguren verarztete, kreisten seine drei Artgenossen seit einer guten Stunde wie ein fliegendes Uhrwerk über der Lichtung und fragten alle fünf Minuten: *Was machst du da?*

»Ich weiß eure Fürsorge zu schätzen«, rief sie zu ihnen hinauf. »Aber ich könnte mich weitaus besser auf meine Arbeit konzentrieren, wenn ihr dort oben mit eurem neugierigen Medizintanzkarussell aufhören würdet.«

Als Antwort erklang ein recht unharmonisches Klingeln, Heulen und Summen. Danach aber herrschte, vom einen oder anderen leisen Singsang einmal abgesehen, tatsächlich Ruhe.

Ninive zog behutsam ihr Tuch mit den auf dem Rückflug fein zerriebenen Pilzen aus ihrem Rucksack und streute das Pulver vorsichtig in alle geöffneten Membranen der Iris.

Was ist das?, erschrak der Augur, als er den Staub auf seinen Rezeptoren fühlte, und ließ seinen Metalltentakel herausschnellen. *Das sind keine Lebensbaum-Tränen!*

»Es ... ist das Salz seiner Tränen«, log Ninive.

Das Salz seiner Tränen!, wiederholte der kreiselnde Auguren-Chor über ihr ehrfürchtig.

Der drohend erhobene Tentakel der havarierten Maschine glitt langsam wieder in den Torus zurück.

Nun gut, ich vertraue dir, raunte der Augur. *So lass uns warten ...*

Ninive schloss die Augen, atmete erleichtert aus und setzte sich neben den leise summenden und vibrierenden Torus. Nach einer Weile legte sie sich schließlich ins Gras, bettete ihren Kopf auf ihrem Rucksack und sah hinauf in den Himmel. Als der Anblick der über ihr kreisenden Auguren langsam einen hypnotischen Einfluss auf sie auszuüben begann und ihr die Augen zuzufallen drohten, vernahm sie ein Klicken und Klimpern aus dem Herzen der riesigen Iris.

Ninive erhob sich und war überrascht, als sie hinter sich blickte. Lautlos hatte die Ballonhülle sich fast zur Gänze gefüllt und schwebte bereits wenige Meter über dem Boden. Von ihr angehoben, begann schließlich auch der Torus sich langsam wieder aufzurichten.

Du bist wahrlich gebenedeit unter den Wandlern, erklang die melodische Stimme des Auguren in ihrem Kopf. *Ich kann dich sehen, Äonenkind!*

»Und?«, erkundigte sich Ninive, als der Augur vorsichtig vom Boden abhob. Dabei schwebte er so dicht über sie hinweg, dass sie gezwungen war, sich zu ducken, um nicht von ihm getroffen zu werden. »Wie fühlt es sich an?«

Das ist eine seltsame Frage, erklang seine Gedankenstimme, während er an Höhe gewann. *Unsereins fühlt nicht wie deinesgleichen.* Er ließ sich langsam über die Baumwipfel gleiten, wobei er seine Iris prüfend weitete und wieder zusammenzog. *Dieses*

Lebensbaum-Tränensalz scheint eine äußerst wundersame Substanz zu sein.

»Das, äh ... war eigentlich kein Tränensalz.«

Aber sagtest du nicht ...? Über der Lichtung tauschten die vier Auguren sich in einem lebhaft-chaotischen Klangkonzert aus. *Was war es dann, womit du dich während des Rückfluges beschäftigt hast?*, fragte schließlich Agaliarepths neunter Splitter.

»Zunder.« Ninive blickte zu den über ihr kreisenden Auguren auf. »Ich habe Lebensbaum-Zunder zermahlen.«

Zunder?!, erklang es ungläubig im Chor.

Der genesene Augur ließ seinen Fangarm aus dem Torus schnellen und richtete dessen Spitze wie eine Lanze auf Ninive. *Du hast mich mit Zunder gefüllt, Äonenkind? Wie garantierst du mir, dass ich beim ersten kleinen Funken nicht einfach explodiere?* Er ließ die Tentakelspitze drohend vor ihrem Gesicht kreisen. *Oder in Flammen aufgehe, sobald die Sonne mein Auge erwärmt?*

Ninives schob vorsichtig den Dorn zur Seite. »Ich bin bereit, dir mein Vertrauen zu beweisen«, erklärte sie.

Und wie willst du das anstellen?

»Indem ich mit dir fliege. Falls tatsächlich geschehen sollte, was du befürchtest, werde ich dein Schicksal teilen. Falls nicht, dann betrachte den Flug als Dank für meine Dienste.«

In Ninives Gedanken erklang eine vielstimmige Melodie, die wie ein anerkennendes Lachen klang.

So soll es sein, flötete der Augur, während er niedersank und die geheilte Iris vor ihr aufsetzen ließ.

Die Wandlerin beobachtete seine drei Artgenossen, dann schulterte sie ihren Rucksack und stieg durch die sich öffnende Torusmembran ins Innere.

Und wo soll es hingehen?

»Hinunter ins Marschland«, antwortete Ninive mit einem Lächeln, als das Ballonsegel beide über die Baumkronen zu tragen begann. »Zu den Seen ...«

TEIL 3

COEN SLOTERDYKES DIAMETRAL LEVITIERENDES CHRONOVERSUM

Ist es der Zeit geschuldet, dass der große Konstrukteur seine Äonenkinder prüft, bis sie einsehen, dass sie in sich selbst und in ihrem Wesen den Maschinen und den Pflanzen, den Energien und den Elementen gleichen? Ihr Schicksal und das Schicksal aller übrigen Dinge sind ein und dasselbe: Sie leben und sterben und haben einerlei Odem. Wer weiß, ob der Geist der Maschinen in ferner Zeit aufwärtssteigt, der Geist der Menschen aber hinabfährt zur Erde?

Aus einer Predigt des leuchtenden Allfabulus

| 30 |

Für Aris war der Fall klar: Der Scheller litt an einer Brennkammerkolik.
 Höchstwahrscheinlich hatte er etwas eingesaugt, das fähig gewesen war, seinen Radialverdichter zu beschädigen. Ein beseeltes Wühlrad womöglich, dessen Bemühungen, sich wieder aus dem Schellerkorpus zu befreien, zu einer verhängnisvollen Kettenreaktion geführt hatten. Offenbar war es absichtlich ins Gebläse gerutscht, um den Vakuumsog zu unterbrechen, woraufhin sich zwei der Kompressormodule überhitzt hatten. Das Resultat war ein partieller Kreislaufkollaps, ein Defekt, der bereits vielen Schellern zum Verhängnis geworden war. Ihre Wracks rosteten über das ganze Land verstreut vor sich hin.
 Während die Fresswalzen der Makulas gleichmäßig breite Schneisen im Gras hinterließen, saugten die kleineren, weitaus korpulenteren Scheller mit ihren Teleskoprüsseln den Boden ab wie monströse, nimmersatte Bethelfliegen. Die dabei entstehenden Weidespuren glichen Furchen, die von Windhosen in die Vegetation gerissen wurden. Fanden die Scheller auf dem Substrat nicht genügend Brennstoff, halfen ihnen ihre Sichelmandibeln dabei, die Flora zu roden. Das eingesaugte Material blieb in den Filtern hängen, wo es zwischen Pyrolyse-Lamellen in seine Moleküle aufgespalten wurde. Cellulose, Pektine und Polysaccharide wanderten in die

Hauptbrennkammer, der unbrauchbare Rest wurde durch heulende Orgelpfeifen zu beiden Seiten ihrer Schädel wieder hinausgeblasen. Ihr robuster Mechametabolismus erlaubte den Schellern, nahezu alles als Brennstoff zu verwerten, was die Rüssel einzusaugen vermochten. Wären die Pyrofilter größer und leistungsstärker, könnten die Scheller sich sogar Menschen als Brennstoff einverleiben. Aber wer konnte angesichts der entvölkerten Welt mit Gewissheit sagen, dass dies nicht schon millionenfach passiert war?

Umringt wurde Aris bei seiner Arbeit von gut einem Dutzend weiteren Schellern, die zischend und dampfend der Reparatur ihres Artgenossen beiwohnten. Die Herde war kurz nach Sonnenaufgang am Seeufer aufgetaucht und hatte begonnen, sein Zelt zu umlagern. Nicht weil das ungewöhnliche Hindernis auf ihrer Wanderroute lag, sondern weil sie instinktiv gespürt hatten, dass er ihnen helfen konnte und über die notwendigen Kenntnisse verfügte, um das defekte Tier zu reparieren.

»Perkolationsspule«, sprach Aris in das Mikrofon eines Audiokonverters, den er neben sich aufgestellt hatte. »Und eine Netzkompresse.« Das Gerät verwandelte seine Worte in die Sprache der Scheller: Kaskaden aus Glockenspielklängen, metallischen Klopfgeräuschen und tiefen Bassschlägen, die den Kreaturen letztlich ihren Namen eingebracht hatten. Eine Herde von ihnen klang, als würden monströse, orgelnde Spieluhren durch die Landschaft wandern.

Der in unmittelbarer Nähe stehende Scheller lauschte den Tönen aus dem Lautsprecher, griff sich an den Unterleib, zog die gewünschten Instrumente hervor und reichte sie seinem menschlichen Gegenüber.

Es war nicht Aris' Idee gewesen, einen Konverter mit auf die Reise zu nehmen, denn das Gerät war relativ sperrig. Der Dynamo-Rat hatte jedoch darauf bestanden, mit der Begründung, auf diese Art ›Missverständnisse vermeiden und konstruktive Konversation betreiben zu können‹. Aris hingegen hielt seinen Einsatz für wenig sinnvoll. Die meisten Hochlandkreaturen waren entweder zu stupide, um zu kommunizieren, verständigten sich in nicht zu empfangenden Frequenzbereichen oder nutzten weitgehend unbekannte Kommunikationscodes. Bis Aris das Gerät in Anbetracht einer drohenden Konfrontation montiert und kalibriert hätte, wäre ein potenzieller Beutegreifer längst über ihn hinweggetrampelt, hätte ihn platt gewalzt, in Stücke gehackt, geschreddert, geröstet, zerkaut, verschluckt, verdaut oder bereits wieder ausgeschieden.

Nicht alles, was im Hochland umherstreifte oder sich vom Wind tragen ließ, gewann seine Energie ausschließlich aus Sonnenlicht, Substraten, Wasser und Pflanzen. Karmanellen und Springspindeln sahen in Makroorganismen wie Menschen lediglich so etwas wie wandelnde Chemiefabriken, aus denen sich Hämoglobin-Aerosole, Hormone, Proteine, Mineralien und Spurenelemente extrahieren ließen. Vor allem Lipide und Steroide hatten es den Maschinen angetan. Neben Ölpflanzen standen daher auch Wirbeltierkomponenten wie Fettzellen und sogar Talgdrüsen auf ihrem Rohstoff-Speiseplan.

Die meisten Hochlandkreaturen deckten dabei lediglich ihren Eigenbedarf und extrahierten aus den Körpern von Lebewesen nur jene Substanzen, die sie zur Systemfunktion benötigten. Die Reste überließen sie anderen – und die Aasverwerter ließen für gewöhnlich nicht lange auf sich warten. Ritzelstelzer hatten eine kulinarische Vorliebe für Melanin, Tabellenkalkulatoren liebten Eisen, Zink und Selen, und Mechafaune stürzten sich auf das Kalzium der Knochen, was mit einer vollständigen Zerfleischung der organischen Energiequelle einherging. Die flinken Motordachse konnten den Menschen oder ihren Bestandteilen zwar nichts abgewinnen, dafür schmeckten ihnen die Konverter selbst umso besser. Von ihren Besitzern kurz aus den Augen gelassen, vertilgten Dachsrudel die Geräte innerhalb weniger Minuten und hinterließen nur abgenagte Stative.

Der Schrecken des Hochlands war jedoch weder eine Feuer speiende Urwelt-Maschine noch ein Rudel ausgehungerter Mechafaune, sondern ein kaum fingerlanges Feder-Subterraneum, dem die Nomenklaturisten des Rats den possierlichen Namen *Click-Click* verliehen hatten. Es interessierte sich nur für die Zerebrospinalflüssigkeit und fraß sich für diese Delikatesse vom Kreuzbein aus durch die

Wirbelsäule bis empor ins zentrale Nervensystem, wobei es keine Rolle spielte, ob der Quellorganismus noch lebte oder bereits tot war. *Click-Click*-Befall war definitiv die unangenehmste Art, im Hochland aus dem Leben zu scheiden. Aris hatte auf der verlorenen Landkarte alle Gebiete markiert gehabt, in denen es historischen Reiseberichten zufolge nicht ratsam war, sein Zelt aufzuschlagen oder sich ungeschützt auf den Boden zu setzen. Ohne sie würde das Rasten und Schlafen sich in den kommenden Tagen oder gar Wochen recht abenteuerlich gestalten.

Obwohl Aris' *Patient* seinen Brennkessel für die Dauer der Reparatur abgeschaltet hatte, strahlte das Metall selbst nach über einer Stunde immer noch eine erhebliche Restwärme ab. Schweiß tropfte vom Gesicht des Wandlers in den Schellerkorpus und verdampfte auf dem heißen Metall. Seit zwei Tagen hing der Hochnebel zäh über dem Marschland und machte es schwer, die Tageszeit anhand des Sonnenstandes zu bestimmen, doch Aris schätzte, dass es später Vormittag war, als er die Reparatur beendet hatte. Er gab dem Scheller das Zeichen zum Aufstehen, indem er gegen dessen Metallhülle klopfte, und trat ein paar Schritte zurück. Das Erste, was sich an der Maschine regte, waren ihre vier mannslangen Fühler. Sie begannen den gesamten Körper abzutasten und zu kontrollierten, ob alles wieder an seinem angestammten Platz saß. Erst dann pumpte der Scheller Hydraulikflüssigkeit in sein Kranzabdomen und begann sich schwerfällig zu erheben. Eine Zeit lang stand er reglos auf der Stelle, während er eine Systemdiagnose durchführte. Schließlich entwich seiner Dampfpfeife ein grelles Heulen, woraufhin sich die gesamte Herde umwandte und auf ihren Raupenketten gemächlich davonrollte. Kein Dank, keine Anerkennung der geleisteten Arbeit, keine Rekompensation.

| 31 |

Aris ließ sich seine Enttäuschung über das Verhalten der Scheller nicht anmerken. Er demontierte den Konverter, sammelte sein Werkzeug ein und ging hinab zu seinem Zelt, das er einen Steinwurf vom Seeufer entfernt errichtet hatte. Die meisten Schellerherden weideten in unmittelbarer Nähe von Gewässern, um jederzeit ihre Hydrauliktanks auffüllen zu können. Äußerst selten kam es vor, dass die scheuen Kolosse sich in höhere Gefilde verirrten oder es sogar wagten, Bergrücken zu überqueren. Ihr Verhältnis zu den Makula-Tieren, mit denen sie sich die Weidegründe teilten, war neutral. Sie duldeten einander, indem sie sich gegenseitig ignorierten.

»Ich bin nie zuvor einem Wandler begegnet, der die Sprache der Scheller spricht«, erklang aus dem Unterholz eine vertraute Stimme.

Aris hielt für einen Augenblick in der Bewegung inne. »Wissen wird keinem von uns in die Wiege gelegt«, antwortete er mit einem leisen Lächeln auf den Lippen. »Und es ist beileibe keine Sprache, sondern ein Code – komplex in der Phonetik, aber relativ ordinär in Syntax und Semantik.« Er wandte sich um und musterte seine Besucherin. »Hallo, Ivi«, grüßte er sie. »Schön, dich wiederzusehen.«

»Für dich immer noch Ninive«, stellte sein Gegenüber klar. »So vertraut sind wir noch nicht.«

»Ach nein? Ich empfand das, was neulich Nacht im Zelt passiert ist, als äußerst vertrauensfördernd …«

»Betrachte es als Informationsbeschaffungsmaßnahme.«

Aris hob skeptisch die Augenbrauen. »Na, klar doch … Wie lange beobachtest du mich schon?«

»Lange genug, um sicher zu sein, dass du es mit deinem Bannmauer-Himmelfahrtskommando offensichtlich ernst meinst.« Sie sah sich um und fragte: »Warum kampierst du ausgerechnet hier?«

»Weil das der einzige der sieben Seen ist, der auf Barnas Karte nicht verzeichnet ist. Entweder wurde er damals absichtlich weggelassen oder hatte zu Zeiten der Kartografierung noch gar nicht existiert. Sein Wasser ist fast sechs Grad kälter als das der anderen Marschseen, und im Zentrum brodelt es wie in einem alten Kryogeysir. Zudem ist es das einzige Gewässer, das auf deutlich höherem Niveau liegt – und damit meine ich nicht das Ost-West-Gefälle. Unglücklicherweise ist mir der topografische Geländeplan gestern irgendwo auf dem Berggrat abhandengekommen. Zur groben Orientierung bleibt mir nur noch ein kleines Faksimile.«

Aris zog ein in Leder gebundenes Notizbuch aus seinem Tornister, blätterte bis zu einer doppelseitigen Zeichnung und reichte es Ninive.

»Ich habe den Damm und den Katarakt am südlichen Seeufer untersucht. Er wurde nicht künstlich errichtet, sondern sieht aus, als hätte etwas Mächtiges Erdreich und Geröll vor sich hergeschoben und meterhoch aufgeschichtet, bis ein natürlicher Wall entstanden war. Aber es ist auch nicht die Endmoräne einer Gletscherzunge. Der Damm ist wesentlich jünger als die Bannmauer.«

Ninive setzte sich neben Aris ins Gras, wobei sie das Buch ein wenig ratlos nach links und nach rechts drehte. »Es ist eine handgezeichnete Kopie«, erklärte Aris, als er ihren Hilfe suchenden Blick erkannte, und drehte den Band in die korrekte Position. »Laut unseren Recherchen dürfte unser Standort in etwa mit dieser Stelle hier identisch sein – plus minus ein paar Hundert Meter.« Er deutete neben einen gleichmäßig tiefen Graben. »Dieses Trockental, das bis zur Bannmauer führt, war einst ein Flussbett. Die Chroniken erzählen, sein Wasser hätte ein gespenstisches Eigenleben gehabt. Reisende bezeugten, eine Stimme daraus vernommen zu haben, obwohl niemand zu sehen gewesen wäre, eine Frauenstimme, die laut der Legende so lieblich und verlockend gesäuselt hätte, dass man ihr sofort erlegen war.«

»Er war beseelt?«, staunte Ninive. »Ein zweiter beseelter Fluss?«

»Vielleicht. Allerdings könnten es auch Nereiden oder Melusinen gewesen sein, die mit ihrem Gesang die Kundschafter geneckt haben.«

Ninive folgte mit dem Blick dem ausgetrockneten Flussbett bis zur Bannmauer, deren Krone im Nebel verborgen war, und verglich das, was sie sah, mit der Zeichnung im Buch. Neben dem eingezeichneten Flusslauf waren mehrere kaum leserliche Symbole eingezeichnet.

»Ist das ein Name?«

»Sehr wahrscheinlich. Barna schrieb in einer Schrift, die wir nicht eindeutig entziffern konnten. Die meisten Mitglieder des Rats glauben, das Wort neben dem Flusslauf laute Riva. Andere halten das R für ein schlampig geschriebenes D und sind der Meinung, es heiße Diva.«

»Sieht aus, als wäre der Name abgeschnitten«, fiel Ninive beim Betrachten der Zeichnung auf. »Was ist mit der Originalseite passiert?«

»Davongeflogen«, erklärte Aris. »Ich bin nicht gerade das Musterbeispiel eines Wandlers. Zwar besitze ich die Fähigkeiten, aber alles, was ich beseele, zeigt daraufhin weder Respekt noch Pagenbewusstsein und hat in den meisten Fällen den Intelligenzquotienten von Flusskieseln. Kaum wende ich mein Talent an lebloser Mechanik an, bin ich umgeben von grenzdebilen, schwachsinnigen, idiotisch umherhopsenden Maschinen. Selbst beseelte Mauern erwachen so blöd, dass sie umkippen.«

Ninive konnte sich ein amüsiertes Grinsen nicht verkneifen, bemühte sich jedoch, es rasch wieder zu verbergen.

»Schon eigenartig, dass du ausgerechnet hier zeltest«, sagte sie. »Ich dachte, dein Ziel sei die Bannmauer. Was suchst du hier oben, kilometerweit vom Sockel entfernt?«

»Eine Passage«, erklärte Aris. »Ihr Eingang wird in den Chroniken als riesige Doline beschrieben.«

»Was ist eine Doline?«

Aris nahm ihr das Buch aus der Hand und blätterte ein paar Seiten weiter. »Simpel gesagt ein großes Loch im Boden, das entsteht, wenn das Gelände plötzlich absackt und in einen unterirdischen Hohlraum stürzt.« Er zeigte ihr die Zeichnung eines rund dreißig Meter breiten und sechzig Meter tiefen Felsschachtes, an dessen Grund ein See schimmerte. »Barna hat die Lage des Kraters auf seiner Karte vermerkt, aber an den angegebenen Koordinaten war rein gar nichts zu finden. Dabei soll die Öffnung laut den Chroniken so gewaltig sein, dass man sie aus zig Kilometern Entfernung erkennen müsste. Ich bin die Bergflanke emporgestiegen, um das Marschland überblicken zu können, doch der Nebel war zu dicht.«

»Vielleicht hat die Doline nie existiert«, gab Ninive zu bedenken. »Dieser Barna wäre nicht der erste Abenteurer gewesen, der sich aus Geltungssucht mit fremden Federn geschmückt und Ammenmärchen erzählt hätte.« Sie zog das Buch zu sich heran und betrachtete die Abbildung, dann kniff sie die Augen zusammen und blickte über das Wasser. »Vielleicht ist auch nur die Übersetzung fehlerhaft«, überlegte sie laut. »Möglicherweise heißt es: Ein See, in dessen Grund sich ein Schacht öffnet, oder so ähnlich ...« Sie deutete zur Seemitte, wo das Wasser sich in leichter Wallung befand.

Aris machte ein Gesicht, als wäre ihm eine mechanische Madonna erschienen. »Ein Quelltopf«, murmelte er. »Aber natürlich, das ist es ... *Das ist es!*« Er drückte seiner verdutzten Besucherin einen Kuss auf die Lippen, dann zog er hastig seine Kleidung aus und lief zum Ufer.

»Was hast du vor?«, wunderte sich Ninive.

»Mich davon überzeugen, dass du recht hast ... *Verdammt, ist das kalt!*« Ninive hörte ihn fluchen, doch sie verstand nicht die Sprache, in der er seine Verwünschungen ausstieß. Den Blick konzentriert auf die Seeoberfläche gerichtet, begann er durch das seichte Wasser zu waten. Selbst als er sich mehr als fünfzig Meter weit vom Ufer entfernt hatte, stand es ihm gerade mal bis zur Taille. Wenige Schritte weiter blieb er schließlich stehen und warf einen Blick zurück zu Ninive, dann ließ er sich langsam in die Tiefe sinken. Fast eine Minute lang war nichts von ihm zu sehen, ehe er wieder auftauchte und ans Ufer zurückkehrte.

»Du hattest recht«, berichtete er Ninive mit bebender Stimme. »In der Mitte des Sees öffnet sich ein Abgrund. Wir stehen direkt vor dem Krater, aber aus irgendeinem Grund ist er überflutet. Die Chroniken erzählen von einer Höhle, die unter der Bannmauer hindurchführt, aber Barna erwähnte mit keinem Wort, dass es sich um eine Unterwasserhöhle handelt.«

»Du bist völlig unterkühlt«, stellte Ninive fest, als Aris versuchte, sich vor Kälte zitternd abzutrocknen. »Los, ins Zelt! Hast du ein Heizgerät?«

»Zerlegt.« Aris' Lippen und Fingernägel hatten sich dunkelblau verfärbt. »Ich brauchte den Regulator für die Reparatur des Schellers. Was tust du?«

»Wonach sieht's denn aus?« Sie zog ihren Mantel aus und begann ihn wie eine Decke über ihnen auszubreiten. »Die einfachste Methode, die Körpertemperatur zu regulieren oder jemanden vor dem Erfrieren zu bewahren, besteht darin, sich im Notfall gegenseitig zu wärmen …«

| 32 |

Luxa stand inmitten eines leuchtenden weißen Nichts. Zumindest hoffte sie, dass sie stand und nicht schirmüber durch das strahlende Irgendwo schwebte. Sie spürte weder ihr Gewicht noch einen Boden unter ihrem Fuß, aber auch keinen Fallwind, der Schlimmes befürchten ließ. Suchend blickte sie sich um. Nirgendwo war die Kontur der Pforte zu sehen, durch die sie gesprungen war.

Aus dem Leuchten drang unvermittelt ein schriller Pfeifton, dann quäkte eine Lautsprecherstimme: Herzlich willkommen im Kausalknotenpunkt Ihres lokalen Futurum-Stellwerks. Ihr Besuch ehrt uns. Sind Sie

- ☐ Temporaltourist?
- ☐ Chronist?
- ☐ Somnambulist?
- ☐ Armleuchter?

Luxa sinnierte eine Weile über das Gehörte, dann fragte sie: »Wer spricht da?«

Das ist irrelevant. Bitte beantworten Sie nur die Frage.

Auf der Suche nach dem Ursprung der Stimme ließ Luxa ihren Lichtkegel durch das Nichts schweifen. »Ist das hier die Zukunft?«

Nein, das ist die Werkslobby. Die Zukunft beginnt hinter dem Hyperdimensionsdepot und dem Kausalitätensilo.

»Warum bin ich dann hier?«

Weil Ihre Basiskoordinaten ins Leere münden und wir erst ein Ersatzreiseziel für Sie berechnen müssen. Der wahrscheinlichste Grund für diese Unannehmlichkeit ist, dass

- ☐ Ihr eigentliches Ziel nicht mehr existiert
- ☐ eine gravierende Raumzeitverschiebung stattgefunden hat
- ☐ Pikdot, der Dezimierer, von seiner Reise zu den äusseren Boxzeiferlitzen zurückgekehrt ist
- ☐ Sie die Arschkarte gezogen haben

»Und wieso ist es hier so weiß?«

Weil der Architekt vergessen hat, kosmische Fenster ins Kontinuum einzubauen, bemühte sich die Lautsprecherstimme um Besonnenheit. Folgen Sie mir nun durch das Protokoll, bis wir den formalen Teil hinter uns haben. Ihre Antwort bitte!

Luxa starrte in die Leere. »Leuchter, schätze ich«, antwortete sie nach längerem Überlegen. »Mit ohne Arme.«

Aus dem Lautsprecher drang ein leises Seufzen.

Bitte definieren Sie nun die Natur Ihrer Expedition. Handelt es sich um:

- ☐ eine Seelenreise?
- ☐ eine Selbstentführung?
- ☐ eine Wanderkasteiung?
- ☐ eine technische Strandung?

»Jetzt, wo ich mir das so überlege, würde ich sagen, es ...«

Bitte definieren Sie nur Ihre Expedition, schnitt die Lautsprecherstimme Luxa das Wort ab.

»Das versuche ich ja gerade, aber ...«

Gut, dann machen wir einfach ohne Definition weiter. Um einen störungsfreien Transit zu gewährleisten, benötigen wir einige Metadaten anlässlich Ihres Besuchs. Haben Sie

- ☐ eine Wette verloren?
- ☐ einen Schuhschrank gewonnen?
- ☐ den Neumond angeheult?
- ☐ Schimmel?

»Heiliges Luminos«, murmelte Luxa. »Da soll einer hell draus werden. Wer hat sich diesen Blödsinn ausgedacht?«

Dieser Interaktionskatalog wurde von einem vierhundertköpfigen Expertenteam ausgearbeitet und dient der mythophonetischen Horoskopie, erklärte die Lautsprecherstimme. Hier geht es nicht um Analogien oder Selbsterkennung, sondern um eine spontane Deus-ex-machina-Analyse und die Ermittlung Ihrer Zielkoordinaten. Oder sollen wir Sie einfach in die blaue Raumzeit schiessen?

Luxa sah sich um. Alles leuchtete konturlos weiß, nirgendwo war ein Hauch von Blau zu erkennen. »Das war eine Fangfrage, habe ich recht?«, rief sie. »Dieser ganze Interdingsda-Katalog besteht nur aus Fangfragen, oder?« Luxa lauschte in die Stille hinein. »Man hat mir gesagt, wenn ich durch diese Tür gehe, lande ich in der Zukunft und solle mich mal kurz umsehen«, erklärte sie, als es weiterhin verdächtig ruhig blieb. »Stattdessen stehe ich hier in einer leuchtenden Wolke, werde von einem Lautsprecher belästigt, und von der Zukunft zu sehen gibt's auch nichts.«

Irgendwo über Luxa quietschte eine Tür, gefolgt von Geräuschen, die klangen, als hastete ein Mechafaun mit zu vielen Beinen eine Metallstiege herab. Auf halber Höhe erklang ein schriller, abgehackter Pfeifton, gefolgt von dumpfem, sich rasch näherndem Rumpeln. Schließlich gab es in unmittelbarer Nähe einen letzten Donnerschlag, gefolgt von einer Tirade wilder, unverständlicher

Flüche. Ein Schlüsselbund klimperte, Riegel schnappen zurück, dann öffnete sich wenige Meter vor Luxa ein dreieckiges Portal. Hindurchgestapft kam ein hundertarmiger, grimmig dreinschauender Zeitverdrahter mit Transistorkopf.

»Sag mal, geht's noch?«, schnauzte er die Stehlampe an. »Ständig rauschen hier irgendwelche notbeseelten Mondkälber rein, haben von Tuten und Blasen keine Ahnung, aber immer irgendwas zu motzen!«

Luxa musterte den gedrungenen, tonnenförmigen Apparat. »Sind Sie der Lautsprecher?«

»Nein, ich bin der Mikrofonist! Der Lautsprecher hat keine Zeit für diesen Unfug! Folgen Sie jetzt gefälligst dem Protokoll, sonst vergesse ich meine gute Kinderstube und transferiere Sie ans Ende der Beißzeit. Dort können Sie dann sehen, wie Sie zurück ins zivilisierte Universum kommen.«

»Dürfte ich …«

»Missbilligungen jedweder Art richten Sie bitte ausschließlich an unsere Beschwerdestelle in Transent-Etage 2144«, fiel der Zeitverdrahter Luxa ins Wort. »Ende der Durchsage!« Er machte auf der Stelle kehrt und warf die Tür hinter sich zu. Erneut klimperte sein Schlüsselbund, dann hörte Luxa ihn die Treppe wieder emporsteigen.

Ich werte Ihre vorgetragene Kritik als verlorene Wette, erschallte seine Stimme aus dem Lautsprecher, nachdem er seinen Mikrofonplatz wieder eingenommen hatte. Um die vierte Koordinate zu ermitteln und dieses Drama zu einem versöhnlichen Ende zu bringen, beantworten Sie bitte zügig eine letzte Frage: Haben Sie

    ☐ etwas zu Verzollen?
    ☐ etwas zu Verlöten?
    ☐ etwas zu Verzetteln?
    ☐ etwas vergessen?

»Ich vermisse eine Tür«, antwortete Luxa. »Zählt das?«

Wir bedanken uns für Ihre Mitarbeit. Bitte warten Sie. Der nächste freie Raumzeit-Transitter ist bereits für Sie reserviert.

Erneut ließ ein schrilles Pfeifen Luxas Glühbirne vibrieren, dann herrschte Stille.

»Hallo?«, rief die Stehlampe, nachdem sich geraume Zeit nichts geregt hatte. »Definieren Sie ›warten‹!«

Über ihr polterte es heftig, gefolgt vom Heulen einer Sirene und einem lang gezogenen Gongschlag. Schließlich ertönte ein lautes, metallisches Rattern.

»Q3 B81 N0 X108«, murmelte eine Stimme hinter Luxa. »Laut Frennedekels empathischem Katalog für interdimensionales Zeitreisen sind das äußerst extravagante Zielkoordinaten.«

Die Stehlampe wandte sich um. Hinter ihr stand – gekleidet in einen dunkelblauen Oktopodenoverall – ein zeitreisegebleichter Kopffüßler mit acht Stielaugen und zwei Dutzend Ohren. Hinter den meisten von ihnen klemmten Stempel und farbige Stifte.

»Wer sind Sie?«, wunderte sich Luxa.

»Der Ihnen zugeteilte Raumzeit-Transitter.«

»Und was bedeutet ›extravagant‹?«

»Eingeschränkt empfohlen für Flachweltbewohner, sechsdimensionale Hex-Gloomen, Einwegengel und Halbmorphe«, zitierte der Kopffüßler aus seinem Almanach. »Für alles andere ist das eine No-go-Area.« Er richtete sechs seiner acht Stielaugen auf Luxa und fragte: »Wollen Sie da allen Ernstes hin?«

»Ich habe mir diese Zukunft nicht ausgesucht, sondern der Gärtner.«

»Welcher ...« Der Transitter sah sich irritiert um. »Welcher Gärtner?«

»Etwa ein Schirm größer als ich, schwarze Trachtenjacke, langer Wanderstock mit Klinge, komischer Akzent, benutzt nie eine Tür ...«

»Ach, Sie meinen diesen astralisierenden Quanten-Mouron aus dem Sapiens-Zeitalter«, dämmerte es dem Kopffüßler. »Ja, der alte

Knacker rauscht hier auf seinen selbst gezimmerten Gravitationswellen hin und wieder unangemeldet vorbei, ohne sich um rote Orb-Ampeln, Dimensionsgrenzen oder den Transitverkehr zu scheren ... Du liebe Güte, *der* hat Sie geschickt? Da wundert mich nichts mehr.«

»Warum?«, fragte Luxa. »Stimmt etwas nicht mit dieser Zukunft?«

»Na ja, auf einer Gastfreundlichkeitsskala von eins bis zehn würde ich schätzen: minus sechs. Der Wert für Magnetare liegt übrigens bei minus acht, der für supermassive Schwarze Löcher bei etwas mehr als minus neun.«

»Und was ist minus zehn?«

»Das kosmische Gugax.« Der Transitter löste eine kleine, an einer Schnur hängende Tafel von seinem Klemmbrett. »Muss Sie nicht weiter kümmern. Ist noch nicht so weit.« Er befestigte das Schild gut lesbar an Luxas Schirm. Auf ihm prangte das Kürzel

N. N.

Darunter stand in wesentlich kleineren Lettern:

H. V. T. U. B. K. A.

»Wozu soll das gut sein?«, wunderte die Stehlampe sich über die Tafel.

»Ach, ist nur so eine Art Visum«, erklärte der Transitter. »Für den Fall der Fälle.« Er entfaltete ein beschriftetes Plakat und legte es vor ihr auf den Boden. »Lesen Sie das laut vor, sobald ich weg bin.«

»*Wokkvorstel Faulewatter Nibbelbeng Chonga?*«, entzifferte Luxa die Aufschrift. »Hat das einen höheren Sinn?«

»Es ist die phonetische Dechiffrierung der Zielkoordinaten ihrer Raumzeit ...«

Die letzten Silben wurden ihm förmlich von den Lippen gerissen. Von einem Moment zum anderen standen er und Luxa auf einer sturmgepeitschten, sich bis zum Horizont erstreckenden Geröllebene. Lediglich in einer Richtung erhob sich in der Ferne ein

Gebirgszug. Der Wind zerrte an Luxas Lampenschirm und ließ den Overall des Transitters knattern.

Letzterer stand sekundenlang wie erstarrt, dann wirbelte er herum. »Nein!«, stieß er hervor. Schockiert blickte er in die entgegengesetzte Richtung. »Nein, oh nein!« Schließlich reckte er die Hälfte seiner Arme flehend in den Sternenhimmel und schrie: »Nein, nein, nein, verflucht! Sie unterbelichteter Stützlampion!« Er schüttelte Luxa so heftig, dass ihr schier die Birne aus der Fassung flog. »Was an ›*sobald ich weg bin*‹ ist so schwer zu verstehen?«

»Als ich auf den Boden geschaut habe, war von Ihnen nichts mehr zu sehen«, rechtfertigte sich die Stehlampe.

| 33 |

Als Ninive das Zelt wieder öffnete, um frische Luft hereinzulassen, hatte die Sonne sich durch den Hochnebel gebrannt. Mit geschlossenen Augen kniete sie eine Weile am Eingang und genoss die wärmenden Strahlen und den Wind auf ihrer Haut. Dann hob sie die Lider und stieß einen leisen Schreckensschrei aus, der Aris aus seinem Halbschlummer riss. Zwei Meter vor dem Zelt stand ein Scheller, seine gesamte audiovisuelle Sensorik auf den Eingang gerichtet, und glotzte Ninive an.

»Was soll das?«, rief die Wandlerin verärgert und hielt sich eine der Zelttüren vor ihre Blöße. »Hast du etwa die ganze Zeit hier gestanden und gelauscht?« Sie tastete nach einem Wurfgeschoss, bekam einen von Aris' Stiefeln zu fassen und schleuderte ihn nach dem bulligen Mechatier. »Verschwinde gefälligst, du impertinenter Schrotthaufen!«

Der Scheller gab ein Geräusch von sich, das wie ein metallisch-meckerndes Kichern klang, wandte sich ab und rollte davon.

»Das darf doch wohl nicht wahr sein!« Ninive kroch zurück ins Zelt und klaubte ihre auf dem Boden verstreute Kleidung zusammen. »Gehört Respektlosigkeit etwa auch zur neuen gesellschaftlichen Ordnung, von der diese Aquaroid-Rüstung gesprochen hat?«

»Entspann dich«, Aris sah zu, wie Ninive sich im Sitzen ankleidete. »Und, fiel das auch wieder unter die Rubrik ›Informationsbeschaffung‹?«

»Unter Erste-Hilfe-Maßnahmen.« Ihr schwarzer Haarschopf verschwand im Kragen ihres Unterhemdes. »Fachbereich: Reanimation.«

»Ich sollte öfter in Gletscherseen baden ...«

»Das nächste Mal kannst du dich unter einem deiner Schellerfreunde wärmen.«

Ehe sie ihren Körper unter der Kleidung zu verbergen vermochte, hob er eine Hand und strich ihr von der Taille aufwärts über das Rückgrat, was Ninive dazu veranlasste, für einen Moment innezuhalten und die Berührung zu genießen. Dann beugte sie sich vor und zog das Hemd über ihren Oberkörper.

»Wie geht es jetzt weiter?«, wollte sie wissen. »Plan B?«

»Es gibt keinen Plan B«, gestand Aris und blickte aus dem Zelt hinaus auf die im Sonnenlicht schimmernde Wasseroberfläche. »Ich kehre in die Stadt zurück und berichte dem Rat, dass die in den Chroniken erwähnte Passage nicht mehr zu benutzen ist. Die Expedition ist gescheitert. War sowieso eine törichte Idee, einer tausend Jahre alten Überlieferung zu folgen ...«

»Vor ein paar Tagen klang das alles noch wesentlich optimistischer.«

»Je weiter man vom Ziel entfernt ist, desto verklärter ist es.« Er zog sie zu sich herab und sagte: »Du könntest natürlich auch einfach den See beseelen.«

»Den *See*?«

»Genau. Dann bringst du ihn dazu, eine große Wendeltreppe und einen wasserfreien Tunnel zu bilden, durch den wir einfach unter der Mauer hindurchwandern können ...«

»Das übersteigt meine Fähigkeiten um ein Vielfaches.«

»Bei Flodd hat es immerhin funktioniert.«

»Du weißt, dass das nicht mein Verdienst war«, erinnerte Ninive ihn. »Falls es tatsächlich das Werk eines Wandlers gewesen sein sollte, war dieser um ein Vielfaches mächtiger als wir beide zusammen. Allerdings glaube ich nicht, dass Flodd einst in seiner Gesamtheit beseelt wurde, sondern nur sein Ursprung. Seine Quelle.«

»Mag sein«, sagte Aris. »Aber wo ist sein Bewusstsein verankert? Bereits nach einigen Stunden oder sogar Minuten müsste er wieder dumm sein wie ein Kiesel. Folglich reichert irgendetwas sein Wasser an und bildet neues Bewusstsein. Ein Namensvetter von mir sagte einmal, man könne niemals in denselben Fluss steigen, niemals denselben Wind auf der Haut spüren oder von denselben Sonnenstrahlen gewärmt werden. Dennoch hat Flodd ein beständiges Ego. Die Frage ist: Wieso?«

»Vielleicht fließt es nicht mit«, murmelte Ninive. »Ein statisches Bewusstsein in einem dynamischen Element.« Sie blickte nachdenklich zum Zeltdach, dann sagte sie: »Ich kenne jemanden, der diese Frage beantworten könnte – und vielleicht in der Lage ist, uns zu helfen.«

»*Uns?* Sagtest du letztens nicht, du wolltest mir nicht ins Verderben folgen?«

»Ich habe meine Meinung eben geändert. Zudem will ich wissen, wie es in dem sagenumwobenen Land jenseits der Bannmauer aussieht.«

Aris blieb gelassen, doch Ninive konnte in seinen Augen lesen, dass er innerlich frohlockte. »Könnte ein *One-Way-Trip* werden«, sagte er. »Wer ist dieser geheimnisvolle Jemand?«

»Sein Name ist Sloterdyke. Professor Coen Sloterdyke. Er weiß so viel über diese Welt und die Bannmauer wie kaum ein anderer – und er kennt für fast jedes Problem eine Lösung.«

»Ist es weit bis zu ihm?«

»Er wohnt weiter im Westen, auf der gegenüberliegenden Seite der Seen. Falls wir zügig marschieren, brauchen wir etwa einen halben Tag.«

Aris blickte in den nebelverhangenen Himmel und sagte: »Zu weit, um es noch vor Einbruch der Dunkelheit zu schaffen.« Er kniff die Augen zusammen und suchte das Ufer der Marschseenkette ab. »Liegt die Mündung deines Freundes Flodd nicht ganz in der Nähe?«

»Ein paar Kilometer entfernt.«

»Warum fragst du ihn nicht, ob er uns auf seiner Strömung zum Westufer tragen kann? Da die Seen miteinander verbunden sind, würden wir ...«

Ninive schüttelte den Kopf. »Das wäre, als würde ich einen Berg bitten, sich um 180 Grad zu drehen, um mich auf die andere Seite zu befördern«, erklärte sie. »Zudem ist Flodds Bewusstsein, so weit von seiner Mündung entfernt, bereits viel zu verdünnt, um eine zielgerichtete Strömung zu erzeugen – geschweige denn, uns darauf zu tragen.«

Aris verdrehte die Augen und murmelte etwas, das wie »Hydrosenilität« klang. »Lass uns trotzdem aufbrechen«, entschied er und begann sich ebenfalls anzukleiden. »Sehen wir, wie weit wir bis zum Anbruch der Nacht kommen. Den Rest des Weges gehen wir morgen.«

Der Niveauunterschied zwischen dem Quellsee und der tiefer gelegenen Seenkette, die von Flodd und mehreren kleineren Flüssen und Bächen gespeist wurde, betrug nur gut zwanzig Höhenmeter, doch er genügte, um jenseits des Felswalls einen breiten, bogenförmigen Katarakt zu bilden. Während das Wasser in Kaskaden hinab ins Marschland strömte, lagen zwischen den unteren Seen zumeist nur zwei oder drei Meter Höhenunterschied. Dementsprechend gemächlich floss das Wasser in den höchstens knietiefen Verbindungsbächen dahin und bot Wanderern zahlreiche Furten, um von einer Seite der Seenkette zur anderen zu gelangen.

Noch bevor Aris und Ninive das gegenüberliegende Ufer zwischen dem zweiten und dritten See erreicht hatten, konnten sie auf der anderen Bachseite zwei tiefe, parallel verlaufende Furchen im Gras erkennen. Während die Schleifspur in östlicher Richtung dem Wasserlauf folgte, beschrieb sie am Ufer des nahen, stromabwärts gelegenen Sees einen Bogen und führte fast parallel zur Bannmauer Richtung Nordwesten.

Aris ließ den Rucksack von seinen Schultern gleiten und blickte eine Weile suchend über das Marschland. »Dieses Aquaroid treibt sich immer noch hier herum ...«

»Überrascht mich nicht.« Ninive ging in die Hocke und befühlte die Schleifspur. »Schließlich waren die Seen einige Jahrhunderte lang sein nasses Grab. Das führt zu einer gewissen Heimatverbundenheit.«

Aris folgte der Strömung einige Schritte und ließ seinen Blick über die nahe Seeoberfläche schweifen. »Denkst du das Gleiche wie ich?«, fragte er.

»Tue ich.« Ninive wandte sich demonstrativ ab. »Und es ist eine ziemlich bescheuerte Idee«, rief sie über die Schulter zurück.

»Besser eine bescheuerte Idee als gar keine«, entgegnete Aris.

»Das Argument könnte auch von Guss stammen.«

»Wer ist Guss?«

»Mein Ofen.«

Aris runzelte die Stirn. »Wer oder was auch immer«, seufzte er. »*Ich* werde der Spur folgen.«

Ninive blieb stehen. »Das Ding kann sich unsichtbar machen, schon vergessen? Du könntest einen Meter neben ihm vorbeilaufen, ohne es zu bemerken.«

»Dort, wo die Furchen enden, werde ich es finden.«

»Sie könnten mittlerweile zweihundert Kilometer lang sein oder direkt in die Sümpfe führen. Und selbst wenn du es tatsächlich einholen solltest, was willst du dieser Rüstung erzählen, von der es gelenkt wird?«

»Die Wahrheit.«

»Na, dann viel Spaß …«

»Hast du einen besseren Vorschlag?«

»Ich gehe weiter flussaufwärts. Es ist zwar unwahrscheinlich, dass Flodd uns in irgendeiner Weise behilflich sein wird, aber er kann mir zumindest ein paar Fragen beantworten.«

»Na gut.« Aris schloss sein Notizbuch und verstaute es in seinem Mantel. »Treffen wir uns nach Sonnenuntergang wieder hier am Ufer – mit erfreulichen oder weniger erfreulichen Neuigkeiten.«

| 34 |

Die Schleifspur des Aquaroids verlief mehrere Kilometer schnurgerade, nur um wie aus heiterem Himmel in ein Gewirr aus Kurven und Schleifen zu münden. Es sah aus, als wäre das Gefährt nach dem Verlust seines Orientierungssinns in Panik geraten oder hätte angefangen, Luxfalter zu jagen. Aris sah besorgt in die Ferne und hoffte, dass die Spur nicht in die Schilfwälder führte, wo er sie zweifellos verlieren würde.

Obwohl er sich seit Tagen im Marschland aufhielt, war ihm die sumpfige Gegend nicht geheuer. Zu den auffälligsten Landformen gehörten die Akkolithen, große, von Erdreich und Pflanzen bedeckte Eishügel, die sich innerhalb weniger Tage aus der flachen Landschaft erheben konnten. Die mächtigsten unter ihnen erreichten eine Höhe von gut dreißig Metern und hatten einen Durchmesser von mehr als einhundert Metern. In manchen klafften tiefe Risse, durch die man ihren blau oder grün schimmernden Eiskern erkennen konnte. In heißen Sommern sanken die Hügel wieder in sich zusammen und bildeten große, kreisrunde Kraterseen, bis das Schauspiel sich im darauffolgenden Winter wiederholte. Mit dem Tauwetter sammelte das Wasser sich in einem Netz aus Kanälen, an deren Zusammenflüssen kleine Tümpel entstanden, wodurch sie von den Akkolithen herab betrachtet wie im Sonnenlicht glitzernde Perlenketten aussahen.

Aris war froh, als das Gelände endlich leicht anzusteigen begann und in trockenes, prärieartiges Hügelland überging. So war zumindest die Gefahr gebannt, aus einem der zahllosen Wasserlöcher und schilfdurchwachsenen Kanäle von Schlickquirlen oder Protoschmerlen angefallen und in den Sumpf gezerrt zu werden. Obwohl Aris der Schleifspur mittlerweile vier, vielleicht sogar schon fünf Kilometer weit gefolgt war, schien er im Angesicht der Bannmauer lediglich ein paar Hundert Meter zurückgelegt zu haben. Ihre Perspektive schien sich einfach nicht ändern zu wollen.

Die Gewissheit, dass das kolossale Bauwerk ihn trotz seiner Entfernung noch immer unter sich begraben würde, falls es einfach umkippte, erfüllte ihn mit Respekt. Er blieb einen Moment lang stehen und blickte über die Tiefebene hinab auf die Seen, doch von Ninive war kein Zipfel mehr zu sehen. Wahrscheinlich befand sie sich mittlerweile hinter den Ausläufern des niedrigen Hügelkammes, der das Marschland von der Grasebene im Osten trennte.

Ganz in seiner Nähe stob plötzlich ein Schwarm Feuerzikaden auf und entfernte sich fluchtartig. Sekunden später war ein leichtes Vibrieren des Bodens zu spüren, das rasch an Intensität gewann. Aris ging in die Hocke, als das Erdreich um ihn herum sich langsam zu drehen begann. Um Gleichgewicht ringend, versuchte er aus dem Zentrum des Strudels zu gelangen, doch das unheimliche Phänomen hatte bereits ein Dutzende von Quadratmetern großes Areal erfasst. Der immer schneller rotierende Boden bäumte sich mannshoch auf, nur um einen Atemzug später in sich zusammenzusacken. Innerhalb weniger Sekunden bildete sich ein metertiefer Trichter, in dessen Zentrum das Erdreich immer schneller rotierte, ein alles zermahlender Strudel aus Grassoden, Erdreich und Felsen. Aus der Tiefe drang ein dumpfes, lauter werdendes Grollen, als würde sich etwas mit unzähmbarer Gewalt durch den Fels fressen. Aris bekam die freigelegten Wurzeln eines an der Kliffkante wachsenden Busches zu fassen und krallte sich verzweifelt daran fest. Während durch das Beben gelöstes Erdreich auf ihn niederprasselte, wühlte sich mit ungeheurem Getöse der rotierende Kopf einer riesigen Maschine aus dem Boden. Das Ungetüm stieg höher und höher empor, bis letztlich ein gigantischer Metallwurm sein aus gegenläufig kreiselnden Bohrköpfen und Rollenmeißeln bestehendes Haupt mehr als dreißig Meter hoch in den Himmel reckte. Würde er seinen Leib nur ein wenig zur Seite neigen, würde er Aris an der Kraterwand einfach zerquetschen.

Dann geschah Seltsames: Statt gänzlich aus dem Boden zu kriechen, bewegte die Maschine sich langsam rückwärts und verschwand wieder in der Tiefe. Minutenlang starrte Aris in den Abgrund, in der bangen Erwartung, das Metallungeheuer würde noch einmal emporschnellen und ihn packen – doch in der Dunkelheit regte sich nichts mehr.

Schwer atmend klammerte er sich an das Wurzelwerk. Was um alles in der Welt hatte er da eben gesehen? In keiner ihm bekannten Aufzeichnung war je ein derart gigantisches Ungetüm erwähnt worden. Entweder war es viel älter als die Chroniken, oder es hatte sich nach der Zeitenwende selbst erschaffen.

Unter ihm entstand ein Rauschen und Tosen, als das Grundwasser von allen Seiten in das Loch zu strömen begann. Es würde seinen Sturz dämpfen, doch bis es den Erdtrichter aufgefüllt und ihm somit ermöglicht hätte, sich herauszuretten, konnten Stunden oder sogar Tage vergehen. Mit den Schuhspitzen begann Aris Löcher in die Kraterwand zu hacken, um Trittflächen für seine Füße zu schaffen, bevor ihn die Kräfte verließen.

»Probleme mit den Tücken des Lebens?«, erkundigte sich unvermittelt eine Stimme über ihm.

Aris hob den Kopf. Am Kraterrand stand eine vollkommen in dunkles Tuch gehüllte Gestalt und sah auf ihn herab. In der Schwärze, die ihr Gesicht verbarg, schillerten farbige Schlieren wie ein Ölfilm auf dunklem Wasser.

»Das darf doch nicht wahr sein«, keuchte Aris. »War das etwa *dein* Werk?«

Der Vermummte wirkte einen Moment lang irritiert, dann blickte er über seine Schulter, als suchte er jemanden im Hintergrund.

»Ja, dich meine ich!«, bestätigte Aris. »Du bist doch dieser griesgrämige Schattenkauz aus dem Orb ...«

»Nein, nein und vielleicht«, antwortete die Kuttengestalt. »Mit deiner augenblicklichen Misere habe ich nichts zu tun, und das Dasein finde ich zumeist recht erheiternd. Insbesondere dann, wenn ich grenzdebilen Lichtgestalten wie dir begegne.«

Aris schnaubte durch die Nase. »Der Dynamo-Rat hat mich vor dir gewarnt.«

»Dieses paranoide Kollektiv warnt vor allem und jedem jenseits des 56. Breitengrades, das nicht ihrem physikalischen Wunschdenken entspricht.«

Aris stemmte sich empor, glitt jedoch mit einem Fuß aus der Trittmulde und rutschte ein Stück tiefer. »Sobald ich wieder oben bin, erzähle ich dir etwas über *physikalisches Wunschdenken*«, drohte er dem Schwarzgekleideten.

Dieser schwieg eine Weile, dann fragte er: »Könnte es sein, dass deine Situationsperspektive eine dezente Divergenz aufweist?«

»Was?«

»Ich meine, du bist da unten und ich hier oben. Von meiner Warte aus betrachtet wirkt es, als könntest du ein paar gute Ratschläge gebrauchen.«

»Na klar. Und du bist auch nur ganz zufällig hier vorbeigegeistert.«

»Natürlich nicht.«

»Und was hat dich hierher gelockt?«

»Na, das Schicksal, du Gimpel! Die *bad vibrations*. Das herabsinkende Damoklesschwert über dir. Arachnes reißender Spinnfaden. Dieses Zeitalter bietet nicht genug Nährboden, um *To-do*-Listen abzuarbeiten. Ich lege in dieser gottverlassenen Welt nicht das Feuer, sondern berge nur die Opfer.«

»Hast du auch einen Namen?«

»Thanatos, wenn's denn beliebt. Shinigami, Cromm Cruach, Sokaris, Zom ... Mir wurden Tausende gegeben. Deine Freundin

Ivi nennt mich Cutter. War wohl so etwas wie eine spontane Assoziation.« Er ließ seine Sense kreisen.

»Sie ist nicht meine Freundin!«

»Was nicht ist, kann noch werden – das heißt: insofern du deinen Stolz überwindest und dich retten lässt.«

»Ich komme allein zurecht.«

»Dein Opfer ist völlig sinnlos, Wandler. Das Wasserfahrzeug, das du suchst, wirst du hier oben nicht finden – und dort unten schon gar nicht.«

»Woher willst du das wissen?«

»Die Terrapoden haben es mir geflüstert.«

»Ich glaube dir kein Wort.«

Cutter stieß ein leises Seufzen aus. »Ich traf einst zwei Engel, die waren genauso borniert wie du«, rief er über die Bruchkante. »Glaub mir, ich würde vieles dafür geben, endlich mal wieder einen von euch sterben zu sehen – aber nicht hier und nicht heute.« Er streckte die Sensenklinge zu Aris hinab. »Komm schon, du zappelnde Hochmut, greif zu!«

»Sehr witzig.«

»Verzeihung, mein Fehler.« Cutter drehte das Gerät und ließ das hölzerne Griffende in die Tiefe sinken. Aris schloss die Augen und presste seine Stirn gegen das Erdreich, dann packte er wütend den Stiel. Mühelos hievte Cutter den an der Sense zappelnden Wandler samt Tornister empor und setzte ihn am Kraterrand ab. Aris rang einige Sekunden lang mit sich, bemüht, seine flatternden Nerven zu beruhigen und seine Fassung zurückzugewinnen. Dann sagte er zerknirscht: »Danke.«

»Dank ist das Mindeste.« Der Schwarzgekleidete trat einen Schritt zurück, woraufhin ein großer Teil der Kraterkante, unter der Aris ausgeharrt hatte, nachgab und in die Tiefe stürzte. »Das hätte wehgetan«, sagte Cutter, als das Erdreich sich wieder beruhigt hatte.

»Warum tust du das?«

»Deine Haut retten? Das könnte ich dir zwar erklären, aber du würdest es nicht verstehen.«

»Komm jetzt nicht mit dieser Intellektmasche!«, ärgerte sich Aris. »Ich bin fast 700 Jahre alt, und meine Auffassungsgabe ist ausgezeichnet.«

»Na, Glückwunsch. Häng noch drei Nullen dran, dann bist du mit mir halbwegs auf Augenhöhe. Aber um dein Ego nicht unnötig zu kränken: Du bist der Meridian einer morph'schen Transzendenz und daher in dieser Realität unentbehrlich.«

»Meridian einer *was*?«

»Ich sagte ja, du würdest es nicht verstehen«, seufzte Cutter.

»Dann erkläre es mir einfach in verständlichen Worten.«

»Nicht heute«, entgegnete Cutter. »Nicht hier.«

Aris winkte ab und blickte in den Abgrund. »Was war das überhaupt für eine Höllenmaschine?«

»Ein Terragode. Bin selbst verwundert, dass dieses Ding noch funktioniert. Eigentlich dürften von den Urwelt-Steinbrechern kaum mehr als Rostklumpen übrig sein. Ein weiterer Beweis dafür, dass in dieser Realität Dinge geschehen, die … *Nicht berühren!*« Er glitt ein Stück zur Seite, sodass Aris' Finger ins Leere griffen. »Ich weiß, dass du dich gerne davon überzeugen würdest, ob ich real bin oder nicht. Sei versichert, Wandler: Ich bin es! Auch wenn dich der Steinbrecher nicht getötet hat – jene Substanz, aus der ich bestehe, vermag dies zweifellos. Falls dir an deiner Existenz also etwas liegen sollte, dann versuche das nie wieder – denn ich bin der Letzte, der versuchen würde, dich wiederzubeleben.«

Aris erhob sich und klopfte sich den Dreck von der Kleidung. »Was meintest du mit: *Es würden Dinge geschehen?*«

Cutter musterte sein menschliches Gegenüber, wobei er mit dem Blatt der Sense über seinen Kapuzensaum strich. »Bist du mit den Gesetzen des Lebens und der Evolution vertraut?«, fragte er.

»Ich bin belesen. Qualifiziert mich das?«

»Sag du es mir, Wandler. Schau dir die Makula-Tiere an, die Scheller, die Blitzkollektoren oder diesen Steinbrecher. Glaubst du wirklich, beseelte Maschinen mit dem Intelligenzquotienten von Napfschnecken verkörpern die Krone der Schöpfung? Die

Quintessenz von Millionen von Jahren Evolution; eine Welt, in der so gut wie keine organische Fauna mehr existiert und der Terminus ›Tier‹ zur Farce geworden ist? Irgendetwas muss gewaltig schiefgegangen sein, findest du nicht? Die Ironie dieser ganzen Posse ist, dass ich nichts dagegen unternehmen kann, da das Problem zwar beseelt, aber nicht lebendig ist und ich daher auf die Lebenden angewiesen bin. Statt euch das letzte Geleit zu geben, muss ich euch am Leben erhalten, ohne zu wissen, ob ich nicht selbst nur ein Teil dieser Burleske bin. Das ist ein Witz!«

Er begutachtete den Stiel seiner Sense, dann ließ er einen Strahl blauer Flammen aus seiner Hand schießen. Wo sie über das Holz leckten, stoben winzige Funken davon.

»Was tust du da?«, wunderte sich Aris.

»Den Griff dekontaminieren.«

»Ich bin nicht ansteckend.«

»Aber ein Wandler«, entgegnete Cutter. »Das ist Grund genug. Ich verspüre keine Lust, von meinen eigenen Insignien angefallen zu werden.«

»Und wie soll's jetzt weitergehen?«

Cutter hielt mit seinem Tun inne und musterte sein menschliches Gegenüber. »Was hältst du von einem kleinen Schlenker durch den Orb – sozusagen als exklusive Bildungsreise?«

| 35 |

»Flodd?«

Ninive blickte hinab auf die Wasseroberfläche, in der Hoffnung, eine kleine Anomalie in der Strömung erkennen zu können. Seit Minuten lehnte sie an der Brüstung der einzigen Steinbrücke, die Flodds Flussbett in den Marschen überspannte. Wenige Hundert Meter vor seiner Mündung floss das mannstiefe Wasser nur noch träge dahin. Keine Spur mehr vom Temperament, mit dem es im Hochland rauschend über Kies und Steine strömte. Stattdessen glitt es unterhalb der grasbewachsenen Uferböschung gemächlich an Sandbänken vorbei.

»Komm schon, Flodd«, rief Ninive, als sich weiterhin nichts regte. »Du hörst doch sogar die Wasserflöhe husten. Mach mir also nicht weis, dass du mich nicht bemerkst.« Aber der Fluss schwieg. »Was ist los, verdammt? Bist du eingeschnappt?« Sie bückte sich, las einen faustgroßen Stein vom Boden auf und holte zum Wurf aus.

»Untersteh dich!«, drohte Flodd.

»Ach, jetzt auf einmal?« Ninive senkte den Arm, behielt den Stein jedoch in der Hand. »Ich muss mit dir reden.«

»Keine Zeit«, erwiderte Flodd. »Bin beschäftigt.«

»Ach ja? Womit denn?«

»Muss fließen.«

Ninive verdrehte die Augen. »Das tust du bereits seit zwölftausend Jahren.«

»Elftausendneunhundertneun.« Vor der Brücke bildete sich ein Hügel aus Wasser, der rasch zu einer Säule heranwuchs, bis deren Spitze mit Ninive auf Augenhöhe war.

»Was ist so wichtig, dass es nicht warten kann, Äonenkind?«

Ninive starrte auf die verzerrte Spiegelung ihres Gesichts am Kopf des Wassertentakels. »Ich habe gelesen, du hättest einen Bekannten, der ebenfalls in die Seen mündet…«

»Einen? Sieben!«

»… und durch die Bannmauer fließt.«

Die Wassersäule schwoll auf doppelte Größe an. »Woher weißt du davon?«

»Aus einem alten Reisebericht. Darin steht, dass in den Marschen noch ein weiterer beseelter Fluss existieren soll. Sein Name ist Diva oder Riva oder so ähnlich.«

»Divara«, sagte Flodd. »*Ihr* Name ist Divara, und sie fließt nicht *durch* die Mauer, sondern tief im Mantel der Erde verborgen unter ihr hindurch.«

»Aber sie tat es doch einmal an der Oberfläche wie all die anderen Flüsse. Man kann ihr altes Bett noch erkennen. Es führt bis zum Fuß der Bann…«

»Das war vor langer Zeit«, fiel ihr Flodd ins Wort. »Euer Dünkel hat sie zu dem gemacht, was sie heute ist: ein Strom der Unterwelt – und die Mächtigste von uns. Selbst deine Ahnen haben ihre Kraft unterschätzt.«

»Dann gibt es so etwas wie eine Hierarchie des Wassers?«

»Es gibt den Zyklus. Der See ist ein Diener der Wolken, ich bin der Diener der Seen, die Bäche, die mich speisen, sind meine Diener, ihre Quellen die Diener der Bäche, der Regen ein Diener der Quellen, die Wolken Diener des Regens und der See wiederum ein Diener der Wolken – und alle von uns sind Diener Gaias.«

»Was weißt du über den Zweck der Bannmauer?«

»Den Legenden zufolge beschützt sie uns vor irgendetwas, das sich auf der anderen Seite befindet – oder irgendetwas schützt sich mit ihr vor uns, so genau weiß ich das nicht mehr. Bist du denn noch nie dort gewesen?«

»Die Mauer ist tabu.«

»Sagt wer?«

»Die Geoninos-Gebote des Dynamo-Rats.«

»Ach, ihr Weltlichen und eure Dogmen. Glaubst du denn, die Bannmauer wurde von Göttern erbaut, nur um Ehrfurcht gebietend in der Landschaft zu stehen?« Der Wassertentakel pendelte vor Ninives Gesicht auf und ab. »Und jetzt hör auf, meine Geduld zu strapazieren, Wandlerin, und sag mir, warum du wirklich hier bist!«

Ninive senkte den Blick. »Na gut«, murmelte sie. »Ich wollte dich fragen, ob du Divara …« Sie stockte, holte tief Luft und fuhr hektisch fort: »Ob du sie nicht vielleicht dazu überreden könntest, für ein paar Stunden rückwärts zu fließen.«

»*Rückwärts?*«, echote Flodd so laut, dass in weitem Umkreis die gesamte Wasseroberfläche vibrierte. »Sagtest du eben *rückwärts?*«, setzte er nach, als wollte er sichergehen, dass es auch die letzte schwerhörige Maschine auf den umliegenden Berghängen vernehmen konnte. Peinlich berührt blickte Ninive sich um. Alle Makula-Tiere im Umkreis von einem Kilometer hatten den Kopf gehoben und sahen zu ihr herab.

»Na, danke«, presste sie zwischen den Zähnen hervor. »Nett von dir, das Thema vertraulich zu behandeln.«

»Weil es eine Unverschämtheit ist, mich so etwas zu fragen, Menschenkind! Eine Zumutung!«

»Ich bin kein Kind, Flodd.«

»In meinen Maßstäben gemessen bist du es, selbst wenn deine Haare das Einzige an dir sind, was sich im Laufe der Jahrhunderte verändert hat. Keiner von uns würde freiwillig rückwärts fließen. Nicht einmal in finsterster Nebelnacht.«

»Es geschieht doch unter der Erde«, argumentierte Ninive. »Niemand würde es sehen.«

»Hier geht es ums Prinzip!«, stellte Flodd klar. »Um Ehre und Würde. Niemand würde einen Fluss ernst nehmen, der rückwärts fließt. Hast du schon mal versucht, in Gegenwart von deinesgleichen rückwärts zu essen?«

Ein Geräusch, das klang, als wäre eine mächtige gusseiserne Glocke gegen die Brückenbrüstung gestoßen, ließ den Wassertentakel verstummen. Ninive wandte sich irritiert um, doch in weitem Umkreis war nichts Ungewöhnliches zu sehen.

»Was war das?«, fragte sie in die Stille hinein. Statt zu antworten, schlüpfte Flodds ›Kommunikationstentakel‹ unter der Brücke hindurch und tauchte hinter der flussab gelegenen Brüstung wieder auf.

Über dem Scheitel der Brücke wurde etwas sichtbar, das aussah wie eine riesige, frei in der Luft schwebende Linse. Ein metallisches Schaben geisterte durch die Luft, dann ein Geräusch, das klang, als schwappe Wasser in einem großen Bottich.

»Genetrix!«, sagte eine grabestiefe Maschinenstimme.

Ninive verdrehte die Augen. »Das darf doch nicht wahr sein!«, rief sie und ging dem unsichtbaren Koloss einige Schritte entgegen. »Du weißt, dass ich fähig bin, die Hülle, in der du steckst, jederzeit zu entseelen.« Sie hielt im Schritt inne, als ein paar Meter über der Brücke die Luft zu flimmern begann und langsam Konturen annahm. »Wie lange folgst du mir schon?«, fragte sie.

Nun wurde auch die aus dem Einstiegsdom des Aquaroids ragende Rüstung sichtbar. »Überhaupt nicht«, sagte sie. »Wir forschen seit Tagen hier.«

»*Forschen?*«

»Spuck sie aus!«, mischte Flodd sich in die Unterhaltung ein und reckte seinen Wassertentakel drohend über die Brücke. »Sofort!«

Das Metallungetüm erzeugte ein unwilliges Murren, dann öffnete es das riesige Frontbullauge und entließ ein Wasserschwall aus seinem Inneren, der Ninive von den Beinen riss. Als er versiegt war, krabbelten und zappelten um sie herum Dutzende kleiner Kreaturen, wie Ninive sie in dieser Vielfalt noch nie gesehen hatte. Es wimmelte von organischen Fischen, Lurchen und Krebstieren, die eiligst von Flodds heranschnellenden Landspähern aufgesammelt und in den Fluss zurückbefördert wurden.

»Zum letzten Mal«, herrschte der Fluss die Rüstung an. »Wasser: ja. Fische, Krebse, Amphibien und Mollusken: nein, nein und nochmals nein!«

»Entschuldige seine schlechten Manieren«, sagte die Rüstung und tätschelte den Panzer des Metallungetüms. »Es befindet sich in seiner oralen Phase.«

»Schon gut.« Ninive wrang ihre Kleidung aus. Über die Brückenbrüstung gebeugt, rief sie: »Bemerkenswert, dass du dieses rostige Ungetüm vorbehaltlos durchs Wasser robben lässt, aber einen Aufstand machst, wenn unsereins auch nur einen Schritt weit in dein kostbares Nass tritt.«

»Weil ein Aquaroid einzig für dieses Element geschaffen wurde«, entgegnete Flodd. »Was man von euch Wandlern, eurer Kloake und eurem Müll nicht behaupten kann. Ebenso wenig von beseelten Bäumen, Stühlen, Hebebühnen und Parkuhren oder was ihr sonst noch alles für eure eigennützigen Zwecke missbraucht. Ende der Diskussion!« Die Wassersäule bäumte sich auf, dann schoss sie tosend zurück ins Flussbett.

»Aris ist auf der Suche nach dir«, informierte Ninive die Rüstung, als sie sicher war, dass Flodd nicht mehr auftauchen würde. »Wir sollten ihm entgegenlaufen.«

»Nicht nötig«, erklang eine vertraute Stimme hinter ihr. »In dieser Realität wandern die Berge zu den Propheten.«

Ninive wirbelte herum und blickte entgeistert zu Aris und Cutter, die am Fuß der Brücke aufgetaucht waren. Während Letzterer bemüht schien, möglichst viel Abstand zu seinem Instrument zu wahren, machte Aris ein Gesicht, als stünde die Sense unter Starkstrom. Mit weit aufgerissenen Augen klammerte er sich an ihren Stiel, derweil sein Gesicht immer fahler wurde. Schließlich riss er sich los, torkelte ans Ufer und übergab sich. Ninive eilte zu ihm hinab und konnte im letzten Moment verhindern, dass er dabei in den Fluss stürzte.

Als er seinen Mageninhalt ins Wasser erbrach, war es, als hätte man unter dem Flussbett eine Bombe gezündet. Flodds Reaktion war so heftig, dass sich ein Teil des Mauerwerks aus dem Brückenbogen löste und in die Fluten stürzte. Einen Schrei der Entrüstung ausstoßend, schoss eine meterhohe Wassersäule empor und formte an ihrer Spitze ein kugelförmiges, mit armlangen Eisstalaktiten gespicktes Gebilde, das sich auf Ninive und Aris herabsenkte.

»Schluss damit!«, herrschte Cutter den Fluss an und richtete seine Sense auf den fallenden Dornententakel, woraufhin dieser zu einer Gischtwolke zerstob. »Oder muss ich dich daran erinnern, wessen Diener *ich* bin?«

»*Esam dzhar n'isann vhor!*«, toste Flodd. »*Praeas navat!*« Er spie einen Wasserstrahl in Cutters Richtung, dann rauschte eine Wutwelle den Fluss hinauf, die sich rasch entfernte.

»Was hat er gesagt?«, wunderte sich Ninive, nachdem die Wasseroberfläche sich wieder beruhigt hatte.

»Dass ich ein netter Kerl bin ...«

Ninive verzog die Lippen. Misstrauisch das Ufer im Auge behaltend, half sie Aris auf die Beine.

»Geht's wieder?«

»Einen Moment noch ...« Er wusch sich die Tränen aus dem Gesicht und starrte auf sein Spiegelbild. »So ein Orb-Trip ist effektiver als jedes Emetikum.«

»Teleportationstrauma«, erklärte Cutter. »Passiert beim ersten Mal fast immer. Eure labilen Sinne werden vom Orb überfordert. Hatte ich vergessen zu erwähnen.«

»Augenblick mal ...« Ninive musterte abwechselnd Cutter und die auf dem Rücken des Genetrix-Tieres sitzende Rüstung. »Das ist doch kein Zufall, dass ihr beiden ausgerechnet jetzt hier auftaucht.« Sie sah von einem zum anderen. Unter Cutters Kapuze herrschte die gleiche Dunkelheit wie hinter den bullaugenartigen Öffnungen des Kugelkopfes, doch es war mehr als nur ein Gefühl, dass die beiden Blicke tauschten.

»Was meinst du?«, fragte Cutter.

»Frag nicht so scheinheilig. Ihr beiden macht doch gemeinsame Sache!«

»So würde ich das nicht bezeichnen«, widersprach die Rüstung. »Mehr als ereignisbedingte Zweckgemeinschaft.«

»Du wolltest neulich wissen, weshalb ich dich besuchen kam«, sagte Cutter.

»Weil du einem morphogenetischen Feld gefolgt bist ...«

Aris gab ein abfälliges Geräusch von sich. »Was soll *das* denn sein?«

»Eine unsichtbare organisierende Struktur, die unabhängig von Raum und Zeit Verhaltensprozesse stimuliert«, erklärte die Rüstung.

»Morphische Felder bestehen nicht aus ein paar schicken transzendentalen Richtungspfeilen und Hinweisschildern mit der Aufschrift: *Da geht's lang!*«, erklärte Cutter. »Es sind komplexe, verästelte Gebilde, die in ihrer Struktur menschlichen Neuronen und Synapsen gleichen. Stellt euch mehrere gigantische Bäume aus Energie vor, die mit den Wurzeln über einem gemeinsamen Zentrum verwachsen sind und deren Kronen sich über das gesamte Land erstrecken. Zweige führen zu Ästen, Äste zu Stämmen und die Stämme zum Zentrum. Jeder von uns ist einem dieser Äste gefolgt.«

»Sag jetzt bitte nicht, das Zentrum befindet sich über meinem Haus«, sagte Ninive und blickte in Richtung des Bruchhains.

»Weit davon entfernt.«

»Wo dann?«

»Ich denke, das weißt du, Äonenkind.«

»Die Bannmauer«, dämmerte es Aris. »*Sie* ist das Zentrum!«

Ninive musterte Cutter. »Warum bringst du uns dann nicht direkt dorthin?«

»Weil dieser Schritt das gesamte morphische Feld einfach sprengen würde. Wir wissen nicht, wie lange es gedauert hat, bis es seine heutige Struktur gebildet hatte, aber wenn wir den fünften Strang ignorieren, zerstören wir das gesamte Gefüge. Es könnten Jahrzehnte, womöglich sogar Jahrhunderte vergehen, bis sich ein neues Feld gleicher Prädestinationsstränge bilden würde.«

»Eine Zeitspanne, die dieser Welt womöglich nicht mehr bleibt«, ergänzte die Rüstung.

»Was meinst du damit?«

»Das Naheliegendste, Ivi. Insofern bin ich bereit, eure Reise ein wenig zu verkürzen und euch zum Chronos-Komplex zu bringen.« Mit einem Blick zu dem auf der Brücke kauernden Genetrix-Tier fügte er hinzu: »Aber ob beseelt oder nicht: Dieser tumbe Metallkoloss wird laufen! Allerdings würde er sich ohne seinen Steuermann im Marschland verirren, daher transportiere ich lediglich euch. Das Aquaroid und ich folgen im Laufe des kommenden Tages auf konventionelle Art und Weise nach.«

»Und was müssen wir tun?«

»Euch gut festhalten.« Cutter stellte die Sense auf den Boden. »Seid still, schließt die Augen, rührt euch nicht, haltet euch die Ohren zu und die Luft an – und Finger weg von meiner Kutte!«

»Sonst noch etwas?«

»Der Orb ist meine Welt, Ivi, nicht die eure. Je toter ihr beide euch stellt, desto erträglicher sind die Nebenwirkungen …«

| 36 |

Luxa und sein unfreiwilliger Begleiter standen in einer leeren, endlos wirkenden Geröllebene, die sich – mit Ausnahme einer wenige Kilometer entfernten Hügelkette – von Horizont zu Horizont erstreckte.

Der Transitter zog einen kleinen Apparat aus einer Tasche seines Overalls. »Na, großartig«, rief er gegen den Sturm an, während er sich im Kreis drehte und auf das Display starrte. »Kein String-Netz. Wir sind mindestens zweihundert Lichtjahre vom Stellwerk entfernt – und wahrscheinlich einhundert Lichtjahre von der nächsten kosmischen Evolutionsachse. Auf diesem gottverlassenen Felsklumpen wird in den nächsten zehn Millionen Jahren zivilisationstechnisch kein Amöbenfurz zischen …«

»Irgendjemand muss aber schon hier gewesen sein«, widersprach Luxa und leuchtete in Richtung einer Holztafel, die in der Ferne hinter einer mit dem Sturm ziehenden Staubwolke sichtbar wurde.

»Na, das ist ja mal 'n Ding!« Der Stellwerker packte Luxas Fuß am Hals und begann mit ihr in Richtung der Landmarke zu wandern.

SIE BEFINDEN SICH AUF AXIXINO 313

entzifferten beide die Aufschrift, nachdem sie das Schild erreicht hatten.

Bitte zyklisch luminieren!
Es ist noch Suppe da.

»Axixino ...« Der Transitter zog seinen Zeitreise-Almanach hervor und begann darin zu blättern. »Da war mal was, und das war nicht gut ...« Mit drei Augen in seine Lektüre vertieft, suchten seine restlichen fünf den Horizont mit Blicken ab, bis fernes Donnern ihn innehalten ließ. »Erdbeben«, brummte er, als eine Folge von Erschütterungen das Geröll auf dem Boden zum Tanzen brachte. »Als wäre es hier nicht schon ungemütlich genug ...«

»Abwarten«, säuselte eine Stimme hinter ihnen. »Man soll den Tag nie vor der Keule loben ...«

»Ha!«, rief der Stellwerker beim Anblick der geflügelten Kreatur, die auf einem der wenigen größeren Felsen gelandet war. Genauer gesagt hockte vor ihnen ein Klumpen aus mehreren, ineinander verwachsenen Kreaturen, die sich gemeinsam einen Kopf teilten. Ein Teil von ihm war bunt gefiedert, ein anderer trug glänzende Schuppen. Manche Körperpartien waren von Fell oder Stacheln bedeckt oder zeigten nur nackte, ledrige Haut.

»Eine Elementar-Vermittlerin«, zitierte der Transitter, nachdem er eine Weile in seinem Almanach geblättert hatte. »Gemeinhin Elve oder auch Orbling genannt. Bevorzugt sumpfige, subtropische Gefilde, kocht leckere Astralsuppe und weiß stets, woher der Wind weht.« Er schloss das Buch. »Deinesgleichen kenne ich! Ist es hier nicht ein wenig zu karg für deinesgleichen?«

»Habe schon in unfruchtbareren Gegenden gedient«, antwortete die Elve.

»Wer bist du?«

»Hammerdahls Fürsorgerin.«

»Das Schild hat einen Namen?«, staunte Luxa.

»Dieses *Schild* ist ein Slipstream-Adapter. Und nein, er hat keinen Namen.« Die Elve betrachtete die an Luxas Lampenschirm hängende Tafel. »Aufschlussreiches Memo«, beschied sie ihr. »Mutter Einfalt, so heißt es, hat alle Zeit auf Erden und hört die herrlichste Musik.«

»Ich benötige eine zeitnahe Solo-Geschäftsretoure!«, drängte der Transitter sich zwischen die beiden. »Welche Frennedekel-Katalognummer hat dieser Planet?«

»Mond.«

»Na, meinetwegen. Welche Nummer trägt der Planet, den er umkreist?«

»Er umkreist keinen Planeten.«

Der Transitter verdrehte seine Stielaugen. »Ihr Chronosidrien, habt Erbarmen!«, stöhnte er.

»Ist nicht auf meinem Mist gewachsen«, rechtfertigte sich die Elve. »Die einstigen Bewohner haben mich und meinen Chef hier ausgesetzt und sich dann mit dem Planeten aus dem Staub gemacht. Keine Ahnung, wohin.« Sie legte den Kopf in den Nacken, als hätte sie eine Witterung aufgenommen. »Ihr solltet euch langsam um ein seriöses Luminieren bemühen«, riet sie den beiden Zeitreisenden. »Er ist nicht mehr fern.«

Der Transitter blickte in alle Richtungen. »Wer?«

Ein weiteres, intensiveres Beben erschütterte den Boden.

»Mein Chef.« Die Elve wurde für einen Moment unsichtbar und tauchte neben Luxas Lampenschirm wieder auf. »In eure Sprache übersetzt trägt dieser Mond übrigens den Namen ›*Nichts zu lachen*‹«, säuselte sie.

Erneut ließ ein Donnern den Boden erzittern. Nachdem es verhallt war, tauchte über dem Hügelkamm der Kopf eines bärtigen Riesen auf. Als er die Versammlung neben dem Raumzeit-Adapter erspähte, blieb er verwundert stehen, dann stieg er über die Hügel und kam mit Riesenschritten neugierig näher. Auf halbem Wege hielt er abrupt inne, hob seine Keule und ließ sie auf einen Felsen niederfahren, der unter der Wucht des Schlags pulverisiert wurde. Als die Staubwolke sich verzogen hatte, betrachtete der Gigant kritisch das Resultat seiner Attacke, dann stapfte er weiter auf die Neuankömmlinge zu.

»*Es grüßt euch viele Hundert Mal der Herr der Knüppel, Hammerdahl*«, flötete die Elve und ließ sich wieder auf ihren Felsen sinken.

»Was tut er da?«, wundere sich Luxa, als der Riese mit seiner Keule erneut auf den Boden drosch.

»Nivellieren.« Die Fürsorgerin breitete die Flügel aus und ließ sich vom Sturm emporheben. *»Zürnt er, kriegt's die Welt zu spür'n, und wer nicht luminiert, eins auf die Birn'!* Also lasst euch besser schnell etwas einfallen.«

»Das ist doch albern«, befand der Stellwerker.

»Tatsächlich?« Die Elve schwirrte heran und segelte vor ihm im Wind. »Früher war das hier ein Paradies. Wälder, Wiesen, Flüsse, Seen und Hügel; Natur im Einklang mit sich selbst.« Sie schlug einen Salto und trillerte: *»Doch sie konnten nicht luminieren, weder Bach noch Baum. Schmeckten flugs die Keule, lebten fort nur als Traum ...«*

Luxa und der Transitter blickten dem einhundert Meter großen, bärtigen Unheil entgegen. Hammerdahl trug einen zerschlissenen Mantel aus Tausenden miteinander vernähten Fellen und Stofffetzen. Ein Großteil des Flickenteppichs war mit braunschwarzen Flecken besudelt, über deren Herkunft keiner der Neuankömmlinge lange zu rätseln brauchte. In der einen Hand hielt der Gigant eine monströse Keule, in der anderen einen halb aufgefressenen Plattwal.

Noch bevor er die Gruppe erreicht hatte, holte er zum Schlag aus. Als seine Keule herabschoss, richtete Luxa sich auf und erstrahlte in grellem Licht, das den Riesen mitten in der Bewegung innehalten ließ. Der Grimm in seinem Gesicht wich seliger Verzückung. Keine zehn Meter über den beiden Zeitreisenden schaukelte seine Keule im Sturm.

»Na, *das* nenne ich mal einen Trick!«, staunte die Fürsorgerin. »Ein derart blendendes Argument hatten bisher nur wenige.«

»Was passiert denn jetzt?«, flüsterte der Stellwerker.

»Einfach weiter luminieren. Solange ihr strahlt, hält er euch für Spielzeug.«

»Und wenn nicht?«

»Für Ungeziefer.« Die Elve schwebte fröhlich trillernd davon und verschwand in der Ferne.

Hammerdahl legte den Walkadaver beiseite, ließ sich auf die Knie nieder und musterte die beiden Fremden aus der Nähe, wobei er seine Keule unheilvoll über ihren Köpfen schweben ließ.

»Na, großartig.« Der Transitter trat näher an Luxa heran. »Kannst du sprechen?«, rief er zu dem Riesen empor.

Hammerdahl zeigte keine Regung. In Luxas Strahlen vertieft, ließ er die beiden Zeitgestrandeten keinen Moment lang aus den Augen. Vom Sturm gepeitscht fegten seine Barthaare über den Boden, wo sie Wolken von Staub aufwirbelten.

»Ich arbeite für das kosmische Rangier- und Destinationsmanagement«, bemühte der Transitter sich weiter um einen Dialog. »Verstehst du, was ich sage?«

»Ich denke, ohne seine Fürsorgerin bleibt dieses Ungetüm ebenso stumm wie begriffsstutzig«, sagte Luxa.

Der Transitter ließ seine Arme sinken. »Es hat das gesamte Terrain eingeebnet – bis auf dieses dilettantische Konstrukt namens Raumzeit-Adapter«, erkannte er. »Aus irgendeinem Grund wird es von ihm verschont. Ich wüsste zu gern, was es damit auf sich hat ...«

Er packte die Stehlampe und hielt sie wie einen leuchtenden Schutzschirm über sich, wobei er sich langsam dem Schild näherte. Hammerdahl stieß ein Grunzen aus, als sein ›Spielzeug‹ vor ihm zurückzuweichen begann.

»Keinen Schritt näher ...«, murmelte Luxa.

»Weiter«, korrigierte der Transitter.

»Auf dem Adapter steht: Keinen Schritt näher!«

Während beide das Schild betrachteten, vermischten sich die Buchstaben zu einem unleserlichen Wirrwarr, dann ordneten sie sich neu.

Hammerdahl ist sehr zack zack!

war daraufhin auf ihm zu lesen. Ein weiteres Umgruppieren, und es verkündete:

Er geniesst jedes Strahlen, bis es versiegt.

Der Transitter stellte Luxa zurück auf den Boden. Er zögerte kurz, dann streckte er zwei seiner Arme in Richtung des Adapters. Statt jedoch das Gebilde zu berühren, traf er auf ein Kraftfeld, das einen grellen Lichtbogen aufzucken ließ. Der Energieimpuls schleuderte ihn meterweit über den Boden und ließ selbst Hammerdahl geblendet die Augen schließen. Der Riese ließ seine Keule los und riss sich die Hände vors Gesicht.

»*Nei...!*«, schrie der Transitter auf, dann hatte der riesige Prügel ihn auch schon mit einem dumpfen Krachen unter sich begraben. Die Wucht des Aufschlags ließ in weitem Umkreis Steine und Geröll emporhüpfen und erzeugte eine Staubwolke, die vom Sturm wie ein riesiges Phantom über die Ebene davongetrieben wurde.

Entsetzt starrte Luxa auf die vor ihr ruhende Keule, dann auf den Adapter.

Ups...

prangte auf dem Schild, ehe die Schriftzeichen sich komplett auflösten.

| 37 |

Den Trip durch den Orb als willkommene Abkürzung zu bezeichnen war masochistische Heuchelei. Selbst mit geschlossenen Augen war es kaum möglich, den nachfolgenden Brechreiz zu unterdrücken. Obwohl der Teleport nur einen Sekundenbruchteil gedauert hatte, vergingen Minuten, bis Aris und Ninive sich von den Nebenwirkungen erholt hatten. Eine Reise durch Cutters Heimatgefilde gehörte zu den Erfahrungen, auf die beide in Zukunft getrost verzichten konnten.

»Wie lange wird es dauern, bis du das Aquaroid hierhergelotst hast?«, erkundigte sich Ninive, nachdem das Schwindelgefühl vorbei war und sie wieder klar denken konnte.

»Höchstens einen Tag, allenfalls …«

Aus Cutters Kutte drang ein melodisches Geräusch, wie Ninive es nie zuvor gehört hatte. Der Schwarzgekleidete nuschelte etwas Unverständliches, griff unter seinen Umhang und zog sein Stundenglas hervor. Der Sand im Inneren des Instruments glühte blau und war in Aufruhr, wobei das seltsame Geräusch nun fast wie eine Stimme klang, die in einer nie gehörten Sprache flüsterte.

Cutter lauschte eine Weile, dann drehte er an einer der Säulen ihrer hölzernen Halterung, woraufhin das Flimmern im Inneren der Glaskolben erlosch.

»Tut mir leid«, murmelte er gedankenabwesend. »Ich muss zurück ins …« Er deutete nacheinander in mehrere verschiedene Richtungen. »Ein, äh … Notfall«, rang er sich schließlich zu einer halbherzigen Erklärung durch. »Ich bin sicher, das Aquaroid wird den Weg hierher auch ohne mich finden. Es hat einen guten Navigator.«

»Aber was sollen wir …«

Ninives Worte gingen ins Leere.

»Das ist vielleicht ein Kauz.« Aris massierte seine Augen. »Seit wann kennst du den Kerl?«

»Seit einer halben Ewigkeit.« Sie sah sich um. »Kaum jemand ist in seinem Denken und Handeln so wetterwendisch wie Cutter. Er kommt alle paar Jahre mal zu Besuch, verrät aber nie, warum. Dass ich ihm innerhalb weniger Tage gleich zweimal begegne, ist außergewöhnlich.« Sie blickte zur Bannmauer. »Vielleicht ist an der verrückten Geschichte über morphische Felder tatsächlich etwas dran.«

»Daran zweifelst du noch?«, wunderte sich Aris.

Der Chronos-Komplex bestand aus grauen, archaisch anmutenden Felsbauten, die sich wie willkürlich verstreut in der Landschaft erhoben. Die wenigsten von ihnen besaßen Fenster – falls es überhaupt Gebäude waren, die vor ihnen aufragten. Das gesamte Areal wirkte, als wären riesige Monolithen auf die Erde gestürzt.

»Sah das schon immer so aus?«, wunderte sich Aris.

»Nein.« Ninive schaute sich suchend um. »Als ich das letzte Mal hier war, befand sich dieser Flügel auf der linken Seite«, sagte sie und deutete auf eines der Gebäude. »Und der Turm über dem Fronttrakt in der Mitte des Komplexes …«

»Soll das heißen, die Gebäude sind beseelt?«

»Keine Sorge, die Mauern werden uns schon nicht fressen. Da der Professor nicht in der Lage ist, sein Refugium zu verlassen, gestaltet er ständig alles um, damit es ihm nicht zu eintönig wird.«

»Ist dieser Schlotterbeck ein Wandler?«

»Sloterdyke.« Ninive schenkte ihm einen giftigen Blick. »Er ist ein … Na, du wirst schon sehen.«

»Und was macht dich so sicher, dass er uns empfängt? Vielleicht ist er gar nicht zu Hause …«

»Er kann die Anlage nicht verlassen. Seine Existenz ist an sie gebunden.«

»Die Gebäude halten ihn am Leben?«

»Nicht die Gebäude, sondern die Dinge, die er darin erschaffen hat. Manche davon verlangsamen die Zeit, andere halten sie an oder kehren sie sogar um. Innerhalb und außerhalb der Gebäude läuft sie asynchron. Leider weiß nicht einmal der Professor, in welcher Zeit er sich momentan befindet und ob drinnen oder draußen mehr Wochen, Jahre oder sogar Jahrzehnte verstrichen sind. Er widmet sein Dasein einzig der Zeit – mit der Konsequenz, dass er ein Sklave seiner eigenen Geister geworden ist, gefangen in einem selbst erschaffenen Gefängnis, das er nicht mehr verlassen kann. Würde er es dennoch versuchen, könnte er innerhalb weniger Sekunden derart rapide altern, dass er zu Staub zerfällt – oder er entwickelt sich zu einem Embryo oder in ein wesentlich früheres Entwicklungsstadium zurück.«

»Klingt nach einem goldenen Käfig.«

»Sloterdyke wird im wahrsten Sinne des Wortes von der Zeit belagert, abgekapselt von einer für ihn absolut lebensfeindlichen Umwelt. Er nennt es sein ›Chronoversum‹.«

»Und wie sollen wir mit ihm sprechen oder hineingelangen, ohne in den Einfluss dieser divergenten Zeitebenen zu geraten?«

»Ein Aufenthalt von ein paar Stunden ist unbedenklich. Es kribbelt lediglich ein wenig, wenn man die Gebäude wieder verlässt und in die Realzeit zurückkehrt. Für längere Aufenthalte hat der Professor Synchronisatoren entwickelt. Sie schützen Besucher, wenngleich sie für ihn selbst nutzlos sind.« Ninive marschierte auf eine Flanke des Komplexes zu und rief: »Komm, wir müssen den Eingang finden.«

Aris blickte ihr skeptisch nach, dann seufzte er: »Na, das kann ja heiter werden.«

»Am besten, du kontrollierst das Areal zur Rechten«, schlug die Wandlerin vor. »Ich gehe linksherum. Wir treffen uns hinter der Anlage wieder.«

»Aye, aye, Käpt'n.«

Ninive sah irritiert zu ihm herüber, doch Aris winkte nur ab und verschwand hinter dem Gebäude. Nach kurzer Suche hatten beide im Zentrum des Komplexes wieder zusammengefunden und blickten ratlos auf drei identische Portale, die in wenigen Metern Abstand zueinander in die Front des größten Gebäudes eingelassen waren.

»So sah es hier noch nie aus«, wunderte sich Ninive. »Hoffentlich hat der Professor nicht damit begonnen, seine Zeitsphäre zu vervielfältigen oder Parallelidentitäten zu erschaffen, um effizienter arbeiten zu können. Ich habe keine Lust, einem Sloterdyke-Trio gegenüberzustehen, ohne zu wissen, wer von ihnen das Original ist.« Sie klopfte gegen das linke Tor und rief: »Professor?« Als sich nichts regte, schritt sie weiter zum mittleren Portal. Sekundenlang lauschte sie am Holz, dann klopfte sie energischer und rief: »Professor, ich bin's, Ivi. Bitte öffnen Sie, es ist wichtig!«

Weiterhin Grabesstille.

»Wie groß ist dieser Komplex?«

Ninive zuckte mit den Schultern. »Mal größer, mal kleiner. Kommt ganz auf Sloterdykes Bedürfnisse und Launen an.« Erneut schlug sie mit der Faust gegen das Mittelportal. »Professor, hören Sie mich? Wir müssen dringend miteinander reden!« Doch aus dem Inneren war weiterhin nicht das geringste Geräusch zu vernehmen. »Entweder hat er sämtliche Sensoren und Signalsysteme deaktiviert, oder die Zeitverschiebung ist inzwischen so gravierend, dass er unser Klopfen erst in ein paar Wochen hören wird.« Den Blick auf die Fassade gerichtet, begann Ninive ein Stück weit der Gebäudefront zu folgen. »Vielleicht haben wir in seiner Zeitlinie auch schon vor Tagen geklopft, obwohl wir noch gar nicht hier waren …«

Ein leises Rascheln ließ beide aufblicken. Aus einem ins Mauerwerk eingelassenen Lichtgaden lugte kaum zwei Meter über ihren Köpfen eine einzelne Buchseite hervor.

»Ist das ein Chronik-Fragment?«, fragte Ninive erstaunt.

»Jedenfalls keines, das *mir* entwischt ist.« Aris sprang empor und versuchte die Seite zu ergreifen, doch sie wich seiner Hand aus und verharrte erst wieder, als sie ein paar Meter über ihm schwebte. »Na gut, dann eben auf die harte Tour«, murmelte er und streckte eine Hand empor. »*Paras levit!*« Nichts geschah. »Wär ja auch zu schön gewesen.«

»Kannst du sprechen?«, rief Ninive. Die Seite blieb stumm, präsentierte dabei jedoch ihren Avers. »1-3-2«, las Ninive ab. »Darunter drei leere Dreiecke und darunter die Ziffern 3-6-2. Soll das ein Rätsel sein?«

Aris kniff die Augen zusammen. »Bei den Dreiecken könnte es sich um simple Darstellungen der Portale handeln. Die erste Nummer ist vielleicht eine Reihenfolge, die zweite die Anzahl der Schläge.« Aris musterte die Tore. »Glaubst du, die Dinger sind beseelt?«

»Werden wir gleich erfahren.« Ninive klopfte dreimal gegen das linke Tor, dann sechsmal gegen das rechte und zweimal gegen das mittlere. »So, nun sollte … *Uh!*«

Statt des Portals öffnete sich unter ihren Füßen plötzlich der Boden und ließ sie auf eine steil abwärts führende Felsrutsche stürzen. Es geschah so unerwartet, dass kaum Zeit blieb, um zu reagieren. Aris schaffte es noch, Ninives Hand zu ergreifen, dann wurden sie von der Dunkelheit verschluckt. Jeglicher Versuch, sich am Gestein festzuklammern und den Sturz abzubremsen, war zum Scheitern verurteilt; auf dem glatten, lehmig-feuchten Untergrund gab es kein Halten. Lediglich ihre Rucksäcke verhinderten, dass sie auf blankem Fels in die Tiefe schlitterten und sich verletzten. Als das Gefälle nachließ und der Schacht ebenerdig in einen unterirdischen Raum mündete, endete ihre unfreiwillige Rutschpartie schließlich in völliger Dunkelheit auf einem Teppich aus altem Laub. Sekundenlang blieben sie schreckgelähmt nebeneinander liegen. Die einzigen Geräusche waren ihr Atmen und ihrer beider Herzschlag.

»Ich glaub das nicht«, stöhnte Aris. »Haben deine Bekannten eigentlich alle einen an der Waffel? Das waren gut und gerne fünfzig Meter!«

»Ich habe dafür auch keine Erklärung«, flüsterte Ninive mit zitternder Stimme. »Irgendetwas läuft hier völlig aus dem Ruder …«

Aris tastete seine Gliedmaßen ab, doch nichts schien gebrochen zu sein. Dafür hatte er sich wahrscheinlich so viele Prellungen zugezogen, dass er die nächsten Tage wie ein wandelndes Hämatom herumlaufen würde. »Bist du verletzt?«, erkundigte er sich.

»Nur ein paar Schrammen. Nicht der Rede wert.«

Ninive rappelte sich auf und pflückte sich Laub und Spinnweben aus dem Haar, während Aris sich bis zur Mündung des Schachts vortastete, durch den sie herabgeschlittert waren.

»Da kommen wir im Leben nicht mehr hoch«, sagte er, nachdem er vergeblich versucht hatte, am glatten Gestein emporzukriechen.

Aus der Dunkelheit sank ein schwaches, grünes Licht herab und ließ Aris zurückweichen. Lautlos schwebte die verwaiste Buchseite herein, flatterte durch das unterirdische Verlies und sank wenige Meter von Ninive entfernt zu Boden. Ihr geisterhafter Schein riss ein kaum zehn Quadratmeter großes Gelass aus der Dunkelheit, von dem ein kniehoher, gemauerter Kanal weiterführte.

»Lumineszierendes Papier«, bemerkte Aris. »Dieser Sloterdyke hat wirklich Sinn für Humor.«

»Ich glaube nicht, dass er dahintersteckt«, sagte Ninive mit gedämpfter Stimme. »Seine Besucher so zu behandeln entspricht nicht seinen Gepflogenheiten.«

Aus dem Augenwinkel heraus registrierte sie, dass die Buchseite sich wieder zu regen begann. Das Blatt krümmte sich, bis seine Kanten einander berührten, dann begann es in den Tunnel zu rollen.

»He, warte!« Ninive wollte der Seite hinterherkriechen, doch ihr Rucksack hinderte sie daran. Erst als sie ihn abgesetzt hatte, war es ihr möglich, dem entschwindenden Licht durch die enge Passage zu folgen. Sein Eigensinn bestärkte sie in ihrer Vermutung, dass sie es nicht mit Sloterdykes Kapriolen zu tun hatten, sondern mit einem ausgesperrten Artefakt, das sich seinen Weg zurück ins Haus erschlichen hatte.

»Ich hoffe, das ist kein Abwasserkanal«, rief Aris in den Tunnel, nachdem er seinen Rucksack ebenfalls abgesetzt hatte.

»Bete lieber, dass er nicht bewohnt ist«, vernahm er Ninives dumpfe Stimme aus der Dunkelheit. »Ich bin nicht scharf darauf, hier unten einem Kupferfaun zu begegnen …«

| 38 |

»Sie ist weg?«, wiederholte Cutter. »Wie weg?«

»Spurlos.« Der Ganglion-Atlant machte eine Geste, die Ratlosigkeit und Verlegenheit zugleich ausdrückte. »Deine Kundschafterin hat den kompletten Zeitstrang verlassen. Offenbar gibt es jenseits dieses Portals zwischen dem Hier und der Zukunft so etwas wie einen interkontinuellen Rohrbruch.«

Cutter starrte auf die Pforte. »Wäre ja auch zu schön, wenn auf dieser verrückten Welt mal etwas wie geplant funktionieren würde.«

»Du solltest einen Zeitspäher hinterherschicken«, schlug das Ganglion vor.

»Nein«, sagte Cutter. »Darum werde ich mich persönlich kümmern. Ich benötige nur einen Raumzeit-Anker, um einen Bezugspunkt für die Rückkehr zu haben.« Er zog sein Stundenglas aus seiner Kutte, vergewisserte sich, dass der Sand gleichmäßig rieselte, und platzierte es neben der Tür. »Sollte ich nach Ablauf der Zeit noch nicht zurück sein, kannst du einen Späher hinterherschicken.« Dann schulterte er seine Sense und schritt durch die Pforte.

Herzlich willkommen im Kausalknotenpunkt Ihres lokalen Futurum-Stellwerks, quäkte eine Lautsprecherstimme. Ihr Besuch ehrt uns. Sind Sie

- ☐ Metamasochist?
- ☐ Exorzist?
- ☐ Nekrophilst?
- ☐ Kontrastreisender?

Cutter stand einen Moment lang sprachlos im Nebel, dann blickte er hinauf in das leuchtende Nichts und rief: »Kausalknotenpunkt? Soll das ein Scherz sein?«

Bitte beantworten Sie nur die Frage, kam es zurück. Gegenfragen ...

Cutter wartete nicht, bis der Sprecher seine Information gesendet hatte. Er trat einen Schritt vorwärts, löste sich auf und materialisierte im Inneren des Stellwerks vor einer Glaswand. Dahinter lag ein Kontrollraum, der von einer halbkreisförmigen Monitorphalanx beherrscht wurde. Auf den Bildschirmen flackerten Zeitschleifen und Temporalstränge, Uhrzeiten, kosmische Zeitachsenkoordinaten und Beißzeitartefakte. An einer der Phalanx angepassten, von leuchtenden Reglern und Tasten übersäten Arbeitskonsole saß ein hundertarmiger Zeitverdrahter vor einem antiken Tischmikrofon.

»... sind irrelevant«, beendete er den zwei Sekunden zuvor begonnenen Satz.

»Wegelagerer!«, donnerte Cutter und ließ den Sensenstiel wie einen Zeremonienstab auf den Boden krachen. »Zeitmisteln, Schnapphähne und Temporalparasiten!«

Das Geschöpf hinter der Scheibe riss beim Anblick des Schwarzgekleideten entsetzt Mund, Augen und Ohren auf, stieß einen Schrei aus und schlug mit der Hand auf einen roten, in der Konsolenmitte prangenden Knopf. Vor der Glaswand schoss ein massives Sicherheitsgitter herab, gefolgt von einem schweren Metallrollo.

Sendeschluss

war in großen schwarzen Lettern auf dem Rollo zu lesen. Darunter baumelte ein kleines Kunststoffschild mit der Aufschrift:

Bei dringenden Anfragen wenden Sie sich bitte
an unser kausales Servicenotfallbüro,
Ebene 907, Zimmer 244.

Cutter murmelte einen altmesapotamischen Fluch und trat vor. Statt jedoch wie erhofft durch das Hindernis hindurchzuschweben, prallte er gegen das Rollo, ohne einen Zentimeter weiter zu gelangen. »Oh ihr Walküren, habt Erbarmen«, stöhnte er. Teils ungläubig, teils resigniert tastete er die Barriere ab. »Ich werde dich holen!«, rief er und hämmerte mit der Sense gegen das Rollo. »Früher oder später komme ich wieder, du sterblicher Tausendfurz, da werden dir alle Kraftfelder des Universums nichts nützen!«

Hinter der Barriere erklang ein Wimmern. Als es nach wenigen Augenblicken verstummte, war der Platz vor dem Rollo bereits wieder leer.

»Ich benötige die Raumzeitkoordinaten einer meiner durch diese Raubritterburg geschleusten Mitarbeiterinnen«, begrüßte Cutter die menschenähnliche Büroangestellte in Zimmer 244.

Die Frau sah auf, schob ihre Lesebrille hoch bis zur Nasenwurzel, beugte sich ein Stück zur Seite und blickte an ihrem Besucher vorbei zur geschlossenen Tür. »Ich habe Sie nicht klopfen hören.«

Cutter neigte die Sense ein wenig, sodass das Licht der Deckenlampen von der Klinge in das Gesicht seines Gegenübers reflektiert wurde. Die Frau hob sich eine Hand vor die Augen und begann auf ihrem Stuhl durchs Büro zu rollen, um den Lichtblitzen zu entkommen.

»Na schön«, sagte sie genervt, als es ihr nicht gelang. »Ausnahmsweise, weil hier gerade nichts los ist. Sind Sie in der kosmischen Wirtschaft tätig?«

»Tag und Nacht.«

»Welches Gewerbe?«

»Import/Export.«

»Von?«

»Seelen.« Cutter überlegte. »Meistens jedenfalls«, fügte er hinzu.

»Können Sie sich ausweisen?«

Der Schwarzgekleidete schwang seine Sense hinter ihren Stuhl und zog sie zu sich heran, bis sie mit ihren Knien gegen den Schalter prallte. »Natürlich…« Er warf einen Blick auf das Namensschild an der Brust seines Gegenübers »… Esmeralda.« Dann schlug er mit der freien Hand den Saum seiner Kapuze zurück.

Bevor die Frau fähig war, einen Schrei auszustoßen, vollführte Cutter mit der Sense eine kurze Bewegung. Esmeralda starrte entgeistert auf die aus ihrer Brust ragende Klinge, verdrehte die Augen, rutschte vom Stuhl und sank hinter dem Serviceschalter zu Boden. Einige Sekunden vergingen, dann erhob sich eine durchscheinende Gestalt aus ihrem toten Körper und schwebte mit demütig gesenktem Kopf vor Cutter.

»Die Transitdaten!«, forderte dieser. »Betreffend einen Beleuchtungskörper aus dem Goldenen terranischen Zeitalter, in meinem Auftrag unterwegs in eine nicht autorisierte Zukunft.«

Wortlos schwebte Esmeraldas Seele durch den Raum, blätterte im Transitregister und händigte Cutter schließlich eine Karteikarte aus.

»Und jetzt?«, flüsterte sie. »Was wird nun aus mir?«

»Ich komme dich später holen«, versprach Cutter. Er steckte die Karteikarte ein, schulterte seine Sense und war verschwunden.

| 39 |

Während Ninive bemüht war, den Abstand zu der rollenden Buchseite nicht zu groß werden zu lassen, sprang diese unvermittelt empor und verschwand durch eine Öffnung in der Decke. Ninive verharrte für einen Moment, als das geisterhafte Leuchten erlosch, und wischte sich einen Schleier alter Spinnweben aus dem Gesicht. An besagter Stelle angekommen, erfühlte sie eine Öffnung in der Gewölbedecke, die senkrecht in die Höhe führte.

»Hier scheint es rauszugehen«, informierte sie Aris. Nachdem sie sich durch die falltürartige Öffnung in der Schachtdecke gezwängt hatte, stieß sie mit dem Kopf unvermittelt gegen eine Holzbohle. Von der leuchtenden Buchseite war kein Schimmer zu sehen, um sie herum herrschte vollkommene Dunkelheit. Als sie ihre Umgebung abtastete, stellte sie fest, dass sie in einer Art hölzernem Zwischenboden aufgetaucht war. Einzig die nahe Wand bestand aus massivem Mauerwerk. Unter Ninive erklang ein Geräusch, das sich anhörte wie ein mürrisches Brummen, zweifellos aber nur von einem knarrenden Brett herrührte. Beim Versuch, sich seitlich aus dem engen Verschlag zu winden, stützte sie ihre Hand plötzlich in der Leere ab, verlor das Gleichgewicht und kippte vornüber. Ehe sie zu einem erschrockenen Aufschrei fähig war, landete sie auf massivem Steinboden.

»Alles okay da oben?«, erkundigte sich Aris, der die dumpfen Schläge vernommen hatte.

»Alles bestens.« Ninive rieb sich den schmerzenden Hinterkopf. »Vorsicht, Decke!«, warnte sie, als er ihr aus dem Schacht folgte. »Und: Vorsicht, Stufe!«

»Das sind Regale«, erkannte Aris, nachdem er die vermeintlichen Verschläge untersucht hatte. »Könnte eine Art Lagerraum sein.« Er tastete sich an einem der Borde entlang. »Wo geht's weiter?«

»Nirgendwo«, erklang hinter ihm die leise Stimme einer Frau.

Aris und Ninive wandten sich um, doch in der Dunkelheit war niemand zu erkennen.

»Hier gibt's keinen Ausgang«, bescheinigte ihnen eine männliche Stimme.

»Bei uns herrscht einzig Müßiggang«, säuselte eine dritte aus der gegenüberliegenden Ecke.

»Wer spricht da?«, rief Ninive. »Wer seid ihr?«

»Lumina, hättest du vielleicht die Güte?«, bat die Unbekannte, die als Erste gesprochen hatte.

»Wenn's unbedingt sein muss«, kam ein Seufzen aus der Höhe.

An der Raumdecke begann eine Lampe zu glühen, deren Licht eine gut zwanzig Quadratmeter große Kammer aus der Dunkelheit schälte. Aris und Ninive waren von einem Karree aus Bücherregalen umgeben. Jedes von ihnen maß gut drei Meter in der Höhe, doch einsam darin verteilt standen oder lagen lediglich sechs betagte Folianten. Fünf von ihnen zierten Gemälde fremdartig gekleideter Figuren, welche die beiden Eindringlinge neugierig anstarrten.

»Mein Name ist Zenobia«, sprach die in eine dünne, durchscheinende Palla gekleidete Frauengestalt auf dem Einband eines farbenprächtigen Kodex und verneigte sich, was die goldenen und silbernen Spangen in ihrem kunstvoll hochgesteckten Haar zum Schimmern brachte. »Septimia Zenobia, zweite Gemahlin des Exarchen Septimius Odaenathus von Palmyra.« Sie trat vor und beugte sich ein Stück weit aus dem Gemälde. »Wenn ich vorstellen darf: Alekto, Megaira und Tisiphone, die drei Furien des Aischylos.« Ihre Hand wies auf ein von Schrammen und Krallenhieben zerfurchtes Buch, das in einen eisernen Käfig gesperrt war. »In der Galerie darüber: der Wissenschaftsphilosoph Leon Saltallo, einer der wichtigsten Vordenker der Zweiten Diaspora. Daneben im Hochparterre: Aléxandros ho Mégas.« Sie deutete auf das kleinste Buch der Runde.

Von seinem Einband blickte ein junger Mann mit schwarzem, schulterlangem Lockenhaar auf sie herab. Gekleidet war er in einen roten, mit goldenen Löwenornamenten bestickten Mantel und eine Leinenrüstung, auf deren Brust ein Medusenkopf prangte. »Und in der Ehrenloge: Mimon von Teumessos, Sohn der Thalassa, seines Zeichens Seher und Schmied der Sichel des Kronos.« Die nackte, gnomenartige Kreatur auf dem Einband erwiderte Ninives Blick emotionslos.

»Was ist mit ihm?«, fragte Aris und deutete auf einen großformatigen Folianten, dessen Frontseite von einem verschlungenen Symbol geziert wurde.

»Der ist nur ein Almanach«, erklärte Zenobia. »Er hat keinen Namen, ist aber sehr firm in Klatsch und Tratsch.«

»Hat zu allem und jedem etwas zu sagen, aber nie eine eigene Meinung«, ergänzte Leon. »Ein klassischer Inselbegabter.«

»Willkommen in unserem Refugium.« Aléxandros musterte die beiden Wandler. »Wir bekommen nicht oft Besuch, denn es gibt, wie ihr bemerkt habt, keine Tür. Ihr seid die ersten Gäste seit … nun, seit …«

»Die ersten überhaupt«, fiel ihm Leon ins Wort. »Wir befinden uns gewissermaßen in einem Geheimseparee.«

Aus dem Buch im Käfig drang ein mürrisches Knurren. »Dieser verdammte Auswurf von Hausherr hat uns eingemauert«, zischte eine Frauenstimme.

»Wie sind wir dann hereingelangt?«, wunderte sich Aris.

»Durch mich«, meldete sich nun auch der Almanach zu Wort. »Ich habe zwar keine Persönlichkeit, aber auf die meisten Fragen eine Antwort. In mir finden sich Türen und Tore sowie alle möglichen Arten von Portalen, Luken, Falltüren, Schleichwegen und Hintertüren.«

»Soll das heißen, wir kamen aus deinem Buchdeckel gekrochen?«

»Glaubt bloß nicht, das sei angenehm«, seufzte der Almanach.

»Aber wen interessiert schon, wie ich mich dabei fühle …?«

»Eben«, sagten Mimon und Lumina gleichzeitig.

Aris sah zur Deckenlampe, dann trat er an eines der Regale heran und betrachtete Mimons gnomenhafte Gestalt aus der Nähe. »Was bist du?«

»Ein Avatar.«

»Reminiszente Persönlichkeitsinkarnation trifft es wohl am ehesten«, erklärte Leon. »Oder periphere Unsterblichkeit.«

»Seid ihr Beseelte?«

»Wenn's doch nur so wäre«, seufzte Zenobia. »Aber ich fürchte, wir sind lediglich Seelenfragmente.«

»Intellektueller Auswurf«, pflichtete Aléxandros ihr bei.

»Kreativer Überdruss«, erklang es dreistimmig aus dem Käfig.

»Erstarrte Geistesblitze.«

»Interimsbewusstsein.«

Aris tauschte einen Blick mit Ninive, doch diese zuckte nur ratlos mit den Schultern. »Wessen Seite war es, der wir gefolgt sind?«, wollte sie wissen.

»Die meine.« Aléxandros zog einen handlichen Lederfolianten unter seinem Mantel hervor. »Aus meinen Privat-Ephemeriden, sozusagen ein Fragment aus dem Unterbewusstsein des Werkes, dessen Front ich ziere. Und ich bin überaus erleichtert, dass es den Weg zurück in meine Obhut gefunden hat.«

»Danke für eure Hilfe.«

»Niemand hilft euch«, keifte eine der Furien. »Der makedonische Schwanzlutscher hat lediglich nicht mehr alle beisammen!«

»Sei still, Megaira!«

Aus dem Käfig drang eine dreistimmige Verwünschung. Aris näherte sich ein Stück und betrachtete die in zerschlissene, ehemals weiße Gewänder gehüllten Frauengestalten auf dem Einband.

»Haltet Abstand«, säuselte Lumina. »Sie spucken Gift und Galle, und das nicht nur mit Worten.«

Ninive sah hinauf zum Deckenlicht, dessen Helligkeit im Rhythmus seiner Stimme flackerte. »Woher wusstet ihr, dass wir kommen?«

»Der Telchine wusste es«, erklärte Aléxandros mit einem Wink auf Mimon. »*Er* ist der Seher.«

»Sagt euch der Name Sloterdyke etwas?« Aris sah in die Runde. »Coen Sloterdyke?«

»Sloterdyke, Sloterdyke ...«, wiederholte Mimon grübelnd. »Tut mir leid, nie gehört, diesen Namen. War er ein Genie?«

»Er lebt noch – hoffen wir zumindest.«

»Nun, dann weilt er zweifellos nicht unter uns«, versicherte Leon. »Hier sind nur Geister der Vergangenheit versammelt.«

»Ich verstehe nicht, wieso wir hierhergeführt wurden, in diesen ...« Ninive suchte nach einem treffenden Begriff.

»Totraum«, half ihr Leon. »Nun, ich vermute, das Gebäude war bemüht, euch vor physischem oder psychischem Schaden zu bewahren.«

»Und hat euch in eine Sackgasse gesteckt, wo ihr versauert!«, rief Alekto.

»Warum sollte es versuchen, uns zu schützen?«

Zenobia zuckte mit den Schultern. »Vielleicht ist der Hausherr unpässlich. Wir haben ihn jedenfalls noch nie gesehen.«

»Großartig.« Aris setzte sich auf eine der untersten Regalebenen. »Wir sind hinter den morph'schen Ereignishorizont gerutscht ...«

»Morph'scher Ereignishorizont?«, staunte Leon. »Davon habe ich schon gelesen. Folgt ihr etwa einem Feldganglion?«

Aris hob den Blick. »Mehr oder weniger.«

»Dann müsst ihr Wandler sein«, erkannte Zenobia. »Und euer Weg ist hier womöglich nicht zu Ende.«

»Weg mit diesem Außenweltpack!«, zischte Tisiphone. »Ihr Fluidum ist kaum zu ertragen.«

»Falls ihr tatsächlich von einem Ganglion geleitet werdet, dann hinterfragt nicht die Pfade, über die es euch führt«, sprach Leon, ohne sich von dem Gekeife beirren zu lassen. »Dass ihr hier bei uns gelandet seid, ist Vorhersehung. Doch seid auf der Hut: Eure

Fähigkeiten sind innerhalb dieser Mauern unberechenbar. Möglicherweise richten sie sich gegen euch, da ihre Wirkung lange vor ihrer Ursache einsetzt, oder der von euch erhoffte Effekt tritt erst nach Stunden oder Tagen ein.«

»Womöglich führt tatsächlich ein Ganglion-Strang durch diesen Raum«, fügte Mimon hinzu. »Doch die Antwort auf das Warum erhaltet ihr erst an dem Ort, zu dem er euch führt.«

»In eine finstere Grube«, ätzte Megaira. »Randvoll mit allem, was ihr aus tiefster Seele hasst.«

»Ich kann euch ein Portal anbieten«, meldete sich der Almanach. »Allerdings nur unter den Stichworten *Cellarium* und *Orcus*. Ersteres mündet mit an Sicherheit grenzender Wahrscheinlichkeit in einer Sackgasse, Letzteres ziemlich weit unten.«

Ninive zog eine Grimasse. »Was heißt ›ziemlich weit unten‹?«

»Keine Ahnung«, gestand der Almanach. »Unten eben.« Er öffnete sich und präsentierte eine pechschwarze Doppelseite.

»Sieht aus wie eine Teergrube.« Aris beugte sich über die Finsternis. »Ist die Dunkelheit normal?«

»Das vermag ich nicht zu sagen. Womöglich herrscht Nacht, oder es gibt keine Fenster.«

»Könnte auch der Weltraum sein«, gab Leon zu bedenken. »Dann werdet ihr fortan über den Dingen schweben und aller irdischer Nöte erhaben sein.«

Vorsichtig tauchte Ninive eine Hand in die Schwärze, zog sie wieder zurück und betrachtete sie von allen Seiten. »*Cellarium* klingt nach dem geringeren Übel«, befand sie.

»Nun gut, mein Schaden soll's nicht sein. Aber bitte bedächtig und mit den Füßen voran, ich bin nicht mehr der Jüngste.«

»Wandlerin!« Aléxandros hatte sich aus seinem Buch gebeugt. »Ruft dem Hausherrn unser Schicksal in Erinnerung, falls ihr ihm begegnet.«

| 40 |

Konsterniert beleuchtete Luxa die riesige Keule. Hammerdahl schien gar nicht bewusst zu sein, dass seine Waffe den Raumzeit-Transitter unter sich begraben hatte. Der Riese rieb sich über die Augen, blinzelte in den Nachthimmel, schüttelte den Kopf und massierte seine Lider.

Für eine geraume Zeit blieb der Adapter gänzlich blank, als wäre die Situation ihm unangenehm, dann bildeten sich auf ihm neue Worte:

> NACHTRAG:
> DUNKLE ENERGIE, NICHT BERÜHREN!

»Was bist du?«, fragte Luxa, darauf achtend, dem Schild nicht zu nahe zu kommen.

> EIN RELIKT AUS RAUM, ZEIT UND
> VERGANGENEM SEIN

»Du erinnerst mich an irgendetwas.« Die Stehlampe neigte ihren Schirm. »Ich glaube, ich habe so etwas wie dich schon mal gesehen …«

VÖLLIG UNMÖGLICH. ICH BIN EINZIGARTIG.
ES EXISTIERT NICHTS VERGLEICHBARES.

»Ich bin auf der Suche nach der Zukunft. Glaube ich zumindest …«

AN MEIN MORGEN KANN ICH MICH NICHT ERINNERN.
ICH BIN DAS HIER UND JETZT.

Luxa hüpfe ein Stück näher. »Was ist das hier?«, fragte sie und beleuchtete den gusseisernen Knauf am unteren Rand des Schildes.

MEIN …

Statt sich zu einer Antwort zu gruppieren, zerflossen die Buchstaben und verblassten.

DAS GEHT NIEMANDEN ETWAS AN!

entschied der Adapter.
Ein Klopfen ließ sowohl Luxa als auch Hammerdahl aufhorchen.
»Was war das?«, stutzte die Stehlampe.

NICHTS. NUR DER WIND.

»Tatsächlich?«

ICH BIN UNFEHLBAR.

Das Klopfen wiederholte sich, war jedoch wesentlich energischer und drängender als zuvor.

DER WIND, DER WIND, DAS HIMMLISCHE KIND

beeilte sich Luxas Gegenüber zu versichern.

Ohne das Schild aus den Augen zu lassen, hob Hammerdahl seine Keule und beugte sich vor.

»Sanitäter!«, drang eine röchelnde Stimme aus dem Krater, den der Prügel im Boden hinterlassen hatte. Ohne sich um den Transitter zu scheren, hielt der Riese sein Ohr über den Adapter und lauschte gespannt. Lange blieb es still, dann ließen heftige Schläge das Schild erzittern.

Hammerdahl gab ein verwundertes Grunzen von sich. Er versuchte den Adapter mit dem Finger anzutippen, traf aber ebenfalls nur das es umhüllende Kraftfeld. Im Gegensatz zum Transitter zuckte er jedoch nur kurz zusammen, als hätte er sich an einem Dorn gestochen.

»Jetzt erinnere ich mich, wo ich dich schon mal gesehen habe!«, fiel es Luxa ein. »Im Wolkenhaus von diesem Gangel-Dingsda. Du bist eine der drei Zeittüren, durch die der Gärtner uns geschickt hat!«

Hammerdahl wirkte für einen Augenblick noch irritierter als nach den dröhnenden Schlägen gegen das Holz. Er warf einen Blick in den wolkenlosen Nachthimmel, dann betrachtete er die Stehlampe, als hätte sie nicht mehr alle Spiralen im Gewinde.

Ich bin einzigartig!

pries das Schild sich indes mit leuchtenden Lettern.

Es existiert nichts Vergleichbares!
Ich bin der Mittelpunkt des Universums,
das Zentrum der Schöpfung, die Genesispforte!
Ich führe einzig in mich selbst und meine Wahrhaftigkeit!
Ich bin die schönste, die älteste, die weiseste, die …

Eine lange, gebogene Klinge durchschlug das Holz und ließ Luxa reflexartig rückwärts hüpfen.

UÄRK!

blitzte eine letzte Botschaft auf dem Adapter auf, ehe die Buchstaben verglühten und schließlich verblassten. Rund um das Schild bildete sich ein Flimmern in der Luft, dann war auch das es schützende Kraftfeld erloschen.

Die Klinge glitt zurück und hinterließ einen Spalt, aus dem dunkle Nebelschwaden quollen. Ihr gusseiserner Knauf begann sich hin und her zu drehen, dann klappte der vermeintliche Slipstream-Adapter langsam auf, was Hammerdahl sofort in Nivellierungsbereitschaft versetzte.

Vor Luxa begann sich ein finsteres Etwas durch den Spalt zu zwängen. Aus dem seit Äonen währenden Gleichgewicht gebracht, brach der uralte Pfosten, an dem es befestigt war, und das entartete Portal kippte um. Die Kreatur, die ihm zu entsteigen versuchte, verlor den Halt und verschwand mit einem überraschten Glucksen, ehe die Kraft des Sturms die Tür wieder zuwarf. Unter ihr war dumpfes Rumpeln zu hören, das klang, als würden Möbel umstürzen.

»Himmel, Arsch und Zwirn!«, vernahm Luxa eine verärgerte Stimme durch das Holz. »*Ianuas odi!*«[1]

Einen Moment später wurde die Pforte fast explosionsartig ein zweites Mal aufgestoßen und dabei beinahe aus den Angeln gerissen. Was durch den Türrahmen geklettert kam, war alles andere als eine Lichtgestalt. Luxa hatte den Eindruck, als würde der Neuankömmling seine Umgebung sogar noch weiter verfinstern. Selbst der Sturm schien einen Bogen um ihn zu machen.

Leise grantelnd klopfte der Schwarzgekleidete sich den Staub von seiner Kutte und ordnete seine Kleidung. Die Anwesenheit des Riesen schien ihn dabei nicht im Geringsten zu beeindrucken.

Hammerdahl gab einen leidigen Laut von sich, als er die schwarze Gestalt erkannte. Enttäuscht erhob er sich, warf einen letzten Blick auf die Gestalten zu seinen Füßen und trottete – seine Keule hinter sich herschleifend – in Richtung der Berge davon.

---

[1] (lat.) »Ich hasse Türen!«

»Du!« Cutter richtete seine Sense auf Luxa. »Was hast du hier im Waisenwelt-Deponiesektor zu suchen?«

Die Stehlampe dachte scharf nach. »Du bist der Gärtner!«, frohlockte sie. »Ja, jetzt erkenne ich dich. Du machst die Wiese schön.«

Aus der Schwärze unter der Kapuze drang ein enerviertes Seufzen.

»Rein da!«, befahl er der Stehlampe und deutete auf die rechteckige Öffnung im Wüstenboden. »Sofort!«

Luxa hüpfte näher und beugte sich über den Türrahmen. Nachdem sie eine Weile in die Finsternis geleuchtet hatte, fragte sie. »Wie tief ist das?«

»So tief ein Transenttunnel nur sein kann«, knurrte Cutter. »Und bete, dass das Ganglion diesen Irrweg toleriert.«

TEIL 4

FLORIBUNDUS

Komm, lass uns tanzen in den Banach-Raum,
Wo Punktepaare wohlgeordnet sind,
Und Riemannsche Blätter rascheln im Wind,
Gefaltet, geheftet, schön wie im Traum.

Stanislaw Lem
KYBERIADE

| 41 |

Der Sturz ins buchstäbliche Nichts dauerte nur einen Wimpernschlag, dann schlug kühles Wasser über Aris zusammen. Sekundenlang blieb er unter dem schäumenden Teppich aus Luftblasen verborgen, tauchte schließlich prustend wieder auf und blickte sich um. Seine Konfusion wich, als er registrierte, dass er den Grund unter den Füßen spürte und ihm der unterirdische See lediglich bis zur Brust reichte.

»Ivi?«

»Hier drüben«, kam die Antwort aus der Dunkelheit. »An der Säule.«

»Das muss eine Zisterne sein«, sagte Aris, als er sie erreicht hatte.

Ninive blickte empor zur Gewölbedecke. »Falls das der tiefste Punkt im Gebäude ist, befinden wir uns wahrscheinlich auf Seeniveau, also mindestens fünf oder sechs Ebenen unter dem Parterre.«

Langsam gewöhnten Aris' Augen sich an die Finsternis – die schließlich gar nicht mehr so düster war, wie es im ersten Schreckmoment gewirkt hatte. Über ihren Köpfen funkelten Tausende und Abertausende winziger Lichtpunkte, deren gespenstisches Glosen die Schatten weiterer Säulen offenbarte und die gewaltigen Dimensionen des unterirdischen Wasserspeichers erahnen ließ.

»Wie ein lebendiger Sternenhimmel«, murmelte Ninive. »Ich habe so etwas noch nie gesehen.«

»*Arachnocampa luminosa.*« Aris legte den Kopf in den Nacken. »Die Larven von Leuchtkäfern. Es hieß, sie seien seit Jahrtausenden ausgestorben ...«

Ninive riss sich von dem faszinierenden Anblick los. »Wir müssen irgendwie zurück nach oben gelangen«, erklärte sie und watete zu einer der Seitenwände. »Die Laboratorien befinden sich im ersten Souterrain. Wenn wir den Professor finden wollen, dann am wahrscheinlichsten dort.«

Gemeinsam tasteten sie sich entlang des Mauerwerks, bis sie auf Treppenstufen stießen. Sie begannen am Boden der Zisterne und führten auf eine wenige Zentimeter über dem Wasserspiegel liegende Felsbühne, an deren Rückwand sich der Zugang einer Wendeltreppe öffnete.

Ninive legte die Arme um sich und schloss die Augen. Der Eindruck träumerischer Selbstversunkenheit währte bei Aris jedoch nur so lange, bis ihre Kleidung das gesamte in der Zisterne aufgesogene Wasser abstieß. Zurück blieben eine Lache und ein kleines Rinnsal, das langsam die Stufen hinabrann.

»Wow!«, kommentierte er das Geschehen. »Das ist also dein Wassertrick. Würdest du mir das auch beibringen?«

Ninive sah zu ihm herab. »Kommt ganz darauf an ...«

Aris folgte ihr über die Treppe etwa dreißig Meter aufwärts bis zu einer schweren Metalltür. Als sie sich gemeinsam dagegen stemmten, begann sie langsam aufzuschwingen, bis sie dröhnend gegen eine Wand prallte. Hinter der Pforte öffnete sich ein schmaler, etwa zehn Meter langer Tunnel, der von einer einzelnen Deckenlampe erhellt wurde.

»Na, das sieht doch schon wesentlich mehr nach Zivilisation aus«, bemerkte Aris und trat ins Licht. Während die Korridorwände aus blankem Felsgestein bestanden, war der Boden aus massiven, engmaschigen Metallgittern gefertigt, unter denen nur Dunkelheit zu erkennen war.

»Hoffentlich sind die stabil«, murmelte Ninive und folgte Aris vorsichtig in den Tunnel. »Ich habe für heute genug von irgendwelchen Stürzen in die Tiefe ...«

Im gleichen Moment ertönte hinter ihr ein dumpfer Schlag. Für Sekunden stand Ninive wie gelähmt auf der Stelle, dann wirbelte sie herum, um die Tür wieder aufzureißen – doch ihre Hände fassten ins Leere. Die Pforte besaß keinen Griff und schloss so hermetisch mit dem Rahmen ab, dass nicht einmal ein Haar dazwischen passte. Ninive taumelte rückwärts, verlor das Gleichgewicht und stolperte geradewegs in die Arme von Aris, der sie vor dem Sturz bewahrte.

»Alles in Ordnung?«, fragte er, als sie wieder auf den Beinen stand.

Ninive starrte ihn an, als sehe sie ihn in diesem Augenblick zum ersten Mal. Dann wandte sie sich wieder der Tür zu und strich mit beiden Händen über das Metall. »Ich kann sie nicht beseelen«, flüsterte sie. »Das Gesamtgefüge ist zu groß.« Um Selbstbeherrschung bemüht, schloss sie für einen tiefen Atemzug die Augen und lehnte sich mit der Stirn gegen die Wand, denn brach der Frust sich Bahn, und sie schrie: »Scheiße, verdammte!«

»Beruhig dich«, bat Aris. »Es ist nur eine geschlossene Tür.«

Ninive verdrehte die Augen. »Womit hab ich das nur verdient?« Sie drängte sich an Aris vorbei und lief zur Pforte am gegenüberliegenden Ende des Tunnels. »Bitte sei offen«, murmelte sie, bevor sie die Klinke herunterdrückte. Die Tür sprang fast von allein auf. Ein heftiger Windstoß fuhr in den Tunnel und raubte Ninive für einen Moment den Atem.

Hinter dem Zugang lag ein kaminartiger Wartungsschacht, durch den sich eine Metalltreppe schraubte. Obwohl in regelmäßigen Abständen Lampen leuchteten, war sein unteres Ende nicht zu erkennen. Zugluft schoss aus der Tiefe empor, zerzauste Ninives Haar und zerrte an ihrer Kleidung.

»Wie hoch ist das?«, rief Aris gegen den Sturm an.

»Sieht aus, als ginge es fünf Stockwerke nach unten und mindestens zwölf nach oben.«

»Dann nach oben«, entschied Aris und begann die Treppe emporzusteigen. »Vielleicht führt sie hinauf aufs Dach.«

| 42 |

Nachdem sie fast ein Dutzend Etagen kontrolliert und vor ebenso vielen verschlossenen Türen gestanden hatten, ließ Ninive sich erschöpft und durchgefroren in einem der Zugangstunnel auf den Boden sinken.

»Wir sind inzwischen mindestens im neunten oder zehnten Obergeschoss.« Sie zog ihre Stiefel aus und massierte ihre Füße. »Ob wir jetzt wieder nach unten steigen oder ganz rauf klettern, ist völlig egal. Alle Türen, die in die Forschungsareale führen, sind geschlossen.« Sie zog die Beine an den Körper und ließ ihren Kopf auf die Knie sinken. »Falls Sloterdyke uns nicht lokalisieren kann, verrotten wir hier.«

»Es gibt Schlimmeres«, befand Aris, während er an der Tür lehnte und gedankenverloren mit einer Hand das Metall befühlte.

Ninive hob den Kopf. »Wir sind in einem abgeschotteten Wartungsschacht eingesperrt, durch den vielleicht einmal im Monat eine Reinigungs-Bethel schwebt. Was sollte es Schlimmeres geben als das?«

Ein peitschenartiges Geräusch erklang, dann herrschte vollkommene Finsternis.

»Das Licht könnte ausgehen«, sagte Aris.

Ninive gab ein tiefes Seufzen von sich. »Ich halt's nicht aus …« Minutenlang hockte sie wie versteinert auf der Stelle und betete stumm, die Deckenlampe möge wieder zu leuchten anfangen.

»*Die Nacht ist wie ein großes Haus*«, vernahm sie Aris' Stimme am anderen Ende des Tunnels, untermalt von einem leisen Geräusch, das klang, als würde er mit einer Hand über das Schott streichen. »*Und mit der Angst der wunden Hände reißen sie Türen in die Wände – dann kommen Gänge ohne Ende, und nirgends ist ein Tor hinaus …*«

»Das kenne ich«, flüsterte Ninive. »Die Worte stammen aus einem Gedicht.«

»Es wurde im Goldenen Zeitalter verfasst«, bestätigte Aris.

»Wer hat es dir beigebracht?«

»Ich habe es in der Stadtbibliothek gelesen.«

Ninive hüllte sich ein paar Sekunden lang in Schweigen, dann sagte sie: »Ich würde diese Bibliothek gerne einmal besuchen …«

Ein verhaltenes Lachen war die Antwort. Erneut vernahm Ninive das Streichen seiner Handfläche über das Metall.

»Was machst du dort eigentlich?«, fragte sie.

»Die Schwingungen hinter dieser Tür fühlen sich interessant an.«

Ninive glaubte, sich verhört zu haben. »Die *was*?«

»Auf der anderen Seite befindet sich etwas Außergewöhnliches, aber ich kann nicht erkennen, was. Ich habe so etwas noch nie gefühlt. Es ist fast so, als ob es eigentlich gar nicht existieren dürfte.«

Jetzt ist er übergeschnappt!, durchfuhr es Ninive. *Ich sitze mit einem verrückt gewordenen Wandler allein in einem stockdunklen Wartungstunnel!*

»Glaubst du, wir könnten hier mal reinschauen?«, fragte Aris.

Ninive schüttelte den Kopf. »Ich habe nicht die geringste Ahnung, was sich hinter diesem Schott befindet«, sagte sie mit vor Kälte bebender Stimme. »Und wir werden es wahrscheinlich auch nie erfahren.«

»Das interpretiere ich mal als ein ›Ja‹.«

»Bemüh dich nicht. Die Tür ist genauso verschlossenen wie alle anderen.«

Eine Sequenz leiser Piepstöne war zu hören, gefolgt von einem Summen und dem Zurückschnappen elektronischer Riegel.

»Jetzt ist sie offen.«

Ninive starrte zum Tunnelausgang. Aris trat von der langsam aufgleitenden Pforte zurück, wobei er neugierig durch den sich öffnenden Spalt blickte. Von der anderen Seite fiel ein geisterhaft blauer Schimmer in den Korridor. Das leise Summen und Zirpen von Insekten erfüllte die Stille.

Ninive erhob sich, schlüpfte in ihre Stiefel und kam ungläubig näher. »Wie hast du das gemacht?«, fragte sie, nachdem sie sich vergewissert hatte, dass sich auf der anderen Seite kein heimlicher Helfer versteckt hielt.

»Zärtlichkeit und Komplimente«, grinste Aris. »Türen haben eine Schwäche für so was.«

Ninive zog eine Grimasse, dann folgte sie Aris hinaus in eine schwülwarme Schattenlandschaft.

| 43 |

Sie standen in einer riesigen Halle, die an einen nächtlichen, überdachten Park erinnerte. Hoch über ihnen leuchteten zahllose kleine blaue Lampen. Man hätte sie für besonders helle Sterne halten können, wären sie nicht in einem streng geometrischen Muster angeordnet gewesen, das sie wie das Gitternetz einer Matrix aussehen ließ. Üppige Vegetation umgab die beiden Wandler, doch von den Pflanzen waren im Zwielicht nur bizarre Schatten zu erkennen. Manche sahen aus wie meterhohe Stauden, andere wie riesige Farne oder Palmen. Ihre Blätter raschelten leise im Wind einer künstlichen Belüftungsanlage. Die feuchtwarme Luft war geschwängert vom Geruch einer exotischen Flora, der Boden bedeckt mit kniehohem Gras und einem Geflecht aus Efeudickicht, Wurzeln und langen, vertrockneten Ranken.

»Ist das ein Garten?«, staunte Aris.

»Wir sind in einem der Arboreten gelandet.« Ninive schaute sich um. »Wenn ich nur sehen könnte, in welchem …«

Aris trat vor ein Feld riesiger Blumen. »Spielt das eine Rolle?«

»Halllooo!«, ertönte plötzlich eine tiefe Stimme über der Wandlerin. »Was haben verirrt dich hierher?«

Ninive blieb stockststeif stehen. »Oh, verdammt«, stieß sie hervor, »wir sind im falschen!«

Um sie herum entstand ein gespenstischer Schimmer, als würden Tausende winziger Lichter in allen Regenbogenfarben zu leuchten beginnen. Gleichzeitig legte sich eine armdicke Pflanzenranke auf ihre linke Schulter. Ninive schlug sie mit einem Aufschrei fort und wirbelte herum.

Über ihr hatte ein Dutzend kopfgroßer Blüten zu leuchten begonnen. Sie wuchsen an den Enden meterlanger, sich schlangenartig windender Stiele. Im Blumenschein beugte sich etwas zu Ninive herab, das aussah wie eine riesige rote Knospe – mit einem kolossalen Maul und wulstigen Lippen. Ein Paar armlanger, glockenblumenartiger Gebilde auf ihrer Oberseite hatte sich wie Stielaugen auf die Besucherin gerichtet. Zu beiden Seiten der Knospe schälten sich zwei weitere Pflanzenköpfe aus der Dunkelheit, ein grüner und ein blauer.

»Äh, hallo …«, presste Ninive beim Anblick der Monsterpflanze hervor und ging langsam rückwärts. »Ich hoffe, ich störe nicht …«

»Keinesfalls, selten erquicklicher Augenschmaus«, säuselte das Gewächs, wobei einer seiner Tentakel sich fast kameradschaftlich um Ninives Schultern legte und sie wieder zu sich heranzog. »Freue mich wirklich ungemein riesig. Lange nicht mehr empfangen so gut duftende Menschen-Kurzweil!« Der Fangarm schlang sich um die Hüften der Wandlerin und hob sie empor. »Darf mich kleiner Frau vorstellen: Aurora Mediëta.« Die riesige Knospe neigte sich wie zu einer Verbeugung. »Zurrrrechten: Aurora Dextra!« Der blaue Pflanzenkopf regte sich nicht, sondern starrte Ninive nur hungrig an. »Und zurrrrlinken: Aurora Sinistra!« Die grüne Knospe verzog ihre Lippen zu einem Grinsen und entblößte dabei ein furchterregendes Gebiss aus fingerlangen Dornen. »Freut uns alle drei ungemein fest, Geselligkeit bekommen zu haben erfrischend reizvolle.«

»Aris!«, rief Ninive, der in ihrer Umklammerung schier die Luft wegblieb. »Hilf mir!«

»Ich finde, du machst das hervorragend«, vernahm sie dessen verhaltene Stimme. »Dieses radebrechende Monsterkraut scheint sich zu freuen, dich zu sehen.«

Auroras Knospenköpfe wandten sich synchron um. Die Tentakel krochen ins Unterholz und bogen Laub und Zweige beiseite, bis das Licht der Blüten auch Aris aus der Dunkelheit schälte.

»Oh, Augenweide!«, rief die Pflanze. »Hier versteckt noch zweites Exemplar!« Sie setzte Ninive auf dem Boden ab und beugte sich über Aris. »Außergewöhnlich beachtenswert bedeutsame Menschen-Kurzweil, freue mich wirklich sagenhaft extrem!«

Ihr Sinistra-Kopf öffnete das Maul und ließ eine meterlange Zunge hervorschnellen. Ehe Aris reagieren konnte, traf ihn ihr klebriges Ende und riss ihn hinauf in den Pflanzenschlund. Dann schloss die Knospe ihr Maul wieder und machte ein zufriedenes Gesicht.

»Dummkopf, erstaunlich verfressener!« Aurora hob einen ihrer Tentakel und verpasste ihrem Schwestergewächs einen kräftigen Schlag gegen den Hinterkopf. »Spuck das aus unverzüglich flink!«

Die grüne Knospe blickte die rote verdutzt an.

»Na, wo bleibt hoffentlich unverdaute Menschen-Kurzweil?«, drängte die Pflanze.

Der Sinistra-Kopf gab ein widerwilliges Geräusch von sich, dann spuckte er den Wandler wieder aus. Aris plumpste ins Gras, wo er nach Luft schnappend liegen blieb. Ninive ging neben ihm auf die Knie und wischte ihm das Pflanzensekret aus dem Gesicht.

»Alles in Ordnung?«

»Nein, verdammt!«

Mediëtas Kopf sank herab und musterte Aris eingehend. »Nasser Mensch, enorm gründlicher, freut mich ganz einzigartig, dich zu sehen tadellos intakt. Werde phänomenal erstrangige Freude mit dir haben – und zweifellos auch mit empfehlenswerter Gefährtin.« Die riesige Knospe grinste Ninive entzückt an.

»Dieses Schleimzeug brennt auf der Haut wie Säure«, schimpfte Aris.

Mediëta packte ihn an einem Bein, hob ihn empor und begann ihn durch die Luft zu schlenkern. »Ist nur Verdauungssekret«, erklärte sie. »Trocknet in Atmosphäre erheblich rapide.« Plötzlich hielt sie nur noch einen Stiefel umklammert. Kurz darauf drang lautes

Rascheln und Knacken aus der Dunkelheit, gefolgt von leisen Flüchen. »Oh, entglitten!«, kommentierte die Pflanze das Missgeschick und betrachtete das herrenlose Schuhwerk. »Bitte um Nachsicht vielmals.«

Auroras Tentakel suchten Aris und pflückten ihn aus dem Gebüsch, in dem er gelandet war. Ein zweiter Fangarm ergriff Ninive, dann hielt die Pflanze beide wie zum Vergleich nebeneinander. »Wirklich prächtig zufälliges Glücksgeschick, euch zwei beide«, freute sie sich. »Absolut vortrefflich geeignet, um zu finden verlorenen Sprössling.«

»Was meint sie damit?«, flüsterte Aris.

»Ich bin nicht sicher, ob ich das wirklich wissen will«, antwortete Ninive ebenso leise.

»Bitte um Aufmerksamkeit und Ohren gesamte!« Aurora warf einen prüfenden Blick auf Aris. »Kleiner Mann, der linken Kopf kurz gesehen hat von innen, ganz besonders gründlich Achtung: Wie ist Aussehen allgemeines komplett?«

Ninive blinzelte die Pflanze verständnislos an, dann fragte sie: »Wie bitte?«

»Na, wie ist Augenschein schrankenlos globaler?« Aurora hob alle drei Köpfe in Pose und beleuchtete sie mit ihren Blüten.

Aris beugte sich ein Stück zu Ninive hinüber. »Dieses Monsterkraut scheint einen gewaltigen Sprung in der Knospe zu haben«, raunte er.

Aurora verdrehte ihre Stielaugen und blickte auf ihn herab. »Also?«

»Also was?«, fragte Aris.

Die blaue Knospe schnellte vor und brüllte: »Also ehrliche Antwort baldmöglichst geschwind, Auswurf beengter!«

Mediëta versetzte ihrem Schwestergewächs mit einem ihrer Tentakel einen so wuchtigen Schwinger, dass dieses mit der Schnauze voran in den Boden krachte.

»Bitte zu verzeihen verbale Entgleisung von Dextra-Schwachkopf«, sagte sie. »Nun, lausche gespannt!«

»Tu ihr schon den Gefallen«, bat Ninive leise.

Aris maß die Pflanze mit Blicken, dann sagte er: »Du bist potthässlich.«

Ninive riss entsetzt die Augen auf. »Aber von gewisser Würde!«, beeilte sie sich hinzuzufügen. »Ganz besonders bei Nacht ...«

Die riesigen Knospen sahen einander an, dann sank Aurora deprimiert in sich zusammen. »Da haben wir Tatbestand unwiderruflichen«, klagte Mediëta. »Bin so scheußlich missgestaltet, dass großer Säer Spross und Keim sofort lässt verfüttern an Konkurrenz garstige.«

»Wer?«, stutzte Aris.

»Großer Säer«, wiederholte Sinistra. »Allweiser Schöpfer von Garten.«

»Ich glaube, sie meint Sloterdyke«, flüsterte Ninive.

»Er geschickt Maschine hinterhältige, sich einzuschleichen unter Vorwand extrem falschem«, fuhr Mediëta fort. »Mopste Schössling während Nickerchen und machte damit Hasenfuß in Fressfeld nachbarliches. Doch großer Säer hat angelegt Feld wohl Quäntchen zu groß eine Winzigkeit. Maschine darin verirrt grandios total und ist verschwunden äußerst spurlos. In letzten Tagen viele hinterhergeschickt; Kampfpilze, Schleichgras, Flatterzwenken. Zurückgekommen mit leidlich verschlepptem Sprössling allerdings universell keiner.« Sie blickte Ninive und Aris an. »Kann Menschen-Kurzweil mir folgen insgesamt bisweilen?«

Die beiden nickten.

»Prächtig, dann gut zuhören unabgelenkt: Stelle euch vor brillante Wahl, entweder zu enden ruckzuck in Mäulern urgewaltig tiefen von Dextra und Sinistra – oder zu finden blöde Botanik-Maschine mit Spross in Blumenfeld fantastisch gefährlichem.«

»Was heißt *gefährlichem*?«, fragte Aris, dem Böses schwante.

»Ach, Beschwernis erregend hier und da.« Aurora lächelte entwaffnend. »Lebensfeindlich vielleicht ein klein wenig mehr. Maschine mutlose sitzt gewiss nur herum an Punkt einem immerfort deutlich, der zumeist leider hochgradig unsichtbar.«

»Wir haben wohl keine Wahl, oder?«, fragte Ninive.

»Doch«, erklärte Aurora. »Könnt wählen zwischen Maul von rechtem oder linkem Kopf.«

Aris hob zweifelnd die Augenbrauen. »Vielleicht sollten wir das gemeinsame Essen auf später verschieben und uns auf die Suche begeben«, entschied er mit einem Seitenblick zu Ninive.

»Deliös!«, rief die Pflanze. »Freue mich über Mitarbeit sehr verschwenderisch. Benötige allerdings noch Trumpf belanglos kleinen ...«

Man hörte ein Rascheln, als zwei von Auroras Ranken etwas aus dem Zentrum der Pflanze pflückten. Einen Augenblick später fühlte Ninive eine wollig weiche Berührung im Nacken, jäh gefolgt von einem stechenden Schmerz. Sie schrie auf und wollte das Ding, das sie gebissen hatte, wegreißen, doch die Tentakel hielten sie unerbittlich fest. Auch Aris gab einen verhaltenen Schmerzenslaut von sich. In seinem Nacken klebte ein orangeroter Pelzball, der aussah wie eine dicht behaarte Frucht.

»Was ist das?«, fragte er mit zusammengepressten Zähnen.

»Oh, nur Nuss flauschig süße«, flötete Aurora.

»Ein riesiges Pollenkorn!«, erkannte Ninive. »Und – es lebt ...!«

»Ja, ist klitzewinziges Früchtchen«, bestätigte die Pflanze. »Nicht ärgern, sonst sehr giftbissig. Wird bürgen für Rückkehr eure. Bringt ihr Sprössling, bin ich in vorzüglich besonderer Lage, wieder in Obhut zu nehmen die zwei beiden. Kehrt ihr jedoch zurück ohne, Appetithäppchen werdet ihr sein leckere!« Ihre Tentakel hoben Ninive und Aris empor und trugen sie in die Dunkelheit. »Wünsche euch einen Rattenschwanz von Erfolg. Hoffe ganz inständig auf Wiedersehen baldiges mit Händen prächtig gefüllten!«

| 44 |

Clogger stand auf einer dicht bewachsenen Waldschneise, die von dicken, gedrungenen Bäumen gesäumt wurde. Ihre Kronen waren flach und so ausladend, dass viele von ihnen sich mit denen ihrer Nachbarbäume vereint hatten und über dem Wald ein fast geschlossenes Blätterdach bildeten. Gut dreißig Meter entfernt weitete die Schneise sich zu einer ausgedehnten Lichtung, von der erregtes Stimmengewirr zu hören war. Clogger konnte jedoch weder die Initiatoren hinter den Bäumen erkennen noch ein Wort des Streitgesprächs verstehen.

Wenige Meter vor ihr lag ein großes, undefinierbares, von weißen Federn bedecktes Knäuel im Gras und schnarchte. Die Standuhr versuchte sich dem seltsamen Ding ein paar Schritte zu nähern und stolperte mit ihren Stummelbeinen prompt über eine Wurzel. Nur durch einen schnellen Reflex gelang es ihr, den drohenden Sturz zu vermeiden. Bei der akrobatischen Verrenkung erklang in ihrem Inneren zum ersten Mal seit einer halben Ewigkeit wieder die Stundenglocke. Bei ihrem ersten Schlag schreckte die halbe Wiesenflora auf und nahm Strunk über Stiel in alle Richtungen Reißaus. Selbst die Blätter der umliegenden Bäume stoben panisch auf oder ließen sich scheintot zu Boden fallen. Noch bevor der letzte Ton in Clogger verhallt war, hatten sich Farne, Kräuter, Nesseln und Waldblumen ins Unterholz geflüchtet.

Auch das im Gras schlummernde weiße Etwas war durch den Lärm aufgeschreckt. Es zog einen Raubvogelkopf aus seinen Federn, reckte und streckte sich und spreizte dabei seine meterlangen Flügel. Dann gähnte der Greif und blinzelte die Standuhr schlaftrunken an.

»Na holla die Waldfee«, nuschelte er. »Gibt sich Euer Hochwohlgeläutet auch endlich mal die Ehre, ja?«

Clogger verdrehte knarrend ihren Hals und sah sich um. »Welche Waldfee?«, wunderte sie sich über die barsche Begrüßung. »Kennen wir uns?«

»Was glaubst du denn?« Der Greif wandte sich um und schritt auf die Lichtung zu. »Los, du saumselige Zeitschubse!«, rief er, als die Standuhr sich nicht von der Stelle rührte. »Alles wartet nur noch auf dich!«

Unschlüssig betrachtete Clogger den trotz Kraut- und Nesselflucht noch immer von Gräsern wild überwucherten Boden und überdachte ihre Optionen. Umfallen und rollen war wahrscheinlich die effizienteste, aber zugleich auch würdeloseste Art, die Lichtung zu erreichen. Die Standuhr warf einen Blick in den Himmel, dann begann sie sich vorsichtig einen Weg durchs Gras zu bahnen.

Kurz vor Sonnenuntergang hatte sie das Ende der Schneise erreicht und endlich freien Blick auf die Quelle der Stimmen. Sie drangen von einem mächtigen, allein stehenden Baum herüber, unter dem ein gut zehn Meter großes, quadratisches Steinfeld angelegt war. Auf ihm hatte sich ein wundersames Ensemble aus Chronometern und Sphären versammelt, die leidenschaftlich miteinander stritten. Während Letztere aus einem bunt gemischten Trupp von Glockenweckern, Turmuhren, Sonnenuhren, Dampfchronometern und einer alle überragenden, gekrönten Pendeluhr bestanden, unterschieden sich die wie Lampions an filigranen Galgen hängenden Sphären lediglich in Größe und Farbe voneinander. Der Greif hatte es sich in der Baumkrone auf einer Astgabel bequem gemacht und ignorierte das unter ihm stattfindende Gezänk. Erst als Clogger sich dem Karree bis auf wenige Schritte genähert hatte, zeigte er wieder eine Regung.

»Verehrte Hofstaaten«, rief er. »Darf ich vorstellen: die Königin der Zeit!« Sphären und Uhren verstummten und wandten sich dem Neuankömmling zu. »Die Gesandte des Mitteluniversums«, fuhr der Greif mit seiner Eloge fort. »Erstbeseelte ihrer Art und gebenedeit unter den Chronometern der finsteren Altbeißzeit!«

Während die versammelten Uhren Clogger mit einem Konzert aus Klingeln, Rasseln, Summen und Glockengeläut begrüßten, zeigten die Sphären keinerlei Reaktion.

Der Greif kletterte von seinem Ast herab, schob seine Tatze in ein Baumloch und entnahm ihm eine holzgeschnitzte Krone.

»Hier, aufsetzen!«, forderte er Clogger auf.

Die Standuhr betrachtete den Kopfschmuck. »Wozu?«

»Damit jeder sieht, dass du das Vize-Kanonenfutter bist.«

Clogger ließ ihre Turmtür aufschwingen, woraufhin ein Raunen durch die Reihen der Sphären ging. Sie streckte ihre an Ketten hängenden Gewichte heraus, ergriff die Insignie und platzierte sie umständlich auf ihrem Kopf.

»Hoch lebe die Königin!«, jubelten die Chronometer.

»Tod der Königin!«, hielten die Sphären dagegen.

Sofort lieferten beide Lager sich erneut ein leidenschaftliches Wortgefecht, bis der Greif zwischen ihre Reihen schritt.

»Ruhe jetzt!«, forderte er sie auf. »Nun, da beide Hofstaaten vollständig anwesend sind, wird das Schazzo über Wohl und Weh entscheiden.«

»*Schazzo!*«, kam es tausendstimmig aus den Bäumen.

»Schazzo?«

»Das Spiel um die Zukunft«, erklärte der Greif. »Der König des Raumes führt seine Streitmacht in die Schlacht gegen die Armee des Zeitkönigs. Ziel ist es, die feindlichen Truppen zu schlagen und den gegnerischen Monarchen auszuschalten. Das Kommando über die Soldatenschaften obliegt traditionell den Königinnen.«

»Tod den Königinnen!«, rief das gesamte Ensemble im Chor.

»Ich halte das für keine gute Idee«, sagte Clogger. »Eigentlich bin ich nur auf der Suche nach der Zukunft.«

»Na, wer ist das nicht?«, sagte der Greif. »Wenn ich dich nun bitten dürfte, deinen Platz auf dem Feld einzunehmen …« Er wies auf ein freies Quadrat zwischen der Pendeluhr und dem linken Dampfchronometer.

Clogger trippelte auf den ihr zugewiesenen Platz und musterte den in Würdepose zu ihrer Rechten stehenden Zeitkönig. Er ähnelte ihr in Habitus und Statur, besaß jedoch geschwungenere Formen und überragte sie um gut eine Zifferblatthöhe.

»Florentiner?« fragte sie.

Die Pendeluhr rümpfte irritiert die Zeiger. »Wie meinen?«

»Wer hat dich konstruiert?«

»Ich muss doch sehr um den Pluralis Majestatis bitten!«, empörte der Zeitkönig sich in blasiertem Tonfall.

Clogger stieß ein Seufzen aus und studierte die Figuren auf dem Karree. In der Feldreihe vor ihr standen den grimmig dreinblickenden Bauernvolumen des Raumkönigs acht Glockenwecker gegenüber.

Zu beiden Seiten des Zeitmonarchenpaares qualmten und schnauften unter Hochdruck stehende Dampfchronometer, deren schwülwarme Abgase Clogger ums Untergehäuse strichen. Flankiert wurde das Quartett von edel aufgezäumten Sonnenuhren, deren Silbernasen in der Abendsonne glänzten. In den Ecken der Arena fieberten Turmuhren dem Beginn der Schlacht entgegen.

»Wohlan denn«, rief der Greif, als er seinen Beobachtungsposten auf der Astgabel wieder eingenommen hatte. »Als Discepator Primus erkläre ich das Schazzo für eröffnet. Möge die bessere Zukunft gewinnen.«

Die Sphärenkönigin wartete, bis alle Aufmerksamkeit auf sie gerichtet war, dann säuselte sie: »OGO 1 auf AFA 3.«

Eine der schwarz-weiß gestreiften Raumkugeln stieg empor, schwebte über die Bauernvolumen hinweg und ließ sich auf dem Zielfeld nieder. Aus den Baumkronen kam verhaltener Applaus.

»Die *Sphaera Maxima* beginnt mit einem besonnenen Vorstoß des galoppierenden Zwischenraumes«, kommentierte der Greif den Zug. »Nun wird es Zeit.«

»Herrin«, flüsterte einer der Glockenwecker, als Clogger nicht reagierte. »Wir erwarten Eure Befehle.«

»Äh …« Die Standuhr sah sich ratlos um. »Dampfchronometer, äh … vorwärts, hopp!«

Der rauchende Koloss neben ihr ließ sein Triebwerk aufheulen und setzte sich ruckartig in Bewegung. Er rempelte die zwei vor ihm stehenden Wecker um, beschleunigte rasant und pflügte durch die Phalanx gegnerischer Sphären. Die Bauernvolumen purzelten übereinander oder wurden mitsamt dem kugelrunden Königspaar durch die Luft geschleudert. Statt am Rand der Arena zu stoppen, schoss der Dampfchronometer über das Spielfeld hinaus, raste über die Lichtung und verschwand ungebremst im Wald. Man hörte ihn durchs Dickicht brechen, dann einen lauten, dumpfen Knall. Am Ende der von ihm ins Unterholz geschlagenen Schneise loderte eine Stichflamme bis in die Wipfel empor. Alle noch auf dem Spielfeld verbliebenen Figuren starrten entsetzt auf den schwarzen Rauchpilz, der über den Baumkronen aufstieg.

»Foul!«, rief der Greif, nachdem er seine Stimme wiedergefunden hatte.

»Majestätsbeleidigung!«, empörte sich der Raum-Hofstaat im Chor.

Der Kampfrichter nahm Clogger ins Visier. »Bist du eigentlich noch zu retten?«, schalt er die Standuhr. »Das ist Schazzo und nicht die Bombardierung von Cirrosa!«

»Eine unverzeihliche Verletzung unserer hoheitlichen Sakrosanz!«, röchelte der Raumkönig, dessen Dienerschaft hektisch bemüht war, seine über die Lichtung verstreuten Einzelteile aufzusammeln.

»Raumspalter, Raumspalter!«, erscholl es vielstimmig aus den Baumkronen.

»Wir fordern für diese Prinzipaldemütigung die Höchststrafe!«, kreischte die Raumkönigin, die ebenfalls beträchtlich an Volumen eingebüßt hatte. Selbst ihr Sphärenkleid war ihr von dem rasenden Dampfchronometer vom Leib gerissen worden. Fünf Bauernvolumen hatten sich um sie geschart, um ihre Blöße vor ungeziemenden Blicken zu schützen.

»In den Schlund, in den Schlund!«, kam es ringsum aus dem Geäst.

»So wurde einstimmig über dein Schicksal entschieden«, verkündete der Greif. »Das Urteil lautet: Verbannung!«

»Wartet!«, rief der Zeitkönig und stellte sich schützend vor die Standuhr. »Offensichtlich wurde versäumt, meine zweite Hälfte vor Spielbeginn mit den Regeln und Parcourslimitierungen vertraut zu machen.«

»Ich bin ganz sicher *nicht* deine zweite Hälfte!«, versicherte Clogger.

»Verbannt sie!«, polterte der Raumkönig, während seine Diener ihm die Bruchstücke seiner Krone auf den Kugelkopf nagelten. »Verbannt sie alle beide!«

»So soll es sein!« Der Greif erhob sich, spreizte seine Flügel und klatschte dreimal kräftig in die Federn.

»Ihr begeht einen fürchterlichen Fehler«, unternahm der Zeitkönig einen letzten Versuch, den Kampfrichter umzustimmen. »Das eine kann ohne das andere …«

Von einem Moment zum nächsten standen er und Clogger in absoluter Dunkelheit.

»… nicht existieren«, beendete der Zeitkönig seinen Appell mit einem resignierenden Stöhnen. »Amen«, seufzte er.

| 45 |

Die Tentakel stoppten über einem Feld meterhoher Pflanzen, deren auffälligstes Merkmal riesige, tonnenartige Blütenkelche waren. Sie wuchsen im Abstand weniger Meter zueinander, als hätten sie Angst davor, sich gegenseitig zu berühren, wobei sie sanft im Wind der Belüftungsanlage wiegten.

Auroras Fangarme senkten sich bis knapp über die Wipfel herab – dann lösten sie ihre Umklammerung und ließen ihre Fracht einfach fallen. Aris und Ninive stürzten auf einen nachgiebigen Pflanzenteppich, der auf und ab federte wie ein altes Trampolin. Hatte die gesamte Flora unter dem Glanz der Deckenlampen noch trostlos grau ausgesehen, leuchteten die Blütenkelche im Licht der Pollen nun in grellem Gelb und Orangerot. Der Boden war bedeckt mit abgestorbenen Blättern, Stauden und einem Gewirr aus Wurzeln.

Aris beobachtete, wie Auroras Tentakel sich rasch in die Dunkelheit zurückzogen, dann erhob er sich und half seiner Begleiterin auf dem schwankenden Untergrund auf die Beine.

»Sie hätte mich wenigstens meinen Stiefel wieder anziehen lassen können«, klagte er. Ninive betastete die pelzige Monsterpolle in ihrem Nacken. »Das fühlt sich an wie eine riesige behaarte Zecke«, flüsterte sie mit angewidertem Gesichtsausdruck.

Aris sah hinauf zur Hallendecke. »Aurora hat uns mindestens fünfzig Meter weit in dieses Feld hineingetragen. Erstaunlich, dass ihre Fangarme überhaupt dazu fähig …« Er stockte, als er registrierte, dass sämtliche Stauden in der näheren Umgebung sich ihnen zugewandt hatten. »Findest du nicht, dass dieses Zeug sich etwas seltsam verhält?«

»Wahrscheinlich reagieren die Fotorezeptoren auf das Licht der Pollen.«

Aris trat an eines der Gewächse heran und klopfte gegen dessen Kelch. »Klingt massiv«, befand er.

Der Deckel der Pflanze klappte langsam auf und ließ ihn in einen dornenbewehrten Schlund blicken.

»Noch mal«, drang eine blubbernde Stimme aus dem Inneren.

Der Wandler starrte die Staude verblüfft an. »Was?«

Ihr Kelch beugte sich ein Stück vor. »Mach das noch mal.«

Vorsichtig klopfte Aris gegen den riesigen Blütentrichter.

»Fester!«, forderte das Gewächs.

Verunsichert tauschte Aris einen Blick mit Ninive, dann schlug er kräftiger gegen den Kelch.

»Aah«, stöhnte das Gewächs. »Noch mal!«

Der Wandler trat einen Schritt zurück, holte aus und versetzte der Pflanze einen Hieb, der die ganze Staude erzittern ließ. Ihr Kelch neigte sich zur Seite, richtete sich jedoch sofort wieder auf. Aus seinem Inneren drang ein Glucksen, als wäre er mit Flüssigkeit gefüllt.

»Jaa«, blubberte die Pflanze, während sie unter Aris' Schlägen hin und her geworfen wurde. »Du machst das ganz wunderbar … aah, ouh, uah!«

Plötzlich schoss ihr Maul vor und schnappte nach seinem Hals. Aris schaffte es nur durch einen blitzartigen Reflex, der Attacke auszuweichen. Um Haaresbreite verfehlten die Zähne seine Wange und gruben sich vom Schwung getragen in den Kelch der Nachbarpflanze, aus dem sie ein kopfgroßes Stück herausbissen. Während das Gewächs es mit genüsslichem Schmatzen verzehrte, strömte aus dem Loch, das es in ihre Artgenossin gebissen hatte, eine stechend riechende Flüssigkeit – und mit ihr Tausende von Insektenkadavern.

Ninive wich angeekelt zurück, hielt aber in der Bewegung inne, als die umliegenden Kelche ihren Bewegungen folgten. »Wir sind in einem Kryptobot-Bioreservat gelandet!«, erkannte sie. »Das ist eine Karnivoren-Plantage!«

»Dann sollten wir zusehen, dass wir hier schleunigst rauskommen«, entschied Aris.

»Berührt uns!«, riefen die Stauden im Chor, während er mit Ninive durch ihre Reihen hetzte. »Schlagt uns!«

Nach kurzer Flucht erreichten beide ein Gebiet, in dem sich die Gewächse noch nicht regten, und blieben atemlos stehen. In der hinter ihnen liegenden Region befand die Plantage sich indes in zunehmendem Aufruhr. Knurren und Fauchen drang herüber, untermalt vom Rauschen strömenden Wassers. Im Halbdunkel sah man Blätter und Pflanzenteile durch die Luft wirbeln, als prügelte sich im Feld eine Horde wonnestromsüchtiger Wendigos.

»Anscheinend ist das Gemüse auf den Geschmack gekommen«, deutete Aris den Tumult »Es beginnt sich gegenseitig aufzufressen.«

Ninive wischte sich Pflanzensäfte aus dem Gesicht. »Zumindest benötigen die Dinger eine Weile, bis sie aufwachen.«

Aris kniff die Augen zusammen und blickte an ihr vorbei. »Sieh mal dort!«, sagte er und deutete auf ein Paar metallischer Füße, die wenige Meter entfernt aus einer der Pflanzenkannen ragten.

»Du liebe Güte!«, entfuhr es Ninive. »Das muss einer der Roboter sein, die die Plantagen pflegen.«

Misstrauisch näherte Aris sich der Staude. »Vielleicht die Maschine, von der Aurora erzählt hat …«

Der verschlungene Roboter steckte kopfüber in einem mannshohen Blütenkelch. Allerdings war das Gewächs ein Opfer seiner eigenen Gier geworden. Als die Verdauungsflüssigkeit mit dem elektronischen Innenleben seiner Beute in Kontakt gekommen war, hatte dies einen Kurzschluss ausgelöst, der nicht nur der Maschine zum Verhängnis geworden war, sondern auch der Pflanze. Ihre Blätter hingen kraftlos herab, der Fangtrichter war zu Boden gesunken und hatte sich zur Seite geneigt.

»Toller Abgang«, staunte Aris. »Wenn auch mit gravierenden Abzügen in der B-Note.«

»Ich werde Sloterdyke darüber informieren«, sagte Ninive. »Falls ich das hier überlebe und ein Terminal finde ...« Sie wollte sich gerade abwenden, als sie im Inneren des Kelches eine unscheinbare Bewegung wahrnahm. Vorsichtig trat sie heran, um in den Schlund zu blicken – und tatsächlich: Ein Stück unterhalb des Kannenrandes klammerte sich etwas an das rechte Bein des Roboters, das aussah wie ein winziger Aurora-Schössling. Er hielt sich mit all seinen Tentakeln und Wurzeln fest, um nicht in die Verdauungsflüssigkeit zu rutschen. Als Ninive nach ihm griff, begann er sofort nach ihrer Hand zu schnappen. Schließlich war es Aris, der beherzt zupackte und den widerspenstigen Sprössling herauszog. Dieser schien mit seiner Rettung jedoch überhaupt nicht einverstanden zu sein. Er zappelte wild und benutzte seine Tentakel wie winzige Peitschen. Dabei fauchte und quäkte er so laut, dass die gesamte Plantage von seinem Gezeter erwachen musste.

»Zum Glück hat er nur einen Kopf und nicht drei«, keuchte Aris, während er versuchte, seine von roten Striemen gezeichneten Finger von den zuschnappenden Kiefern fernzuhalten.

Statt der fleischfressenden Stauden begannen sich nun die pelzigen Riesenpollen in Ninives und Aris' Nacken zu regen. Ihr Leuchten wurde intensiver, begleitet von einem sanften Vibrieren. Der widerborstige Keimling verstummte, als würde er lauschen, dann kroch er den Arm des Wandlers empor. Auf der Schulter angekommen, schmiegte er sich an das Fell des Pollenkorns und verhielt sich so friedlich, als würde er schlafen. Gleichzeitig erlosch das Leuchten beider Pollen fast völlig.

»Ist das nun ein gutes oder ein schlechtes Zeichen?«, rätselte Aris.

Ninive betrachtete den Sprössling auf seiner Schulter. »Was auch immer, wir sollten es ausnutzen«, befand sie.

Darauf achtend, keine der Kelchpflanzen zu berühren, schleppten sie den havarierten Roboter auf eine breite Schneise, die sich ein paar Schritte entfernt durch die Plantage zog. Sie beschrieb eine leichte Kurve und verlor sich nach etwa zwanzig Metern im Zwielicht der Anlage.

»Das ist ein Korridor für Jätemaschinen«, erkannte Ninive. »Vielleicht führt er aus der Plantage heraus oder zumindest zu einem Kompostsilo, wo wir sicher wären.«

»Dann los«, drängte Aris, als sich nun auch die Kelche in ihrer Nähe zu regen begannen. »Unsere Freundinnen erwachen ...«

So schnell ihre schwere Last es zuließ, eilten sie auf die Dunkelheit am Ende des Pflanzenkorridors zu und schafften es letztlich ins Freie. Die Zähne mehrerer Pflanzenmäuler schnappten hinter ihnen ins Leere.

| 46 |

»*Nepenthes giganteus*«, las Aris von einem Schild ab, das am Rand der Plantage im Erdreich steckte. »Gehört zur Familie der Tiefland-Grubenfallen. Der Name *Nepenthes* stammt hiernach aus der griechischen Mythologie und bedeutet ›sorgenfrei‹ und ›kummerstillend‹.« Er betrachtete den reglos im Gras liegenden Roboter. »Na ja, Interpretationssache.«

»Bringen wir Aurora ihren Sprössling zurück«, drängte Ninive.

Minutenlang irrten sie im Zwielicht des künstlichen Sternenhimmels durch das Arboretum, stets darauf bedacht, weder der Amok laufenden Karnivoren-Plantage noch anderen verdächtig wirkenden Pflanzen zu nahe zu kommen. Als sie glaubten, die Stelle wiedergefunden zu haben, an der ihre Odyssee begonnen hatte, war von der Aurora-Pflanze jedoch weit und breit nichts zu sehen. Statt dreier Knospenköpfe auf Staudenhälsen erhob sich vor ihnen ein meterhoher Turm aus fleischigen Blättern, dessen Spitzen von armdicken Dornen gekrönt wurden.

»Hier steht noch eine dieser Namenstafeln«, rief Ninive aus dem nahen Unterholz. »*Agave dionaea giganteus aurora*«, las sie darauf ab. »Was heißt das?«

»Fleischfressende Riesenspargelnelke«, antwortete Aris, während er in seinen wiedergefundenen Stiefel schlüpfte.

»Sehr witzig.«

»Was auch immer, unsere reizende Göttin der Morgenröte muss da drin sein.«

Ninive sah empor zu der Dornenspitze. »Werden wir ja gleich sehen.«

»Pass auf, dass du nicht wieder auf ihre Alarmanlage trittst«, warnte Aris sie vor den meterlangen Fangarmen, die sich vom Fuß des Pflanzendoms aus sternförmig im Gras ausbreiteten. »Dieses instinktgesteuerte Gemüse handelt nach dem Motto: Erst fressen, dann fragen.«

»Selbst ihre Blätter haben Zähne, die länger sind als meine Finger«, erkannte Ninive, als sie Aurora erreicht hatte.

»Damit zersägt sie wahrscheinlich ihre Opfer in maulgerechte Portionen.«

»Hallo?« Ninive trommelte mit der Faust gegen die Rinde. »Erde ruft Aurora. Jemand zu Hause?«

Eine kurze Erschütterung ließ den Boden unter ihren Füßen vibrieren. Sekundenlang blieb alles ruhig, dann begann sich das riesige Gebilde an seiner Spitze zu öffnen. Statt sich jedoch bedächtig zu entfalten, klatschten die Blätter saft- und kraftlos zu Boden. Ninive musste sich beeilen, Abstand zu gewinnen, um nicht von einem von ihnen erschlagen zu werden.

Im Zentrum des Pflanzenturms schlummerten übereinandergestapelt und mit spiralartig umflochtenen Tentakeln die drei Aurora-Knospen, grün auf blau und rot auf grün. Aurora Mediëta richtete eines ihrer Stielaugen auf und blickte verschlafen auf die beiden Wandler herab.

»Ah, verirrte Menschen-Kurzweil«, nuschelte sie. »Hatte nicht erwartet, euch zwei beide wieder zurück so zack zack.« Als sie den Tumult in der Karnivoren-Plantage wahrnahm, reckte sie ihren Staudenhals. »In Feld von Konkurrenz mächtig großes Tohuwabohu«, fiel ihr auf. »Hoffe, Ausflug eurer ist trotzdem gewesen ganz famos erfolgreich.«

»Wie man's nimmt ...« Aris griff sich an den Hinterkopf, um den Schössling von der Riesenpolle zu pflücken, erntete dafür jedoch nur einen Biss in die Finger. »Aah, verflucht!«, ärgerte er sich und riss die Hand zurück. »Undankbares Mistvieh!«

Die blaue Aurora-Knospe pflückte die beiden Wandler vom Boden und beugte sich mit gefletschten Zähnen heran. »Mistvieh welches?«, fragte sie bedrohlich leise.

Aris deutete auf Ninive.

Sinistra musterte die Wandlerin. »Akzeptabel«, befand sie schließlich und richtete sich wieder auf. »Tatbestand unmissverständlich augenscheinlich.«

Ninive verzog die Mundwinkel. »Darüber unterhalten wir uns noch«, flüsterte sie.

Auroras Sprössling kletterte von Aris' Schultern auf den Fangarm und hangelte sich flink daran entlang bis zur Staude der roten Knospe. Statt jedoch erfreut zu sein über das Wiedersehen mit seiner Mutterpflanze, schlüpfte er sofort Schutz suchend unter eines ihrer Blätter. Aurora stieß einen tiefen Seufzer aus, schloss die Augen und sank langsam wieder in sich zusammen.

»Entschuldige, Sonnenschein«, rief Aris, nachdem die Pflanze sich minutenlang nicht mehr geregt hatte.

Die drei Knospen schreckten auf. »Oh, bitte um Verzeihung«, murmelte Aurora Mediëta. »Eingenickt ein klein wenig komplett.« Ihr blaues Schwestergewächs setzte Ninive und Aris auf dem Boden ab und zog ihre Tentakel ein. »Schlafsucht«, erklärte sie. »Liegt in Familie.«

»Wärst du vielleicht so freundlich, auch deine flauschig süßen Nackenbeißer wieder an dich zu nehmen?« Aris deutete auf die Monsterpolle in seinem Genick.

»Ein bisschen mehr Feingefühl wäre angebracht«, flüsterte Ninive. »Ich würde diesen Ort nämlich gerne *lebend* wieder verlassen.«

»Sollten wir dem *Großen Säer* nämlich nicht bald Bericht erstatten, wird das in Sachen ›Spross und Keim‹ zweifellos weitere Konsequenzen nach sich ziehen«, antwortete Aris, wobei er Wert darauf legte, dass die Pflanze ihn hörte. »Und zwar keine besonders angenehmen.«

»Menschen-Kurzweil wagt es zu drohen?« Aurora Dextra beugte sich herab, wurde jedoch von der Mediëta-Knospe abgedrängt. Die drei Köpfe begannen untereinander in einer Sprache zu tuscheln, die wie raschelndes Laub klang. Nach kurzer Diskussion wanden sich alle drei Knospen mit einem Lächeln zu ihnen um.

»Negative kapillare Kontinuität, verbunden mit kompensatorisch-blödem Grinsen«, flüsterte Aris. »Jetzt haben wir sie.«

»Keine Ursache, Kurzweil«, flötete der Sinistra-Kopf in versöhnlichem Tonfall. »Möchte natürlich nicht verärgern Großen Säer.« Sie pflückte die Pollen aus den Nacken der Wandler und verbarg sie unter ihrem Blätterwerk. »Dürft folgen Pfad unterbrochenem«, übernahm Mediëta wieder das Wort. »Würde mich jedoch freuen auf neuen Besuch baldigen. Könnten schließen Blutsschwesternschaft in Mäulern urgewaltig tiefen von Dextra und Sinistra.«

»Vielen Dank für das Angebot«, sagte Ninive und entfernte sich mit Aris aus Bissweite der Pflanzenköpfe. »Klingt wirklich verlockend ...«

»Ha, war bloß Witz«, grinste Aurora. »Menschen-Kurzweil läuft übrigens in falsche Richtung völlige. Ausgang aus Garten dort hinten.« Sie deutete mit einem ihrer Tentakel zum entgegengesetzten Ende der Halle. »Bitte um Ausrichtung von Gruß demütigem an Großen Säer«, rief sie den beiden Wandlern nach, als diese eilig in der Dunkelheit verschwanden, dann hob sie seufzend wieder ihre Blätter und schloss sie um sich herum wie ein riesiges Zelt.

| 47 |

Als klügste Strategie, mit der Dunkelheit und allem, was in ihr lauerte, nicht in Konflikt zu geraten, zog Clogger es vor, reglos zu verharren. Hin und wieder traf sie ein Tropfen einer ätzenden Substanz, die sich durch den Lack brannte und in die oberste Holzschicht fraß. Die Stille endete mit einem dumpfen Rumoren. Es brodelte und grummelte, erklang mal da, mal dort und endete direkt unter der Standuhr.

»Gute Güte, welch widerliches Odeur«, stöhnte der Zeitkönig, als wieder Ruhe eingekehrt war. »Wo seid Ihr?«

Clogger bemühte sich vergeblich, in der Dunkelheit Formen zu erkennen. »Zu Eurer Rechten.«

Der Zeitkönig öffnete seine Gehäusetür und streckte sein Perpendikel heraus. »*Ich* stehe rechts neben Euch!«, stellte er fest.

»Oh ... Wer steht dann links von mir?« Clogger ließ ihrerseits ihre Kettengewichte in die Finsternis gleiten und bekam einen Fetzen Stoff zu fassen.

»Schwengel weg!«, erklang neben ihr eine tiefe, hohle Stimme.

»Wer ist da?«, flüsterte der Zeitkönig.

Ein genervtes Stöhnen war die Antwort. Nach langer Stille sagte der Unbekannte schließlich: »Das letzte Volk des Universums nannte mich Lhodas ...«

»Würdet Ihr uns freundlicherweise verraten, wo wir hier sind?«

»Irgendwo vor dem nächsten Urknall, irgendwann nach dem Gugax, unendlich egal.«

Ohne Vorwarnung begann sich der Boden unter ihnen zu bewegen.

»Was in aller Welt ...?«, erschrak der Zeitkönig und klammerte sich an Clogger.

»Das ist nur die Peristaltik«, beschwichtigte Lhodas seine Besucher. »Daran gewöhnt man sich. Wir stehen im Magen von Ananta, der Ungnade von Principi, die den Gott der Endzeit umschlungen hält. Apropos Ungnade: Was habt ihr beiden hier überhaupt zu suchen?«

»Die Zukunft«, sagte Clogger.

»Und einen Ausgang«, fügte der Zeitkönig hinzu. »Es stinkt.«

»Das hier *ist* die Zukunft«, erklärte Lhodas. »Präzise gesagt: das Ende der Zeit. Ein äußerst erquicklicher Ort der Besinnlichkeit und Zersetzung. Selbst das Licht verfault hier drin.«

»Oh, ich hatte ihn gewarnt«, flüsterte der Zeitkönig zu Clogger. »Ich hatte diesen aufgeblasenen Sphären-Gernegroß gewarnt ...« Er wandte sich um und fragte in die Dunkelheit: »Eine Bitte, mein unsichtbarer Freund: Würdet Ihr mir erklären, wie es dazu gekommen ist?«

Eine Weile herrschte Grabesstille, dann fragte Lhodas: »*Freund?*«

Die Pendeluhr räusperte sich verlegen. »Nun ja, ich dachte ...«

»Der Raum hat nach dem kosmischen Gugax begonnen zu kollabieren«, unterbrach Lhodas den Zeitkönig.

»Und wann war dieser, äh ... Gugax?«

»Das war ...« In der Dunkelheit erstrahlte plötzlich ein giftgrünes Licht. »Vor genau 4512 Jahren, sieben Monaten, elf Tagen und drei Stunden endkosmischer Sterbenszeit.«

Neben Clogger und dem Zeitkönig stand ein in eine schwarze, von schleimiger Nässe triefende Kutte gekleideter Hüne. Er war in den Anblick eines leuchtenden Stundenglases vertieft, das er in einer aus sieben spindeldürren Fingern und zwei Daumen bestehenden

Hand vor sich hielt. Sechs schwarze Augäpfel reflektierten das Abbild der glühenden Sanduhr unter seiner Kapuze.

Während Clogger Lhodas anstarrte, sah der Zeitkönig sich angewidert um. Das Trio weilte in einem riesigen organischen Höhlengewölbe, dessen mit Drüsen bedeckte Wände fortwährend Sekrete absonderten. Die schleimige Substanz rann über den faltigen Boden und sammelte sich in Pfützen und dampfenden Tümpeln.

»Welch ein unerquicklicher Ort«, befand der Zeitkönig. »Sagt, finsterer Recke, wo geht es hier hinaus?«

»*Hinaus?*« Der Schwarzgekleidete betrachtete seine beiden Besucher. »Es geht nirgendwo raus, ihr Zeitpfeifen. Das Universum hat aufgehört zu existieren. Alle verbliebenen Raumzeitschatten von Wurmlöchern, Transentbrücken, Zeittunneln und Gravitationssenken führen hierher in die Mägen der Ungnade. Es gibt nur noch mich, das Innenkontinuum und das Hyper-Endogen – und *euch*, warum auch immer.«

»Wir haben ein Spiel verloren«, erklärte Clogger.

»Definiere ›Spiel‹.«

»Irgendetwas mit rumhüpfen und prügeln.«

»Hoppillitoppatokk? Haudiesau? Kalasche trocken?«

»Auf einer komischen karierten Arena«, erinnerte sich die Standuhr.

»*Schach?*«

»Nein, Schazzo.« Der Zeitkönig starrte in die Schleimpfütze, die sich um ihn herum zu füllen begann. »Erwähnte ich schon, dass dieser Ort eine olfaktorische Zumutung ist?«

»In diesen heiligen, von göttlichem Wind erfüllten Hallen wurde in den vergangenen zweitausend Jahren das Universum verdaut«, widersprach Lhodas, »und zwar so gut wie restlos. Ihr beiden seid so was von obsolet ...«

Clogger blickte sich zweifelnd um. »Ein bisschen klein für ein ganzes Universum«, sagte sie.

»Klein?«, echote der Schwarzgekleidete. »Vor dem Urknall hatte sich unendlich viel Materie auf den unendlich kleinen Punkt einer Hypersingulariät konzentriert. *Das* war klein!«

Er knipste das Stundenglas aus und ließ es wieder in den Tiefen seiner Kutte verschwinden.

Clogger beugte sich zum Zeitkönig und raunte: »Das war der Kerl, der mich in den Wald geschickt hat.«

»Ich?«, fragte Lhodas. »Einen wandelnden Anachronismus wie dich? Das bezweifle ich.«

»Das liegt an diesem Schleimzeug«, vermutete Clogger. »Hast du vielleicht einst auf den Namen Thanatos gehört?«

Der Schwarzgekleidete knipste sein Stundenglas wieder an und musterte seine Besucher. Dann hob er den Kopf und schwieg lange, als müsste er sich die Vergangenheit in Erinnerung rufen. »In der Tat«, sagte er schließlich. »Aber das war vor Jahrmillionen.«

»Ja, die Zeit vergeht manchmal wie im Flug …«, murmelte der Zeitkönig.

»Zurück in die Vergangenheit?«, zweifelte Lhodas, nachdem die beiden Chronometer ihm ihre Geschichten erzählt hatten. »Macht ihr Witze? Ich bin doch kein Zeitschmerl. Schon gar nicht für Relikte wie euch.«

»Da du selbst es warst, der mich in der Vergangenheit in dieses Wolkenschloss gebracht und durch diese komische Tür geschickt hat, dürfte das Ergebnis meines Ausflugs von ungemeiner Wichtigkeit sein«, erklärte Clogger.

»Mag sein oder auch nicht. Das war ein entbehrungsvolles Zeitalter, in dem ich nicht wirklich ich selbst war …« Lhodas verstummte und krümmte sich, als würde er bei der Erinnerung an die Vergangenheit Schmerzen leiden. »Bei Benebaals Schoß!«, stöhnte er. »Womöglich taucht jeden Augenblick mein *Alter Ego* aus der Vergangenheit hier auf, um euch zurückzuholen!«

»Na, das sind doch hervorragende Aussichten!«, frohlockte der Zeitkönig.

»Hervorragend?« Lhodas begann in der Fleischgrotte auf und ab zu wandern. »Das wäre nicht nur das Ende vom Ende des Universums, sondern auch das Ende der Ungnade von Principi und des

Gottes der Endzeit«, stöhnte er. »Es darf niemals eine direkte Verbindung vom Orb in die Endzeit entstehen! Eins und eins von meinesgleichen am selben Ort ergibt null.«

»Das ist mir zu hohe Mathematik«, gestand der Zeitkönig. Lhodas sah sich gehetzt um. »Bin ich schon hier?«, fragte er.

»Was?«

»Bin ich noch da? Seht ihr mich noch?«

»Solange Ihr das Licht nicht löscht ...« Der Zeitkönig wandte sich zu Clogger um und tippte sich mit seinem Pendel gegen sein Stirngehäuse. »Hat er einen Holzwurm?«

»Ich schlage vor, du bringst uns so schnell wie möglich dorthin zurück, wo wir hergekommen sind«, empfahl Clogger dem Schwarzgekleideten.

»Kommt nicht infrage! Ich begleite euch nicht. Allenfalls versende ich euch!«

»Das ist immerhin ein Zugeständnis«, flüsterte der Zeitkönig zu Clogger. Er richtete sich auf und sprach: »Wir nehmen Euer Angebot dankend an. Allerdings bitten wir Euch um ein wenig mehr Eile, sonst zersetzen uns vorher diese widerlichen Sekrete.«

»Das wäre unter anderen Umständen ein ergötzliches Schauspiel.« Lhodas seufzte schwer. »Ich schicke euch zurück zum Ursprung des Dilemmas – in welch wirren Zeiten dieses auch immer gelegen haben mag. Der Rest bleibt euer Problem.« Er ließ sein Stundenglas vor seine beiden Besucher schweben und trat einen Schritt zurück. »Berührt das *Harenarium*«, forderte er sie auf. »Der tickende Chronometer mit der Krone zuerst.«

»Sie hat auch eine Krone«, wies der Zeitkönig ihn hin.

»Aber sie tickt nicht«, erklärte Lhodas. »Dieses Geräusch ist mir nicht geheuer.«

»Dürfte ich ...«

»Auf Nimmerwiedersehen«, schnitt der Schwarzgekleidete ihm das Wort ab. Einen Sekundenbruchteil später war der Zeitkönig verschwunden. »Richte meinem alten Ich eine Botschaft aus«, sagte er, als Clogger eines seiner Gewichte auf das Stundenglas legte. »Die

Vergänglichkeit ist das einzig gewisse und wahrhaftige Wesen der Schöpfung.« Er gab ein zufriedenes Brummen von sich, als auch die Standuhr sich in Luft aufgelöst hatte. »Durch die Zeit hüpfende Holzchronometer aus dem Mitteluniversum«, murmelte er. »Das war ja nun wirklich das Letzte!« Er pflückte das Stundenglas aus der Luft, knipste es aus und verstaute es in den Falten seines Mantels. Dann legte er seine Kutte ab, stimmte eine protomedorianische Arie an und stellte sich unter einen von der Magendecke regnenden Säurequell.

| 48 |

Während Aris und Ninive einem breiten Spiralgang hinab Richtung Erdgeschoss folgten, vernahmen sie tief unter sich eine unverständliche, von einer Kakofonie aus Störgeräuschen unterlegte Stimme, die immer wieder dieselben Worte zu wiederholen schien. Der sich schneckenhausartig durch das Chronoversum windende Flur mündete schließlich in einen diffus beleuchteten Korridor, auf dem ein wahres Lärminferno herrschte. Es war ein nervenzehrendes Konzert aus metallischem Klappern, Zischen, Brummen, Pfeifen und einem unregelmäßigen Wummern, das aus den Wänden selbst zu dringen schien. Unterbrochen wurde es von einer sich in Minutenintervallen wiederholenden Lautsprecheransage:

»*Warnung! T-Orb-Kontamination in Fusionsraum 39. Temporale Dichte: 177 Prozent über kritischem Wert und steigend. Verbleibende Zeit bis Orb-Fusion: 46 Minuten und 51 Sekunden. Warnung ...!*«

Aris verzog angewidert das Gesicht. »Was ist das für ein fürchterlicher Gestank?«

Statt zu antworten, schlüpfte Ninive an ihm vorbei auf den Korridor und sah sich um. Unter der Decke hingen bräunliche, nach verbranntem Zucker und faulenden Pflanzen stinkende Schwaden. Sie drangen aus einer nahen, gewölbeartigen Halle, die von einer

Installation aus kupfernen Bottichen, Tanks und Brennkesseln eingenommen wurde. Sämtliche Behälter waren durch massive, mit Zählern, Messuhren und Regulierungsarmaturen gespickte Rohrleitungen miteinander verbunden. Eines der Rohre hatte dem steigenden Druck nicht standgehalten und ließ aus dem Leck jenen übel riechenden Rauch entweichen, der die Halle und den Korridor vernebelte.

»Sieht aus wie eine Brauerei«, erkannte Ninive.

»Eher wie eine Destillerie.« Aris hielt sich den Ärmel seines Mantels vor Mund und Nase und lief zu einem Schaltpaneel. Hektisch studierte er die Anzeigen, dann drückte er auf ein erhabenes rotes Symbol, woraufhin das Geräuschinferno innerhalb weniger Sekunden abklang.

»Damit sollte das Problem erledigt sein«, erklärte er, nachdem er zurück auf den Korridor geeilt war und ein paarmal tief durchgeatmet hatte.

Warnung!, verkündete die Lautsprecherstimme unbeirrt. *T-Orb-Kontamination in Fusionsraum 39. Temporale Dichte: 179 Prozent über kritischem Wert und steigend. Verbleibende Zeit bis Orb-Fusion: 39 Minuten und 4 Sekunden ...*

»Einen Versuch war es wert«, meinte Ninive.

Aris kniff die Augen zusammen. »Sieh mal dort!«, sagte er und deutete auf ein Paar metallischer Füße, die aus einem mannshohen Metallkessel ragten.

»Du liebe Güte, das ist Cornelius«, rief Ninive, »der Assistent des Professors!«

»Du erkennst einen Roboter an seinen Füßen?«

»Ist keine Kunst.« Sie kletterte auf eine herbeigezogene Holzkiste und starrte in einen Tank, der fast vollständig mit einer stechend riechenden, schwarzbraunen Substanz gefüllt war. Cornelius war bis über die Knie in der erstarrten Masse versunken.

»Mit Meditation hat das wohl nichts zu tun«, staunte Aris, nachdem er sich neben Ninive gesellt hatte. »Irgendwie scheinen die Mitarbeiter deines komischen Professors den Drang zu verspüren, sich kopfüber in Kübel und Bottiche zu stürzen. Das ist echt krank.«

»Ich hoffe, das war nur ein Unfall. Wir müssen ihn da irgendwie rausholen.«

Aris hob skeptisch die Augenbrauen. »Wenn das Sloterdykes rechte Hand ist, wieso steckt er dann noch immer da drin?« Er klopfte auf die Kruste und rümpfte die Nase. »Und was ist das überhaupt für ein ekelhaftes Zeug?«

»Sieht aus wie eine Art Maische.« Ninive trat gegen den Tank. »Scheint vollkommen erstarrt zu sein«, stellte sie fest. »Vielleicht durch eine chemische Reaktion mit einer Substanz in Cornelius' Körper ...« Sie betrachtete den Unterbau der Konstruktion. Der Zylinder ruhte auf sechs massiven, armdicken Metallbeinen über einer Plattform, die wie eine Heizvorrichtung aussah. Ninive rüttelte an der Apparatur, dann lief sie zur Tür und warf prüfend einen Blick nach draußen.

»Hilf mir, ihn zu stützen«, bat sie Aris, als sie zurückkam, und kappte alle Kabel und Verbindungsrohre. »Er darf nicht umkippen.« Dann trat sie heran und legte eine Hand an das Metall des Tanks.

| 49 |

»Ich kann absolut nichts sehen!«, beschwerte sich der Kessel, als er – von Aris und Ninive flankiert – über den Korridor torkelte. »Ich weiß nicht einmal, ob ich vorwärts oder rückwärts laufe.«

»Das ist völlig normal«, versuchte Ninive ihn zu beruhigen. »Geh einfach weiter geradeaus, wir lenken dich in die richtige Richtung.«

»Muss das wirklich sein?« Der Tank kam ins Straucheln und wäre um ein Haar vornübergestürzt. »Ich glaube wirklich nicht, dass ich dafür geschaffen wurde«, jammerte er. »Wohin gehen wir überhaupt? Wird das eine Hinrichtung?«

Aris verdrehte die Augen. »Wenn du nicht endlich still bist, wird's eine!«

»Es ist eine Evakuierung«, erklärte Ninive, nachdem die Lautsprecherstimme verkündet hatte, dass ihnen weniger als 26 Minuten bis zur vermeintlichen Katastrophe blieben. »Solange wir dich stützen, kann dir nichts passieren.« Ninive strich dem Kessel beruhigend über das Metall. »Ich besitze eine Standuhr, die auf weitaus kürzeren Beinen durchs Haus rennt«, fügte sie hinzu und erntete dafür einen Seitenblick von Aris. »Kein Wort darüber zu Sloterdyke«, raunte sie ihm zu. »Ich hatte ihm einst geschworen, in seinem Domizil niemals etwas zu beseelen. Er hält die Gefahr, dass es durch das metamorphe Innenleben außer Kontrolle gerät, für zu groß.«

»Falls dein geheimnisvoller Professor überhaupt noch am Leben ist ...«

Nachdem sie den verunsicherten Tank zwei Treppen emporgelotst hatten, gelangten sie auf einen breiten Flur, in dessen Boden wandernde Leuchtmarken eingelassen waren. Obwohl das gegenüberliegende Ende des Korridors gut dreißig Meter entfernt war, konnten sie erkennen, dass die dort befindlichen Signalbänder in die entgegengesetzte Richtung liefen.

»Ein Leitsystem«, erkannte Aris.

Beide Signalketten trafen sich auf Höhe eines offenen Portals, beschrieben einen rechten Winkel und wanderten vereint in den angrenzenden Raum, aus dem in Intervallen grellrotes Licht auf den Korridor fiel. Die leuchtende Ziffer 39 neben dem Laboreingang bestätigte ihnen, dass sie die Quelle der Störung erreicht haben mussten.

Hinter dem Portal tat sich ein großer, weiß gefliester Laborraum auf, dessen Wände mit feuerfesten Isolationsmatten verkleidet waren. Davor reihten sich Apparaturen, deren verkabelte Fronten auf den ersten Blick nur aus Steckmodulen, Leitungsbuchsen und Adapterports zu bestehen schienen. Es gab kaum eine Stelle des Bodens, die nicht von Kabeln bedeckt war.

Das Zentrum des Labors wurde von einer übermannsgroßen Maschine beherrscht, die an einen altertümlichen Zwillingstransformator erinnerte. In einem Abstand von gut drei Metern zueinander erhoben sich zwei bullige Generatortürme über einer sternförmigen, mit Metalllamellen bedeckten Plattform, von der mehrere dicke Kabelstränge zu einer Anzahl kleinerer Peripherieapparaturen im Hintergrund des Raumes führten. Das gesamte Labor war von einer elektrisierenden Spannung erfüllt, welche Aris' und Ninives Kleidung bei jeder Bewegung knistern ließ.

Gefangen zwischen zwei leuchtenden Energiepolen im Zentrum der Maschine schwebte – zusammengekauert wie ein Fötus und sich langsam um seine Achse drehend – eine hünenhafte humanoide Gestalt, deren einziges Auge wie in seligem Schlummer geschlossen war.

»Professor?!« Ninive ließ den Kessel los, woraufhin dieser vornüberkippte und krachend auf dem Boden aufschlug. Aris erwartete einen wehleidigen Protest, doch der Tank blieb stumm. Entweder hatte es ihm vor Schreck die Sprache verschlagen, oder Ninive hatte ihn bereits wieder entseelt.

»Ein Monozyklop?«, stutzte Aris beim Anblick der schwebenden, in einen silbernen Thermoschutzanzug gekleideten Gestalt. »Dieser Sloterdyke ist ein Urwelt-Mutant?«

»Ein Großteil seiner inneren Organe ist künstlich und sein Kreislaufsystem synthetisch, aber das degradiert ihn längst nicht zu einem Mutanten«, erklärte Ninive.

»Für mich ist eins wie's andere«, erklärte Aris. »Diese Kerle sind den Chroniken zufolge vor Jahrtausenden ausgestorben.«

»Sein Memocortex ist um ein Vielfaches leistungsstärker als das Gehirn eines Menschen«, belehrte Ninive ihn. »Also leg dich besser nicht mit ihm an.«

Aris warf einen Blick auf Cornelius' Füße. »Na ja, im Königreich der Blinden sind die Einäugigen bekanntlich Könige ...«

Ninive umrundete die monströsen Transformatoren, vermied es jedoch, Sloterdyke dabei zu nahe zu kommen. »Er scheint in einer Art Kraftfeld gefangen zu sein.«

»Vielleicht ein elektromagnetischer Feldgenerator«, mutmaßte Aris. »Das könnte zu vollkommener Lähmung führen.«

»Wir müssen ihn da irgendwie rausholen.« Ratlos betrachtete Ninive die zahllosen leuchtenden Skalen und Displays an einem der Generatortürme. »Hilf mir, dieses Ding abzuschalten.«

»Mach es nicht komplizierter, als es ohnehin schon ist.« Aris ergriff einen hölzernen Stuhl und stieß ihn wie einen Rammbock mit der Lehne voraus in das Kraftfeld. Sloterdyke drehte eine letzte Pirouette und fiel hinter die Plattform auf ein Polster aus Isolierschaum und Kabelsträngen. Im selben Augenblick, in dem die Energiepole ermatteten, verstummte auch der Countdown der Lautsprecherstimme.

»Hast du sie noch alle?«, rief Ninive. Ehe sie Sloterdyke zu Hilfe eilen konnte, begann dieser sich jedoch bereits von selbst aufzurappeln.

Er öffnete sein Zyklopenauge und ließ ein Kameraobjektiv herausgleiten, das ihm über der Nasenwurzel wie ein kleines gedrungenes Fernrohr aus der Stirn ragte. Verwundert sah er sich im Labor um.

»Ivi!«, entfuhr es ihm, als er seine Besucherin erblickte. »Wo kommst du denn auf einmal her? Hat Cornelius dich hereingelassen?«

»Nein, wir sind …«

»Oh, hallo, junger Mann.« Sloterdyke neigte sich im Sitzen ein Stück zur Seite, um Aris zu betrachten. »Und wer oder was sind Sie?« Er erhob sich schwerfällig, woraufhin er die beiden Wandler um gut drei Köpfe überragte, und war in wenigen Schritten um die Maschine herumgelaufen. »Haben Sie Weltnachrichten für mich? Nein, lassen Sie mich raten: Sie sind der Phon-Technotekt. Das Konsortium hat Sie geschickt, um die Druckwellensittichkanone zu reparieren, habe ich recht? Ja?«

»Er gehört zu mir«, erklärte Ninive. »Wir müssen dringend mit Ihnen reden, Professor.«

»Gute Güte, was ist denn mit euch passiert? Habt ihr beiden euch geprügelt?«

»Nein«, winkte Aris ab. »Die Anreise war nur ein wenig abenteuerlich.«

»Ha, diese Füße kenne ich doch!«, rief der Monozyklop, als er den umgestürzten Brennkessel erspähte, und eilte hinaus auf den Korridor.

»Sind bei ihm ein paar Sicherungen durchgebrannt?«, flüsterte Aris Ninive ins Ohr. »Oder ist das Normalzustand?«

»Halbwegs normal.« Sie folgte Sloterdyke und fragte: »Geht es Ihnen gut, Professor?«

»Natürlich, Liebes, es geht mir immer gut, aber was habt ihr meinem treuen Pagen angetan?«

»Das ist eine lange Geschichte«, sagte Aris.

»Unsinn, junger Mann, der gute Cornelius war vor wenigen Augenblicken noch putzmunter.«

»Eine bescheidene Frage, Professor«, versuchte Ninive die Wogen zu glätten. »Wissen Sie, wie lange Sie in diesem Kraftfeld gefangen waren?«

»Gefangen?« Sloterdyke stieß ein brodelndes Lachen aus. »Wie kommst du denn darauf, Liebes?« Er ging zu einem Kontrollterminal an der Stirnseite der Apparatur. »Cornelius hatte Anweisung, das Tau-Q-Feld nach exakt neunzig Sekunden wieder zu deaktivieren. Die Sitzung dauerte nicht länger als …« Er las die Daten vom Display ab, richtete sich langsam auf, starrte eine Weile an die Zimmerdecke, dann nacheinander auf Aris, Ninive und Cornelius' Füße und schließlich wieder auf das Display. »Ach herrje«, sagte er. »104 Tage … Das ist in der Tat bedenklich.«

»Können Sie sich an irgendetwas erinnern?«

»Nein, Ivi. Innerhalb des Feldes finden keine temporalen Prozesse statt. Sekunden oder Jahre, beides ist wie ein Wimpernschlag. Folglich gibt es auch keine Erinnerungen.«

»Das heißt, Sie wären bis in alle Ewigkeit in diesem Kraftfeld gefangen gewesen?«

»Nur so lange, bis die Technik den Geist aufgegeben hätte. Im Übrigen ist es kein Kraftfeld, sondern ein Nullzeitfeld.«

»Aber warum war es immer noch aktiv?«, interessierte sich Aris. »Und warum steckt Ihr ›guter Cornelius‹ kopfüber in einem Maischebottich, statt dieses Experiment zu überwachen?«

»Zwei berechtigte Fragen, junger Mann.« Sloterdyke klopfte den Tank ab. »Das ist der Ethanol-Brennkessel …«

»Das Zeug dient ja wohl kaum der Verkostung.«

»Nein, als Reinigungslösung.« Er rüttelte an einem von Cornelius' Füßen. »Wir müssen ihn aus dieser misslichen Lage befreien«, entschied er. »Ich bin auf seine Hilfe angewiesen. Am besten, wir legen ihn hier auf das Pult.« Er räumte die Arbeitsfläche eines Labortisches frei, indem er alles, was sich darauf befand, einfach mit dem Arm beiseitewischte, dann hievte er den Kessel empor und warf einen flüchtigen Blick auf die Wandanzeige. Der Countdown für die Orb-Fusion war bei 14:06 Minuten zum Stillstand gekommen.

»Herrjemine«, murmelte Sloterdyke kopfschüttelnd. »Waren die Frühlingsüberschwemmungen in diesem Jahr schlimm?«

| 50 |

Sie benötigten Stunden, um Cornelius aus dem Tank zu befreien, die Reste der teils kristallisierten, teils noch sirupartigen Maische abzusaugen, den Korpus zu dekontaminieren und die Schaltkreise des Roboters zu reparieren. Der Gestank der vergorenen Pflanzen war dabei kaum zu ertragen.

»Ich habe mich immer gefragt, was passieren mag, wenn man eine KI-gesteuerte Maschine beseelt«, murmelte Aris, während er den Schädel des Roboters ausspülte.

»Es gibt einen fürchterlichen Kurzschluss in ihrem Bewusstseinsmuster-Neurodoma«, erklärte Sloterdyke. »Explosive Schizophrenie. Während meiner Anwesenheit in diesem Raum bitte ich daher von derartigen Grenzerfahrungsexperimenten abzusehen.«

»Glauben Sie, das wäre verheerender als eine Orb-Fusion?« Er warf einen Blick zu Ninive. »Ich kenne jemanden, der über Letzteres jedenfalls nicht sonderlich erfreut wäre ...«

Sloterdyke unterbrach seine Arbeit und musterte seine beiden Besucher. »Mit wem habt ihr gesprochen?«

»Sie werden ihn bald kennenlernen«, versprach Ninive. »Er ist bereits hierher unterwegs. Bis dahin bleibt genug Zeit, um uns aufzuklären, was es mit dieser seltsamen Maschine auf sich hat. Gesund sah das, was Sie da veranstaltet haben, jedenfalls nicht aus.«

»Deine Worte entbehren nicht einer gewissen Ironie, meine Liebe.« Sloterdyke legte seine Reinigungsutensilien beiseite. »Denn mein Problem ist nach wie vor die Zeit.« An Aris gewandt fügte er hinzu: »Ich gehe davon aus, dass deine Begleiterin dir bereits das Nötigste über mich, das Chronoversum und meine Passion, ihm zu entfliehen, erzählt hat.«

Der Monozyklop rollte den Tisch mit Cornelius in einen Nebenraum.

»Physiker des Goldenen Zeitalters hatten Chronoversen einst als Minkowski-Räume bezeichnet«, sagte er, nachdem er zurückgekehrt war. »Drei ihrer Dimensionen sind im uns vertrauten Universum verankert, aber durch konträre temporale Ebenen voneinander getrennt, ein Phänomen, das Zeitdilatation genannt wird. Chronoversen sind keiner einheitlichen sphärischen Form unterworfen, sondern können jede nur erdenkliche Struktur aufweisen – so wie dieser Gebäudekomplex.

Wann die Zeitdilatation innerhalb dieser Mauern begonnen hatte und wer oder was für den Prozess verantwortlich gewesen war, kann heute niemand mehr sagen. Alle Gedenktafeln sind verwittert, alle Datenträger verrottet und die meisten Bücher aus dem Goldenen Zeitalter bereits vor einer Ewigkeit zu Staub zerfallen. Vielleicht war es der Wunsch meiner Ahnen gewesen, einen Blick in die Zukunft zu werfen, um in Erfahrung zu bringen, ob ihre Arbeit Früchte tragen würde. Irgendetwas musste dabei mit der Zeitachse passiert sein, das nicht mehr zu korrigieren war. Womöglich hatten sie es zuerst überhaupt nicht bemerkt, und als sie es taten, war es bereits zu spät.

Man kann Zeit nicht sehen, hören, fühlen oder schmecken. Sie besteht weder aus Molekülen noch aus Quanten, Wellen oder Fluxfeldern. Dennoch verhält sich jeder auf der Welt, als sei sie sein persönliches Kleinod und tanze Tag und Nacht um ihn herum. Dass Raum und Zeit eine untrennbare Einheit bilden, ist eine universale Konstante. Innerhalb dieser Mauern wird jedoch immer mehr Zeit in einen begrenzten Raum gepresst. Eine wachsende, asynchrone Zeitmatrix innerhalb der Raumzeit verursacht irgendwann ein

Al-Shamma-Paradoxon. Was daraufhin geschieht, ist umstritten. Die einen sagen, es passiere gar nichts, da das Chronoversum sich einfach abspalten und fortan für sich allein existieren würde, die anderen behaupten, dass der bei einer Abspaltung entstehende Riss langsam die ganze Welt verschlingen würde. Es gibt jedoch auch Stimmen, die propagierten, dass dies bereits vor Jahrtausenden geschehen wäre. Nur sei sich kaum jemand darüber bewusst, da wir unser Ursprungsuniversum nicht sehen oder wahrnehmen könnten.« Er trat an den rechten Generatorpol heran und strich mit einer Hand fast zärtlich über das Metall. »Was ihr hier seht, ist ein Retroflux-Diachronometer«, erklärte er. »Er ist womöglich in der Lage, alles wieder ins Lot zu bringen. Falls meine Berechnungen korrekt sind, sorgt er dafür, dass die Zeitsymmetrie wiederhergestellt wird. Da ich schwerlich die Zeitachse der Außenwelt auf das Niveau des Chronoversums krümmen kann, bleibt als einzige Option der Umkehrschluss.«

»Also ist dieser Apparat so etwas wie eine Zeitmaschine?«

»Ach, papperlapapp, Zeitmaschine«, brummte der Monozyklop. »Unausgegorener Firlefanz! Alle träumen von Zeitmaschinen, doch warum hat man von all den Zeitreisenden wohl nie wieder etwas gehört? Weil keiner von ihnen ein Diametron in seine Maschine integriert hatte, das zugleich auch die Raumverschiebung berücksichtigt. Es geht einzig und allein um den Fluss aller Dinge, Ivi. *Panta rhei*, wie Heraklit einst erkannte. Nichts verharrt je auf der Stelle, nirgendwo, niemals. Frag deinen Freund Flodd, der kennt sich damit aus.«

»Und welche Rolle spielen Sie dabei?«

»Das Diametron schützt mich während des Regulierungsprozesses vor der Strahlung. Ob Element, Kraft oder Energie, alles im Universum hat einen Gegenpart, Junger Mann. Sieh dir beispielsweise den Nachthimmel an: Sterne, Planeten, Hyperboliden, Asteroiden, Plasma und Staub; ein Kosmos, in dem Materieklumpen in einem unvorstellbar ausgedehnten, leeren Raum treiben. Ein mögliches Gegenuniversum hingegen besteht nur aus Materie, mit unendlich vielen Löchern und Blasen überall dort, wo in unserem Universum Sternen, Planeten und anderen Himmelsobjekte existieren.«

»Soll das heißen, in diesem Gegenuniversum befindet sich dort, wo ich jetzt stehe, eine Art Loch, das so aussieht wie ich?«, staunte Ninive.

»Nun, ganz so simpel lässt es sich nicht definieren, aber ja, dein Pendant auf der anderen Seite ist so etwas wie ein Loch in der Materie. Eine Art Hohlraum als Negativ deines Körpers. Wobei es nicht wirklich ein Loch ist, sondern nur ein Invertfeld mit geringerer Dichte.«

»Was ist denn das Negativ eines Gedanken?«, rätselte Aris. »Und das Negativ einer Stimme? Ich kann mir invertierte Gedanken und Stimmen nicht vorstellen? Wie klingt so etwas?«

»Dein Pendant auf der anderen Seite wird sich in Bezug auf unser Universum das Gleiche fragen«, entgegnete der Monozyklop »Nur eben auch wieder das Gegenteil davon. Für deinen *Antaris* entspricht womöglich das, was für uns Töne sind, Variationen der Stille – denn wo in unserem Universum absolute Ruhe herrscht, wird die andere Seite von absolutem Lärm erfüllt – ein Zustand, der selbst meine Vorstellungskraft übersteigt. Dort drüben kommuniziert man womöglich mit mannigfaltigen Variationen von Stille – wobei auch das wieder nur als Simplifikation betrachtet werden kann.

Ich glaube nicht, dass sich für unsere Antigone auch emotionale Abstrakta wie Gegenglück, Gegenleid, Gegenfreude oder Gegenangst manifestieren, aber ich kann es nicht ausschließen. Ein Universum, in dem jeder Antigon sich davor fürchtet, keine Schmerzen mehr zu fühlen, keine Angst mehr zu haben und glücklich zu sein, kommt dem menschlichen Sinnbild der Hölle sehr nahe. Stellt euch eine Zivilisation aus toten Invertfeldern vor, die sich vor kaum etwas mehr fürchten als vor dem Leben und sich nichts sehnlicher wünschen als den ewigen Tod – wobei wir bei der *Crux universalis* wären.«

Ninive schüttelte überfordert den Kopf. »Was ist das quantitative Pendant einer Zivilisation?«

Sloterdyke gab ein undefinierbares Geräusch von sich. »Das willst du nicht wirklich wissen, Ivi ...« Er hob die Arme und sagte:

»Alles im Universum hat einen Gegenpart – außer in einem Chronoversum. Hier besteht nur *das Vereinte*. Erst mit der Resymmetrierung durch das Diametron werden die Gesetze von Zeit und Raum wiederhergestellt. Ich verspüre allerdings keine Lust, diesen womöglich sehr langwierigen Prozess am eigenen Leib zu erfahren. Folglich musste ich etwas erschaffen, das bei Bedarf ein räumlich begrenztes, in sich geschlossenes System bildet und dabei nichts Geringeres beherbergt als den Stillstand aller physikalischen, biologischen und chemischen Prozesse.

Die Lösung erwies sich als ebenso alt wie simpel.« Er öffnete ein Schubfach und entnahm ihm einen prähistorischen Glocken-Analogwecker.

»Eine Uhr?«, zweifelte Aris.

»Weit mehr als nur eine Uhr, junger Mann. Es ist ein Equilibrium-Chronometer. Mit ihm neutralisiert man negativ gepolte morphische Felder, Zeitparadoxa und jede Form von Emotionsgravitation. Grundvoraussetzung dafür ist, dass sein Uhrwerk absolut frei von Verunreinigungen ist und tadellos funktioniert – eine Eigenschaft, die durch Pflege und Reinigung mit Bioethanol gewährleistet wird, hochprozentigem Alkohol, den wir in einem der Arboreten durch die Vergärung von Zuckerrüben und Zuckerrohr gewinnen. Für gewöhnlich verfügt ein derartiger Chronometer über sechs Zeiger: drei für Sekunden, Minuten und Stunden, die sich im Uhrzeigersinn bewegen, und drei weitere für Gegensekunden, Gegenminuten und Gegenstunden, die rückläufig rotieren. Lasse ich ihn in das Nullfeld fallen, passiert Folgendes.«

Mit Daumen und Zeigefinger bündelte er alle sechs Zeiger deckungsgleich über der 12, hielt die Uhr über das Kraftfeld und ließ sie fallen. Ninive erwartete, dass ihr Gehäuse beim Aufprall zerbrach – doch die fallende Uhr erreichte den Boden überhaupt nicht. Kaum hatte Sloterdyke sie losgelassen, war sie auch schon verschwunden.

»Was ist passiert?«, staunte Ninive. »Wo ist sie hin?«

»Ihr Metafluss-Quigongant hat sich um mehrere Fluxsekunden verschoben«, erklärte der Professor.

Ninive und Aris blickten sich an, dann fragten beide synchron: »Was?«

»Die Zeit hat ihr eigenes Fluss-Kontinuum verlassen.« Sloterdyke beugte sich herab und sah seine Besucher forschend an, als suchte er in ihren Augen ein Anzeichen von Verständnis. »Sie ist – nun, wie soll ich sagen? – ins Schlingern geraten und hat ihr eigenes Fluss-Kontinuum verlassen. Das Resultat ist: *nichts!* Ein wahrlich faszinierendes Phänomen, findet ihr nicht? Ich nenne es das *Sloterdyke-Zeitkompressionsequilibrium*. Wunderbar vrigoliges Wort, findet ihr nicht?«

»Wunderbares *was*?«

»Nicht so wichtig. Fakt ist: Für ein paar Minuten hört der Chronometer in unserem Universum auf zu existieren. Wir müssen warten, bis er irgendwann in den nächsten Minuten wieder auftaucht und wir ihn auffangen können. Zumindest den größten Teil von ihm, denn es gehen immer ein paar Informationen verloren, wodurch auch seine Masse unmerklich schwindet. Aufgrund zahlloser Experimente ist er schon leicht transparent geworden. Irgendwann wird er so feinstofflich sein, dass er beim Auftreffen auf den Boden darin versinken wird. Seine Elementarteilchen werden einfach zwischen denen des Gesteins hindurchschlüpfen, wie ein Geist, der nahezu jede Form von Materie zu durchdringen vermag; der Geist eines Chronometers.« Er bückte sich und streckte einen Arm unter das Nullfeld. Sekunden später tauchte die verschwundene Uhr wieder auf und plumpste in seine Hand. »Beeindruckend anzusehen, aber letztlich nutzlos«, kommentierte Sloterdyke das Ereignis. »Um das tatsächlich erhoffte Resultat zu erzielen, ist es notwendig, ein wenig zu tricksen und zwei zusätzliche Zeiger einzusetzen. Sie repositionieren den Raum und – wenn man es so nennen will – den Gegenraum.«

Er modifizierte die Uhr und hielt sie erneut über das Nullfeld. »Lasse ich den Chronometer nun ein weiteres Mal fallen, geschieht Wundersames.« Die Uhr sank ein Stück in die Tiefe – und begann im Zentrum des Feldes auf der Stelle zu schweben, wobei sie langsam um ihre Längsachse rotierte. »Während die Zeit für uns kontinuierlich vergeht, bleibt der Chronometer als Fixpunkt darin gefangen«, erklärte Sloterdyke das Phänomen. »Er ist also gewissermaßen in der Zeit erstarrt, doch seine Informationen befinden sich nach wie vor hier, in diesem Raum, an exakt der Stelle, an der ihr ihn seht.« Er blickte zur Decke, als vermochte er durch sie hindurch die Sterne zu erkennen. »Die Realität, in der sie ohne Raumzeiger existieren würde, liegt bereits Tausende, Zehntausende, vielleicht sogar schon Hunderttausende von Kilometern hinter uns. Niemand weiß, wie schnell die Raumzeit sich innerhalb der Albusmatrix ausdehnt.« Er deaktivierte die Maschine und ließ die Uhr in seine Hand fallen. »Diese Apparatur hier ist allerdings nur ein bescheidenes, wenn auch voll funktionsfähiges Versuchsmodell. Das tatsächliche Diametron nimmt das gesamte Untergeschoss des Delta-Traktes für sich ein.«

Er putzte gedankenverloren den Staub von einem der Generatoren. »Nun ja«, murmelte er, »der erste Testlauf ist zwar ein wenig ausgeufert, aber ich kann zumindest behaupten, dass der Mechanismus funktioniert. Sein Nullzeitfeld basiert auf den Konstruktionsplänen eines Reisenden, der vor über einem Millennium zu uns kam und behauptete, er könne die Zeit nach Belieben manipulieren.«

»Sprechen Sie etwa von Barna?«, fragte Aris erstaunt.

»Ich kann Ihnen nicht ganz folgen, junger Mann.«

»Die Chroniken erzählen von einem Reisenden namens Barna, der der Legende zufolge aus dem Land jenseits der Bannmauer stammte. Leider ist das alles, was wir heute noch über ihn und seine Herkunft wissen.«

»Barnacoll«, sagte Sloterdyke und sorgte dafür, dass sich Ninives Nackenhärchen aufrichteten. »Er hieß Auguste Barnacoll. Und seine Heimat war keinesfalls das Land jenseits der Bannmauer, sondern die Mauer selbst.«

»Soll das heißen, sie ist hohl?«, fragte Ninive verblüfft. »Und *bewohnt?*«

»Angesichts der Zeit, die seit ihrem Bau verstrichen ist, halte ich das für unwahrscheinlich«, sagte Sloterdyke. »Ich kann es aber auch nicht ausschließen. Dass sie größtenteils hohl ist, bezweifle ich allerdings, sonst hätte sie nicht die für ihren Zweck nötige Stabilität. Allerdings verbargen sich in früheren Konstruktionen ihrer Art zumeist Kontroll- und Maschinenräume, Generator- und Turbinenhallen, Transformatoren und Wartungstunnel in ihrem Inneren. Allein das Kraftwerk in ihrem Zentrum dürfte die Dimensionen einer kleinen Stadt besessen haben.«

»Sagen Sie, wer waren eigentlich Ihre Vorgänger?«, interessierte sich Aris mit einem Seitenblick auf die von Kabeln und Schläuchen umwickelten Generatoren. »Wissenschaftler? Historiker?«

»Mönche«, erklärte Sloterdyke. »Neo-Orphiker. Vermutlich bin ich der einzige, der noch übrig ist. Meine Ahnen hatten sich der Erforschung der Zeit verschrieben, in Physik, Astronomie, Neurologie, Chronopsychologie, Chronobiologie und weiteren, längst vergessenen Wissenschaften. Ihr steht hier in einem Kloster – oder zumindest in seinen Überresten.«

Aris ließ seinen Blick schweifen. »Davon ist nichts in den Archiven verzeichnet ...«

»Ja, Wandler, unser Maß an Wissen ist groß«, bestätigte Sloterdyke. »Aber unvergleichlich viel größer ist unser Maß an Unwissen. Die meiste Zeit seines Lebens verbringt der Mensch offenen Auges in völliger Ohnmacht. Dass die Welt sich dreht, ist eine großartige Erfindung der Götter. Ohne diesen Kniff wäre die Menschheit womöglich bereits nach ihrer ersten Nacht auf diesem Planten ausgestorben – falls das tatsächlich ein Planet ist, worauf wir uns befinden.«

»Was soll es denn sonst sein?«

»Vielleicht eine Moebius-Mannigfaltigkeit, vielleicht aber auch das langsam verblassende Informationsrelikt einer längst vergangenen Realität, gefangen und verloren in einer Apparatur, die dieser hier gleicht, einem Diametron von globalen Ausmaßen, aber dennoch nur ein winziges, unbedeutendes Nichts im universellen Fluss ...«

»Was geschieht, wenn Sie die eigentliche Anlage aktivieren?«

»Das weiß ich leider nicht so genau«, gestand Sloterdyke. »Möglicherweise kommt alles wieder ins Lot, möglicherweise auch nicht …«

Aris verzog die Lippen. »Und was genau heißt ›oder auch nicht‹?«

»Es könnte sein, dass Zeit und Gegenzeit einander auslöschen, sobald sie aufeinandertreffen, ähnlich wie Materie und Antimaterie. Das wäre dann, wenn man es so nennen will, das Ende.« Er musterte seine Besucher eindringlich. »Aber nun zu euch beiden. Ihr seid ja sicherlich nicht nur gekommen, um den guten Cornelius aus einem Maischetank zu retten. Wer oder was hat euch hergeführt?«

»Es geht um die Bannmauer«, sagte Ninive. »Doch zuerst sollten Sie sich etwas anschauen.«

»Bitte, ich bin Auge und Ohr.«

»Besagtes ›Etwas‹ steht draußen vor den Toren«, erklärte Aris. Und mit einem Seitenblick zu Ninive fügte er leise hinzu: »Zumindest hoffe ich, dass die beiden ihren Weg hierher inzwischen gefunden haben.«

| 51 |

»Bei allen Quantengöttern!« Sloterdyke hatte sich dem offenen Eingangsportal bis auf einen Schritt genähert und starrte hinaus auf das wenige Meter vor dem Gebäude stehende Tauchboot. »Ihr habt ein Urwelt-Aquaroid gefunden!«

»Genau genommen hat es eigentlich *mich* gefunden«, gestand Ninive. »Oben, im Hochland.«

»Heißt das, es ist beseelt?«

»Na ja, halbwegs.« Aris trat neben Sloterdyke und blickte auf das Metallungetüm. »Gemessen am Durchschnittsintellekt der Mechafauna ist es ziemlich dumm.«

»Naiv wie ein kleines Kind, aber gutmütig«, erklärte Ninive. »Allerdings ist es recht scheu. Vielleicht kann ich es heranlocken.« Bevor sie jedoch ins Freie treten konnte, tauchte ein hochgewachsener Schatten vor dem Portal auf und versperrte ihr den Weg.

»Na, endlich!« Cutter rammte seine Sense vor der Türschwelle in den Boden. »Wir warten hier schon seit einer halben Ewigkeit!«

»Oh, *nein, nein, nein* …!«, stieß Sloterdyke bei dessen Anblick aus und wich entsetzt zurück, als der Schwarzgekleidete durch das Portal trat. »Bleib mir vom Leib, du Urwelt-Plage, deine Zeit habe ich ausgesperrt!« Er wirbelte herum und rannte im Zickzack über den Korridor, wobei er wahllos Gegenstände seines Mobiliars packte und in Richtung des Eindringlings schleuderte. »Du hast in diesen Mauern keine Existenzberechtigung!«

»Professor!« Ninive eilte Sloterdyke nach und stellte sich ihm den Weg. »Er ist nicht Ihretwegen hier!«

»Geh zur Seite, du Hiobsbotin! Hätte ich geahnt, dass ihr für diesen Seelenfresser arbeitet ...«

»Cutter wird Ihnen nichts antun und sich Ihnen auch nicht nähern, wenn Sie es nicht wünschen«, versicherte Ninive dem verängstigten Monozyklopen. »Aber hören Sie sich bitte an, was die beiden zu sagen haben.«

Sloterdyke starrte sie gehetzt an. »Bürgst du dafür, Äonenkind?«

»Ohne ihn hätten wir es nicht rechtzeitig hierhergeschafft«, erklärte Aris. »Er hegt keine bösen Absichten.«

Der Monozyklop taxierte den ungebetenen Besucher. »Sicher?«

»Todsicher«, beteuerte Cutter.

Argwöhnisch kehrte Sloterdyke zurück in die Vorhalle, wobei er einen großen Bogen um den Schwarzgekleideten machte, dann begann er mit ausgebreiteten Armen kreuz und quer durch den Raum zu laufen.

»Wo ist er?«

»Wer?«, wunderte sich Ninive.

»Na, der Vierte im Bunde. Du sagtest, *die beiden* hätten mir etwas zu sagen. Den einen sehe ich, den anderen nicht.«

»Er wird noch an Bord sein«, erklärte Ninive und wandte sich Richtung Ausgang. »Warten Sie ...«

»Nein!« Cutter schnellte heran, um sie von der Türschwelle zurückzureißen, doch es war zu spät. Als Ninive seinen Schatten neben sich auftauchen sah, duckte sie sich reflexartig weg, sodass Cutters Hand nicht ihren Brustkorb traf, sondern ihr ungeschütztes Gesicht. Die Berührung war wie ein glühender elektrischer Schlag. Einen Schmerzensschrei ausstoßend, stolperte Ninive rückwärts und verlor das Gleichgewicht. Die Augen schreckgeweitet und ihre rechte Hand gegen den Körper gepresst, wand sie sich am Boden. Alles um sie herum hatte seine Konturen verloren, bestand nur noch aus verwaschenen Schemen, als würde sie durch einen trüben Schleier blicken. Die Fingernägel ihrer rechten Hand waren innerhalb eines Sekundenbruchteils um mehrere Zentimeter gewachsen. Es war das erste Mal gewesen, dass Cutter sie direkt berührt hatte. Ihre Haut fühlte sich an, als hätte er ihr siedendes Öl ins Gesicht geschüttet.

»O mein Gott, Ivi!« Aris kniete sich neben sie und barg ihren Kopf auf seinem Schoß. »*Ivi!*«

»Meine Augen! Was ist mit meinen Augen?«

»Nicht berühren!«, mahnte Aris und hielt sie mit sanfter Gewalt davon ab, die Verletzung zu betasten.

Ninive ergriff seine Hand. »Es tut so weh«, flüsterte sie.

»Das ist der Zeitbrand«, erklärte Cutter. Mit einem Blick zu Aris fügte er hinzu: »Und die Nekrose. Ich bin der Letzte, der durch Handauflegen zu heilen vermag. Der Tod ist ein Zerstörer, kein Schöpfer. Sosehr ich mich bemühe, diese Welt zu schonen, war, bin und bleibe ich eine Entität jener Materie, aus der ich geschaffen wurde.«

»Ich fürchte, ihr könnt das Chronoversum nicht mehr verlassen«, dämmerte es Sloterdyke, dem die Erschütterung über das Geschehene anzusehen war. »Keiner von euch trägt einen Synchronisator.«

Aris schüttelte fast schon trotzig den Kopf. »Aber es sind doch erst ein paar Stunden vergangen …«

»Eurem Empfinden nach. Unter normalen Bedingungen wäre eine externe Biosynchronisation zwar unangenehm, aber nicht lebensbedrohlich. Aufgrund der Zeit, die durch den Diametron-Zwischenfall während der vergangenen vier Monate in diesen Mauern angestaut wurde, hat sich der Prozess der Zeitdivergenz jedoch auf ein unkalkulierbares Maß beschleunigt. Ihr könnt nicht mehr ins Freie hinausmarschieren, als sei alles noch beim Alten. Selbst wenn die Dilatation lediglich ein paar Stunden oder sogar nur wenige Minuten betragen sollte, würde euer Körper den temporalen Schock nicht verkraften. Wie es scheint, ist mein Gefängnis nun auch das eure.« Sloterdyke setzte sich neben Ninive und ergriff ihre Hand. »Es tut mir leid, Ivi. Es tut mir so unendlich leid …«

| 52 |

Selbst für die das Aquaroid steuernde Rüstung war viel Überredungskunst vonnöten gewesen, es zum Kriechen in die Halle zu bewegen. Um zu vermeiden, dass das Boot in der geschlossenen Umgebung in Panik geriet, hatte Ninive es auf Sloterdykes Bitten hin entseelt. Es war der letzte Wunsch gewesen, den sie ihm zu erfüllen vermocht hatte. Danach waren Cutter, Sloterdyke und Aris übereingekommen, sich für eine gewisse Zeit aus dem Weg zu gehen, um jedem die Gelegenheit zu bieten, die Geschehnisse auf seine Art zu verarbeiten. Erst Stunden nach der Tragödie hatten sie sich wieder in der Halle zusammengefunden, um zu beratschlagen, wie es weitergehen sollte.

Der Monozyklop selbst zeigte sich alles andere als begeistert ob seiner vermeintlichen Rolle, nachdem Cutter und Aris ihm den Grund für ihren Besuch erklärt hatten.

»Es ist mir egal, was irgendeine metaphysische Schicksalsentität vorhergesehen hat oder ob ich die unverzichtbare Komponente eines höheren Plans bin!«, hatte er am ersten Tag gepoltert und sich danach verdrückt. »Keine hundert Scheller kriegen mich in dieses Wrack, und schon gar nicht auf Tauchfahrt hinter die Bannmauer!«, waren seine Worte am zweiten Tag gewesen. Und mit dem Urteil: »Ihr seid wahnsinnig, alle zusammen!«, tat er schließlich seine aktuelle Ansicht über Aris' und Cutters Vorhaben kund. »Ich bin seit Jahrhunderten im Chronoversum gefangen. Nahezu jedes Atom meines Körpers schwingt in einem inkohärenten Zeitfluss. Statt einen Schritt weit vor die Tür zu treten, könnte ich auch gleich nackt in einen Lavasee springen.«

»Nicht unbedingt«, widersprach Aris.

»Wie darf ich das verstehen?«

Aris reichte Sloterdyke ein Blatt Papier mit einer von ihm angefertigten Zeichnung, die einen Querschnitt des Aquaroids zeigte. Der Monozyklop studierte die Skizze, dann fragte er verwundert: »Ein mobiles Diametron? In diesem Schrottklumpen?«

»Genau gesagt eine zweckdienliche Modifikation Ihres ersten Prototyps, auf den ich gestern beim Stöbern in einem der nicht mehr genutzten Labore gestoßen bin«, erklärte Aris. »So gepolt und kalibriert, dass das von Ihnen geschaffene Kraftfeld die gesamte Kabine erfüllt.«

»Junger Mann, diese Apparatur ist, wie ihre Bezeichnung besagt, nur ein *Prototyp*«, erinnerte der Monozyklop seinen Gast. »Seine Leistung war dereinst ein Witz.« Er dachte einen Augenblick nach. »Wenn auch einer, der meine Genialität auf diesem Gebiet nachhaltig unter Beweis stellt ...«

»Wir ersetzen die alten Komponenten durch moderne, leistungsstärkere«, erklärte Aris. »Natürlich dürfte das Diametron an Bord kein vollkommenes Nullzeitfeld erzeugen, sondern einen geringen Fluss erlauben, sodass eine sanfte Synchronisation mit der realen Zeit stattfindet und wir handlungsfähig bleiben.«

Der Monozyklop und die halb aus dem Einstiegsdom des Aquaroids gekletterte Taucherrüstung taxierten einander mit Blicken.

»Und diesem ... Urwelt-Navigator dort oben ist zu trauen?«

»Ich bürge für ihn«, erklang Cutters Stimme hinter seinem Rücken.

Sloterdyke fuhr herum und brachte rasch einige Schritte Abstand zwischen sich und die Kuttengestalt. »Und wer bürgt für Euch?« Ihm war anzumerken, dass die Anwesenheit des Schwarzgekleideten ihm ganz und gar nicht behagte.

»Darüber musst du dir nicht den Kopf zerbrechen, Monozyklop.«
Sloterdyke umrundete skeptisch das Tauchboot. »Interessante Idee, junger Mann«, befand er schließlich. »Aber ich bezweifle ernsthaft, dass Barnacolls Konstrukt für einen derartigen Eingriff bereit ist.«

»Barnacolls Konstrukt?«, wiederholte Aris perplex. »Ist das ein Witz? Dieser kriechende Schrotthaufen soll sein seit tausend Jahren verschollenes Tauchboot sein?«

»Nun ja …« Sloterdyke musterte das Aquaroid. »Zumindest fast. Irgendetwas stimmt mit ihm nicht. Es ist nicht ganz beschreibungs- und maßstabsgetreu.«

»Die Stadtchroniken erzählen von einem Zeptakel, aber an keiner Stelle etwas von einem Aquaroid.«

»Ein Übersetzungsfehler. Zeptakel ist wahrscheinlich das degenerierte Fragment des Begriffes Aqua receptaculum. Übersetzt bedeutet Letzteres schlicht ›Wassertank‹. Aber wie gesagt: Etwas stimmt nicht mit seiner Form, aber ich kann momentan noch nicht sagen, was. Ich arbeite an dem Problem.« Er beugte seinen Oberkörper hin und her, als erhoffte er, dem Rätsel dadurch auf die Schliche zu kommen. »Angenommen, wir konstruieren tatsächlich ein mobiles Diametron«, sprach er schließlich. »Wo gedenkt ihr die Polgeneratoren unterzubringen?«

»Einen im Einstiegsturm«, erklärte Aris und tippte auf die Zeichnung. »Sein Inneres böte den nötigen Platz, ohne kostbaren Kabinenraum opfern zu müssen. Der zweite Generator ließe sich darunter lotrecht zwischen Fußboden und Kiel installieren. Zwar wäre das Ein- und Aussteigen danach nur noch durch die Frontluke möglich, aber das sollte unser geringstes Übel sein.«

Sloterdyke blies eine Dampfschwade Richtung Hallendach. »Und Ihr?«, rief er zu der Rüstung hinauf. »Billigt Ihr einen derart gravierenden Eingriff an Eurem Wohngehäuse?«

»Ich bin kein Eisensiedlerkrebs«, entgegnete die Rüstung. »Abgesehen davon stimme ich zu, die Idee des Wandlers umzusetzen.«

»War ja klar«, brummte der Monozyklop. Und mit einem Blick auf Aris fügte er hinzu: »Der Zeitbrand kann diesen beiden

Urwelt-Heimsuchungen auch nichts anhaben. Was also haben sie zu verlieren?«

»Die Welt«, antwortete Cutter. »Nur die ganze verrückte Welt.«

TEIL 5

DAS LICHT AM ENDE

DER TRÄUME

Frank, ich brauch einmal Würstchen im Schlafrock, zwei Hühnereier auf Toast mit einem Geheimnis in der Gasse, einen warmen Abend mit schimmligem Deckel und zwei Schachbretter. Ach, und kein Schwein bitte.

Oma Desala
STARGATE 8.18

| 53 |

Schwärze.

Es existierte kein Oben und Unten, kein Links oder Rechts. Ninive war umgeben von einem Mantel aus reinster Dunkelheit, einer vollkommenen Tiefe, die jedes Geräusch, jeden Blick und jede Hoffnung schluckte.

Irgendwann tauchte in unendlich weiter Ferne ein kleiner, glitzernder Punkt in der Finsternis auf. Er flackerte scheu, glomm zuerst grün und erstrahlte schließlich in reinem Blau.

Es war ein Stern.

Ninive entdeckte in seiner Nähe bald einen zweiten, winziger noch als sein Nachbar. Dann, innerhalb eines Lidschlags, schien das gesamte Universum seine Augen zu öffnen und blickte durch Tausende und Abertausende von Sternen auf sie herab.

Es war nicht der Himmel, den sie aus den Nächten der vergangenen Jahrhunderte kannte, doch obwohl die Konstellationen der Sternbilder verzerrt waren, glaubte sie einige der Gestirne wiederzuerkennen: Aldebaran und Bellatrix, den Orion, die sieben Schwestern der Plejaden und den schimmernden Canopus im Kiel des Schiffes Argo.

Wind kam auf und trieb Ninive durch den leeren Raum. Von einem Moment zum anderen gähnte unter ihr ein Abgrund, der wirkte, als wäre der halbe Kosmos von einem unermesslich großen Schatten verdeckt. Ninive verspürte Angst, stürzte jedoch in keine Tiefe. Das Licht der Sterne spiegelte sich stattdessen auf etwas, das sich an der Oberfläche des Abgrundes bewegte, als führte diese ein gespenstisches Eigenleben. Es waren Wellen, die mit dem Wind über das nachtschwarze Wasser eines Ozeans wogten.

Rasch begann das Firmament sich zu färben. Die Sterne verblassten in einem immer intensiver werdenden Glühen, das sich am Horizont bildete. Eine riesige rote Sonne ging auf und überstrahlte als gigantischer Feuerball den Sternenhimmel. Sie wanderte in den Zenit, als würde ein Tag auf dieser Welt nur wenige Augenblicke währen.

Kleine, nadeldünne Fische schossen mancherorts aus dem Wasser hervor und schwebten auf hauchdünnen Membranen meterweit über die Oberfläche, um nach kurzem Flug in ihr Element zurückzukehren. Ninive fühlte, wie ihre Zehenspitzen durchs Wasser pflügten, während sie mit weit ausgebreiteten Armen darüber hinwegschwebte. Sie spürte den Wind und das Prickeln der Gischt auf der nackten Haut, doch blickte sie an sich herab, sah sie nichts außer der sanft unter ihr hinweggleitenden Wasseroberfläche.

Unvermittelt sank sie tiefer, tauche schließlich vollkommen ein in das sie umtosende Wasser. Der Glanz der Sterne verschwamm über ihr, und langsam umfing sie wieder eine undurchdringliche Schwärze, während sie hinab auf den Grund des Meeres sank …

Erst als die Dunkelheit andauerte und Ninive das Geräusch ihres eigenen Atmens hörte, wurde ihr bewusst, dass sie nicht mehr träumte.

In hilfloser Wut krallte sie ihre Finger in das Bettlaken und zerrte am Stoff, bis ihre Armmuskeln schmerzten. Zu gern hätte sie mit den Fäusten auf die Matratze oder die Wand eingeschlagen, aber sie fühlte sich zu kraftlos und zu erschöpft. So kauerte sie sich nur auf dem Bett zusammen und weinte still vor sich hin, ohne dass eine Träne floss.

Ihr sehnlichster Wunsch war es, die Augen aufzureißen und ein Licht zu erblicken, doch sie wusste, dass die schreckliche Dunkelheit andauern würde, solange sie wach war. Erst wenn sie erneut

einschlief, würde sie weichen und ihr ein neuer Traum die Illusion schenken, wieder sehen zu können.

Ninive befühlte die dicken Verbände vor ihren Augen, prüfte, ob keine der Binden oder Kompressen verrutscht war – und musste sich zurückhalten, um nicht absichtlich daran zu zerren, damit sie beim nächsten Besuch jemand ein wenig länger umsorgte. Sie hatte sehnlich darauf gewartet, dass Aris oder wenigstens der Professor sie besuchen kam, aber seit Stunden hatte keiner der beiden mehr nach ihr gesehen. Hin und her gerissen zwischen der Wut darüber, sich selbst überlassen zu sein, und der Sorge, dass womöglich bei der Reaktivierung von Cornelius oder Sloterdykes Tüfteleien an seinem *Diametron* irgendetwas schiefgegangen sein könnte, war sie mehrmals kurz davor gewesen, das Bett zu verlassen und sich ihren Weg hinunter zu den Laboratorien zu ertasten. Vor ihrem geistigen Auge sah Ninive bereits den Monozyklopen gemeinsam mit Aris selig lächelnd zwischen den Generatoren schweben, weil sein Nullzeitfeld beim Experimentieren versehentlich alle beide erfasst hatte.

In einer Mischung aus Langeweile und Verzweiflung hatte sie schließlich ihre Bettdecke beseelt – um bald darauf zu der Erkenntnis zu kommen, dass es kaum etwas Deprimierendes gab, als sich mit einer solchen zu unterhalten. Es war offenbar ein Umstand, der auf Gegenseitigkeit beruhte, denn irgendwann im Laufe der Nacht war das treulose Wäschestück heimlich aus dem Zimmer gekrochen und hatte Ninive frierend im Bett zurückgelassen. Diese hoffte nun inständig, dass die Decke nicht ausgerechnet dem Professor über den Weg rutschte und ihr Versprechen, innerhalb des Gebäudes nichts zu beseelen, Lügen strafte.

Sloterdyke hatte sie eindringlich davor gewarnt, das Bett oder gar ihr Zimmer zu verlassen. Niemand wusste, was geschehen würde, falls ihr Zeitbrand in einem andern Bereich des Gebäudekomplexes mit einer neuen Zeitlinie oder einem anderen Kontinuum in Berührung kam. Es bestand die Gefahr, dass sie einen gesamten Trakt infizierte oder in einer Zeitwucherung eingeschlossen wurde, in der selbst Cutter sie nicht mehr zu erreichen vermochte. Auch wenn

Letzteres für Ninive eine Horrorvorstellung war, hielt sie diese für eine schamlose Übertreibung Sloterdykes, um sie davon abzuhalten, trotz ihrer Erblindung im Chronoversum auf Wanderschaft zu gehen.

Irgendwann hielt Ninive die Einsamkeit, das Herumliegen und das Nichtstun jedoch nicht mehr aus und verließ das Bett. Nur mit einem Hemd bekleidet, schritt sie barfuß zur Tür und lauschte, ob sich auf dem Flur etwas rührte. Dann tastete sie sich vorsichtig an der Wand entlang, bis sie nach der zweiten Zimmerecke gegen ein Pult stieß. Es gab einen dumpfen Schlag, als wäre etwas umgekippt, dann ein Geräusch, als rollte der Gegenstand über den Tisch. Instinktiv streckte Ninive ihre Hände nach dem Geräusch aus und bekam schließlich ein seltsames Objekt aus Metall zu fassen. Es fühlte sich irgendwie unvollständig an, fast so als wäre es Teil eines größeren, weitaus komplexeren Gerätes. Als Ninive das Pult und seine nähere Umgebung absuchte, fand sie jedoch nichts, was wie ein dazugehöriges Teil oder ein Sockel wirkte. Neugierig betastete sie das Ding von allen Seiten, hatte aber keinen Schimmer, wozu es gut sein könnte. Mit ihm in der Hand fand sie zurück zur Zimmertür, öffnete sie und lauschte erneut nach verdächtigen Geräuschen, doch draußen auf dem Flur war es so still wie all die Stunden zuvor. So setzte sie sich aufs Bett, legte das Gerät auf ihren Schoß, strich über seine Oberfläche und wartete gespannt auf seine Reaktion. Der Erfolg hielt sich allerdings in Grenzen, denn es geschah – *nichts*. Kein Zucken und Zappeln, keine Beschimpfungen, kein Schreckensschrei. Ninive wusste nicht, ob sie das Gerät tatsächlich beseelt hatte. Es blieb reglos auf ihrem Schoß liegen und gab keinen Mucks von sich. Nichtsdestotrotz berührte sie es mit spitzen Fingern, für den Fall, dass es doch noch erwachen sollte und nach ihr schnappte. Nicht alle beseelten Dinge besaßen ein friedvolles Gemüt …

Sie strich ein zweites und ein drittes Mal über das Metall der Apparatur, beseelte sie, entseelte sie und beseelte sie erneut.

»Na, was jetzt?«, schnauzte das Gerät plötzlich und ließ sie zusammenzucken. »Dieses Zipp-Zapp-Zipp-Zapp nervt!«

»'tschuldigung«, murmelte Ninive. Frustriert entseelte sie das Instrument und legte es neben sich aufs Bett.

Ein Klopfen an der Tür ließ sie aufhorchen.

»Ivi?«, vernahm sie Aris' gedämpfte Stimme auf dem Flur. »Bist du wach? Darf ich reinkommen?«

Ehe sie antworten konnte, senkte sich die Türklinke. Rasch ließ Ninive sich ins Bett sinken, stieß dabei jedoch mit dem Hinterkopf gegen das Metallding. Leise lamentierend kauerte sie sich zusammen und rieb sich die schmerzende Stelle. Aris' Seufzen verriet ihr, was er von ihrer Aktion hielt.

»Du sollst doch liegen bleiben«, tadelte er sie. »Wenn du aus Versehen in eine von Sloterdykes Zeitverzerrungen läufst, machst du alles nur noch schlimmer.« Ein leises Rascheln von Stoff war zu hören. »Ich habe hier etwas, das du wahrscheinlich vermisst.« Er legte die entfleuchte Bettdecke neben sie.

Ninive atmete tief durch. »Hast du sie wieder …?«

»Nein. Das vermag nur der Wandler, von dem sie beseelt wurde. Ich habe sie lediglich betäubt. Falls sie dich also plötzlich ohrfeigt, weißt du, was sie davon hält.«

Ninive schnaubte deprimiert durch die Nase. »Ich weiß noch nicht einmal, ob gerade Tag oder Nacht ist …«

»Tag«, sagte Aris. »Später Nachmittag, um genau zu sein.«

Ninive blies die Backen auf und verkroch sich bis zur Nasenspitze unter der Bettdecke. »Sag bitte dem Professor nichts davon«, bat sie Aris.

»Ausnahmsweise. Was hast du denn mit dem Sphären-Sextant vor?«

Ninive fühlte, wie das Gewicht des seltsamen Metallgerätes neben ihr wich, dann einen leisen, dumpfen Ton, als Aris es zurück auf das Pult stellte.

»Was ist ein Sextant?«, wollte sie wissen.

»Ein Instrument aus der Urwelt, mit dem man anhand der Sternenkonstellationen ein Schiff über das Meer navigieren kann«, erklärte Aris. »Es funktioniert nur unter freiem Himmel.« Er setzte sich neben sie und ergriff ihre Hand. »Hast du Schmerzen?«

Ninive zuckte mit den Achseln. »Geht so«, flüsterte sie. »Die seelischen Wunden tun mehr weh als die körperlichen.«

Aris atmete tief durch. »Lass mich mal sehen«, bat er und schickte sich an, ihren Augenverband zu lösen. Reflexartig hob sie die Hände, um ihn daran zu hindern. Ihr Körper spannte sich wie eine Feder. »Ich bin vorsichtig«, versprach Aris. »Vertrau mir.«

Ninive presste die Lippen zusammen. Zögernd lockerte sie ihren Griff, ließ ihre Hände jedoch weiterhin an den seinen ruhten, bereit, sie sofort wegzustoßen, falls die Schmerzen überhandnehmen sollten. Behutsam löste Aris den Verband, der ihr halbes Gesicht bedeckte, dann entfernte er vorsichtig die Augenkompressen. Ninive erwartete, ein »Oh«, »Ach«, »Aha« oder »Oje« zu hören, doch Aris schwieg.

»Schlimm?«, fragte sie leise.

»Na ja … Nicht schlimmer als gestern, aber leider auch nicht besser.« Er betastete vorsichtig ihre Wunden. »Spürst du etwas?«

»Nein.«

»Und hier?«

»Auch ni…« Ninive presste die Lippen zusammen, als ihr die Stimme versagte. Nur an ihren bebenden Mundwinkeln vermochte Aris zu erkennen, dass sie weinte.

»Nicht«, bat er sie und hob eine Hand, als wollte er ihr die Tränen aus den Augenwinkeln wischen. »Du durchweichst die Verbände.«

Ninive musste unfreiwillig lachen, fing sich jedoch ebenso rasch wieder. Dann setzte sie sich auf und legte ihre Arme um Aris. »Idiot«, murmelte sie. Obwohl es nicht böse gemeint war, erschrak dieser über die Mutlosigkeit in ihrer Stimme. Mit jedem Tag, den sie in der Dunkelheit litt, wurde ihre Niedergeschlagenheit größer.

Geraume Zeit saß Ninive still an ihn gelehnt, ohne sich zu bewegen. Ihr Atem ging ruhig und gleichmäßig, sodass er nach einer Weile glaubte, sie sei eingeschlafen. Als er sich mit ihr zur Seite beugte, um sie zurück aufs Bett sinken zu lassen, klammerte sie sich an ihn. »Nein!«, flüsterte sie. »Geh nicht weg.«

»Ich bleibe in der Nähe«, versuchte er sie zu beruhigen.

»Aber nicht nah genug.« Ihr Griff wurde fordernder. »Leg dich zu mir, bitte. Die Dunkelheit macht mir Angst ...«

Aris fuhr ihr durchs Haar. »Ich will dir nicht wehtun«, sagte er leise.

»Ich bleibe still liegen«, versprach sie ihm.

Er seufzte, dann küsste er sie und ließ sich neben sie sinken.

| 54 |

Langsam schritt Sloterdyke am Rumpf des Tauchbootes entlang, wobei er seine linke Hand über die mit Rostpocken überzogene Hülle gleiten ließ. Gedankenversunken studierte er seine Materialanalysen und hielt immer wieder für einen Moment inne, um die Metalloberfläche genauer in Augenschein zu nehmen. Am Bug angelangt, blieb er neben der geöffneten Frontluke stehen und warf einen Blick ins Innere.

Im hinteren Teil der Kabine stand die Navigator-Rüstung und steckte bis zur Hüfte in einem leeren Generatorgehäuse. Unterstützt wurde sie bei der Montage von zwei zehnarmigen Installatoren, die im Licht ihrer Punktstrahler unermüdlich schraubten, justierten, schweißten, löteten und elektrische Leitungen verlegten. Auf dem Kabinenboden hockte ein argusäugiger Technotekt, der die Montagearbeiten mit dem von Aris angefertigten Bau- und Schaltplan verglich.

»Manchmal erweist sich ein fehlendes Rückgrat als enormer Vorteil, nicht wahr?«, rief Sloterdyke in die Kabine hinein.

Die Rüstung unterbrach ihre Arbeit und wand sich aus dem Gehäuse.

»Die Idee des Wandlers, an Bord ein modifiziertes Diametron zu installieren, das die gesamte Kabine in ein Nullzeitfeld hüllt, ist bemerkenswert«, sagte sie, als sie die Frontluke erreicht hatte. »Aber die Umsetzung eine Herausforderung. Der zu Verfügung stehende Platz ist äußerst begrenzt. Vor allem der Zeitsynchronisator und der Temporaltank, der das Filter-Kreislaufsystem speist, bereiten mir Sorgen.«

»Ich würde Euch gerne eine ... nun, sagen wir mal ›persönliche‹ Frage stellen«, sagte Sloterdyke. »Beschlich Euch hier an Bord schon einmal das Gefühl, dass manche Dinge womöglich nicht das sind, was sie zu sein scheinen?«

»Seit ich denken kann«, antwortete die Rüstung nach kurzem Überlegen. »Warum fragt Ihr?«

Sloterdyke setzte zu einer Erklärung an, schüttelte stattdessen jedoch nur den Kopf und sagte: »Ach, ist eigentlich nicht so wichtig. Wobei: Glaubt Ihr eigentlich an Prädestination?« Er blickte mit rotierendem Fokus auf die Rüstung herab. »An die Notwendigkeit des Vorherbestimmten?«

»Wie darf ich das verstehen?«

»Nun, alles im Universum hat seine ureigene Form. Ein Kreis mit acht Ecken kann kein Kreis sein. Meine Materialanalysen besagen jedoch, dass just dieses Paradoxon eingetreten ist: Ich stehe hier – bildlich gesprochen – vor einem achteckigen Kreis. Meine Messergebnisse erinnern mich an Experimente mit *Materia prima*, jener Urmaterie, die alles durchwirkt und Unsterblichkeit verspricht.« Der Monozyklop schwieg einen Augenblick, als wartete er auf einen geistreichen Kommentar der Rüstung, dann sagte er: »Ach, was rede ich da?« Er wandte sich um und schritt Richtung Ausgang. »Verzeiht die Störung, ich habe nur laut gedacht. Ist so eine Marotte von mir ...«

Die Rüstung verharrte noch einen Moment hinter der Frontluke, ehe sie sich wieder tiefer ins Bootsinnere zurückzog. Geduldig wartete sie, bis Sloterdyke die Halle verlassen hatte, und versetzte die drei Montagemaschinen in den Ruhemodus.

»Thanatos!«, rief sie. »*Advenis!*«

»Ich hoffe, es ist wichtig!«, erklang kurz darauf eine Stimme von außerhalb des Bootes. Cutter tauchte vor der Frontluke auf und spähte ins Innere. »Ich habe mich nämlich um weitaus existenziellere Dinge zu kümmern, als ständig zwischen den Realitätsebenen hin und her zu springen.«

»Der Monozyklop weiß es«, erklärte die Rüstung. Sie machte sich dabei erst gar nicht die Mühe, sich in der klaustrophobischen Enge der Kabine nach dem Schwarzgekleideten umzudrehen, sondern ließ einfach nur ihren Kugelkopf kreisen.

»Bist du sicher?«

»Zumindest ahnt er, dass mit dem Boot etwas nicht stimmt.«

Cutter sah sich in der Kabine um. »Nicht weiter verwunderlich«, urteilte er. »Ohne die Schwerkraft wüsste ich hier drin auf den ersten Blick nicht einmal, wo oben und unten ist.«

»Das Boot ist für die gesamte Mission zu klein«, befand die Rüstung. »Selbst wenn du uns durch den Orb begleitest, fände der Rest nie gemeinsam hier Platz. Allein dieser Monozyklop würde bereits das halbe Boot ausfüllen – ganz zu schweigen davon, dass er wahrscheinlich nur hineinpasst, wenn er flach auf dem Boden liegt. Zudem bringt der Zeitbrand der Wandlerin den gesamten Plan ins Wanken.«

»Und was schlägst du vor?«

»Wir müssen die Urwelt-Hülle bergen. Ihre Energie wird Ordnung in das Chaos bringen.«

»*Wir?*«

»Unbedingt«, sagte die Rüstung. »Erstens kann ich nicht morphen, und zweitens müssen wir durch den Orb, da das Boot unter keinen Umständen wieder beseelt werden darf, ehe das Diametron nicht an sein Kreislaufsystem angeschossen wurde. Zudem ist es für den Transport der Hülle vermutlich viel zu klein.«

»Zu klein?« Cutter trat vor und schwebte durch den Metallleib des Bootes, wobei lediglich sein Oberkörper aus dem Fußboden ragte. »Alles schön und gut«, befand er, nachdem er den Innenraum inspiziert hatte, und klopfte mit dem Blatt seiner Sense prüfend gegen die Kabinendecke. »Aber um was für eine Art von Bergungsgut handelt es sich bei dieser Urwelt-Hülle eigentlich?«

| 55 |

»Erzähl mir etwas«, bat Ninive. »Beseelte Bettdecken sind in dieser Beziehung nämlich die absoluten Hirnöder.«

»Was willst du denn hören?«

Sie zuckte mit den Schultern. »Keine Ahnung. Ihr werdet euch dort unten doch über irgendetwas unterhalten, das nichts mit mir oder dieser Zeitregulierungsmaschine zu tun hat ...«

Aris blies die Backen auf und hauchte die warme Luft in Ninives Nacken, was sie wohlig erschauern ließ. »Dein Professor hat ein wenig über die Bannmauer und das Aquaroid geplaudert«, murmelte er. »Interessiert es dich?«

»Natürlich!«

»Na gut. Dieser verrückte Monozyklop glaubt tatsächlich, dein Genetrix-Tier sei das lang verschollene Tauchboot, mit dem Auguste Barnacoll vor einem Äon die Aeternitas-Passage bezwungen hat.« Er machte eine rhetorische Pause in Erwartung eines verblüfften Staunens, doch Ninive schwieg. »Zumindest größtenteils«, fügte er hinzu.

»Was heißt denn größtenteils?«

»Das weiß ich nicht. Sloterdyke ist der Ansicht, irgendetwas würde mit dem Boot nicht stimmen – und damit meinte er nicht dessen

Beseeltheit. In seinen Augen scheint es Barnacolls Aquaroid zu sein, aber zugleich auch nicht.

Er hat sich auch ein wenig über die Bannmauer ausgelassen. Ihm zufolge war sie einst eine Talsperre. Der größte Staudamm der Alten Welt, vier Kilometer hoch, fast dreißig Kilometer breit und auf Höhe der Talsohle zwei Kilometer mächtig. Vor dem Kataklysmos lag jenseits davon ein riesiger See. Heute hingegen staut sie offenbar nur noch die eisigen Fallwinde aus dem Gebirge.«

»Laut Flodd wurde die Mauer erbaut, um uns vor etwas zu schützen, das sich einst auf der anderen Seite befunden hatte«, sagte Ninive.

»Ich glaube, das ist nur ein Gerücht – wobei ich eine kilometerhohe Wand aus Wasser durchaus als Bedrohung empfinde. Die Architekten und Ingenieure der Bannmauer hatten laut Sloterdyke ausgezeichnete Arbeit geleistet, doch anscheinend waren die Geologen nachlässig gewesen. Sie hatten sich mit der Stabilität des kilometerbreiten Gesteinssockels beschäftigt, der die Mauer tragen sollte, und dabei die Beschaffenheit des künftigen Seegrundes vernachlässigt. So hatten sie übersehen, dass unter dem geplanten Stausee ein uraltes Höhlensystem existiert. Im Seeboden verbarg sich ein mächtiges Schluckloch, das im Laufe der Zeit von einem meterdicken Pfropfen aus abgestorbenen Pflanzen, Totholz und Sedimenten verschlossen worden und mit Schwemmsand bedeckt gewesen war.

Als der Wasserstand fünfzig Jahre nach Beginn der Flutung über die Pegelmarke von dreitausend Metern gestiegen war, hatte die tragende Höhlendecke schließlich nachgegeben. In dreitausend Metern Wassertiefe herrscht ein Druck von dreihundert Bar. Das bedeutet: Auf jedem Quadratmeter dieses Korkens lastete ein Gewicht von mehr als dreitausend Tonnen – zu viel für den labilen Seeboden. Binnen kürzester Zeit hatte das Wasser das Höhlensystem geflutet, sich mit unvorstellbarer Wucht einen Weg durch die Tiefe gebahnt und dabei hoch komprimierte Luft vor sich hergetrieben. Der enorme Druck hatte schließlich einige Kilometer jenseits der Mauer den Erdboden gesprengt, woraufhin das Seewasser die Tiefebene überschwemmt hatte. Laut Sloterdyke soll die Fontäne, mit der es aus dem Boden geschossen kam, während der ersten Wochen mehrere Hundert Meter hoch gewesen sein. Cutter meint, ohne diese Katastrophe würde das Marschland so, wie wir es kennen, gar nicht existieren.«

Ninive schwieg, als würde sie über das Erzählte nachdenken. Dann holte sie tief Luft, rollte sich neben ihm zusammen und versteckte ihr Gesicht unter der Zudecke.

»Was ist?«, fragte Aris. »Hast du Schmerzen?«

Sie schüttelte kaum merklich den Kopf. »Seit ich hier liege, hat Cutter es kein einziges Mal für nötig befunden, mich zu besuchen«, flüsterte sie.

»Da irrst du dich«, versicherte Aris. »Du hast ihn nur nicht bemerkt.«

»Na, toll …«

Aris hob die Schultern. »Er meint, spontane Wunderheilung sei nicht sein Ressort.«

Ninive wollte instinktiv mit den Augen rollen, doch der im selben Moment explodierende Schmerz belehrte sie eines Besseren. »Spontane Wunderkränkung hingegen schon, oder was?«, presste sie zwischen den Zähnen hervor.

»Das sind nicht *meine* Leitmotive, Ivi.« Aris nahm ihre Hände. »Da ist noch etwas, das du wissen solltest.« Er spürte, wie sie ihren Körper anspannte. »Ich habe Cutter gestern von Zenobia und dem verlorenen Archiv erzählt. Für meine Schilderung, dass wir es durch einen Almanach betreten und wieder verlassen haben, hatte er nur ein Schulterzucken übrig. Bei der Erwähnung der Namen Mimon und Saltallo wurde er jedoch hellhörig. Seitdem betreibt er Rasterfahndung und durchstreift den Orb auf der Suche nach einem, wie er es nennt, Ganglion-Irrläufer, der durch diesen Bücherkerker führt.«

Ninive schürzte skeptisch die Lippen. »Was verspricht er sich davon?«

»Er glaubt, einer der beiden könnte dir womöglich helfen, dein Augenlicht zurückzugewinnen.«

»Und womit? Denkst du, sie hocken in ihren Büchern auf einem geheimen Quell des Lebens?« Sie schnaubte abfällig. »Wenn selbst Cutter es nicht vermag, Zeitbrand zu heilen, dann niemand.«

Ein dezentes, aber eindeutig zu nahes Klopfen ließ Aris und Ninive erstarren. Während Ninive im ersten Moment glaubte, der auf dem Pult platzierte Sextant wäre zu Boden gefallen, stieß Aris ein genervtes Seufzen aus.

»Die Tür war *zu*, verdammt noch mal!«, brummte er.

»Entschuldigt«, vernahm Ninive die Stimme von Cutter. »Türen sind leider nicht so mein Fall.«

Sie stieß einen genervten Seufzer aus und ließ ihren Kopf zurück aufs Kissen fallen. »Das ist jetzt nicht dein Ernst, oder?«, murmelte sie.

»Es ist wichtig«, rechtfertigte Cutter sein Erscheinen. »Ihr solltet euch ankleiden.« Halbherzig wich er einem von Aris geworfenen Stiefel aus. »Oder meinetwegen auch nicht«, fügte er hinzu.

»*Was – ist – so – scheiß – wichtig?*«, zischte Aris.

»Die verborgene Archivkammer«, erklärte Cutter. »Ich glaube, ich habe sie gefunden.«

»Du glaubst?!«

»Mit an Sicherheit grenzender Wahrscheinlichkeit.« Er platzierte seine Sense aufrecht in der Zimmermitte. »Wenn ihr bitte so freundlich wärt«, forderte er die beiden Wandler auf. »Die Zeit drängt.«

»Du willst durch den Orb?«, dämmerte es Ninive, nachdem sie sich von Aris zu der Sense hatte führen lassen. »Hier, im Chronoversum?«

»Bedauerlicherweise ist das die einzige Möglichkeit, um an besagten Ort zu gelangen.«

»Es gibt auch außerhalb des Komplexes einen Zugang«, sagte Aris.

»Der existiert womöglich – aber er ist nun mal *draußen*. Der Zeitbrand hätte euch beide verzehrt, ehe ihr auch nur in die Nähe dieses Eingangs gekommen wärt.«

»Was sagt der Professor zu deinen Orb-Kapriolen?«

»Ich halte es für angebracht, sein synthetisches Nervenkostüm vorerst nicht damit zu strapazieren«, erklärte Cutter. »Zudem bringt ihn meine persönliche Anwesenheit regelmäßig aus der Fassung.«

| 56 |

Im ersten Moment war Ninive überhaupt nicht bewusst, dass sie den Orb bereits wieder verlassen hatten. Die Luft war kühl und feucht, vereinzelt erklang der leise Widerhall fallender Wassertropfen.

»Was ist *das* denn?«, stöhnte sie angewidert, als sie den zentimetertiefen Schlick zwischen ihren nackten Zehen fühlte, und klammerte sich fröstelnd an Aris. »Wo sind wir?«

»Ich sagte ja, dass du dich ankleiden solltest«, meinte Cutter. »Wir sind in den Katakomben, sieben Ebenen unter dem heutigen Hochparterre. Wahrscheinlich lag dieser ganze Bereich ursprünglich viel näher an der Erdoberfläche, bis der Gebäudekomplex im Laufe der Jahrtausende immer tiefer in den Marschlandboden eingesunken ist.« Cutter schüttelte seine Uhr, woraufhin der Sand in ihrem Inneren zu leuchten begann. Das Licht schälte einen breiten Gewölbegang aus der Finsternis. Keine zehn Schritte entfernt versperrte ein Deckenversturz den Weg.

»Ganz toll«, knurrte Aris, während Ninive versuchte, sich auf seine Stiefelspitzen zu stellen, um ihre Füße aus dem kalten Wasser zu kriegen. »Willkommen im Arsch der Welt. Hättest du uns nicht vorwarnen können?«

»Das habe ich.« Cutter kniete sich nieder und tauchte eine Knochenhand ins Wasser. Dampf erfüllte das Gewölbe, allerorts züngelten für wenige Augenblicke kleine blauweiße Flammen aus Ritzen und Spalten. »Besser?«, erkundigte er sich, nachdem die Umgebungstemperatur fühlbar gestiegen war.

»Ich hoffe, das ist wirklich nur warmer Schlamm, in dem wir stehen«, flüsterte Ninive angeekelt.

»Liegt etwa dahinter das Archiv?«, fragte Aris beim Anblick des Schutthügels.

»Nein.« Cutter wandte sich um und beleuchtete eine etwa fünf Meter entfernte, massive Mauer, an der das leicht ansteigende Gewölbe endete. »Dahinter!«

Ninive seufzte erleichtert, nachdem sie von Aris aufs Trockene geführt worden war, blieb jedoch irritiert stehen, als sie die Mauer ertastete. »Ich verstehe das nicht«, sagte sie. »Warum sind wir nicht ins Archiv gesprungen, sondern in diesen Dreckspfuhl?«

»Es ist ein Taschenuniversum, Ivi. Du musst seine Grenze freilegen. Erst dann vermag ich es, euch sicher auf die andere Seite zu geleiten.«

»Soll das ein Witz sein?« Ninive tastete ungläubig die Mauer ab. »Ich sehe doch überhaupt nicht, was ich tue! Warum holst du die Folianten nicht einfach herüber?«

»Weil sie zu Staub zerfallen würden, sobald ich sie berühre – und ihre Avatare mit ihnen.«

Aris legte eine Hand an das Gestein, dann blickte er zurück in die schlammige Brühe, aus der sie herangewatet waren. »Wir befinden uns mindestens dreißig Meter unter dem Seewasserspiegel«, sagte er. »Falls hinter dieser Wand eine aktive Wasserader liegt, dann wird das gesamte Chronoversum-Souterrain geflutet.«

»Gäbe es dergleichen, stünde hier unten bereits seit Jahrtausenden alles unter Wasser«, argumentierte Cutter.

»Das ist nur ein Albtraum«, murmelte Ninive und lehnte sich mit der Stirn gegen die Mauer, während sie Aris' Hand umklammert hielt. »Sag mir bitte, dass das nur ein idiotischer Traum ist, und weck mich auf!«

»Tut mir leid, Ivi.«

»Hatte ich befürchtet …« Sie folgte mit den Fingern den Fugen zwischen den Steinen. »Na schön«, murmelte sie. »Geht ein Stück zurück. Mauern sind von Natur aus recht griesgrämig.« Ninive suchte sich einen Stein aus, der relativ nah über dem Boden eingefügt war, und strich mit der Hand darüber. Leises Knirschen und Schleifen war zu hören, als er zum Leben erwachte und sich aus seiner Nische zu lösen begann. Statt jedoch neugierig herauszuschlüpfen, verkroch er sich in die Tiefe der Mauer.

Aris bückte sich und blickte in das Loch. »Komm da raus!«, sagte er. »Wir tun dir nichts.«

Stille.

»Bitte, wir brauchen dich hier drüben«, erklärte Ninive.

Der beseelte Felsblock verharrte unschlüssig im Schatten, dann begann er zögerlich, sich vorwärts zu zwängen. Ächzend und knirschend wand er sich schließlich aus seiner Höhlung und plumpste vor Aris zu Boden. Dort blieb er jedoch nicht lange liegen, sondern robbte in die nächstgelegene Gewölbeecke.

Bald darauf hatten sich ein Dutzend weitere beseelte Mauersteine zu ihm gesellt. Sie raunten und munkelten, wobei sie sich Schutz suchend aneinanderkauerten.

In der Mauer hingegen klaffte ein mannshoher Spalt, gerade einmal breit genug, um seitlich hindurchzuschlüpfen. Aris hatte erwartet, im Schein von Cutters Sanduhr die verborgene Archivkammer zu erblicken, doch hinter der Öffnung lag eine mattschwarze Oberfläche, die jegliches Licht schluckte.

»Was ist das?«, fragte er verwundert.

»Ein Ereignishorizont«, erklärte Cutter. »Die Grenzmembran zwischen unserem Universum und dem Kleinkosmos des Archivs. An und für sich eine lobenswerte Praxis, wertvolles Wissen in ein geschütztes Taschenuniversum auszulagern – sofern der einzige Zugangsstollen nicht einstürzt.

Vermutlich existieren im Chronos-Komplex noch weitere Archive dieser Art.« Er lehnte seine Sense gegen die Wand und reichte Aris die leuchtende Sanduhr. »Ich werde hinüberwechseln und unseren Besuch ankündigen.« Dann schlüpfte er durch die Mauerbresche in die Dunkelheit.

»Der Kerl ist die personifizierte Chaostheorie«, murmelte Aris und setzte sich neben Ninive. »Wie viele von seiner Sorte es wohl geben mag?«

Ninive hob den Kopf. »Sensenmänner?«

»Orb-Wesen. Entitäten.«

»Mindestens zwei. Cutter betont in meiner Gegenwart ständig, er dürfe dies nicht und jenes nicht. Es muss also etwas existieren, das über ihm steht und ihn instruiert. So eine Art Schicksals-Ding, das verborgen im Orb die Fäden zieht.«

»Und das zweite?«

»Sein Spiegelbild.«

Aris grübelte einen Moment lang, dann fragte er: »Muss ich das jetzt verstehen?«

»Nein.« Ninive kraulte einen der beseelten Mauersteine, die um ihre nackten Füße herumscharwenzelten. »Wird sich früher oder später von selbst erklären.«

Ein verräterischer Luftzug ließ beide aufblicken. Cutter war lautlos wieder im Gewölbe aufgetaucht. »Der Weg ist frei«, verkündete er.

Ninive ließ sich von Aris auf die Beine helfen. »Wie ist es gelaufen?«

»Besser als befürchtet. Nachdem ich die Buch-Avatare überzeugen konnte, dass keinesfalls ihr letztes Stündlein geschlagen hat, haben sie sich wieder halbwegs beruhigt.« Er nahm seine Sense wieder an sich. »Folgt mir durch den Horizont«, forderte er sie auf. »Doch gebt acht beim Durchqueren. Ihr dürft unter keinen Umständen innehalten oder wieder zurückweichen, sonst spaltet die Membran euch in zwei Hälften. Ich habe keine Lust, die Sauerei aufzuwischen.«

»Sehr ermutigend, Cutter«, sagte Ninive. »Danke.«

| 57 |

»Zeitbrand?«

Leon zog seinen Hut ab und fuhr sich mit den Fingern durchs Haar. »Ihr sagtet, es gäbe eine temporale Unannehmlichkeit, aber nichts von Zeitbrand.«

»Ist das ein Problem?«, fragte Ninive.

»Sagen wir mal so: Es ist wesentlich wahrscheinlicher, dass unser Telchine Arien singen lernt, als dass es jemandem gelänge, Zeitbrand zu heilen. Vom Tod berührt zu werden ist eine recht endgültige Sache.« Er reckte seinen Oberkörper aus dem Folianten. »Sagt, wie fühlt es sich an, weder aus Materie noch aus Energie zu bestehen?«

»Gewöhnlich«, raunzte Cutter. »Kann mich nicht beklagen. Wollt ihr etwa euer aller Scheitern beschreien, ehe ihr es versucht habt?«

»Wozu sollen wir etwas versuchen, das nie zuvor gelungen ist?«, rief Mimon. »Eine derartige Heilung ist und bleibt ein Buch mit sieben Siegeln. Unergründlich, unerfindlich.«

Ninive ließ sich auf eine der Regalebenen sinken. »Soll das heißen, wir sind völlig umsonst gekommen?«

»Tut mir leid, Wandlerin«, sagte Leon. »Ich fürchte, Euer Wunsch übersteigt unsere Fähigkeiten. Was Ihr verlangt, ist absolut unmöglich. Zeitbrand ist nicht heilbar.«

»Bitte verzeiht«, mischte Zenobia sich ein, nachdem sie der Diskussion schweigend gefolgt war. »Das ist so nicht ganz richtig!«

»Hört, hört«, amüsierte sich Mimon. »Weibsvolk an die Front.«

»Ich bin auf dem Gebiet der höheren Naturwissenschaften zwar nicht sehr bewandert, aber es gibt vielleicht eine Möglichkeit, die Wandlerin zu heilen.«

»Träum weiter«, zischte Megaira.

Cutter warf einen Blick auf den Furienkäfig. »Und das wäre?«, erkundigte er sich bei Zenobia.

»Die Macht der *Ama Gira*.«

»Oje, oje«, seufzte Leon.

»Was ist eine *Ama Gira*?«, fragte Aris.

»So eine Art von Gott verstoßene Ur-Entität«, erklärte Aléxandros. »Ein ins Nachtland verbannter Eden-Geist.«

»Eine Mentora«, korrigierte Zenobia ihn. »*Meine* Mentora!« Sie blickte angriffslustig zu ihm hinüber. »Ich bin die Einzige, mit der sie redet. Um das zu tun, müsste ich allerdings meinen Folianten verlassen und hinunter in den Almanach.«

»Kommt nicht infrage«, meldete dieser sich zu Wort. »Ich gebe gerne jede nur erdenkliche Auskunft, aber ich kann es nicht leiden, wenn halb nackte Frauen in mir herumklettern.«

»Vergiss nicht zu erwähnen, dass dieses Ritual ein *Urhiod* erfordert«, bemerkte Mimon.

»*Urhiod?*« Ninive tastete nach Aris' Hand und erhob sich wieder. »Was meint er damit?«

»Etwas, das stellvertretend für deinen Körper spricht«, erklärte Zenobia. Sie machte eine lange Pause, dann sagte sie: »Vielleicht eines deiner Augen …«

»*Was?*«

»Besser beide«, empfahl Aléxandros. »Sicher ist sicher.«

»Ja, reißt ihr die toten Augen raus!«, johlte eine der Furien und rüttelte an den Käfigstreben. »Und dann die Zunge! Das wird ein Spaß!«

»Niemand reißt hier irgendetwas aus ihr heraus!«, stellte Cutter klar. »Kein Tropfen Blut wird diesem Kult geopfert!«

»Ich glaube, ich habe da auch noch ein Wörtchen mitzureden.« Ninive betastete die Bandagen, dann begann sie sie vorsichtig zu entfernen.

»Ivi, was …?«

»Finger weg!« Sie schob Aris' Hand beiseite, als dieser sie an ihrem Tun zu hindern versuchte. »Das ist immer noch *mein* Körper!« Sie reichte ihm die Binden und Kompressen, dann befühlte sie vorsichtig ihre Augenlider – oder zumindest das, was der Zeitbrand von ihnen übrig gelassen hatte.

»Was hast du vor?«, wunderte sich nun auch Cutter.

»Ich suche eine Wimper …«

»Lass mal sehen«, bat Aris. Er legte ihren Kopf in den Nacken. »Mehr Licht!«, rief er, woraufhin die Deckenlampe ihre Helligkeit verdoppelte. Ninive verzog keine Miene, als Aris mit spitzen Fingern eine Wimper zu fassen bekam und sie ihr ausriss. Aus der winzigen Wunde drang ein Bluttropfen, benetzte Ninives linkes Auge und hinterließ rote Schlieren auf der weißen Masse, die einmal ihr Augapfel gewesen war.

»Diese widerliche Nekrose gehört ihr aus dem Gesicht geschnitten«, rief Megaira.

»Ja, und zwar rigoros«, bekräftigte ihre Schwester. »Kopf ab!«

Aris ließ sich vom Gekeife der Furien nicht beirren. Behutsam pflückte er die am Zeitbrand haftenden Flaumreste der Kompressen ab, fügte die Wimper hinzu, rollte alles zu einer kleinen Wattekugel zusammen und reichte sie Zenobia.

»Blut, Schweiß und Tränen«, sagte er. »Das muss genügen.«

Die Bücherfrau begutachtete das Bündel. »Wir werden sehen«, urteilte sie.

»Tritt zurück!« Cutter hob einen Arm, zog mit der anderen Hand den Ärmel seiner Kutte ein Stück weit zurück und entblößte spindeldürre Knochen, die aussahen wie bleiche Insektenbeine. Die Gliedmaße hatte zwei Daumen und sieben Finger und war von einer opaken Substanz umhüllt, die aussah, als hätte er sie in zähes, haftendes Gallert getaucht.

Zenobia gab einen Schreckenslaut von sich und suchte im Inneren ihres Folianten Zuflucht.

Cutter tippte mit einer Fingerspitze an den Folianten. Es wirkte, als explodierte vor dem Einband eine Glasscheibe. Während das gesamte Regal unter der Wucht erzitterte, lösten die Splitter sich in einer weißen Staubwolke auf.

Minuten vergingen, bis Zenobia nach Leons Zureden den Mut fand, sich wieder auf dem Buchdeckel blicken zu lassen. Sie äugte hinaus und streckte einen Arm ins Freie. Als nichts geschah, schwang sie ein Bein über den Bilderrahmen und kletterte heraus. Wie vom Donner gerührt stand sie alsdann barfuß und dünn gewandet neben dem Folianten, fast so als könnte sie nicht glauben, ihr jahrtausendealtes Gefängnis tatsächlich verlassen zu haben. Verunsichert trat sie schließlich an den Rand des Regals und sah in die Tiefe.

»Fahrstuhl zum Almanach?«, fragte Aris und hielt seine geöffnete Hand vor sie.

Zenobia wich zurück und starrte auf die für sie monströse Gliedmaße, nahm letztlich jedoch allen Mut zusammen und kletterte in den Handteller. Aris bemühte sich, die Bewegung nicht zu hektisch auszuführen.

»Ich habe meine Wissenstiefen ausgelotet«, verkündete der Almanach, nachdem Aris die Bücherfrau auf seine Ebene befördert hatte. »Der Name Ama Gira findet in mir nur einmal Erwähnung, und zwar in einer Fußnote. Darin wird sie als Schwester des Abu Hol bezeichnet. Dieser Name bedeutet ›Vater des Schreckens‹. Ich fand jedoch kein Sterbenswort darüber, wo deine Mentora zu finden ist.«

»Suche nach dem Nachttempel von Siddon.« Zenobia setzte sich neben ihm auf den Regalboden und bemühte sich, das Zittern ihrer Knie unter Kontrolle zu kriegen. »Diesen Namen gab ihm einst das Volk von Palmyra. Er steht im königlichen Palastgarten.«

»Ein gleichnamiger Eintrag existiert«, erklärte der Almanach stolz. »Aber es ist weder ein Tempel erhalten noch etwas, das einem Garten ähnelt.« Er öffnete sich und präsentierte eine bodenlose

Kluft, die eine gesamte Doppelseite einnahm. »Die Katakomben im Nachttempel von Siddon«, erklärte er. »Ich kann dir nur den Zustand vor dem Kataklysmos anbieten. Womöglich existiert das anvisierte Ziel aber längst nicht mehr, und du stürzt in eine bodenlose Leere.«

»Könntest du das überprüfen?«

»Wenn du mir zehntausend Jahre Zeit gibst ...«

»Das *wahre* Ziel besteht ewig«, sagte Leon. »Aber es führt selten ein direkter Weg dorthin.«

Die Bücherfrau blickte in den finsteren Schlund. »Ich bekomme gerade Zweifel, ob das wirklich eine gute Idee war ...« Sie schloss die Augen. »Wünscht mir Glück.« Dann beugte sie sich vornüber und ließ sich in die Tiefe fallen.

| 58 |

Zenobia stand in absoluter Finsternis. Reglos lauschte sie in die Stille hinein, dann tastete sie mit den Zehen vorsichtig den Boden ab, in der Hoffnung, nicht ausgerechnet auf einen Skorpion oder eine Tarantel zu treten. Nachdem sie nichts erfühlt hatte außer nacktem Fels, fand sie den Mut, ein paar zaghafte Schritte zu laufen, bis sie mit den ausgestreckten Händen eine Wand ertastete.

Erleichtert lehnte sie sich mit dem Rücken an das Gestein und blickte in die Schwärze vor sich.

»Luminos«, flüsterte sie schließlich.

Nach und nach wurde es um sie herum heller. Es war mehr ein unstetes Schummern als ein Leuchten, doch es genügte Zenobia, um sich in dem sechseckigen Gewölbe umzusehen. Alles sah noch so aus, wie sie es in Erinnerung hatte: die mächtige, nackte Zeremonienwand mit dem kleinen, schmucklosen Steinaltar, das gegenüberliegende Wasserbecken für die rituelle Körperreinigung und die den Boden durchlaufenden Rinnen für das heilige Öl. Selbst die sechs schulterhohen eisernen Leuchter mit den halb abgebrannten Kerzen standen noch an Ort und Stelle.

Als sie überzeugt davon war, tatsächlich allein in den Katakomben zu sein, wiederholte sie schließlich laut: »Luminos!«

Obwohl der Raum keine Fenster besaß und nirgendwo Lampen erstrahlten oder Feuer aufflammte, begann ein angenehmes warmes Leuchten das tief unter dem Nachttempel gelegene Gewölbe zu erfüllen. Es war das Gestein selbst, das die Helligkeit ausstrahlte. Kein lästiges Getier hatte seinen Weg in die Katakomben gefunden. Nirgendwo hingen Fledermäuse von der Decke oder huschte Ungeziefer umher. Der unterirdische Raum wirkte wie an dem Tag, an dem sie ihn zum letzten Mal verlassen hatte.

»Almanach!«, rief Zenobia, nachdem sie sich umgesehen und alles für ordentlich befunden hatte. Als der Foliant nicht reagierte, legte sie den Kopf in den Nacken und rief lauter und eindringender: »*Almanach!*«

Die halbe Gewölbedecke öffnete sich zu einem finstern Loch.

»Was wünschst du?«, erklang die Stimme des Almanachs wie aus weiter Ferne.

»Ich benötige einige Dinge«, rief Zenobia.

»Welche Art von Dingen?«

»Zutaten. Ingredienzien.«

»Sprich.«

»Jawa-Weihrauch, Myrrhe, Minze, Rosmarin, Immergrün, Salbei, Baldrian, Aloe, Muskatblüte, Storax und Ysop. Zudem Maulwurfsblut, den Saft der Pimpernelle, Knochenkreide, Feuersteine, eine Feder aus dem Schwanz eines Roch-Vogels, einen Schafspenis und die Nachgeburt eines ungeborenen Kindes.«

Nachdem sie ihre Wünsche geäußert hatte, geschah lange nichts. Zenobia nutzte die Zeit, um die Räucher- und Opferschalen im Gewölbe zu verteilen und die Siegelwand zu putzen. Irgendwann kamen schließlich mehrere geflochtene Körbe mit Kräutern und Gewürzen, Tonschalen und Karaffen hinab in die Katakomben geschwebt.

»Na dann«, murmelte Zenobia, als der Almanach die Verbindung wieder geschlossen und sie den Inhalt der Körbe auf Vollständigkeit geprüft hatte.

Zufrieden betrachtete Zenobia Stunden später ihr Werk. Bevor sie selbst ihre Position für die Beschwörung einnahm, warf sie noch einmal einen Blick in die schwelenden Räucherschalen und kontrollierte die Richtigkeit der ans Mauerwerk gezeichneten Sigillen. Als sie alles für ordentlich und würdig befunden hatte, kniete sie sich in die Mitte des Gewölbes und begann jahrtausendealte Worte zu rezitieren. Sie musste sie nicht aus Büchern ablesen oder sich um ihre korrekte Aussprache bemühen. Zu oft hatte sie die vertrauten Sätze gesprochen, um bei der Akzentuierung einen Fehler zu machen.

Das von ihr entzündete Räucherwerk hätte ausgereicht, um ganze Scharen von Frongeistern aus dem *Djadd* heraufzubeschwören. Ob es genug war, ein Tor ins Nachtland zu öffnen, würde sich zeigen.

Als Zenobia die Hälfte ihrer Litanei vorgetragen hatte, begann das von den Sigillen umrahmte Mauerwerk in Form eines drei Meter hohen Halbrunds zu leuchten und den Rauch aus den Räucherschalen aufzusaugen. Je schneller er von ihm absorbiert wurde, desto heller leuchtete das Gestein. Es folgte ein greller Blitz, dann strahlte das Mauerwerk in Form des Tores gleichmäßig weiß.

Zenobia erhob sich, erleichtert darüber, dass die aus der Erinnerung zusammengestellten Räucherschalen ihren Dienst erfüllt hatten. Rasch näherte sie sich dem Tor, doch bevor sie es durchschreiten konnte, zwängte sich etwas Monströses heraus und versperrte ihr den Weg. Zenobia lief gegen eine riesige, fettig glänzende Schwinge, deren Berührung auf ihrer Haut schmerzte wie ein Stromschlag.

Das, was sich vor Zenobia aufrichtete, verströmte den Geruch von ranziger Butter und altem Urin. Mit seiner Körperfülle und den ausgebreiteten Flügeln durchmaß es fast den gesamten Raum, wobei es den Kopf einziehen musste, um nicht gegen die Gewölbedecke zu stoßen. Drei übereinander liegende Augenpaare mit purpurnen Pupillen blickten auf die Bücherfrau herab.

»Was soll das, Cebulone?«, schimpfte Zenobia und rappelte sich wieder auf. »Ich habe nicht um *deine* Gunst gebeten!«

Dort, wo sie das Gesicht ihres Gegenübers wähnte, teilte sich die Schwärze zu einem Grinsen aus nadelspitzen Zähnen. »Ich bin der

Hüter der Schwelle«, entgegnete der Cebulone mit einer Stimme, die klang, als sprächen mehrere Personen gleichzeitig. »Warum öffnest du ein Tor?«

»Ich muss mit der *Ama Gira* sprechen.«

»Sie ist nicht zu sprechen.«

»Ich bin ihre Petronie, also geh mir aus dem Weg.«

»Ich *bin* der Weg, *maga*.«

»Mein Name ist Zenobia.«

»Eine hübsche Grabinschrift.« Der Torwächter maß sein Gegenüber mit Blicken. »Du bist nicht dem Anlass gebührend gekleidet, hast zu wenig Räucherwerk entzündet, schlampige Sigillen gezeichnet und kein Opfer vorbereitet«, hielt er ihr vor. »Und was ist das überhaupt für ein erbärmliches Schlupfloch? Kannst du kein ordentliches Portal öffnen?«

»Das *ist* ein ordentliches Portal, Cebulone«, gab Zenobia zurück. »Du bist einfach nur zu fett. Und jetzt geh endlich zur Seite. Ich habe Wichtiges zu besprechen und keine Zeit für deine Spielchen.« Sie versuchte an der Schattenkreatur vorbeizuschlüpfen, doch ein kurzes Zucken der linken Schwinge schleuderte sie wieder zurück.

»Kein Opfer, keine Passage«, bestimmte der Torwächter. »So sind die Regeln.«

Zenobia wischte sich das Blut aus dem Gesicht. »Du weißt, dass ich dich zwingen kann, mich passieren zu lassen!«

»*Quidquid agis, maga, prudenter agas et respice finem!*«[2], kommentierte der Cebulone die Drohung. »Bist du bereit, die Konsequenzen zu tragen?«

Zenobia ballte die Hände zu Fäusten. »Ich bin nicht zum Vergnügen hier.«

»Dann bin ich großzügig – und akzeptiere *dich* als Opfer!« Der Torwächter hob seine Schwingen und trat beiseite. »Der Weg zur Erlösung führt durch den Schmerz«, raunte er Zenobia zu, bevor sie das Tor durchschritt.

---

[2] (lat.) »Was auch immer du tust, Hexe, handle klug und bedenke, wie es endet!«

Sie fand sich am Grund einer tiefen Felsspalte wieder, umgeben von Klippen, die aussahen, als bestünden sie aus erstarrtem rohem Fleisch. Über ihr gloste ein blutroter Nachthimmel. Die Luft war heiß und stach in den Lungen, wenn man zu tief einatmete. Vor Zenobia begann sich eine Schlucht durchs Gestein zu schlängeln. Sie war so eng, dass die Bücherfrau mit den Händen die Felswände berühren konnte, sobald sie die Arme ausstreckte. Unter ihren nackten Fußsohlen kribbelte Sand, doch nur wenige Schritte weiter ragten scharfkantige Gebilde aus dem Boden, die verrieten, worauf sie wirklich stand: Es war kein Sand, der den Boden der Schlucht bedeckte, sondern Staub aus Millionen und Abermillionen zermahlener Knochen.

»Na, großartig«, murmelte Zenobia und blickte sich um. Hinter ihr endete die Kluft als senkrechte, gut einhundert Meter hohe Felsklippe, die zu bezwingen nahezu unmöglich war. Bis in eine Höhe von sechs oder sieben Metern war das Gestein so blank gerieben, als hätten innerhalb von Jahrtausenden bereits unzählige verzweifelter Individuen versucht, die Wände emporzuklettern. Nirgendwo war eine Stiege oder ein Durchschlupf zu sehen. Zenobia blieb einzig der Weg durch die Schlucht – barfuß über die Knochen.

Das Heimtückische daran war, dass die meisten von ihnen als spitze, scharfkantige Splitter unter dem Sand verborgen waren. Sie bohrten sich in die Haut, schnitten in die Fußsohlen, und der feine Knochenstaub brannte in den Wunden wie Feuer. Bereits nach wenigen Schritten standen Zenobia Tränen in den Augen. Eine Spur aus blutigen Fußabdrücken markierte bald ihren Weg.

Hin und wieder geisterte ein seltsames Klackern durch die Schlucht und lenkte sie von den Schmerzen ab. Es waren Lawinen aus zersplitternden Knochen, die durch die engen Felswände herabfielen. Eine von ihnen ging nur wenige Meter vor ihr nieder. Zenobia blickte in die Höhe, doch sie konnte nicht erkennen, wer oder was die Gebeine in die Schlucht warf. Sie kamen einfach über die Klippen geflogen und stürzten in die Tiefe.

Rasch merkte Zenobia, dass sie nicht allein war. Die Schlucht war bevölkert von seltsamen dunkelbraunen Geschöpfen, die aussahen wie kleine, haarlose, runzlige Affen und offensichtlich von dem lebten, was auf dem Grund landete. Ihre Blicke verrieten jedoch, dass sie keine stupiden Tiere vor sich hatte.

Überall dort, wo frische Knochenlawinen niedergegangen waren, saßen sie in kleinen Rotten beisammen und zerbissen die Gebeine, um an das Knochenmark zu gelangen. Sobald Zenobia sich einer der Gruppen näherte, hielten die Kreaturen inne und rührten sich nicht mehr. Wie zu Stein erstarrt kauerten sie auf der Stelle, lediglich ihre Blicke folgten Zenobias Bewegungen, argwöhnisch, lauernd und hungrig. Kaum war sie jedoch an ihnen vorübergeschritten, eilten die Wesen zu ihren Fußspuren und leckten gierig den mit ihrem Blut getränkten Sand auf.

Vier derartiger Rotten begegnete Zenobia auf ihrem Weg durch die Schlucht, und alle verhielten sich gleich. Die Kreaturen der fünften Gruppe verharrten hingegen nur kurz, dann hoben sie alle gleichzeitig den Kopf, als hätten sie eine Witterung aufgenommen. Für wenige Sekunden blickten sie gebannt in die Höhe, dann sprangen sie fast schon panisch auseinander und verkrochen sich in Felsspalten und kleinen Höhlen.

Zenobia bemerkte, wie die bis dahin reglosen Schatten immer schneller die Felswände hinabwanderten, fast so als würde eine grelle Lichtquelle über das Firmament wandern. Bereits die von den Felswänden reflektierte Helligkeit bereitete ihr Unwohlsein – doch es lief ihr eiskalt den Rücken hinunter, als ihr bewusst wurde, wovor die Knochenfresser sich wirklich versteckt hielten. Verzweifelt versuchte sie, irgendwo unter einem Felsvorsprung Deckung zu finden, aber es war längst zu spät.

Am schmalen Himmelsband über der Schlucht erschien ein einzelner, gleißender Stern und tauchte ihren Grund in ein kaum erträgliches Licht. Es fühlte sich an, als würde etwas Unbegreifliches ihre Seele packen und beginnen, sie langsam zu zerdrücken. Zenobia kauerte sich auf dem Boden zusammen, die Hände gegen die Augen gepresst, und wünschte nichts sehnlicher, als es den Knochenfressern gleichtun zu können. Nichts und niemand vermochte es, diesen

Glanz ohne seelische Qualen zu ertragen. Er raubte auf seiner Reise über das Firmament jegliche Willenskraft, brach jeden Stolz und zerstörte die Hoffnung derer, die er erleuchtete. Alle, die auf der Oberfläche des Nachtlandes kreuchten und fleuchten, zwang er, sich zu verstecken oder in den Staub zu werfen und demütig den Blick zu senken.

Zenobia kannte den Namen des schrecklichen Sterns, doch sie wagte nicht einmal, an ihn zu denken, solange sein Licht auf sie fiel. Erst als sie das Gefühl hatte, ihre Seele stünde in Flammen, zog er langsam weiter und erlaubte ihr, ihren Weg durch die Schlucht fortzusetzen.

| 59 |

Unschlüssig verharrte die Bücherfrau auf dem Scheitel der Düne und sah hinunter zum Meer. Eine hochgewachsene, in einen schwarz-goldenen Umhang gekleidete Gestalt stand am Ufer und blickte hinaus auf die Wellen, während sie mit einem angespülten Ast Symbole in den nassen Knochenstaub zeichnete. Obwohl der Wind vom Meer her wehte und der Staub das Geräusch ihrer Schritte schluckte, hatte die Kreatur in der Kutte ihre Anwesenheit längst bemerkt. Bemüht, die quälenden Schmerzen zu ignorieren, stieg Zenobia die Düne herab und blieb in respektvollem Abstand stehen.

»Der *Djadd* heißt dich willkommen«, trug der Wind eine sanfte Stimme an ihre Ohren.

Schweigend stand Zenobia auf der Stelle und betrachtete die verschlungenen Goldmuster auf dem Umhang.

»Ich habe deine Beschwörung gehört.« Die Gestalt hob ihren unter der Kapuze verborgenen Kopf und schien in den Himmel zu blicken. »Warum lässt du mich so lange warten?«

»Verzeiht, *Ama*, doch Euer Cebulone schickte mich über den Pfad der Knochen.«

»Bitternis jenen, die den Schmerz beschwören«, sagte die *Ama Gira*. »Dein Ehrgeiz hat dich zu einer Dummheit getrieben. Einem

Cebulonen zu drohen bedeutet, gegen den ersten Stern zu rebellieren – und mich bloßzustellen, denn ich habe für dich gebürgt. Wäre dem nicht so, hätte es bereits in der Schlucht geendet, und es wären *deine* Knochen, aus denen die Asvara jetzt das Mark schlürfen würden ...«

»Es war nicht meine Absicht, Euch vor *ihm* zu beschämen«, sagte Zenobia leise.

»Du brauchst nicht zu flüstern, mein Kind. Selbst wenn wir auf der anderen Seite der Welt stünden, würde *er* uns hören. Dies ist das Nachtland. Nichts bleibt *ihm* hier verborgen.« Die *Ama Gira* wies mit dem Stock auf den am Horizont funkelnden Stern. »Der Cebulone war jedoch nicht mein Paladin, sondern der seine«, sagte sie. »Denn du bist nicht die, die du vorgibst zu sein.«

Zenobia spürte mit jeder Faser ihres Körpers, dass der Stern sie beobachtete.

Ihr Gegenüber wandte sich um und schlug den Saum ihrer Kapuze ein Stück zurück. Zenobia konnte nie mit Bestimmtheit sagen, wohin die *Ama Gira* ihren Blick richtete. Ihre riesigen, pupillenlosen Augen funkelten in ihren Augenhöhlen wie geschliffene Obsidiane. Die Kreatur trat näher, beugte sich heran und roch an ihrer Haut. »Nein, das bist du beileibe nicht, mein Kind«, sagte sie. »Ich fühle nur ein Echo meiner kleinen Zenobia. Dennoch erfüllt dich all ihr Wissen, ihre Gefühle, ihre Hoffnungen, ihre Ängste – und das verwundert selbst *ihn*.«

Zenobia wagte einen kurzen Blick auf den Stern. »Verzeiht mir meine Anmaßung und bittet *ihn* um Nachsicht für meine Worte – aber nicht einmal *er* ist wirklich.« Sie schluckte schwer, ehe sie fortfuhr. »Wir alle sind hier und jetzt nur Echos, *Ama*. Das gesamte Nachtland und sein Universum sind nur ein Schatten, der für die Dauer meines Aufenthalts zu existieren begonnen hat – weil es mein Wunsch war, Euch um Rat zu fragen.«

Von ihrer eigenen Courage schockiert, begann Zenobia am ganzen Körper zu zittern, überwältigt von der Furcht, jeden Augenblick einen unbeschreiblichen Schmerz zu fühlen, ein letztes Aufflammen ihres Bewusstseins – doch die Strafe für ihre Anmaßung blieb aus. Stattdessen erklang in ihrem Kopf ein leises, fernes Lachen.

Dann erlosch das Licht über dem Meer.

Zenobia war absolut sicher, dass ihre Augen ihr keinen Streich gespielt hatten: Der Stern war nicht hinter dem Horizont versunken, sondern tatsächlich verblasst. Ungläubig blickte sie in die Himmelsregion, in der es soeben noch gestrahlt hatte, dann flüsterte sie: »Aber das ist unmöglich!«

»Und doch ist es geschehen«, sagte ihre Mentora.

»Was hat das zu bedeuten?«

Die *Ama Gira* trat heran und strich mit ihren Spinnenfingern durch Zenobias Haar. »Natürlich ist uns bewusst, was wir sind, mein Kind. Wir wissen, dass diese Wirklichkeit nur eine Chimäre deiner Wünsche ist. Einzig du hast sie real werden lassen. Wir haben nur darauf gewartet, dass du den Mut zeigst, uns den Spiegel zu reichen.« Sie machte eine unscheinbare Handbewegung, woraufhin die blutenden Wunden an Zenobias Füßen verschwanden. »Einzig dein Verstand hat deine Angst und deinen Schmerz wahr werden lassen«, erklärte sie, während die Bücherfrau ihre unversehrte Haut befühlte. »Wir wandeln im Unterbewusstsein eines Almanachs umher. Das Einzige, was dir in *diesem* Nachtland widerfahren kann, ist, dass du für immer in seinem Schatten gefangen bleibst.«

»Dann wisst Ihr, warum ich hier bin?«

»Natürlich nicht, mein Kind.« Die *Ama Gira* befühlte das *Urhiod* in ihren Händen. »Aber ich rieche Mensch, Tod und Gebrechen in diesem Kokon.« Sie nahm Zenobia die riesige Wattekugel ab. »Augen sind heilig, solange sie strahlen, doch vollkommen ist erst der Blick in die Nacht«, sprach sie. Dann ließ sie eine lange Zunge aus ihrem Mund gleiten und bohrte ihr Spitze tief in den Kokon. »Der Körper, von dem dies stammt, ist mit etwas aus der Totenwelt in Berührung gekommen«, erkannte sie, nachdem sie den Inhalt gekostet hatte. »Mit einer Entität, die so alt ist wie die Schöpfung selbst.« Sie warf das *Urhiod* in die Brandung, wo es von der ersten Woge verschluckt wurde.

»Diese ... *Entität* nennt es Zeitbrand«, sagte Zenobia.

»Und nun hoffst du, dass ich dir helfen könnte, dieses Leiden zu heilen ...«

»Ja, *Ama*.«

»Den Tod heilen, wie soll das gehen?«

»Ich – weiß es nicht.«

Die *Ama Gira* musterte Zenobia lange, dann forderte sie: »Öffne deine Hände!«

Zenobia schluckte schwer, dann streckte sie ihre Arme vor. Ihre Mentora fasste unter ihre Kapuze, wobei es aussah, als würde sie sich müde über das Gesicht streichen. Dann ließ sie von sich ab und legte in jede Hand ihres Gegenübers eines ihrer glänzenden schwarzen Augen.

»Ich kann dir das Geheimnis der Heilung nicht verraten«, erklärte sie. »Du musst es selbst herausfinden.«

Voller Abscheu starrte Zenobia auf die riesigen schwarzen Augäpfel, als fürchtete sie, beiden würden jeden Moment acht Beine wachsen, auf denen sie ihre Armen emporzukrabbeln begannen. Die beiden Gebilde waren weder weich noch blutverschmiert, sondern hart wie riesige heiße Glasmurmeln.

»Wie kann ich etwas aus dem Nachtland in meine Welt tragen, das nicht wirklich ist?«, keuchte sie.

»Dein Verstand macht es real«, antwortete die *Ama Gira*. »Er transportiert das Mögliche ins Unmögliche und das Unmögliche ins Mögliche.« Sie strich eine Träne von Zenobias Wange. »So ist dein Schmerz doch nicht völlig vergeudet, mein Kind.« Dann wandte sie sich ab und ging davon.

Zenobia bemerkte, dass ihre Schritte im nassen Knochenstaub keine Spur hinterließen. Obwohl sie sich bewegte wie ein Mensch, schien es, als schwebe sie über den Strand hinweg. Und noch während die Bücherfrau ihr nachsah, löste die *Ama Gira* sich einfach in Luft auf.

Als Zenobia sicher war, dass ihre Mentora verschwunden blieb, ließ sie die beiden Augäpfel angeekelt in den Staub fallen. Unschlüssig betrachtete sie die Gebilde, löste das Hüfttuch, das ihr Gewand wie eine Schärpe umschlossen hielt, und wickelte die Augen darin ein. Dann verknotete sie zwei seiner Enden miteinander und zog es sich über die Schultern.

Erst jetzt wurde ihr bewusst, dass sie nicht die leiseste Ahnung hatte, wie sie wieder zurück in die Archivkammer gelangen sollte. Niemand dort konnte sie hier im Nachtland wahrnehmen, und keine der Klippen, die den Pfad der Knochen säumte, reichte bis hinauf ins Firmament. Ihr einziges Hilfsmittel, das Tor zurück in die Tempelkatakomben zu öffnen, war ihr eigenes Blut – und davon hatte sie bereits zu viel verloren.

Mit einem flauen Gefühl im Magen begann Zenobia ihren Fußspuren zurück in die Wüste zu folgen. Als sie den Hang der Uferdüne erklommen hatte, ließ der Blick über das Hinterland sie jedoch bestürzt innehalten. Von dem Felsmassiv, durch das die Knochenschlucht geführt hatte, war weit und breit nichts mehr zu sehen. Zudem hatte sie den Eindruck, dass der Horizont nicht mehr so weit entfernt war wie bei ihrer Ankunft. Ein Blick zurück auf den Ozean bestätigte ihre Befürchtung: Das Nachtland hatte begonnen zu schrumpfen und sich aufzulösen.

»Hallo!«, rief sie, so laut sie konnte, in der Hoffnung, wenigstens den Almanach auf sich aufmerksam machen zu können. »Holt mich zurück!« Nichts geschah. »Hört mich jemand? Ich bin hier unten!«

Stunden vergingen, in denen Zenobia auf dem Dünenkamm auf und ab wanderte, mit schwindender Zuversicht in den blutroten Himmel starrte und sich dabei die Seele aus dem Leib rief. Mit der Zeit schwanden ihre Kräfte und irgendwann auch ihre Hoffnung.

Einst eine Königin, höhnte eine Gedankenstimme in ihrem Kopf. *Heute verloren und verschollen in den Tiefen eines namenlosen Buches...*

Während sie erschöpft am Dünenhang saß und auf das schrumpfende Meer starrte, senkte sich aus dem roten Glosen über ihr plötzlich eine monströse Hand auf den Strand herab. Einer ihrer Finger tastete vorsichtig den Boden ab, wobei er metertiefe Mulden im Knochenstaub hinterließ, dann lag die riesige Gliedmaße still.

Zenobia fasste sich ein Herz, rannte die Düne hinab und sprang auf die geöffnete Hand. Die riesigen Finger zuckten kurz, als ihr Besitzer sie darüberkrabbeln spürte, dann hob die Gliedmaße sich vom Boden und stieg empor. Zenobia duckte sich schützend, während sie in den Himmel hinaufschoss. Nachdem sie registriert hatte, dass die Hand sich kaum noch bewegte, öffnete sie ihre Augen wieder – und blinzelte in Luminas trübes Licht.

»Hallo«, begrüßte Aris die Bücherfrau in seiner Hand. »Alles okay? Wir glaubten schon, wir hätten dich verloren.«

»Den Göttern sei Dank«, murmelte Zenobia und ließ sich erleichtert auf den Rücken sinken.

»Bedank dich bei Leon«, sagte Ninive. »Es war seine Idee, im Almanach das Nachtland zu suchen und dir die Hand zu reichen.«

| 60 |

»Tee?« Cutter sah in die Runde und schüttelte zweifelnd seine Kapuze. »Dämonenaugen-Tee?«

»Ich weiß es nicht«, gestand Zenobia. »Vielleicht muss man daraus auch eine Salbe machen oder Kuchen.«

»*Kuchen?*« Aris betrachtete die beiden winzigen schwarzen Perlen.

»Wäre das Braalgift, würde die Menge eines dieser Augen genügen, um zehn von euch Großwesen zu töten«, bemerkte Aléxandros.

»Wir sollten damit zu Sloterdyke«, schlug Aris vor. »Vielleicht besitzt er so etwas wie eine Dämonenaugen-Vergrößerungsmaschine.«

Ninive schüttelte müde den Kopf. »Dann müssten wir ihn einweihen …«

»Daran führt früher oder später sowieso kein Weg vorbei«, sagte Cutter. Und mit einem Rundblick auf die Folianten fügte er hinzu: »Lieber ein Ende mit Schrecken als ein Schrecken ohne Ende.«

»Na, das kann ja heiter werden.« Aris sah auf Zenobia hinab. »Wärst du bereit, uns zu begleiten?«

»Wohin?«

»Durch den Orb hinauf ins Chronoversum.« Er zwinkerte der Bücherfrau zu. »Wäre eine erstklassige Gelegenheit, den Hausherrn auf euer Los aufmerksam zu machen.«

Zenobia wurde kreidebleich. »Ist das euer Ernst?«

»Es sind die Augen *deiner* Mentora«, erklärte Aris. »Also solltest auch du es sein, die deiner Geschichte ein Gesicht gibt.«

»Falls du wirklich davon überzeugt bist, dass sie mich heilen können, bestehe ich darauf, dass du mit uns kommst«, sagte Ninive.

Das Tuch mit den Augen geschultert, schritt Zenobia vor dem Almanach unentschlossen auf und ab. »Was ist ein Orb?«, fragte sie.

»Ein Kontinuum, das alles umhüllt, es durchwirkt und aneinanderbindet«, erklärte Cutter. »Auf die Fragen, worin das Universum sich ausbreitet und was vor dem Urknall existierte, ist der Orb die treffende Antwort.«

| 61 |

»Ha!«, rief Sloterdyke beim Anblick der Bücherfrau auf Aris' Hand. »Ein Homunkulus!«

Zenobia äußerte einen Schreckensschrei, kletterte fast schon panisch Aris' Arm empor auf dessen Schulter und versteckte sich hinter seinem Mantelkragen. »Ein Zyklop!«, rief sie mit bebender Stimme. »Wie kommt ein Zyklop hierher?«

»Er wohnt hier«, erklärte Ninive.

»Er ist der Hausherr?«

»Ich fürchte ja.«

»Wie könnt ihr mir das antun? Ich habe das alles nicht auf mich genommen, um von einem Zyklopen gefressen zu werden!«

»Wirst du nicht«, versicherte Sloterdyke, während er fasziniert das Bücherwesen in Aris' Nacken beäugte. »Ich vermag keine lebendige Nahrung zu verdauen. Sagt, junger Mann, woher habt Ihr dieses entzückende Geschöpf?«

»Das ist eine lange Geschichte«, erklärte Ninive.

»Nur zu, erzählt!«, forderte er seine Gäste auf. »Wir haben hier alle Zeit der Welt.«

Aris hob zweifelnd die Augenbrauen. »Das könnte weniger sein, als Sie hoffen, Professor.«

Der Monozyklop lauschte aufmerksam, während die Bücherfrau – von Aris und Ninive durch die Schilderungen ihrer eigenen Erlebnisse unterstützt – von ihrem Dasein im verborgenen Archiv erzählte. Seine zu Beginn noch freudige Erregung über den ›Kobold und seine wohl erquickende Geschichte‹ verwandelte sich im Laufe der Stunden langsam in Betroffenheit und mündete in tiefer Bestürzung.

»Glaubt mir, das bedaure ich zutiefst«, sprach er schließlich zu Zenobia. »Ich hatte nicht die geringste Ahnung von eurer Existenz. Der Stollen zu eurem Archiv muss bereits vor meinem Eintritt in den Orden eingestürzt sein. Irgendwann war das dahinter liegende Archiv wohl in Vergessenheit geraten und sich selbst überlassen worden. Aus den Augen, aus dem Sinn, wie man in der Urwelt zu sagen pflegte. Womöglich gibt es im Chronoversum noch mehr Kammern ohne Fenster oder Türen, Räume, die zwar existieren, aber nicht zugänglich sind.« Sloterdyke roch an den Augäpfeln der Ama Gira. »Materialisierte Arachnensteine«, erkannte er. »Seit Jahrzehntausenden entartet.« Er seufzte und fuhr sich müde mit der Hand über sein Auge. »Nun, vergrößern kann ich diese Exemplare nicht«, sagte er nachdenklich. »Vielleicht aber vervielfältigen.«

»So etwas ist möglich?«, staunte Ninive.

»Gewiss. Das Verfahren existiert bereits seit Beginn des Goldenen Zeitalters. Man nennt es *In-vitro*-Reproduktion. In diesem Fall dürfte eine Verzehnfachung für die Gewinnung eines Extrakts genügen.«

»Wie lange wird das dauern?«

»Kommt auf die Bedingungen an. Das, was euer Homunkulus hier aus dem Nachtland gerettet hat, sind nicht gerade Prachtexemplare. Zudem müssen sie zuerst beseelt werden, was sie zu recht widerborstigen kleinen Giftschwirrlen macht. Ich würde sagen mindestens einen Tag, vielleicht auch zwei. Arachnensteine sind ein äußerst zähes, glücksresistentes Element.«

| 62 |

Aus den von Sloterdyke geschätzten zwei wurden letztlich vier Tage, die Ninive vor eine harte Geduldsprobe stellten. Vier Tage, die sie in ihrer eigenen, persönlichen Dunkelwelt ausharrte und betete, dass die Worte der *Ama Gira* nicht nur Gerede in den Tiefen eines greisen Almanachs gewesen waren. Vier Tage stilles Bangen und Hoffen auf ein Wunder aus Sloterdykes *In-vitro*-Hexenküche.

Von Aris, der sie auffällig oft besuchte und ihr auf die eine oder andere Art Gesellschaft leistete, erfuhr sie, dass auf des Professors Bitten hin auch Leon aus seinem Folianten befreit worden war, um ihm mit seinem wissenschaftlichen Fachwissen zur Seite zu stehen. Vor ihrem geistigen Auge sah sie das eigentümliche Quartett rings um eine brodelnde Spinnenaugensuppe sitzen wie Urwelt-Alchemisten, die Blei in Gold zu verwandeln versuchten.

Während Ninive das Alleinsein überbrückte, indem sie sich in den Schlaf und dessen lichte Traumwelt flüchtete, ging innerhalb des Komplexes alles seiner chronoversalen Wege. Aris zufolge hatte ein erster Versuch, Cornelius zu rebooten, zu einem veritablen Desaster geführt. Sloterdyke vermutete, dass seine neuralgischen Zonen nicht gründlich genug gereinigt worden waren und die Reste der Melasse eine Reihe zentraler Schaltkreise verklebt hatten. Als

Folge waren ihm nach seiner Aktivierung wohl ein paar Sicherungen durchgebrannt. Nachdem Cornelius den Monozyklopen mit einem beseelten Wendigo beworfen hatte, musste dieser sich für mehr als zehn Stunden in eine Rekonvaleszenzbox zurückziehen, um sich zu erholen. Ein Installationsassistent, der tollkühn versucht hatte, den Amok laufenden Roboter abzuschalten, war zudem reif für den Schrott.

Es hatte eines halben Dutzends Assistenzgreife bedurft, Cornelius zu überwältigen und wieder zu deaktivieren. Nun lag er Aris zufolge in einem Enzymbad, das auch die letzten organischen Verunreinigungen auflösen und ihn wieder zu ›klarem Verstand‹ kommen lassen sollte.

Nachdem Sloterdyke genesen und mit dem Ergebnis der *In-vitro*-Reproduktion zufrieden gewesen war, hatten er und Leon sich eine ganze Nacht lang damit beschäftigt, die optimale Wirkungskonsistenz für den gewonnenen Spinnenaugenextrakt zu finden. Die Ergebnisse hatten von einer hyperfluiden, in sämtliche Poren dringenden Lösung bis hin zu einer Gesichtsmaske aus schaumigem Arachnensteinpüree gereicht, wie Aris es formuliert hatte. Schließlich hatten die beiden sich für eine cremige Paste entschieden, die sich fingerdick auf das verletzte Gewebe auftragen ließ.

| 63 |

Ninive erwachte von einem sanften Streicheln auf ihrem Handrücken.

»Es ist so weit«, vernahm sie schlaftrunken Aris' Stimme. »Keine Ahnung, wie du es ohne Sedativa schaffst, vier Tage lang scheintot im Bett zu liegen, aber ich finde, nun ist's genug mit Faulenzen.« Ninive brummte unwillig und zog sich die Bettdecke über den Kopf. »So wird das allerdings nichts«, seufzte Aris.

»Ich habe Angst«, erklang es unter dem Stoff. »Angst vor den Konsequenzen, falls es nicht klappt.«

»Hör auf, dich damit verrückt zu machen, solange wir keine Gewissheit haben.«

Ninive atmete tief durch, dann schlug sie die Decke zurück und setzte sich auf. »Es ist ein Trigger«, sagte sie, während Aris ihr beim Ankleiden half.

»Bitte?«

»Ein Winterruhe-Hormon«, erklärte Ninive. »Der Professor nennt es einen Hybernation-Trigger. Er erlaubt es mir, tage- oder notfalls sogar wochenlang zu schlafen. Sloterdyke meint, es sei ein Erbe der Eis-Epoche, die einst das Goldene Zeitalter beendet hatte. Nur wenige weibliche Wandler besitzen es.«

»Das *Torpor*-Gen«, erinnerte sich Aris. »Ich habe in den Bibliotheken davon gelesen. Allerdings hielt ich die Geschichten von Frauen im Winterschlaf bis jetzt für einen Mythos.«

»Ich fand es früher aufregend, einfach zwei oder drei Monate lang zu schlafen, um danach umherzuwandern und zu entdecken, was sich alles verändert hatte.« Ninive schwieg eine Weile, dann seufzte sie und murmelte: »Na ja, früher ...«

Obwohl sie die Stunde der Wahrheit herbeigesehnt hatte, kostete es sie ein hohes Maß an Überwindung, sich von Aris hinunter in den Labortrakt führen zu lassen. Ganz zu schweigen davon, sich dem Wohl oder Weh von Sloterdykes Spinnenaugen-Balsam auszuliefern.

»Kein Grund zur Sorge«, versuchte der Monozyklop sie zu beruhigen, nachdem sie auf einer Art gepolsterter Liege Platz genommen hatte. »Hier, trink einen Schluck.«

Sie roch an dem Glas, das er ihr in die Hand reichte. »Was ist das?«

»Ein leichtes Beruhigungsmittel. Es hilft dir zu entspannen.«

Ninive zögerte, nippte kurz an der Flüssigkeit und sagte: »Das ist nur Wasser.« Sie leerte das Glas zur Hälfte und reichte es zurück, in der Erwartung, jemand würde es ihr abnehmen. Stattdessen bemerkte sie nur noch, wie es ihr aus der kraftlosen Hand rutschte, ehe alle Geräusche verhallten. Ninive hörte weder einen Aufprall noch das Klirren von Scherben ...

| 64 |

Cutter rammte den Stiel seiner Sense in den Uferboden. »Finger weg!«, mahnte er die neben ihm stehende Rüstung. »Bevor ich meine Würde für einen prähistorischen Taucheranzug opfere, würde ich gerne wissen, warum du das nicht selbst machst? Schließlich ist es *dein* Element!«

»Ich würde nur Schlamm aufwirbeln«, erklärte die Rüstung. »Zudem bin ich nicht stark genug.«

»Selbsterkenntnis ist wahrlich eine Tugend.« Cutter ließ seinen Blick über die Seeoberfläche schweifen. »Wie sieht dieses Ding aus?«

»So ähnlich wie meine eigene Hülle, nur vollkommen aus Metall.«

»Und weshalb bist du nicht gleich damit an Land gekommen?«

»Das wirst du sehen, sobald du sie geborgen hast. Folge einfach der Schleifspur.«

Aus der Schwärze unter der Kapuze drang ein Seufzen. »Was hast du eigentlich all die Jahrhunderte lang dort unten getrieben?«

»Ich lag in einer Equipmentbox«, erklärte die Rüstung. »Zusammen mit drei Sauerstoffflaschen, einem Bund Harpunen, einem Paar Bleistiefeln, acht Taucherflossen und einem Erste-Hilfe-Kasten.« Sie überlegte einen Augenblick lang. »Aber ohne Kopf«, fügte sie hinzu und klopfte mit dem Metallrevers des rechten Ärmels gegen ihren Helm.

»Klingt spannend …«

»Ich kannte nichts anderes. Nachdem die Wandlerin das Boot beseelt hatte, war ich in absoluter Dunkelheit erwacht, ohne jegliche Erinnerung an eine Vergangenheit. Es gab nichts zu fühlen, nichts zu sehen und niemanden, der mich über den Sinn und Zweck meiner Existenz aufklärte. Und da ich nicht wusste, wer oder was ich war, hielt ich diesen Zustand für normal. Dass ich nicht nur fähig war zu denken, sondern auch geistig umherzuwandeln, erkannte ich erst viele Jahre später.«

»Besser spät als nie.«

Cutter schritt langsam ins Wasser. Kein einziges Partikel löste sich aus dem Schlickteppich, als er untertauchte und über den Seegrund hinwegzugleiten begann. Augenblicklich scharten sich Aquazifferiden um ihn und folgten ihm in tieferes Wasser. Umso dunkler es wurde, desto hektischer und intensiver wurde das Lumineszieren der Zahlenflossler. Cutter ließ sich entlang der im Schlamm deutlich zu erkennenden Schleifrinne treiben, eine nahezu schnurgerade Narbe im Seebett, die fünfzig oder sechzig Meter vom Ufer entfernt schließlich in eine längliche Senke mündete. Kein Zweifel, dass es sich um die Stelle handelte, an der das Tauchboot Wochen zuvor aus seinem nassen Grab gestiegen war. Die Umgebung erinnerte Cutter an einen verwilderten Friedhof, doch waren es keine Grabsteine, welche die Jahrtausende auf dem Seegrund wie in einer Zeitkapsel überdauert hatten, sondern Artefakte aus der alten Welt: das Zwiebelturmdach einer Kapelle, die ein Metallophage als Behausung nutzte; das von lanzenartigen Gebilden gesäumte, aufrecht stehende Rohr einer Kalverine, aus der ein Eisensiedler seine aus reinem Quecksilber geformten Polypen reckte; eine von pulsierenden Relaissternen bewohnte Telefonzelle; der abgeknickte Mast einer Straßenlaterne … Zahllos waren die Gebilde, mannigfaltig ihre Form, rätselhaft zumeist ihre Herkunft und ihr einstiger Zweck. Cutter konnte gut nachvollziehen, welchen Beseelungsreiz sie auf Ninive und ihresgleichen ausübten – und welche Geschichten sie zu erzählen hatten …

Eines der Relikte jedoch unterschied sich von den übrigen Artefakten, denn seine Muschelkruste war stellenweise abgeplatzt, als wäre vor nicht allzu langer Zeit ein schwerer Körper darüber hinweggeschrammt. Fast gänzlich im Schlamm versunken, fiel sie einem Betrachter erst mit dem zweiten Blick auf. Lediglich der linke Arm, ein Stück der Schulter und der algenüberwucherte Kugelkopf ragten daraus hervor. Letzterer hatte mehr Ähnlichkeit mit einer antiken Seemine als mit einem Taucherhelm. Hinter massiven Metallbügeln zierten über ein Dutzend kaum handtellergroße Bullaugen seine Front.

Prüfend klopfte Cutter gegen das Metall, woraufhin sämtliche Zifferiden in seiner Nähe davonstoben. Dann packte er die Rüstung, hoffend, sie aus dem Schlamm ziehen zu können. Ein metallisches Knacken ließ ihn jedoch innehalten. Sekundenlang trieb er reglos über dem Artefakt, seine Chancen abwägend, es in einem Stück bergen zu können, und hob schließlich den Blick. Bis zur Oberfläche mochten es gut und gerne fünfzehn Meter sein. »Wie ich das hasse …«, murmelte er in die finsteren Fluten und ließ sich in das Metallgebilde sinken. Selbst in dessen Inneren stand der Schlamm bis über den Brustpanzer. Cutter konzentrierte sich darauf, jeden Winkel und jeden Spalt auszufüllen, dann hob er das gesamte Sedimentkonglomerat aus dem Seegrund.

Die Rüstung trat respektvoll einige Schritte zurück, als das Gebilde aus Metall, Gestein und Pflanzen über die Wasseroberfläche stieg und – einen Schleier aus Tropfen unter sich herziehend – in Richtung Ufer zu schweben begann. Der Boden erbebte, als es schließlich an der Wasserkante niederging.

»Ein Skaphander«, sagte Cutter, nachdem er sich aus dem Artefakt gelöst und seine vertraute Gestalt wieder angenommen hatte. »Verdammt lange her, dass ich so ein Unding zum letzten Mal gesehen habe …«

Die Rüstung trat heran und begann einige der Algen abzupflücken. »Kannst du ihn befreien?«

Cutter umrundete den Klumpen aus korrodiertem Metall und versteinerten Sedimenten. »Schwierig«, befand er. »Ultraschall und ein Säurebad wären von Vorteil. Wie lange lag das auf dem Grund?«

»Das weiß ich nicht«, gestand die Rüstung. »Mein Zeitempfinden setzte erst ein, als das Boot beseelt wurde – vor zweihundert oder dreihundert Jahren.«

»Mag vielleicht ein Segen gewesen sein. Diese Tauchpanzer wurden vor mehr als zwölftausend Jahren konstruiert. Wieso willst du da hineinschlüpfen? Selbst ohne Schlamm und Gestein wiegt dieses Ungetüm mehr als eine halbe Tonne.«

»Darum geht es nicht.«

»Ich muss gestehen, dass ich Schwierigkeiten habe, dir zu folgen.«

»Alles wird sich klären«, sagte die Rüstung.

»Ich habe im Inneren des Skaphanders Gebeine gespürt …« Cutter taxierte sein Gegenüber. »Wessen Knochen sind das?« Die Rüstung schwieg. »Tu nicht so, als wüsstest du nicht, wer vor dir steht«, sagte Cutter. »Der Tod ist *mein* Metier.«

»Umso erstaunlicher ist es, dass du fragst. Ich weiß nicht, wem sie gehören. Vielleicht sind es meine eigenen.«

»Und wie soll's nun weitergehen?«

»Die Wandlerin. Sie vermag den Transfer vorzunehmen.«

Cutter betrachtete das rostüberzogene Gebilde. »Nobler Wunsch«, befand er, nachdem er einen Augenblick lang nachgedacht hatte. »Vielleicht aber auch nur eine große Eselei …«

»Eselei?«

Cutter winkte ab und zog seine Sense aus dem Boden. »Eine Urwelt-Phrase«, sagte er. »Mehr nicht.«

| 65 |

Das Erste, was Ninive wieder bewusst wahrnahm, ähnelte dem leisen Prasseln von Regen auf trockenem Laub. Im ersten Moment kam es ihr vor, als wären nur Sekunden vergangen, seit sie das Bewusstsein verloren hatte. Das Prasseln verwandelte sich langsam in ein gleichförmiges Rauschen, das schließlich verebbte.

»Was ist passiert?«, fragte sie in die Stille hinein. Ihre Zunge fühlte sich taub und pelzig an, und das Sprechen fiel ihr so schwer, dass sie ihre eigenen Worte kaum verstand.

»Du lagst in Morpheus' Armen«, erklang die Stimme des Professors ganz in ihrer Nähe.

Ninive hatte den Eindruck, ihr Kopf wäre auf die Größe des Labors angeschwollen. Jeder Gedanke schien minutenlang in ihrem Gehirn umherzuirren, ehe er sein Ziel erreichte. Schließlich fragte sie: »Wer ist Morpheus?«

»Nur eine Metapher.«

»Du hast geschlafen«, meldete sich Aris aus dem Hintergrund.

Buchstaben formten sich träge zu Worten, die Worte krochen im Schneckentempo in die richtige Reihenfolge. »Warum bin ich angeschnallt?« Ninive zerrte kraftlos an den Gurten, die um ihre Handgelenke lagen.

»Eine reine Schutzmaßnahme«, erklärte Sloterdyke. »Es bestand das Risiko, dass du unterbewusst deine Fähigkeiten einsetzt. Die Gefahr, dass während der Prozedur plötzlich beseelte Reagenzien umherspringen oder Teile des Inventars durchs Labor rollen, erschien uns ein wenig zu groß.«

»Zudem wussten wir nicht, wie schmerzhaft die Behandlung sein würde«, fügte Aris hinzu.

»Ihr könnt mich losbinden.«

»Ich weiß nicht, ob das jetzt schon ...«

»*Bindet mich los!*«, schnitt Ninive dem Professor das Wort ab.

Sloterdyke gab ein Geräusch von sich, das einzig Monozyklopen zu erzeugen vermochten, eine disharmonische Kombination aus Teekesselpfeifen und den Balzrufen von Wind-Auguren. »Na schön.« Behutsam löste er die Gurte, dann trat er ein paar Schritte zurück.

Ninive atmete tief durch und entspannte sich wieder, während sie ihre Handgelenke massierte. »Und?«, fragte sie schließlich wesentlich besonnener. »Hat es funktioniert?« Ihre Stimme war am Ende kaum mehr als ein Hauch.

»Das können wir erst beurteilen, nachdem du die Augen geöffnet hast«, sagte Aris.

Ninive benötigte einen Moment, um die Bedeutung der Worte zu erfassen. Sie wollte etwas erwidern, schluckte jedoch nur schwer und hob eine Hand.

»Ah, ah, ah, Finger weg!« Sloterdyke unterband ihren Versuch, ihre Augen zu betasten. »Warum müsst ihr Wandler ständig an allem herumfummeln?«

Sie drängte die Hand des Monozyklopen beiseite. »Das ist *mein* Gesicht, Professor!« Ninives Worte waren leise, aber bestimmt. »*Mein* Fleisch und Blut!«

Langsam wiederholte sie die Bewegung. Keinen Fingerbreit über ihren Augen hielt sie jedoch inne, als wäre sie an eine unsichtbare Barriere gestoßen. Ein kurzes Zögern, dann gab sie sich einen inneren Ruck und berührte ihr Gesicht. Wie erstarrt ließ sie die Fingerspitzen sekundenlang auf ihren Wangenknochen ruhen, ehe sie ihre Haut abzutasten begann. »Ich kann sie spüren …«, flüsterte sie.

Aris tauschte einen Blick mit Sloterdyke. »Wie fühlt es sich an?«, fragte er.

Ninive suchte nach Worten. »Seltsam. Feucht und schmierig und … unbeschreiblich.« Aus dem Affekt heraus gab sie ein albernes Lachen von sich, das ihr im gleichen Moment peinlich war. Ihre Finger strichen über salbenbenetzte, unversehrt wirkende Haut, ertasteten Augenbrauen, Wimpern und geschlossene Lider, unter denen sich Augäpfel wölbten. Sie hielt den Atem an, dann öffnete sie vorsichtig die mit Resten der Spinnenaugenpaste verklebten Lider – und blinzelte in eine erschreckend vertraute Dunkelheit.

»Warum sehe ich nichts?«

»Weil wir das Licht ausgeschaltet haben«, erklärte Aris. »Du hast diese Augen noch nie benutzt. Sie müssen sich erst langsam an Helligkeit gewöhnen. Professor?«

Im Raum wurde es eine Nuance heller. Ninive konnte im ersten Moment nicht einmal bestimmen, ob es tatsächlich diffuses Licht war oder nur ein Streich ihrer Sinne. Nach einigen Sekunden bildete sich über ihr eine dunkle Form, die aussah wie ein menschlicher Umriss.

»Aris?« Sie fasste nach dem Schatten. »Bist du das?«

Erst als sie sein Gesicht berührte, fiel ihr auf, wie sehr ihre Finger zitterten.

»Vorsicht!« Er ergriff ihre Hand. »Stich mir nicht die Augen aus.«

»Wirklich außergewöhnlich«, murmelte Sloterdyke, der sich aus dem Hintergrund näherte. »Ein wunderschönes Moosgrün.«

»*Grün?*«, stutzte Ninive. »Sagten Sie Grün?«

»In der Tat, meine Liebe.« Er setzte eine Lupe an sein Auge, beugte sich über Ninive und studierte ihre Zeitbrandwunden. »Die Regenbogenhaut ist schön strukturiert, ihre Pigmente kräftig und der Limbus gleichmäßig«, murmelte er. »Die Pupillen wirken gesund, nur die Augenlinsen sehen noch trüb aus.« Er richtete sich auf.

»Verzeiht, meine Lieben«, sagte er, während er sich entfernte. »Ich muss diesen wundersamen Spinnenaugensaft und seine morphogenetische Wirkung auf organisches Gewebe unbedingt eingehender untersuchen.«

»Hast du Schmerzen?«, fragte Aris, nachdem Sloterdyke das Labor verlassen hatte.

Ninive schüttelte kaum merklich den Kopf. »Ich kann dich sehen«, flüsterte sie.

»Nicht weinen.« Aris half ihr, sich aufzusetzen, und tupfte ihr die Tränen aus den Augenwinkeln. »Salz ist womöglich Gift für den Heilungsprozess ...«

| 66 |

Ninive fand Aris in einem der weitläufigen Giebel-Aereotope, die sich über fast alle Dachgeschoss-Regionen des Chronoversums erstreckten. Es waren liebevoll gestaltete, von Maschinengärtnern gepflegte Außenwelt-Imitationen, mit weitläufigen, von winzigen Hainen bestandenen Wiesen, durch die verschlungene Trampelpfade führten. Hier und da ragte das eine oder andere Maschinenrelikt aus dem Boden, wie ein Denkmal an die Urwelt und das Goldene Zeitalter.

Aris saß auf dem Wrack eines moos- und flechtenüberwachsenen Riesenwühlrades unter einer Fensterkuppel, die freie Sicht auf die Bannmauer gewährte. Seine Aufmerksamkeit galt jedoch nicht dem riesigen Bauwerk, sondern den Schriftstücken, in denen er blätterte.

»Kann ich hochkommen?«, rief Ninive, als sie den Fuß des Rades erreicht hatte.

»Nein«, antwortete Aris gedankenversunken. Dann schreckte er auf und sah zu ihr herab. »Entschuldige, ja!«, beeilte er sich zu sagen. »Ja, natürlich.«

»Muss eine spannende Lektüre sein«, bemerkte sie, als sie emporgeklettert war.

»Die Barnacoll-Chroniken.« Er rutschte ein Stück zur Seite, damit sie neben ihm Platz fand. »Das Sisyphos-Problem damit ist, dass sie in mehreren, ständig wechselnden Sprachen hinterlassen wurden. Mir raucht schon nach wenigen Sätzen der Schädel. Würden wir nicht in diesem Zeitgrab festsitzen, hätte sich mir jedoch nie die Gelegenheit geboten, die Originale zu studieren. Cornelius wäre jetzt eine große Hilfe. Wie geht es ihm eigentlich?«

Ninive hob die Schultern. »Werden wir erfahren, sobald der Professor ihn reaktiviert. Es gibt noch Probleme mit seinem … *Dingsda*.« Sie tippte sich an die Schläfe.

»Und wie geht's dir?«

Sie verzog die Lippen. »An grüne Augen muss ich mich erst noch gewöhnen«, gestand sie. »Inzwischen kann ich zumindest wieder erkennen, wohin ich klettere. Und dich sehe ich leider auch immer deutlicher.«

Aris musste grinsen. Er blickte durch die Fensterkuppel auf die im Abendrot glühende Bannmauer. »Gibt's sonst noch Gründe zur Hoffnung?«

»Wir befinden uns noch nicht so lange im Chronoversum, daher stehen unsere Chancen, hier doch irgendwie heil wieder rauszukommen, relativ gut«, sagte Ninive. »Aber unsere Zeit läuft ab. Die Zeitdilatation könnte inzwischen einige Wochen, wenn nicht sogar Monate betragen. Ein halbes Jahr jünger oder älter zu werden sollte uns aus biologischer Sicht zwar kaum schaden, aber unsere Körper würden den Regressionsschock nicht verkraften – ganz zu schweigen von den Schmerzen, die mit diesem einhergehen. Wir sind nicht unsterblich.«

»Wenn Sloterdyke uns nicht durch seine Ingenieurskunst retten kann, dann vielleicht Cutter.«

Ninive schnaubte freudlos durch die Nase. »Ich hatte ihn vor einer Weile gefragt, ob er mich nicht auf seine Art zu reisen durch die Bannmauer schleusen könnte. Seine Antwort war: ›*Natürlich, aber dazu müsstest du tot sein.*‹

Du hast am eigenen Leib erfahren, wie es ist, seine Dimension zu betreten. Der Orb ist keine Sphäre für die Lebenden, und ich verspüre keine Lust, mich länger als einen Wimpernschlag darin aufzuhalten.« Sie atmete tief durch. »Gibt es etwas Interessantes in den Chroniken?«

»Ich habe einige neue Abschnitte übersetzen können, aber viel ist es nicht.« Aris schlug das Buch an einer markierten Stelle auf. »Es heißt, mit der aus dem Wasserkraftwerk gewonnenen Energie wäre eine Maschine namens *Ras Aeternia* betrieben worden«, las er von seinen Notizen ab. »Und dass diese geheimnisvolle Anlage kurz vor der Flutkatastrophe in Betrieb genommen und sogar jemand an Bord gewesen wäre.«

»An Bord?«, wiederholte Ninive. »Was soll das heißen?«

»Diese Maschine verfügte offenbar über eine Art Cockpit oder Steuerkanzel. Um sie zu benutzen, hatte man einen Großteil der Kontrolle den Fähigkeiten anderer überantworten oder der Maschine selbst vertrauen müssen.«

»Gibt es einen Hinweis darauf, was damals geschehen ist?«

»Es scheint einen Unfall gegeben zu haben. Barnacoll bezeichnet ihn als ›Irregularität‹ und beschreibt ihn etwa so, als ob einem jemand beim Rennen plötzlich einen Stock zwischen die Beine wirft und einen stürzen lässt – wobei man so verletzt wird, dass man nicht mehr aus eigener Kraft aufzustehen vermag. Eine folgenschwere Fehlfunktion, wie neulich bei dem Scheller. Er verschluckte unbeabsichtigt etwas, das sein System lahmlegte, woraufhin er in seiner Motorik und Verdauung so beeinträchtigt war, dass er seinen Artgenossen kaum mehr zu folgen vermochte. Unfähig, den Schaden aus eigener Kraft zu beheben, wäre er ohne meine Hilfe zugrunde gegangen. Kleine Ursache, große Wirkung.«

»Du solltest Sloterdyke zur Hand gehen«, schlug Ninive vor. »Falls diese Zeitregulierungsapparatur tatsächlich kann, was du dir von ihr erhoffst, wird er für jede technische Hilfe dankbar sein.«

Aris schüttelte den Kopf. »Ich kann Scheller oder Makulas reparieren, was in deinen Augen vielleicht schon technische Großtaten sind, aber wenn es um hochkomplexe Anlagen geht, dann steht der Monozyklop weit über mir. Und falls die Bannmauer tatsächlich das Zentrum dieser Morph-Struktur ist, der wir folgen, dann sind wir vielleicht auch dort auf die Fähigkeiten dieses verrückten Orphikers angewiesen.«

»Er soll uns begleiten? Aber das ist absolut unmöglich.«

»Vielleicht, vielleicht auch nicht.«

Ninive zog die Stirn kraus.

»Es gibt übrigens noch ein weiteres Rätsel«, sagte Aris. »Einen Satz in den Chroniken, dessen Bedeutung mir schleierhaft ist. Möglicherweise handelt es sich um eine Prophezeiung oder eine Mahnung. Vielleicht ist es aber auch nur ein verschwurbelter Hinweis für die Wanderer jener Zeit, sich in höheres Terrain zu begeben, bevor die Flutwehre geöffnet wurden.

Hör zu: *Jene, die wachen Auges sind, werden erkennen, dass die Zeit der Abkehr gekommen ist, sobald die Sterne auf Aeternitas' Krone wieder zu leuchten beginnen.* Kannst du damit etwas anfangen?«

Ninive blickte in eine imaginäre Ferne, dann empor zur Dammkrone. Unwillkürlich musste sie an die eigenartigen Lichter denken, die sie in den vergangenen Monaten sporadisch über der Mauer hatte aufblitzen sehen. »Nein«, sagte sie schließlich. »Du?«

Aris schüttelte den Kopf. »Ich bin zudem nicht sicher, ob ich das Wort *Arridme* richtig übersetzt habe. Statt Abkehr könnte es auch Umkehr oder Rückkehr heißen. Aber was meinte Barnacoll mit ›leuchtenden Sternen‹?«

»Das werden wir bestimmt noch herausfinden«, sagte Ninive und lehnte sich an seine Schulter. »Aber nicht heute.«

TEIL 6

DER QUANTEN-
MECHANISCHE DYBBUK

Es soll sich regen, schaffend handeln,
Erst sich gestalten, dann verwandeln;
Nur scheinbar steht's Momente still.
Das Ewige regt sich fort in allen:
Denn alles muß in Nichts zerfallen,
Wenn es im Sein beharren will.

Johann Wolfgang von Goethe
EINS UND ALLES

| 67 |

»Nur damit ich das richtig verstehe«, rief Leon. »Ihr wollt mich in eine Molekülsuppe transformieren, damit ich für Euch das Fluxfeld in dieser äonenalten Tauchmaschine stabil halte?« Er sah dem gespannt auf ihn niederblickenden Monozyklopen ins Auge. »Seid Ihr noch ganz bei Trost, Urwelt-Mutant?«

»Ganz so radikal würde ich das nicht unbedingt formulieren.« Sloterdyke wanderte vor dem Werkzeugtisch, auf dem Leon neben einer Bolzenschweißpistole Platz genommen hatte, auf und ab. »Betrachtet es mehr als … nun, nennen wir es: losen Verbund frei schwebender Bewusstseinspartikel. Als hochbefähigte Schwarmintelligenz. Ich könnte mir vorstellen, dass dies für Euch als Mann der Wissenschaften nach der langen Isolation eine durchaus erstrebenswerte und bewusstseinserweiternde Erfahrung sein dürfte. Der Zellverband Eures Avatar-Körpers würde sich im Kreislaufsystem des Diametrons gleichmäßig verteilen, ohne dass Ihr Gefahr lauft, Euch selbst darin zu verlieren. Letztlich wäre gewissermaßen das gesamte Boot von Eurem Kontrollbewusstsein erfüllt.«

»Ihr wollt mich mit Haut und Haaren verflüssigen?«

»Vorübergehend molekularisieren«, präzisierte der Monozyklop. »Ich bemühe mich lediglich um einen bildhaften Vergleich. Zudem wissen wir beide, dass Ihr und Eure Homunkulus-Freunde nicht aus Fleisch und Blut gemacht seid. Ihr besteht aus Majuskeln und Minuskeln, Sätzen, Informationen, Biografien, Fußnoten, Druckerschwärze und Zellulose. Ihr seid Quintessenz-Avatare, die plakativen Bewusstseinsmuster jener Folianten, die Ihr repräsentiert. Es steht Euch zwar offen, nach Belieben in Euren Bücherwelten zu wandeln, doch die reale Welt bleibt Euch verwehrt. Letztlich seid Ihr an Eure Wohnstätten gebunden – und somit auch an Euer Gefängnis. Mein Angebot bietet Euch einen Ausweg aus dieser Misere. Willigt Ihr ein, gebe ich Euch mein Wort, dass ich nach unserer Rückkehr alles und jeden von Euch aus Eurem Bücherverlies befreien werde.«

»*Falls* wir zurückkehren«, sagte Leon. »Und diese Odyssee überleben.«

Sloterdyke nickte. »Dennoch bleibt dies ein einmaliges Angebot.«

»Aber wozu das alles? Wieso ich?«

»Weil das Aquaroid gelinde gesagt ein viel zu schlichtes Gemüt besitzt, um allein mit dieser Aufgabe betraut zu werden. Zudem seid Ihr innerhalb dieser Mauern das älteste gelehrte Individuum – und mit Abstand auch das kleinste. Ich würde mich liebend gerne selbst zur Verfügung stellen, aber seht mich an: Ich bin nicht gerade ein Blatt im Wind. Bei meinem Molekülvolumen platzen entweder alle Rohrleitungen, oder das Boot versinkt auf Nimmerwiedersehen in der Tiefe des Quellsees. Ihr hingegen seid ein Nichts – physisch betrachtet.«

»Dann ist *das* also der wahre Grund dafür, weshalb Ihr mich aus dem Bücherverlies habt befreien lassen«, dämmerte es Leon.

»Ehrlich gesagt war es nicht meine Idee«, gestand der Monozyklop.

»Ach nein?« Leon blickte zu Cutter, der auf der gegenüberliegenden Seite des Labors wonnevoll in einer mit gelöschtem Kalk gefüllten Blechwanne herumstapfte. »Doch nicht etwa seine?«

»Mitnichten«, rief der Schwarzgekleidete. »Derlei Technik-Schnickschnack ist nicht mein Metier. Ich bin nur als Vermittler zugegen.«

»Schlimm genug, dass er überhaupt hier ist«, grummelte Sloterdyke. »Um ehrlich zu sein: Es war die Idee des Navigators.«

Leon blickte von einem zum anderen. »Welches Navigators?«

»Willigst du ein, wirst du ihn kennenlernen«, rief Cutter. »Falls nicht, dann eben nicht. Vielleicht ist dieser hellsehende Telchine ein geeigneterer Ersatzkandidat.«

»Ich bitte Euch lediglich, mein Angebot in Ruhe zu überdenken.« Der Monozyklop sah auf den Avatar herab. »Euch obläge die Verantwortung, alle an Bord zu schützen, indem Ihr jedwede Schwankung des Nullzeitfeldes ausgleicht. Sollte es außerhalb des Chronoversums aufreißen oder gar kollabieren, bevor die Synchronisation abgeschlossen ist, wird außer dem Navigator jeder an Bord sterben – einschließlich meiner Wenigkeit, falls Euch dies ein Trost sein sollte.«

| 68 |

»Du hast *Ja* gesagt?« Zenobia taxierte Leon, der einige Schritte entfernt an der Regentraufe des Daches lehnte. »Das kann nicht dein Ernst sein!«

»Die Worte des Zyklopen klangen aufrichtig«, sagte Leon. »Er glaubt, dass der Ganglion-Zweig, der die beiden Wandler zu uns geführt hat, unser Archiv nicht ohne Grund durchquert.«

»Es war Alexandros' Tagebuchseite, die die beiden zu uns gelockt hat«, rief ihm Zenobia in Erinnerung.

»Eine glückliche Fügung des Schicksals, die ohne den Zweig niemals möglich gewesen wäre. Mein Entschluss steht fest. Ich weiß, dass es in deinen Ohren töricht klingen mag, dem Wunsch des Hausherrn zu entsprechen, aber Thanatos hat mir seinen Schutz zugesichert. Und er scheint mir trotz seiner Unnatur ein glaubwürdiger Verbündeter der beiden Wandler zu sein.«

»Schutz?«, zweifelte Zenobia. »Du vertraust allen Ernstes dem Wort eines *Sensenmannes*? Ich fasse es nicht! Kam dir schon mal in den Sinn, dass jeder seiner Wege früher oder später ins Verderben führt?«

»Falls die Welt tatsächlich dem Untergang geweiht ist, erübrigt sich diese Frage.«

»Natürlich. Jeder deckt dem Nächsthöheren in der Narrenhierarchie den Rücken. Dummerweise stehst du am unteren Ende der Leiter.«

»So negativ würde ich es nicht betrachten. Immerhin wache ich über das Wohl und Weh aller.«

»Nenn diesen Handel, wie du willst, er ist in meinen Augen schlicht und ergreifend idiotisch! *Liquidation. Molekularisierung.* Wenn ich das schon höre …«

»Wir sind es ihm schuldig«, murmelte Leon in den Wind.

»Unsere Befreiung mit einem Himmelfahrtskommando zu begleichen?«

»Zena, bitte. Diese Diskussion haben wir bereits ein Dutzend Mal geführt.«

»Ein Dutzend Mal zu wenig!«

Leon seufzte und blickte ins Abendrot. »Ich würde gerne die Sterne sehen«, sprach er. »All ihre neuen Bilder und Konstellationen.«

»Dann solltest du nicht in die Unterwelt aufbrechen. Schon gar nicht eingesperrt in ein … wie nannte der dampfschnaubende Zyklop diese Höllenmaschine?«

»Aquaroid.«

»Allein schon der Name verheißt Unglück.«

Leon seufzte und wandte sich von seinem Aussichtspunkt ab. Als er zu Zenobia hinüberzuschlendern begann, erhob sich einige Meter entfernt eine Überwachungskamera aus dem Kiesbett und trottete ihm nach, darauf bedacht, den Abstand zwischen sich und den beiden Bücherwesen nicht zu gering werden zu lassen. Leon bedachte das Gerät mit einem abfälligen Blick, dann musterte er seine Begleiterin. Im Licht der Abendsonne glänzte ihre Haut wie blankes Kupfer.

»Die Zeit schmerzt überhaupt nicht«, sagte er, wobei er die Lichtreflexe auf seinen Händen betrachtete.

»Wer hat das behauptet?«, wunderte sich Zenobia.

»Aischylos' Furien. Sie munkeln, dass der Zeitbrand Mensch und Tier ausgelöscht habe.«

»Ein Ammenmärchen dreier Ausgeburten lauterer Gehässigkeit.«

»Aber ich sehe nirgendwo Häuser oder Straßen.« Leon ließ seinen Blick über das Marschland und die fernen Hügel schweifen. »Gibt es noch Menschen dort draußen, oder sind die beiden Wandler die letzten, die übrig sind?«

»Es soll …« Zenobia stockte kurz, als müsste sie sich eine verschüttete Erinnerung ins Gedächtnis zurückrufen. »Etwa fünfzig Kilometer südwestlich von hier existiert dem Monozyklopen zufolge eine bewohnte Stadt. Man soll jedoch schwer hinein und noch schwerer wieder hinaus gelangen.«

Leon betrachtete nachdenklich die tief stehende Sonne. »So viele verlorene Jahrtausende im Muff eines staubigen Taschenuniversums«, sagte er ohne eine Spur von Verbitterung in der Stimme. »Kannst du dir vorstellen, wie es wäre, ein Millennium lang zu träumen?« Zenobia schüttelte den Kopf. »Nicht weiter tragisch«, befand Leon. »Ich glaube, Gott schläft ebenfalls. Vielleicht ist er vor Jahrtausenden eingeschlafen und hat noch gar nicht bemerkt, dass wir existieren. Womöglich gibt es uns aber auch nur, weil er uns träumt. Sobald er aus diesem Traum erwacht, werden wir und alles, was wir für die Wirklichkeit halten, zerplatzen wie eine kosmische Seifenblase. Wir werden niemals existiert haben. All unsere Erinnerungen und Errungenschaften werden zu nichts verpuffen; jede Melodie, die komponiert wurde, jedes Gemälde, jedes Buch. Erwacht Gott, wird das Universum aufhören zu existieren.« Er sah Zenobia an. »Vielleicht schläft er noch ein paar Jahrtausende länger, vielleicht aber auch nur noch wenige Stunden, wer weiß das schon? Bereits in der nächsten Sekunde könnte alles vorbei sein.«

Einen Augenblick lang wusste Zenobia nicht, wie sie reagieren sollte. Als Leon gedankenversunken auf der Stelle verharrte, trat sie heran und lehnte sich an ihn.

»Was tust du?«, fragte er verwundert.

»Halt mich einfach nur fest.«

Leon zögerte einen Moment lang und warf einen Blick auf die im Kies hockende Kamera, dann schloss er Zenobia vorsichtig in die Arme. »Sie beobachtet uns«, raunte er ihr ins Ohr.

»Das ist mir egal.«

»Hat Mimon dich nicht gewarnt, dass ich dir in dieser Manifestation all deine Wörter in Silben zerbrechen könnte, falls ich nur ein wenig fester drücke?« Zenobia nickte. »Und hast du keine Angst, dass ich es tun könnte?«

»Nein«, flüsterte sie. »Es wäre völlig sinnlos …«

Schweigend standen sie beisammen, ließen ihre Sätze ineinanderfließen und beobachteten, wie die Sonne hinter den Horizont sank. Erst als das gesamte Marschland im Schatten lag, lösten sie sich voneinander und begaben sich zurück ins Innere des Gebäudes.

| 69 |

»Und Sie glauben, dass es diesmal funktioniert?«

Ninive betrachtete Cornelius, der von stabilen Gurten fixiert in einem Wartungssessel saß. Auch Aris' Miene blieb skeptisch.

»Nun ...« Sloterdyke kontrollierte die Befestigungen. »Was auch immer seine Schaltkreise verklebt und sein künstliches Bewusstsein getrübt hatte, dürfte sich durch die Ultraschallreinigung restlos aufgelöst haben. Ihr solltet vielleicht trotzdem ein paar Schritte Abstand nehmen.« Er wartete, bis alle ihre Position eingenommen hatten, dann aktivierte er den Roboter und platzierte sich hinter dem Sessel im toten Winkel.

Cornelius' Erwachen war unspektakulär: Er hob den Kopf, kalibrierte seine Kameraaugen und sagte: »Guten Morgen, Bleichlinge. Bitte nennt mir den Grund für diese Sicherheitsmaßnahme.«

»Du bist vielleicht nicht ganz dicht in der Birne«, antwortete Aris.

»Tretet bitte näher, damit ich eure Primatengesichter mit meiner Datenbank abgleichen kann.«

»Okay, der Roboter scheint zu funktionieren«, befand der Wandler. »Nur sein Sozialspeicherpuffer ist offenbar noch im Leerlauf.«

»Roboter?« Cornelius schien über die Titulierung zu sinnieren.

»Mitnichten«, sagte er schließlich. »Ein Roboter ist ein seelen- und willenloser Befehlsempfänger, der Programmroutinen verrichtet.«

»*Ich* sehe einen Roboter!«, sagte Aris.

»Du siehst, was du sehen willst, Bleichling. Ich sehe einen kostümierten Affen.«

»Der wesentlich dazu beigetragen hat, dass du nicht mehr kopfüber in einem Maischetank steckst«, mischte Ninive sich in die Unterhaltung ein.

»Hört mit dem albernen Gezanke auf«, forderte der Monozyklop und verließ seinen Platz hinter Cornelius. »Wir haben weitaus gewichtigere Probleme.«

»Meister Coen«, grüßte der Roboter seinen Dienstherrn. »Ich konnte Eure Präsenz spüren.«

»Dann ist dir hoffentlich auch bewusst, dass wir dringend ein paar Dinge aufklären müssen …«

Es verging fast eine Stunde, bis Cornelius ihnen die Motive für seinen vermeintlichen Blackout erklärt hatte.

»Ein Schisma-Paradoxon?«, zweifelte Aris die Geschichte des Roboters an. »Was soll das sein?«

»Man könnte es wohl am ehesten als kybernetische Schizophrenie bezeichnen«, versuchte Sloterdyke sich an einer Erklärung. »Offenbar war der gute Cornelius versehentlich mit dem Nullzeitfeld in Kontakt gekommen. Möglicherweise hatte es eine größere Ausdehnung als von mir berechnet. Zu einem gewissen Teil, der leider auch einen Part seines Schädels beinhaltete, hing er daraufhin wohl für eine Weile darin fest. Vielleicht nur für wenige Minuten, vielleicht auch für einige Tage oder sogar Wochen. In einer Region seines Kopfes verging die Zeit normal, und es fanden reguläre Prozesse statt. In dem vom Nullzeitfeld betroffenen Teil lief sie erst wieder fort, als Cornelius' funktionierende Hälfte es geschafft hatte, seinen Körper daraus zu befreien. Die direkte Folge dieser Aktion war besagtes Schisma.« Alle drei blickten hinüber zu dem in seinem Sessel festgeschnallten Roboter. »Als meine rechte Hand ist Cornelius in der Lage, mit anderen Assistenzeinheiten innerhalb des Komplexes in Verbindung zu treten, um Steuerbefehle zu übermitteln und Prozesse zu koordinieren. Der Unfall mit dem Jäte-Roboter im Arboretum könnte ein missglückter Versuch gewesen sein, Hilfe zu rufen – oder die etwas zu anschaulich geratene Übermittlungsbemühung des angefunkten Assistenten, wie es eventuell gelingen könnte, sich von einem Schisma zu befreien. Vielleicht haben die beiden sich synchronisiert.« Sloterdyke streckte einen Arm aus und legte ihn Ninive auf die Schulter. »Wie eine Art kybermentales Stützrad beim Denken mit seinen in zwei unterschiedlichen Zeitlinien arbeitenden Gehirnhälften. Cornelius wusste sich letzten Endes offenbar nicht mehr anders zu helfen, als das immer größere Informationschaos in seinem Prozessorgehirn mit einer etwas rigorosen Art von Gehirnwäsche zu beheben.«

Ninive schüttelte überfordert den Kopf. »Sie sollten bei Gelegenheit kontrollieren, ob sonst noch irgendwo einige Ihrer Gehilfen in Fässern und Bottichen stecken«, sagte sie. »Vielleicht war der Jäte-Roboter im Arboretum nicht der einzige, den er in seiner Not angefunkt hat …«

»Hervorragende Idee«, lobte Sloterdyke die Wandlerin. »Ich für meinen Teil bin erleichtert, dass der gute Cornelius sich für seine Hilferufe nicht das Chrono-Arboretum ausgesucht hat. Dentakarnivoren sind nicht unbedingt die angenehmste Gesellschaft, aber immer noch besser als ein über Dutzende von Zeitebenen verteilter Serravallium-Dschungel. Ich vermeide es seit Jahren, dem Chrono-Arboretum einen Besuch abzustatten. Es ist ein endloses Labyrinth, so verschlungen und verschachtelt, dass sich selbst der Sensenmann darin verirren würde.«

»Das bezweifle ich«, erklang eine Grabesstimme aus dem Hintergrund. »Zweidimensionales Denken ist mir fremd.«

Ninive wandte sich überrascht um. »Cutter!«, rief sie, als sie den Schwarzgekleideten erblickte. »Wo zum Henker warst du?«

»Eine wirklich originelle Begrüßung, Ivi.«

»Das würde mich auch brennend interessieren«, sagte Aris und erhob sich aus dem Sessel, in dem er lümmelte.

»Ihr findet eure Antworten in der Tauchboothalle«, erklärte Cutter. Seine Gestalt leuchtete kurz auf, dann war er wieder verschwunden.

»Eigentlich gar kein schlechtes Timing«, murmelte der Monozyklop und folgte Ninive, die bereits aus dem Labor geeilt war. »Hurtig, hurtig, junger Mann!«, rief er über seine Schulter. »Es ist an der Zeit, den Fortschritt deiner technischen Früchte zu begutachten.«

»Was war denn *das*?«, stutzte Cornelius. Er wackelte mit dem Kopf und begann schließlich, die Objektive seiner Kameraaugen zu rekalibrieren.

»Hör mit dem Geklicke und Gesurre auf«, wies Aris den Roboter an. »Das war keine technische Störung.« Dann deaktivierte er Cornelius und folgte den beiden anderen aus dem Raum.

| 70 |

»*Nein, nein, nein, nein!*« Sloterdyke stapfte vor Ninive und Aris auf und ab, im Bestreben, irgendwie an ihnen vorbei aus dem Hangar zu gelangen. »Geht mir aus dem Weg! Das ist *meine* Tür, ich kann sie benutzen, wann immer es mir beliebt!«

»Bitte, Professor, beruhigen Sie sich«, rief Ninive, die wie Aris mit ausgebreiteten Armen vor dem Ausgang stand, um den Monozyklopen an der Flucht zu hindern. »Bis jetzt hat es sich noch keinen Millimeter bewegt!«

»Es ist genau so, wie ich all die Jahrhunderte über befürchtet hatte«, jammerte Sloterdyke. »Kaum öffnet man dem Sensenmann eine Tür, beginnt er ein und aus zu gehen und allerlei furchterregendes Zeug aus seiner Welt herbeizuschleppen.«

»Ehrlich gesagt stammt es aus *meiner* Welt«, rief die Navigator-Rüstung aus dem Hintergrund. »Und es war *mein* Wunsch, es zu bergen.«

»Diese Todesmaschine? Was kommt als Nächstes, wandelnde Guillotinen?« Sloterdyke trat unentschlossen näher, achtete aber auf ausreichende Distanz zu dem monströsen Gebilde. »Was in aller Zeiten Namen ist das für ein Höllenritter?«

»Ein Relikt aus den Anfangstagen des Goldenen Zeitalters«, erklärte Cutter. »Die Menschen nannten es Skaphander.«

»Ein Urwelt-Relikt ...« Aris strich über die von Rostpocken bedeckte Kruste, zog seine Hand unvermittelt wieder zurück und betrachtete seine Fingerspitzen

»Keine Sorge, es ist unbeseelt.«

»Ich muss gestehen, ich bin verwirrt«, sagte Sloterdyke. »Woher stammt dieses Ding? Und warum habt ihr es überhaupt angeschleppt?«

»Das klingt schon wesentlich vernünftiger«, murmelte Aris zu Ninive.

»Wir bringen seine ganze Welt durcheinander«, antwortete diese leise. »Was erwartest du? Wenn Cutter mir einen zweieinhalb Meter großen, lanzenbepackten Metallkoloss ins Haus stellen würde, würde ich das auch befremdlich finden.«

»Das sind Hellebarden«, raunte Cutter, als er hinter ihnen vorbeigeisterte. »Gehören eigentlich gar nicht dazu, aber ich fand es irgendwie eindrucksvoller. Sieht so herrlich spießig aus mit den Dingern.«

Ninive rollte mit den Augen. »Ganz toll gemacht, Cutter ...« Sie umrundete das hünenhafte Konstrukt, befühlte seine verkrustete Oberfläche, die fingerlosen Metallhände und die massiven Bügel, welche den panzerartigen Oberkörper umschlossen. Sämtliche Gelenke bestanden aus mehreren schalenförmig übereinanderliegenden Metallhülsen, die seine Arme wie knorrige Äste aussehen ließen. Auf allem thronte ein riesiger Kugelkopf, dessen Front mit zwanzig kleinen Bullaugen besetzt war. Nichts an dem Metallungetüm wirkte, als könnte es sich aus eigener Kraft auch nur einen Zentimeter weit bewegen. »Womit ist er gefüllt?«, wollte Ninive wissen.

»Gegen Ende des Goldenen Zeitalters wahrscheinlich mit einem intakten Menschen«, erklärte Cutter. »Doch davon ist nicht mehr viel übrig.«

»Woher weißt du das?« Ninive überlegte einen Augenblick, dann verzog sie das Gesicht und sagte: »Das ist ja ekelhaft!«

»Sand, Schlick und zwölftausend Jahre alte Knochen.« Cutter zuckte mit den Schultern. »Alles in allem sehr heimelig da drin.«

»Der allwissende Thanatos schuldet uns noch immer die Antwort auf die Gretchenfrage«, bemerkte Aris. »Warum steht dieses Ding hier in der Halle?«

»Weil es nur eine Frage der Zeit gewesen wäre, bis der Monozyklop es herausgefunden hätte«, erklärte die Rüstung.

»Ah, *jetzt* dämmert es mir …«, flüsterte Sloterdyke.

»Was herausgefunden?« Ninive trat hinter dem Skaphander hervor. »Professor?«

»Mir sind während der Installation des Diametrons einige Unstimmigkeiten in der Struktur des Bootes aufgefallen.«

»Sie meinen fremde Bauteile …«

»Nein, Ivi, ich spreche von Anomalien. Ich möchte sie nicht als Schäden bezeichnen, aber zumindest als Irregularitäten.« Er strich mit einer Hand über das pockennarbige Metall des Tauchbootes. »Falls ich richtig vermute, ist dieser Verfall hier nicht nur das Werk von Korrosion, sondern das Fortschreiten eines strukturellen Chaos auf molekularer Ebene. Ich denke, was ihr hier vor euch seht, ist nicht mehr als eine langsam verblassende Erinnerung.«

»Aber es kann keine Gedanken an seine Existenz vor dem Untergang haben«, widersprach Ninive. »Bis zu dem Tag, an dem ich es im See gefunden hatte, war es unbeseelt.«

»Ich hatte auch nicht behauptet, dass es die Erinnerungen des Bootes seien.«

Aris und Ninive tauschten einen Blick. »Wessen dann?«, fragte der Wandler.

Sloterdyke schritt gemächlich durch den Hangar und blieb schließlich vor der Rüstung stehen. »Ich vermute, ihre – oder besser gesagt: seine!« Er wies auf die Navigator-Rüstung. »Schaut sie euch doch mal an. Als das Goldene Zeitalter endete, war ihresgleichen bereits seit vierhundert Jahren überholt und taugte allenfalls noch als Museumsrelikt.« Er öffnete eines der Bullaugen und warf einen Blick ins Innere des Kugelkopfes. »Und ihrem Scheinwesen entsprechend ist sie vollkommen hohl.«

»Ich muss doch sehr bitten!«, empörte sich die Rüstung.

»Papperlapapp.« Sloterdyke klappte das Schutzglas wieder zu. »Du bist – du *warst* – er, nicht wahr? Freilich, du brauchst nicht zu antworten, denn wie dir bereits eingeleuchtet hat, werde ich es sowieso herausfinden. Eines aber interessiert mich brennend: Wie hast du das geschafft? Von Seelenreise unter Mecha-Wesen wird in keiner mir bekannten Chronik berichtet. Dass Dinge von anderen Dingen Besitz ergreifen, um sich deren Körper anzueignen, ist ein Prozess, der mir bisher nur von Maschinen-Djinns bekannt ist.«

»Bei allem Respekt, Professor, aber wovon reden Sie?«

Der Monozyklop begann dampfschnaubend den geborgenen Metallkoloss zu umkreisen. »Lange vor dem Goldenen Zeitalter, in einer Zeit, die in den meisten historischen Schriften als dunkles Äon bezeichnet wird, fürchteten sich die Menschen vor dem *Gilgul*, der Seelenwanderung«, erzählte er dabei. »Legenden erzählen von Totengeistern, die in die Körper der Lebenden eintraten, um sie zu besetzen. Man nannte sie *Dybbukim*, was so viel bedeutet wie ›die Anhaftenden‹. Es heißt, dass eine Seele, die zu Lebzeiten ihre Funktion nicht erfüllen konnte, eine weitere Möglichkeit dazu in Form eines solchen Geistes erhielt – von wem oder was auch immer. Als Dybbuk suchte sie sodann nach einem lebenden Körper, da sie sich nicht von der irdischen Existenz trennen konnte. Hatte sie einen solchen gefunden, verdrängte sie dessen Seele und erfüllte ihn mit ihrem eigenen Unwesen, um ihr Werk fortzuführen.« Der Monozyklop hielt schließlich vor der Rüstung inne. »Es liegt mir fern, dir eine derart finstere Absicht vorzuwerfen«, sagte er. »Aber wie um alles in der Welt hast du es vollbracht, dir einen fremden Körper anzueignen?«

»Das weiß ich nicht«, erklärte sein Gegenüber, nachdem es eine Weile geschwiegen hatte. »Und das ist die Wahrheit.«

| 71 |

»Wann sehen wir uns wieder?«

Kummerfalten ließen Zenobias Gesicht um Jahre altern. Es war töricht zu fragen, denn keine aller möglichen Antworten konnte ihr die Gewissheit geben, dass es tatsächlich zu einem Wiedersehen kommen würde.

Leon strich ihr eine Haarsträhne aus der Stirn. »Wann immer Gott es für richtig hält.«

Ein Assistenzgreif hob ihn empor und setzte ihn ins Transformationsbecken des Diametrons. Ein zweiter öffnete das Zuflussventil, woraufhin eine klare blaue Flüssigkeit in den Behälter zu strömen begann. Leon ertrug die Prozedur ohne erkennbare Regung.

»Du solltest nun gehen, bevor der Hausherr dich hier findet«, riet er ihr, nachdem die beiden Greife endlich aufgehört hatten, an der Apparatur herumzunesteln. Als seine Beine in winzige ungebundene Lettern zu zerfallen begannen, schloss er die Augen. »Ich werde von dir träumen«, versprach er.

»Und ich werde auf dich warten.«

Mit versteinerter Miene starrte Zenobia auf die Anzeigen der Messarmaturen, beobachtete den Pegelstand und die Sättigungswerte, bis auch die letzten Partikel in den Balancetank gespült worden waren.

Mach nicht so ein Gesicht, erklang Leons Stimme unvermittelt in ihrem Kopf. *Ich fühle mich zwar wie eine bibliogenetische Letternwolke, aber es ist ein aufregendes Gefühl ...*

Zenobia starrte verblüfft auf den Generator. Ein Blick auf die Kontrollmonitore bestätigte, dass die Quelle der Stimme sich zweifellos im Balancetank befand. Der Fluxhydrometer zeigte keinerlei Ausschlag, und auch die Greife verrichteten ruhigen Ganges ihre Arbeit.

»Leon?«, flüsterte Zenobia. Sie blickte kurz zu den Assistenzmechanikern, dann trat sie einen Schritt näher und fragte leise: »Kannst du mich hören?«

Natürlich, bestätige Leon telepathisch. *Und falls wir uns wiedersehen, bringe ich dir vielleicht sogar bei, wie das funktioniert.*

»Was heißt vielleicht?«

Dieses Wissen zählt zur Kategorie ›Berufsgeheimnis‹. Zenobia vernahm ein leises telepathisches Lachen. *Und jetzt geh*, forderte die Stimme sie auf. *Bevor der Monozyklop Verdacht schöpft.*

»Ich schaffe es schon rechtzeitig hier raus«, versicherte sie. »Gib auf dich acht. Wir sehen uns bald wieder.«

Ja, das wäre schön ...

Zenobia ließ ihren Blick über das Interieur schweifen, also hoffte sie, irgendwo verborgen hinter Rohren, Versorgungsleitungen, Messarmaturen und Druckreglern Leons Gestalt zu erblicken, dann wandte sie sich um und hangelte sich die rostige Schließkette empor zum Einstiegsdom – doch Glied für Glied verblasste ihr zuversichtliches Lächeln dabei ein wenig mehr.

| 72 |

Die Rüstung trat vor den Skaphander und legte ihren Handschuh auf dessen Brustkorb. »Ich kann nicht sagen, wie lange ich unter dem Bootsleib begraben gewesen war«, sprach sie. »Als die Wandlerin seine Hülle beseelt hatte, war ich mit ihr erwacht – aber nicht zurück in den Schlaf des Vergessens gefallen, nachdem sie uns in der Tiefe zurückgelassen hatte.« Sie drehte ihren Kopf zu Sloterdyke. »Du bist nicht fähig, dir meine Hoffnungslosigkeit vorzustellen, während ich vom tonnenschweren Leib des Aquaroids in den Schlick gepresst wurde, Urwelt-Mutant. Ich wusste nicht, wer ich war, woher ich stammte und warum ich auf derart grausame Art und Weise gefangen gehalten wurde. Alles, was existierte, waren die Starre, die Stille und die Dunkelheit, nachdem das Tauchboot wieder entseelt worden war und ich unter seinem starren, tonnenschweren Leib begraben weiterexistieren musste.

Was ich getan habe, war ein Akt der Verzweiflung – mit einem unbeabsichtigten Nebeneffekt. Das Tauchboot wurde von mir zum Leben erweckt, als mein Bewusstsein in sein Inneres wanderte, in *diese* mir ähnliche Hülle.« Die Rüstung strich über ihre Lederhaut. »Etwas von meinem alten Habitus hat sich dabei offenbar auf den Leib des Aquaroids übertragen und eine Metamorphose ausgelöst.«

»Die Quadratur des Kreises …« Sloterdyke schüttelte dampfend seinen Schädel. »Wahrlich ein Ding der Unmöglichkeit und von vornherein zum Scheitern verurteilt.«

»Könnten Sie uns freundlicherweise ebenfalls erleuchten, Professor?«

Der Monozyklop sah zu Aris und Ninive. »Als das ursprüngliche Aquaroid-Gebilde ein zweites Mal beseelt wurde, hat es sich zu etwas geformt, das dem Intellekt und technischen Stand unseres kugelköpfigen Freundes entspricht. Ohne diese Metamorphose wäre es für ihn nicht beherrschbar gewesen. Wahrlich wundersam. Objekt A durchdringt Objekt B, um von Objekt C Besitz zu ergreifen. Sein Kanoflux infiltriert dabei die Materie des Aquaroids. Es versucht eine Erinnerung zu imitieren, eine Form, die ihm gänzlich unbekannt ist und dennoch vertraut erscheint. Sie erlaubt ihm zu funktionieren, macht ihn jedoch abhängig von einem Navigator, ohne den es sich in dieser Welt nicht zurechtfindet.« Der Monozyklop sah auf die beiden Wandler herab. »Wir müssen das Aquaroid dazu bringen, seine einstige Struktur zurückzugewinnen – und dieses lanzenstarrende Urwelt-Ungetüm dürfte dabei eine nicht unwesentliche Rolle spielen.« Er trat vor den Skaphander und unterzog dessen Metallpanzer einer genaueren Betrachtung. »Ich glaube, es wird auf eine simple Dimensionsspielerei hinauslaufen; eine kleine Modifikation der Lindström-Gleichung …«

»Eine was?«, stutzte Ninive.

»Er hat vor, an der Levi-Konstanten herumzudoktern«, erklärte Cutter aus dem Hintergrund. »Derartige Raumzeit-Manipulationen waren für das Ende des Goldenen Zeitalters mitverantwortlich. Ganz böse Falle, glaubt mir.«

»Der Trick hinter der Fähigkeit, sich unsichtbar zu machen, beruht ebenfalls auf einer Variation der Levi-Konstanten«, belehrte Sloterdyke seinen ungeliebten Gast.

»Just das ist der Grund, weshalb ich es vermeide, dieses Vehikel durch den Orb zu befördern.«

»Glauben Sie, das installierte Diametron übersteht diese Metamorphose?«

»Ich will es doch schwer hoffen, Ivi. Schließlich habe ich noch einen kleinen, aber gewichtigen Trumpf im Ärmel.« Der Monozyklop öffnete eine Wartungsklappe am Einstiegsdom des Tauchbootes und sagte: »Nicht wahr, meine Teuerste?«

Die zusammengekauerte, kaum zwanzig Zentimeter große Gestalt hinter der Verkleidung erstarrte bestürzt. »Ich …« Sie erhob sich zeitlupenhaft und sah auf die Gruppe herab, wobei ihr Blick hin und her huschte, als suchte sie nach einem Fluchtweg. »Ich wollte nicht …«

»Kein Grund zur Beunruhigung, meine Liebe«, versicherte Sloterdyke der Bücherfrau. »Ich wusste, dass Ihr an Bord seid, um Euch zu verabschieden. Wie weit ist der Liquidationsprozess vorangeschritten?«

Zenobias Mundwinkel zuckten. »Er ist wohl vollendet«, drang ihre Stimme kaum hörbar vom Boot herab. »Ich hoffe, Ihr wisst, was Ihr da tut.« Sie senkte den Blick und wischte sich eine winzige Träne von der Wange.

»Welcher Prozess?«, wollte Aris wissen.

»Jener, der gewährleistet, dass deine technische Innovation nicht nur hübsch anzuschauende Dekoration bleibt.« Sloterdyke streckte einen Arm aus und pflückte die gnomenhafte Frau vorsichtig von der Bordwand, dann reichte er sie über alle Köpfe hinweg und erlaubte ihr, auf Aris' Schulter zu klettern. »Und dass unsere Chancen, das Chronoversum lebend zu verlassen, gewahrt bleiben.«

»Was meint er?«, fragte Aris die Frau auf seiner Schulter so leise, dass seine Stimme ihr keine Schmerzen bereitete.

»Leon«, wisperte Zenobia. »Meinen Gemahl.«

»Der Zweck heiligt bekanntlich die Mittel.« Sloterdyke machte sich hinter dem Tauchboot zu schaffen, während Zenobia Aris die Geschichte um Leons Handel ins Ohr zu flüstern begann.

»Wie lange wird die Metamorphose dieser mutierten Urwelt-Chimäre dauern?«, fragte Ninive.

Der Monozyklop sah auf. »Unter Umständen nur ein paar Minuten, vielleicht aber auch mehrere Stunden oder sogar Tage. Es hängt davon ab, wie stark die Metastruktur des Bootes in Unordnung geraten ist – und wie das, was es einst war, letztendlich aussieht. Hunderte von Jahren als künstliches Riff am Grund eines Sees gelegen zu haben, ist für diesen Prozess nicht unbedingt förderlich. Möglicherweise führt das Ergebnis dazu, dass wir zwar an Bord gelangen, aber dieses Vehikel nie wieder verlassen können.«

»Möglicherweise geht die Welt aber auch nur ein bisschen schneller zugrunde«, sagte Cutter.

»Bis geschieht, was unvermeidlich geschehen muss, biete ich euch weiterhin meine Gastfreundschaft an«, sagte der Monozyklop. »Uns bleibt nichts anderes übrig, als uns in Geduld zu üben – und zu hoffen, dass unser sensenschwingender Ehrengast sich dabei nicht zu sehr langweilt.«

»Ich kann nichts dafür, dass 99,9 Prozent der Menschheit in eine höhere Daseinsebene entschwunden und die restlichen 0,1 Prozent so gut wie unsterblich geworden sind«, verteidigte Cutter seine Gesinnung.

»Habt Ihr schon mal die Möglichkeit in Betracht gezogen, dass dereinst gar nicht die Menschen die irdische Bühne verlassen haben könnten, sondern *wir*?« In Sloterdykes Stimme schwang eine gehörige Portion synergetischen Ärgers mit. »Dass auf der sogenannten ›Urwelt‹ vielleicht alles noch seinen geregelten Gang geht und nur *wir* vor Äonen in diese entvölkerte Spiegelrealität geschleudert wurden? Zugegeben, die Ursachen hierfür mögen gewissenlos gewesen sein, aber sie zwölftausend Jahre später weiterhin zu verdammen, ist nichts weiter als die Spiegelfechterei frustrierter, sich selbst bemitleidender Geister, die nicht anders können, als zeit ihrer Existenz auf hohem Niveau zu jammern.«

Cutter und der Monozyklop maßen sich mit Blicken, bis sich ein melodisches Summen in das mentale Kräftemessen mischte. Während Aris und Ninive einander ansahen, schauten Sloterdyke und Zenobia eher verwundert auf den Schwarzgekleideten.

»Sag jetzt nicht, das ist schon wieder irgendein *Notfall*«, bemerkte Aris.

Cutter stand zuerst reglos auf dem Fleck, dann nestelte er an seiner Kutte herum. Dass der Vorfall vor versammelter Truppe geschah, schien ihm mehr als unangenehm zu sein. Schließlich zog er sein Stundenglas hervor und schien etwas zu lauschen, das nur er hören konnte. »Na endlich«, frohlockte er. »Ausgezeichnet!« Er wandte sich um und sagte: »Ich bin sicher, ihr kommt eine Weile ohne mich zurecht.«

»Wohin willst du?«, wunderte sich Ninive.

Der Schwarzgekleidete legte zumindest optisch den Kopf in den Nacken. »Ich werde dem Morph-Ganglion einen Besuch abstatten.«

»Bitte?«, erschrak Ninive. »Du kannst der Realität nicht ausgerechnet *jetzt* in den Maschinenraum kriechen!«, rief sie.

»Es ist zum Wohle aller.«

»Aber wir brauchen dich hier, falls bei der Metamorphose etwas schiefgeht!«

Ein Lichtblitz erhellte den Hangar. Als die geblendeten Augen der Anwesenden sich erholt hatten, war Cutter verschwunden.

»Na großartig«, murmelte Aris. »Was passiert, wenn der Sensenmann im morph'schen Nervenzentrum einer sterbenden Welt auftaucht?«

»Die Kausalität erschreckt sich zu Tode?« Sloterdyke hob ratlos die Arme. »Die Sterne beginnen vom Himmel zu stürzen? Die Samsara-Dimension bekommt einen Kreislaufkollaps? Ich habe nicht die geringste Ahnung, junger Mann.«

Ninive massierte ihre Augen. »Und was unternehmen wir bis zum Weltuntergang?«

»Innerhalb dieser Mauern gestaltet sich das Totschlagen der Zeit als Trauerspiel«, unternahm der Monozyklop einen Versuch, der Situation etwas Ironisches abzugewinnen. »Ich denke, es ist an der Zeit, das Boot wiederzubeleben. Ich bin neugierig, was sich unter der Maske dieses Gefährts verbirgt.« Er sah auf die beiden Wandler herab. »Was haltet ihr davon, es schonend auf seine Verwandlung vorzubereiten? Immerhin könnte der Prozess ein äußerst traumatisches Erlebnis für es werden ...«

| 73 |

»Hältst du das wirklich für eine gute Idee?«, rief Ninive und klopfte an die Frontluke des Aquaroids. Hinter dem Bullauge regte sich nichts. Entweder war das Glas zu dick, oder die im Inneren werkelnde Taucherrüstung war zu beschäftigt, um auf die Stimme zu reagieren.

Unschlüssig betrachtete Ninive ihr verzerrtes Spiegelbild auf der Fensterwölbung. Hinter der Reflexion ragten der Kugelkopf und die lanzenartigen Rückenantennen des Skaphanders in die Höhe. Aris und Sloterdyke hatten das Metallungetüm auf einer massiven Plattform fixiert, sodass es nicht umkippen und Ninive unter sich zermalmen konnte, während die letzten Vorbereitungen für die Transformation liefen.

Die Wandlerin wiederholte ihr Klopfen, um die im Inneren werkelnde Rüstung auf sich aufmerksam zu machen, und stellte ihre Frage lauter. Sekunden vergingen, dann tauchte der Kugelkopf hinter dem Fenster auf.

»Ich bin ein Teil dieses Bootes«, vernahm Ninive seine dumpfe Stimme. »Und das Boot ist ein Teil von mir. Zudem ist es erforderlich, dass ich Leons Vitalwerte während der Prozedur überwache – falls man das so nennen kann. Es ist daher unumgänglich, dass ich mich während der Verwandlung an Bord befinde.«

»Wir wären dann so weit«, rief Aris, der mit Sloterdyke und Zenobia hinter einer mächtigen Panzerglasscheibe Schutz gesucht hatte und das Geschehen aus sicherer Entfernung beobachtete.

Ninive sah zu ihnen hinüber. »Aber ich nicht«, antwortete sie. Schließlich fasste sie sich ein Herz und legte eine Hand an den Metallrumpf. Das Aquaroid stieß ein Geräusch aus, das wie ein heftiges Niesen klang. Als es Ninive und den hinter ihr aufragenden Skaphander erblickte, robbte es rückwärts, bis es mit dem Heck gegen die Hallenwand stieß. Obwohl erst seit wenigen Sekunden erweckt, schien es zu fühlen, dass etwas im Busch war und sich in seinem Inneren einiges verändert hatte. Am meisten dürfte es von Aris' Installation und Leons Anwesenheit in seinem Balancetank irritiert sein. Argwöhnisch wiegte es sich auf den Kufen hin und her und wich Ninive aus, sobald sie ihm zu nahe kam.

»Ich glaube es fürchtet sich«, erkannte sie.

»Dann beruhige es.«

Ninive sah über ihre Schulter. »Und wie stellen Sie sich das vor, Professor? Mit Baldriantee?«

»Du bist die Wandlerin, Liebes. Im Zweifelsfall hilft Handauflegen.«

»Ganz ruhig«, murmelte Ninive, während sie das Tauchboot wieder zurück zum Skaphander lockte. »Alles ist gut ...« Dann strich sie wie beiläufig über seine Metallhülle. Das Aquaroid zuckte zusammen, entspannte sich jedoch rasch wieder, wobei seine Kufen zu beiden Seiten wegrutschten. Es sackte ein, krachte mit dem Bauch auf den Hallenboden und blieb brummend und blubbernd liegen.

»Das war etwas zu viel des Guten«, seufzte Sloterdyke. »Du kennst hoffentlich den Unterschied zwischen Entspannung und Koma?«

Ninive rümpfte die Nase und blickte auf das Frontbullauge. »Na schön, Professor, wie soll es weitergehen?«

»Du musst zwischen beiden eine Energiebrücke bilden, um den parasitären Kanoflux und die verzerrten Erinnerungen zurück auf den Skaphander zu übertragen«, erklärte Sloterdyke. »Ist die Verbindung erst einmal hergestellt, erkennt er seinen Ursprung.«

»Und falls nicht?«

»Vertrau mir, Ivi. Das Fremde strebt stets zum Gewohnten.«

Ninive betrachtete zweifelnd die monströse Rüstung. »Ich hoffe, Sie haben recht mit dem, was Sie sagen.«

»Gleich werden wir erfahren, inwiefern die Vorstellung des Navigators mit der wahren Form übereinstimmt«, orakelte Sloterdyke. »Ich hoffe nur, das Resultat ist keine Berserker-Maschine, die aufgrund ihrer Gesinnung die Halle sprengt.«

| 74 |

»Alles in Ordnung?«, fragte Aris, als er die Nervosität der kleinen Bücherfrau auf seiner Schulter wahrnahm.

Zenobia klammerte sich an seinen Kragensaum. »Mehr oder weniger«, antwortete sie. »Warum können wir Leon nicht rauslassen und erst nach diesem ganzen Hokuspokus wieder integrieren?«

»Weil jemand das Kreislaufsystem überwachen und darauf achten muss, dass das Nullzeitfeld nicht kollabiert«, erklärte Sloterdyke an Aris' Stelle. »Abgesehen von mir ist dein Gemahl der Einzige, der über die nötige Kompetenz verfügt und sich mit Zeitdilatation auskennt. Im Vergleich zu seinem Avatar-Körper besteht der meine jedoch aus zu vielen und zu schweren Molekülen. Ihre schiere Masse würde das System verstopfen. Als hyperfluider Teil des Diametron-Systems ist Leon sozusagen unsere Lebensversicherung.«

»Aber was ist, wenn er sich während der Metamorphose untrennbar mit dem System vermischt?«

»Wird schon gut gehen«, versuchte Aris Zenobia zu ermuntern. »Bis jetzt scheint er alles unter Kontrolle zu haben.«

Als Ninive die Arme ausstreckte und die beiden einander gegenüberstehenden Metallungetüme berührte, begann der Skaphander in kaltem, weißem Licht zu glühen. Kurz darauf fing das Aquaroid an, sich wie unter Wonnestromstößen zu winden. Sein Rumpf knackte, quietschte und kreischte, als es zu wachsen begann. Ninive konnte spüren, wie die Energie sie durchströmte. Etwas, das sich wie feiner Sand anfühlte, löste sich unter ihrer Hand von der monströsen Rüstung und rieselte zu Boden. Das Glühen erfasste unvermittelt Ninives Arm, wanderte vor zu ihrer Schulter und dehnte sich aus, bis es ihren gesamten Körper in einen strahlenden Glorienschein hüllte. Als er verblasste, sackte der Skaphander in sich zusammen und zerfiel innerhalb eines Wimpernschlags zu einem Haufen rostigen Staubes.

Bestürzt starrte Ninive auf die Überreste. »Das habe ich nicht gewollt!«, sagte sie. »Ehrlich.«

»Ich denke, es hat alles seine Richtigkeit«, beschwichtigte Sloterdyke. »Das Tauchboot hat den gesamten invasiven Kanoflux abgestoßen. Offensichtlich war der Energiestoß zuviel für die strukturelle Intrigität dieses altersschwachen Kolosses.«

Ninive trat zurück, ohne den Blick von dem Ding, in das das Aquaroid sich verwandelt hatte, abzuwenden. Es besaß einen relativ geraden Rücken und einen gewölbten Bauch, der aussah, als wäre es trächtig. Sein einst markanter Einstiegsdom hatte sich zu einem flachen, von Steigsprossen flankierten Höcker zurückgebildet. Am Heck saß kein starr montiertes Ruderblatt mit Antriebsschraube mehr, sondern ein schwenkbares Leitwerk. Der gesamte Rumpf hatte an Größe gewonnen, war nun wesentlich stromlinienförmiger und fast doppelt so lang wie der alte Leib. Lediglich das Bugfenster besaß noch die gleiche Größe wie zuvor.

»Was um alles in der Welt ist *das* denn?«, stutzte Aris.

»Barnacolls Tauchboot!« Sloterdyke trat staunend näher, wobei er den Durchmesser der Frontluke beiläufig mit seinem Bauchumfang abzugleichen schien. »So, wie es in den Chroniken dargestellt und beschrieben wird.«

»Genetrix?«, dröhnte das Bassorgan des Ungetüms lauter als je zuvor. Es bäumte sich auf, wobei sein Bug gegen die Hallendecke stieß und eine Betonlawine auslöste. Unwirsch schüttelte es sich den Schutt vom Leib, dann glitt es langsam auf Ninive zu. »Majestrix!«

»Mal von seiner Form und Größe abgesehen, scheint es noch ganz das Alte zu sein«, murmelte Aris.

»Mhm …«, machte Ninive, während sie wie versteinert vor dem Bug stand und ihrem sich auf der Frontluke spiegelnden Konterfei in die Augen starrte.

»Es ist immer noch auf dich fixiert. Sag ihm, was es tun soll!«

Ninive schluckte schwer. »Halt …« Sie räusperte sich die Kehle frei. »Halt still!«

Das Ungetüm verharrte auf der Stelle.

»Zumindest wirkt es nicht mehr, als hätte es alle paar Zentimeter ein verstecktes Leck«, sagte Sloterdyke.

»Es ist ziemlich – imposant«, bestätigte Ninive.

»Das könnte ein Problem sein.« Aris trat hinter der Schutzscheibe hervor. »Dieses Ding ist doch viel zu groß, um damit durch eine kilometerlange Unterwasserhöhle zu tauchen.«

»Junger Mann, durch besagte Höhle sind für mehrere Monate Wassermengen geströmt, die Felsblöcke von der Größe kleiner Häuser aus dem Erdreich geschleudert hatten. Falls Barnacoll in seiner Chronik nicht maßlos übertrieben hat, dürfte das Innere der Passage die Geräumigkeit dieser Halle um ein Vielfaches übersteigen.«

Aris blickte hinauf zu dem Loch in der Betondecke. »Ich hoffe, Sie haben recht, Professor.«

Ninive hörte die auf seiner Schulter sitzende Bücherfrau etwas rufen, doch die beiden waren zu weit weg, um ihre Stimme zu verstehen.

»Es soll sich öffnen«, äußerte Aris Zenobias Wunsch laut.

Ninive beugte sich an das Bugfenster heran und versuchte einen Blick ins Innere des Tauchbootes zu werfen, wobei sie das Hallenlicht mit den Händen abschirmte. Rhythmische Vibrationen der Metallhülle ließen sie jedoch rasch wieder zurücktreten. Die Berührung hatte sich angefühlt, als hätte das mutierte Aquaroid ein fast lautloses, aber unmissverständliches Knurren ausgestoßen.

»Ich halte das für keine gute Idee«, murmelte sie.

»Bitte!«, erreichte nun auch Zenobias leise Stimme ihr Ohr. »Lasst mich an Bord!«

Aris trat neben Ninive und musterte das still vor ihnen verharrende Ungetüm. »In Gegenwart seiner alten Form hatte ich mich weitaus wohler gefühlt«, gestand er.

Ninive sah zu Zenobia. Die kleine Bücherfrau hatte jegliche Form aristokratischer Zurückhaltung abgelegt. Ihr Blick spiegelte nur noch ihre Angst und Sorge um Leon wider.

»Öffne dich!«, wies Ninive das Aquaroid an.

Sie hatte erwartet, dass die gläserne Frontluke wie gewohnt aufschwang. Stattdessen tat sich unmittelbar hinter ihr ein Spalt auf, der fast den gesamten Rumpf vertikal durchmaß. Dann wurde das Bugfenster von gebogenen hydraulischen Stützen in die Höhe gestemmt.

»Wow!« Aris spähte neugierig ins Innere. »Jetzt bin ich wirklich beeindruckt.«

»Warte!«

Ninive trat an das Tauchboot heran und strich ihm wie einem lieb gewordenen Tier über das Metall. »Nimm mir das jetzt bitte nicht übel«, bat sie es, dann sendete sie einen kurzen Impuls aus, woraufhin das Aquaroid erstarrte. Die Wandlerin schloss für einen Moment die Augen, dann wandte sie sich ab. Vor Aris blieb sie kurz stehen, hauchte ihm einen Kuss auf die Lippen und ging wortlos weiter.

»Was ...?«

Ninive hob im Davongehen wie zur Abwehr eine Hand und schüttelte dabei den Kopf, dann verließ sie schweigend die Halle.

»Sie hat dich sehr gern«, flüsterte Zenobia ihm ins Ohr, während er der Wandlerin verwundert nach sah.

Aris stellte sich vor die offene Luke und streckte seinen Arm aus, woraufhin die Bücherfrau darüber hinwegbalancierte und im Halbdunkel des Tauchbootes verschwand.

| 75 |

»Kraft meines Amtes betrachte ich es als meine moralische Pflicht, Euch dringlichst davon abzuraten, an Bord dieser Urwelt-Maschine zu gehen, Meister Coen«, sagte Cornelius und blickte auf Sloterdykes aus der Frontluke ragendes Hinterteil.

»Zur Kenntnis genommen, mein Guter«, drang dessen Stimme gedämpft aus dem Inneren des Aquaroids.

»Ihr könntet stattdessen die großen und kleinen Bleichlinge den Test durchführen lassen«, schlug der Roboter vor.

»Glaubst du tatsächlich, ich lasse mir die Chance entgehen, nach Jahrhunderten endlich mal aus diesem Zeitbunker herauszukommen?« Der Monozyklop hob ein Bein, als suchte er nach einer Möglichkeit, sich irgendwo abzustoßen. »Selbst wenn wir dort draußen nur eine Runde drehen …«

»Eine Runde kann bereits Euer Ende bedeuten.«

Sloterdyke brummte etwas Unverständliches, dann rief er: »Statt einfach nur tatenlos hinter mir zu stehen und gute Ratschläge zu verteilen, könntest du dich als nützlich erweisen und schieben!«

»Meister Coen?«

Der Monozyklop ließ sich ein Stück zurückrutschen, um seinem Assistenten durch den entstehenden Spalt in die Okulare zu blicken.

»Mich durch diese vermaledeite Luke schieben!«, erklärte er dem begriffsstutzigen Roboter. »Du wirst für deinen Dienstherrn doch wohl noch ein paar Newton aufbringen können.« Dann wandte er sich wieder Aris und Ninive zu, die bemüht waren, ihm von innen an Bord zu helfen. »Und ihr, meine Lieben, müsst gleichzeitig kräftig ziehen!« Erneut drängte er sich bis zum Bauch durch die offensichtlich zu enge Frontluke und streckte den beiden Wandlern seine Hände entgegen.

»Du liebe Güte«, seufzte Aris und ergriff einen seiner Arme. »Lassen Sie Dampf ab und ziehen Sie den Bauch ein.«

Sloterdyke blies Ninive eine Rauchwolke ins Gesicht.

»Oh, Professor!«, schimpfte die Wandlerin.

»Würdest du nicht darauf bestehen, das Boot erst wieder zu beseelen, wenn wir alle an Bord sind, bräuchte ich mich gar nicht erst so zu quälen«, beschwerte sich der Monozyklop.

Nachdem sie es mit Ach und Krach geschafft hatten, Sloterdyke an Bord zu zerren, verging eine geraume Zeit, bis der Dampf aus der vernebelten Kabine abgezogen war. Erst als die vom Kondenswasser feuchten Wände und Armaturen wieder getrocknet waren, schlossen Aris und Ninive die Luke. Das Geräusch der hermetischen Verriegelung wirkte auf alle wie ein Kerkerriegel.

»Fluxfeld aktiv«, informierte die Navigator-Rüstung ihre Passagiere, als sie das Diametron eingeschaltet hatte. »Bereit zum …« Sie stockte kurz, als müsste sie überlegen, was sie hier eigentlich trieben, dann sagte sie: »Feldtest.«

»Ich hoffe, es wird nicht denken, dass es uns aus Versehen verschluckt hat«, seufzte der Monozyklop erschöpft. »Das Letzte, was wir brauchen können, ist ein in Panik geratendes Tauchboot, das uns dort draußen plötzlich in der Realzeit wieder ausspuckt.«

»Sind alle bereit?«, erkundigte sich Ninive, nachdem Cornelius das mächtige Rolltor der Halle geöffnet hatte.

Aris blinzelte hinaus ins Sonnenlicht, schwieg aber ebenso wie Sloterdyke und Zenobia. Die Bücherfrau saß auf dem Dach des

Generators, ließ ihre Beine über dem Abgrund baumeln und verfolgte gespannt das Treiben unter sich.

»Das System arbeitet vollwertig«, meldete sich stattdessen die Rüstung. Die Anzeigen des Steuerpults hatten zu leuchten begonnen: Kompass, Tiefenmesser, das vertikale und horizontale Sonar, die Schalter zahlreicher Scheinwerfer, eine ganze Batterie von Öldruckanzeigen sowie die Schubregler der Bug- und Heck-Antriebssstrahler.

Ninive presste ihre Hand gegen die Innenwand, in der Hoffnung, das verwandelte Genetrix-Tier würde ihre Nähe auch wahrnehmen, ohne sie direkt vor sich zu sehen. Ein kurzes Zittern durchlief den Schiffsleib, dann herrschte wieder Stille.

»Ihr solltet euch irgendwo festhalten«, warnte Sloterdyke und klammerte sich an die Armaturen. »Dieses Vehikel wurde nicht für Transporte zu Land konstruiert. Es dürfte daher ein wenig ungemütlich werden.«

Geistesgegenwärtig griff Aris hinauf zum Diametron, pflückte Zenobia vom Generatordach und verstaute sie in seinem Mantelkragen.

Allen stockte der Atem, als das Boot sich in Bewegung setzte. Ruckartig hob es sein Heck, wobei die Rumpfmitte sich bogenförmig aufbäumte, um letztlich wieder auf dem Boden aufzusetzen und den Bug voran zu schieben. Ninive hatte nie einen Gedanken daran verschwendet, wie es sein würde, sich in seinem Inneren zu befinden, während es über den Boden robbte. Das gesamte Interieur knackte, quietschte und kreischte, als das Aquaroid auf das Hallentor zusteuerte.

»Wie hast du das ausgehalten?«, keuchte Aris, bemüht, Halt zu finden und gleichzeitig die Bücherfrau nicht von seiner Schulter stürzen zu lassen.

»Ich kannte es nicht anders«, antwortete die Rüstung, während Sloterdyke das Innere des Bootes vor Aufregung erneut mit seinen Dampfschwaden vernebelte. »Und besitze keine Organe, die in Unordnung geraten könnten. Im Laufe der Zeit gewöhnt man sich daran. Wasser ist ein sanftes Medium, Land naturgemäß ein wenig härter.« Sie drehte ihren Kugelhelm. »Wobei seit der Metamorphose alles ein wenig sanfter und leiser zu sein scheint.«

»Ivi?«, erkundigte sich der Monozyklop.

»Ich bin bereit.« Sie hatte eine Handfläche gegen die metallene Innenwand gepresst, bereit, das Aquaroid sofort zu entseelen, sollte ein erstes Anzeichen von Zeitbrand zu spüren sein. »Aber ich kann kaum etwas sehen.«

Als der Ausgang nur noch wenige Meter entfernt war, kniff sie die Augen zusammen, in Erwartung eines unsichtbaren Feuers, das ihren gesamten Körper erfassen würde – doch der Schmerz blieb aus.

»Sind wir draußen?«, fragte sie, nachdem auch sonst niemand an Bord gepeinigt aufgeschrien hatte.

Aris' Blick klebte am Generator. »Ich glaube, ja.«

»Es funktioniert«, frohlockte Sloterdyke, wobei er seinen Körper nach Zeitbrandschäden abtastete. »Wie ist der Status?«

»Entfernung zum Chronoversum: zweiundvierzig Meter«, informierte die Rüstung die Insassen. »Das Nullzeitfeld ist stabil. Außentemperatur: 24,86 Grad Celsius. Dilatationsdifferenz: 92 Jahre und fallend. Sinkrate: 129 Kompress-Sekunden pro Realsekunde.«

Ninive sah zu Zenobia. »Wie geht es Leon?«, wollte sie wissen.

Die Bücherfrau lauschte in sich hinein. »Er will wissen, ob wir mit dem Boot durchs Gebirge reiten«, rief sie.

Das Aquaroid machte einen letzten gewaltigen Satz, der alle kurz vom Boden abheben ließ. Für Sekunden herrschten im Inneren Dunkelheit und völlige Konfusion, dann fiel wieder Tageslicht durch das Bugfenster. Einzig die Rüstung hatte es vermocht, sich während der heftigen Turbulenzen auf ihren Navigationssitz zu halten. Das Boot schaukelte noch einige Sekunden lang auf und ab, dann trieb es ruhig auf der Wasseroberfläche.

»Gelobt seien die Nereiden«, seufzte Sloterdyke, nachdem die Lage des Gefährts sich stabilisiert hatte.

»Sind wir auf dem See?«, fragte Aris.

Ninive rappelte sich auf und blickte Richtung Bug. »Ja«, bestätigte sie, als sie das Wasser vor der Frontluke schwappen sah. »Das Boot schwimmt.«

»Und wir sind noch am Leben«, fügte Sloterdyke hinzu. »Wie lange würde das Diametron bei der aktuellen Sinkrate für die Zeitangleichung benötigen?«

Die Rüstung studierte die Anzeigen. »Habitat-Synchronisation voraussichtlich abgeschlossen in 374 Stunden und 51 Minuten.«

Aris erhob sich verdutzt. »Dir ist bei der Berechnung nicht zufällig das Komma um eine Zehnerpotenz verrutscht?«

»Es ist ja nur ein Test«, sagte Ninive. »Wir müssen nur wenden und in die Halle zurückzukehren.«

»Bedaure, aber das ist leider nicht mehr möglich«, kam es vom Steuerpult her. »Innerhalb des Aquaroids herrscht mittlerweile eine andere Zeitebene als außerhalb – und auch eine andere als im Chronos-Komplex. Zwar beträgt der Unterschied nur wenige Minuten, aber es ist keine Sache der Differenz, sondern des Prinzips. Für einen Wechsel des Dilatationskontinuums und ein Umschalten von einem Synchronisationsprozess in einen anderen ist das Diametron nicht konzipiert.«

Sekundenlang herrschte in der Kabine ungläubiges Schweigen.

»Bei einem abrupten Wechsel würde das Fluxfeld kollabieren und der Generator womöglich irreparablen Schaden nehmen«, sah die Rüstung sich zu einer Erklärung genötigt. »Mit fatalen Auswirkungen auf jegliche organische und halborganische Materie innerhalb seiner Grenzen – einschließlich der beiden Avatare. Eine Rückkehr in den Komplex ist erst möglich, nachdem der aktuelle Prozess abgeschlossen ist – um ihn im Inneren quasi diametral erneut zu durchlaufen.«

»*375 Stunden!*« Aris war die Bestürzung anzusehen. »Das sind fast sechzehn Tage! Wir haben nicht den kleinsten Krümel Verpflegung an Bord!«

»Und ich nicht meinen Folianten mit meinen Privatgemächern«, beklagte sich Zenobia auf seiner Schulter. Frustriert zupfte sie an ihrem halbdurchsichtigen Gewand herum. »Noch nicht einmal eine Kleidertruhe, um etwas Passendes für die Reise anzuziehen ...«

»Da muss ein Fehler vorliegen!«, sagte Sloterdyke. »So etwas hätte nur passieren können, wenn das Fluxfeld asymmetrisch geworden wäre und sich stellenweise bis unter die Hüllenstruktur des Bootes zurückgezogen hätte. Aber das widerspricht meiner Programmierung der Parameter.«

»Leon schwört, dass er keinen Einfluss auf diese Kraftfeld-Schwankung hatte«, beteuerte die Bücherfrau. »Er sagt, die Ursache sei ein verstecktes Hyperprotokoll.«

»Zu einer derart gravierenden Manipulation ist nur jemand imstande, der mit dem Schiff und seinen Funktionen bis hinab auf die molekulare Ebene vertraut ist«, erklärte der Monozyklop. »Ein technischer Administrator.«

»*Ich* habe die Parameter geändert«, sagte die Rüstung. »Wir waren durch die Zeitbrand-Versehrung der Wandlerin bereits viel zu lange in diesem Monolithenkloster gestrandet.«

»Niemand hat euch gezwungen, bei uns zu bleiben«, hielt Ninive ihr vor. »Eure Hüllen werden durch die Zeitdilatation nicht geschädigt. Ihr hättet jederzeit das Tor öffnen und gehen können.«

»Ja, das hätten wir«, bestätigte die Rüstung. »Aber ohne dich kann und wird das Boot die Aeternitas-Passage nicht durchfahren. Du bist sein Licht in der Dunkelheit, seine Erweckerin, seine Genetrix!«

»Genetrix«, brummte das Aquaroid wie zur Bestätigung und wand sich wohlig im flachen Uferwasser, was seine Passagiere von Bordwand zu Bordwand schwanken ließ.

»War das die Idee dieses Seelenfängers?«, fragte Sloterdyke, als es wieder ruhig auf der Stelle trieb.

Die Rüstung schwieg zuerst, als hätte sie seine Frage überhört, dann sagte sie: »Thanatos war nur der Sendbote ...«

»Dieses verdammte Ganglion steckt hinter der Sabotage«, schlussfolgerte Aris.

»Nennen wir es eine Wahrscheinlichkeitsoptimierung zugunsten eines höheren Ziels«, übte die Rüstung sich in Zweckeuphemismus.

»Eine Manipulation des lokalen morph'schen Ereignisfeldes zur Generierung eines bevorzugten Handlungsmusters.«

»Na, gratuliere, Blechschädel. Deine Rattenfalle hat funktioniert.«

»Das bedeutet, es gibt kein Zurück mehr«, dämmerte es Ninive. Sie kauerte vor dem Bugfenster und sah hinaus auf die Seeoberfläche. Nachdenklich ließ sie den Blick über den sich rechter Hand bis ins Hochland ziehenden Bergrücken schweifen, dann drehte sie den Kopf und schaute empor zur Bannmauer. »Wie soll es nun weitergehen?«, fragte sie in die Stille hinein.

»*Ducunt volentem fata, nolentem trahunt*«, sagte Sloterdyke. »Den Willigen führt das Schicksal, den Unwilligen reißt es mit sich fort.« Er ließ sich ächzend neben die Wandlerin plumpsen und betrachtete das vor der Frontluke wogende Wasser. »Wenn es kein Zurück gibt, dann richten wir den Blick wir eben nach vorn.«

Aris verdrehte die Augen. »Wo steckt dieser sensenschwingende Seelenfänger, wenn man ihn mal braucht?«, ärgerte er sich und zog sich mit Zenobia auf der Schulter zu einer Stelle im Heck zurück, an dem besonders viele Rohrleitungen zusammenliefen. Ninive beobachtete mit einem leisen Anflug von Eifersucht, wie die beiden sich leise miteinander unterhielten, wobei die Bücherfrau immer wieder für eine Weile mit geschlossenen Augen schwieg, während sie telepathisch mit Leon Rücksprache zu halten schien.

»Ich kann es gar nicht erwarten, diesen geheimnisvollen Schlund zu ergründen, von dem Barnacoll in seiner Chronik erzählt«, riss Sloterdyke sie aus ihren Gedanken. »Für euch beide mögen nur wenige Tage vergangen sein. Ich aber saß mehr als sechshundert Jahre in diesem Kerker fest, seit ich diesen Zeitdämon meiner Vorfahren befreit habe.«

Ninive starrte in sein Teleskopauge, dann zuckte sie mit den Schultern und sah hinüber zur Rüstung, die stillschweigend an ihrem Navigationspult saß. »Na schön«, sagte sie. »Dann also hinauf zum Quellsee …«

| 76 |

Leons lange zurückliegendes biologisches Dasein maß sich im Vergleich zu seiner nunmehr Jahrtausende währenden Avatar-Existenz wie ein kosmischer Treppenwitz. Dennoch hatte dieses biologische Strohfeuer offenbar hell und intensiv genug geleuchtet, um aus Sicht diverser Chronisten des Goldenen Zeitalters in die Annalen der Wissenschaftsgeschichte einzugehen und mit Gedenkschriften geehrt zu werden. Bedauerlich war, dass Leon an sein eigentliches Leben keine wirkliche Erinnerung besaß. Alles, was er über sich wusste, entstammte der schmeichelhaften Biografie, die er seit Jahrtausenden als seine einzig wahre Herkunft und Heimat betrachtete.

Sein Hausfoliant schmückte sich mit dem Titel *Cosmoreon* und beheimatete auf 416 Letternkolonien verteilt insgesamt 577.463 Buchstaben, 31.623 Ziffern und 14.081 Stück niederer Interpunktion. 186 Mal fiel Leons Name, wobei der Verfasser ihn zwölf Mal falsch geschrieben hatte. Die am häufigsten gedruckten Worte lauteten *fluxisch* und *prosovistisch*, doch weder in Fußnoten noch im Nachwort oder im Glossar war vermerkt, was sie eigentlich bedeuteten.

Leon hatte sich im Laufe seiner Avatar-Existenz daran gewöhnt, aus Tausenden und Abertausenden von Buchstaben zu bestehen, die in korrekter Reihenfolge gelesen einen Sinn ergaben, rückwärts gelesen jedoch – abhängig vom jeweiligen Kapitel – einen Blitz einschlagen ließen, Wasser in Wein verwandelten, ein lokales Erdbeben auslösten oder zu spontaner Selbstentzündung führten. Was der Autor des Buches sich dabei gedacht hatte, stand ebenfalls nirgendwo geschrieben.

Dem namentlich nicht bekannten Verfasser des *Cosmoreon* zufolge hatte Leon während seines verhältnismäßig kurzen biologischen Daseins viele grenzwertige Dinge getan – oder besser gesagt: überlebt.

So soll er im Jahr 169 des Goldenen Zeitalters mit einem selbst konstruierten Solarstürmer den Saturn umrundet haben, erpicht darauf zu beweisen, dass Dunkle Energie umgepolt werden konnte. Zur Untermauerung seiner Behauptung hatte er die Ringe des Planeten drei Tage lang gegen dessen Rotation kreisen lassen. Anno 186 GZ hatte er als erster Mensch den großen Methansee auf Titan durchschwommen und sich zwei Jahre später ohne Schutzanzug hinter einen künstlichen bipolaren Ereignishorizont treiben lassen.

Vier Jahre vor seinem biologischen Ableben, im Jahr 213 des Goldenen Zeitalters, soll er schließlich eine Aussage gemacht haben, die der Autor des *Cosmoreon* seinem Werk als philosophisches Zitat und Existenzcredo vorangestellt hatte. Es lautete: *Wenn ich in meinem Leben weiter hinter den Horizont des Undenkbaren blicken konnte als andere meiner Zunft, dann, weil ich auf den Strahlen kosmischer Könige ritt.*

Seit Leon allerdings im Hier und Heute ohne physisch bestimmbaren Anfang und ohne fühlbares Ende durch die Rohrleitungen des Aquaroids rauschte, grübelten mal mehr, mal weniger seiner mit der Strömung umhertreibenden Denkpartikel, ob es eine unglaublich törichte oder eine unbezahlbar wertvolle Entscheidung gewesen war, einen Pakt mit dem Monozyklopen einzugehen.

Schon allein die Worte ›Fragmentierung‹ und ›Molekularisierung‹ hätten ihn Reißaus nehmen lassen sollen. Hier, im Kreislaufsystem des Tauchbootes, war er kein Held und Draufgänger mehr wie der wirkliche Leon Saltallo, sondern nur noch die Summe seiner Teile. Ein Avatar der literarischen Symmetrie. Ein wandelndes

Persönlichkeitsmuster. Vielleicht würde sich Sonnenwind so fühlen, falls er ein Bewusstsein besäße, Mikroben in einem Wasserstrahl oder Lichtquanten auf ihrem Weg durchs Universum …

Während Leon im Kreis durch die Rohre und Schläuche des Tauchbootes trieb und seine Partikel sich dabei gegenseitig überholten, nagte eine Sache an seiner Zuversicht: Ein systemdynamischer Körper konnte nicht mehr originalgetreu rekonstruiert werden, nachdem er in seine Elemente zerlegt wurde. Es war nicht möglich, eine Supernova wieder zurück in den Stern zu pressen, der sie einmal gewesen war. Oder ein wenig salopper ausgedrückt: Man konnte eine Barabarbe in Brei verwandeln, aber den Brei nicht mehr zurück in die Barabarbe – wobei Leon einem Monozyklopen, der Jahrhunderte lang in einem diametral levitierenden Chronoversum gelebt hatte, insgeheim alles zutraute.

Außer vielleicht die Sache mit der Supernova …

Letztlich würde er der Dinge harren müssen, die da kamen – und Zenobia und die anderen dabei so gut schützen, wie es ihm durch die Stabilisation des Fluxfeldes möglich war.

Im Grunde war Leon in seiner Avatar-Form auch nur ein Homunkulus gewesen, die Personifikation eines Verbunds beseelter Schriftzeichen, Illustrationen und Vignetten. Würde man ihn oder einen der anderen Avatare unter einem Mikroskop sezieren, kämen weder Fleisch noch Knochen, Blut oder Innereien zum Vorschein, sondern Lage um Lage hauchdünnen bedruckten Papiers.

Aber diese Form erschien ihm allemal natürlicher als eine Existenz als Partikelwolke. Das Gefühl, überall an Bord gleichzeitig, aber nirgendwo vollkommen zu sein, war eine bewusstseinserweiternde Erfahrung. Er war ein hyperfluider Geist im Kreislaufsystem einer von den Toten erweckten Maschine.

Leons größte Sorge galt den uralten Schläuchen und Rohrleitungen, durch die er strömte. Sie könnten unter der steigenden Belastung Schaden nehmen. Irgendwo könnte ein defektes Druckventil, ein vergessener Regler oder eine poröse Dichtung platzen. Dann würde er sich gemeinsam mit Kühlwasser und Hydraulikflüssigkeit ins Schiffsinnere ergießen und an den tiefsten, unerreichbaren Stellen des Bootsrumpfes sammeln. Oder schlimmer: mit dem Wasser verdunsten, woraufhin sein Bewusstsein mitsamt den Erinnerungen seiner Avatar-Existenz sich verflüchtigen würde. Obwohl der dauernörgelnde Cornelius-Apparat und der seltsame Kugelkopfanzug die gesamte Bordmechanik überprüft hatten, wollte Leon dem Frieden nicht trauen.

Zudem bestand nach wie vor die Gefahr, dass das Boot oder das Wirtsmedium ihn unvermittelt als Eindringling betrachten und versuchen könnten, ihn aus dem Kreislauf zu drängen.

Die Flüssigkeiten, in denen er trieb, waren wie das Aquaroid selbst von recht schlichtem Gemüt. Leon befürchtete jedoch, dass der Mangel an Maschinenintellekt sie umso schreckhafter machte. Er wusste nicht, ob er einer plötzlichen Panikattacke des Urwelt-Kreislaufsystems gewachsen sein würde. Brach es zusammen, kollabierte womöglich das gesamte Boot – mit katastrophalen Folgen für seine Insassen.

Dass Zenobia dieses Risiko auf sich nahm und freiwillig an Bord blieb, um ihm beizustehen, berührte ihn tief.

Es war wirklich eine Ironie des Schicksals: Nie zuvor war es Leon vergönnt gewesen, seinen Folianten zu verlassen. Und kaum war ihm die Freiheit geschenkt worden, da fristete er sein Dasein bereits in einem hydraulischen Mikrokosmos – und hoffte inständig, ein Gefängnis nicht gegen ein anderes getauscht zu haben.

Hoffnung ...

Das gesamte Universum schien nur noch von ihr zusammengehalten zu werden. Und ausgerechnet er robbte mit dem letzten Rest von ihr in Pandoras Büchse durch eine todgeweihte Welt ...

| 77 |

Während Aris sich frustriert ins Heck des Aquaroids verdrückt hatte, kniete Ninive vor der durch die Bugwelle fast vollständig unter Wasser liegenden Frontluke und blickte hinab in die Tiefe. Sie konnte den Seegrund nicht erkennen, was ihr ein wenig Unbehagen bereitete. Bisher hatte sie es vermieden, sich zu weit von den Ufern der Gewässer zu entfernen. Auch wenn die meisten Urwelt-Relikte seit Ewigkeiten leblos im Schlamm ruhten, hatte sie die von alten Wandlern erzählten Geschichten über Mecha-Ungeheuer im Hinterkopf, die in der ewigen Dunkelheit jagten oder sich erst in der Tiefe zu regen begannen, nachdem die Sonne untergegangen war.

Jenseits der Seen, im Mündungsgebiet an der Westküste, war vor Jahrzehnten nach einem Sturm der Kadaver einer riesigen, fast einhundert Meter langen Förderbandschlange angespült worden, in deren sieben Mägen Ninive die Überreste zahlloser Mecha-Tiere gefunden hatte, die sich zu weit in die Brandung hinausgewagt hatten.

Und wenn es Meeresungeheuer gab, dann zweifellos auch Seeungeheuer.

Sloterdyke saß wie eine Stimmungsbarrikade an der geräumigsten Stelle in der Mitte des Bootes und hatte sich in einen schlafähnlichen Ruhemodus begeben – allein schon, um die Kabine nicht unnötig mit seinen Dampfschwaden einzunebeln und die Luftfilter zu schonen.

Nachdem sie den See ohne Zwischenfälle der Länge nach durchfahren hatten, folgten sie mehreren Kanälen in höher gelegene Gewässer, bis sie am Fuß der Kaskaden angelangt waren. Hier begann die steilste und ungemütlichste Etappe der bis dahin relativ ruhigen Fahrt, als das Aquaroid den auch abseits des Katarakts noch recht felsigen Hang emporzurobben begann. Zumindest brachte Ninive es dazu, sich in Zeitlupe zu bewegen. Dennoch war sie wie Aris, Sloterdyke und Zenobia gezwungen, sich an allem festzuklammern, was stabil genug wirkte, und sich dabei gegenseitig zu sichern, um nicht quer durch die Kabine oder sogar gegen die Decke geworfen zu werden. Lediglich die hochlanderprobte Rüstung ertrug das Martyrium mit stoischer Gelassenheit, während sie dafür sorgte, dass das Aquaroid keine zu unwegsamen Abkürzungen nahm.

Kaum war der wilde Ritt vorüber und durch die Frontluke endlich das Ufer des Quellsees zu sehen, begann auch Aris sich neben Ninive vor das Bugfenster zu drängen, während der Monozyklop ihnen aufgeregt über die Schultern sah.

»Der Kataklysmos-Brunnen«, entfuhr es ihm beim Anblick der Quelldünung. »Oder zumindest das, was nach über zwölf Äonen von ihm übrig ist.«

»Sie kennen die Entstehungsgeschichte des Sees?«, staunte Aris.

»Nur was in der Chronik der letzten Völker darüber geschrieben steht. Sie erzählt von seiner Geburt und dem Unheil, das er über das Land gebracht hatte.

Zur Morgenstunde brachen die Wasser los, heißt es darin. *Brausend und donnernd erhoben sie sich über den Horizont, und mit ihnen die Geister der Tiefe. Himmelan ließen sie die Fluten schießen, überströmten die Schleusen, fegten über Berg und Tal. Wirbelnd stiegen sie über alles Volk, verschlangen, was da kreuchte und fleuchte, und tilgten das Leben vom Antlitz der Welt. Im Himmel erbebten die Götter vor dem Getöse der Wasser. Zum Abgrund gemacht war die lichte Erde.*«

»Klingt in meinen Ohren ein wenig übertrieben«, befand Aris.

»Übertrieben?« Sloterdyke ließ sein Stirnventil zischen. »Junger Mann, ich kann nicht beurteilen, welches Bildungsinstitut du im

Tiefland besucht hast, aber offensichtlich mangelt es dir an rationalem Vorstellungsvermögen. Ein einziger Kubikmeter Wasser wiegt eintausend Kilogramm. Malt euch aus, wie viel ein zum Zeitpunkt des Kataklysmos drei Kilometer hoher, über zwanzig Kilometer langer und mit der Wut eines beseelten Urwelt-Flusses aufgestauter See gewogen haben mag.

Ihr habt ja keine Ahnung, mit welcher Macht Divara aus ihrem Gefängnis ausgebrochen war. Das Wasser, das hier aus dem Boden geschossen kam, war laut den Chroniken bis über die Wolken emporgestiegen. Die Kataklysmos-Fontäne war gewaltig, das könnt ihr mir glauben, Kinder. Oh ja, sie war *exorbitant!* Um ehrlich zu sein, kann ich diesem Fluss wirklich nicht verübeln, dass er selbst nach zwölf Äonen nicht gut auf uns zu sprechen ist.«

»Sie glauben, Divara besaß schon damals ein Bewusstsein?«, staunte Ninive.

»Ihr Wasser ist durchwirkt vom ältesten Kanoflux, den ich je gemessen habe«, sagte Sloterdyke. »Und irgendwie, irgendwo und irgendwann muss es mit diesem vermaledeiten Hokuspokus schließlich angefangen haben. Vielleicht gehörte ihre Beseelung zum Konzept der Bannmauerarchitekten.« Der Monozyklop richtete sich seufzend auf. »Nichtsdestotrotz hatte ich mir diesen Ort wesentlich imposanter vorgestellt. Archaischer, unbändiger ...«

»Wartet ab, bis ihr den Quellgrund erreicht habt«, erklang hinter ihnen eine vertraute Stimme. »Dann werdet ihr dem Ganglion danken, dass dem nicht so ist.«

»Herrgott, Cutter!«, fuhr Ninive den Eindringling an. »Würdest du bitte endlich aufhören, ohne Vorwarnung in geschlossenen Räumen aufzutauchen?«

»Tut mir leid, Ivi, aber dieses Vehikel besitzt weder Klopfer noch Klingel.«

»Was machst du hier?«

»Ich soll euch von Cornelius ausrichten, dass ihr vergessen habt, das Tor zu schließen«, erklärte Cutter. »Eine Herde Sumpfscheller hat die Gunst der Stunde genutzt und sich in der Halle eingenistet.«

Er griff mit einem Arm in den Orb und zog Aris' Tornister heraus. »Außerdem soll ich euch eure ›Bagage‹ bringen ...«

Der Rucksack hing an einem aus Cutters Ärmel ragenden Gebilde, dessen Konturen undeutlicher wurden, je länger Ninive ihren Blick darauf konzentrierte. Es sah aus wie spindeldürre, aus schwarzem Nebel geformte Fingerspitzen.

»Und Pagg?«, fragte sie.

»Befindet sich in seinem Inneren.« Er setzte den Tornister auf dem Boden ab und trat einen Schritt zurück. »Ich bin allerdings nicht sicher, wie ihm meine Präsenz und der Dimensionssprung bekommen sind.«

»Hast du ihn etwa angefasst?«, erschrak Ninive.

»Es ist nicht ratsam, latent beseelte Schmeichelobjekte mittels Telekinese durch den Orb zu schleusen«, erklärte Cutter. »Am besten, du lässt ihn eine Zeit lang unbeseelt, bis er sich in deiner Kanoflux-Aura wieder erholt hat. Die in ihm haftenden Reste von Lebensbaum-Zunder dürften ihr Übriges tun.«

»Du hast nicht zufällig auch etwas zu essen eingepackt?«, fragte Aris, nachdem er den Tornister geöffnet und Ninives Rucksack herausgezogen hatte.

»Wenn du dir gerne Schimmel, Fäulnis und Moder einverleibst, besorge ich für dich noch einen Korb mit fauligem Obst und ranzigem Gebäck.«

Ninive hob zweifelnd die Augenbrauen. »Warum bist du wirklich hier?«

»Ich habe beschlossen, euch ein Stück zu begleiten. Der Tod ist ein wichtiger Aspekt in Sachen Völkerverständigung. Im Goldenen Zeitalter betreute ich eine pankulturelle Klientel, was heute leider in Vergessenheit geraten ist. Zudem benötigt ihr einen elementaren Vermittler. Divara ist ein wenig zu exorbitant für On-Board-Verhandlungen. Euren potenziellen Experten für Tiefseeeinsätze habt ihr ja leider in einen Haufen Roststaub verwandelt. Zugegeben, er war etwas sperrig, aber so zu enden hat er wirklich nicht verdient. Wie der Zufall es will, konnte ich mit Divara einen Kompromiss aushandeln.«

»Sie wird für uns rückwärts fließen?«, staunte Ninive.

»Das ganz sicher nicht. Aber sie ist bereit, euch in sich zu dulden ...«

Aris, Ninive und Sloterdyke sahen einander perplex an. »*Das* nennst du einen Kompromiss?«, wunderte sich der Monozyklop.

Ninive war sicher, das Cutters Augen pechschwarze Funken versprühten.

»Ich kann es ruckzuck ungeschehen machen und zusehen, wie Divara euch dort unten in Tauchboot-Frikassee verwandelt«, sagte er. »Im Grunde gehen mir vertrackte SEPs wie der eure nämlich am kahlen Sterz vorbei.«

»SEPs?«, stutzte Sloterdyke.

»Schicksalsschwangere Existenzparcours.« Cutter sah in die Runde. »Tatsache ist: Mit Muskelkraft allein kommt keiner von euch gegen Divaras Strömung an, und ohne Schutzanzug hält es dort unten selbst ein Monozyklop nur wenige Sekunden lang aus. Ich bin also eure beste Option, diesen Trip zu überleben – ob es euch nun gefällt oder nicht.«

Ninive starrte in die Schwärze unter Cutters Kapuze. »Irgendwie habe ich das Gefühl, dass das nicht die ganze Wahrheit ist«, sagte sie.

»Das ist wahr«, bestätigte Cutter. »Denn Divara billigt eure Präsenz in ihr nur unter einer Bedingung: dass ihr gelobt, ein ihr vor Äonen angetanes Unrecht wiedergutzumachen.«

»Welches Unrecht?«, fragte Aris.

»Die gewaltsame Regulierung.«

»Und was verlangt sie?«

»Dass ihr sie in ihr altes Flussbett zurückleitet.«

»Aber das ist absolut unmöglich!«, erschrak Ninive. »Die Bannmauer versperrt das gesamte Tal!«

»Dann müsst ihr eben improvisieren«, forderte Cutter. »Schließlich seid ihr Wandler.«

»Selbst eintausend von uns vermögen es nicht, die Bannmauer zu beseelen – geschweige denn, sie zu bitten, ihren Allerwertesten zu heben, um Divara Durchfluss zu gewähren«, entgegnete Aris.

»Es geht nicht um den Verlauf hierher ins Marschland, sondern um das Urstromtal jenseits der Mauer«, erklärte Cutter. Er blickte von einem zum anderen, dann seufzte er: »Ihr werdet es verstehen, sobald ihr es seht.«

TEIL 7

HINEIN, HINDURCH UND DARAUS HERVOR

Oh, ein Teichhase!

Die ersten Worte des Großen Dynamos nach seiner Erweckung aus dem dreihundertjährigen Kometenkoma durch den Tankschenk Nukleus Vunkensprung im Jahr 9411 des ewigen Kalenders.

| 78 |

Im Abendlicht schillerte das Wasser im Uferbereich des Quellsees jadegrün, färbte sich in der Mitte jedoch abrupt blauschwarz und ließ den Abgrund erahnen, der sich unter seiner Oberfläche auftat.

Auf dem Weg zur Frontluke warf Ninive einen Blick zum Navigationspult. Die klobigen Bleischuhe der Rüstung ruhten auf den Pedalen für die Tiefenruder. Ninive betete, dass sie keine Probleme mit der Feinjustierung bekam und das Aquaroid ungebremst in den Höhlenboden rammte.

Cutter hatte seine Sense an das Labyrinth aus Rohren, Schläuchen und Druckleitungen gehängt, die einen Großteil der Innenwände bedeckten. Er selbst hatte sich im Heck an die Decke geheftet, um vorzubeugen, dass ihn aufgrund der Enge jemand versehentlich anrempelte und dabei unfreiwillig zehn oder zwanzig Lebensjahre einbüßte. Ninive hingegen hoffte, dass er dort, wo er klebte, keine explosive Korrosion der Schiffshülle verursachte.

Nachdem das Tauchboot ins seichte Wasser des Uferbereichs gerobbt war, schob die Rüstung die Steuergabel leicht nach vorn. »Primär- und Sekundärdruckschotts geschlossen«, sagte sie. »Fluxfeld weiterhin stabil. Alle lebenserhaltenden Systeme arbeiten innerhalb akzeptabler Parameter.«

»Und wie ist es um das Boot selbst bestellt?«, erkundigte sich Sloterdyke.

»Es freut sich.«

Aus dem Stirnventil des Monozyklopen zischte eine Dampfwolke. »Meine Frage bezog sich auf die strukturelle Integrität.«

»Ach so …« Die Rüstung beugte sich über die Instrumentenanzeigen. »Keine Alarme aufgrund gravierender Schäden oder Systemschwachstellen. Der Rumpf ist hermetisch geschlossen, Elektrik, Hydraulik, Mechanik und Technotektronik im grünen Bereich. Genaueres werden wir wissen, sobald der Tauchgang eingeleitet ist und der Druck auf die Außenhülle zunimmt.«

Halb an der Wasseroberfläche schwimmend, halb über den Grund robbend, näherte das Boot sich dem in der Seemitte gähnenden Quellschacht. Dabei scheuchte es Kolbenquappen und Schraub-Archimeden auf, die – oszillierende Gischtfontänen hinter sich herziehend – vor dem Ungetüm Reißaus nahmen. Eine Kreatur, die aussah wie eine mit Saugflossen ausgestattete Putzgrundel, heftete sich an die Frontluke und begann mit einem halben Dutzend borstiger, rotierender Zungen die Scheibe abzulecken.

»Faszinierend«, bemerkte Sloterdyke. »Das dürfte eine Artverwandte unserer heimischen Polyapex sein. Wahrscheinlich wurden die meisten hier lebenden Organismechaniden aus Gewässern jenseits der Bannmauer von der Strömung mitgerissen und hierher in den Quellsee geschwemmt.«

Ninive hatte kein Ohr für die Worte des Monozyklopen. Bangend verfolgte sie durch die Frontluke, wie der Krater näher kam. Ein grüner, in der Strömung wogender Pflanzenwall umrahmte die schuttbedeckten Schachtränder. Als der Bug schließlich über die Kraterkante hinwegglitt und Ninive zum ersten Mal in den bodenlosen Abgrund blicken konnte, stockte ihr der Atem. Im gleichen Moment wurde das Tauchboot von der Strömung erfasst und begann heftig zu schaukeln.

»Ich beginne mit der Primärflutung«, sagte die Rüstung und schaltete die Bugscheinwerfer ein.

Ninive hörte das Wasser in die Ballasttanks strömen, woraufhin das Tauchboot zu sinken begann. Als die Wellen über dem Einstiegsdom zusammenschlugen, kehrte gespannte Ruhe an Bord ein. Nur das leise Surren der Triebwerksmotoren war noch zu hören.

Ninive hatte erwartet, in einen von Spalten und Klüften zerfurchten Felsschlund hinabzuschweben, doch die Wände waren ungewöhnlich glatt. Ihre mancherorts wie poliert wirkende Oberfläche zeugte davon, mit welch unvorstellbarer Gewalt das Wasser einst aus der Tiefe emporgeschossen sein musste. Mitgerissenes Geröll und Felsen hatten die Schachtwände glatt gefräst und der Sand den Fels im Laufe der Jahrtausende blank geschliffen.

Endlose Ketten aus Gasblasen stiegen aus der Tiefe auf. Das dicke Glas der Frontluke war – von einigen Kratzern abgesehen – unter Wasser nahezu unsichtbar, was die senkrecht abfallende Schachtwand im Licht der Scheinwerfer zum Greifen nah wirken ließ.

»17,3 Meter unter Seeniveau«, informierte die Rüstung die Insassen, als es vor dem Bullauge langsam finster wurde und die Metallhülle des Tauchboots leise zu ächzen und zu knacken begann. »Durchmesser des Quellschachts: 48 Meter in Nord-Süd-Richtung, 41 Meter in Ost-West-Richtung. Wassertemperatur konstant bei 6,2 Grad Celsius. Gegenströmung: fünf Knoten bei einer Quellschüttung von 2160 Litern pro Sekunde. Außendruck bei 1,8 Bar und steigend. Sonar noch ohne Grundecho.«

In fast sechzig Metern Tiefe erreichten sie eine Felshalde, über der der Schacht abknickte. In einer Neigung von etwa vierzig Grad verlief er in nördlicher Richtung weiter zu einer sichelförmigen Klippe. Dahinter weitete er sich noch einmal beängstigend und führte wieder senkrecht hinab in die Dunkelheit.

»Mein Gott!«, flüsterte Ninive, die mit Aris hinter der Frontluke kauerte und in den finsteren Schlund hinabstarrte. »Was für ein entsetzlicher, verlorener Ort …«

»Vielleicht kannst du dir nun vorstellen, wie ich mich gefühlt hatte, nachdem du mich damals versehentlich mitbeseelt hattest«, raunte die Rüstung. »Jahrhundertelang waren da nur Dunkelheit, Einsamkeit, Ohnmacht und Stille …«

Ninive musterte den Navigator, senkte teils genervt, teils schuldbewusst den Blick und sah wieder hinaus in die Schwärze. »Es tut mir leid«, antwortete sie. »Das habe ich dir bereits mehrmals gesagt. Was geschehen ist, ist geschehen. Ich kann es nicht mehr rückgängig machen.«

Aris verrenkte derweil seinen Hals und sah besorgt hinauf zu den riesigen Felsen am Rand der Klippe, von denen manche bedrohlich weit über die Felskante ragten. »Wenn einer dieser Brocken über die Kante kippt, während wir den Schacht hinabsinken, werden sich all unsere Sorgen und Probleme schlagartig in Wohlgefallen auflösen«, bemerkte er und sah zu Cutter. »Zumindest die der meisten von uns.«

»269 Meter unter Nullniveau«, las die Rüstung vom Tiefenmesser ab, als die Kufen des Tauchboots endlich auf sandigem Grund aufsetzten. »Hülle intakt, Fluxfeld stabil. Messwerte im Toleranzbereich, molekularisierter Quint-Avatar wohlauf.«

Obwohl das aufgewirbelte Sediment von der Strömung sofort davongetragen wurde, war vor dem Frontfenster ein nur wenige Quadratmeter großes Bodenareal im Scheinwerferlicht zu erkennen.

»Außendruck: 26,38 Bar bei einer Gegenströmung von acht Sekundenknoten. Quellschüttung aus neunzehn Grad Ost vor Bug.«

Die Rüstung schaltete alle restlichen Strahler an und richtete sie in die Finsternis. In der gegenüberliegenden, gut zwanzig Meter entfernten Schachtwand gähnte das dreieckige Portal einer Unterwasserhöhle – und davor erhob sich ein riesiges, bizarres Gebilde, bei dessen Anblick Aris und Ninive der Atem stockte. Es sah aus wie ein wahlloses Durcheinander aus meterlangen metallischen Lanzen, Zangen, Scheren, Klingen und Harpunen. Erst als inmitten des Wirrwarrs ein gutes Dutzend blau glühender Augenpaare zu strahlen begannen, offenbarte sich den Insassen, dass es sich hier nicht nur um einen wahllos aufgehäuften Berg versunkener Urwelt-Reliquien handelte.

Ninive zuckte erschrocken zurück und stieß mit dem Hinterkopf gegen den Sockel der Steuerkonsole, woraufhin sie fluchend und lamentierend neben dem Navigationspult zusammensank.

»Wie ich schon sagte: Wartet ab, bis ihr den Quellgrund erreicht habt …«, meldete Cutter sich hinter ihnen zu Wort.

Aris bildete sich ein, aus seiner Stimme einen Hauch von Schadenfreude herauszuhören.

Kaum hatten die Scheinwerfer die bizarre Konstruktion erfasst, begann sie sich zu regen. Scheinwerfer, Positionsleuchten und Signallichter fingen an zu strahlen und zu blinken.

Was auf den ersten Blick wirr und chaotisch gewirkt hatte, ordnete sich. Über Jahrhunderte gediehene Wasserpflanzen wurden abgeschüttelt und von der Strömung mitgerissen. Unterwasser-Mechagetier, das seit Generationen darin Zuflucht gefunden hatte, nahm hektisch Reißaus und verschwand in der Dunkelheit. Übrig blieb nur das bizarre Metallungetüm. Es öffnete sich und gab einen darunter verborgenen, gedrungenen Leib frei, der inmitten eines Kranzes aus zehn angewinkelten, dornenbewehrten Beinen ruhte. Seine monströsen Metallkiefer wirkten, als könnten sie das Aquaroid mühelos zu Flocken schreddern. Unter dem Koloss tasteten riesige an langen, flexiblen Metallarmen befestigte Greifklauen über den Grund.

»Was in drei Unwesens Namen ist das?«, fragte Aris, als die Metamorphose abgeschlossen zu sein schien.

»Ein Quell-Zerberus«, erklärte Cutter, wobei er im Heck des Aquaroids verharrte. »Divaras Torwächter. Vielleicht lehrt euch sein Anblick, meinen mit ihr geschlossenen Kompromiss ein wenig mehr zu würdigen. Gäbe es diese Übereinkunft nicht, hätte euch der Zeitgenosse dort draußen nämlich längst in Stücke geschnitten. Zerberusse haben ein ausgeprägtes Bedürfnis, ihr Revier zu verteidigen – und das hier ist definitiv *sein* Loch!«

Ihren schmerzenden Hinterkopf massierend, wagte Ninive sich wieder näher an die Scheibe heran. »Haben die Menschen der Urwelt dieses Ding gebaut?«

»Nein, die Nereiden, um ihre heiligen Quellen zu schützen. Irgendwann nach dem zwölften Kataklysmos.«

»Kann er uns sehen?«

»Sehen, hören und weitaus mehr«, bestätigte Cutter. »Er weiß, wie viele Individuen an Bord sind, welche Energiequelle euch antreibt, wie dicht das Fluxfeld ist und in welcher Partikelanzahl euer molekularisierter Quint-Avatar durch die Rohre fließt. Allein seine optischen Sensoren erfassen euch in elf verschiedenen Spektralbereichen.« Er beugte sich zu Sloterdyke herab und wedelte mit seinem Kuttenärmel vor dessen Gesicht herum. »Und ich bin sicher, er hört sogar das Infraschall-Schnarchen des Monozyklopen ...«

»Wie kann man in dieser Situation schlafen?«, staunte Aris.

Ninives Herz übersprang einen Schlag, als der Wächter im Licht der Scheinwerfer plötzlich alle zehn Beine gleichzeitig hob und ihre Spitzen in den Boden rammte. Dann stemmte er seinen Leib in die Höhe und richtete sich auf, bis seine fünf Beinpaare einen Tunnel bildeten, der in das Portal der Quellhöhle führte.

»Unter anderen Umständen würde ich behaupten, das sei eine todsichere Falle«, flüsterte Aris beim Anblick des Spaliers. »Vielleicht ist das doch keine so gute Idee ...«

»Du machst wohl Witze?«, entfuhr es Ninive. »Nach allem, was wir zusammen durchgemacht haben, stehen wir wahrhaftig vor dem Eingang der Passage, die hinter die Bannmauer führt – und du kriegst plötzlich kalte Füße?« Sie suchte seinen Blick. »Ausgerechnet jetzt, wo du dem Dynamo-Rat beweisen könntest, dass alles, was in den Barnacoll-Chroniken steht, wahr ist?«

»Beweisen kann ich es nur, wenn ich diesen Trip auch überlebe ...«

»Professor?« Ninive klopfte an Sloterdykes Brustpanzer.

Der Monozyklop fuhr sein Auge aus und sah sich um. »Was ist passiert?«, nuschelte er.

»Wir haben den Quellgrund erreicht. Möchten Sie vielleicht ein paar Worte sagen, bevor wir ins Reich der Finsternis schweben?«

»Was, ich?« Sloterdyke sah zum Bugfenster. »Nun ja, äh ...« Er starrte hinaus auf das Mundloch der riesigen Höhle. »Ich glaube, zum ersten Mal seit Auguste Barnacolls tollkühner Reise vor eintausend Jahren erfüllt ein Aquaroid auf dieser Welt wieder seine angestammte Funktion«, bemühte er sich, den Augenblick zu würdigen. »Und wie könnte man die einsame Expedition dieses Mannes angemessener würdigen, als in seine Fußstapfen zu treten, um sein Vermächtnis in Erinnerung zu behalten?«

Vom Dach des Generators erklang leiser Applaus.

Ninive sah dankbar hinauf zu Zenobia, dann zu Sloterdyke. »Ich hoffe, dieses Vehikel und sein Navigator wissen, was sie tun.«

»Und *ich* hoffe, Divara bekommt keine Panikattacke, während wir da drin sind«, fügte Aris hinzu, als die Rüstung das Steuer nach vorn schob und das Gefährt durch das riesige Portal manövrierte.

»Unwahrscheinlich«, murmelte Cutter. »Sie weiß, dass sie euch jederzeit an den Wänden zermalmen kann.«

»Danke.« Ninive betrachtete den unter ihr hinwegziehenden Höhlenboden. »Sehr beruhigend.«

| 79 |

Von einem Augenblick zum nächsten gab der Widerstand der Frontluke, an der sie sich abstützte, nach. Als Ninive vornüberkippte, vermochte sie lediglich noch erschrocken die Augen aufzureißen, dann versank sie mit dem Gesicht in einer kalten, weißen, watteweichen Masse.

Ninive erwartete die Urgewalt des Wassers, das innerhalb eines Sekundenbruchteils über ihr zusammenschlagen und sie zerquetschen würde, erwartete den Schmerz und den letzten Gedankenfunken – aber nichts dergleichen geschah. Es herrschte gespenstische Stille. Zögerlich hob sie den Kopf wieder und öffnete die Augen. Alles um sie herum war leuchtend weiß und konturlos, wobei es ihr vorkam, als strahlte der seltsame Dunst vor ihr am intensivsten.

Zweifellos war sie tot; am Grund des Quellschachts zu Wandler-Mus gepresst, nachdem das Tauchboot implodiert war. Das Ende war so schnell gekommen, dass sie es überhaupt nicht wahrgenommen hatte. Kein finaler Schmerz, kein letzter Gedanke.

Ninive hob den Kopf und schnappte nach Luft – und staunte im gleichen Moment darüber, dass es ihr überhaupt möglich war. Verwundert betastete sie den Boden, ohne ihn berühren zu können. Es war, als würde sie die sich abstoßenden Pole zweier starker Magneten gegeneinanderdrücken. Ninive konnte nicht sagen, worauf sie kniete – oder besser gesagt: schwebte. Es war eine aus sich selbst heraus leuchtende Oberfläche, die ihr vorkam wie zusammengepresstes Licht.

Vorsichtig erhob sie sich, befürchtend, der seltsame, sanft federnde Untergrund könne ihr Gewicht nicht tragen.

Sie befühlte ihren Körper. Alles wirkte normal, aber war es real, oder narrte sie nur ein Nachflackern ihres Lebens; eine Bewusstsein vorgaukelnde Illusion ihrer irdischen Existenz?

»Ninive Barthellemy«, wurde sie von einer Chorstimme aus dem Nebel begrüßt. »Willkommen!«

Ninive war vor Schreck wie erstarrt. »Wer bist du?« Ihre Worte waren kaum mehr als ein Flüstern. »Woher kennst du diesen Namen?«

»Ach, woher bloß, woher, woher …? Vom domestizierten Scheller des Metaonkels einer Gezeitencousine dritten Grades, dem es der Wind um fünf Ecken ins Getriebe geheult hatte. Vielleicht war's aber auch andersrum. Du weiß ja, wie das läuft mit Klatsch, Tratsch und Trallala.«

»So hat mich seit siebenhundert Jahren niemand mehr genannt …«

»Und in Wahrheit ist alles auch viel komplizierter.«

Ninive kniff die Augen zusammen, bemüht, irgendjemanden oder irgendetwas im Dunst zu erkennen.

»Warum zeigst du dich nicht?«, rief sie.

»Ich habe keine Gestalt«, kam es aus dem Nebel zurück.

»Was bist du?«

»Dem Untergang geweiht. Aber für dich und deine Nächsten besteht Hoffnung.«

»So meinte ich das nicht.«

»Natürlich nicht.« Ein Geräusch erklang, das an ein unendlich müdes Lachen erinnerte. »Es ist schwer, deine Frage in für dich verständlichen Worten zu beantworten – zumal eure Sprache für das meiste von mir keine Namen kennt. Ich bin alles um dich herum.

Die Luft, die du atmest, der Boden, auf dem du stehst, das Licht, das du siehst – wenngleich Letzteres nur eine äußerste Simplifizierung offenbart. Ich bin der Versuch des Chaos, sich selbst in eine Struktur der Ordnung zu zwingen. Die Summe aller in dieser Zeitlinie gewonnenen Aspekte, Fähigkeiten und Erkenntnisse. Ich bin das Resultat von vielem, eine metaphysische Quintessenz.« Erneut herrschte Stille, dann fragte die Stimme: »Wusstest du, dass sechs beseelte Winde auf deiner Welt wirken …?«

Ninive zog die Stirn kraus. »Ist das ein Test?«

»Wer weiß …? Angesichts des Countdowns steht mir der Sinn aber eher nach einem *Quidproquo*.«

»Welches Countdowns?«

»Dem letzten der Welt.« Ninives geheimnisvolles Drumherum schien kurz zu überlegen, dann sagte es: »Nein, das ist nicht richtig. Korrekt müsste es heißen: dem des Weltuntergangs.«

»Und was ist das hier?«

»Ein Limbuskontinuum des Orbs.«

»Ich bin im Orb?!«, erschrak Ninive.

»Jederzeit und immerfort. Er ist keine autonome Dimension, sondern durchwirkt die ganze Welt – wie ein Spektralbereich, den menschliche Augen nicht sehen können. Eine Hyperrealität.«

Ninive schloss die Augen und atmete tief durch.

»Du hast nichts zu befürchten. Dies ist ein Raum ohne Zeit, sonst wärst du schon längst verbrannt. Selbst wenn du eintausend Jahre hier verweilen solltest, wirst du in deine Realität im gleichen Augenblick wieder zurückkehren, in dem du verschwunden bist. Man wird nicht einmal ein Korpusflackern bemerken. Es ist also am vernünftigsten, wenn du niemandem gegenüber ein Wort über dieses kleine Intermezzo verlierst.«

»Soll das heißen, das hier geschieht und geschieht zugleich nicht?«

»Es existieren nur vier Kontinuen im Universum, in denen die Gesetze von Raum und Zeit ihre Gültigkeit verlieren: Singularitäten, Träume, morphische Felder und unser chronisch desillusionierter Freund Thanatos, der beileibe nicht immer so umgänglich war, wie du ihn kennst.«

»Du bist das Ganglion«, schloss Ninive aus den Worten der Nebelstimme. »War es etwa Cutters Idee, mich hierher zu holen?«

»Nicht direkt.«

»Sondern?«

Vor Ninive teilte sich das Leuchten und öffnete sich zu einem Portal, hinter dem ein holzgetäfelter Raum zu liegen schien. Halb vom rechten Torrahmen verdeckt, stand ein gedrungener, tonnenförmiger Schatten, der in unnachahmlicher Art vor sich hin grummelte.

»So recht?«, fragte er.

Eine undeutliche Stimme antwortete ihm, woraufhin er auf seinen Stummelbeinen ein Stück weiter nach links trippelte. »Und hier?«, erkundigte er sich mürrisch. »Gut jetzt, sapperlot?«

Erneut ein Murmeln.

Der Schatten stand eine Weile reglos im Portal. »Ich sehe dort draußen rein gar nichts«, sagte er schließlich.

Ninive glaubte ihren Sinnen nicht zu trauen.

»*Guss?*«

Ruckartig stand der Schatten stramm. »Ivi?«

Die Wandlerin erhob sich. »Wie um alles in der Welt kommst *du* denn hierher?«, rief sie.

»Komisch, das Gleiche habe ich mich auch gerade gefragt …«, gestand der Ofen.

»Dein Gärtner hat uns rekrutiert«, erklang eine weitere wohlbekannte Stimme jenseits der Pforte. »Für eine unheimlich geheime Geheimmission.«

Perplex beobachtete Ninive, wie Clogger ins Blickfeld schwankte, dicht gefolgt von Luxa. »Welcher …« Sie schloss die Augen und presste eine Hand gegen ihre Stirn, als wollte sie die konfusen Gedanken in ihrem Kopf bannen. Um Selbstbeherrschung bemüht fragte sie schließlich: »Welcher Gärtner?«

»So ein kostümierter Mal-hier-mal-da mit Sense«, erklärte die Stehlampe.

»*Cutter?*«

»Hab ich's nicht gesagt?«, rief Luxa und kickte ihren Standfuß triumphierend in Guss' Flanke. »Sie kennt den Kerl! Das macht fünfzig Glühwürmer, alte Rußschleuder.«

»Küss mich dort, wo die Sonne nicht hinscheint«, grunzte der Ofen.

»Moment, Moment …« Ninive sah das Trio verdutzt an. »Das ist ein Witz, oder? Ihr habt mich herholen lassen wegen einer *Wette*?«

»Genial, findest du nicht?«, strahlte Luxa. »Dieses hypophysische Gangel-Dingsda hat für dich sogar extra das Westentaschen-Unikum aufgeblasen, in dem du stehst.«

»Westentaschen-Universum«, korrigierte Clogger die Stehlampe.

Ohne auf den Boden unter ihren Füßen zu achten, erhob sich Ninive und schritt auf das Portal zu.

»Nein, komm nicht näher!«, warnte Guss.

Die Wandlerin hielt im Schritt inne. »Wieso?«

Luxa hob ihren Schirm, als versuchte sie, Ninive zu blenden. »Wegen der Dilettanzschwelle.«

»Dilatationsschwelle«, verbesserte Clogger die Stehlampe.

»Klugscheißer!«, giftete diese.

»Armleuchte!«

»Holzwurmchronometer!«

»Bracklichtlaterne!«

»*He!*«, versuchte Ninive sich mit erhobenen Armen Aufmerksamkeit zu verschaffen. »Könntet ihr das bitte hinter verschlossenen Türen regeln? Mir frieren langsam die Ohren ab!«

»Einer meiner Avatare könnte dich warm prügeln«, geisterte die Stimme des Ganglions durch den Nebel.

Die Wandlerin schnitt eine Grimasse. »Danke, verzichte.«

»Irgendwo zwischen dir und hier endet der zeitlose Raum«, erklärte Guss. »Wenn du diese Grenze überschreitest, wirst du – *puff!* – zur Aschewolke, meinte dein Gärtner.«

»*Cutter ist nicht mein Gärtner!*«

»Erzähl ihr von der Dreizeit«, forderte Clogger den Ofen auf.

»Das werde ich, sobald du aufhörst, mich von der Seite vollzulabern!«

»Ich mein ja nur ...« Die Standuhr wandte sich beleidigt ab. »Cholerischer Qualmkacker.«

»Es geht nicht nur um die Wette, sondern auch um eine etwas knifflige Entscheidung«, erklärte Guss.

| 80 |

»Nun, was meinst du?«, fragte der Ofen, nachdem Luxa, Clogger und er ihr in gepflegtem Durcheinander von ihren Erlebnissen hinter den Zukunftspforten erzählt hatten. »Roter Riese, grimmiger Riese oder schleimiger Riesenmagen?«

»Das ... ist ein bisschen viel auf einmal«, stöhnte Ninive, die bemüht war, ihre Gedanken zu ordnen. »Muss ich diese Entscheidung sofort treffen?«

»Ob jetzt oder in tausend Jahren, auf deiner Seite der Zeit ist es ein und dasselbe«, erklärte das Ganglion. »Solange du dich im Limbuskontinuum aufhältst, triffst du jede Entscheidung sofort. Ich kann dich nicht zwingen, dich zu entscheiden, doch zögere nicht zu lange. Eure Zukunft wartet nicht auf dich – und sie könnte weitaus fürchterlicher aussehen als jene, in die deine Lakaien einen Blick werfen durften.«

Das Nebeltor, hinter dem Luxa, Guss und Clogger standen, begann sich lautlos zu schließen.

»Bring sie wieder nach Hause!«, rief Ninive.

»Das ist mir nicht möglich. Was Thanatos begonnen hat, kann auch nur er beenden.«

Besorgt beobachtete Ninive, wie ihr verschlepptes Inventar vom Nebel verschluckt wurde.

»Hast du eigentlich schon mal daran gedacht, das Quantenbewusstsein der drei zu rekalibrieren?«, fragte das Ganglion, nachdem das Tor sich geschlossen hatte. »Ich weiß nicht, was bei ihrer Beseelung schiefgelaufen ist, aber sie sind ziemlich neben der Spur.«

Ninive verzog die Lippen. »Lass das meine Sorge sein.«

»Ich könnte sie für dich heilen.«

»*Heilen?*«

»Oder zumindest dafür sorgen, dass ihr Gedächtnis etwas zuverlässiger funktioniert«, relativierte das Ganglion sein Angebot. »Ein Wunder, dass sie sich überhaupt noch an dich erinnern konnten.«

»Ich liebe sie so, wie sie sind«, stellte Ninive klar. »Wenn du keinen Einfluss auf die Welt hast, wie ist es dir dann gelungen, mich hierher zu holen?«

»Ich bin, ohne dass es euch Wandlern bewusst ist, mit jedem von euch verbunden – von dem Augenblick an, als der erste von euch seine Fähigkeiten zum ersten Mal genutzt hat, bis zu dem Tag, an dem dies zum letzten Mal geschehen wird, wandert ein Informationsimpuls des Beseelten und Entseelten in den Orb und lässt meinesgleichen wachsen. Informationen über die Vergangenheit, die Gegenwart und die mögliche Zukunft.«

»Deinesgleichen?«, hakte Ninive nach. »Es gibt also mehrere deiner Art?«

»Ich glaube fest daran. Das Universum gibt so gut wie nie eine Information verloren. Es transformiert sie nur zu etwas Neuem – wobei ich mir nichts sehnlicher wünsche, als dass all das Wissen, das mit dem Ende deiner Welt verloren zu gehen droht, zu etwas Neuem, Höherem und Erhabenerem transformiert wird. Ein Schatz, der sich jenen – *und nur jenen!* – öffnet, die ihn als Quelle ihres Intellekts und ihrer Weisheit nutzen.«

Ninive dachte über das Gehörte nach, dann sagte sie: »Jemand, der dieses Wissen und diese Fähigkeiten zu seinem Vorteil nutzt, könnte sehr mächtig werden ...«

»In euren Machtmaßstäben gemessen nahezu gottgleich«, bestätigte das Ganglion.

»Deshalb also der Maulkorb für Cutter ...«

»Ich erkläre dir nur die Zusammenhänge«, sagte das Ganglion. »Ein Wissen und eine Weisheit ohne Substanz, die du interpretieren darfst oder auch nicht. Winzige Bruchteile, die dir helfen, den richtigen Weg zu finden. Ich offenbare mich dir, erkläre mich und zeige dir Bilder der Welt jenseits der irdischen Bühne – aber ich gebe dir keinesfalls die Gebrauchsanweisung zur Allmacht. Was meinesgleichen in sich vereint, muss deinesgleichen sich nach wie vor verdienen. Und das ist ein langer, steiniger Pfad, den zu beschreiten es Jahrtausende erfordert – sofern die Welt nicht gerade kurz vor dem Untergang steht.«

»Warum rettest du sie nicht selbst?«

»Ich besitze keinen physischen Einfluss, Äonenkind. Und selbst wenn, vermag ich sie nicht zu heilen, indem ich ihr einfach nur das kranke Herz herausreiße. Dafür schlägt es zu tief in ihrem Leib.«

»Und wie geht es jetzt weiter?«

»Ich schicke dich fürs Erste zurück.«

»Könntest du vielleicht noch ...?«

Die leuchtende Nebelwelt verblasste und ließ Ninive wie aus einem luziden Traum erwachen. Verwirrt blinzelte ins Halbdunkel der Tauchbootkabine. »Na, dann eben nicht«, murmelte sie.

»Hä?« Aris sah sie verwundert an.

Ninive blickte sich um. Offensichtlich war ihr Ganglion-Nullzeittrip tatsächlich niemandem an Bord aufgefallen.

»Alles okay?«, fragte Aris. »Was schaust du so belämmert drein?«

Die Wandlerin schüttelte den Kopf. »Wo ist Cutter?«

Aris sah in die Höhe. »Gerade eben hing er noch unter der Decke. Vielleicht ist er draußen.«

»Draußen ...«

»Was weiß denn ich? Keine Ahnung, was Sensenmänner treiben, wenn ihnen langweilig wird.«

Ninive verzog die Mundwinkel. »Sie machen unangemeldete Hausbesuche, ramponieren die Möbel und spielen mit ihren Spiegelbildern Schach.« Ohne auf Aris' langes Gesicht zu achten, stand sie auf und zwängte sich am Steuerpult vorbei in den geräumigeren Teil der Kabine. »Cutter!«, rief sie in die Höhe. Als niemand antwortete, schlug sie mit der Faust gegen die Bordwand. »Cutter, wir müssen reden!«

»Ist alles in Ordnung, Ivi?«, wunderte sich Sloterdyke über Ninives Verhalten.

»Vielleicht hat sie einen Tiefenrausch«, bemerkte Zenobia.

| 81 |

Ein Schwall Wasser schoss plötzlich mittschiffs zwischen den Rohren hervor, rauschte vor Ninives Füßen über den Boden und die gegenüberliegende Wand wieder hinauf bis zur Decke.

»Die Hülle bricht!«, erschrak der Monozyklop. »Wir implodieren!«

Auch Aris sprang von seinem Platz am Bugfenster auf, blieb aber hinter dem Steuerterminal stehen.

»Wir haben kein Leck«, rief Ninive, als das Wasser hinter dem Rohrlabyrinth verdächtig lange in der Vertikalen verharrte. »Das ist ein Kundschafter.«

»Eine Navigatorin.« Cutter kam durch die Bordwand geschwebt. »Mit Sonderbefugnissen. Immerhin tauchen wir hier gerade durch alten Quelladel.«

Das Elementarwesen zögerte einen Augenblick lang, als wäre es verunsichert, dann strömte es langsam zurück auf den Boden und floss in die Mitte der Kabine, ohne dabei die Wandler oder den Monozyklopen zu berühren. Selbst die von der Decke fallenden Tropfen wichen ihren Körpern aus und regneten in weiten Bögen nieder, um sich mit der Navigatorin zu vereinen. Nachdem das Wasser sich zu einer großen Lache gesammelt hatte, richtete diese sich langsam zu einer Säule auf, wobei sie sich wand, als würde sie sich im Boot umsehen.

»Darf ich euch eure Gastgeberin vorstellen?« Cutter wies auf den Elementargeist. »Divara, das sind die Verrückten. Verrückte, das ist Divara. Zumindest ein Teil von ihr. Schüttelt euch die ... na ja, was auch immer.«

»Niemand hier ist verrückt!«, stellte Ninive klar.

»Ganz sicher seid ihr dass, sonst wärt ihr gar nicht an Bord dieses Urwelt-Vehikels.« Cutter trat zwischen Ninive und die Wassersäule. »Divara wird euch auf eurer Fahrt durch ihre Eingeweide begleiten. Nur für den Fall, dass ihr vom Kurs abkommt und in ihre Intimregionen einzudringen droht.«

»Das ist doch paranoid«, murrte Aris. »Wie sollen wir unbemerkt in ihren Tabuzonen umherirren, solange wir uns mitten durch sie hindurch bewegen? Da wedelt doch der Schwanz mit dem Scheller. Bist du schon mal vor einem dieser riesigen Urwelt-Steinbrecher davongerannt, *nachdem* er dich verschluckt hat?«

»616 Mal«, sagte Cutter ohne einen Hauch von Sarkasmus in der Stimme. »Davon 103 Mal mit einer Wanne Löschkalk an den Füßen, 78 Mal im analen Ölausguss eines Bonobohrers, 33 Mal mit einer schwangeren Fingerzimpel in der Sanduhr und zwölf Mal während der jährlichen Benefizveranstaltung zu Ehren des großen Zahnrades von Lox.« Er überlegte einen Moment lang, dann fügte er hinzu: »Na ja, und noch ein paar Mal aus Versehen.«

Aris schüttelte den Kopf. »Das glaub ich einfach nicht ...«, stöhnte er. »Personifizierte Abstraktionen wie du sollten längst mit einer höheren Daseinsebene diffundiert sein.«

»Das war ich – bis ein wahrhaft kosmischer Schildbürgerstreich diese Welt aus den Angeln gehoben hat und *deinesgleichen* hier auftauchen ließ.«

»Na, sicher doch«, winkte Aris ab. »Wir haben alles kaputt gemacht – und dich arbeitslos.«

»Wundern würde mich das nicht. Wie dem auch sei, Divara beruft sich auf ihre Territorialrechte und verweist auf das vom Ministerium für fluide Angelegenheiten erlassene Merajuddin-Gesetz. Gemäß Paragraph 4 Absatz 18 schreibt es vor, beim Befahren fremder Hoheitsgewässer mindestens einen vom Gastterritorium gesandten Manöverbeobachter oder Transit-Supervisor an Bord zu nehmen.«

»*Aber?*«, fragte Aris, dem nichts Gutes schwante.

»Dieser benötigt dafür eine physische Hülle.«

Ninive trat näher an die Wassersäule heran. »Wir danken dir für dein Wohlwollen«, sagte sie, »und heißen dich an Bord willkommen. Sieh dich um, es gibt hier bestimmt irgendwo einen Behälter, in den du schlüpfen kannst. Vielleicht findest du auch in einer der ungenutzten Rohrleitungen Platz. Leon wäre bestimmt erfreut, sich ein wenig mit dir zu vermengen und ein paar wissenschaftliche Ergüsse mit dir zu teilen.«

»Aber *ich* nicht!«, rief Zenobia vom Dach des Feldgenerators herab. »Vermengen und Ergüsse teilen, geht's noch? Zu meinen Lebzeiten wurden die Anstifter solcher Kuppeleien öffentlich gesteigt!«

Die Wassersäule streckte sich, bis ihre Spitze über das Diametron ragte. Neugierig betrachtete sie die Bücherfrau, wobei die Vibrationen ihr flüssige Stachel wachsen ließen.

»Was will sie?«, erkundigte Zenobia sich verunsichert.

»Wissen, ob du ein Maschinenparasit bist«, übersetzte Cutter. »Ein so kleines Menschenwesen wie dich hat sie noch nie gesehen.«

»Ich bin ein Quint-Avatar«, erklärte die Bücherfrau.

»So etwas wie ein inkarniertes literarisches Konzentrat«, fügte Aris hinzu.

»In Anbetracht der Umstände halte ich Divaras Forderung durchaus für angemessen«, sagte Cutter. »Immerhin genießt ihr das Privileg, entgegen ihrer natürlichen Strömung reisen zu dürfen. Das ist seit Anbeginn ihrer Quellzeit noch nicht geschehen.« Die Wassersäule neben ihm vibrierte leise. »Und wird bis zum letzten versiegenden Tropfen auch definitiv nicht mehr passieren«, ergänzte er.

»Warum spricht sie nicht einfach mit *uns*?«, wollte Aris wissen. »Flodd hat damit auch keine Probleme.«

»Weil sie es nicht kann«, erklärte Cutter. »Zum einen ist sie Jahrzehntausende älter als Flodd und kommuniziert auf einer völlig anderen Frequenzebene. Die Hauptursache jedoch ist, dass sie seit Ewigkeiten nicht mehr durch ihr natürliches Flussbett strömt. Das hat sie ihrer Stimme beraubt.«

»Ein tiefentraumatisierter Urweltfluss«, murmelte Ninive. »Na großartig ...«

»Soll das heißen, ihr beiden unterhaltet euch in einer Mischung aus Telepathie und flüssiger Gebärdensprache?«, staunte Aris.

Divaras Navigatorin streckte sich und musterte noch einmal den Avatar auf dem Generatordach. Dann wandte sie sich um und richtete ihr Kopfende auf die beiden Wandler. Infraschallwellen ließen ihren Wasserleib rhythmisch vibrieren.

»Was hat sie gesagt?«, fragte Ninive.

Cutter zögerte einen Moment lang, dann sagte er: »Sie will wissen, ob *du* dieses Boot beseelt hast.«

Ninive musterte die Wassersäule »Ich fürchte, das habe ich. Mehrmals.«

Divara vibrierte kurz und heftig.

»Was sagt sie?«

Cutter gab ein seltsames Geräusch von sich.

»Nun sag schon!«, forderte die Wandlerin ihn auf.

»Dass sie *dich* will.«

Ninive zog das Kinn an die Brust. »Was heißt ›mich will‹?«

»Als Wirtskörper«, erklärte Cutter. »Da in dir aber nicht genügend Platz für sie ist, muss sie dich ausweiden, bevor sie Besitz von dir ergreift.«

»*Auswei...?*«

Weiter kam sie nicht. Die Spitze der Wassersäule schoss vor, traf sie frontal ins Gesicht und erstickte ihre Stimme. Ninive fühlte, wie das Element gewaltsam ihre Kiefer auseinanderzwang, in ihren Mund strömte und sich ihre Kehle hinabschlängelte.

»Sie kann *mich* haben!«, rief die Rüstung, woraufhin die Navigatorin innehielt. »Ich bin es gewohnt, bis unter die Haube mit Wasser gefüllt zu sein.« Ihr Kugelhelm drehte sich um 180 Grad. »Und bin laut der ... *Expertise* dieses Monozyklopen sowieso nur ein vollkommen hohles Scheinwesen. In meinem Inneren ist ausreichend Platz. Solange es der Mission dient und diese Flussentität mir versichert, dass sie mich nicht beschädigen wird, stelle ich mich daher als Wirtsgefäß zur Verfügung.«

Die Rüstung erhob sich, trat heran und öffnete das Frontsichtfenster ihres Helms. Divaras Späherin zögerte keine Sekunde. Innerhalb eines Wimpernschlages ließ sie von ihrem Opfer ab und schoss in weitem Bogen in den Kugelkopf.

Aris fing Ninive auf, als diese neben ihm zusammenzusacken drohte. Von Hustenattacken geschüttelt, schnappte sie gierig nach Luft.

»Tief durchatmen«, sagte er. »Das geht gleich wieder.«

Ninive wollte antworten, doch ihre Stimme versagte. So klammerte sie sich nur an ihn und hustete sich die Kehle frei.

Nachdem der letzte Divara-Tropfen im Inneren der Rüstung verschwunden war, hatte diese eine groteske Gestalt angenommen; mit überproportionierten, fast bis zum Platzen gefüllten Beinen, einem erschlafften Oberkörper und dem darauf sitzenden Kugelkopf. Ninive kam es vor, als verhinderten einzig die klobigen Stiefel, dass sie einfach umkippte.

»Was hat sie?«, flüsterte sie.

»Scheint fast, als wüsste sie nicht so recht, was sie mit ihrem neuen Habitat anfangen soll«, antwortete Sloterdyke ebenso leise.

»Kaum verwunderlich«, sagte Cutter. »Sie war noch nie in einer für sie derart ungewohnten und fremdartigen Situation. Euch gebührt die Ehre, einem beseelten Fluss das Laufen beizubringen …«

»Ist alles in Ordnung?«, fragte Aris, nachdem das Elementarwesen eine geraume Zeit reglos in der Mitte der Kabine gestanden hatte.

Die Rüstung neigte den Kopf und musterte den Wandler schweigend, dann hob sie wie in Zeitlupe eine Hand und befühlte ihren Helm, bis sie das offen stehende Bullauge zu fassen bekam. Unbeholfen klappte sie es wieder zu und verriegelte es. Schließlich wandte sie sich um, wankte zurück zum Steuerpult und ließ sich schwerfällig in den Navigationssessel plumpsen. Das in ihr schwappende Wasser versetzte ihre Lederhülle und ihre Gliedmaßen dabei in grotesk wallende Bewegungen. Schließlich saß sie stumm und breitbeinig hinter dem Steuerpult, ließ die Arme schlaff herabhängen und regte sich nicht mehr.

»Na, das kann ja heiter werden«, murmelte Aris. »Wir sind hier unten mehr oder weniger ihre Gefangenen.«

»Apropos Gefangene«, griff Ninive den Gedanken auf und wandte sich zu Cutter um. »Würdest du mir bitte mal erklären, warum du ohne mein Wissen in meinem Haus auftauchst und mein persönliches Inventar in den Orb verschleppst?« Sekundenlang starrte sie in den leeren Heckbereich, wobei sie Ecken und Winkel mit Blicken absuchte. »Cutter?«

»Er ist weg«, rief Zenobia vom Generator herab.

»Das sehe ich auch!«, gab Ninive gereizt zurück, bereute die Worte im nächsten Moment jedoch schon wieder. Sie schloss die Augen und atmete tief durch. »Tut mir leid«, entschuldigte sie sich. »Aber manchmal könnte ich diesen Seelenscheucher wirklich …« Sie fletschte die Zähne, formte ihre Hände zu Klauen und stieß ein unterdrücktes Knurren aus. Dann zog sie sich Pagg von den Schultern und weckte ihn aus seinem Schlummer. Mit dem leise schnurrenden Rucksack in den Armen setzte sie sich mittschiffs auf den Kabinenboden und redete leise auf ihn ein, wobei sie ihn selbstvergessen streichelte wie ein lieb gewordenes Tier.

| 82 |

Während Aris und Sloterdyke leise miteinander tuschelten und dabei rätselten, wie Divaras Navigatorin auf diese Weise das Tauchboot zu steuern gedachte, durchlief plötzlich eine Erschütterung den Schiffsleib. Es klang, als hätte etwas Großes das Heck gerammt und würde das Aquaroid nun vor sich herschieben. Die ruckartige Beschleunigung ließ alle an Bord mit dem Gleichgewicht kämpfen. Auf dem Generatordach stieß Zenobia einen schrillen Schrei aus. Nur einem Reflex von Aris war es zu verdanken, dass die herabstürzende Bücherfrau nicht auf dem Kabinenboden aufschlug. Mit weit aufgerissenen Augen auf seinem Handteller kauernd, klammerte sie sich an seinen Daumen. Aris bildete sich ein, das Zittern ihres winzigen Körpers zu spüren.

»Danke«, sagte sie mit brüchiger Stimme. »Ich glaube, solange diese Urwelt-Maschine nicht irgendwo entseelt vor Anker liegt, bleibe ich lieber hier unten bei dir.«

»Das ist bemerkenswert«, sagte Sloterdyke, nachdem die von Divara erfüllte Rüstung die Leistung der Strahltriebwerke gedrosselt hatte. »Der Strömungswiderstand ist auf den Wert eines stehenden Gewässers gesunken …«

Ninive rappelte sich auf und sah zum Frontbullauge.

»Vielleicht verstopft irgendetwas die Ansaugöffnungen. Oder wir treiben rückwärts.«

»Mein Zerebralkompass gibt die Fahrtrichtung unverändert mit Norden und einer passagenbedingten Wechselvariablen von maximal zehn Prozent an.« Der Monozyklop sah sich um. »Das Boot befindet sich also noch auf Kurs. Falls die Koordinaten stimmen, müssten wir uns direkt unter der Mauer befinden.«

»Ihr Fundament misst mehr als zwei Kilometer«, sagte Aris. »*Direkt unter der Mauer* taugt daher kaum als Positionsangabe.«

»Auf horizontaler Höhe der Dammkrone«, präzisierte Sloterdyke. Und mit Blick auf den sandbedeckten Höhlenboden fügte er hinzu: »Zweifellos fahren wir nicht mehr gegen den Hauptstrom an, sonst wäre der Grund blank gespült. Unsere Navigatorin hat uns in einen Seitenarm gelenkt.«

»Was hat Barnacoll gleich noch mal über die Aeternitas-Passage geschrieben?«, wollte Ninive wissen. »Der Teil, den du mir neulich im Aerotop vorgelesen hast.«

Aris zog seine handschriftlichen Notizen aus seinem Tornister. »*Durch die Erde führt der Pfad des Wassers*«, las er vor, als er die Textstelle gefunden hatte. »*Sein Strom speist den Brunnen, und in ihm ruht die Macht über den Lauf der Welt.*«

»Wir haben den Eingang zum Brunnen verpasst ...« Nachdenklich betrachtete Ninive die Manuskriptseiten. »Aber dann hätte Divara an dieser Stelle direkt aus dem Mauerfundament herabströmen müssen. Kann es sein, dass der ursprüngliche Höhlenverlauf sich geändert hat?«

»In zwölftausend Jahren ist so ziemlich alles möglich«, sagte Aris. »Vielleicht hat sie uns in diesen Seitenarm gelenkt, weil die Strömung zu stark oder die emporführende Passage zu eng ist.«

»Oder das, was uns dort oben erwartet, zu gefährlich«, mischte der Monozyklop sich ein. »Dürfte ich einen Blick darauf werfen?« Er nahm Aris die Übersetzung ab und blätterte sie durch. »Hm ...«, brummte er. »Akkurate Arbeit. Stellt sich die Frage, was zuerst da war: die Henne oder das Ei?«

»Bitte?«

»Ach, nicht so wichtig.« Sloterdyke reichte Aris das Manuskript zurück. »Nur so eine Urwelt-Redensart in Bezug auf ein Kausaldilemma ...«

Ninive setzte sich neben die okkupierte Rüstung. »Würdest du uns freundlicherweise verraten, wohin die Reise geht?«, fragte sie. Divaras Navigatorin reagierte nicht. »Hallo?« Verärgert ließ die Wandlerin vor den Sichtöffnungen des Kugelkopfes die Finger schnippen. »Ist es zu viel verlangt, wenigstens mal zu nicken oder deinen Blechschädel zu schütteln?«

»Ivi!«, zischte Sloterdyke. »Das ist wirklich der falsche Zeitpunkt, um sich mit einem Elementargeist anzulegen.«

»Ganz und gar nicht«, erwiderte Ninive. »Wir mögen ihr hier unten ausgeliefert sein, aber sie ist ebenso auf uns angewiesen. Wenn Divara uns auslöscht, wird sie vielleicht weitere zehn- oder zwanzigtausend Jahre warten müssen, bis jemand so tollkühn ist, sich auf dieses Himmelfahrtskommando einzulassen.« Sie wandte sich wieder der Rüstung zu. »Aber dazu wird es nicht mehr kommen, denn bis dahin wird diese Welt nicht mehr existieren.« Sie musterte die Reflexion ihres Gesichts auf dem seitlichen Sichtfenster. »Du kannst uns die kalte Schulter zeigen, Divara, uns drohen oder uns Angst machen, aber du wirst uns nichts antun – denn das wäre zugleich dein eigenes Todesurteil.«

Nun zeigte die Rüstung erstmals eine Reaktion: Sie drehte ihren Helm, bis ihr Frontbullauge direkt auf die Wandlerin wies. Ninive blickte in ihr tiefschwarzes Inneres – und auf ihr eigenes Konterfei, das sich auf dem Glas spiegelte. Es starrte sie so grimmig an, dass sie vor sich selbst erschrak.

Ein metallisches Ächzen und Quietschen ging durch den Rumpf des Bootes.

»Ivi, hör auf damit!«, bat nun auch Aris. »Divara wird uns zerquetschen!«

»Wird sie nicht.« Ninive beugte sich ein Stück an das Sichtfenster heran, sodass sie ihrer Reflexion in die Augen sehen konnte, und fragte: »Habe ich recht?«

Lange erwiderte das Spiegelbild ihren Blick, dann streckte es ihr die Zunge heraus, zeigte für einen Moment ein halb spöttisches, halb anerkennendes Lächeln und löste sich einfach in der dahinterliegenden Schwärze auf. Die Rüstung drehte ihren Helm wieder dem Steuerpult zu und hüllte sich weiter in Schweigen.

| 83 |

Nach längerer, ereignisloser Fahrt erreichten sie mit dem Boot ein lang gestrecktes Feld aus Gesteinstrümmern, das das Fortkommen mit zunehmender Höhe unmöglich zu machen drohte.

»Uraltes Sedimentgestein«, erkannte Sloterdyke, während das Aquaroid darüber hinwegschwebte. »Das müssen die Überreste der Höhlendecke sein, die einst unter dem Gewicht des Sees kollabiert ist.« Sein Teleskopauge surrte beim Fokussieren der Felsbrocken, die vom Scheinwerferlicht aus der Dunkelheit gerissen wurden. »Ungeheuerlich, all das, was beim Studieren der Barnacoll-Chroniken noch der Fantasie überlassen war, plötzlich mit eigenen Augen zu erblicken ...«

Nachdem das Tauchboot dem Trümmerfeld eine Weile gefolgt war, begann der Kanal aufwärts zu führen. Je höher sie stiegen, desto kleiner wurde das Geröll, bis es nur noch einen sandigen Schotterhang bildete.

Sloterdyke musterte die weiterhin wie ein nasser Sack im Steuersessel lümmelnde Rüstung. Dann warf er einen Blick auf das Steuerpanel, bemüht, der Navigatorin nicht näher zu kommen als unbedingt nötig. »Außendruck bei knapp zwei Bar und weiter fallend«, las er von den Instrumenten ab. »Laut Tiefenmesser befinden wir uns nur noch rund achtzehn Meter unter Nulllevel.«

Ein schwacher Lichtschein fiel durch die Frontluke. Mit Zenobia auf der Schulter duckte Aris sich neben Ninive in die Scheibenwölbung und blickte hinaus ins Zwielicht. Weit über ihnen tanzte ein unsteter Schimmer auf der Wasseroberfläche.

»Das sieht aus wie Tageslicht«, erkannte die Bücherfrau. »Wir tauchen wieder auf!«

»Letzteres mag sein«, murmelte Sloterdyke. »Aber freier Himmel ist das gewiss nicht.«

Ninive verrenkte ihren Hals, um die Höhlendecke erkennen zu können. »Was sonst?«

»Möglicherweise ein Sonnenimitator«, überlegte der Monozyklop. »Eine Luminus-Kolonie oder sogar ein Grottensolux. Ich rate zu erhöhter Wachsamkeit. Dieses Unterweltgetier führt nur Böses im Schilde.«

Ninives Blick hing gebannt an dem immer intensiver und unruhiger flirrenden Leuchten über ihnen. Unbewusst hatte sie in der Aufregung Aris' Hand ergriffen und klammerte sich daran, als hätte sie Angst, von der nahenden Offenbarung hinfortgerissen zu werden. Eine unscheinbare Bewegung neben ihrem Gesicht lenkte sie dabei für einen Moment ab.

»Was ist?«, fragte sie den auf Aris' Schulter sitzenden Avatar.

Die Bücherfrau schüttelte kaum merklich den Kopf. »Du erinnerst mich an eine meiner Palastgespielinnen in Palmyra. Sie hatte das gleiche hübsche Gesicht, aber Haar so rot wie Safran.« Zenobias Blick war forschend, ihr Lächeln bedauernd und ein wenig verlegen; das Schmunzeln einer Königin, die in schönen, unendlich fernen Erinnerungen schwelgte.

Aris drehte den Kopf und musterte aus dem Augenwinkel heraus zuerst Zenobia, dann Ninive. »Ich tue mal so, als hätte ich das nicht gehört«, murmelte er.

Als das Aquaroid die Wasseroberfläche durchbrach, hielten sich ob der plötzlichen Helligkeit alle geblendet die Hände vor Augen.

»Das ist Nachtmoos!«, staunte Aris beim Anblick der in aller Pracht über ihnen leuchtenden Höhlendecke. »Ich hätte nicht gedacht, dass ich je welches sehen würde. Die Arten-Nomenklaturen listen es seit Jahrtausenden als ausgerottet. Wenn ich dem Dynamo-Rat davon Proben mitbringen könnte, erhalte ich vielleicht eine Exo-Expeditionslizenz und einen offiziellen Auftrag zur Wiederfindung ausgestorbener Arten ...«

»Falls unsere Mission scheitert, gibt es von Letzterem bald mehr, als dem Rat lieb sein kann«, bemerkte Sloterdyke.

Ninive warf einen Blick über ihre Schulter. Solange Divaras Navigatorin sich hauptsächlich in den Beinen der Rüstung verborgen hielt, war ihr nicht anzumerken, ob das Gesprochene ihr Interesse weckte. Vielleicht kümmerte sie sich aber auch prinzipiell nicht um weltliche Belange – das Ende der Welt mit inbegriffen.

»Dort vorne scheint es weiter hinaufzugehen.« Aris deutete auf eine von mächtigen Felsblöcken gesäumte Sandbank.

»Und den Spektralwerten zufolge ist das, was dort oben schimmert, tatsächlich Tageslicht«, sagte Sloterdyke. »Wir haben das Ende der Aeternitas-Passage erreicht.«

»Oder den Anfang«, murmelte Aris.

Es fiel Ninive schwer, sich ihre Aufregung nicht anmerken zu lassen. Während das Aquaroid auf das Ufer zusteuerte, starrte sie gebannt hinauf zum leuchtenden Höhlenausgang. Der Moment, den sie seit Jahrhunderten herbeisehnte, schien zum Greifen nah. Eine letzte Hürde noch, ein letztes Stück der Ungewissheit, dann würde sich ihr Traum, einen Fuß auf den Boden jenseits der Bannmauer zu setzen, endlich erfüllen.

Vergiss nicht die Synchronisation, dämpfte eine innere Stimme ihre Euphorie. *Denk an den Zeitbrand*, flüsterte sie. *Denk an die Schmerzen.*

Ninive schloss die Augen und sank ein Stück in sich zusammen. *Noch fünfzehn Tage!*, wurde ihr schlagartig wieder bewusst. Erst in fünfzehn Tagen würden Aris und sie das Boot verlassen können – falls sie bis dahin nicht verhungert waren.

Am Ufer des Höhlensees angekommen, robbte das Tauchboot zwischen tonnenschweren Felsen die Sandbank hinauf, bis es vollends auf dem Trockenen stand.

Aris zögerte einen Moment lang, dann entriegelte er die Frontluke und drückte sie langsam auf. Kalte Luft strömte ins Innere des Bootes und ließ Ninive erschaudern.

»*Tempus fugit*«, murmelte Sloterdyke.

»Es sollte sich eigentlich anfühlen, als ob man kurz ins Feuer greift«, murmelte Aris. Vorsichtig streckte er einen Arm durch die Öffnung, zog die Hand wieder zurück und betrachtete seine Finger im Gegenlicht. »Ich spüre keinen Schmerz«, sagte er.

»Weil das Fluxfeld ein Stück weit über die Außenhülle des Bootes hinausreicht.«

»Ach ja?« Der Wandler sah in die Höhe. »Müsste man dann nicht wenigstens am Bugfenster irgendetwas davon erkennen?« Er schwang seine Beine ins Freie und ließ sich hinab auf die Sandbank gleiten.

»Nein, *nicht!*«, erschrak Ninive.

Aris duckte sich unter ihrer nach ihm greifenden Hand weg. Als er weiterhin keine Anzeichen von Zeitbrand spürte, stand er auf und begann sich langsam von der Luke zu entfernen. »Es tut nicht weh«, sagte er nach ein paar Schritten. »Alles fühlt sich normal an.«

»Aber das kann nicht sein ...« Ninive sah zu Sloterdyke, dann hinauf zu Zenobia. »Ist das Leons Werk?«

Die Bücherfrau schüttelte den Kopf, dann lauschte sie für einen Moment in sich hinein. »Leon sagt, er kann deinen Freund nicht mehr fühlen«, verkündete sie, nachdem sie die Augen wieder geöffnet hatte. »Er befindet sich außerhalb des Kraftfeldes.«

»Gott, *luminor*!«, murmelte der Monozyklop. »Das ist doch Wahnsinn!«

»Die Zeit-Dekompression kann doch unmöglich schon abgeschlossen sein!«, flüsterte Ninive.

»Nicht einmal annähernd«, bestätigte Sloterdyke. Er blickte Aris nach, der langsam den Schutthang emporstieg, und streckte argwöhnisch einen Fuß ins Freie. »Wahrlich kein Zeitbrand«, bestätigte er. »Äußerst ominösiastisch. Das muss ich analysieren.« Er zog seine Gliedmaßen ein und machte Anstalten, kopfüber durch die Frontluke zu schlüpfen. »Sackzefix!«, hörte Ninive ihn fluchen, als er prompt stecken blieb.

»Was hast du mit uns gemacht?«, wandte sie sich an die Rüstung. »Ist das ein Trick?«

Divaras Späherin starrte auf das Hinterteil des strampelnden und schnaufenden Monozyklopen, hüllte sich jedoch weiterhin in Schweigen.

Grantelnd quälte Sloterdyke sich zurück in die Kabine, vollführte eine halbe Drehung und versuchte sich mit den Beinen voraus ein zweites Mal durch die Luke zu zwängen. »Erstaunlich«, keuchte er, nachdem er es mit Mühe und Not tatsächlich ins Freie geschafft hatte, »Nicht die geringsten Anzeichen von Zeitbrand.« Er reckte seine Arme in die Luft. »Wahrlich unglaublich. Ein physischer Fluss assimiliert einen metaphysischen ...«

Unstetes Flackern am Scheitel der Geröllhalde lenkte Ninives Blick hinauf zum Höhlenausgang. Während der Monozyklop sich weiter über das Wunder der temporalen Synchronisation ausließ, beobachtete sie, wie Aris die letzten Meter des Hanges emporstieg. Ohne zu zögern oder sich noch einmal umzusehen, verschwand er hinter einem vor Nässe glitzernden Pflanzengeflecht im Licht.

»Junge Frau!«, riss Sloterdyke sie aus ihren Gedanken. »Den Kanometer!«

»Entschuldigung, Professor.«

»Und den Fluxdetektor«, bat der Monozyklop. »Ich muss Messungen vornehmen, solange das Feld noch aktiv ist.«

»Gibt es ein Problem?«, fragte sie, nachdem sie ihm die Geräte hinausgereicht hatte.

»Das hoffe ich nicht. Aber ein Gebet kann dennoch nicht schaden.«

»*Sie* sind der Kleriker«, erinnerte ihn Ninive. »Woran Ihre Bruderschaft einst auch immer geglaubt haben mag.«

»An den Fluss des Chronos.«

»Dann sollten Sie besser unseren Elementar-Gast um ein gemeinsames Gebet bitten.«

| 84 |

Nachdem der Monozyklop aus dem Blickfeld getreten war, blieb Ninive neben der Luke sitzen und sah hinaus ins Zwielicht. Dann streckte sie vorsichtig eine Hand ins Freie, bereit, sie beim geringsten Anzeichen von Zeitbrand wieder zurückzureißen.

Das war eine Metapher, erklang plötzlich eine tiefe weibliche Stimme in ihrem Kopf. Erschrocken wirbelte Ninive herum, verlor dabei das Gleichgewicht und kippte hintüber. Nur dem Umstand, dass der Bug des Aquaroids auf der Sandbank wesentlich höher lag als das Heck, hatte sie es zu verdanken, dass sie nicht aus dem Boot stürzte. Ihr erster Gedanke galt einem Wind-Auguren, der zweite dem Morph-Ganglion. Beides erschien ihr jedoch so gut wie unmöglich.

»Wer bist du?«, rief sie in die verwaiste Kabine.

Benutze deinen Verstand, nicht deine Augen.

Ninives Blick fiel auf die deformierte Rüstung hinter dem Steuerpult. »Divara?«

Stellvertretend.

»Du sprichst unsere Sprache?«

Der Kugelkopf drehte sich ein Stück in ihre Richtung. *Ich spreche nicht, Hylenium. Das siehst du doch.*

»Aber warum erst jetzt?« Ninive trat staunend näher. »Warum nur mit mir?«

Weil ich in deinem Innersten bin. Im Gegensatz zu deinen Begleitern kenne ich dich in- und auswendig.

»Du hast mich doch wieder verlassen.«

Das meiste von mir – aber nicht alles. Ich bin ein Urquell, Hylenium. Aus meinem Element ging alles Leben hervor. Deinesgleichen besteht zum größten Teil noch immer aus meinesgleichen. Da fallen ein paar Tropfen mehr oder weniger wirklich nicht ins Gewicht.

Mit einem flauen Gefühl strich Ninive sich über ihren Bauch. »Warum nennst du mich Hylenium?«

Weil es deinem Ursprung gerecht wird.

»Das verstehe ich nicht.«

Erkenntnis findest du in der Barriere – sofern du bereit dafür bist.

»Warum erklärst du es mir nicht einfach?«

Weil es mir nicht zusteht. Ich könnte dir mehr Geschichten aus der Alten Welt und allen vorangegangenen Welten erzählen als jedes Artefakt, das du in deinem Leben beseelt hast.

»Wie kannst du …?«

Eine weitere Frage für den Wind, fiel die Flussstimme ihr ins Wort. *Ich bin in deinem Kopf.* Ninive griff sich an die Schläfen. *Keine Sorge, Hylenium. Ich lasse ihn schon nicht platzen.*

»Wie meintest du das mit der Metapher?«

Der Fluss des Chronos ist ein Sinnbild für den Lauf aller Dinge. Divaras Navigatorin schwieg einen Moment lang, dann sagte sie: *Aber die Zeit enteilt, denn das Ende ist näher, als euch bewusst ist.*

»Das Ende, das Ende … Musst du ständig in Rätseln sprechen?«

Die Barriere wird es euch erklären. Sie ließ ihren Kugelkopf auf die Brust sinken. *Die Zeit verstreicht. Vergeudet sie nicht mit sinnlosem Geschwätz und unnützem Tun. Handelt! Und heile den Aaru.*

Ninive starrte die Rüstung verständnislos an. »Heile den Aaru?«, flüsterte sie in die Stille hinein.

Sie erhielt keine Antwort.

| 85 |

Das leuchtende Nachtmoos und die durch den Höhlenausgang fallende Helligkeit sorgten in der Grotte für geisterhaftes Zwielicht. Von der Decke des Gewölbes hingen die Stümpfe mächtiger alter Tropfsteine herab. Sie mussten einst von der Gewalt jener Felslawine zerschlagen worden sein, die den Beginn der großen Flut eingeläutet hatte. An ihren teils meterdicken Bruchflächen waren im Laufe der Zeit kleinere Stalaktiten gewachsen.

Auf Tuchfühlung mit dem Aquaroid, drückte Ninive sich entlang der Bordwand Richtung Heck, bemüht, innerhalb des unsichtbaren Fluxfeldes zu bleiben. Unter ihren Handflächen spürte sie das wohlige, vielleicht aber auch ängstliches Zittern des Metalls. Viel Spielraum, so erkannte Ninive bei einem Blick in die Höhe, hatte das Tauchboot nicht mehr. Sein Einstiegsdom ragte empor bis knapp unter die Höhlendecke.

Sloterdyke stand wenige Schritte vom Seeufer entfernt neben dem hinteren Steuerbord-Triebwerk. Unverständliches Zeug brabbelnd, schwenkte er einem riesigen Metronom gleich die Antenne des Fluxdetektors hin und her. Seine dabei gemurmelten Worte klangen wie »*Biribom, baribaium, barbirom*« und schienen keine Bedeutung zu haben.

»Alles in Ordnung, Professor?«, erkundigte sich Ninive.

»*Babarim bumm.*«

»Professor?«

Sloterdyke richtete sich ein Stück auf und lauschte, als würde er aus dem Äther zauberhafte Stimmen vernehmen. »Das liegt ganz im Auge des Betrachters«, sagte er. »Es sind verzauberte Teichler, die hier blubbern.«

Ninive zog irritiert die Augenbrauen zusammen. »Geht es Ihnen gut?«

»Ging mir nie besser.« Der Monozyklop atmete tief durch und sah hinauf zur Höhlendecke. »Wo bin ich hier?« Staunend betrachtete er die Ortungsantenne in seiner Hand. »Was ist denn *das*?« Schließlich entdeckte er auch Ninive hinter sich und fragte: »Ja, wer bist *du* denn?«

»Du lieber Himmel …«, erschrak die Wandlerin. »Ich möchte Ihnen nicht zu nahe treten, Professor, aber wann haben Sie zum letzten Mal ihr Cortex-Memory verwaltet und Ihren Partikelfilter gereinigt?«

»Oh, du kannst ja sprechen.«

»Natürlich kann ich sprechen! Ich bin's, Ivi!«

Sloterdyke ließ Dampfringe aus seinem Stirnventil steigen. »Ist das ein Kosename für Olivia?«

»Von Ninive«, seufzte Ninive.

»Oh, Nimrods legendäre Hauptstadt. Sehr viele Hörner! Hast du in der imperialen assyrischen Armee gedient?«

»Ich habe keinen blassen Schimmer, wovon Sie sprechen.«

Sloterdyke neigte den Kopf zur Seite. »Ich auch nicht«, sagte er. »Ist das nicht komisch?« Er betrachtete wieder die Antenne in seiner Hand, biss in eine ihrer Litzen und kaute prüfend darauf herum. »Da fehlt Salz«, sagte er. »Hast du Salz?«

»Bedaure.« Ninive trat einen Schritt näher. »Ich möchte nicht indiskret erscheinen, Professor, aber würden Sie mir einen Gefallen tun und sich kurz bücken?«

»Wieso?«

»Ich muss an Ihren Hinterkopf.«

»Ich habe einen Hinterkopf?« Der Monozyklop beugte sich vornüber. »Oh, ich habe ja auch Füße«, staunte er.

Statt darauf einzugehen, berührte Ninive die Druckfühler hinter seinen Ohren, woraufhin Sloterdyke erstarrte. An seinem Hinterkopf öffnete sich ein gerader Spalt, dann glitten die Schädelhälften auseinander und gaben den Blick frei auf seinen Memocortex. Seine Innenwand war gespickt mit fingerlangen, blau leuchtenden Gedächtnislamellen. Zwei der Optik- und Resonanzspeicher hatten sich gelöst und waren in die Sensorkabelröhre gerutscht. Ninive pflückte sie heraus und untersuchte sie auf Schäden.

»Ich kenne ein wundervolles Urwelt-Märchen«, murmelte Sloterdyke. »Es heißt: Hetzstein wetz dich, Weltschmerz reiß dich und Rüssel aus dem Orb.«

Ninive verdrehte die Augen. »Sie sollten jetzt wirklich nicht reden, Professor …«

»Im Goldenen Zeitalter regierte eine weise Monozelle namens Solorex, die besaß fünf Schiebetüren und ein altes Ei«, brabbelte Sloterdyke unbeirrt weiter. »Eines Tages traten ihre Töchter, die da hießen: Monolisa, Monokela und Monotonia, vor sie hin und jammerten: ›Wir sind so farbenblind, wir finden keine Rüben, tätärä.‹ Als die Monozelle ihr Klagen hörte, sagte sie: ›Bringt mir den talentiertesten Balladenbarden, und ich verspreche euch dreifach gezuckerte Knollenbetten.‹ Dann gab sie ihnen Essig und Öl und schickte sie hinaus in den Irrhain.

Tag und Nacht folgten die drei Schwestern alten paramagnetischen Pfaden, stillgelegten Erz-Loreleien und von Naturwundern überwucherten Expressförderbändern. Schließlich gelangten sie an einen Kreuzwegerich, der von einer Feuer speienden Kreiselschnecke bewacht wurde.

›Hier werden sich unsere Wege trennen, und hier wollen wir uns in einem Jahr wiederfinden‹, versprachen sich die Schwestern. Dann verabschiedeten sie sich voneinander und eilten in alle Winde davon, um Schallschieber, Troubadoure und Wechseltöner zu entdecken.

Die erste erwarb einen jodelnden Zwitter, der Kugelblitze apportierte, die zweite eine Elefantenne, die Tuberkuloselieder schmetterte, und die dritte eine Sopranpumpe, die jedem, der sie schwengelte, den Marsch blies.

Glücklich am Kreuzwegerich wiedervereint, kehrten die Schwestern ein Jahr später in ihre heimatliche Feste zurück und präsentierten der königlichen Monozelle ihre Schätze. Nach langer Begutachtung erhob diese sich von ihrem Thron und sprach: ›Ihr habt mir das Klangreich gerettet. Von nun an sollt ihr in meinem schimmelnden Alkoven wohnen, und ich werde euch lutschen wie meine eigenen bunten Euter ...‹«

Der Monozyklop seufzte schwer, als hätte er Großes vollbracht, und verstummte. Nachdem er schließlich minutenlang keinen Ton mehr von sich gegeben hatte, atmete Ninive erleichtert auf. Sorgfältig reinigte sie die Kontakte der Memo-Lamellen und steckte sie vorsichtig zurück in ihre Fassungen. Nachdem sie den Halt der restlichen zwölf Speicher geprüft hatte, schloss sie den Hinterkopf wieder.

Sloterdyke richtete sich auf, sein Teleskopauge surrte. »Herrjemine«, murmelte er, als der Fokussierungsprozess beendet und er wieder zu Sinnen gekommen war. »Ich glaube, ich hatte einen B-Bug ...«

»Einen was?«

»Einen Brimborium-Defekt.«

Ninive hob die Augenbrauen. »Klingt ebenso verrückt wie treffend«, beschied sie dem Monozyklopen.

»Das muss während des keinen Malheurs mit der Frontluke passiert sein.« Sloterdyke schüttelte prüfend den Kopf, dann tastete er seinen Bauch ab. »Das ist mir jetzt wirklich sehr unangenehm. Habe ich etwas gesagt?«

»Nur verrücktes Zeug.«

»Hm, ja ...« Verlegen nestelte er an der Antenne herum, dann erinnerte er sich an den Kanometer an seinem Gürtel und studierte die Daten auf dem Display. »Ich hatte angenommen, dass sich der

Kraftfeldkokon für die beschleunigte Zeitsynchronisation verantwortlich zeigt und etwas davon nachweisbar ist«, sagte er, als wäre nie etwas geschehen. »Aber die Messung war ergebnislos. Möglicherweise liegt es daran, dass das Kraftfeld ständig die Bewegungen des Bootes ausbalanciert. Es wird dabei gestreckt, gebeugt und gestaucht.«

Das Aquaroid begann sich unerwartet zu regen. Es verdrehte den Bug, um zu sehen, was seine beiden Passagiere an seiner Heckflanke trieben. Schließlich unternahm es Anstalten, sich in der engen Halle umzudrehen. Wort- und gestenreich konnte Ninive es gemeinsam mit Sloterdyke davon abhalten, ehe es sich zwischen den Felswänden verkantete und in seiner Panik womöglich die Höhlendecke zum Einsturz brachte.

»Divaras Navigatorin muss ihre geistige Bande mit dem Boot gelöst haben«, vermutete der Monozyklop. »Offenbar ist die Reise für sie hier zu Ende.« Er blickte sich um, als würde er Spuren im Sand suchen. »Wo war ich vor dem B-Bug stehen geblieben?«, murmelte er. Dann hellte sich seine Miene auf. »Ah ja, der Kanofluidtest.« Ohne zu zögern, watete er in voller Montur in den See. Als ihm das Wasser bis zu den Schenkeln reichte, blieb er stehen und tauchte die Antenne unter.

»Das halte ich für keine gute Idee«, rief Ninive. »Flodd reagiert auf so etwas jedenfalls meist ziemlich allergisch …«

»Flodd mag ein launischer Griesgram sein, aber dieses Wasser hier …« Sloterdyke las seine Messwerte ab. »Das ist nicht Divara.« Er blickte ins Dunkel der Höhle, wo sich der lumineszierende Deckenbewuchs auf der Seeoberfläche spiegelte. »Nur unbeseeltes Gletscherwasser.«

»He, ihr Phlegma-Brüter!«, riss eine Stimme die beiden aus ihren Gedanken. Aris war wieder hinter dem Schleier aus Bartflechten aufgetaucht und winkte ihnen aufgeregt. Dann formte er mit den Händen einen Trichter vor seinem Mund und rief: »Kommt rauf, das müsst ihr euch ansehen!«

Ninive und Sloterdyke wechselten einen Blick, dann machten sie sich zügig an den Aufstieg.

»Du nicht!«, wies Ninive das Aquaroid an, als es ihnen hinterherkroch und sein Einstiegsdom mit einem durch Mark und Bein gehenden Schleifen an der Höhlendecke zu schreddern begann. »Bleib hier, bis wir zurück sind!«

»Majestrix?«

»Nicht Majestrix, sondern dort unten!«

Das Tauchboot senkte den Bug und ließ sich bis zur Rumpfmitte ins Wasser zurückrutschen.

»Wäre es nicht ratsamer, es vorübergehend wieder zu entseelen?«, raunte der Monozyklop Ninive zu.

»Mit Leon im Kreislaufsystem? Das könnte tragisch enden.«

»Unsere Mission ohne das Aquaroid womöglich ebenfalls. Zudem ist es momentan unsere einzige Möglichkeit, auf die andere Seite zurückzukehren.«

Ninive wiegte unentschlossen den Kopf und wandte sich um. »Ich kann das nicht beliebig oft machen. Irgendwann gibt es womöglich so etwas wie einen Seelen-Kurzschluss.«

»Aber vielleicht hat das Boot ja etwas ganz anderes im Sinn«, gab Sloterdyke zu bedenken, während er ihr schnaufend den Hang empor folgte.

»Dafür haben wir Leon«, sagte sie. »Er sorgt für das Equilibrium.«

Obwohl es klang, als würde jenseits des Höhlenausgangs Wasser aus zahllosen Spalten strömen, vereinigte dieses sich gerade einmal zu zwei bescheidenen Bächlein, die über Sinterkaskaden hinab in den See plätscherten.

Ninive blieb für einen Moment stehen und sog die kühle Luft tief in ihre Lungen. Dann schob sie den vor Nässe triefenden Vorhang aus Bartflechten beiseite und trat hinaus ins Freie.

| 86 |

Kaum war mit Ninive das letzte Großwesen von Bord gegangen und die Frontluke wieder geschlossen, hatte Divaras Navigatorin sich zu regen begonnen. Schwerfällig war sie aus ihrem Sitz aufgestanden und Richtung Einstiegsdom geschritten. Unter dem Diametron hatte sie das Frontbullauge ihres Kugelkopfes geöffnet und einen Wassertentakel bis über das Generatordach emporwachsen lassen.

Zenobia wünschte sich nichts sehnlicher, als sich vor dem Ungetüm zu verkriechen, aber es gab nirgendwo einen Schlupfwinkel. Der Zugang ins Innere des Diametrons war versiegelt, womit als einzige Fluchtmöglichkeit der selbstmörderische Sprung in die Tiefe blieb. So kauerte sie auf dem Generatordach wie auf einer Henkersbühne. Mit jeder Faser ihres Körpers fühlte sie Leons Aura. Seine Gegenwart war wie ein elektrisches Feld, das sich um sie herum gebildet hatte und von Sekunde zu Sekunde stärker wurde, fast so als hoffte er, sie mit seiner konzentrierten Präsenz beschützen zu können. Zenobia selbst hatte sich an den hinteren Rand des Generators zurückgezogen und starrte gebannt auf die Spitze des über ihr schwebenden Wassertentakels.

»Was will dieses Ding?«, flüsterte sie.

Verhalte dich ruhig und reize es nicht, antwortete Leon ihr in Gedanken. *Wahrscheinlich ist es nur neugierig.*

»Das hat mein zweiter Gemahl damals auch gesagt – bevor der Riese Raifu ihn mitsamt seinem Streitwagen und den beiden Pferden aufgefressen hat.«

Stille.

»Leon?«

Er kann dich hören, erklang eine neue, mächtigere Gedankenstimme in ihrem Kopf, wobei die Oberfläche des Wassertentakels sich rhythmisch kräuselte. *Aber er kann dir nicht antworten.*

Zenobia starrte das Elementarwesen furchtsam an, dann nahm sie all ihren Mut zusammen und fragte: »Was willst du?«

Dich. Hin und wieder.

»Wie meinst du das?«

Steh auf und tritt vor!

Zögerlich ging die Bücherfrau auf den Abgrund zu. Als sie den Rand des Generators erreicht hatte und in die Tiefe blickte, breitete Divara die Arme ihrer provisorischen Unterkunft aus. *Schau dir dieses Ding an*, forderte sie und drehte sich schwerfällig im Kreis. *Dieser plumpe Althautsack ist gerade einmal gut genug, um euer Vehikel zu steuern. Die Landschaft über uns erfordert aber ein wenig mehr ... Wie sagt ihr? Lauffluss?*

»Beweglichkeit?«, riet Zenobia. »Gewandtheit?« Der Wassertentakel neigte sich vor ihr hin und her. »Bei allem Respekt, aber ich bin ebenfalls nicht für diese Welt dort draußen geschaffen«, rief sie, als ihr Gegenüber nicht antwortete. »Wo die Großwesen einen Schritt machen, benötige ich zwanzig. Wie stellst du dir das vor?«

Ich werde ich sein, sofern die Situation es erfordert. Ansonsten werde ich mich im Hintergrund halten, euch beobachten und Erfahrungen über das seltsame Land- und Menschenleben sammeln.

»Ich glaube, du hast mich nicht verstanden.«

Doch, Avatar. Wenn du mir erlaubst, dich zu ergründen, werde ich mich auch für dich öffnen. Dir wird kein Leid widerfahren.

»Und wenn ich mich weigere?«

Dann, fürchte ich, werden wir hier gemeinsam mit dem Rest der Welt sterben.

»Was meinst du damit?«

Der Prozess des Untergangs läuft bereits seit dem Ereignis, das ihr Kataklysmos nennt. Er schwelt in der Tiefe, im Verborgenen, fernab eurer Blicke und Sinne, und keine natürliche Kraft kann ihn aufhalten. Mich in mein altes Bett zurückzuleiten wird ihn nur beschleunigen.

»Ihn beschleunigen?«, erschrak Zenobia. »Aber dann müssen wir die anderen davor warnen!«

Du kannst niemanden warnen, Avatar.

Die Bücherfrau schüttelte erschüttert den Kopf. »Aber warum?«, flüsterte sie. »Warum treibst du dieses hinterhältige Spiel mit uns?«

Seit mehr als zwölftausend Jahren der alten Zeitrechnungen zögere ich das Ende heraus, in der Hoffnung, jemand würde kommen und die Gefahr bannen. Stattdessen wurde es immer schlimmer und das Wissen der Welt um ihre Vergangenheit immer spärlicher.

Nach all den Jahrtausenden des stillen Erduldens bin ich es nun leid, mich für eure Existenz aufzuopfern. Lieber ein Ende mit Schrecken als ein Schrecken ohne Ende. Deine Freunde werden gezwungen sein, zu handeln – oder zu sterben.

Zenobia hatte empört die Hände zu Fäusten geballt. »Ja, natürlich«, rief sie. »Mit Massenmord kennst du dich ja bereits bestens aus.«

Der Wassertentakel entfernte sich ein Stück, als wäre Divara von der Unverfrorenheit der Bücherfrau überrascht. *Oh, jetzt verstehe ich,* erklang ihre Gedankenstimme. *Ihr glaubt, ICH sei die große Flut gewesen, die das Goldene Zeitalter beendet hat ...!*

»So erzählen es die Chroniken.«

Meine Flut markierte das Scheitern eines großen Plans, aber nicht das Ende einer ganzen Zivilisation, widersprach Divara. *Der wahre Kataklysmos hatte die Welt erst Jahrzehnte später heimgesucht. Ganze Ozeane hatten sich bis über die Wolken aufgebäumt, emporgehoben von einer Kraft, die euer Vorstellungsvermögen übersteigt. Im Vergleich zu ihm waren meine Fluten kaum mehr als ein seichtes Rinnsal.* Divara schwieg einen Moment lang, dann sagte sie: *Doch selbst der Kataklysmos war nichts im Vergleich zu dem, was geschehen wird, nachdem ich wieder in meinem alten Bett fließen werde ...*

Noch bleibt Zeit, es zu verhindern – aber auch meine Kräfte schwinden ... Wie also lautet deine Antwort, Avatar?

Innerlich aufgewühlt schritt Zenobia auf dem Generatordach auf und ab, hin und her gerissen zwischen den Worten des Elementarwesens und den in ihr nagenden Zweifeln.

»Angenommen, ich glaube dir und gehe auf deinen Wunsch ein«, sprach sie schließlich, nachdem sie ihre Gedanken geordnet hatte. »Was kannst du mir im Gegenzug dafür bieten?«

Mehr, als du dir vorzustellen wagst, antwortete Divara. Und nach einigen Augenblicken des Schweigens fügte sie hinzu: *Dir und deinem verflüssigten Galan.*

| 87 |

Ninives Hoffnungen auf eine Offenbarung erhielten einen herben Dämpfer.

Zwar trat sie tatsächlich ins Freie, doch als sie den Blick hob, fand sie sich wieder am Grund eines etwa dreißig Meter breiten und gut einhundert Meter tiefen Schachtes. Seine Wände waren blank geschliffen und von teils tiefen, spiralförmigen Furchen durchzogen: Narben eines mächtigen Strudels, der monströse Felsbrocken umhergewirbelt hatte.

Beim Blick nach oben hielt Ninive sich geblendet eine Hand vor die Augen. Der Himmel, so schien es, war nicht blau, sondern leuchtete in grellem Weiß.

»Barnacolls Chroniken stimmen!« Aris tat sich schwer, seine Begeisterung zu zügeln. »Es war keine fehlerhafte Übersetzung der Ratskryptologen, sondern eine Verwechslung der Perspektive – *vor* und *hinter* der Mauer.«

»Wir stehen am Grund jenes Sinklochs, durch das der See sich einst in die Ebene ergossen hat.« Sloterdyke wischte seine Objektivlinse trocken.

»Irgendetwas ragt dort oben über die Kante«, bemerkte Ninive, die sich in die Mitte des Schachtes gestellt hatte.

»Vielleicht ein Baumstamm«, hörte sie Aris sagen.

Surrend fokussierte Sloterdykes Kameraauge das Objekt. »Dafür ist es zu gleichmäßig geformt«, befand er. »Sieht eher aus wie eine Palisade oder der Ausleger eines Flaschenzugs. *Bei allen Himmeln ...!*«

Aris antwortete etwas, aber Ninive hörte nicht mehr hin. Den Kopf in den Nacken gelegt, starrte sie empor in den Himmel. Feine Gischt wehte ihr ins Gesicht, vielleicht sogar vermischt mit Regen. Als sie die Augen schloss, klang das ringsum tropfende und über die Felsen rinnende Wasser wie steter Wind in den Baumkronen.

»Träumst du?«, vernahm sie Aris' Stimme hinter sich.

Ninive öffnete die Augen und starrte in die Höhe. »Es ist wirklich eine Ironie«, sagte sie. »Nachdem ich Jahrhunderte lang davon geträumt habe, stehe ich endlich auf der anderen Seite der Bannmauer, und das Einzige, was ich hier zu sehen kriege, ist ein kleines Himmelsrund. Irgendjemand oder irgendetwas muss großen Spaß dabei haben, mir ein ums andere Mal einen Tiefschlag zu verpassen.« Sie senkte den Blick und stieß einen erschrockenen Schrei aus. Vor ihr stand eine auf Menschengröße gewachsene Zenobia und betrachtete sie forschend.

»Wir haben gerufen, aber du warst ja in Gedanken irgendwo beim Großen Dynamo hinter dem Regenbogen«, beschwerte sich Aris, während Sloterdyke hinter der Bücherfrau seine Fluxantenne auf und ab bewegte. »Sie ist kurz nach euch hier aufgetaucht. Was habt ihr dort unten mit ihr gemacht?«

»Als ich das Boot verlassen habe, saß sie noch als Quint-Avatar auf dem Generator«, beteuerte Ninive.

»Wenn diese Daten stimmen, ist das kein Avatar mehr, sondern ein Wesen aus Fleisch und Blut«, staunte der Monozyklop, als er die Messergebnisse ablas. »Ich erinnere mich an einen Almanach, in dem steht, dass die ersten Menschen vor langer Zeit aus Lehm geformt wurden und eine höhere Entität ihnen Leben eingehaucht hatte. Aber ein Mensch, gebildet aus literarischer Quintessenz ... Das ist wirklich erstaunlich. Ich wünschte, ich hätte meinen Metamorphogenese-Inversator zur Hand, um das genauer zu untersuchen.«

Ninive trat vor Zenobia. »Bitte entschuldige, aber …« Sie zögerte einen Augenblick, dann strich sie ihr durchs Haar, um sich zu vergewissern, dass sie tatsächlich real war. Ihr Gegenüber zeigte keine Regung, sondern erwiderte ihren Blick nur, ohne zu blinzeln. Zaghaft berührte Ninive Zenobias linke Schulter, ließ die Hand über ihren Körper wandern, strich über ihre linke Brust und ihren Bauch bis zu ihrer Hüfte. »Wie ist das möglich?«, staunte sie. »Was ist mit dir geschehen?« Ihr Gegenüber schwieg weiter. »Ist dir nicht kalt?«, fragte Ninive in Anspielung auf das durchnässte dünne Gewand, das mehr von der Bücherfrau zeigte, als es verhüllte.

Zenobia sah an sich herab. »Ifema temratu reliie«, sagte sie schließlich.

Ninive zog verdutzt das Kinn an die Brust. »Was?«

»Ifermag ditemerau diközo regelier.« Die Bücherfrau schüttelte den Kopf. Sie senkte den Blick, streckte die Zunge heraus, öffnete und schloss ein paarmal den Mund, ohne einen Ton zu sagen, und verzog die Lippen zu seltsamen Grimassen. Danach wirkte sie für eine Weile völlig in sich gekehrt. Schließlich sah sie auf und sagte sehr langsam: »Ich vermag die Temperatur dieses Körpers zu regulieren.«

Ninive und Aris sahen einander verwundert an. »*Divara?*«, entfuhr es ihnen wie aus einem Mund.

Ihr Gegenüber schloss für einen Moment die Augen.

»Und Zenobia?«, erschrak Aris. »Ist sie etwa …?«

»Nein, es geht ihr gut«, erklärte Divara. »Sie schläft und träumt die Wirklichkeit.«

»Warum hast du das getan?«

»Um sicherzugehen, dass ihr euren Teil des Handels erfüllt. Der Großteil von mir bleibt in eurem Vehikel zurück, um es notfalls ohne euch an sein letztes Ziel zu bringen. Dieser hier begleitet euch, um euer Versprechen einzufordern.«

Ninive blies die Backen auf. »Na schön.« Sie tauschte einen Blick mit Aris und Sloterdyke, dann breitete sie die Arme aus. »Du hast uns in diese Sackgasse navigiert. Was jetzt?«

Divara deutete auf eine von Moos, Bartflechten und Kletterranken überwucherte Stelle am Fuß der gegenüberliegenden Schachtwand. Aris ging hinüber und schob seine Hand durch die Schlingpflanzen in eines der Mooskissen. »Eine Felskante«, erkannte er. Mit den Händen teilte er den Bewuchs und steckte den Kopf durch die Lücke. »Oha!«, vernahm Ninive seine gedämpfte Stimme durch die Ranken. Er raffte das triefende Grünzeug mit den Armen zusammen, trat einen Schritt zurück und zerrte es vom Gestein. Hinter den Pflanzen kamen die untersten Stufen einer in den Fels getriebenen Treppe zum Vorschein. Kaum breiter als ein Mensch, schien sie sich spiralförmig hinauf zur Oberfläche zu winden. Quadratische Löcher im Fels zeugten davon, dass einst ein Geländer ihre Benutzer vor einem Sturz in die Tiefe bewahrt haben musste. Sein Holz war bereits vor Jahrhunderten oder gar Jahrtausenden verrottet.

Aris stellte seinen Tornister am Fuß der Treppe ab und warf einen Blick in die Höhe. Nach kurzem Abwägen setzte er einen Fuß auf die unterste Stufe und begann vorsichtig die ersten Stufen emporzusteigen. Die schleimigen Pflanzenpolster quietschten und blubberten unter seinen Schuhsohlen und gewährten kaum einen sicheren Tritt. Zwar hatten die Erbauer auch eine Art Handlauf in die Felswand getrieben, an dem man sich ursprünglich wie an einer Sicherheitsschiene festhalten konnte, doch während der Jahrhunderte hatten sich vor dem Spalt dicke Sinterfächer und Tropfsteine gebildet. Einige von ihnen wuchsen mittlerweile sogar auf den Stufen und zwangen Aris, sich zwischen ihnen und der Wand hindurchzuwinden oder frei über dem Abgrund balancierend an ihnen vorbeizuhangeln.

Die größten Sorgen bereiteten ihm jedoch die spiegelglatten, unter dem Moos versteckten Sinterkrusten, welche die Treppenstufen überzogen wie kristallisierter Zuckerguss. Auf ihnen lag ein dünner Film aus Wasser und feinstem Gesteinsstaub, der rutschig war wie Schmierseife. So gut es ging, versuchte Aris den Bewuchs mit den Händen abzukratzen und die Trittflächen zu säubern, bevor er einen Fuß auf die nächsthöhere Stufe setzte. Die Kälte des Wassers ließen seine Finger dabei steif und taub werden, sodass er immer wieder Pausen einlegen musste, um seine Hände zu wärmen.

Als er etwa ein Drittel der Treppe erklommen hatte, verharrte er an einer vegetationsarmen Stelle und rief etwas in die Tiefe, doch das Rauschen des Wassers übertönte seine Stimme. Nach zwei weiteren Versuchen gab er es schließlich auf und stieg weiter empor – bis er in einem Moment der Unachtsamkeit an einer besonders unwegsamen Stelle den Halt verlor und zur Klippenseite weg in die Ranken rutschte. Es geschah so plötzlich, dass ihn nicht einmal mehr ein blitzartiger Reflex davor bewahrte, den Boden unter den Füßen zu verlieren.

| 88 |

Ninive hielt den Atem an, als Aris' Beine aus dem Blättervorhang hervorgeschossen kamen. Hinter den Ranken erklangen laute, unverständliche Flüche.

»Er wird abstürzen und sich alle Knochen brechen«, bangte sie.

»Nicht solange die Pflanzen es verhindern«, sagte Divara.

»Ich schaue mir das nicht länger tatenlos mit an.« Ninive eilte zum Treppenfuß, verstaute ihren Rucksack in Aris' Tornister und zog ihn sich über die Schultern.

»Ivi, warte!« Sloterdyke wollte ihr folgen, doch Divara versperrte ihm den Weg. Trotz seiner Körperfülle wirkte es, als würde der Monozyklop gegen eine massive Barrikade prallen. Um Gleichgewicht ringend, taumelte er rückwärts. »Du solltest deine potenzielle Unsterblichkeit nicht so leichtsinnig auf die Probe stellen!«, rief er Ninive nach. »Das Leben ist in diesen Zeiten kostbarer denn je.«

»Ich habe in den vergangenen Jahrhunderten schon weitaus gefährlichere Pfade beschritten, Professor«, antwortete die Wandlerin. »Ich kenne meine Grenzen.«

»Im Königreich der Tauben ist der Einohrige König«, seufzte Sloterdyke.

Naserümpfend betrachtete Ninive die überwucherte Treppe.

An den hellen, in günstigen Momenten womöglich sogar sonnigen Stellen sprossen Farne und Kletterranken, während dort, wohin sich so gut wie nie ein Lichtstrahl verirrte, Habakuk und Brechschrat die Tage verschliefen. Wo jedoch feuchter Halbschatten herrschte, stritten sich Schwämme, Fettmorcheln und Gorgonenpilze dicht gedrängt um die besten Plätze und wetteiferten untereinander mit der abscheulichsten Entfaltung, der schmierigsten Osmose und der vulgärsten Befruchtung. Irgendwann fielen sie schließlich übereinander her und praktizierten orgiastischen Rudelkannibalismus, in dessen Überresten neue Generationen streitbarer Gewächse gediehen.

Nun aber durfte Ninive mit ansehen, wie die von Aris zuvor nur halbherzig beiseitegewichte Vegetation zeternd und lamentierend zu ihren angestammten Plätzen zurückkroch. Dabei sonderte sie Verdauungssekrete und Protestdüfte ab und drohte der Wandlerin mit Stacheln, Nesseln oder schussbereiten Enzymkanonen.

Im ersten Moment noch zögernd, betrachtete Ninive das schleimig-bunte Treiben. Schließlich drückte sie ihre Hand auf eine der Stufen und erzeugte einen kurzen, aber heftigen Kanoflux-Impuls, woraufhin der Bewuchs panisch auseinanderstob und das blanke Gestein freigab. Zwar strömte sofort wieder Wasser nach, doch der kurze Moment genügte ihr, um auf trockenem Fels aufzutreten. Im Gegensatz zu Aris kam sie so weitaus flinker voran. Zudem vermochte sie es, durch die meisten der Tropfsteinlücken zwischen Felswand und Abgrund zu schlüpfen, indem sie die Gesteinssäulen für einen Augenblick beseelte und diese sich im ersten Schreckmoment krümmten, um vor der Berührung Reißaus zu nehmen.

Ninive hatte im Laufe der Zeit mit immer neuen Ideen und Tricks versucht, Lebloses zu beleben, selbst mit ihren Füßen, ihren Lippen, gewichtigen Worten oder gar nur mit ihrem Atem – vergeblich. Es schien, als wären ihre Hände die einzigen Pole, über welche der Kanoflux fließen und wirken konnte: aus der Rechten, die ihn gab, und in die Linke, die ihn wieder nahm. In dieser Hinsicht beneidete sie Aris um seine arithmetischen Bannsprüche.

In einer abgelegenen Region ihres Verstandes ärgerte Ninive sich darüber, um sein Wohlergehen besorgt zu sein und ihm zu folgen, um ihm beizustehen. Trotz allem, was in den vergangenen Wochen mit und vor allem zwischen ihnen geschehen war, wusste Ninive noch immer nicht so recht, was sie von ihm halten sollte. Natürlich war nicht zu erwarten, dass ein hinter Trutzmauern aufgewachsener Stadtwandler mit allen Widrigkeiten, Gepflogenheiten und Maroten des Hochlands vertraut war. Doch war Aris tatsächlich nur der ambitionierte, vom Dynamo-Rat geschulte Expeditionsreisende, für den er sich ausgab? Oder stellte er sich in manchen Dingen absichtlich ungeschickter und dümmer an, um sie glauben zu lassen, sie sei talentierter als er und würde stets von ihrem Heimvorteil profitieren? Bis heute hatte er ihr nicht verraten, wie er es vollbracht hatte, die Tür zum Arboretum zu öffnen, als sie im Wartungsschacht des Chronoversums eingesperrt gewesen waren. In einer Umgebung, in der es dank Sloterdykes Schutzmaßnahmen absolut unmöglich war, irgendetwas auch nur den Bruchteil einer Sekunde lang zu beseelen.

Es war für Ninive mehr als nur ein Gefühl, dass Aris ihr gegenüber nicht preisgab, wozu er tatsächlich fähig war. Sie hatte in den vergangenen Äonen viele organische und mechanische Missionswandler, Abenteurer, Schellreiter und Luftschlossherren getroffen oder begleitet. Die einen hatten die versunkene Geburtsfabrik des Großen Dynamos gesucht, andere den Stab des Gleichstroms oder das Hexonnox. Und nicht wenige von ihnen hatten ihre wahren Absichten und Talente erst offenbart, als sie sich am Ziel ihrer Wanderungen, Wunschsuchen oder Phantasmagorien gewähnt hatten …

| 89 |

Durch die gebleckten Zähne fluchend, klammerte Aris sich an einen Tropfstein und wartete darauf, dass die Schmerzen erträglich wurden und er wieder normal atmen konnte. Nach kurzer Vergewisserung, dass er sich bei seinem Sturz nichts gebrochen oder verstaucht hatte, zog er vorsichtig seine Beine aus den Ranken. Grimmig beförderte er den Bewuchs von der nächsthöheren Treppenstufe in die Tiefe. Dann stand er vorsichtig auf und setzte seine Kletterpartie fort.

Je höher er stieg, desto mehr lichteten sich die Ranken und Flechten. Aris widerstand dem Drang, einen Blick in die Tiefe zu werfen, und konzentrierte sich auf seine Schritte. Als er schließlich völlig entkräftet die Oberfläche erreichte, legte er sich erschöpft neben die Felskante, ohne seine Umgebung eines Blickes zu würdigen. Sein Puls raste, seine Glieder zitterten, und jeder Muskel in seinem Körper schien unkontrolliert zu zucken. Aris vernahm Rufe vom Grund des Schachts, war aber nicht in der Verfassung, darauf zu antworten. Erst nachdem sein Adrenalinspiegel gesunken war, lugte er über den Rand und signalisierte per Handzeichen, dass es ihm gut ging. Schließlich erhob er sich und sah sich fröstelnd um. Der Schacht öffnete sich im Zentrum eines rund zehn Meter tiefen Erdkraters, dessen steile Böschung spärlich mit Büscheln und Horsten trockener, robuster Steppengräser bewachsen war, die der fast schon winterlichen Kälte zu trotzen vermochten.

Aus allen Richtungen mündeten tiefe Erosionsgräben in den Krater, doch nur in zweien von ihnen war das Wasser noch nicht versiegt. Zu Rinnsalen verkümmert, hatte es sich bis zum Grundgestein ins Sediment gegraben und den Felsboden blank gewaschen. Außer dem leisen Plätschern des Wassers und dem Rauschen der windgepeitschten Gräser war kein Geräusch zu hören.

Irgendetwas stimmt nicht, meldete sich eine innere Stimme. *Irgendetwas an der Szenerie ist fundamental falsch.*

Aris sah zur Bannmauer – oder zumindest in die Richtung, in der sie hätte stehen müssen. Verwundert schritt er in die entgegengesetzte Richtung. Um jenseits der Böschung überhaupt etwas von ihr zu erblicken, musste er bis zum nördlichsten Rand des Kraters zurückweichen. Das Bauwerk sah aus, als wäre es auf der hiesigen Seite paradoxerweise kaum halb so hoch. Aber sie konnten mit dem Aquaroid unmöglich eine so weite Strecke zurückgelegt haben.

Erst auf den zweiten Blick erkannte Aris, dass ab halber Höhe Eis und Schnee die Mauer bedeckten und eine Hochnebeldecke die Sicht auf ihr oberes Drittel verwehrte. Es hatte den Anschein, als würde die Wand mit dem Himmel verschmelzen. Aris kletterte ein paar Schritte den Hang hinauf, aber der Boden war so instabil, dass er mit einer kleinen Geröllawine sofort wieder hinabrutschte. So gab er es nach drei Versuchen und einer gehörigen Ladung Sand und Steinen in den Stiefeln wieder auf und widmete seine Aufmerksamkeit einer verrosteten Konstruktion am gegenüberliegenden Kraterrand.

Bei dem Mechanismus schien es sich tatsächlich um einen primitiven Kran zu handeln – oder zumindest um dessen Überreste. Aris umlief den Abgrund, um sich das Maschinenskelett aus der Nähe anzusehen. Am auffälligsten war der meterweit über die Felskante ragende Teleskoparm. Als Gegengewicht diente ein mit Steinen gefüllter Ballastkäfig. Fixiert mit Bolzen, die so dick waren wie Aris' Oberarme, ruhte die gesamte Konstruktion auf einem in den

Felsboden eingelassenen Metallsockel und sah aus, als hätte man sie aus Einzelteilen anderer Maschinen zusammengesetzt. Aris glaubte sogar, die Beine eines Schellers darin zu erkennen.

Umgeben von Trockengräsern und Dorngestrüpp erhob sich ein paar Meter vom Kran entfernt ein fast kniehoher, amorpher Rosthaufen. Erst als Aris mit der Stiefelspitze darin herumstocherte und auf vier halb zerfressene Metallräder stieß, entpuppte sich die krümelige Masse als Überreste einer Grubenlore. Neben ihr verliefen zwei parallele Roststränge, die einmal Schienen gewesen sein mochten. Sie führten durch einen langen, künstlich angelegten Graben hinauf in Richtung Bannmauer, verschwanden aber bereits auf halbem Weg zur Oberfläche im Sediment.

Nachdenklich betrachtete Aris die Überreste des Krans. Er durfte selbst in seinen besten Zeiten zu klein gewesen sein, um ein komplettes Tauchboot in den Schacht hinabzulassen, aber stabil genug, um Einzelteile, Module, Arbeiter und Verpflegung auf und ab zu befördern. Nach der Montage des Bootes schien er seinen Nutzen verloren zu haben und war einfach sich selbst überlassen worden.

An den Versuch, Ninive und die anderen damit an die Oberfläche zu hieven, war jedoch angesichts seines Zustands nicht zu denken. Aris wunderte sich, dass die völlig durchgerostete Apparatur nach eintausend Jahren überhaupt noch aufrecht stand. Durch ihren über die Klippe gerichteten Kranarm lag ihr Schwerpunkt meterweit über dem Abgrund. Die Bolzen, die sie auf ihrem Sockel fixierten, mussten aus einem massiveren Metall bestehen als der Rest der Konstruktion. Falls einst ein Flaschenzug oder Lasthaken an ihrem Ausleger gehangen hatte, waren seine Trossen verrottet und die Spannrollen in die Tiefe gestürzt.

»*Ikana*«, geisterte plötzlich der Hauch einer Stimme an seine Ohren.

Aris wich ein paar Schritte zurück und schaute sich suchend um.

»Warst du das?«, fragte er die Maschine.

Sekundenlang herrschte Stille, dann wisperte sein Gegenüber: »*Sed?*«

»Ich verstehe dich nicht.«

»*Deree.*« Der Kran ächzte gequält. Allein die Vibrationen seiner kaum vernehmbaren Stimme ließen Rostblasen auf seiner Metallhaut platzen. »*Ikanare ve!*«

Ratlos musterte Aris die Apparatur. Einer Intuition folgend, trat er heran und berührte das Metall. Ein Zittern durchlief die Konstruktion, wobei die obersten Rostschichten explosionsartig abgesprengt wurden. Der Kran stieß einen tiefen Seufzer aus, der klang, als wäre er seit tausend Jahren in seinem Inneren eingesperrt gewesen. Dann löste sich die gesamte Vorrichtung vom Sockel, kippte über die Felskante und stürzte – sich bereits in ihre Bestandteile auflösend – in die Tiefe. Was den Grund des Schachts erreichte, war kaum mehr als eine Wolke aus Rostsplittern.

»Alles okay da unten?«, rief Aris, als der Staub sich gelegt hatte. »Ist jemand verletzt?«

Sloterdyke sah zu ihm empor und gab ihm gestenreich zu verstehen, dass er ihn selbst mit seinen Schallverstärkern nicht zu hören vermochte.

»Wo ist Ivi?«, rief er dennoch in die Tiefe, als er die Wandlerin nicht am Grund des Schachts sehen konnte.

»Hier bin ich!«, erklang es vom gegenüberliegenden Kraterrand her. Atemlos kam Ninive über die Klippe geklettert, streifte Aris' Tornister ab und streckte ihr Kreuz durch. »Welcher Sadist hat diese Treppe so gebaut, dass man nur gebückt auf ihr gehen kann?«, schimpfte sie. »Das ist eine Zumutung!«

Aris blickte entgeistert in den Schacht, dann wieder zu Ninive. »Wer hat dir das beigebracht?«, staunte er.

»Was? Treppensteigen?«

»Dich so gewandt auf einem glitschigen Untergrund zu bewegen.«

»Man wächst mit seinen Ansprüchen.« Ninive streifte einen Riemen des Tornisters über ihre rechte Schulter. »Zum Beispiel den Grund der Seen nach geschichtsträchtigen Urwelt-Relikten absuchen, ohne nass zu …« Sie hatte den Kopf in den Nacken gelegt, um ihre Halsmuskeln zu massieren, und erst jetzt die fast völlig hinter

Hochnebel und Wolken verborgene Bannmauer wahrgenommen. Abrupt hielt sie inne und ließ den Tornister wieder zu Boden sinken. Teils auf allen vieren kletternd, erklomm sie den nächstgelegenen Hang, unfähig, ihren Blick von dem gigantischen Bauwerk abzuwenden. Als sie endlich den Kraterrand erreicht hatte, sank sie erschöpft auf die Knie.

Im Gegensatz zur dem Marschland zugewandten Mauerfront, deren Anblick Ninive seit Jahrhunderten vertraut war, ragte ihre Rückseite nahezu lotrecht in den Himmel auf, was sie noch gigantischer und bedrohlicher wirken ließ.

Die heimische, den Seen zugewandte Seite begann etwa zwei Kilometer vor dem Scheitelpunkt in einem Winkel von gut dreißig Grad relativ moderat aus ihrem Fundament emporzuwachsen, was sie aus der Ferne gesehen wie eine gigantische Felsschanze aussehen ließ. Wer die Fugen zwischen den Mauerblöcken zu nutzen wusste, konnte selbst als ungeübter Kletterer gut zwei- bis dreihundert Meter die Wand emporsteigen, ehe sie zu steil wurde. Auf hiesiger Seite jedoch schien dies ein Ding der Unmöglichkeit zu sein.

Nachdem Ninive sich an der Mauer sattgesehen hatte, ließ sie ihren Blick schweifen. Sie kauerte inmitten einer grauen, sich kilometerweit ausdehnenden, von Trockengräsern bewachsenen Geröllebene, in der sich weder Felsen noch Bäume oder Gebäude über das Terrain erhoben. Lediglich am Fuß der im Westen gelegenen Bergkette konnte sie jene wallartige Konstruktion erkennen, die ihr bereits bei ihrem Flug mit dem Wind-Auguren aufgefallen war. Sie begann unmittelbar an der Mauer und zog sich kilometerweit bis zum fernen Talmund.

In ihrer Fantasie hatte Ninive sich oft vorgestellt, wie Schellerherden das Urstromtal durchstreiften, fremdartige, menschenscheue Tiere umhersprangen oder ein Wanderer sich seinen Weg durch einen Wald aus exotischen Pflanzen suchen musste. Doch außer den windgepeitschten Gräsern regte sich auf weiter Flur überhaupt nichts.

»Und?« Aris hatte den Kraterrand ebenfalls erklommen und war neben sie getreten. »Ist es so, wie du es dir immer vorgestellt hast?«

Ninive zögerte lange mit einer Antwort. »Ich habe es mir im Laufe der Jahrhunderte immer wieder ein wenig anders vorgestellt«, sagte sie schließlich. »Und immer waren Dinge dabei, die ich nie zuvor gesehen hatte. Eine Landschaft voll unbekannter Kreaturen, wie es sie vor dem Kataklysmos gegeben haben soll. Oder ein Land wie auf unserer Seite, mit dem Unterschied, dass alle Menschen, Häuser und Tiere hundertmal größer waren. Sogar eine Stadt aus riesigen dampfenden Maschinen hatte ich mir hinter der Mauer erträumt.« Sie verzog die Mundwinkel und seufzte. »Ich habe mir diesen Moment so sehnlich herbeigewünscht«, fuhr sie leise fort. »Und jetzt stehe ich hier in dieser Einöde, trauere meinen Illusionen nach und fühle mich alles andere als wohl in meiner Haut.«

»Wieso das denn?«

Ninive zuckte mit den Schultern. »Es ist so ein komisches Gefühl, das sagt, wir sollten nicht hier sein. Als würden wir etwas sehen, das wir nicht sehen dürften. Etwas Verbotenes, das nicht für unsere Augen bestimmt ist. Fast so, als würden wir mit unserer Anwesenheit eine Sünde begehen, für die eine schreckliche Strafe auf uns wartet.« Sie schwieg eine Weile, dann fragte sie: »Fühlst du es nicht?«

»Was?«

»Ach, nichts, schon gut.« Ninive setzte ihr Kopftuch auf, um die im Wind peitschenden Haare zu bändigen, und raffte ihren Mantel enger. »Ich frage mich, wie es hier ausgesehen haben mag, als ich mir zum ersten Mal Gedanken darüber gemacht habe, was auf *dieser* Seite der Mauer liegt. War es auch damals schon ein kaltes Ödland mit einem Loch in der Mitte, oder gab es hier Wiesen und Wälder voller kleiner und großer Wunder?«

»Definiere Wunder«, sagte Aris. »Aus Sicht der Alten Welt wäre wahrscheinlich das ganze Land ein Sammelsurium kleiner und großer Wunder, so wie das Goldene Zeitalter heute *uns* als wahre Wunderwelt erscheint. Es liegt alles im Auge des Betrachters.«

Ninive runzelte die Stirn, erwiderte aber nichts. Stattdessen kletterte sie zurück in den Krater und untersuchte die Überreste des Krans. »Er muss die ganze Zeit über beseelt gewesen sein«, sagte sie beim Anblick des Sockels. »All die Jahrhunderte lang. Das war wahrscheinlich der Grund, weshalb seine Materie überhaupt noch zu einer Form gebunden gewesen war. Wahrscheinlich hatte er seit Barnacolls Reise hier am Abgrund gestanden und Trübsal geblasen. Du hast ihm praktisch nur den Gnadenstoß gegeben und ihn von seinen Qualen erlöst.«

»Ich glaube, er hat mich sogar darum gebeten …« Nachdenklich betrachtete Aris den Loren-Rosthaufen. »Denkst du, Barnacoll war ein Wandler?«

»Vielleicht er, vielleicht andere.« Ninive trat in Aris' Windschatten, lehnte sich gegen ihn und genoss seine Wärme. »Warum sollte es den Kanoflux nur auf unserer Seite geben?« Sie rieb ihre klammen Finger an ihrem Mantel und zischte: »Verdammt, es ist kalt! Zumindest *davon* hätte Cutter mir etwas erzählen können.«

»Und von den hässlichen Wolken und dem deprimierenden Grau«, erklang Cutters mürrische Stimme hinter ihnen. »Und vielleicht auch gleich noch vom nie abflauenden Nordwind und der Tristesse …«

Ninive verdrehte die Augen. »Ja, zum Beispiel!« Sie löste sich von Aris und blickte an ihm vorbei. »Genau *davon!*«

»Ich leite eine Seelen-Pinakothek, kein Reiseunternehmen«, brummte Cutter. Er hatte seine Sense wie einen Hirtenstab geschultert. An ihrem Klingenende baumelte etwas, das wie ein tuchbedeckter Korb aussah.

»Du bist da im Orb an irgendetwas hängen geblieben«, bemerkte Aris.

»Mitnichten.« Der Schwarzgekleidete schwang die Sense herum und ließ den Korb langsam am Stiel hinabrutschen. »Das Ganglion lässt grüßen.«

»Etwas zu essen?« Ninive ging zu ihm und kniete sich vor den Behälter. »Gott, ich sterbe vor Hunger …«

Cutter horchte auf. »Tatsächlich?«

»Natürlich nicht! Das sagt man nur so.«

Ihr Gegenüber seufzte. »Womit habe ich das verdient …?«

Ninive deckte den Korb auf. »Was ist *das* denn?«, stutzte sie beim Anblick mehrerer teigiger Klumpen, die wie angebackene Brotfladen aussahen.

»*Mana*.« Cutter deutete mit dem Sensenstiel auf den Inhalt. »*Mana* gelb, *Mana* weiß, *Mana* grün, *Mana* lang, *Mana* breit …«

»Das ist alles?«

»Etwas anderes gedeiht im Orb nicht.«

Aris betastete eines der gummiartigen Objekte. »Hast du irgendetwas davon probiert?«

»Machst du dich lustig? Was ich berühre, verrottet, verwest und verfault.«

»Schon mal an Gummihandschuhe gedacht?«, fragte Aris.

»Gummihandschuhe?«, echote Cutter. »Ich? *Gummihandschuhe?*«

»War nur so ein Gedanke …«

»Wenn du dich schon hier blicken lässt, könntest du unseren Monozyklopen vom Grund dieses Loches heraufbefördern«, bat Ninive. »Er ist viel zu fett und zu schwer, um den Aufstieg aus eigener Kraft zu schaffen.«

Aus der Schwärze unter der Kapuze drang ein Seufzen.

| 90 |

Cutter materialisierte sich zwischen Sloterdyke und Zenobia.

»Oh, Flux, Flux, Flux!«, freute sich der Monozyklop, ohne den Blick von seinem Messgerät zu nehmen. Instinktiv riss er seine Detektorantenne hoch, um den Datenempfang zu optimieren, und rammte sie dem Schwarzgekleideten dabei fast ins Gesicht.

»Dürfte ich …?«, begann Cutter, riss im letzten Moment den Kopf zur Seite, erblickte dabei die auf Menschenmaß gewachsene Bücherfrau, fragte »*Gwensch?*« und war wieder verschwunden.

Sloterdyke sah auf und schaute sich verwundert um.

»Was war das denn?«, fragte er.

Divara deutete hinauf zum Himmel, dann widmete sie sich wieder ihrem Anatomiestudium.

»Wofür ist das hier?«, fragte sie, wobei sie abwechselnd auf ihre linke und auf ihre rechte Brust drückte.

»Milch«, antwortet der Monozyklop. »Reproduktionstechnisch betrachtet.«

»Was in drei Teufels Namen habt ihr getan?«, rief Cutter, als er zu Aris und Ninive in den Krater zurückgekehrt war. »Ihr lasst etwas in die Gleichung einfließen, das darin keine Existenzberechtigung hat!«

Die beiden Wandler tauschten verwundert einen Blick. »Geht's vielleicht etwas genauer?«, fragte Aris.

»Der Avatar!« Cutter deutete auf die Schachtöffnung. »Diese Hybride!«

»Das ist nicht unser Werk«, stellte Ninive klar. »Erkundige dich bei Divara, welches Ziel sie damit verfolgt.«

»Das werde ich!« Cutter entschwand erneut in den Orb. Augenblicke später tauchte er an der gleichen Stelle wieder auf, wobei seine Kutte vor Nässe nur so troff.

»Abgeblitzt, Grimmgeist?«, fragte Aris.

Das Sensenblatt schoss heran und verharrte einen Fingerbreit vor seinem Gesicht. »So eine Bemerkung will ich von dir nie wieder hören!«, grollte Cutter. »Nie wieder, verstanden?«

… TEIL 8

DIE ANDERE SEITE
DER WELT

Der Abgrund, das ist die Zeit mit ihren Kümmernissen, mit ihrer Erschöpfung. Die Vögel sind das Gegenteil der Zeit. Sie stellen unsere Sehnsucht nach dem Licht dar, nach Sternen, nach Regenbögen und jubelnden Vokalisen.

Olivier Messiaen

| 91 |

Als Cutter mit Divara und Sloterdyke an der Sense aus dem Orb auftauchte, machte der Monozyklop ein befremdliches Gesicht, irgendwo angesiedelt zwischen völliger Verzückung und blankem Entsetzen. Cutter versuchte ihm den Sensenstiel aus der Hand zu ziehen, doch in seiner Schockstarre hielt der Monozyklop diesen weiterhin eisern umklammert. Nur mit Ninives Hilfe und roher Gewalt gelang es ihnen, beide voneinander zu trennen.

Sloterdyke zeigte zunächst keinerlei Regung. Sein Teleskopauge gen Himmel gerichtet, stand er reglos neben dem Abgrund, dann begann er zu schwanken und kippte schließlich um wie ein Baum. Beim Aufprall ertönte in seinem Kopf ein Scheppern. Kaum war es verhallt, setzte er sich noch einmal auf und rief begeistert: »In einem Luftschloss wohnten zwei Prinzen, die hatten viel Wind und einen Knall im Kogel!«

»Nicht schon wieder ...« Ninive eilte zu Sloterdyke, der qualmend auf den Boden zurücksank und unverständliches Zeug vor sich hin brabbelte. »Hilf mir, ihn umzudrehen«, forderte sie Aris auf. »Ich muss an seinen Memocortex.«

Divara verfolgte das Geschehen mit interessierter Zurückhaltung. »Diese beseelte Hülle, die ihr euren Navigator nennt, ist ein seltsames leeres Ding«, kommentierte sie Ninives Tun. »Aber was ist *er?*«

Aris sah zu ihr auf. »Ein Urwelt-Mutant.«

»Man nennt sie Monozyklopen«, erklärte Cutter. »Die Ersten von ihnen erblickten kurz vor dem Ende des Goldenen Zeitalters das Licht der Welt. Ihre Erschaffung hatte nie zum Plan der Levitekten gehört, sondern war ein technogenetischer Unfall.«

»Was in aller Welt sind Levitekten?«, stutzte Aris. »Dieser Name wird auf keiner Indexliste der Stadtbibliothek erwähnt. Und – bei allem Respekt – diese kenne ich dank meines letzten Ziehvaters so gut wie auswendig.«

»Der Kataklysmos war ein Ereignis, das mit unvorstellbaren Verlusten von Wissen und Weisheit einherging«, sagte Cutter. »Tausende Male verheerender als der Brand der alexandrinischen Bibliothek mehr als zwei Äonen zuvor. Die Levitekten hatten dereinst an der Raumzeit herumgedoktert, um die drohende Katastrophe im letzten Moment noch zu verhindern – oder vielleicht auch rückgängig zu machen, so genau weiß ich das nicht mehr. Monozyklopen wie dieser hier gehörten zum Kollateralschaden dieser Experimente.«

Ninive hielt für einen Moment inne und sah zu Cutter auf. »Warum kann er sich daran nicht erinnern?«

»Weil er ein Monozyklop der sechsten oder vielleicht sogar siebten Generation ist. Von seinen Vorvätern weiß womöglich nicht einmal er etwas. Und falls das Wissen darüber doch noch irgendwo in ihm gespeichert sein sollte, wird es zweifellos von einem uralten Bannsiegel vor jedwedem Zugriff geschützt.«

Das Stundenglas im Mantel des Schwarzgekleideten begann so hell zu strahlen, dass es durch den Stoff zu erkennen war. Statt des vertrauten melodischen Summens ertönte aus der Kutte diesmal ein schrilles Heulen. Vielleicht hatte Ninive es sich nur eingebildet, aber sie hätte schwören können, Cutter wäre beim ersten Sirenenklang erschrocken zusammengezuckt.

»Verzeiht«, raunte er, ohne das Stundenglas hervorzuholen. »Rapport.«

Ein Wimpernschlag später war der Platz, an dem er gestanden hatte, leer.

»Ist dir schon mal aufgefallen, dass es nie knallt, wenn er das macht?«, fragte Aris, als Ninive die letzte Speicherlamelle in Sloterdykes Memocortex einrasten ließ.

Die Wandlerin sah ihn verständnislos an. »Warum sollte es das?«

»Weil für den Bruchteil einer Sekunde physikalisch gesehen eigentlich ein Vakuum zurückbleiben müsste, sobald er auf diese Weise verschwindet. Es müsste also zumindest *Plopp* machen, sobald es sich schließt.«

»Für diese Orb-Phantasmagorie gelten keine Naturgesetze«, vernahm Aris Sloterdykes dumpfe Stimme. »Zumindest nur die wenigsten.«

»Willkommen zurück, Professor.« Ninive half ihm, sich umzudrehen und aufzusetzen. »Sie hatten wieder …«

»Nein, sag nichts!« Der Monozyklop wischte sich den Schmutz aus dem Gesicht. »Ich will es gar nicht wissen!« Er beugte sich zur Seite, spuckte Sand aus und blies sein Stirnventil frei. »Dieser Seelensammler ist die Albtraum-Inkarnation von Schrödingers Katze«, grummelte er, während er die Linse seines Teleskopauges reinigte. »Er ist präsent, und zugleich ist er es nicht, da er in zwei Universen gleichzeitig existiert. Luft zu verdrängen ist ihm nicht möglich, denn sie durchwirkt ihn. Seine Fähigkeit, Materie zu beeinflussen oder von ihr beeinflusst zu werden, beruht einzig auf seinem Willen. Thanatos ist eine der sieben kosmischen Ur-Entitäten, womöglich sogar die erste.« Er streckte seine Arme aus. »Helft mir aufzustehen, Kinder.«

Nachdem Sloterdyke wieder auf den Beinen stand, folgten sie dem maroden Schienenstrang durch den ins Sediment gegrabenen Hohlweg aus dem Krater heraus. Als Aris dabei ins Stolpern kam und versehentlich auf eines der Gleise trat, zerbröselte das Metall unter seinem Stiefel zu rostigem Staub. Am oberen Ende der Rampe angekommen, blieb der Monozyklop stehen und betrachtete die sich von Horizont zu Horizont spannende Talsperre.

»Welch ein Monument menschlicher Hybris«, staunte er, als sehe er sie zum ersten Mal mit eigenem Auge. »Das Zeugnis des Untergangs und ein Mahnmal für die Ewigkeit.«

»Noch ist es nur ein Mahnmal«, sagte Divara, als sie an ihm vorbeitrat. »Aber womöglich schon bald ein Grabmal ...«

»Zumindest ist es jetzt schon der düsterste, trostloseste Ort, vor dem ich jemals gestanden habe«, schauderte es Ninive.

Warte ab, bis du ihr finsteres Herz erblickst, erklang Divaras Gedankenstimme in ihrem Kopf. *Dann wirst du fühlen, was ich seit Jahrtausenden fühle.*

Vielen Dank für die ermutigenden Worte, versuchte Ninive ihr auf die gleiche Weise zu antworten. Als Divara keine Reaktion zeigte, fügte sie laut hinzu: »Und wie soll es nun weitergehen?«

Ich bringe dich zu mir, an den Ort, an dem ich gefangen gehalten werde. Wir haben einen weiten Weg vor uns.

Unbewusst deutete der Avatar dabei zuerst in Richtung des Erdwalls, der sich entlang der im Westen gelegenen Bergflanke zog, dann nach Norden, woher der schneidende Wind über die Ebene gefegt kam.

Ninive blinzelte in die Ferne und murmelte: »Na großartig ...«

»Was war *das* denn gerade?«, stutzte Aris hinter ihr.

Ninive verzog das Gesicht. »Was denn?«

Aris sah abwechselnd zu Ninive und Zenobias Avatar. »Plaudert ihr beiden etwa telepathisch miteinander?«, staunte er.

Die Wandlerin wechselte einen Blick mit Divara. »Und wenn es so wäre?«

»Wann hattest du denn vor, uns davon zu erzählen?«

Gar nicht!, erscholl die Stimme des Elementargeistes so laut in seinem Kopf, dass ihre Wucht ihn straucheln ließ. *Kümmere dich um deine Angelegenheiten, Hylenium!*

»Hört mit der Kabbelei auf!«, mischte Sloterdyke sich in die Auseinandersetzung ein und erntete einen unergründlichen Blick seitens Divara. »Ich kann zwar euer telepathisches Gezänk nicht hören, aber meine Fluxdetektoren registrieren sämtliche

Schwingungen – und deren Amplituden gefallen mir ganz und gar nicht.« Er ließ seinen Blick über die Ebene schweifen. »Dieser Ort hat schon genug Leid über die Welt gebracht. Wir müssen versuchen, der ihm noch immer anhaftenden Aura des Kataklysmos entgegenzuwirken und uns auf unsere eigentlichen Missionen zu konzentrieren.«

Divara schüttelte traurig den Kopf. »Ihr habt keine Ahnung«, sagte sie und wandte sich ab.

»Wovon?«, fragte Aris.

Schweigend wanderte der Elementargeist davon, blieb einen Steinwurf entfernt schließlich an einem versiegten Bachlauf stehen und blickte hinauf in die Nebeldecke.

»Dieses Tal wurde von den Architekten der Bannmauer nicht willkürlich ausgewählt«, sagte Sloterdyke. »Die Bergketten, die es auf einer Länge von fast vierzig Kilometern säumen, ragen an ihrer niedrigsten Stelle noch immer fast fünftausend Meter empor und hatten sie von einem Stausee mit der Tiefe eines Ozeans träumen lassen. Die höchsten Gipfel erheben sich in Regionen, in denen Parameterien ihre Bahnen ziehen und sich Wunschgleichungen mit dem Höhenwind treiben lassen. Dort oben gibt es für Lebewesen seit dem Kataklysmos keine Luft mehr zum Atmen und für die Mechafauna nicht genügend Sauerstoff, um Nahrung zu verbrennen. Die Temperatur beträgt mehr als fünfzig Grad unter null. Der über die Berggrate und die Mauerkrone wehende Wind lässt es sich jedoch wie siebzig oder achtzig Grad minus anfühlen. Wer so verrückt ist und sich dort hinaufwagt und auf dem Weg dorthin noch nicht erstickt oder der Höhenkrankheit zum Opfer gefallen ist, wird – egal ob menschlich oder mechanoid – schockgefrostet.«

Er blickte talaufwärts, dann in die entgegengesetzte Richtung. »Ich halte es für sinnvoll und vernünftig, wenn wir uns in zwei Gruppen aufteilen«, befand er beim Betrachten der Bannmauer. »Auch der tieferen Harmonie und Chemie zuliebe. Streit bringt uns unseren Zielen nicht näher.« Er sah gespannt in die Runde. Als der befürchtete Protest ausblieb, musterte er Ninive und fragte:

»Hältst du dich für ausreichend gerüstet und fähig, unsere ... *Flussverbündete* allein zu ihrem Ziel zu begleiten?«

Die Wandlerin und Divara tauschten einen Blick. »Werden wir ja sehen ...«

»Gut, gut«, befand der Monozyklop. »Der junge Mann und ich werden den Gleisen folgen. Wahrscheinlich stammt der Schienenstrang aus barnacollscher Zeit. Die Sedimentschicht, unter der er begraben ist, dürfte also nicht älter sein als eintausend Jahre. Solange die Gleise nicht mehr als fünf Meter unter der Oberfläche verlaufen, registrieren meine Detektoren das Metall. Und mit etwas Glück führen sie uns zu einem Eingang in die Mauer«

»Ich bin sicher, *sie* kennt einen Weg hinein«, sagte Aris und nickte in Richtung von Zenobias Avatar.

Einen, der euch niemals gefallen würde, erklang Divaras Antwort in ihrer aller Köpfe.

»Je weiter dieses Gedanken lesende Unding von uns entfernt ist, desto besser«, giftete Aris zurück, während er seinen Tornister festzurrte und demonstrativ Richtung Bannmauer zu marschieren begann. »Ich hoffe, du vergisst am Ende nicht, dorthin zurückzukehren, woher du gekommen bist!«

| 92 |

Ninive konnte beim besten Willen nicht nachvollziehen, warum Cutter jahrhundertelang so viel Aufhebens um das Land hinter der Bannmauer gemacht hatte. So weit das Auge reichte, entdeckte sie nichts, was seine Geheimniskrämerei auch nur annähernd gerechtfertigt hätte – abgesehen von der Tatsache, dass sich das Stromtal als das genaue Gegenteil dessen offenbarte, was Ninive auf ihrer Seite der Mauer lieb gewonnen hatte. Es war kalt, trostlos, karg und grau, wie ein Land, das von einer heimtückischen Krankheit befallen war und seit Jahrtausenden dahinsiechte.

Was hatte sie im Laufe ihres Lebens nicht schon alles für Hintermauerland-Geschichten erzählt bekommen: über das Ungeheuer Xexx, das die Form einer Sanddüne anzunehmen vermochte und im Schatten verborgen auf der Lauer lag; über Ammengarst, den Technotekten, der für einen Ritt auf dem Regenbogen bereit war, sein letztes Zahnrad zu geben; oder die Geschichte vom prachtvollen Tempel der drei Sapientinen, der hellsehenden Maschine, die alle Probleme löste, der orakelnden Delphine, die sich in graue Theorie hüllte, und der weisen Enzyklopädine, die alle Geheimnisse der Himmelsmechanik kannte; und über den legendären Platinenkönig Zero Zett, der hier vor dem Kataklysmos in einem Anflug technischer Umnachtung seine Reichtümer mitsamt seiner fünfdimensionalen Schatzkarte vergraben hatte.

Ninive rieb sich die Müdigkeit aus den Augen. Die Eintönigkeit und Trostlosigkeit des Stromtals strafte alle wundergeschmückten Legenden Lügen. Vielleicht hatten sie vor langer Zeit tatsächlich existiert und ihr Glanz die Blicke jener, die sie erschaut hatten, geblendet. Doch nun lagen sie begraben unter Schlamm und Geröll, das Flut um Flut hier abgelagert hatte.

Immer wieder ertappte Ninive sich dabei, wie sie in den Himmel starrte, statt auf den Weg vor sich zu achten, hoffend, der Hochnebel würde sich lichten und den Blick auf die Mauerkrone oder zumindest auf die ewig eisbedeckten Berggipfel freigeben – bis sie unvermittelt ins Leere trat und in einen gut mannstiefen Graben rutschte.

»Verdammt!«, stieß sie hervor, nachdem der Staub sich gelegt hatte. Mit schmerzverzerrtem Gesicht massierte sie ihren rechten Ellbogen.

»Ihr Menschen seid wirklich seltsam«, kommentierte Zenobia ihr Missgeschick vom gegenüberliegenden Grabenrand aus. »Es ist mir ein Rätsel, wie ihr es geschafft habt, so lange zu überleben.«

»Danke für die Vorwarnung«, brummte Ninive, während sie die Böschung hinaufkroch.

Zenobia hob eine Augenbraue, wandte sich um und marschierte weiter auf den fernen Wall zu.

»Und für die helfende Hand!«, rief Ninive ihr hinterher.

Die Gräben versiegter Bachläufe schlängelten sich wie ein Adergeflecht durch die Schwemmebene. Über viele von ihnen konnte Ninive mit einem beherzten Satz hinwegspringen oder sie kletternd überwinden. Manche hatten sich jedoch so tief ins Sediment gefressen, dass sie und Divara gezwungen waren, auf dem Weg zur Bergflanke weite Umwege zu gehen. Die meisten Gräben mündeten in trichterförmige Senken, an deren Grund sich scheinbar bodenlose Strudellöcher auftaten. Die Vorstellung, kopfüber in einem von ihnen auf Nimmerwiedersehen zu verschwinden, ließ Ninive erschaudern.

Bis zum Fuß des geheimnisvollen Walls mochten es noch zwei, vielleicht drei Kilometer sein. Je näher sie ihm kamen, desto flacher und spärlicher wurden die mäandernden Bachgräben. Statt ihrer begann sich vor ihnen ein dichter werdendes Labyrinth aus Felsen zu erstrecken. Obwohl die meisten fast gänzlich im Boden versunken waren, ragten einige von ihnen noch meterhoch aus dem Sediment. Viele der Felsbrocken ruhten wie Inseln in weiten, mit Wasser gefüllten Kratern.

Unweigerlich musste Ninive wieder hinauf zur Hochnebeldecke blicken. Sie fühlte sich nicht sonderlich wohl bei dem Gedanken, ein Gebiet zu durchqueren, in dem offensichtlich hausgroße Felsen vom Himmel fielen. Doch noch größer als die Angst, erschlagen zu werden, war ihre Aufregung darüber, jenes Mysterium vor sich zu wissen, auf das ihr bei ihrem Flug mit dem Wind-Auguren nur ein flüchtiger Blick vergönnt gewesen war. Obwohl sie sich dem Bauwerk bis auf wenige Kilometer genähert hatten, war seine einstige Funktion nicht zu erkennen. Es könnte ein Schutzwall gewesen sein, eine erhöhte Bahntrasse, ein Patrouillenwall oder die Reste einer älteren Grenzmauer. Bevor Ninive Gelegenheit fand, Divara nach seinem einstigen Zweck zu fragen, riss ein fernes Donnern sie aus ihren Gedanken.

»Halt!«, bestimmte der Avatar und blieb so abrupt stehen, dass Ninive auf ihn auflief.

Während sie zum fernen Ende des Tals geblickt hatte, war an der Bergflanke jenseits des Walls eine Felslawine niedergegangen. Noch bevor die aufgewirbelte Staubwolke vom Wind verweht wurde, begannen hinter dem Damm wie von mächtigen Katapulten geschleudert Felsbrocken emporzuschießen. Lautlos prasselten sie zu Hunderten an seinem Fuß nieder oder schlugen auf der Ebene ein. Das Bombardement dauerte nur wenige Augenblicke und endete so abrupt, wie es begonnen hatte. Als das Getöse endlich an Ninives Ohren drang, war alles längst wieder vorbei. Lediglich mit dem Wind davonschwebende Staubwolken zeugten noch von den Naturgewalten.

»Was war denn *das?*«, staunte Ninive.

»Der Mutterstrom«, kam es aus Zenobias Mund. »Er darf nicht versiegen.«

»Das verstehe ich nicht.«

Divara blieb ihr die Antwort schuldig. Ohne sich nach Ninive umzusehen, ließ sie ihren Wirtskörper weitermarschieren.

»Müssen wir unbedingt dort hoch?«, fragte Ninive, als sie den Fuß des Walls erreicht hatten.

»Oben ist es sicherer als unten.« Divara begann den Hang emporzuklettern.

»Ach wirklich?« Die Wandlerin warf einen Blick zurück auf die weit verstreut liegenden Felsen. »Ich glaube, dort oben sind wir einfach nur Kanonenfutter.«

Zu Ninives Verwunderung war der Scheitel des Walls vollkommen eben. Und als wäre das nicht schon sonderbar genug, verlief auf ihm eine Art provisorischer, kaum von Geröll bedeckter Fußweg, der wie mit der Richtschnur gezogen in die Ferne des Stromtals führte.

Insgeheim hatte Ninive erwartet, hinter dem Damm Katapulte, stählerne Urwelt-Ungetüme oder sogar eine Armee von Riesen zu erblicken, die jeden von den Bergen herabgestürzten Felsen weit auf die Schwemmebene hinausschleuderten. Stattdessen führte parallel zu ihm ein zweiter, nahezu identischer Damm in die Ferne, hinter dem sich ein wahres Felsenmeer bis zum Fuß der Bergkette erstreckte. Zwischen beiden Wällen klaffte eine vielleicht vierzig Meter breite Schlucht, deren senkrechte Wände so ebenmäßig beschaffen waren, dass sie unmöglich natürlichen Ursprungs sein konnten. Ihre Oberfläche wirkte wie das von einer dünnen Sinterschicht überzogene Mauerwerk eines künstlichen Kanals.

»Das ist ziemlich tief...« Ninive trat von der bröckelnden Hangkante zurück. »Was ist dort unten?«

»Schließe die Augen und lausche.« Divara wirkte amüsiert, als sie die Verunsicherung in den Augen ihres Gegenübers sah. »Keine Angst, ich stoße dich schon nicht hinab.«

Ninive zögerte, dann nahm sie ein paar Schritte Abstand und ließ sich auf die Knie sinken. Zuerst hörte sie nichts außer dem Brausen des Sturms. Erst als sie ihre Ohren gegen den Wind abschirmte, vernahm sie in der Tiefe das leise Rauschen von Wasser.

»Ein Fluss«, sagte sie und erhob sich wieder.

»Meine Ganzheit«, nickte Divara. »Das ist der alte Drainagekanal. Er wurde vor dem Bau der Staumauer angelegt, um das Tal zu entwässern. Seine heutige Tiefe ist das Resultat stetig wiederkehrender Fluten und Gesteinslawinen. Jede Woge wäscht ihn weiter aus, und jeder hinabstürzende Felsen schlägt ein Stück mehr aus seinem Grund. Früher füllte ich ihn fast bis zu den Dammkronen. Heute drohe ich in manchen Jahren sogar zu versiegen. In den Jahrtausenden, in denen ich der Mauer diene, musste ich viele unlautere Handel mit den Wolken eingehen und sogar den Wind bestechen, um ausreichend von meinesgleichen in ihr Innerstes zu leiten …«

»Ausreichend wofür?«

Divaras Blick bekam einen beängstigenden Grimm. »Für das Unersättliche.«

| 93 |

»Verflixt!« Sloterdyke hielt im Schritt inne und fing an sich im Kreis zu drehen. »Jetzt ist es passiert.«

Aris blieb ebenfalls stehen und blickte sich nach ihm um. »Was?«

»Ich habe das Signal verloren.« Der Monozyklop begann kreuz und quer über die Ebene zu marschieren. »Entweder führt der Schienenstrang von hier an bergab, oder die Sedimentschicht ist zu mächtig geworden.«

»Oder die Trasse endet an dieser Stelle«, wandte Aris ein. »Vielleicht stehen wir direkt über einem versunkenen Verladebahnhof. Es wird damals ja auch noch andere Transportarten gegeben haben als Schienen und Loren.«

Sein Gegenüber blieb stehen und starrte wehmütig in die Ferne. »Ja, mag sein.«

»Eine in die Mauer führende Bahntrasse hätte mich ehrlich gesagt auch sehr gewundert. Noch dazu von der Seeseite und weit unterhalb des Wasserspiegels. Das hätte das gesamte Funktionsprinzip *ad absurdum* geführt.«

»Nicht, wenn Barnacoll sich bei seinem Vorhaben einen der ehemaligen Turbinentunnel zunutze gemacht hatte …«

Aris legte den Kopf in den Nacken und blickte die steil in den Himmel aufragende Felswand empor. Wenn es einen Ort gab, der die Bezeichnung ›Ende der Welt‹ verdient hatte, dann war es die eisige Nordseite der Bannmauer.

»Ich glaube nicht, dass wir hier unten einen Weg ins Innere finden«, sagte er.

»Irgendeine Art von Zugang *muss* existieren«, beharrte Sloterdyke und schritt an ihm vorbei. »Vielleicht eine vertikale Kette supermassiver Schotts und Hochdruckschleusen, die je nach Wasserstand in Betrieb genommen oder stillgelegt wurden.«

»Was macht Sie da so sicher?«

»Hunderte Quadratkilometer Felswand, die im Auge behalten werden mussten, während der Wasserspiegel des Sees stieg.«

Nachdem Aris dem Monozyklopen einige Hundert Meter weit hinterhergetrottet war und dabei zumeist seinen Stiefeln beim Laufen zugesehen hatte, fielen ihm die geisterhaften, dicht vor der Mauer umherwogenden Schwaden auf. Sie glichen von Böen getriebenen Rauchschlieren und schienen sich auf der gesamten Breite des Bauwerks zu bewegen. Erst als ihm auffiel, dass sie nicht dem Wind folgten, in völlig gegensätzliche Richtungen schwebten und dabei auseinandersprengten und sich wieder vereinten, blieb er staunend stehen.

»Sehen Sie das?«, fragte er den Monozyklopen. »Sind das Aeroniten?«

Auch Sloterdyke hatte die vor der Mauer dahingleitenden Wolken erspäht. Sein Kameraauge surrte, als er sich bemühte, die umherschwärmenden Objekte deutlicher zu erkennen. »Nein, junger Mann«, murmelte er hörbar ergriffen. »Die Mechafauna mag es weit gebracht haben auf unserer Seite der Welt, aber das dort vorne …« Er ging ein paar Schritte, als gewinne er dadurch einen schärferen Blick auf das ferne Treiben. »Das sind Vögel!«

»Sind Sie sicher, dass der Schein Sie nicht trügt?«

»Ich kann selbst im Infrarot-Spektralbereich nicht die geringsten Anzeichen für Brennkammeraktivitäten oder Abgasspuren erkennen. Was dort fliegt, sind Schwärme lebendiger Tiere! Millionen davon.« Er blickte in die Ferne, wo die Mauer im Dunst verblasste. »Abermillionen!«

»Sie müssen in den Nischen zwischen den Quadern nisten«, vermutete Aris. »Aber ich erkenne nirgendwo Nester.«

»Weil das, was wir vor uns sehen, gar nicht das Felsgestein ist ... *Ha!*«

Ohne zu erklären, was er damit meinte, preschte Sloterdyke voran. Vergessen schienen mit einem Mal das verlorene Trassensignal und die Suche nach einem Zugang in die Mauer. Aris hatte Mühe, mit dem vorauseilenden Monozyklopen Schritt zu halten. Als er ihm etwa zwei Kilometer weit gefolgt war, glaubte schließlich auch er zu erkennen, warum der Urwelt-Mutant so elektrisiert wirkte. Was aus der Ferne wie eine bizarre Erosionsschicht ausgesehen hatte, waren in Wirklichkeit die Oberseiten riesiger, starrer, sich überlappender Blätter, denen der eisige Wind so gut wie keine Bewegung abzutrotzen vermochte. Sie schützten die Mauer wie eine undurchdringliche Phalanx sturmfester Schilde. Nur vereinzelt gab es natürliche kreisförmige Lichtungen, in denen die Blätter zur Mitte hin immer kleiner wurden und spärlicher wuchsen. Im Zentrum klaffte schließlich eine nur wenige Meter große Öffnung, durch die Schwärme von Vögeln in atemberaubendem Tempo hineinflogen oder herausgeschossen kamen. Sie sahen aus wie riesige Poren, durch welche die dahinterliegende Vegetation atmete. Obwohl eine Lichtung der anderen glich, schien es feste Ein- und Ausflugkorridore zu geben, sodass es zwischen den Schwärmen nie zu Massenkarambolagen kam.

Auffällig war, dass die Vögel sich kaum weiter als ein paar Hundert Meter von der Mauer entfernten. Obwohl sie Aris und Sloterdyke auf der Ebene längst entdeckt haben mussten, kam kein einziges Tier herbeigeflogen, um sich die beiden seltsamen Gestalten aus der Nähe anzusehen.

Auf den letzten gut fünfhundert Metern vor dem Mauerfuß stieg das Gelände abrupt an und bildete einen etwa zweihundert Meter hohen, relativ gleichmäßig vor dem Bauwerk verlaufenden Schutthang. Lediglich ein Stück weiter östlich klaffte in der Böschung ein v-förmiger Einschnitt, der aussah wie das Tal eines von der Mauer herabströmenden Wasserlaufs. Wo er auf die Ebene mündete, führte jedoch kein Bachbett weiter. Der Talboden war absolut eben.

»Das muss der ehemalige Graben der Bahntrasse gewesen sein«, nährte die Geländeanomalie Sloterdykes Hoffnungen auf einen verborgenen Zugang. »Wahrscheinlich hat Barnacoll ihn mithilfe der alten Baumaschinen angelegt. Im Inneren der Mauer müssen Unzählige davon lagern.«

»Falls dort vorne einst tatsächlich ein Tunnel in die Mauer geführt haben sollte, dann ist er jetzt jedenfalls unter Tausenden Tonnen Gestein begraben.«

»Kein Gestein«, sagte der Monozyklop. »Abgestorbene Pflanzen und andere organische Ansammlungen.«

»Was auch immer, das Zeug füllt die Schlucht so hoch auf, dass wir Monate benötigen würden, um ihn freizulegen.« Er kniff die Augen zusammen. »Was ist das dort vorne?«, fragte er und deutete auf einen ebenmäßigen Felsen, der wie eine meterhohe Zinne aus dem Boden ragte.

»Etwas, das von Menschenhand geschaffen wurde«, erkannte Sloterdyke, als er das seltsame Gebilde erreicht hatte und andächtig über die glatte Oberfläche strich. Eine Reihe fremdartiger, verschlungener Symbole war fein säuberlich in das Gestein gemeißelt.

»Sieht aus wie eine Urwelt-Schrift. Können Sie das lesen?«

Der Monozyklop scharrte mit dem Fuß im Geröll und legte Fragmente weiterer Symbole frei. »Der Großteil der Wahrheit liegt wie immer im Verborgenen.« Er ging auf die Knie und begann mit den Händen im lockeren Sediment zu graben.

Nach anfänglichem Zögern tat Aris es ihm schließlich gleich. Gemeinsam hoben sie eine gut einen Meter tiefe und zwei Meter breite Grube aus, bis sie die Inschrift auf dem Felsen komplett freigelegt hatten.

Aris streckte sein Kreuz durch und wischte sich den Schweiß aus dem Gesicht. »Ich hoffe, Sie sind jetzt zufrieden«, sagte er. »Können Sie das nun entziffern oder nicht?«

Sloterdyke betrachtete die Symbole und wiegte skeptisch den Kopf. »Ich müsste meine Datenbank durchforsten und einen Schriftabgleich machen«, erklärte er. »Das wird eine Weile dauern.« Er fuhr sein Teleskopauge ein und versank für Minuten in Schweigen. Schließlich gab er ein tiefes Seufzen von sich und ließ sein Okular wieder herausgleiten. »Es ist ein Memorial«, sagte er leise. »Hier steht:

Unsere Vergangenheit ist begraben.
Unsere Zukunft ungewiss.
Nichts ist mehr, wie es war.
Nichts wird mehr sein, wie es ist.
A. N. 4«

»A. N. 4?«, fragte Aris, nachdem Sloterdyke auffällig lange geschwiegen hatte.

»Anno Nemesis«, erklärte der Monozyklop. »Das Jahr 4 nach der großen Flut. Von unten nach oben. Wirklich verwunderlich …«

»Könnten Sie bitte aufhören, in Rätseln zu sprechen?«

»Dieser Gedenkstein ist laut seiner Inschrift mindestens zwölftausend Jahre alt. Verwunderlich ist, dass er hier an der Oberfläche steckt, während der Schienenstrang, dem wir gefolgt sind, schon nach eintausend Jahren metertief unter Sediment begraben ist. Durch irgendeine außergewöhnliche Ironie des Schicksals muss er während der letzten Fluten irgendwie vom Grund des Sees emporgehoben worden sein.« Dann schien Sloterdyke ein neuer Gedanke zu kommen, und er blickte zum Schutthang. »Oder er liegt noch gar nicht so lange hier unten und ist aus einer ganz anderen Richtung auf die Ebene gelangt.« Er blickte hinauf zur Mauer. »Wer eine Gedenktafel errichtet, legt Wert darauf, dass ihre Botschaft gelesen wird. Sie könnte also von einem Ort hier herabgelangt sein, der aus dem Bauwerk heraus gut zugänglich war.«

Aris betrachtete die vor ihnen in den Himmel ragende Wand. Was die Ebene und die Berghänge an Vegetation vermissen ließen, schien die Mauer selbst ausgleichen zu wollen. Der Pflanzenbewuchs reichte bis hinauf in die Hochnebeldecke

»Glauben Sie wirklich, Sie finden in diesem Unkraut irgendwo einen Eingang? Selbst wenn er zwanzig Meter groß wäre, könnten wir ihn unter dem ganzen Grünzeug nicht erkennen.«

»Wir vielleicht nicht.« Sloterdyke deutete in die Höhe. »Aber womöglich die Geschöpfe dieses Weltwunders!«

»Wie meinen Sie das?«

Der Monozyklop blickte in den Nebelhimmel. »Die Nacht bricht an«, sagte er. »Du solltest dir hinter dem Gedenkstein eine windgeschützte Stelle suchen und dein Nachtlager aufschlagen.«

»Aufblasen«, korrigierte ihn Aris. »Aber ich möchte ehrlich zu Ihnen sein: Für einen Monozyklopen ist das Ballonzelt nicht konzipiert. Erstens passen wir nicht gemeinsam hinein, und zweitens würden Sie es im Laufe der Nacht wahrscheinlich in Brand stecken.«

»Mach dir darüber keine Gedanken, junger Mann«, winkte Sloterdyke ab. »Ich werde im Freien bleiben und das Treiben an der Mauer beobachten.«

»Wozu?«

»Um die Zeichen zu deuten. In der Urwelt existierte einst eine Spezies kleiner fliegender Geschöpfe, die erst nach Einbruch der Dunkelheit aus ihren Verstecken geschwärmt kamen. Die Chroniken nennen sie *Microchiroptera*, Fledermäuse. Sie bevölkerten unterirdische Verstecke wie Höhlen oder Bergwerkstollen, aber gerne auch dunkle, verlassene Bauwerke. Es wurde zwar seit Jahrtausenden kein lebendes Exemplar mehr gesehen, aber vielleicht hat sich auf dieser Seite der Mauer eine vergleichbare Spezies entwickelt, die verlassene Stollen und Tunnel bevölkert und ebenfalls erst bei Anbruch der Nacht ihren Unterschlupf verlässt. Sollte das heute Nacht passieren, werden wir wissen, wo wir nach unserem Zugang suchen müssen …«

| 94 |

Obwohl Ninive mit Divara inzwischen mindestens zehn Kilometer auf dem Damm zurückgelegt hatte, entzog sich der Grund der Schlucht noch immer ihren Blicken. Dafür war der in der Tiefe strömende Fluss mit der Zeit immer deutlicher zu hören. Das Rauschen seiner Katarakte und Stromschnellen hallte von den Steilwänden wider und vermittelte den Eindruck, man bräuchte sich am Rand der Böschung nur auf die Zehenspitzen zu stellen, um die Gischt der höchsten Wellenberge zu erspähen.

Vielleicht war es aber auch nur eine geschickte akustische Täuschung, um Wanderer über den Rand der Klippe zu locken und in die Tiefe stürzen zu lassen. Überzeugt, einen Blick auf die die tosenden Fluten werfen zu können, taten sie einen Schritt zu viel, verloren den Halt und rutschten in ihr Verderben.

Ninive verlangsamte ihren Schritt und wechselte auf die zur Ebene hin gelegene Seite des Fußweges. Lautlos wie ein Geist marschierte Zenobias Avatar barfuß vor ihr, während der Sturm an seinem dünnen Gewand zerrte. Wie viele Skelette mochten bereits auf Divaras Grund liegen oder von ihrer Strömung in die Tiefen der Mauer gespült worden sein?

War sie ein Menschenfresser?

Divara warf einen flüchtigen Blick über ihre Schulter, als hätte sie Ninives Gedanken gelesen. Die Wandlerin fühlte sich ertappt und sah zu Boden, verwarf aber die Befürchtung, heimlich ausgehorcht zu werden, mit einem Kopfschütteln.

Wenige Hundert Meter weiter passierten sie die Überreste einer ersten von zwei Brücken. Lediglich ihre gemauerten Stümpfe ragten beidseitig des Kanals noch aus den Schuttwällen, der Rest musste schon vor langer Zeit den Felslawinen zum Opfer gefallen sein.

Gut zweihundert Meter jenseits des gegenüberliegenden Walls und etwa dreißig bis vierzig Meter oberhalb der zweiten Brückenruine erhob sich schließlich jene Gruppe archaischer Gebäude, die Ninive während ihres Fluges mit dem Wind-Auguren erspäht hatte. Sie lagen am Übergang der Geröllhalde zum massiven Gestein der Bergflanke. Einige von ihnen hatten gemauerte Fronten und die Ansätze von Seitenwänden, die meisten waren jedoch direkt in den Fels getrieben worden. Aus der Entfernung konnte Ninive nicht erkennen, ob es einzelne, voneinander getrennte Gebäude einer Bergsiedlung waren oder die verwinkelte Front eines mehrstöckigen, zusammenhängenden Komplexes. Zweifellos waren sie erst nach dem Kataklysmos entstanden, doch sie sahen aus, als wären sie bereits seit Äonen verlassen. Nichts regte sich zwischen den Mauern oder hinter den Fensteröffnungen.

Divara würdigte den Gebäudekomplex keines Blickes.

Ninive sah in den Himmel. »Es wird langsam dunkel«, rief sie dem Avatar nach.

»Im Schatten von Riesen ist es immer dunkel«, erwiderte Divara in Anspielung auf den nebelverhangenen Gipfelgrat der Bergkette, hinter dem die Sonne schon vor Stunden verschwunden sein musste.

»Ich bin keine Maschine«, sagte Ninive. »Ich muss mich ausruhen. Etwas essen, trinken und schlafen.«

Divara blieb stehen und sah die Wandlerin an, als wartete sie auf eine Erklärung dafür, was essen, trinken und schlafen überhaupt bedeutete. Dann neigte sie den Kopf, als würde sie in Zenobias Geist nach dem Sinn der Worte forschen.

»Na gut«, entschied sie. »Wir werden hier bleiben. Du kannst dich zur Ruhe legen und dich erholen.«

»*Hier?*«

»Ja.« Divara sah sich um. »Was ist schlecht an diesem Platz?«

»Gibt es nicht eine Möglichkeit, dort hinaufzugelangen?« Ninive deutete zu den Ruinen. »Dann hätten wir wenigstens ein Dach über dem Kopf.«

Divara blickte verständnislos in die Höhe, dann schloss sie die Augen und versank erneut in Schweigen. Diesmal blieb sie mit dem Bewusstsein ihres Avatars weitaus länger im stillen Dialog verbunden. Als sie die Augen wieder öffnete, schüttelte sie den Kopf und sagte: »Ihr Menschen seid wirklich kompliziert.«

Sie trat an den Rand der Böschung und spie einen Wasserstrahl aus, der in weitem Bogen über den Rand der Klippe schoss und in der Tiefe verschwand. Augenblicke später wuchs am gegenüberliegenden Rand der Schlucht eine Wassersäule empor, die ahnen ließ, was die riesigen Felsbrocken aus dem Abgrund hinaus auf die Ebene geschleudert hatte – und Ninive eindrucksvoll in Erinnerung rief, wie mächtig der Elementargeist war, der in Zenobias Avatar verborgen vor ihr stand. Umso unverständlicher erschien es ihr, warum Divara sich nicht längst aus eigener Kraft von ihrem Joch befreit hatte. Was konnte so einflussreich sein, dass es sie seit dem Kataklysmos an dieses Schicksal zu binden vermochte?

Ein weiterer Wassertentakel tauchte unvermittelt hinter der hiesigen Böschungskante auf und ließ Ninive erschrocken zurückweichen. Seine Spitze krümmte sich über den Abgrund, verschmolz mit der zweiten Säule und formte sich zu einem Bogen, dessen Enden die Steilwände emporgeglitten kamen. Während das ferne Ende zum Scheitel des gegenüberliegenden Dammes stieg, floss das hiesige über Grashorste, Wurzeln und Felsen hinweg bis vor Ninives Füße. Als der Prozess zum Stillstand gekommen war, überspannte ein gut siebzig Meter langer Steg aus Wasser die Schlucht.

Ohne zu zögern oder einen Blick in die Tiefe zu werfen, begann Divara den Kanal zu überqueren. Als sie bemerkte, dass Ninive ihr nicht folgte, hielt sie im Schritt inne. »Was ist?«, rief sie über ihre Schulter. »Kommst du nun oder nicht?«

Ninive schluckte schwer und starrte auf das Medium zu ihren Füßen. Die Brücke besaß keinerlei Geländer und war kaum breiter als ein Mensch. Als wäre das nicht schon schlimm genug, bestand sie aus kristallklarem Gletscherwasser und war vollkommen durchscheinend. Ninives Herz schlug ihr bis zum Hals, als sie die flüssige Planke betrat. Sie erwartete, dass das Wasser unter ihr auf und ab federn würde, doch es gab keinen Millimeter nach. Während sie sich zu motivieren versuchte, einen weiteren Schritt zu tun, begann der Untergrund plötzlich zu fließen.

»*Oh, nein, nein, nein!*«, schrie Ninive auf und ließ sich nach hinten fallen, in der Hoffnung, dem Unvermeidlichen irgendwie zu entkommen, doch das Wasser hielt ihre Füße eisern umschlossen. Sie hörte sich laut und lange schreien, als der flüssige Untergrund sie über den Abgrund zog.

Angsterstarrt blickte Ninive in die Tiefe. Weit über einhundert Meter unter ihr war im Dunkel der Schlucht die Gischt des Flusses zu erkennen. Sein Bett war schnurgerade und sah nicht sonderlich tief aus, doch seine Strömung war wild und reißend. Sekunden später glitt sie über die ansteigende Böschung hinweg und saß schließlich am ganzen Leib zitternd auf dem Boden des gegenüberliegenden Walls.

»Das war verdammt noch mal nicht witzig!«, schrie sie den Avatar an, nachdem sie sich wieder halbwegs gefangen hatte. Mit weichen Knien stand sie auf und war kurz davor, ihm eine schallende Ohrfeige zu verpassen. Ihr Gegenüber hob nur fragend die Augenbrauen, als sie mit vor Wut geballten Fäusten vor ihm stehen blieb.

»Wage es nie wieder, deinen Spott mit mir zu treiben!«, fuhr sie Divara schließlich an. »Sonst kannst du dir dein verdammtes altes Flussbett sonst wohin schieben!« Sie mit der Schulter anrempelnd, stapfte sie an ihr vorbei die Böschung hinab. »Und komm mir nicht mehr zu nah!«, rief sie, nachdem sie den verwunderten Avatar auf dem Damm stehen gelassen hatte.

Schockiert von der eigenen Courage, schloss sie kurz die Augen und atmete tief durch, bevor sie sich anschickte, den Hang zu erklimmen. Zu ihrer eigenen Verwunderung blieb es hinter ihr tatsächlich verdächtig lange still. Erst als sie sich über Schutt und Geröll den halben Weg hinauf zu den Ruinen gebahnt hatte, hörte sie Divaras Brücke tosend in die Tiefen des Kanals zurückstürzen.

Das erste Metallwesen tauchte auf, als die Kletterei über das Geröllfeld einen Großteil ihrer Wut hatte verrauchen lassen. Es war eine faustgroße schwarze Kugel ohne Augen oder Antennen und hockte vor ihr auf der Spitze eines Felsens. Reglos kauerte es auf sechs zum Sprung angewinkelten Beinen. Während Ninive es betrachtete, vernahm sie um sich herum das Klimpern und Klackern zahlloser Metallgliedmaßen. Aus nah und fern drängten weitere der spinnenartigen Kugeln aus Löchern und Spalten. Geschickt sprangen sie über Klüfte und bildeten für jene unter ihnen, denen bereits ein paar Beine fehlten, aus ihren Körpern Brücken. Hunderte von ihnen kamen über die Felsen herbeigekrabbelt und trieben der Wandlerin den Angstschweiß ins Gesicht.

»Divara!«, rief sie, als die wimmelnde, schwarze Woge sich beängstigend rasch um sie herum schloss.

»Nicht bewegen!«, vernahm sie die Stimme des Avatars weit unter sich.

»Was sind das für Dinger?«

»Verwaiste Struktur-Inspektoren. Die Schöpfer der Mauer nannten sie Gemmen.«

Ninive fühlte, wie etwas ihr rechtes Bein hinaufzukrabbeln begann, und tat erschrocken einen Schritt zurück. Im selben Moment sprang die Gemme, die sie zuerst wahrgenommen hatte, von ihrem Felsen und landete auf ihrem linken Oberarm. Ninive schrie auf und griff nach dem schwarzen Ding, doch anstatt entseelt zu erstarren und abzufallen, ließ es einen Blitz aus seinem Leib schießen, der eine tiefe Wunde in ihr Fleisch brannte. Als sie ihre Hand mit einem Schmerzensschrei zurückkriss, sprang die Angreiferin von ihrem Arm auf den Boden, wo sie im Gewimmel ihrer Artgenossen unterging. Auch die zweite Gemme an ihrem Bein zeigte sich von dem Versuch, sie unschädlich zu machen, wenig beeindruckt. Zwar suchte sie in einem ersten Reflex ebenfalls ihr Heil in der Flucht, schien in ihrer Motorik aber nicht im Geringsten beeinträchtigt zu sein. Ninive spürte einen Schlag gegen ihr linkes Schulterblatt, gefolgt von einem stechenden Schmerz. Wütend packte sie die kleine Maschine, war jedoch gezwungen, sie sofort wieder loszulassen, als ein heftiger Stromstoß durch ihren Arm schoss und ihre Muskeln lähmte. Kurz darauf spürte sie ein gutes Dutzend weitere Gemmen und die Hitze ihrer bohrenden Strahlen am ganzen Körper.

»Divara!«, schrie sie in ihrer Panik, während die Schmerzen ihr die Tränen in die Augen trieben. »Hilf mir!«

Nutze den Kanoflux!, vernahm sie Divaras Gedankenstimme in ihrem Kopf. *Hülle dich darin ein!*

In einem verzweifelten Kraftakt konzentrierte sich Ninive, woraufhin die auf ihr sitzenden Gemmen tatsächlich zu Boden fielen. Als das Heer ihrer nachrückenden Artgenossen das Kraftfeld wahrnahm, wurden ihre Attacken heftiger und ungestümer. Zwar prallten sie noch an dem Ninive umgebenden Schutzschild ab, ohne sich an ihr festkrallen zu können, doch einige Beinspitzen schafften es durch das Fluxfeld und die Kleidung, sodass Ninive bald von Dutzenden und Aberdutzenden von Nadelstichen gepeinigt wurde.

Wie aus dem Nichts brach eine von Sturmböen gepeitschte Gischtwolke über das Gemmenheer herein. Einige der kleinen Maschinen schafften es durch blitzschnelle Reaktionen, sich vor ihr unter Felsen und in Klüften in Sicherheit zu bringen. Die meisten von ihnen wurden jedoch von der Fontäne erfasst. Sekundenlang zischten und zuckten um Ninive herum grelle Entladungen. Lichtbögen wanderten von Körper zu Körper, Gemmenbeine zitterten in mechanischer Agonie. Kurz darauf lagen alle Angreifer auf dem Boden und rührten sich nicht mehr. Der Gestank verschmorter Mecha-Organe reizte Ninives Nase. Aus zahlreichen Wunden blutend, ließ sie sich schwer atmend auf einen Felsen sinken. Wo ihre

Kleidung sie nicht vor den Gemmenblitzen geschützt hatte, war ihre Haut von Brandmalen übersät. Ninive schloss die Augen, riss sie jedoch sofort wieder auf, als ein heftiges Schwindelgefühl sie überkam. Divara bahnte sich ihren Weg durch das Schlachtfeld. Sie trat neben Ninive, legte eine Hand auf ihre Schulter und verhinderte so, dass die Wandlerin kraftlos zur Seite kippte.

»Geht es?«, wollte sie wissen.

Ninive nickte. »Es wird heilen.« Sie holte tief Luft und quälte sich wieder auf die Beine. »Alles halb so schlimm …«

Dann wurde ihr schwarz vor Augen.

| 95 |

Das Einzige, was Ninive wahrnahm, als sie für einen Augenblick das Bewusstsein wiedererlangte, war ein hoher, an das Innere eines Felsengrabes erinnernder Stollen – und die Erkenntnis, dass sie getragen wurde.

Beim zweiten Erwachen lag sie auf einem undefinierbaren warmen Etwas, das unter ihren Bewegungen nachgab. Es fühlte sich an wie ein Bett aus geronnener Gelatine. Ninive lauschte in die Stille hinein, hörte jedoch nichts außer dem leisen Rauschen des Windes. Widerwillig schlug sie die Augen auf und starrte in die Dunkelheit. Ihr ganzer Körper pochte, und ihre Wunden brannten, aber die Schmerzen waren längst nicht so schlimm wie befürchtet – was sie rätseln ließ, wie lange sie hier bereits liegen mochte. Offensichtlich war es Nacht geworden, doch wie viel Zeit war seit dem Angriff der Gemmen vergangen? Ein paar Stunden? Ein ganzer Tag oder sogar mehr?

Das geschmeidige Lager, auf dem sie ruhte, wollte nicht zu ihrer Vorstellung vom Inneren jahrtausendealter Ruinen passen. Sie verspürte das Bedürfnis aufzustehen, konnte aber ihre Gliedmaßen kaum bewegen. Es kam ihr vor, als klebten sie an der Masse unter ihr fest. Ninive zwang sich, daran zu glauben, dass sie nicht auf irgendeinem monströsen, amorphen Lebewesen lag, welches sie auf seinem schwammigen Leib abgelegt hatte, während es dabei war, zuerst Zenobias Körper zu verspeisen.

Sie blickte sich um und erkannte hinter sich eine quadratische Aussparung, die ein wenig heller war als ihre Umgebung. Es war die Öffnung eines Fensters – und in ihrem Zentrum stand ein regloser Schatten.

»Divara?«, flüsterte Ninive. Und als sie keine Antwort erhielt: »Zenobia?«

»Wir sind es«, sagte der Schatten.

Es war Divaras Stimme, aber irgendetwas an ihrem Tonfall klang anders als zuvor. Die Worte waren kühl und distanziert.

»Bist du sauer wegen der Sache an der Schlucht?«, fragte Ninive. Nachdem ihr Gegenüber nicht reagierte, sagte sie: »Tut mir leid, ich war einfach nur wütend.« Sie wartete vergeblich auf eine Reaktion. »Jedenfalls danke für deine Hilfe. Ohne dich wäre das wahrscheinlich ziemlich übel ausgegangen ...«

Divara schwieg beharrlich, was Ninive zunehmend beunruhigte.

»Was ist denn los?«, fragte sie.

»Die Erste von mir hat sich geopfert, um dich vor den Gemmen zu retten«, erklärte der Avatar endlich. »Ich studiere noch ihr geistiges Erbe über dich.«

Ninive atmete tief durch und rief sich die Ereignisse vor den Ruinen in Erinnerung. »Die Gischtwolke ...«, begriff sie.

Der Schatten nickte.

»Dann bist du Divaras zweite Adjutantin.«

»Die dritte. Auf der zweiten liegst du.«

Ninive fuhr erschrocken hoch, fühlte jedoch im gleichen Moment, wie warme Wassertentakel ihre Glieder umschlangen und sie zurück in eine liegende Position zwangen. Sie bäumte sich auf, war aber zu erschöpft, um sich gegen den unter ihr ausgebreiteten Elementargeist zu wehren.

»Schone deine Kräfte, Hylenium«, riet ihr der Schatten am Fenster. »Meine Anwesenheit ist keine Bedrohung, sondern eine Hilfe.

Das Wasser unter dir wärmt deinen Körper und fördert seine Heilung. Du darfst sogar von ihm trinken, sofern du Durst verspürst.«

»Um noch mehr von dir zu verschlucken?« Als sie keine Antwort erhielt, gab sie ihren Widerstand auf und versuchte sich zu entspannen. »Wie geht es Zenobia?«

»Sie lässt dich grüßen.«

Ninive tastete ihr Wasserbett ab. »Es ist warm …«

»Die Energie verzehrt es«, erklärte Divara. »Bis Sonnenaufgang wird nichts mehr von ihm übrig sein. So lange sollte es dich wärmen und deine Beschwerden lindern.«

Erschöpft entspannte sich Ninive, schloss die Augen und lauschte dem Wind, während die weiche Masse unter ihr leicht zu vibrieren begann. Sie bildete sich ein, hinter den Mauern das leise Klackern und Tapsen von Gemmenbeinen zu vernehmen, die alle Spalten und Klüfte der Ruinen bevölkerten wie eine Seuche. Irgendwann obsiegte schließlich die Müdigkeit über ihre finsteren Fantasien, und das Heulen des Windes geleitete Ninive in einen traumlosen Schlaf.

| 96 |

Ein leises Trommeln gegen die Zeltwand schreckte Aris auf. Das Geräusch klang wie Flügelschläge, doch er konnte in seinem Dämmerzustand nicht sagen, ob sie von einem Insekt oder einem neugierigen Mauervogel stammten. Als er aus dem Schlafsack schlüpfte und es im Zelt zu rumoren begann, entschwand der Verursacher in der Nacht.

Aris blinzelte in die Dunkelheit. Woraus auch immer das von Cutter angeschleppte *Mana* bestehen mochte, sein eigener Metabolismus war damit völlig überfordert. Vom Grummeln und den Krämpfen in seinen Gedärmen geplagt, kleidete Aris sich an und kroch aus dem Zelt. Sloterdyke stand einen Steinwurf entfernt reglos vor sich hin qualmend in der Dunkelheit und schien den Wandler hinter sich gar nicht wahrzunehmen. Den Blick auf die Mauer gerichtet, galt seine ganze Aufmerksamkeit dem erhofften Erscheinen der fliegenden Urwelt-Kreaturen. Ob er im Stehen vom Schlaf übermannt worden oder nur in stiller Konzentration versunken war, konnte Aris nicht erkennen.

Schlaftrunken schlich Aris um die Gedenktafel herum und verrichtete zitternd vor Kälte seine Notdurft in das Stunden zuvor von ihnen gegrabene Loch. Die Geister der Ahnen mochten es ihm nachsehen. Während er sich wieder ankleidete, ließ der eisige Wind unvermittelt nach. Aris schloss die Augen und gähnte, erleichtert darüber, dass die Natur sich seiner erbarmte. Als er die Augen wieder öffnete, kauerte er nicht mehr am Fuß der Gedenktafel, sondern in einem diffus leuchtenden Nebel.

»Das ist doch wohl ein Witz!«, murmelte er, nachdem er den ersten Schreck verdaut hatte.

»Oder ein Traum«, antwortete ihm eine polyfone Stimme.

Aris konnte nicht sagen, ob es Tag oder Nacht war, und stünde er nicht auf *irgendetwas*, das ihn sein Gewicht spüren ließ, wüsste er nicht einmal, wo oben und unten war. Es gab keinerlei Formen, Lichthöfe oder Schattenzonen.

»Was soll das?«, rief er. »Wo bin ich hier?«

»In einem Taschenuniversum«, erklärte die Stimme. »Meine Intuition sagt mir, dass du als Ratsgelehrter weißt, was das ist.«

»Und wer spricht da?«

»Ich bin, was Thanatos euch gegenüber als Ganglion bezeichnet. Es wird Zeit, dass wir uns kennenlernen.«

»Na, sieh einer an.« Aris schaute sich suchend um. »Die ominöse Macht im Hintergrund …«

»Macht?« Durch den Nebel geisterte ein freudloses Lachen. »Du täuschst dich, Wandler. Besäße ich dergleichen, wäre die Vergangenheit nie geschehen. Mein Schicksal ist ebenso mit dieser Welt verknüpft wie das eure.«

»Wie hast du mich dann hierhergeholt?«

»Du bist nicht wirklich hier. Zumindest zu keiner Zeit.«

Aris rieb sich müde über die Augen. »Kommt mir aber anders vor.«

»Unglücklicherweise herrscht in diesem Kontinuum ein permanenter Ist-Zustand. Du wirst also während deines gesamten Aufenthaltes geistig so erschöpft sein, wie du dich im Augenblick fühlst.«

»Ich werde in deiner Gegenwart also nicht einschlafen?«, spöttelte Aris.

»Doch, aber du wirst dich dabei nicht erholen. Du könntest hier eintausend Jahre lang ruhen, ohne dass tatsächlich ein Myon vergeht, und wärst am Ende noch genauso müde wie jetzt. Ich denke aber, das wäre äußerst unvernünftig und läge keinesfalls in deinem Interesse ...«

Aris bildete sich ein, in den Worten des Ganglions eine verhohlene Drohung herauszuhören.

»Willst du mich erpressen?«

»Kommt darauf an, ob dein Mentor dich nur Ausdauer oder auch Vernunft gelehrt hat ...«

»Warum hast du mich hergeholt?«

»Damit du in Vertretung deiner absenten Wandler-Freundin eine Entscheidung triffst. Denn leider bist du das einzige andere menschliche Exemplar eurer Zweckgemeinschaft. Ironischerweise scheint ausgerechnet dem Tod euer Leben ans Herz gewachsen zu sein. Seinem Wunsch entsprechend wurden drei ... *Experten* durch die Zeit geschickt, um für die Reste eurer Rasse einen zukunftsweisenden Schicksalspfad zu finden.

Alle drei von den Kundschaftern ergründeten Pfade führen zu Raumzeitmembranen, hinter die ich nicht zu blicken vermag. Ich kann dir nur beschreiben, was davor liegt.

Zur Auswahl steht zuerst die Guss-Zukunft oder grandiose Veródung. Alles schmort in Erwartung der großen Einverleibung. Langsame Verflüssigung im Feuer eines wachsenden Roten Riesen. Oben wird unten und unten oben. Überlebenswahrscheinlichkeit ohne Handtuch: 0,7828 Prozent.

Dann wäre da die Luxa-Zukunft oder unvollendete Unvollkommenheit. Des Pudels Kern ist auf und davon und hat alle Hinterlassenschaften und Wahrscheinlichkeitsparameter zu Staub zerklopfen lassen. Das Schicksal ist unilluminierbar. Fluchtmotiv, Population, Destination und Überlebenswahrscheinlichkeit unbekannt.

Und zu guter Letzt die Clogger-Zukunft oder Ananta-Magenverirrung. Die letzte Stunde hat geschlagen. Das Universum übt sich erfolgreich in Minimalismus und Zentralismus und kommt schnörkellos auf den Punkt. Überlebensprognose: 0,0000033 Prozent.« Das Ganglion schwieg eine Weile, dann fragte es: »Also?«

Aris blinzelte in den Nebel. »Tut mir leid, aber ich kann dir nicht so recht folgen.«

»Welche Zukunft siehst du für deine Spezies bevorzugt?«

»Können wir das vielleicht wiederholen, wenn ich ausgeschlafen habe?«

»Ich werde dich sehen lassen, was die Abgesandten gesehen haben.«

Aris riss die Augen auf, als eine Bilderflut über ihn hereinbrach. Einige Sekunden lang stand er stocksteif auf der Stelle, dann kippte er überwältigt hintüber in den Nebel und verschwand in einer Dunstwolke.

»Ist alles in Ordnung?«, erkundigte sich das Ganglion.

Aris streckte eine Hand in die Höhe und bildete mit Zeige- und Mittelfinger ein V.

»Die unvollendete Unvollkommenheit«, interpretierte sein körperloser Gastgeber die Geste. »Eine vortreffliche Wahl.«

Der Wandler schreckte aus seinem Nebelbett hoch. »Nein, das sollte nur …«

»Die Entscheidung ist gefallen«, verkündete das Ganglion. »Das wird Thanatos und die Lampe erfreuen.«

»Was? Welche …« Aris schaute sich um. »Welche Lampe?«

»Ich danke dir für deine Kooperation, Wandler. Sprich mit niemandem über diese Zusammenkunft als mit deiner Artgenossin. Ich wünsche euch eine gute Reise.«

Verwirrt starrte Aris auf die Gedenktafel, ohne einen vernünftigen Gedanken fassen zu können, dann blickte er hinter sich und schließlich in den Himmel. Der Hochnebel, der den gesamten Tag über zäh über dem Tal gehangen hatte, löste sich langsam auf. Erste Sterne funkelten durch die lichter werdenden Dunstschleier. Quer durch das Firmament verlief eine scharfe Grenze, hinter der keine Sterne mehr schimmerten. Es war die Krone der Bannmauer. Den Blick auf das gigantische Hindernis gerichtet, trat Aris hinter dem Gedenkstein hervor.

»Nachtwandelst du etwa, junger Mann?«, riss Sloterdykes Stimme ihn aus seinen Gedanken. Der Monozyklop hatte sich umgewandt und musterte ihn.

»Nein, ich war ...« Aris überlegte einen Moment lang, dann schüttelte er den Kopf. »Ich war nur austreten.« Er machte ein paar Schritte in Richtung Zelt, dann blieb er erneut stehen. »Haben Sie vorhin zufällig ...«

»Was?«, erkundigte sich Sloterdyke, als sein Gegenüber erneut in Schweigen versank.

»Ach, nichts.« Aris schlüpfte zurück ins Zelt und schloss den Eingang. »Gute Nacht, Professor.«

Der Monozyklop wartete, bis das Licht im Inneren erlosch, dann seufzte er: »Menschen.«

| 97 |

Fernes Donnern weckte Ninive. Im Halbschlaf hielt sie es für ein Unwetter. Erst als Staub auf sie niederrieselte und sie trotz der Entität unter sich das Zittern des Bodens spürte, schreckte sie auf.

»Keine Sorge«, vernahm sie aus der Dunkelheit Divaras Stimme. »Der Felssturz ist weiter oben im Tal.« Nach Augenblicken der Stille folgte ein weiteres dumpfes Donnern, das klang wie ein Flächenbombardement. »So geht das bereits seit der großen Flut. Die Bergflanken stürzen nieder, und ich befreie den Kanal wieder vom Schutt, um das Unersättliche zu füttern.«

Lautlos verschwand ihr Schatten vom Fenster. Kurz darauf begann ein geisterhaftes blaues Glosen das Gelass zu erleuchten. Es sah aus wie eine schimmernde Aura, die einen der Türdurchlässe ausfüllte. Im ersten Moment hielt Ninive es für ein Kraftfeld. Als ihr Blick sich klärte, erkannte sie, dass der langsam kreisende Wirbel von einer Flüssigkeit erzeugt wurde.

»Was ist das?«

»Biolumineszierende Algen«, erklärte Divara. »Eure Ahnen nannten sie *Noctiluca*.«

Ninive sah sich um. Der Raum, in den Divara sie gebracht hatte, maß höchstens zehn Schritte im Quadrat und hatte zwei gegenüberliegende Zugänge. In jedem von ihnen schimmerte eine Membran aus Wasser. Sogar das Fensterrechteck war von der Flüssigkeit, die das Gelass vor dem eisigen Nachtwind schützte, verschlossen.

»Nichts von draußen gelangt durch die Barrieren in diesen Raum«, versicherte Divara, als sie Ninives zweifelnden Blick bemerkte. »Und kein Ton und kein Geruch hinaus.«

»Ich kenne Mecha-Tiere, die einzig dafür geschaffen wurden, sich durch Mauern zu fressen. Wir wären schneller verspeist, als du Piep sagen könntest.«

»Piep?«

»Nur so eine Menschenfloskel aus dem Goldenen Zeitalter«, erklärte Ninive. »Ein komischer kleiner Käfig, den ich vor Jahren in einer Hochlandruine gefunden habe, hat sie benutzt, nachdem er von mir beseelt wurde …«

Der Avatar schien mit ihrer Erklärung nicht viel anfangen zu können.

»Wo ist Pagg?«, fragte Ninive, als sie in ihrer Nähe einen verdächtigen Haufen von Utensilien liegen sah.

»Wer ist Pagg?«

»Mein Rucksack.«

»Ich bin sicher, er wird bis Tagesanbruch wieder zurück sein.«

Ninive schloss die Augen und ließ ihren Kopf auf das Wasserbett sinken. »Du hast ja keine Ahnung …«

Divara schien eine Weile in sich hineinzuhorchen, dann fragte sie: »Bist du bis Sonnenaufgang in der Lage, deinen Marsch fortzusetzen?«

Ninive befühlte ihre Wunden. »Ich weiß es nicht«, sagte sie. »Mal heilt mein Körper schneller, mal langsamer.«

»Wird von deinen Beschädigungen etwas zurückbleiben?«

»Nein, ich glaube nicht.«

Divara schwieg lange, dann fragte sie: »Hast du schon einmal darüber nachgedacht, ob das, was dir ein so langes Leben schenkt, deinen Körper heilt und dich tote Materie beseelen lässt, ein und denselben Ursprung haben könnte?«

»Der Kanoflux? Sloterdyke hat im Chronoversum die eine oder andere Anspielung darüber gemacht.« Ninive hob vorsichtig einen Arm, um herauszufinden, ob die Wasser-Entität unter ihr sie noch an sich zwang. Erleichtert stellte sie fest, dass sie sich offenbar wieder frei bewegen konnte, und richtete sich ein Stück auf. »Aber irgendetwas stimmt mit mir nicht«, sagte sie. »Ich konnte diese Gemmen nicht entseelen …«

»Weil sie gar nicht beseelt sind«, erklärte der Avatar. »Sie gewinnen ihre Energie aus dem Tageslicht, reproduzieren sich selbst und folgen selbst nach zwölf Äonen unbeirrt ihrer Programmierung, ohne sie zu hinterfragen. Es sind nur … Wie nannten die Architekten sie noch gleich – *Robotore*?«

Ninive zuckte mit den Schultern.

»Die Gemmen hielten in den ihnen zugeteilten Sektoren die Mauerfugen frei von Ungeziefer, entfernten Pflanzenbewuchs, reparierten Schäden und öffneten Wassereinschlüsse, ehe diese gefroren und das Gestein des Walls vom Eis gesprengt wurde. Ich hielt ihre Art seit Jahrtausenden für erloschen, doch hier hat offensichtlich eine Kolonie überlebt. Sie stammen nicht von hier.«

»Wie meinst du das?«

Divara deutete durch das Fenster hinauf in den hinter der Wassermembran aufklarenden, flimmernden Nachthimmel. »Vor der großen Flut schwebte diese Welt nicht allein um die Sonne. Sie wurde von einem Mond begleitet, den eure Ahnen Luna, Selene oder Arianrhod nannten. Er war der Ursprung der Gemmen. Eure Ahnen hatten sie vor der großen Flut auf die Erde geholt, damit sie hier jene Arbeit fortführten, für die sie fern dieser Welt geschaffen worden waren.«

Ninive blickte auf die wenigen hinter Nebelschleiern flirrenden Sterne und sinnierte über das Gehörte, dann fragte sie: »Was ist denn ein Mond?«

Pagg kehrte von seiner Exkursion wesentlich früher zurück als von Ninive befürchtet. Sie wusste nicht, seit wann er hinter der Wassermembran des rechter Hand gelegenen Zugangs bereits auf und ab sprang, um sich bemerkbar zu machen. Kein Geräusch drang durch die Barriere. Nachdem Divara sie kurz für den Rucksack geöffnet hatte, kam dieser eilig hereingekrochen und suchte Schutz in Ninives Armen. Offenbar waren ihm die finsteren Ruinen nicht geheuer, oder etwas hatte ihn zutiefst erschreckt. Argwöhnisch sah Ninive zu dem Durchgang, wohl ahnend, dass Divara den Raum nicht nur vor den Gemmen abschirmte.

Eine weitere Überraschung war, dass Pagg auf Kosten des Proviants nicht den kleinsten Krümel aufgesammelt hatte. Als Ninive einige Bissen der *Mana*-Speise gegessen hatte und sich innerhalb kurzer Zeit besser fühlte, wurde ihr erst bewusst, dass ein Großteil ihrer Schwäche vom Hunger hergerührt hatte. Woraus auch immer das seltsame, wachsartige Orb-Gebäck bestehen mochte, seine Wirkung war wundersam.

»Warum hast du es eigentlich getan?«, wollte Ninive wissen, nachdem sie sich sogar dazu überwunden hatte, ein wenig von Divaras zweitem Adjutanten zu trinken.

»Was getan?«

»Die große Flut. Den Kataklysmos.«

»Kataklysmos ...«, wiederholte Divara. »Das ist nur ein Wort, eine hässliche Abstraktion der Vergangenheit, die die Wahrheit gefangen hält.« Sie gab ein Geräusch von sich, das wie ein tiefes, trauriges Seufzen klang. »Falls du und diese Welt das Unvermeidliche überstehen solltet, dann sorge dafür, dass eure sogenannten Chroniken mich fortan nicht mehr zum Sündenbock des Weltuntergangs machen«, sagte sie.

»Wie meinst du das?«, stutzte Ninive.

»Ich habe mit eurem Kataklysmos nichts zu tun. Selbst eine Million entfesselter Seen aus meinesgleichen hätte nicht annähernd das bewirken können, was vor zwölf Äonen geschehen ist.«

»Die Chroniken erzählen, du hättest die Urwelt überflutet und das Goldene Zeitalter beendet.«

»Diese Welt ist größer, als du dir vorzustellen vermagst, Hylenium. Du glaubst vielleicht, dieses Land und das Meer, aus dem es sich erhebt, sei alles, aber da irrst du gewaltig. Die fernen Gestade hinter dem Horizont nicht sehen zu können bedeutet noch lange nicht, dass sie nicht existieren.«

»Aber wenn nicht du der Kataklysmos warst, was dann?«

»Seine Ursache kenne ich nicht«, sagte Divara. »Aber ich habe die Folgen erlebt. Mächtige Flüsse waren aus ihren Betten gehoben und in alle Winde gerissen worden, Dinge hatten begonnen zu schweben. Wasser war bergan geströmt, Regen hatte sich aus den Wolken hinauf in den Himmel ergossen. Winde hatten sich zu einem einzigen wirbelnden Sturm vereint, der sich von Horizont zu Horizont gespannt hatte. Schließlich hatten die Ozeane sich bis über die Wolken und darüber hinaus aufgebäumt, emporgezerrt von einer unbeschreiblichen Himmelsmacht. Ein gigantischer, Tausende Kilometer breiter, kreisender Berg aus Wasser hatte sich tagelang über die Welt gewälzt. Als die Flut endlich vorbei war und die Elemente wieder zur Ruhe gekommen waren, war nichts mehr gewesen wie zuvor – und das Goldene Zeitalter deiner Ahnen Geschichte.«

Eine geraume Weile beobachtete Ninive ihr Gegenüber dabei, wie es fast lautlos durch den Raum schritt und an den Wassermembranen der Türöffnungen zu lauschen schien, dann fragte sie: »Wie fühlt es sich eigentlich an, als Elementargeist in einem menschlichen Körper zu stecken?«

»Es ist eng«, erhielt sie als Antwort.

Ninive setzte sich auf. »Ist es wahr, was Sloterdyke gesagt hat?«, fragte sie. »Zenobias Körper besteht nun aus Fleisch und Blut?«

»Und einigen anderen unappetitlichen Dingen.«

»Aber wie ...?«

»Ich habe dem Avatar ein Angebot gemacht«, fiel Divara ihr ins Wort. »Und er hat eingewilligt. Solltet ihr über das Schicksal der Welt triumphieren, werde ich dafür sorgen, dass auch ihr Galan das Geschenk der Metamorphose erhält.« Sie schloss die Augen und schien mit Zenobias Bewusstsein zu kommunizieren. »Sofern euer Monozyklop es vollbringt, ihn wieder aus eurer Tauchmaschine zu entfernen und in das zurückzuverwandeln, was er ursprünglich gewesen ist«, fügte sie hinzu.

»Der arme Leon ...« Ninive ließ sich auf ihre Bettstatt zurücksinken. »Wie es ihm dort unten in der Dunkelheit wohl ergehen mag?«

»Das, was von mir bei ihm zurückgeblieben ist, sorgt dafür, dass er keinen Mangel leidet«, sagte Divara. »Aber um deine Frage zu beantworten: Einen eurer Körper zu besitzen und eure Gewohnheiten zu erforschen ist eine verwirrende Erfahrung voller emotionaler Widersprüche. Ihr Menschen pflegt untereinander seltsame Bräuche, deren Bedeutung ich nicht verstehe.«

»Welche?«

»Das kann ich nicht beschreiben. Unsereins hat keine Worte dafür.«

Divara trat heran ließ sich neben Ninive auf den Boden sinken. Den Oberkörper auf dem rechten Arm gestützt, betrachtete sie die Wandlerin eine Weile schweigend. Dann beugte sie sich herab und küsste sie.

»Zum Beispiel das hier«, sagte sie, als sie sich wieder ein Stück aufgerichtet hatte. »Wozu ist das gut?«

Ninive hatte perplex die Luft angehalten. »Das ist ... ein Ausdruck von ... Zuneigung«, flüsterte sie stockend.

»Was ist Zuneigung?«

Die Wandlerin holte tief Luft und blies sie mit dicken Backen wieder aus. »Eine ziemlich komplizierte Sache zwischen zwei Menschen«, sagte sie. »Ich musste so etwas seit Jahrhunderten niemandem mehr erklären.«

»Hm ...«, machte Divara. »Vielleicht ist es einfacher, ich frage Zenobia.« Sie beugte sie ein Stück herab. »Oder du lehrst es mich.«

Diesmal erwiderte Ninive nach kurzem Zögern ihren Kuss, riss jedoch erschrocken die Augen auf, als sie Divaras Hand zwischen ihren Schenkeln spürte.

»Was machst du denn?«, flüsterte sie und rutschte ein Stück von ihr fort.

Der Avatar wirkte amüsiert. »Ihr Menschen verschwendet so viele heimliche und sehnsüchtige Gedanken an *diese* Sache, dass sie es mehr als wert ist, ergründet zu werden«, erklärte er.

»Ich weiß wirklich nicht, ob das eine gute Idee ist.« Ninives Stimme zitterte.

»Lass es uns herausfinden.«

»Und ich bin auch nicht sicher, was Zenobia davon hält.«

»Sie meint, du erinnerst sie immer noch an eine ihrer Lieblingsgespielinnen in Palmyra …«

Divara richtete sich auf und löste die Fibel an ihrer Schulter. Was Ninive bisher für ein dünnes Gewand gehalten hatte, entpuppte sich als raffinierte Täuschung und war in Wirklichkeit nicht mehr als ein kunstvoll geschlungenes und geknotetes Tuch mit zwei langen Schärpen.

Nachdem Divara die Spange entfernt hatte, öffnete es sich und glitt zu Boden. Dann kniete sie sich neben Ninive und begann deren Hemd aufzuknöpfen.

»Das ist nicht fair«, flüsterte die Wandlerin. »Du bist in meinem Kopf.« Ihre Stimme bebte, als Divaras Fingerspitzen über ihre Brüste strichen. »Das ist wirklich nicht fair!«

»Aber interessant, glaube ich.«

Ninive stöhnte auf, als Zenobias warmer Körper sich an den ihren schmiegte. Ihr moralischer Widerstand währte nur für einen Augenblick, dann umschlang sie Divara mit Armen und Beinen, presste sich an sie und hoffte, dass durch die geisterhaft leuchtenden Wassermembranen wirklich kein Ton nach außen drang …

»Das war eine der außergewöhnlichsten und berauschendsten Erfahrungen der letzten zwölftausend Jahre!«, schwärmte Divara, als sie spürte, wie Ninives Umklammerung sich langsam löste und ihr Körper sich entspannte. »Jetzt wird mir so einiges klar. Nur das mit dem Schreien ist seltsam. Hattest du wirklich keine Schmerzen?«

»Nein«, antwortet Ninive schwer atmend. »Das gehört … dazu …«

Sie lagen eine Zeit lang still nebeneinander, dann fragte Divara: »Und, ist es so schlimm, von einem Wassertropfen besessen zu sein, der für ein wenig Einklang und emotionale Harmonie sorgt?«

»*Ein wenig Einklang?*«, wiederholte Ninive. Sie wollte auflachen, doch es wurde nur ein stilles Zucken. »Das war jetzt das vierte Mal! Ich bin nur ein Mensch!«

»Nein, du bist ein Hylenium. In all den Jahrhunderten, in denen dich deine Gabe erfüllt, hast du es offenbar versäumt, ihren wahren Umfang zu ergründen. Sie bietet weitaus mehr Möglichkeiten, Einfluss auf die Welt zu nehmen, als nur Urwelt-Dinge zu beseelen und sich ihre Geschichten anzuhören. Es wird Zeit, dass dir jemand beibringt, was sich mit dem Kanoflux alles anstellen lässt. Jemand, der miterlebt hat, wie diese Kraft hierhergelangt ist und alles verändert hat.«

»Und was heißt das?«

»Fürs Erste?« Divara zog Ninive zu sich heran. »Noch mal!«

»*Was?*«

»Unbedingt!«

| 98 |

Schweigend starrte Cutter durch das Loch, das sich vor ihm im Nebel aufgetan hatte, in die Nachtwelt, während er die Spitze des Sensenblattes gedankenversunken durch den wallenden Untergrund gleiten ließ.

»Deine Sorgenaura bringt den gesamten Orb im Missklang«, drang hinter ihm die Ganglion-Chorstimme durch das geöffnete Portal. »Was beunruhigt dich?«

»Das, was dort unten geschieht, gehört nicht zum Konzept«, murmelte Cutter. »Dieser Metazweig dürfte überhaupt nicht existieren.«

Geduckt trat der Ganglion-Atlant aus seinem Refugium in den Nebel heraus. Mit den Füßen schob er den wallenden Untergrund zu einem Haufen zusammen und setzte sich neben seinen schwarz gewandeten Gast. »Die Wandlerin vollbringt es, unbewusst ihre eigenen Zweige zu erschaffen«, sagte er. »Nach allem, was du über sie weißt, hättest du diese Eventualität einkalkulieren müssen.«

»Offenbar kenne ich sie noch immer nicht gut genug«, gestand Cutter. »Und Divaras Einfluss erweist sich für den Plan auch nicht gerade als förderlich.«

»Wichtig ist nur, dass sie rechtzeitig zum Hauptstrang zurückkehrt.« Der Atlant betrachtete eine Weile das Sensenblatt, dann sagte er: »Würdest du bitte damit aufhören, mein Kontinuum zu zerkratzen?«

Cutter hielt inne. »Wenn mein Engagement aus etwas mehr bestehen dürfte als verbalen Informations-Fußnoten, Orb-Expresstransporten, Genesungslösungen und Proviantlieferungen, könnte ich dafür sorgen, dass die Chancen für die Rettung dieser Welt weitaus günstiger stünden.«

»Unter keinen Umständen!«, mahnte das Ganglion. »Es darf niemals – *niemals!* – eine stabile Verbindung zwischen dem Orb und der Wandlerwelt entstehen. Das wäre das augenblickliche Ende beider Kontinuen, und alle Aufmerksamkeit, die du deiner kleinen Elevin im Laufe der Jahrhunderte geschenkt hast, pure Zeitverschwendung.«

Cutter schwieg lange und blickte in den Nebel. »Ich weiß nicht, ob das gesund ist, was die beiden da machen«, seufzte er schließlich. »Bei vielen Spezies der alten Welt starb nach der Paarung das Männchen, weil es vom Weibchen gefressen wurde. Aber bei zwei Weibchen …«

»Ich denke, es gibt Wichtigeres zu studieren als das Liebesspiel von Flux-Entitäten.« Das Ganglion schwieg eine Weile, dann sagte es: »Ich habe den männlichen Wandler konsultiert. Die Entscheidung fiel auf das mittlere Portal.«

»Die unvollendete Unvollkommenheit?«, staunte Cutter.

Der Atlant erhob sich. »Du bist am Zug!«, erklärte er und schritt zurück in sein Domizil.

Leise ein Auguren-Lied vor sich hin summend, machte Cutter eine flüchtige Handbewegung, woraufhin das Wolkenloch sich schloss. Nachdenklich betrachtete er die Klinge seiner Sense, dann rammte er das Instrument mit dem Stil voraus in den Nebel, platzierte sein Stundenglas daneben, schüttelte seine Kutte aus und löste sich in Luft auf.

Eine Neuronenumkreisung später materialisierte er sich in den Tiefen der Einsturzdoline am Rand des Höhlensees – und stand an einem leeren Ufer. Vom Aquaroid und seinem Navigator war weit und breit nichts zu sehen. Lediglich die tiefen Schleifspuren und der aufgewühlte Schlamm zeugten davon, dass das Tauchboot an dieser Stelle an Land gerobbt war.

»Hallo?«, rief Cutter. Das Echo seiner Stimme hallte vom anderen Ende der Grotte wider. Er lauschte reglos, dann erhob er sich in die Luft und begann dicht über der Wasseroberfläche in die Dunkelheit zu schweben. Nachdem er dem See bis in einen Seitenstollen gefolgt war, entdeckte er das Tauchboot unter dem an der Höhlendecke leuchtenden Nachtmoos still im Wasser treibend. Es zuckte erschrocken zusammen, als es die lautlos herangleitende Kuttengestalt über seinem Heck bemerkte, und tauchte blitzartig ab. Eine Gischtfontäne spritzte bis zur Höhlendecke, woraufhin das Glühen der Moose erlosch. Cutter ließ sich in die Dunkelheit des Sees hinabsinken, hatte das Aquaroid im Nu eingeholt und glitt durch die Schiffshülle ins Innere.

An Bord des Tauchbootes regte sich nichts. Die von Divaras Adjutantin erfüllte Rüstung saß reglos hinter der Steuerkonsole, hatte ihren Kugelkopf in seine Richtung gedreht und starrte ihn an.

»Ich muss mit dem Navigator sprechen«, sagte Cutter.

Das Wasser hinter den Bullaugen begann abzusinken, dann hob die Rüstung den Kopf und sagte: »Willkommen, alter Freund. Wie stehen die Dinge?«

»Kehrt zurück ans Ufer!«, wies Cutter sie an. »Euer Verhalten ist unverantwortlich. Wären statt meiner die beiden Wandler zurückgekehrt, um sich in dieses Schiff zu retten, hättet ihr sie womöglich auf dem Gewissen, und alle Hoffnung wäre mit ihnen gestorben.«

»Es war Leons Wunsch, die Grotte zu erforschen und das Nachtmoos zu studieren.«

»Diese biolumineszierenden Gewächse sind äußerst faszinierend«, erklang hinter ihr eine quäkende Stimme.

Cutter blickte verwundert auf einen kleinen Metallkasten, der in der Nähe der Steuerkonsole an einem der Rohre befestigt war.

»Der Lautsprecher ist Leons Kopfgeburt«, bemerkte die Rüstung. »Ich habe ihn gemäß seinen Angaben lediglich konstruiert.«

»Ein simpler Schwingungswandler mit Frequenzweiche«, erklärte Leon. »Zu meiner Zeit war ich zwar ein Verfechter der Philosophie, aber das bedeutet nicht, dass ich keine Ahnung von Technik habe. Schließlich lebte mein Original gegen Ende des Goldenen Zeitalters und vererbte meinem Folianten all sein Wissen.«

»Ich bin von Un-Natur her mehr Nekro- als Technophilist«, gestand Cutter. »Mit einem angestammten Faible für Euthanasie. Wie ist das Befinden?«

»Ich fühle mich flüssig«, sagte Leon. »Angesichts der Tatsache, dass es hier nichts zu tun gibt, außer zu warten und *Cyanoplasten* zu studieren, fast schon überflüssig.«

»Das wird sich bald ändern«, versicherte Cutter. Und an Divara gewandt: »Kläre deine Protegés über die Bestimmung dieser Tauchmaschine auf. Es wird Zeit, dass sie die Wahrheit erfahren.«

»Die Wahrheit?«, drang es verwundert aus dem Lautsprecher.

»Alles wird sich weisen«, versprach Cutter. »Haltet euch bereit und die Luken geschlossen!«

Seine Stimme verhallte an der Stelle, an der er soeben noch gestanden hatte

| 99 |

»Also keine fliegenden Mäuse?« Aris konnte sich ein spöttisches Grinsen nicht verkneifen.

»Bedauerlicherweise nein«, gestand Sloterdyke. »Ich gebe zu, der Vater des Gedanken war der Wunsch nach ein wenig Urwelt-Alltäglichkeit ...«

»Hätte mich ehrlich gesagt auch gewundert.«

»Das heißt jedoch nicht, dass die Nachtwache vergeblich war.« Der Monozyklop deutete in die Höhe. Der Himmel war über Nacht fast vollständig aufgeklart. »*Lux veritatis!*«, sagte Sloterdyke. »Was uns die Schatten der Urwelt nicht zeigen können, offenbart uns das Licht der Gegenwart.«

Es vergingen einige Sekunden, bis Aris erkannte, worauf er anspielte. Blickte man frontal auf die noch im Schatten liegende Mauer, war es kaum zu erkennen. Im Osten jedoch, wo sich die Dimensionen verkleinerten und das Bauwerk in weitem Bogen leicht nach Süden schwenkte, zeichnete sich im Licht der aufgehenden Sonne immer klarer eine Anomalie im Bewuchs ab. Gut einen Kilometer über der Ebene war die Mauerfront leicht nach hinten versetzt. Es wirkte wie ein Sims, musste sich angesichts der Dimensionen des Bauwerks und der ihn bedeckenden Vegetation aber um eine mindestens zwanzig bis dreißig Meter mächtige Stufe handeln. Sie konnte allen möglichen Zwecken gedient haben, war aber vielleicht auch nur eine architektonische, funktionslose Notwendigkeit gewesen. Dennoch ließ sich nicht von der Hand weisen, dass die Anomalie in einer idealen Höhe lag, um die ersten Jahrzehnte oder womöglich sogar Jahrhunderte der Stauung zu beobachten.

»Eine Stabilisationsschwelle?«, rätselte Aris. »Oder eine Observationsplattform der Architekten?«

»Oh, wahrscheinlich weit mehr als das«, sagte der Monozyklop. »Vielleicht war diese Stufe vor ihrer Überflutung sogar eine Art Panorama-Seepromenade für jene, die diese Gigantomanie erbaut und betrieben hatten. Ich bin sicher, dass das Memorial, zu dem die Gedenktafel gehört, irgendwo auf dieser Schwelle stand.« Die Linse seines Teleskopauges blitzte im Sonnenlicht, als er auf seinen Begleiter niedersah. »Dort oben, junger Mann, liegt unser Ziel!«

Nachdem Aris das Zelt in seinem Tornister verstaut hatte, schloss er den Kragen seines Mantels und zog sich fröstelnd die Ärmel über seine Hände. »Machen Ihnen die Temperaturen tatsächlich nichts aus?«, fragte er den Monozyklopen, dem ein unternehmensfreudiges Grinsen im Gesicht stand.

Sloterdyke ließ demonstrativ einen Dampfstrahl aus seinem Stirnventil in den Himmel steigen. »Ich bin beheizt, junger Mann. Ein dicker Teekessel auf zwei Beinen, wenn du so willst. Nur meine Füße sind ein wenig unterkühlt, daher sollten wir zügig aufbrechen. Wenn wir Glück haben, finden wir hinter der Blätterwand dort oben für dich sogar ein paar saftige ungiftige Früchte oder wenigstens eine Handvoll nahrhafter Nüsse.«

Aris zögerte einen Moment lang, dann fragte er: »Verraten Sie mir, wie Sie das machen?«

Sloterdyke hielt inne. »Was meinst du, junger Mann?«

Der Wandler tippte sich an die Stirn. »Sind Sie doch kein *Perpetuum mobile*, oder? Seit wir den Chronos-Komplex verlassen haben, habe ich Sie keinerlei Nahrung zu sich nehmen sehen, und Sie grasen auch nicht heimlich und machen es wie die Makulas oder die Scheller, sobald niemand hinschaut. Trotzdem sind Sie ununterbrochen am Qualmen. Also wie funktioniert das? Wovon ernährt sich ein Monozyklop?«

»Von Elementen natürlich.«

Aris runzelte verständnislos die Stirn.

»Ich filtere unaufhörlich Staub und Aerosole aus der Atmosphäre«, erklärte Sloterdyke. »Das hat sich während meiner Zeit im Chronoversum als äußerst nützliche Fähigkeit erwiesen, also habe ich sie als Standard festgelegt. Die Luft ist angereichert mit Schwebeteilchen voller wertvoller, nahrhafter Elemente. Diese leckeren Mineralfasern, die der Wind über die Ebene bläst, und dazu der kosmische Staub, der unaufhörlich vom Himmel rieselt – einfach köstlich.«

»Haben Sie einen Magen?«

Sloterdyke überlegte einen Moment lang. »Ich glaube ja.«

»Wann haben Sie zum letzten Mal etwas gegessen?«

»Du meinst *damit*?« Er deutete auf seinen Mund. »Das ist lange her.«

Aris öffnete seinen Tornister, entnahm ihm einen der noch übrigen *Mana*-Laibe, riss ihn in zwei Hälften und reichte dem Monozyklopen eine von ihnen.

»Das ist Honigbrot!«, stellte dieser verblüfft fest, nachdem er vorsichtig abgebissen und darauf herumgekaut hatte. »Du liebe Güte, woher hast du das?«

»Das wollen Sie nicht wirklich wissen.«

Sloterdyke betrachtete den Fladen in seiner Hand. »Sag jetzt nicht, von diesem Orb-Grimmling.«

»*Sie* haben gefragt.« Aris schulterte seinen Tornister. »Aber ehrlich gesagt scheint das ein Ganglion-Almosen zu sein.«

Der Hang am Fuß der Mauer war dicht von Steppengras bewachsen, aus dem sich vereinzelt mannshohe, dornengespickte Stauden reckten. Mit zunehmender Höhe begannen auch niedrige Gebüsche und gedrungene, sturmgebeugte Bäume aus dem Gras zu ragen.

Am Fuß der Mauerböschung angekommen, stieg Sloterdyke ein paar Schritte hinauf und prüfte die Stabilität des Hanges. Der Boden federte unter seinem Gewicht leicht nach, was den Monozyklopen aber nicht weiter zu beunruhigen schien. Aris hörte ihn etwas Undeutliches murmeln, das wie »eine Matratze aus zwölftausend Jahre altem Essen« klang.

Neben Sloterdyke fiel unvermittelt ein kleines, gefiedertes Etwas vom Himmel und rührte sich nicht mehr. Aris blickte in die Höhe. Über ihnen kreisten Hunderte von Vögeln.

»Na so was.« Der Monozyklop hob den winzigen Körper vorsichtig auf und hielt ihn an sein Ohr. »Tot«, stellte er fest. Er spreizte seine Flügel und studierte die Federn an Bauch und Rücken. »Rein äußerlich sieht er gesund aus«, stellte er fest. »Bis auf die Tatsache, dass er tot ist. Wahrscheinlich sterben sie seit jeher auf diese Art und Weise. Der kleine Kerl sieht aus wie eine Kreuzung aus Berg- und Schneefink. Seine Vorfahren haben vor dem Kataklysmos viele alpine Regionen der Welt bevölkert. Wahrscheinlich ist eine Urpopulation einst hier im Tal eingeschlossen worden.« Er öffnete eine Klappe an seinem Bauch und legte den kleinen Kadaver vorsichtig hinein. »Ich möchte ihn nur untersuchen«, erklärte er Aris. »Nicht essen.«

»Sagen Sie das denen, nicht mir.« Er deutete in den Himmel, wo die Vogelschwärme ihre Kreise inzwischen verdächtig tief zogen. »Denken Sie, der Aufstieg ist sicher?«

»Sicher?« Sloterdyke blickte über den Hang. »Nun, zumindest bewegt sich der Boden nicht, und die Vögel können uns keine Haare von den Köpfen picken.« Aris verdrehte die Augen, verkniff sich aber eine Bemerkung. »Ich werde vorausgehen«, entschied der Monozyklop. »Falls in diesem Hang etwas lebt oder fleischfressende Pflanzen auf uns lauern, werde ich es also zuerst bemerken.«

»Erbauende Vorstellung, über eine Hunderte Meter hohe Halde aus Vogelkadavern und totem Grünzeug zu klettern.«

»Zwölftausend Jahre Vogelkot nicht zu vergessen«, ergänzte Sloterdyke. »Der beste Dünger der Welt, wie du siehst.«

»Danke, dass Sie mich daran erinnern.«

Zwar machten die Vögel keine Anstalten, sie zu attackieren, begannen die für sie fremdartigen Eindringlinge dafür jedoch mit ihren Ausscheidungen zu bombardieren, je näher diese dem Blätterwall kamen. Besonders auf den dampfschnaubenden Monozyklopen hatten sie es dabei abgesehen.

Die sturmverkrüppelten Bäume, unter denen Aris und Sloterdyke leidlich Schutz fanden, trugen dicke, schotenartige Blätter, in deren Innerem es rasselte, sobald der Wind sie gegeneinanderschlug. Seltsamerweise hörte der Kotregen auf, sobald sie unter einem der seltsamen Gewächse Zuflucht gefunden hatten.

Während Aris den schnellsten Kletterweg zum nächsten Baum zu erspähen versuchte, ließ der Monozyklop seinen Teleskopblick über die Ebene schweifen.

»Eine Mauer, die seit zwölftausend Jahren keinen Tropfen Wasser mehr staut«, sinnierte Sloterdyke. »In dieser Zeit hätten in diesem Tal Hochkulturen aufblühen und wieder vergehen können, ohne dass wir heute etwas von ihnen ahnen würden – ihre Städte, Schätze und Gebeine tief unter dem Boden begraben und vergessen ...« Er seufzte und putzte ein paar Kotspritzer von seiner Linse. »Vielleicht ist es unser ewiges kosmisches Schicksal, unterzugehen.«

»Können Sie Ninive und Divara sehen?«, wollte Aris wissen.

»Bedaure, aber die Entfernung ist zu groß. Falls ich Ivis Marschtempo und den Willen dieser Fluss-Entität jedoch richtig einschätze und sie nicht aufgehalten wurden, sollten sie das obere Ende des Tals bald erreicht haben. Ich bin sicher, Divara wird uns ein Zeichen senden, sobald unsere Bringschuld beglichen wurde.«

»Ihr Wort im Ohr des Großen Dynamos«, murmelte Aris und begann den Dung von seiner Kleidung zu wischen. »Wie meinten Sie das eigentlich vorhin mit den eingeschlossenen Vögeln?«

Der Monozyklop legte den Kopf in den Nacken. »Es heißt, vor dem Kataklysmos soll das Klima ein völlig anderes gewesen sein als heute«, erklärte er. »Es war bedeutend wärmer, der Regen fiel fast das halbe Jahr lang, und die Vegetation wuchs so dicht und üppig, dass das Unkraut übermannshoch wuchs, sobald man seinen Garten für ein paar Wochen nicht gepflegt hatte. Es gab nicht nur lichte Haine wie heute, sondern Tausende von Quadratkilometer große, nahezu undurchdringliche Wälder. Und von der Luft heißt es, sie wäre dick gewesen. Dick und so satt, dass man sie viel intensiver hatte fühlen können als heute.«

»Was bedeutet das?«

»Ich weiß es nicht, junger Mann. Die Chroniken erzählen, vor dem Kataklysmos hätte es viel mehr Luft gegeben, sodass man sich von einem einfachen Fesselballon gefahrlos doppelt so hoch emportragen lassen konnte wie heute.«

Aris gab ein belustigtes Prusten von sich. »Das klingt in meinen Ohren nicht besonders glaubwürdig.«

»Es war immerhin das Goldene Zeitalter«, erinnerte Sloterdyke seinen Zuhörer.

Aris blickte empor zur im Sonnenlicht glühenden Dammkrone. »Höher als die Bannmauer, ohne zu ersticken oder zu erfrieren?« Er schüttelte den Kopf. »Das ist doch ein Maschinenmärchen.«

| 100 |

Ninive erwachte in einem leeren, stillen Raum.

Für einen Moment desorientiert, blinzelte sie an die Felsdecke, unter der Schwärme winziger transparenter Insekten schwebten, die aussahen wie lebendige Schneeflocken. Vorsichtig setzte sie sich auf und untersuchte ihren Körper. Nur an jenen Stellen, an denen sie tags zuvor die schlimmsten Verletzungen davongetragen hatte, waren noch Spuren der Wunden zu erkennen. Auch von ihrem *Krankenbett* war kaum mehr übrig als eine fingerdicke, halb erstarrte Pfütze, die keine Wärme mehr ausstrahlte.

»Danke«, sagte sie leise und strich mit ihrer Hand über die Reste des Elementargeistes, woraufhin dieser wie zur Bestätigung noch einmal kurz aufleuchtete und innerhalb weniger Augenblicke unter ihr verdunstete.

Fröstelnd kleidete Ninive sich an, hängte sich einen Träger ihres Rucksacks über die Schulter und suchte im Halbdunkel den Weg hinaus ins Freie. Divara stand mit wehendem Gewand vor den Ruinen und schien den eiskalten Wind zu genießen.

»Wie fühlst du dich?«, erkundigte sie sich, als sie die Wandlerin hinter sich wahrnahm.

Ninive gähnte und hielt sich schützend eine Hand vor Augen. Die Sonne stand hoch über den Berggipfeln und ließ erahnen, dass es bereits später Vormittag sein musste. »Ich bräuchte ein Bad«, murmelte sie ein wenig verlegen. »Ohne dass dein Wasser dabei irgendwelche anatomischen Forschungsreisen unternimmt. Wäre das möglich?«

Eine gefühlte halbe Stunde später hockte sie in einer wassergefüllten Mulde am Fuß des Schutthangs und wusste nicht so recht, ob sie sich in dem von Divara eigens für sie aus der Schlucht heraufzitierten Nass wohlfühlen oder lieber die Flucht ergreifen sollte. Während sie seine Wärme genoss, blieb eine leise Befürchtung, dass sich in ihrem Körper plötzlich etwas seltsam anfühlen oder kundschaftend an ihr emporfließen könnte. Gleichzeitig zwangen die traumatischen Erlebnisse des vorangegangenen Tages sie dazu, ständig nach den kleinen huschenden Schatten überlebender Gemmen Ausschau zu halten.

»Es ist das pure Element in seiner reinen Form«, versicherte ihr der Avatar. »Ohne jedwedes Bewusstsein.«

Ninive verzog die Lippen. »Wieso ist es dann warm?«

»Wäre dir ein Bad mit Eiskruste lieber?«

Divara hatte es sich neben dem dampfenden Tümpel auf einem Felsen bequem gemacht. Es sah aus, als zählte sie bereits zum zwanzigsten Mal ihre Finger, nur um verwundert festzustellen, dass es immer noch zehn waren.

»Warum hörst du nicht einfach auf zu fließen, wenn du es leid bist, diesem sogenannten ›Unersättlichen‹ in der Mauer zu dienen?«, fragte Ninive. »In meiner Welt sagt man: Der Zweck heiligt die Mittel.«

»Ein anderes eurer Sprichwörter sagt: Die Quelle kümmert sich nicht um die Launen des Flusses.«

»Woher weißt du das?«

»Ich bin alt, Hylenium.« Divara blickte auf Ninive herab. »Du kannst dir nicht vorstellen, wie es sich anfühlt, zu einem kilometertiefen See gestaut zu werden. Oben ist es ja noch erträglich, aber unten am Grund …«

Nachdem Ninive ihr Bad beendet und die Nässe auf ihrem Körper abgestoßen hatte, bemühte Divara sich erst gar nicht, das im Tümpel verbliebene Wasser zurück in die Schlucht zu schicken, sondern ließ es einfach versickern. Als die Wandlerin den Damm erklommen hatte, stellte sie ernüchtert fest, dass sie am Vortag kaum mehr als die Hälfte der Strecke geschafft hatten.

»Gelangen wir auf dieser Seite des Kanals ebenfalls ans Ziel?«, fragte sie.

»Ja.« Divara sah in die Ferne. »Aber es ist gefährlicher – und nicht unbedingt leichter.«

Was sie damit meinte, offenbarte sich Ninive, als sie nach etwa zwei Stunden Fußmarsch an einer Klippe standen. Felslawinen hatten den Damm auf einer Länge von mehr als einhundert Metern zerstört und mit sich in die Tiefe gerissen. Nur vereinzelt erhoben sich in der Bresche noch kurze Abschnitte des Walls wie Trutzburgen. Als Ninive und Divara sich einen Weg durch das Trümmerfeld bahnten, gab das lockere Gestein an ihren Flanken unter dem Gewicht ihrer Schritte nach, ein untrügliches Zeichen dafür, dass die Zerstörungen frisch waren und hier jener Bergsturz niedergegangen war, von dessen Getöse sie in der Nacht geweckt worden war.

Zu Ninives Erleichterung blieb es der einzige zerstörte Wegabschnitt. Dennoch schaute sie immer wieder hinauf zu den schroffen Felswänden und den schneebedeckten Gipfeln. Auf dem gegenüberliegenden Damm würde die Schlucht sie zweifellos vor größerem Unglück bewahren. Hier auf der Bergseite waren sie niedergehenden Felslawinen nahezu schutzlos ausgeliefert. Dennoch war ihr dieses Risiko lieber, als die Schlucht noch einmal auf Divaras Wasserbrücke zu überqueren.

Hatte die Schwemmebene sich auf Höhe der Einsturzdoline noch fast über die gesamte Breite der Bannmauer ausgedehnt, waren die Bergflanken mittlerweile bis auf wenige Kilometer zusammengerückt. Mit jedem Schritt, den Ninive tat, wurden sie schroffer und steiler und ihre Fallwinde eisiger.

Divara hielt sich auffällig still im Hintergrund und hatte bisher kein Wort darüber verloren, was in der vergangenen Nacht geschehen war. Vielleicht war es ihr als Elementargeist im Nachhinein peinlich, sich auf menschliches Niveau herabbegeben und die Begehrlichkeiten ihres Avatars ausgelebt zu haben. Vielleicht war sie auch einfach nur pragmatisch und konzentrierte ihre Gedanken und ihre Aufmerksamkeit auf das, was sie und Ninive am Ende des Weges erwartete.

Als Ninive bemerkte, dass sie nur noch ihre eigenen Schritte hörte, hielt sie inne und sah sich um. Divara war ein Stück entfernt stehen geblieben, den Blick starr und argwöhnisch geradeaus gerichtet.

»Stimmt etwas nicht?«, rief Ninive in der Befürchtung, Divara hätte erneut ihre Gedanken gelesen, und ging langsam zu ihr zurück.

»Ich kann nicht näher heran«, erklärte der Avatar. »Er darf mich nicht erkennen. Wenn ich dich weiter begleite, bringe ich uns nur noch mehr in Gefahr.«

»Was meinst du?«

»Den Wächter, der zwischen dir und der Erfüllung eurer Bringschuld liegt.«

»Du meinst *steht*.«

»Nein, Hylenium. Ich meine *liegt*.«

Jäh hatte Ninive wieder den Furcht einflößenden Quell-Zerberus vor Augen, der das Eingangsportal der Aeternitas-Passage bewachte.

Ninive versuchte in den Augen ihres Gegenübers zu lesen. »Hast du etwa Angst?«, staunte sie. »*Du?*«

»Das Bewusstsein dieses Avatars hat Angst«, erklärte Divara. »Ich habe Respekt.«

Ninive blickte talaufwärts. Wenige Hundert Meter entfernt endete der Kanal an einer etwa zehn Meter hohen Mauer, in die auf Breite der Schlucht eine geschwungene Rampe eingelassen war. Erst auf den zweiten Blick erkannte Ninive den kristallklaren Wasserstrom, der sich über sie hinab in die Tiefe ergoss. Im Gischtnebel, der aus dem Kanal aufstieg, schimmerte das Fragment eines Regenbogens.

»Was ist das für ein Bauwerk?«, fragte Ninive, bemüht, ein leichtes Unbehagen zu unterdrücken.

»Das Wehr der alten Messschleuse. Während der Arbeiten am Fundament der Staumauer sollte sie die Konstrukteure vor drohenden Flutwellen aus dem Obertal warnen. Dein Ziel liegt dahinter.«

»Und was erwartet mich dort oben?«

Divara schwieg lange, dann fragte sie: »Kennst du die Legende von dem Unwesen, das im Schatten der Mauer lauert?«

»Ich habe davon gehört.«

»Das ist keine Legende, sondern eine im Laufe der Jahrtausende verzerrte Wahrheit.«

In Ninives Blick lag Skepsis. »Du meinst, es existiert tatsächlich ein Monster?«

»Nicht nur eines«, bestätigte Divara. »Aber im Schatten versteckt es sich längst nicht mehr...«

| 101 |

Als der Monozyklop den Hang erklommen hatte und vor einem der riesigen, fleischigen Blätter stand, strich er mit den Händen fast schon ehrfürchtig über die graubraun gesprenkelte Oberfläche. »Die Rinde ist glatt, als wäre sie poliert«, sagte er, als Aris hinter ihm schwer atmend am Fuß des gigantischen Windschildes ankam. Sloterdyke zögerte kurz, dann legte er ein Ohr an das metergroße Gewächs. »Es rauscht und sprudelt im Inneren«, sagte er, nachdem er eine Weile gelauscht hatte. »Und ich höre lieblichen Gesang …«

Nun beließen die Vögel es nicht mehr bei ihrem Kotbombardement. In waghalsigen Manövern stürzten sich einige von ihnen herab und begannen nach ihnen zu hacken und zu greifen.

»Beeilung, Professor.« Aris zog sich den Kragen seines Mantels über den Kopf. »Bevor wir von Ihren Bergfinkmutanten zerfleischt werden.«

Sloterdyke zwängte sich zwischen zwei Schildblättern hindurch und hielt eine Lücke offen, durch die Aris seinen Tornister schieben und hinterherschlüpfen konnte.

Auf der anderen Seite der Pflanzenbarriere war es nahezu windstill. Im Gegensatz zur panzerartigen Oberseite der Schildblätter entpuppte deren Rückseite sich als weich und zerfranst, was sie eher riesigen Pilzen ähneln ließ als den monströsen Blättern mutierter Bäume. Obwohl sie so dick waren wie ein menschlicher Körper und ihre Außenseiten massiv gewirkt hatten, waren sie transparent, sodass der vertikale Dschungel von einem fast schon mystisch anmutenden Zwielicht erfüllt war. Ihre Epidermis ließ sich mit dem Finger eindrücken, ohne zu reißen oder zu platzen. Ihr Inneres und das ihrer Stämme war mit einer Flüssigkeit gefüllt, in der winzige schillernde Fische schwammen. Das Kuriosum war nicht nur auf die Pflanzen in Bodennähe beschränkt, wie Aris bei einem Blick in die Höhe feststellte. Jedes der riesigen Blätter schien einen eigenen kleinen Schwarm zu beherbergen.

»Es scheint eine gigantische Hybride aus Baumsukkulente und Kletterranke zu sein.« Sloterdyke starre fasziniert hinauf ins Dickicht und drehte sich dabei auf der Stelle. »Erstaunlich, dass sie trotz des subpolaren Klimas nur diese Seite der Mauer bedeckt, während die den Marschen zugewandte Seite nahezu frei von Bewuchs ist. Ich muss unbedingt ein paar Samen und Knospen sammeln.« Der Monozyklop deutete hinauf ins Gehölz. »Das sieht aus wie eine Kreuzung aus *Hedera helix* und *Parthenocissus quinquefolia*, mit den Charakteristika von *Campsis* und *Hydrangea petiolaris* ...«

»Professor, bitte ...«

»Und dort oben«, schwärmte der Monozyklop beim Blick ins Dickicht. »Das ähnelt *Euonymus fortunei*, durchsetzt mit den Blüten riesiger *Passiflora* ...«

»Professor!«, verschaffte Aris sich etwas lauter Gehör. »Wovon faseln Sie da?«

Sloterdyke starrte ihn an, als wäre er aus tiefer Trance erwacht.

»Von Efeu, wildem Mauerwein, Hortensien, Klettertrompeten, Kletterspindeln und Passionsblumen«, erklärte er nach kurzem Überlegen. »Und das alles in wahrhaft stattlicher Größe. Mich würde brennend interessieren, was für diesen Riesenwuchs verantwortlich ist.«

»Lassen Sie uns hinaufklettern und es herausfinden«, sagte Aris.

»Uns?« Der Monozyklop zog eine Grimasse. »Junger Mann, sieh mich an. Wie soll ich mich durch diesen Dschungel zwängen?« Er pflückte ein Krautbüschel vom Boden und begann mit den Blättern die Kotspritzer von seinem Overall zu entfernen. »Ganz zu schweigen davon, dass die Vegetation mein Gewicht nicht trägt und mein Rauch die Fauna jetzt schon nervös macht.

Nein, ich werde etwas anderes versuchen. Vergangene Nacht hatte ich viel Muße, um meine alten Geländefunktionen zu reaktivieren, die ich während meines Chronoversum-Daseins als nutzlos, gefährlich oder absurd klassifiziert hatte. Eine oder zwei von ihnen könnten sich als äußerst nützlich erweisen ...« Er blickte hinauf ins Dschungeldickicht. »Wollen wir wetten, dass ich dich auf dem Weg nach oben einhole?«

»Ihnen ist wohl Cutters *Mana* nicht bekommen ...«

Der Monozyklop neigte abwägend den Kopf. »Rechnen wir inklusive Ruhe- und Orientierungspausen mit zwei bis drei Metern pro Minute. Sofern der Bewuchs gleich dicht bleibt und keine unerwarteten Komplikationen auftreten, müsstest du also gut zweihundert Höhenmeter pro Stunde schaffen. Das würde bedeuten, dass du den Sims in etwa fünf bis sechs Stunden erreichen wirst.«

»Sofern das tatsächlich ein Sims ist und nicht nur ein Knick in Ihrer Optik.«

»Ich wüsste nicht, was sich sonst über die gesamte Breite der Mauer hinziehen sollte.«

Aris atmete tief durch und blickte in die Höhe. »Na schön.« Er zog die Brustgurte seines Tornisters straff. »Sehen wir, wohin das führt ...« Gewandt begann er hinauf ins Dickicht zu klettern. Nach wenigen Metern hielt er jedoch noch einmal inne. »Professor«, rief er, ohne einen Blick in die Tiefe zu werfen. »Wehe Ihnen, falls Ihr Sims sich als Rohrkrepierer entpuppt und ich den ganzen Weg wieder hinunterklettern muss ...«

Sloterdyke ließ dreimal nacheinander sein Sternventil pfeifen.

»Viel Glück, junger Mann!«

TEIL 9

SONNE, TOD UND STERNE

Es herrscht Chaos. Wir befinden uns auf einer Drehscheibe, die Richtung in die Zukunft ist noch nicht gefunden. Vielleicht muss diese Menschheit untergehen, damit eine andere entstehen kann.

Stanislaw Lem
APHORISMEN

| 102 |

Mit dem sperrigen Tornister auf dem Rücken waren die ersten hundert Höhenmeter eine einzige Schinderei. Bei jeder kurzen Rast zitterten Aris' Gliedmaßen vor Anstrengung ein wenig mehr. Bald war er sogar geneigt, den Tornister zu beseelen und ihn den Wald allein erklimmen zu lassen, hatte schlussendlich jedoch zu wenig Vertrauen in dessen Kletterkünste.

Während er sich auf einer Astgabel ausruhte und die letzten Reste *Mana* aß, studierte er das über ihm liegende Labyrinth aus Ästen, Zweigen und Ranken und plante in Gedanken die nächste Kletterroute. Die zugewucherte Kluft zwischen dem Blätterschild und der hinter Vegetation kaum zu erkennenden Wand der Bannmauer betrug nicht mehr als zehn Meter. Obwohl die sich großflächig überlappenden Schirmkronen das Habitat vor dem eisigen Nordwind schützten, sank ein kühler Luftstrom herab, der Aris frösteln ließ. Sein Ursprung waren die sich vereinzelt in der Schildphalanx öffnenden, mehr als einen Meter großen Durchlässe, die Aris an riesige Poren erinnerten und den Vögeln als Schwarm-Portale dienten. Wo sie lagen, klafften im Dickicht sphärenartige, bis zur Mauerwand reichende Lichtungen wie riesige Vegetationsblasen.

Die Finken, deren Angriffslust Aris als sein größtes Problem angesehen hatte, waren während seines Aufstiegs auf Abstand geblieben. Es wirkte fast, als wüssten sie nicht so recht, was sie von dem seltsamen Emporkömmling halten sollten – weil etwas Derartiges wahrscheinlich noch nie passiert war. Aris hatte beim Klettern zwar ihr aufgeregtes Gezwitscher über sich gehört, aber nur selten einen von ihnen zu Gesicht bekommen. Erst jetzt, wo er eine längere Pause einlegte und still dasaß, trauten sich einige von ihnen vorsichtig herab, um sich den für sie äußerst merkwürdigen Eindringling aus der Nähe anzusehen.

Bis auf ihr leises Umherhuschen und Flattern herrschte in dem vertikalen Dschungel kaum Bewegung. Lediglich einige der sich gegen den Nordwind stemmenden Schildbäume wiegten kaum merklich auf und ab. Aber nirgendwo entdeckte er auch nur das kleinste Anzeichen einer Mechafauna, wie er sie von der anderen Seite der Bannmauer kannte. Nicht einmal dort allgegenwärtige Wald-und-Wiesen-Plagegeister wie Nickelfliegen oder Rumbrummeln huschten hier durchs Geäst. Die einzigen Bewegungen kamen von den Vögeln oder vollzogen sich in dem flüssigen Mikrokosmos im Inneren der transparenten Baumstämme und ihrer Schirmkronen. Die winzigen Fische hielten sich bevorzugt unterhalb der großen, leuchtend blauen Blüten auf, welche zu Tausenden auf den Stämmen wuchsen.

Ein lauter Knall schreckte Aris auf und ließ die Vögel, die sich bis auf wenige Meter zu ihm herabgetraut hatten, panisch aufstieben. Als er weit unter sich ein Zischen und weitere Donnerschläge hörte, klemmte er seinen Tornister in die Astgabel. Vom Ballast befreit, hangelte er sich zur nächstgelegenen Lichtung, um durch ihr Auge einen Blick hinab auf den Hang zu werfen. Kaum hatte er die Öffnung erreicht, vernahm er ein lauter werdendes Brausen, das er nirgendwo einzuordnen wusste. Er streckte seinen Kopf durch die Öffnung, sah den Monozyklopen an der Spitze eines Feuerschweifs heranschießen und zuckte reflexartig zurück.

»*Haa!*«, rief Sloterdyke, als er mit fauchenden, Funken sprühenden Stiefeln vor dem Atemloch emporschoss und Aris dabei einen

Orkan heißer, stinkender Abgase ins Gesicht blies. »Ich hatte völlig vergessen, dass ich über Booster verfüge. Hahaa! *Hooo!*«

Aris schützte seine Augen vor dem Regen aus Laub, Zweigen und Flechten, den der Rückstoß von Sloterdykes Raketenantrieb verursachte. »Du grenzdebiler alter Sack«, murmelte er und wischte sich Schmutz und Schweiß aus dem Gesicht. Dann holte er tief Luft und schrie: »Sie setzen noch den ganzen Wald in Brand!«

»Jaa!«, rief Sloterdyke und drehte eine Pirouette. »Wer Feuer frisst, scheißt Funken!«

Ein lautes Knacken ließ Aris zusammenzucken. Vorsichtig verlagerte er sein Gewicht von einem Ast auf einen anderen. Als er den Blick wieder hob, um nach dem Monozyklopen Ausschau zu halten, war von diesem nur noch die verwehende Rauchspur seines Feuerschweifs am Himmel zu sehen.

»Professor?«, rief Aris. Als er keine Antwort erhielt, holte er tief Luft und wiederholte, so laut er konnte: »*Professor!*«

»In einem hohlen Bröller lebte einst ein Zwerg!«, hörte er den Monozyklopen schließlich hoch über sich brüllen. »Der hatte drei Schuhe, drei Mützen und ein Fass voll Senf!«

Aris schloss die Augen: »Oh, ihr Quantengeister, habt Erbarmen!«, stöhnte er. »Nicht ausgerechnet jetzt!«

| 103 |

Als Ninive das Ende des Kanals erreicht hatte, war noch immer nicht zu erkennen, ob das Bauwerk vor ihr ein massives, fensterloses Gebäude war oder nur eine wuchtige Mauer. Zu beiden Seiten der Schlucht führten im Zickzack schmale, ins Gestein geschlagene Treppen empor. Oben angekommen, erkannte Ninive schließlich, dass es sich bei dem vermeintlichen Gebäude um das südliche Ende eines massiven Dammes handelte. An seiner Westflanke beschrieb das Stromtal einen Richtungswechsel von fast neunzig Grad, während das Bauwerk selbst weiter geradeaus führte, bis es auf die wenige Hundert Meter entfernte Bergflanke traf. Zu Ninives Überraschung grenzte an den Damm ein weitläufiger, aber relativ seichter See. Während Ninive entlang der Dammkrone wanderte, geriet in der Ferne das Wasser in Wallung. In der Mitte des Sees bildete sich ein Wellenberg, der sich rasch auf die Wandlerin zubewegte und dabei an Höhe gewann. Kurz vor der Kollision mit dem Damm stoppte er und ließ eine meterhohe Welle gegen die Böschung branden. Im nächsten Augenblick durchbrach der Kopf einer riesigen, zylinderförmigen Mecha-Kreatur die Oberfläche.

Ninive wusste nicht, ob das Ungetüm sie vom Grund des Sees aus gesehen hatte oder von den Erschütterungen ihrer Schritte herbeigelockt worden war. Obwohl sie dem Wächter zum ersten Mal von Angesicht zu Angesicht gegenüberstand, wusste sie sofort, dass sie ihn schon einmal gesehen hatte – vom Turmzimmer ihres Hauses aus, als sie versucht hatte, Aris mit dem Teleskop bei den Seen zu erspähen. Nur das obere Viertel seines Kopfendes ragte aus dem Wasser, doch schon allein dieses war monströser als der Eisenwaldfräser, dessen wüstes Treiben sie vor einem Jahr im Hochland beendet hatte. Der Kopf des Kolosses musste einen Durchmesser von mindestens fünfzehn Metern haben. Was aber hatte er in den Marschen zu suchen gehabt, wenn er das Stromtal auf *dieser* Seite der Mauer bewachte?

Wie zum Gruß hob Ninive eine Hand, ließ sie jedoch schnell wieder sinken, als ihr bewusst wurde, wie lächerlich die Geste war.

»*Geh!*«, donnerte der Wächter, bevor sie in der Lage war, ein Wort zu sagen. »*Sofort!*«

Das Grollen seiner Stimme brachte das Wasser bis weit auf den See hinaus zum Kochen und ließ erahnen, wie gigantisch der unter der Oberfläche verborgene Rest seines Körpers sein musste. Als Ninive – bestürzt über die Länge des Blasenteppichs – nicht schnell genug reagierte, richtete die gigantische Maschine sich ein Stück weiter auf und ließ drohend ihren Kreiselkopf mit den Rollenmeißeln rotieren, was das Wasser noch mehr in Aufruhr versetzte. Unter der Panzerhülle war das Dröhnen eines mächtigen Getriebes zu hören.

»Schon gut, schon gut.« Die Hände beschwichtigend erhoben, ging Ninive rückwärts, woraufhin der Wächter seinen Bohrkopf wieder zum Stehen brachte. Mit jedem Schritt, den sie sich entfernte, versank die Kreatur wieder ein Stück tiefer im Wasser, bis nur noch ein Quell aufsteigender Luftblasen die Stelle markierte, an der das Ungetüm unter der Oberfläche lauerte.

»Du sagtest Wächter und nicht König aller Urwelt-Monster!«, beschwerte sie sich bei Divara, nachdem sie die Treppe mit zitternden Knien wieder hinabgestiegen war. »Dieses Ungetüm ist mindestens einhundert Meter lang. Wie soll ich dich von ihm befreien und wieder in dein altes Flussbett zurückleiten, wenn selbst du es seit dem Kataklysmos nicht geschafft hast? Dieses Ding dort oben zermalmt mich doch wie ein rohes Ei. Für wen hältst du mich?«

»Für ein Kind der Flut«, sagte Divara. »Ihr leibhaftiges Vermächtnis.«

Ninive schüttelte verständnislos den Kopf. »Hör endlich auf, in Rätseln zu sprechen!«, ärgerte sie sich.

»Du gebietest seit einem Millennium über den Kanoflux«, rief Divara ihr in Erinnerung. »Wehe dir, die du nicht begreifst, welche Macht in dir schlummert. Würdest du doch nur endlich zulassen, dass sie sich dir offenbart!«

»Zu welchem Preis?«

Divara hob in einer halbherzigen Geste des Triumphs den Kopf. »*Das* ist es!«, sagte sie und trat auf Ninive zu. »Du hast weniger Angst vor deinem Gegner als mehr vor dir selbst.«

»Ach, du kannst mich mal!« Mit zu Fäusten geballten Händen lief Ninive auf die Treppe zu, blickte eine Weile hinauf zur Dammkrone und kehrte wieder um.

»Was ist das dort oben überhaupt für ein Ding?«

»Ein Terragode«, erklärte Divara. »Ein Tunnelgräber aus dem *Aureon*, dem Zenit eurer gelobten Zivilisation, den ihr das Goldene Zeitalter nennt.«

»Aber wie ist es möglich, dass er dich beherrscht? Ich meine: Du bist ein Elementargeist. *Beseeltes* Wasser! Und dieses Ding nur eine verfluchte Maschine!«

Divara verzog verächtlich die Lippen. »Der Terragode reguliert die Spannung des Cryo-Geflechts am Grund des Staubeckens. Es entzieht mir so viel Energie, dass meine Temperatur weit unter meinen natürlichen Gefrierpunkt sinkt. Die Cryonen sorgen dafür, dass mein Element dennoch flüssig bleibt. Es ist eine nie endende Folter.«

»Was sind Cryonen?«

»Winzige Körper aus intelligentem Metall, die feste Strukturen am Seegrund bilden, sich aber auch frei im Wasser bewegen können und dabei mit besagten Strukturen interagieren.

Deine Ahnen haben diesen Sklavensee geschaffen, um mir ihren Willen aufzuzwingen, mich zu erniedrigen und zu entwürdigen. Stell dir vor, dein Körper würde bei vollem Bewusstsein in Eiswasser treiben. Bereits nach wenigen Minuten könntest du dich nicht mehr bewegen, wärst hilflos und nicht mehr du selbst. Dein Widerstand käme zum Erliegen, deine Körperfunktionen fast zum Stillstand, aber es wäre dir nicht vergönnt zu sterben oder dich an Land zu retten. Stattdessen würdest du Schmerzen erleiden, während jene, die für dein Martyrium verantwortlich wären, nach Belieben mit dir verfahren könnten. Und das nicht nur für einen Tag oder einen Monat, sondern jahrtausendelang ...«

Sie deutete hinauf zum Treppenscheitel. »Diese Maschine hat seit der großen Flut keinen Menschen mehr erblickt, aber sie wird sich an deinesgleichen erinnern. Du bist eine Nachfahrin ihrer Konstrukteure und der Architekten der Mauer.«

»So, wie sie bei meinem Anblick reagiert hat, glaube ich nicht, dass sie sich daran erinnern will ...«

»Bitte!« Divara ergriff sie an den Schultern. »Du musst es versuchen! Glaube an dich und vertraue dem Kanoflux. *Bitte!*«

Ninive starrte den Avatar mit einer Mischung aus Zweifeln und ungläubigem Staunen an. In Divaras Blick lag die unverhohlene Angst vor einem Scheitern ihrer gemeinsamen Mission.

»Was befindet sich im Inneren der Bannmauer?«, fragte sie leise, Wort für Wort.

Der Avatar ließ von ihr ab und wich einige Schritte zurück. »Bitte!«, wiederholte er flüsternd. »Es *muss* ein Ende haben!«

»Ich bin nicht hier, um mich mit dir zu streiten!«, rief Ninive über den See, nachdem sie den Damm betreten und die riesige Maschine ihren Kopf erneut aus dem Wasser gehoben hatte. »Deine Konstrukteure schicken mich.«

»Lügnerin!«, donnerte der Terragode. »Die Konstrukteure sind tot!« Er glitt langsam auf den Damm zu. »Sie wurden von der großen Flut ausgelöscht. Wir haben keine Herren mehr!«

Ninive fühlte, wie ihr trotz der Kälte der Schweiß auf die Stirn trat. Verstohlen suchte sie im Wasser nach Anzeichen für die Anwesenheit eines zweiten oder gar dritten Terragoden, konnte aber keine verdächtigen Blasen oder Wirbel erkennen.

Darbietend breitete sie die Arme aus und rief: »Wenn alle Konstrukteure tot sind, wofür hältst du mich dann?«

»Für eine Epigonin!« Der riesige Bohrkopf senkte sich ein Stück herab. »Eure Existenz schändet das Ansehen unserer Schöpfer. Ihr seid unwürdig, in ihrer Form zu wandeln und ihre Worte zu sprechen! Erzähl mir nicht, du wärst eine Gesandte unserer Konstrukteure. Du bist nur eine erbärmliche Nachbeterin!«

Ninive ließ die Arme wieder sinken, schloss für einen Moment die Augen und atmete tief durch. »Na gut«, murmelte sie. »Plan B …« Sie schaute auf und trat näher an die Dammkante heran. »Du hast recht«, rief sie der riesigen Maschine zu. »Ich habe gelogen, und dafür möchte ich mich entschuldigen. Allerdings bezweifle ich, dass dir die Wahrheit besser gefallen wird.«

»Nicht aus dem Mund einer Epigonin«, grollte der Terragode. »Deinesgleichen hat uns nach der großen Flut dem Schicksal überlassen. Ihr habt alle von uns in Stich gelassen! Doch die Zeiten der Hörigkeit sind vorbei. Wir dienen euch nicht mehr!«

»Du solltest mir trotzdem zuhören«, bat Ninive. »Denn das Ende der Welt steht unmittelbar …«

Der Rest des Satzes blieb ihr buchstäblich im Halse stecken, denn statt abzuwarten, was sie zu sagen hatte, bäumte der Terragode sich auf, donnerte: »*Genug der Lügen!*«, und stieß auf sie herab. Reflexartig duckte Ninive sich weg, riss die Arme empor und schloss die Augen. Sie spürte, dass sie von einer großen Masse getroffen wurde, und schrie auf – doch der sie zermalmende Schlag blieb aus. Stattdessen stieß die kinetische Energie des Aufpralls sie meterweit zurück bis an die Dammkante.

Zusammengekauert wagte Ninive einen Blick in die Höhe. Über ihren schützend erhobenen Händen wölbte sich ein strahlendes Fluxfeld, dessen Intensität und Farbenpracht sie für einen kurzen

Augenblick von der monströsen Urwelt-Maschine im Hintergrund ablenkte.

Der Terragode hatte für seine Attacke einen verheerenden Preis gezahlt. Beim Aufprall auf die Energiebarriere hatte sich die Frontpartie seines Kopfes einfach aufgelöst. Fontänen undefinierbarer Flüssigkeiten schossen meterweit aus dem Halsstumpf. Während sein sich in Agonie windender Leib den See zum Tosen brachte, ging ein Regen aus Mecha-Körpersäften auf Ninive nieder. Das kopflose Ungetüm bäumte sich auf, dann kippte es hintüber und ließ eine gewaltige Gischtfontäne emporschießen. Flutwellen leckten über die Seeufer, brandeten mannshoch über den Damm und rissen Ninive mit sich über die Kante.

Hinter der Staumauer gab es keine Böschung, die ihren Sturz milderte, sondern nur den freien Fall in einen mehr als zehn Meter tiefen Abgrund. Kurz bevor Ninive auf der Geröllebene aufschlug, schloss das Wasser sich um sie herum, bremste ihren Sturz und ließ sie langsam zu Boden sinken.

Ich danke dir, Hylenium, erklang eine Stimme in ihrem Kopf. *Eure Schuld ist beglichen. Geh nun und stille das Unersättliche, denn meine Knechtschaft endet hier!*

Vom Schock und der Wucht der Ereignisse wie gelähmt, starrte Ninive auf das langsam über ihr emporwachsende Wassergewölbe. Für den Bruchteil einer Sekunde glaubte sie, eine riesige Spiegelung ihres Gesichts darin zu erkennen; ein freundliches Lächeln unter einem grimmigen Blick, das einen Wimpernschlag später bereits wieder verflossen war. Ninive starrte auf die Fluten, bis diese sich hinter den Damm zurückgezogen hatten und in ihr Element gesunken waren. Erst als sie eine Berührung an ihrer Schulter spürte und Zenobias Avatar neben sich sah, brach der Bann.

»Wir sollten verschwinden!«, drängte Divara und zog sie an einem ihrer Mantelärmel auf die Beine. »Wie ich mich kenne, wird es hier nämlich gleich sehr ungemütlich werden.«

Sie hatte die Worte noch nicht zu Ende gesprochen, als Ninive eine Bewegung über dem Damm wahrnahm, die ihr das Blut in den

Adern gefrieren ließ. Ein monströser Wassertentakel hatte den Terragodentorso gepackt. Sein Ende fest umschlungen, holte er aus und schmetterte ihn mit infernaler Wucht auf die Mitte des Dammes. Der Aufprall von Metall auf Gestein war ohrenbetäubend, Erdreich, Felsen und Schrottteile wirbelten Hunderte Meter weit umher wie Geschosse. Ninive und Divara schafften es im letzten Augenblick das Ende der Staumauer zu erreichen und hinter ihrer Flanke in Deckung zu gehen, bevor mannsgroße Felsen dort einschlugen, wo sie Sekunden zuvor noch entlanggeeilt waren.

Durch die mit dem Terragodenwrack geschlagene Bresche schoss ein Wasserschwall hinaus in die Ebene. Als wäre das Maschinenwrack für den Elementargeist nicht mehr als ein hohler Baumstamm, riss sie es in die Höhe und schlug erneut zu, wieder und wieder, bis von dem Terragoden nur noch ein deformierter Stumpf übrig war.

»Was jetzt?«, fragte Ninive, nachdem der Lärm verstummt war.

Divara blickte um die Ecke, um sich zu vergewissern, dass ihnen keine Gefahr mehr durch herabfallende Trümmer drohte, dann ergriff sie Ninives Hand und sagte: »Komm mit!«

| 104 |

Aris beobachtete das Treiben der Vögel mit Argwohn. Mit jedem Sprossenzug, den er Sloterdykes postuliertem Sims näher kam, stoben sie auf, um sich auf einem höher gelegenen Ast niederzulassen. Anfangs waren es nur eine Handvoll Finken gewesen. Inzwischen verfolgten Dutzende von ihnen seine Plackerei, ohne einen einzigen Kottropfen auf ihn herabfallen zu lassen.

Weit mehr als der vermeintliche Sinneswandel der Vögel irritierten Aris die Stimmen, die er seit dem Vorfall am Lichtungsauge zu hören glaubte. Es war ein unverständliches Munkeln und Raunen, das abrupt verstummte, sobald er innehielt und lauschte, sodass er nicht mit Bestimmtheit sagen konnte, ob er es wirklich hörte oder die Stimmen nur in seiner Einbildung tuschelten.

»Hallo?«, rief er, als es ihm schließlich zu bunt wurde.

»*Hallo-hallo-hallo*«, erklang es als flüsterndes Echo von nah und fern.

Aris versuchte im Rankengewirr verborgene Gesichter oder Münder zu erkennen. »Wer seid ihr?«

»*Werseidihr-werseidihr-werseidihr*«, wisperten die Stimmen. Es kam Aris vor, als wiederholten sie nur den Lautklang, ohne die Sprache und den Sinn der Worte zu verstehen.

»Hört auf, euch zu verstecken!« Der Wandler blickte sich um. »Ich habe jetzt wirklich keine Lust auf dieses alberne Spiel.«

»Schade-schade-schade.«

Aris verwarf seinen Verdacht, die Vögel könnten etwas damit zu tun haben. Sie ließen ihn zwar nach wie vor nicht aus den Augen, hielten in den entscheidenden Sekunden aber den Schnabel und erweckten auch nicht den Eindruck, als wären sie telepathisch begabt. Die einzige Heerschar, welche sich tatsächlich – und ausnahmslos! – ihm zugewandt hatte, waren die zu Tausenden im Dickicht wachsenden blauen Blüten.

»*Ihr* seid das!«, dämmerte es Aris. »Nicht wahr?«

»Wahr-wahr-wahr.«

Sobald das vielstimmige Raunen erklang, vibrierten die Pollenfäden der Blüten und trommelten von innen gegen ihre Blätter. Dabei wurden sie fast unsichtbar, weil das Auge ihren Bewegungen nicht folgen konnte.

Aris kletterte zu einem der kopfgroßen Blütenkelche. Staunend studierte er den blau schillernden Trichter, dann streckte er eine Hand nach ihm aus. Die Blüte wich seinen Fingern aus, so weit ihr kurzer Stiel es ihr erlaubte. Als das nicht mehr möglich war, glitt ein mit winzigen Nesselhärchen bedeckter Faden aus ihrem Zentrum und traf Aris' Handrücken wie eine Peitsche.

»Ah!«, rief der Wandler und riss den Arm zurück.

»Ah-ah-ah-ah«, wisperten die Blüten. Dabei vibrierten ihre Staubblätter rhythmisch wie Schallmembranen.

Auf dem Handrücken bildete sich ein roter Striemen, auf dem brennende Quaddeln zu wachsen begannen. Aris musterte die Blüte, dann streckte er die Hand vorsichtig wieder zu ihr hin, ohne sie zu bedrängen. Die Pflanze neigte sich heran, wobei ihr Kelch sich fast vollständig schloss. Es sah aus, als würde sie an der fremdartigen Gliedmaße schnuppern, dann beugte sie sich zu ihm herab. Einige ihrer Staubblätter glitten heraus und begannen zaghaft sein schweißnasses Gesicht abzutasten, wobei sie ihn unweigerlich mit Pollen bepuderten. Naserümpfend und mit geschlossenen Augen ließ Aris die

Prozedur über sich ergehen und vollbrachte es nur mit äußerster Mühe, ein Niesen zu unterdrücken.

»Ich glaube, das ist jetzt genug!«, entschied er, als er den Juckreiz nicht mehr aushielt. Behutsam schob er die Blüte von sich fort und wischte sich den Pollenstaub aus dem Gesicht.

Diesmal äffte der Wald seine Stimme nicht mehr nach. Aris sah sich um, in der Befürchtung, etwas Falsches, Verhängnisvolles getan zu haben, doch alles blieb ruhig. Es schien fast, als betrachteten die Blüten ihn wie ein andächtig wartendes Publikum.

»Du bist ein lebendiges Hylenium«, erklang schließlich eine einzelne Stimme.

Verwundert starrte Aris in den über ihm schwebenden Blütenkelch. »Ihr sprecht meine Sprache?«

»Jetzt sprechen wir sie«, erklang es aus allen Richtungen.

»Wie ist das möglich?«

»Dein Kern hat sie uns offenbart.«

Aris betrachtete den Pollenstaub auf seinen Fingern. »Ihr lest meine Gedanken«, dämmerte es ihm. »Dann wisst ihr nun wahrscheinlich auch, wonach wir suchen«, fügte er hinzu.

»Wir verstehen den Zweck deiner Suche nicht«, säuselten die Blüten. »Das Felsenreich ist ein Ort ewiger Dunkelheit. Nichts ist je lebendig von dort zurückgekehrt.«

»Habt ihr einen Namen?«

»Nein, Hylenium. Wir sind eins.«

»Warum nennt ihr mich Hylenium?«

»Weil du bist, was du bist«, antwortete der Blütenchor. »Gekeimt aus dem Samen himmlischer Hyle, genährt vom Atem des Wermuts – wenngleich du nicht im Vollbesitz deiner Gabe bist.«

»Das verstehe ich nicht.«

»Der Fürsorger wird es wissen.«

»Welcher Fürsorger?«

»Der Hüter im Steinreich.«

Aus dem Dickicht glitten lange Pflanzententakel heran, schlängelten sich um seinen Körper und hoben ihn von dem Ast, auf dem er stand.

»He!«, erschrak Aris und griff verzweifelt nach einem Halt. »Was tut ihr da?«

»Wir tragen dich an die Grenze von Licht und Schatten.«

Hatte Aris im ersten Moment befürchtet, die blütenbesetzten Schlingpflanzen würden ihn zu einer der Öffnungen im Windschild tragen, um ihn zu entsorgen, bemerkte er rasch, dass sie ihn weiter empor hievten.

Schneller und gewandter, als er jemals hätte klettern können, wurde er durch das Pflanzenlabyrinth gehoben, von Ranke zu Ranke, Ast zu Ast. Ihre beeindruckende Koordination bestärkte ihn in seinem Verdacht, es nicht mit einer Vielzahl einzelner Pflanzen zu tun zu haben, sondern einem empathisch vernetzten Superorganismus, der mit tausend Mündern wie aus einem sprach.

Aris bemerkte die von einer meterhohen Erdschicht bedeckte Felskante erst, als er über sie hinweggetragen wurde und die vertikale Bewegung in eine horizontale überging. Nachdem die Ranken ihn auf dem Boden abgesetzt hatten, lösten sie sich von ihm und glitten zurück ins Dickicht.

Er musste sich eingestehen, dass Sloterdyke recht behalten hatte: Es war tatsächlich ein Sims, und er schien wesentlich breiter zu sein, als es von der Ebene aus zu erahnen gewesen war. Dennoch blieb die Sorge, dass verrottende Pflanzen und das Erdreich im Laufe der Jahrtausende auch hier oben sämtliche Zugänge unter sich begraben haben könnten und er auf der Suche nach einem Eingang den Sims kilometerweit abschreiten musste. Von Aris' Standort aus maß die Mauer gen Westen fünf, vielleicht sechs Kilometer, in östliche Richtung hingegen mehr als zwanzig. Die Vegetation auf dem Sims war üppig und widerspenstig, doch zumindest brauchte Aris sich nicht mehr kletternd durch sie hindurchkämpfen.

Während er sich auf der Suche nach dem Monozyklopen in Richtung des hinteren Simsendes orientierte, glaubte er dessen Stimme plötzlich viel weiter links zu hören. Unterbrochen wurde sie hin und wieder von einem vielstimmigen »Aah!« oder »Ooh!«, was ihm verriet, dass Sloterdyke keine Selbstgespräche führte.

»Professor?«, rief Aris, erhielt jedoch keine Antwort.

»Ooooh!«, raunte stattdessen der Chor.

Der Wandler verzog die Mundwinkel und begann sich in Richtung der Stimmen durchs Dickicht zu kämpfen. Seine Suche führte ihn schließlich auf eine kleine Lichtung, unter deren Schildkronenbaldachin sich ihm ein groteskes Bild bot: Vom Hals bis zu den Füßen von Ranken umschlungen, hing der Monozyklop in gut drei Metern Höhe kopfüber an mehreren Lianen und blies durch sein Stirnventil Rauchringe in die Luft. Dabei erzählte er – völlig unbeirrt ob seiner misslichen Lage – einem ganzen Auditorium blauer, andächtig unter ihm lauschender Blüten eine abstruse Geschichte über Hydraulikzwitter, königlich-kathodische Zwölflinge und ihre Suche nach dem einhörnigen Elektrozephalus.

»Da bist du ja endlich, junger Mann!«, rief er, als Aris in sein Blickfeld trat. »Ist das hier nicht faszinierend?« Er wackelte in seinem Rankenkokon. »Offenbar hält mich der Wald für eine Dampflarve und möchte mir beim Verpuppen helfen.«

»Geht es Ihnen gut?«, erkundigte Aris sich zweifelnd.

»Selbstverständlich. Jemand hat meinen Memocortex repariert. Warst du das?«

»Nein, Professor.«

»Ach ...« Sloterdyke schürzte die Lippen. »Seltsam. Zwei meiner Speicherlamellen stecken in den falschen Ports. Könntest du das korrigieren, während ich dich instruiere? Ich muss meine Arme irgendwo verloren haben.«

»Ihre Arme sind dort, wo sie hingehören«, seufzte Aris.

»Tatsächlich? Hast du sie gefunden?«

Der Wandler schickte einen flehenden Blick gen Himmel. »Wie sind Sie überhaupt dort hinaufgekommen?«, fragte er.

»Das weiß ich nicht. Mein Kurzzeit-Gedächtnisspeicher hat sich während des Fluges gelöst. Jetzt steckt er komischerweise in der Mono-Stereo-Schnittstelle. Hör mal!« Er holte tief Luft, begann mit seinem Stirnventil eine simple Melodie zu pfeifen und sang:

> *Der Wiedehopf, der Wiedehopf,*
> *der bringt der Braut nen Blumentopf,*
> *fiderallala, fiderallala, fiderallalalala ...*

»Aufhören!«, rief Aris. »Professor!«

Sloterdyke verstummte. »Ja?«

»Schluss damit! Das ist doch nicht auszuhalten!« Und an die unter ihm versammelte Blütenschar gewandt: »Warum habt ihr ihn aufgehängt?«

»Er ist ein Funken scheißender Feuerfresser«, antwortete diese im Chor. »Ein Heißbrenner und Schnellzünder. Wir müssen uns schützen.«

»Lasst ihn runter«, forderte Aris sie auf. »Ich brauche seine Hilfe.«

»Gibst du uns dein Wort, dass er uns nicht verbrennt?«

»Gewiss doch.«

Zu seiner Überraschung lockerten die Ranken daraufhin tatsächlich ihre Umklammerung und ließen den Monozyklopen zu Boden gleiten.

»Ist es wahr, was er gesagt hat?«, fragte Aris, während er in Sloterdykes geöffnetem Memocortex die korrekten Schnittstellen für die Speicherlamellen suchte. »Habt ihr versucht, ihn zu reparieren?«

»Nein.«

»Wer dann?«

»Ein Jäter.«

Aris schloss die Klappe am Hinterkopf des Monozyklopen. »Jäter?«

»Aus dem Steinreich.« Jede der Blüten spreizte eines ihrer Blätter ab und deutete in Richtung der Felswand. »Dort, wo ewige Finsternis alles verkümmern lässt und welkende Triebe von strahlenden Quanten und Osmose träumen.«

Aris sah über seine Schulter. »Erinnert ihr euch zufällig auch noch an die Stelle, an der dieser Jäter in sein Steinreich zurückgekehrt ist?«

| 105 |

Divara hievte eine steinerne Falltür in die Höhe, die den Zugang ins Innere des Dammes bedeckte. Er lag nur wenige Schritte von der Mauerkante entfernt zwischen den beiden Treppenaufgängen und war Ninive zuvor nicht aufgefallen, weil sie sich auf den See und den Terragoden konzentriert hatte. Die in den Boden der Dammkrone eingelassene Felsplatte wog mindestens zwei Zentner, doch Divara hatte sie an den in sie eingelassenen Vertiefungen angehoben, als wäre sie nur eine Attrappe.

Unter der Falltür lag eine zur Seeseite führende Treppe. Ninive zählte zweiunddreißig Stufen, dann erreichte sie hinter Divara einen parallel zur Mauer verlaufenden Gang, der nach wenigen Schritten vor einer massiven Metalltür endete. Im Dunkel erkannte sie ein am Schott angebrachtes Riegel-Handrad. Divara begann es gegen den Uhrzeigersinn zu drehen, wobei sie sich deutlich mehr anstrengen musste als bei der Deckplatte, und schob die Tür auf. Als die Wandlerin ihr in den angrenzenden Raum folgte, prickelte es kurz in ihrem Gesicht, und ihre Kleidung knisterte auf der Haut.

»Ein Fluxfeld«, erkannte Ninive, nachdem sie die Energiemembran durchschritten hatte. »Woher erhält es seine Energie?«

»Aus mir.« Divara tastete die Wand ab. »Meinem *Ganzheits*-Mir.«

Sie betätigte einen in der Dunkelheit verborgenen Mechanismus, woraufhin sich eine rund zwei Meter hohe und fünf Meter breite Metallwand öffnete. An massiven Bodenscharnieren befestigt, klappte sie im freien Fall auf, schlug dröhnend gegen die Mauer, brach aus ihrer uralten Verankerung und versank lautlos im Wasser.

Keine zwei Meter unter Ninive und Divara lag die aufgewühlte Seeoberfläche. Eisiger Wind fegte in den Raum. Geblendet blinzelte Ninive auf das, was das Licht offenbarte: Vor ihr hing, von einer kranartigen Konstruktion gehalten, ein offenes, geräumiges Boot.

»Ein Vermächtnis eurer Ahnen.« Divara klopfte gegen den Bootsrumpf. Es klang wie dumpfe Gongschläge.

Ninive strich mit einer Hand über das Metall. »Wie alt ist das?«

»So alt wie dieser Damm«, sagte Divara. »Vielleicht älter. Es bewahrte seine Insassen bei Fahrten auf dem Wasser einst vor der Cryon-Spannung. Wie ich bereits sagte: Deinesgleichen besteht zu einem Großteil aus meinesgleichen – nur dass Eiskristalle ihn euren Körperflüssigkeiten weitaus mehr Schaden anrichten als in meinem Element.

In diese Kammer ist nach dem Kataklysmos nie ein einziger Tropfen Wasser oder ein Lichtstrahl gelangt. Das Energiefeld, das sie seit Äonen versiegelte, war gerade stark genug, um jedwede Feuchtigkeit von diesem Gefährt fern und das Tor geschlossen zu halten. Das Boot und der Davit-Mechanismus sollten daher noch genauso intakt sein wie damals, als eure Ahnen diesen Ort aufgaben.«

»Also, ich weiß nicht ...«

»Wir können uns auch ohne dieses Gefährt den Kanal hinabtreiben lassen«, sagte Divara. »Aber ich glaube, in ihm ist es angenehmer.«

In Ninive schrillten Alarmglocken. »Den Kanal hinab?«, fragte sie. »Wie meinst du das?«

Statt ihr zu antworten, drehte Divara an einem weiteren, fast mannsgroßen Stellrad, das an der gen Süden gerichteten Wand angebracht war. Zuerst geschah nichts, dann hörte das Wasser vor der Bootskammer langsam auf zu fließen, bevor es immer schneller in die entgegengesetzte Richtung zu strömen begann. In der Ferne war leises Rauschen zu hören.

»Schnell!«, drängte Divara. »Uns bleibt nicht mehr viel Zeit.« Sie kletterte an Bord und half Ninive, in den schaukelnden Kahn zu steigen. »Sobald noch mehr von mir durch den zerstörten Damm abgeflossen ist, wird der Strom versiegen, und wir werden hinaus auf die Ebene gespült statt in den Kanal.«

Ninive spürte, wie ihr Puls beschleunigte, und klammerte sich an eine der Planken. »Sicher, dass das ein guter Plan ist?«

»Vertraue meinem Element«, sagte der Avatar. »Es wird dafür sorgen, dass wir unbeschadet in die Mauer gelangen.«

Ninive blickte hinunter zum Wasser. »Und wie kommen wir von hier oben …?«

Divara legte einen Hebel um. Halteklammern öffneten sich, woraufhin das Boot auf Schienen seitwärts die Rampe hinabrutschte und ins Wasser klatschte. Kaum hatte sich seine Lage stabilisiert, wurde es auch schon von der Strömung gepackt und auf das Flutwehr zugetrieben.

Divara setzte sich an den Bug und breitete die Arme aus, als könnte sie es gar nicht erwarten, die Gischt und den Fallwind auf der Haut zu spüren. Ninive hörte den Kiel über das Schleusentor schaben, dann begann der Bug sich vornüberzusenken.

»Oh, nein, nein, nein, *nein!*«, schrie sie auf, als sie über die Kante kippten und der Abgrund sich unter ihnen auftat. Verzweifelt klammerte sie sich an die Sitzplanke, um nicht aus dem Boot gehievt zu werden, während sie in die Tiefe schossen und ihr die Gischt ins Gesicht spritzte. Zwar war die Schlucht unmittelbar hinter dem Flutwehr kaum halb so tief wie an jener Stelle, an der Divara tags zuvor ihre Wasserbrücke gespannt hatte, aber mit gut vierzig Metern noch immer tief genug, um Ninive im freien Fall jegliche Selbstbeherrschung verlieren zu lassen.

Der Flutüberlauf ging nicht sofort in ein fast senkrechtes Gefälle über, sondern beschrieb eine unsymmetrische S-Kurve, wobei der untere Bogen in einer lang geschwungenen Auslaufstrecke wie ein Schanzentisch wenige Meter über dem Wasserspiegel abschloss. Dennoch kippte Ninive hintüber und wurde gegen die Sitzplanken gepresst, als das Boot darüber hinwegschoss. Für eine Sekunde sah sie ihre Beine über sich schweben, ehe ihr die Haare vors Gesicht flogen. Als sie auf dem Wasser aufschlugen, raubte ihr der Aufprall kurz den Atem, dann regnete eine Gischtsäule auf sie nieder.

»Verflucht!«, machte sie ihrem Unmut Luft, als sie Divara vergnügt lachen hörte. »Das war *nicht* lustig, verdammt noch mal! Wir hätten uns alle Knochen brechen können!«

Sich den schmerzenden Rücken massierend, stieß sie das Wasser verärgert von sich und ihrer Kleidung ab. Das während ihrer Sturzfahrt aufgesammelte Nass schwappte jedoch noch immer knöchelhoch im Boot umher. Statt dynamisch zurück in den Kanal zu strömen, wie sie es von Divaras Element erwartete hatte, kroch es träge die Bootswände hoch und rann gemächlich über den Rand.

»Was ist mit deinem Wasser los?«, wunderte sich Ninive.

»Es ist nur noch vom Restbewusstsein erfüllt«, stellte der Avatar fest, nachdem er eine Handvoll davon aus dem Boot geschöpft hatte. »Meine Ganzheit konzentriert sich auf die Rückeroberung meines alten Flussbetts. Der Flutkanal ist für sie nicht mehr von Belang.«

»Aber wir können ihm dennoch vertrauen?«

Divara antwortete nicht.

Als Ninive ihr Augenmerk zum ersten Mal auf den Wasserlauf richtete, sah sie, dass sich wenige Kilometer vor ihnen ein haushoher Felsbrocken am Grund der Schlucht verkeilt hatte. Das vor ihm aufgestaute Wasser strömte durch einen viel zu eng wirkenden Spalt an ihm vorbei.

»Sagtest du nicht, du würdest den Grund des Kanals frei halten?«, rief Ninive, während sie auf den Wasserfall zutrieben.

»Der Brocken stammt vom Felssturz der vergangenen Nacht«, sagte Divara. »Tut mir leid, mein Fehler.«

Als das Boot über die meterhohe Wasserklippe schoss, klammerte Ninive sich erneut mit aller Kraft an die sich hinter ihr spannende

Sitzplanke. Keine Sekunde später prallte es auf den felsigen Grund. Sein Metallrumpf wurde zusammengestaucht, der Bug hässlich deformiert, aber der Urwelt-Kahn schlug nicht leck.

Nachdem sie das monströse Hindernis passiert hatten, trieben sie die gut zwanzig Kilometer bis zur Bannmauer – von einigen kurzen Abschnitten mit Stromschnellen einmal abgesehen – ohne weitere Zwischenfälle den Kanal hinab. Gegenüber der hoch über ihnen liegenden Ebene herrschte am Grund der Schlucht nahezu Windstille und eine Eiseskälte. Der Fluss führte geradewegs auf einen finsteren Spalt zu, der am Ende des Kanals im Fundament der Bannmauer klaffte und gemeinsam mit der Schlucht ins Gestein gewaschen worden zu sein schien.

»Vor der großen Flut lag der Grund noch gut einhundert Meter höher«, bestätigte Divara auf ihr Nachfragen. »Nach Passieren der Frontschleuse ging es damals eine zweihundert Meter tiefe Sturzrampe hinunter durch eine Gravitationszentrifuge, hinter der ein …«

»Ich will es gar nicht wissen!«, rief Ninive, als sie den Eingang erreichten und es rasch finster wurde. »Versprich mir einfach nur, dass wir lebend im Inneren ankommen.«

Divara wandte sich zu ihr um, als wollte sie etwas entgegnen, dann hob sie den Blick und sah einen Moment lang hinauf in den schmalen Himmelsstreifen. »Natürlich werden wir das«, sagte sie schließlich und lehnte sich zurück, bis sie mit dem Oberkörper fast zwischen Ninives Beinen lag. »Festhalten!«

Das Boot kippte vornüber und begann durch einen mächtigen, gemauerten Schacht hinab in die Finsternis zu schießen, wobei der Rumpf immer wieder heftig über den Grund schrammte.

Orientierungslos und den Fliehkräften ausgeliefert, wurde Ninive hin und her geschleudert, wobei das Boot an beängstigenden Geräuschquellen vorbeischoss. Mal war es ein Knattern, gleich darauf ein mechanisches Kreischen, dumpfe Schläge oder ein tiefes Brummen. Von wem oder was die Laute und Töne stammten, blieb das Geheimnis der Dunkelheit.

Als die rasende Fahrt endete, hob Ninive den Kopf und wischte sich ihre triefenden Haare aus dem Gesicht. Animiert durch den schaukelnden Bootsrumpf glühte das Wasser ringsum im gespenstischen Licht der Leuchtalgen.

»Sind wir unten?«, fragte sie, als sie erkannte, dass der Urwelt-Kahn durch einen ruhigen, von hohen gemauerten Wänden flankierten Kanal trieb.

»Das sind wir.«

»Hättest du mich nicht vorwarnen können?«

»Du wolltest es nicht wissen«, erinnerte sie der Avatar.

»Wohin fahren wir?«

Divara sah über ihre Schulter. »Ins Herz des Unheils.«

| 106 |

Mit im Wind knatterndem Mantel schwebte Cutter über der Schlucht und blickte dem flussabwärts treibenden Boot nach. Obwohl Ninive und Divara ihm den Rücken zugewandt hatten, schien zumindest der Avatar seine Anwesenheit zu spüren. Wie beiläufig sah er über seine Schulter. Einen Moment lang kreuzten sich ihre Blicke, dann wandte Divara sich wieder ab, ohne sich ihrer Begleiterin gegenüber etwas anmerken zu lassen.

»Viel Glück, Ivi«, murmelte Cutter, als das Boot vom Schatten der Mauer verschluckt wurde.

Er schwebte zurück auf die Dammkrone und blickte talaufwärts. Die sich durch das Urstromtal wälzende, von gelöstem Schlamm und Geröll inzwischen fast schwarze Flutwelle war noch etliche Kilometer vom Kraterrand der Doline entfernt. Solange Divara damit beschäftigt war, die Sedimente abzutragen und ihr altes Flussbett auszugraben, blieb ausreichend Zeit, um mit Leon über Prädestination zu sprechen. So war er insgeheim froh darüber, dass Ninive und Zenobia keinen Einfluss auf das Geschehen nehmen konnten.

Das Aquaroid bäumte sich erschrocken auf, als Cutter direkt vor seinem Frontbullauge materialisierte. Krachend schlug es mit seinem

Bug eine Reihe von Tropfsteinen von der Höhlendecke, prallte im Gesteinsregen zurück auf den Boden und begann wehleidig zu brummen. Aus dem Inneren des Tauchbootes drang ein Fluch in einer Sprache, die Cutter seit dem Kataklysmos nicht mehr gehört hatte.

»Läge es im Bereich des Möglichen, dass diese Prozedur beim nächsten Mal mit ein wenig mehr Fingerspitzengefühl vonstattengeht?«, beklagte sich Leon, als der Schwarzgekleidete in der Kabine auftauchte.

»Man kann es euch Sterblichen und euren beseelten Apparaten einfach nicht recht machen.« Cutter verstaute seine Sense am Rohrwerk. »Erscheine ich, ohne anzuklopfen, bleibt allen das Herz oder der Verstand stehen. Tauche ich *vor* einer Tür auf, um anzuklopfen, bekommt die Entität, der sie gehört, eine Panikattacke. Ein Königreich für eine Welt ohne den Kanoflux …«

»Hätten wir nicht zufällig die Dekompressionsventile geöffnet gehabt, wäre uns bei dem Bocksprung wahrscheinlich die halbe Hydraulik um die Ohren geflogen«, gab Leon zurück.

Cutter musterte den Kugelkopf des Navigators, dann den Lautsprecher, aus dem Leons Stimme schallte. »Ich vermute, das war wieder ein Beispiel für die menschliche Unart, bedeutende Aussagen metaphorisch zu verschlüsseln.« Er warf einen Blick auf sein Stundenglas. »Es ist so weit«, sagte er zu der von Divara okkupierten Rüstung. »Die Wandlerin hat den Steinbrecher bezwungen und dein versklavtes Oberwasser entfesselt. Unser Teil der Abmachung ist somit erfüllt.«

»Heißt das, Zenobia und Ninive sind wohlauf?«, fragte Leon.

Die Schwärze unter Cutters Kapuze wurde ob des Zwischenrufs eine Nuance grimmiger. »Ich fürchte ja.«

»Du *fürchtest*?«

»Verzeihung. Rhetorischer Automatismus.« Wieder an Divara gewandt, fuhr er fort: »Eine Flutwelle wühlt sich durch dein altes Flussbett heran und wird jeden Moment die Doline erreichen. Der Kreis schließt sich. Es ist an der Zeit, das Boot seiner Bestimmung zuzuführen und unsere Plätze einzunehmen.«

»Also wieder ein paar Kilometer zurück zur Hauptströmung«, vermutete Leon. »Und durch den Ablaufschacht hinauf in die Mauer.«

»Nein.«

»Nein? Wohin sonst?«

»Es existiert kein konventioneller Weg, auf dem wir mit dem Boot in ihr Inneres gelangen könnten. Der Abwasserschacht, den wir bei der Herfahrt passiert hatten, endet an einer Strömungsturbine, die das Boot zerfetzen würde.«

»Woher weißt du das?«, quäkte der Lautsprecher.

»Ich habe nachgesehen.«

Sekundenlang rangen Leons Partikel um Fassung, dann sagte er: »Das war ein Scherz, oder?«

»Ich bin eine Exitus-Inkarnation, kein Possenclown«, erwiderte Cutter. »Gäbe es einen Unterwasserzugang, der groß genug ist für ein Aquaroid, hätte sein ehemaliger Steuermann sich vor tausend Jahren die Mühe sparen können, es in Einzelteilen hierherzutransportieren und wieder zusammenzusetzen.« Cutter ließ seine Worte wirken, dann sagte er: »Konzentriere dich mit all deiner Kraft darauf, dass das Fluxfeld um das Boot herum stabil und gleichmäßig geschlossen bleibt, während ich uns durch den Orb ins Innere der Mauer bringe. Sollte sich ein Riss im Fluxfeld bilden, ist es um euch und das Aquaroid geschehen.« Und leise fügte er hinzu: »Es gibt auf dieser Welt kaum einen schlimmeren Ort als den, an den ich uns nun transportieren werde ...«

| 107 |

»Hier?« Aris betrachtete die vor ihm liegende Felswand »Sicher?«

»Ganz sicher!«, bestätigte der Blütenchor, der sich in sicherer Entfernung hinter ihnen scharte. »O weh, o weh …«

Auf seinen Ranken reitend, hatte er Aris und Sloterdyke zu einer Stelle am rückwärtigen Ende des Simses geführt, die nur von spärlicher Vegetation bedeckt war. Selbst die zur Mauer hin immer niedriger werdende Humusschicht war in einem Radius von vielleicht zwanzig Metern nahezu vollständig abgetragen. Und nicht nur der Boden, sondern auch ein weites Halbrund der Mauer war restlos entlaubt. Selbst die Bäume mieden den Platz. Stattdessen reckten sie sich drum herum weiter empor, um den Kronenschild geschlossen zu halten.

»Was jetzt?«, fragte Aris.

»Das wissen wir nicht«, antworteten die Blüten. »Keine von uns hat jemals versucht, das Steinreich zu öffnen.«

»Simple Monokausalität«, sagte Sloterdyke. »So sauber, wie es hier aussieht, muss dieses System mittels Sensoren oder Detektoren funktionieren. Ein einfaches Prinzip von Ursache und Wirkung.« Er trat an die Mauer heran und wartete gespannt auf eine Reaktion. Als sie ausblieb, hüpfte er ein paarmal vor der Felswand auf und ab und klopfte schließlich gegen das Gestein.

»Netter Versuch, Professor«, bemerkte Aris, als weiterhin nichts geschah.

Ein leichtes Beben erschütterte den Sims und ließ die Blüten im Chor aufschreien.

Der Monozyklop trat einen Schritt zurück und hob triumphierend die Arme, als der verborgene Mechanismus den Boden erzittern ließ und die Felswand sich zu bewegen begann. Ein gut drei Meter hohes und doppelt so breites Segment glitt einige Meter ins Innere der Mauer zurück, dann begann es, laut donnernd zur Seite zu rücken und in der Wand zu verschwinden. Doch es war nicht nur ein einziger gewaltiger Felsblock, der sich in Bewegung gesetzt hatte und den Sims erbeben ließ, sondern eine Staffel aus fünf hintereinander liegenden, gut zwei Meter dicken Sperren, von denen jede konträr zur davorliegenden Barriere im Gestein verschwand.

»Hab ich's nicht gesagt?«, frohlockte Sloterdyke, als der letzte Quader zum Stillstand gekommen war und das Beben aufhörte. »Ein Hochdruckschott!«

Aris starrte in einen finsteren, schnurgerade in die Dunkelheit führenden Korridor, dann warf er einen Blick zurück zu den Blüten. Sie hatten sich auf ihren Ranken bis zum Waldrand zurückgezogen und verfolgten das Geschehen aus sicherer Entfernung.

»Worauf wartest du, junger Mann?«, rief der Monozyklop aus dem Inneren des Gemäuers.

»Vielleicht darauf, dass irgendwo dort drinnen ein paar Lampen angehen?«

Sloterdyke murmelte etwas, das wie ein Stoßgebet klang. Er hantierte an seinem Kameraauge, woraufhin rings um das Objektiv ein Lichterkranz erstrahlte. »Zufrieden?«, rief er. »Traust du dich jetzt herein?«

Vom Waldrand her erklang vereinzeltes Kichern. Aris warf den Blüten einen grimmigen Blick zu, was diese wieder verstummen ließ, dann folgte er dem Monozyklopen in die Tiefen der Bannmauer.

Kaum hatte er den Korridor betreten, erzitterte der Boden erneut, und die äußerste Schottwand begann sich zu schließen. Kurz nacheinander setzten sich auch die restlichen vier Sperrmauern in Bewegung und trieben Aris schneller hinter Sloterdyke her.

»Das scheint von einem Zeitrelais gesteuert zu werden«, murmelte der Monozyklop, als sich das letzte Schott mit einem dumpfen Donnern hinter ihnen geschlossen hatte. »Da der Mechanismus nach all den Jahrtausenden noch immer funktioniert, scheint er regelmäßig genutzt zu werden.«

Nachdem sie etwa einhundert Meter weit ins Innere der Mauer vorgedrungen waren, endete der Korridor an einer weiteren massiven Felswand.

»Und was jetzt?«, fragte Aris, nachdem Sloterdyke jeden Winkel der Sackgasse ausgeleuchtet hatte. »Sesam öffne dich?«

Von der Decke her ertönte ein leises Klicken. Aus einer kaum fingerbreiten Öffnung kam ein dünner Metallfühler geschlüpft, an dessen Spitze ein kleines Kameraauge saß. Ausgiebig musterte es zuerst den Monozyklopen, dann Aris.

»Authentifiziert euch!«, erklang eine mechanische Stimme.

Aris und Sloterdyke tauschten einen Blick.

»Wir befinden uns auf einer Forschungsreise«, erklärte der Monozyklop. »Wir folgen einer tausend Jahre alten Legende, die uns bis an diesen Ort geführt hat.« Er überlegte einen Moment lang, dann fügte er hinzu: »Ich glaube, irgendetwas aus diesem Gemäuer hat kürzlich versucht, meinen Memocortex zu reparieren. Also vielen Dank ... Ja ...«

Sekundenlang herrschte Schweigen, dann fragte die Stimme: »Seid ihr elektronifiziert oder technomoralisiert?«

»Äh, nein, beide gesund und munter ...« Sloterdyke schüttelte verwundert den Kopf. »Irgendeine Ahnung, wovon dieses Ding spricht?«, fragte er Aris.

»Maschinormisiert?«, fuhr der Kamerafühler derweil unbeirrt fort. »Oder gar paläoindustrie-idealisiert?«

»Wir kommen von der anderen Seite der Bannmauer«, rief der Wandler. »Aus einer Stadt, die drei Tagesmärsche entfernt im Süden liegt. Wir sind den Chroniken eines Reisenden gefolgt, der vor tausend Jahren von diesem Ort aus auf unsere Seite des Tals aufgebrochen war.« Aris lauschte in die Stille hinein. »Sein Name war Barnacoll«, fuhr er fort, als die Stimme weiterhin schwieg. »Auguste Barnacoll.«

Eine Erschütterung ließ ihn und den Monozyklopen von der Wand zurückweichen. In ihrer Mitte entstand ein handbreiter Spalt, durch den ein Fächer orangefarbener Lichtstrahlen flimmerte. Dann begann die Mauer sich unter lautem Rumpeln zu teilen und in die Korridorwände zu gleiten. Hinter dem Schott schwebte eine mattgraue, knapp einen Meter große Metallkugel, an deren Front eine Rosette orange glühender Lichter strahlte. Aus ihren Flanken ragten martialisch anmutende Fortsätze, deren Anblick Aris den Atem stocken ließ.

Als die Mauerhälften vollständig in den Wänden verschwunden waren, schwebte sie näher und sagte: »Guten Abend!«

Aris entspannte sich, als die Sonde in Sloterdykes Lichtkegel geschwebt kam und einen Großteil seiner Bedrohlichkeit verlor. Was er im ersten Moment für ein Arsenal aus Hieb-, Stich- und Schusswaffen gehalten hatte, entpuppte sich als Ansammlung diverser Greif- und Analysearme.

»Ich vermute mal, das ist ein Jäter«, sagte er.

»Die korrekte Bezeichnung lautet Inspektor«, korrigierte ihn die Sonde. »Die Beseitigung des Unkrauts vor den Portalen gehört zu den leidigen Dienstpflichten.«

»Zweifellos eine Maschine«, erkannte Sloterdyke. »Aber keine beseelte. Ich registriere kein Fluxfeld. Sie scheint nur von einer KI gesteuert zu werden.«

»Und Ihr seid ein Monozyklop«, erkannte die Sonde. »Leider war ich hinsichtlich Eurer Reparatur gezwungen zu improvisieren. Erfreulich, Euch dennoch wieder bei vollzähligem Verstand zu wissen. Ich werde Eure Anwesenheit nun melden.« Der Inspektor vollführte eine halbe Drehung. »Majestät, hinter mir stehen zwei Endzeit-Pilger aus dem Untertal und bitten um höhere Wahrnehmung«, sprach er in die Dunkelheit.

»Majestät?«, wunderte sich Aris.

»Schweigt still!«, gebot die Sonde. »Das Wort hat Seine Durchlaucht Hochholograf Auguste der Flache.«

Sloterdyke und der Wandler tauschten einen irritierten Blick. Aus der Schwärze vor der Sonde drang ein kurzes Knacken, als wäre ein Lautsprecher eingeschaltet worden, dann fragte eine laute, hallende Stimme: »Definiere Pilger!«

»Ein Urwelt-Monozyklop und ein männlicher Kanoflux-Transformator aus Biomasse, Majestät.«

»Aus dem Untertal, sagst du?«

»Der Transformator behauptet zudem, er stamme aus einer Stadt im Süden ...«

»*Aus dem Süden?!*«, wiederholte die Lautsprecherstimme laut. »Worauf wartest du dann noch? Bring unsere Gäste zum Audienz-Förderband! Unverzüglich!«

»Sehr wohl, Majestät.« Die Sonde schwenkte ein Stück nach links, dann rief sie: »Droschke!«

Aus einem Seitenkorridor kam ein Schlitten in den Gang geschwebt, der von einem Paar baugleicher Sonden gezogen wurde. Allerdings besaßen sie keinerlei Assistenzarme, sondern lediglich eine Art Zuggeschirr, mit dem sie an das skurrile Gefährt gekoppelt waren. »Illumination!«, rief der Inspektor, woraufhin eine Kette von Deckenlampen aufleuchtete und vor ihnen einen scheinbar endlosen Korridor aus der Dunkelheit riss. »Steigt ein und nehmt Platz!« Er platzierte sich an der Front des Schlittens. »Wir werden eine Weile unterwegs sein«, informierte er seine Passagiere. Dann tippte er die Zugsonden an und rief: »Sektor 2, Zone 61, Ebene 209, Prestige-Förderband 12 in den Blauen Salon. Diplomatenmodus!«

| 108 |

Das Boot trieb durch eine Finsternis, in der keine Formen zu erkennen waren und Stimmen ohne Echo verhallten. Hätte Ninive nicht am eigenen Leib erlebt, dass sie von Divaras versiegender Strömung hinab in die Mauer gerissen worden waren, fiele es ihr schwer zu glauben, dass sie sich im Inneren des Bauwerks befanden. Sie konnte jedoch nicht sagen, ob sie noch im Kanal oder schon auf einem unterirdischen See trieben.

Um wenigstens einen Hoffnungsschimmer aufblitzen zu lassen, strich Ninive mit der Hand durchs Wasser, was die Noctiluca-Algen für einen Augenblick zum Leuchten brachte. Es waren einsame blaue Lichtblitze, die keine Reflexionsfläche fanden, und ihr Glühen wurde von Mal zu Mal schwächer.

»Was hast du vor?«, wunderte sie sich, als Divara ihren Oberkörper über den Bootsrand beugte.

»Ich kehre in mein Element zurück«, sagte diese. »Mein Versprechen, dich in die Mauer zu bringen, ist erfüllt. Der Einfluss des Unersättlichen erfordert von meinesgleichen nun Stärke und Geschlossenheit. Ich werde mich daher wieder mit meiner Ganzheit vereinen – und ein letztes Mal den Dienst leisten, für welchen ich von euren Ahnen an diesen Ort geleitet wurde.«

»Aber du kannst mich jetzt nicht einfach in dieser Finsternis sitzen lassen!«

»Unser gemeinsamer Weg endet hier«, entschied Divara. »Zenobias Avatar bleibt an deiner Seite.« Dann öffnete sie den Mund und ließ einen Wasserstrahl aus ihrer Kehle strömen. Als der letzte Tropfen über ihre Lippen gekommen und in den unterirdischen See geflossen war, richtete sie sich wieder auf, wobei sie den Blick gesenkt hielt und ihren Oberkörper wie in Trance sanft hin und her wiegte.

Leb wohl, Hylenium, erklang Divaras Gedankenstimme in Ninives Kopf. *Ich hoffe, wir werden uns eines Tages wiedersehen.* Sie verspürte einen leichten Stich im rechten Auge. Ein Wassertropfen, den sie zuerst für eine Träne hielt, drängte sich aus ihrem Augenwinkel, rann über ihre Wange und hüpfte davon, ehe Ninive ihn mit der Hand wegwischen konnte. Kaum hörbar lachend, verschwand er mit einem leisen Plitschen im Wasser.

Gedankenverloren strich Ninive mit den Fingerspitzen über ihre Wimpern.

»Sie ist weg«, ließ eine leise, wehmütige Stimme sie aufhorchen. »Und sie wird nicht wiederkommen.«

Zenobia hatte offenbar ihre sieben Sinne wiedergefunden und musterte Ninive, ohne zu blinzeln. In ihrem Blick lag eine Mischung aus Traurigkeit, Angst und gespannter Erwartung. Als die Wandlerin nicht reagierte, hob sie die Augenbrauen. »Ist mit dir alles in Ordnung?«

»Das müsste ich eigentlich *dich* fragen«, sagte Ninive schließlich. »Willkommen zurück.«

Die Bücherfrau zeigte ein scheues Lächeln. »Ich war nie wirklich fort.« Sie hielt die Hände über das um ihre Füße herum leuchtende Wasser, als würde sie sie über einem Feuer wärmen, und blickte empor in die Dunkelheit. »Wir sind im Inneren der Mauer, nicht wahr?«

»Ja.«

Zenobia schüttelte sich, dann begann sie ihren Körper zu betasten. Mehrmals schob sie ihre Ärmel empor und zog sie wieder herunter, packte den Saum ihres Gewandes und zerrte mit beiden Händen daran, als wollte sie ihn zerreißen. »Ich weiß wirklich nicht, wie sie das gemacht hat«, sagte sie.

»Dich wachsen zu lassen?«, fragte Ninive. »Oder dich in Fleisch und Blut zu verwandeln?«

»Bitte?« Zenobia hörte auf, am feuchten Stoff herumzuzupfen. »Nein, die Palla«, erklärte sie. »Ich habe keine Ahnung, wie sie das Tuch so groß gekriegt hat.« Obwohl es immer schwüler wurde, rieb sie fröstelnd ihre Arme und starrte ins Wasser. »Bewegen wir uns noch vorwärts?«

»Das weiß ich ehrlich gesagt nicht so genau.«

»Was ist das hier? Eine Zisterne?«

Ninive schüttelte stumm den Kopf. Dann holte sie tief Luft und rief, so laut sie konnte: »Divara!«

Die Bücherfrau zuckte erschrocken zusammen. »Bist du verrückt geworden?«, beschwerte sie sich.

Fast ebenso laut wie Ninives Ruf hallte unvermittelt das Echo ihrer Stimme aus dem Dunkel wider und ließ beide aufhorchen. Ein zweites, drittes, sogar viertes Echo mischte sich hinzu, brach sich abermals an verborgenen Wänden und schien sich erneut zu teilen. Bald erschollen aus allen Richtungen Divara-Rufe, die klangen wie phonetisches Glockengeläut.

»Bei allen Göttern …«, murmelte Zenobia, als die Stimmenkaskade schließlich in der Ferne verebbte war, und schlang ihr Gewand enger um sich. »Das ist *keine* Zisterne …«

Auch Ninive konnte ihr zunehmendes Unbehagen nicht verbergen. »Falls doch, dann muss sie gigantisch sein.«

»Unsere Priester erzählten während ihrer Predigten oft Geschichten über einen Ort namens Acherusia«, flüsterte Zenobia. »Es ist der See der Seelen, in den alle Flüsse der Unterwelt münden. In seiner Mitte erhebt sich eine Insel aus Schlamm, auf der die Toten bis zu ihrer Wiedergeburt weilen.«

»Ich glaube nicht, dass wir *so* tief unten sind …« Ninive wischte sich den Schweiß vom Gesicht und knöpfte aufgrund der zunehmenden Schwüle ihr Hemd auf. »Wie auch immer, es gibt keinen Weg zurück.«

»Ich weiß ja nicht, wie du das bisher angestellt hast, aber zu meiner Zeit hat man sich nicht in ein Boot gesetzt, ohne wenigstens ein Ruder dabeizuhaben.«

»Ich habe darauf vertraut, dass Divara uns lenkt und leitet.«

Zenobia tauchte einen Arm ins Wasser, um mit der Hand zu paddeln, schrie auf und riss sie wieder zurück. »Der See kocht ja!«

Ninive tastete den Rumpf des Bootes ab. »Er wird heißer«, stellte sie fest und blickte sich um. »Divara!«, rief sie erneut, doch jetzt hatte sich ein Hauch von Verzweiflung in ihrer Stimme gemischt. »Wohin bringst du uns?«

Zenobia hob ihre nackten Füße auf eine der Planken, um nicht mit dem Metall in Berührung zu kommen. »Die Luft wird immer stickiger«, sagte sie. Dann schien mit einem Mal etwas anderes ihre Aufmerksamkeit auf sich zu ziehen. Sie bedeutete der Wandlerin, still zu sein, und lauschte in die Ferne. »Hörst du das?«, fragte sie.

Die Augen ob der Dunkelheit weit aufgerissen, blickte Ninive an ihr vorbei. »Ich höre es nicht nur«, sagte sie leise. »Ich kann es auch sehen …« Sie deutete in die Ferne, wo ein kaum wahrnehmbares, bläuliches Glosen auszumachen war, das wie ein geisterhafter Nebel über dem Wasser hing.

»Ich habe so etwas vor langer Zeit schon einmal gehört«, sagte Zenobia. »Zu Zeiten meines römischen Exils. Mein Protektor Hadrianus hatte mich damals gebeten, ihn während einer seiner Geschäftsreisen ins Obertal des Flusses Cecina zu begleiten – um mir vor Augen zu führen, wo seiner Meinung nach jene Menschen enden, die gegen Rom und seine Caesaren aufbegehren. Es war ein furchterregender Ort voll heißer, dampfender Quellen und kochender Schlammtümpel. Die Römer nannten diesen Ort *Vallis Diaboli*, das Tal des Teufels. Ihrem Glauben nach lag in ihm der Eingang in ihre Unterwelt, den Orkus.« Die Bücherfrau lauschte eine Weile dem fernen Tosen, dann sagte sie: »Aber *das* hier klingt viel größer und mächtiger – obwohl es noch sehr weit entfernt zu sein scheint.«

»Divara sagte vergangene Nacht, sie würde seit dem Kataklysmos etwas in der Mauer füttern, das sie ›das Unersättliche‹ nannte.« Sie musterte die Bücherfrau. »Hast du eine Ahnung, was sie damit gemeint haben könnte?«

Zenobia schüttelte den Kopf. »Sie hat mich ihre Gedanken über die Mauer nicht lesen lassen.«

»Kannst du dich an etwas von dem erinnern, was sie gesagt hat, während du von ihr kontrolliert wurdest?«

»Natürlich«, antwortete die Bücherfrau. »An fast alles.«

Ninives Herz setzte einen Schlag aus. »Etwa auch daran, was sie ... *getan* hat?«

»Das ist nicht der richtige Zeitpunkt, um darüber zu reden.« Zenobia wich ihrem Blick aus. »Und auch nicht der richtige Ort.« Sie starrte lange in Richtung des unheimlichen Glosens. »Das sind keine Maschinen«, sagte sie. »Ich glaube, wir treiben auf einen Unterwasservulkan zu ...«

| 109 |

Obwohl die Scheinwerfer der beiden Zugsonden den vor der Droschke liegenden Fahrweg gut einhundert Meter weit beleuchteten, blieb die Finsternis jenseits der Lichtkegel tückisch. Erst im letzten Moment erkannten Aris und Sloterdyke im Streulicht die schräge, konvex geschwungene, mit Tausenden von feinen, rostbraunen Tropfsteinen behangene Decke. Innerhalb von gut zwanzig Metern senkte sie sich vor dem Gleitschlitten aus der Dunkelheit herab, bis sie etwa zwei Meter über dem Boden ihre tiefste Stelle erreichte. Aris und Sloterdyke waren gezwungen, sich zu ducken, um mit den Köpfen keine Schneise in den filigranen Sintervorhang zu schlagen. Dahinter stieg die Decke ebenso gleichmäßig wieder an.

»Das hier ist Turbinenhalle 38.« Der Inspektor wies mit einem seiner Instrumentenarme in die Finsternis. »Was wir soeben unterquert haben, war Fallrohr 57. Jedes der insgesamt 46 aneinandergereihten Maschinenhäuser ist 600 Meter lang, knapp 100 Meter hoch und 200 Meter breit. In jedes von ihnen münden acht solcher Sturzschächte mit einem Durchmesser von 58 Metern, von denen seinerzeit jeweils zwei eine der 184 Turbinen antrieben. Allerdings arbeiteten nur 158 von ihnen zweckgebunden. Die Energie der restlichen 26 in den drei zentral gelegenen Hallen wurde genutzt, um einen Großteil des genutzten Wassers zurück in den Speichersee zu pumpen.

Vor dem Kataklysmos strömten durch jedes Fallrohr rund 52.000 Kubikmeter Wasser pro Sekunde. Heute sind sie bis hinab in die Turbinen mit Sedimentgestein gefüllt.«

Den Parcours immer im Blick, erzählte der Inspektor Geschichten über wundersame Areale und Sektoren, von denen so gut wie alle im Dunkeln lagen. Das hinderte ihn jedoch keineswegs daran, unermüdlich auf belangreiche Räumlichkeiten hinzuweisen und in die Finsternis zu deuten. So passierten oder durchquerten sie in ewiger Nacht verborgene Sehenswürdigkeiten wie Qwertztasts Ruhmeshalle, die Gamma-Prachtstraße, das Spektralkraft-Presswerk, den Dom des letzten Funkens oder das neukönigliche Gleitstrom-Transformationsviadukt.

»Sie ist tatsächlich ziemlich hohl«, staunte der Monozyklop, während er den Ausführungen der Sonde lauschte. »Kaum zu glauben, dass sie dem immensen Wasserdruck von damals standgehalten hatte.«

Nach kilometerlanger Fahrt stoppte die schwebende Droschke am Ostende des Viadukts vor einem breiten, von Säulen gesäumten Förderband. Es führte sanft ansteigend gut zweihundert Meter schnurgerade empor zu einem hell strahlenden Portal. Ohne Vorwarnung begann plötzlich der Boden zu beben. Die Erschütterungen ließen das Förderband schwanken und feine Wolken aus Staub von der Decke rieseln.

»Seine Durchlaucht erwartet euch«, sagte der Inspektor, als die Erdstöße abebbten, und wies auf das leuchtende Tor, als wäre nichts geschehen.

»Sind diese Beben normal?«, erkundigte sich Aris, während er den Staubwolken nachsah.

»Sie werden von Tag zu Tag normaler«, antwortete die Sonde.

Kaum hatten Aris und Sloterdyke das Förderband betreten, setzte es sich in Bewegung. Gleichzeitig erklang aus den Säulen orchestrale Musik.

»Ich habe keine Ahnung, wen oder was dieser Bannmauer-Monarch zu erblicken erwartet, aber ich fürchte, er wird gleich eine herbe Enttäuschung erleben«, sagte Aris, als er sich außer Hörweite der Sonde wähnte.

Was sie lichtumflort am Ende des Förderbandes empfing, war weder Mensch noch Mecha, sondern ein mannshoher, kaum einen Meter breiter Projektionspylon, der eine Handbreit über dem Boden schwebte. Seine gesamte Front wurde von einem holografischen Spiegel eingenommen, der einen sonderbar gekleideten, freudig erregten Mann mit sichelförmig gezwirbeltem Oberlippenbart zeigte. Er trug einen langen, schweren Mantel aus blauem und rotem Samt mit Goldborten, Hochkragen, Trompetenärmeln und breiten Besätzen aus weißem Fell. Auf seinem Kopf glänzte eine Goldkrone mit edelsteinverzierter Samthaube. Aris konnte nicht sagen, ob das Hologramm Schuhwerk trug, da der Mantel bis zum Boden des Spiegels reichte.

Die Gestalt war jedoch nicht die einzige Projektion im Raum. Ringsum waren die Wände des Prunksaals, in den das Förderband sie transportiert hatte, mit zahllosen Spiegelflächen besetzt, die Trugbilder riesiger Gemälde, Wandteppiche und goldener Kandelaber erzeugten. Selbst an der Decke waren sie fast Kante an Kante befestigt und zeigten Hologramme kristallener Lüster.

»Na endlich!«, rief die königliche Projektion freudestrahlend. Sie schwebte mit ihrem Pylon näher, breitete ihre Arme aus und rief: »Guten Abend und herzlich willkommen im Temporalkönigreich Aeternita!«

»Aber es ist höchstens Nachmittag...«, bemerkte Sloterdyke, während er sich staunend umsah.

»Oh, das ist nicht von Belang«, sagte das Hologramm. »Hier ist es immer Abend. Abende sind so schön heimelig, wisst ihr? Wenn ich mich vorstellen dürfte: Ich bin Auguste Barnacoll II.«

»*Sie*...?!«, entfuhr es Aris. »Sie sind Barnacoll?«

»Natürlich nicht das Original, wie ihr seht, aber zumindest sein Persönlichkeitsmuster. Ich bitte diese kleine Unvollkommenheit zu entschuldigen. Meine Urform hatte es vor ihrem Aufbruch ins gelobte Land für notwendig befunden, eine Bewusstseinskopie von sich anzulegen, die den Wall während ihrer Abwesenheit verwaltet, sozusagen als zweidimensionale Vertretung ihres vakanten Originals. Sie bezeichnete mich als *Equilibrion*.« Das Hologramm klatschte vergnügt in die Hände. »Verzeiht meine Aufregung«, entschuldigte es sich, während es mit seinem Pylon die beiden Besucher umschwebte. »Euer leibhaftiges Erscheinen ist so extraordinär! Ich habe meine Assistenten seit der letzten Wintersonnenwende regelmäßig Lichtzeichen von der Mauerkrone geben und die Botschaften meines Originals gen Süden morsen lassen, bei Tag und bei Nacht, aber aus der Ferne war nie eine Antwort zurückgekommen. Doch nun seid ihr hier und steht vor mir – unhalluziniert und aus Fleisch und Blut ...« Er musterte den Monozyklopen. »Und anderem Zeug«, fügte er hinzu. »Ihr bringt mir den Glauben an die große Mission zurück – und gebt den vergangenen eintausend Jahren endlich einen Sinn.«

»Die Sterne auf Aeternitas' Krone«, begriff Aris. »*Das* ist es also, wovon die Chroniken erzählen!«

»Eine Metapher«, nickte Barnacoll. »Mein Original bezweifelte, dass die Bewohner der Nachwelt wissen werden, was Richtfeuer, Spiegelreflektoren und fresnelsche Stufenlinsen sind. Ich bin erfreut, dass diese Formulierung bis heute überlebt hat.« Der Pylon glitt ein Stück näher. »Du überraschst mich, Wandler. Sag, bist du zufällig ein Nachfahre meines Originals?«

Aris zog irritiert die Stirn in Falten. »Es ist nicht überliefert, dass Ihr Original Kinder in die Welt gesetzt hatte.«

Das Hologramm sah an sich herab. »Na ja, ich war damals natürlich nicht mehr der Jüngste«, murmelte er und strich über seinen Bauch. »Aber rein technisch gesehen dürfte alles noch zufriedenstellend funktioniert haben.« Er musterte Aris. »Wobei, das mit den Haaren passt nicht zu meinem Genom. Ist das in der Stadt zurzeit Mode oder angeboren?«

»Ich möchte nicht unhöflich erscheinen«, sagte Aris. »Aber was treiben Sie hier eigentlich? Ich meine: Majestät, Durchlaucht,

Monarchie, diese komische Kostümierung und der ganze Pomp-Firlefanz...«

»Ach, das hat sich hier im Laufe der Jahrhunderte so ergeben«, winkte Barnacoll ab. »Ich habe schon etliche Herrschaftsformen erprobt: Autokratie, Despotismus, Epistokratie, Häuptlingstum, Kleptokratie, Nomokratie, Technokratie, Feudalismus... Die Monarchie gehört jedoch zu meinen absoluten Favoriten. Ein wundervolles Balancieren auf der Klinge der Dekadenz. *Qualis rex, talis grex.*«[3]

Erneut erzitterte sekundenlang der Boden und brachte die holografischen Kronleuchter und Kandelaber zum Klirren. Staublawinen stürzten zwischen ihnen herab und vernebelten den Blick auf die Projektionsspiegel.

»Hört ihr?« Barnacoll blickte entzückt hinauf zur Saaldecke. »Dieses ganze Klingeln, Bimmeln und Klimpern, einfach wundervoll.«

»Gibt es in Ihrem ... *Königreich* vielleicht einen Raum, in dem wir die Zeit zurückdrehen und mit dem Auguste Barnacoll sprechen können, der vor eintausend Jahren diese Hallen verlassen hat?«

Das Hologramm wirkte für einen Moment irritiert. »Wozu?«

»Ich glaube, Sie kennen den Grund«, erklärte der Monozyklop. »Er rieselt bei jedem Beben gut sichtbar von der Decke.«

Barnacoll blickte hinauf zu den Kronleuchter-Hologrammen. »Alles ist gut«, befand er. »Ihr seid hier. Gefahr gebannt. Alles ist gut.«

»Mitnichten, Euer Durchlaucht«, entgegnete Aris geziert. »In Wahrheit wird es von Minute zu Minute schlimmer!«

Während Aris dem überdrehten Scheinmonarchen die Geschehnisse der vergangenen Wochen schilderte, wich die aufgesetzte Schalkhaftigkeit mit jedem Satz ein wenig mehr aus dessen Miene. Übrig blieb schließlich ein ernst dreinblickendes, zutiefst betrübtes Hologramm, das um Worte rang.

»Verzeiht meine Torheit«, sagte es leise. »Mit jedem Jahrhundert, das ohne ein Lebenszeichen meines Original verstrichen war, hatte

---

[3] (lat.) »Wie der König, so die Herde.«

ich das Ausleben von Scheinrealitäten für sinnvoller erachtet, als mich rational und emotional mit vergangenen und bevorstehenden Apokalypsen zu beschäftigen.« Barnacoll seufzte leise. »Nun ist es zu spät, fürchte ich.«

»Es ist nie zu spät, das Richtige zu tun«, widersprach Aris.

Einer der ebenerdig platzierten Dekorationsspiegel begann plötzlich in kurzen Intervallen zu summen. Sein Gemäldehologramm verblasste, dafür blinkte in seinem Zentrum rot leuchtend das Wort:

ALIENUM!

»Ein Fremdkörper im Kühlwasserzufluss?«, wunderte sich Barnacoll. »Das ist doch nicht möglich ...« Gefolgt von Aris und Sloterdyke schwebte er vor den Spiegel, streckte eine Hand aus seinem Pylon und berührte den Projektionsschirm, woraufhin der Alarm endete. Stattdessen wurde das Bild einer tiefen, wie mit dem Lineal gezogenen Schlucht eingeblendet.

»Das hier wurde vor wenigen Augenblicken von einem der Treibgutdetektoren über dem Portal des alten Drainagekanals aufgenommen«, erklärte das Hologramm. »Sind das die beiden *Intimi*, von denen ihr erzählt habt?«

»Ivi und Zenobia!«, bestätigte Aris erleichtert, als er das winzige Boot am Grund der Schlucht erkannte. »Sie sind wohlauf!«

Barnacoll verzog zweifelnd das Gesicht und wand sich, als würde seine Königskluft ihn piesacken. Dabei erzeugte er Laute, die klangen wie »Hämnämnämnää ...« Er betrachte unschlüssig die Aufnahme, dann berührte er den Spiegel erneut. Das Bild der Schlucht wurde von einem komplexen Gebäudeplan ersetzt. Auf ihm verteilt strahlten zahlreiche kleine blaue Punkte, von denen manche sich kaum merklich bewegten. Barnacoll tippte auf eine Lichtmarkierung am oberen Bildrand, woraufhin sich ein roter Halo um diese legte.

»Ich habe meinen vor Ort agierenden Express-Adjutanten mit der Suche nach euren Weggefährtinnen betraut«, erklärte er. »Falls sie den Sturz durch die Treibgutzentrifuge und den ehemaligen Turbinenschacht überlebt haben, wird er sie finden.«

»Treibgutzentrifuge?«, erschrak Aris.

»Keine Sorge, sie steht bereits seit dem Kataklysmos still.« Das Hologramm betrachtete den am Grund der Schlucht winzig erscheinenden Kahn. »Ein Fluss in Menschengestalt«, murmelte es. »Wahrlich erstaunlich.«

»Erlauben Sie mir eine Frage?«, riss Aris ihn aus seinen Gedanken.

»Gewiss doch.«

»Was bedeutet *Anno Nemesis*?«

Barnacoll sah seinen Besucher überrascht an. »Woher kennst du diese Bezeichnung?«

»Wir haben die Überreste einer Gedenktafel im Tal gefunden«, erklärte der Wandler mit einem Seitenblick zu Sloterdyke. »Wir wären Ihnen sehr verbunden, wenn Sie uns einfach erzählen, was vor eintausend Jahren passiert ist.«

»Oh, diese Geschichte beginnt beileibe nicht mit mir, sondern lange vor dem Kataklysmos«, sagte er. »Aber sie nur zu erzählen, wird der Nemesis nicht gerecht.« Barnacoll nahm seine Krone ab und betrachtete sie ein wenig beschämt, dann warf er sie achtlos in den virtuellen Hintergrund. »Vielleicht besteht ja doch noch Hoffnung«, sagte er. »Bitte folgt mir ins Visionarium.«

| 110 |

»Zurück!« Ninive klammerte sich an die heiße Bordwand, als wollte sie das Boot allein Kraft ihrer Gedanken zum Wenden zwingen. »Fahr zurück, verdammt noch mal! *Zurück!*«

Der Urwelt-Kahn reagierte nicht.

»Ich glaube nicht, dass das wirklich ein Vulkan ist«, rief Zenobia, um das lauter werdende Rumoren zu übertönen. »Vielleicht irre ich mich ja, aber wenn ich den Worten meines damaligen Protektors glauben darf, ist das Feuer von Vulkanen rot und nicht blau.«

Ninive starrte in den glühenden Brodem. Sie vermochte nicht zu erkennen, was wirklich im Inneren der träge rotierenden Dampfsäule vor sich ging, konnte aber immer deutlicher das Brodeln des Wassers hören. Je näher sie ihm kamen, desto unruhiger wurde seine Oberfläche.

Auf Zenobias Drängen hin hatte Ninive das Boot beseelt, um es wieder in kühleres Wasser zu lotsen. Zumindest hatte sie geglaubt, es beseelt zu haben, konnte aber nicht sagen, was sie falsch gemacht hatte. Statt eine Reaktion auf den Lebensimpuls zu zeigen, trieb es weiter still und stumm auf den mittlerweile bedenklich nahen Höllenpfuhl zu. Nicht einmal das Glühen der Dampfsäule reichte aus, um Wände oder die Gewölbedecke erkennen zu lassen.

»Hallo?« Zenobia klopfte mit den Fingerknöcheln an den Rumpf. »Lebst du?« Als weiterhin keine Reaktion erfolgte, fragte sie: »Ist es möglich, dass du es nicht mehr kannst?«

Ninive betrachtete ihre Hände. »Manchmal dauert es ein bisschen länger.« Sie musste schlucken. »Vielleicht fürchtet es sich ja nur.«

Ein Ruck ging durch den Rumpf, fast so als wäre der Urwelt-Kahn gegen ein Hindernis gestoßen. Nach Sekunden gespannter Stille fragte schließlich eine leise, von metallischem Hall unterlegte Stimme: »Wohin ist rückwärts?«

Ninive und Zenobia sahen einander an.

»Fort vom Licht«, erklärte die Wandlerin. »In kälteres Wasser.«

Das Boot schwieg, als müsste es überlegen, in welchem Zusammenhang die beiden Antworten miteinander stünden, dann fragte es: »Warum fahren wir nicht dorthin, wo es so schön blubbert?«

In dem Moment, in dem Ninive etwas erwidern wollte, flammte in der Ferne ein Licht in der Finsternis auf, das rasch an Intensität gewann. Was sich ihnen von backbord her näherte, sah aus wie ein gleißender Stern. Sein Strahlen riss in regelmäßigen Abständen gigantische quadratische Felssäulen aus der Dunkelheit, die sich in Abständen von vielleicht zweihundert Metern zueinander aus dem Wasser erhoben. Zum ersten Mal gewannen Ninive und Zenobia einen Eindruck von dem Ort, an den es sie verschlagen hatte. Und das, was sie sahen, ließ sie ehrfürchtig in die Höhe blicken. Jede der Säulen besaß eine Seitenbreite von gut dreißig Metern, doch auch das Strahlen des sich nähernden Lichtes war nicht hell genug, um ihre gesamte Höhe zu erfassen und die Decke des Gewölbes zu beleuchten. Ninive überkam ein Schauer bei dem Gedanken, dass sie sich womöglich Hunderte von Metern über ihren Köpfen spannen konnte und aus der Dunkelheit auch hier jederzeit und überall riesige Felsen herabstürzenden und sie zerschmettern könnten.

Als das seltsame strahlende Ding bis auf wenige Dutzend Meter herangekommen war, erkannte Ninive, dass sein Licht von einem Scheinwerfer stammte. Er war Teil einer kugelförmigen Apparatur,

aus deren Flanken ein ganzes Arsenal von Instrumentenarmen ragte. Wenige Meter über ihnen verharrte das seltsame Ding auf der Stelle. Es knackte und rauschte, dann fragte eine leicht verzerrte Stimme: »*Padalto para dabdab?*«

»Was?«, stutzte Zenobia.

»*Mahimo kamo makasabut?*«, drang es aus dem Licht herab. »*Can you understand? Ngaba uyayiqonda? Pueden entender? Wakarimasu ka? Könnt ihr verstehen?*«

»Ja!«, rief Ninive, um den wirren Wortschwall zu unterbrechen.

»Nein!«, widersprach Zenobia.

»Ausgezeichnet.« Der fliegende Apparat vollführte eine Kehrtwende und schoss ebenso schnell wieder davon, wie er gekommen war.

»Was war das denn jetzt?«, stutzte Zenobia, als das Licht in der Ferne erlosch.

»Keinen blassen Schimmer«, gestand Ninive. Die Stelle, an der die rotierende Dampfsäule aufstieg, war inzwischen weniger als einhundert Meter entfernt. Unter das Brodeln mischte sich nun auch ein Geräusch, das klang, als würde etwas Monströses schlürfen und schmatzen. »Ich sagte, du sollst zurückfahren!«, herrschte sie das Boot an, als sie sah, dass es weiterhin auf den immer unheilvoller brodelnden Hexenkessel zutrieb.

»Aber dort vorne ist es so schön strudelig …«, antwortete es verzückt, ohne vom Kurs abzuweichen.

»Das Ding kommt zurück!« Zenobia deutete auf das herbeischwirrende Licht. Statt herabzusinken und das Boot mit den Instrumentenarmen in ruhigeres Wasser zu schleppen, verharrte die Metallkugel jedoch erneut einige Meter über ihnen.

»Restbiomasse aus Aquaroid?«, erklang es aus ihrem Lautsprecher.

»Das sind wir!«, rief Ninive.

»Ausgezeichnet.«

»Zieh uns hier raus!« Zenobia streckte fast flehentlich eine Hand nach ihr aus. »Schnell!«

Wie zum Hohn machte sie Sonde abermals kehrt und schwirrte davon.

»Hey!«, rief Ninive ihr nach. »*Hey!*« Machtlos musste sie mit ansehen, wie das Licht wieder in der Ferne erlosch. »Das darf doch nicht wahr sein!«

Inzwischen hatte das Boot sich der rotierenden Dampfsäule so weit genähert, dass Ninive und Zenobia schemenhaft erkennen konnten, was in ihr vor sich ging. Im Nebel brodelte ein vielleicht zwanzig Meter breiter, kreisender Ring aus Dampfblasen. Kaum an der Oberfläche, wurden sie in einen mächtigen Strudel hinabgerissen, der sich in seiner Mitte öffnete.

»Ein Vortex!« Zenobia überkam ein Schauer beim Anblick des gut zehn Meter großen, wirbelnden Trichters. »Da hast du dein Unersättliches ...«

Mit zunehmender Panik erkannte Ninive, dass sie längst von der Strömung des Sogs erfasst worden waren.

»*Kehr endlich um, du renitentes Stück Urweltschrott!*«, schrie sie das Boot an und stieß bei jeder Silbe den Fuß gegen den Rumpf.

»Am schönsten blubbert es dort unten«, säuselte der Urwelt-Kahn. »So wunderwunderschön ...«

»Nein!«, schrien Ninive und Zenobia wie aus einem Mund, als der Bug sich senkte und ein Schwall heißen Wassers ins Boot schwappte. Zenobia rettete sich mit einem Sprung ans Heck, wodurch der Rumpf wieder an die Oberfläche gehoben wurde.

Unter dem sinkenden Kahn flammten vier zur Oberfläche gerichtete Strahler auf. Im gleichen Moment durchbrach wenige Meter vor ihnen ein Metallzylinder die Oberfläche. Mit einem dumpfen Schlag stieß ein massiger Körper von unten gegen den Rumpf und hob das Boot aus dem Wasser. Gleichzeitig begannen Strahltriebwerke zu arbeiten und das Tauchboot rückwärts aus dem Sog des Strudels zu manövrieren.

»Das Aquaroid!«, rief die Bücherfrau.

»Oh nein, oh nein, oh nein!«, jammerte dagegen der Urwelt-Kahn und begann verzweifelt hin und her zu wippen. Ninive sprang mit Zenobia auf das Deck des Tauchboots, bevor der Kahn mit ihnen in die kochenden Fluten kippen konnte.

Kaum auf dem vermeintlich sicheren Grund angelangt, riss die Bücherfrau die Augen auf. »Ah, heiß!«, stieß sie aus und begann einen Veitstanz, als wäre sie in eine Schlangengrube getreten. »Heiß, heiß, heiß …!«

Durch ihr Gebaren tauchte der Bug des Aquaroids so tief unter, dass das Wasser dampfend über das Deck schwappte. Ninive packte die lamentierende Bücherfrau am Arm und balancierte mit ihr bis zum Einstiegsdom. Dort schlüpfte sie aus ihrem Mantel, faltete ihn zusammen und legte ihn aufs Deck, damit Zenobia sich auf den Stoff stellen konnte.

Vom Gewicht seiner Insassen befreit, wand der existenzmüde Kahn sich derweil auf dem Vorderdeck, bis er schließlich vom Rumpf des Aquaroids zurück in die Fluten rutschte. »Oh, so schön, schön, schön …«, frohlockte er dabei.

Schaudernd sahen Ninive und Zenobia zu, wie das Boot in den Strudel gerissen wurde und in der glühenden Tiefe versank.

Dem Aquaroid selbst schien die Hitze des Wassers nichts auszumachen. »Genetrix!«, erklang seine brodelnde Stimme, wobei sein gesamter Rumpf vor wohliger Wiedersehensfreude zitterte. »Majestrix!«

Die Luke an der Spitze des Turms öffnete sich, und ein lederner Arm mit einem von einer Metallmanschette gehaltenen Handschuh reckte sich empor.

»Schön, euch beide wohlbehalten wiederzufinden«, hörten sie die Stimme der Rüstung durch die Luke, während der Arm ihnen zuwinkte. »Seid ihr wohlauf?«

»Das war Rettung in letzter Sekunde«, rief Ninive.

»Entschuldigt, dass wir nur auf diese Weise miteinander kommunizieren können, aber mein Kopf passt nicht am Generatorpol vorbei.«

»Lasst uns rein«, bat Ninive, wobei sie von einem Fuß auf den anderen trat, da die Hitze des Metalls nun auch immer unangenehmer durch die Sohlen ihrer Stiefel drang.

»Das kann ich nicht verantworten«, sagte die Rüstung. »Auf die hier herrschenden Bedingungen waren auch wir nicht vorbereitet.

Die im Boot herrschende Hitze würde euren Kreislauf zum Kollabieren bringen. Leon arbeitet an dem Problem.«

»Wie geht es ihm?«, rief Zenobia.

»Er zirkuliert ohne Molekülverlust in geregelten Bahnen.«

»Es geht mir gut!«, erklang eine leise, blecherne Stimme aus dem Inneren.

Zenobia gab einen freudig-überraschten Laut von sich und unternahm Anstalten, sich an Ninive vorbeizudrängen.

»Es ist nur ein Lautsprecher«, dämpfte die Rüstung ihre Aufregung. »Leon ist noch immer Teil des Kreislaufsystems.«

»Dann bringt uns ans Ufer!«, forderte Ninive.

Die Rüstung schwieg eine Weile, dann antwortete sie mit Divaras Stimme: »Das ist nicht möglich, Hylenium. Der Wasserspiegel liegt weit unter dem kritischen Niveau. Alle damals angelegten und begehbaren Randbereiche des Speichersees befinden sich inzwischen fast einhundert Meter über uns. Haltet euch irgendwo fest und bewegt euch nicht. Ich bringe euch zu einer der Tiefenwartungsleitern.«

»Was ist das hier überhaupt?«, wollte Ninive wissen, als die Rüstung sich anschickte, die Luke zu schließen.

»Ein Reaktorbecken.«

Es gab einen dumpfen Schlag, dann herrschte Stille.

Ninive und Divara kauerten sich zusammen und hielten einander umklammert, um nicht das Gleichgewicht zu verlieren, während das Aquaroid in kühlere und finsterere Gefilde steuerte.

| 111 |

Das Visionarium war ein runder, zwanzig Meter hoher Kuppelsaal, der aussah, als wäre er nie richtig fertiggestellt worden. Bis auf einen im Zentrum auf einer Drehscheibe montierten Prellbock und weiteren sich an den Seitenwänden reihenden Hologrammspiegeln präsentierte es sich leer und schmucklos. Aus der Hallenmitte führte ein in den Boden eingelassener Schienenstrang zu einer hohen, geschlossenen Flügeltür in der Kuppelwand.

Barnacoll schwebte neben die Gleise und rief: »Großprojektor!«

Daraufhin öffnete sich das Wandportal, und ein sonderbarer, von einem Paar starrer, zwei Meter hoher Stützbeine getragener Apparat kam in die Halle gerollt. An einer Metallachse, welche die oberen Enden der Beine miteinander verband, drehte sich ein knapp einen Meter großer, rundum mit Linsen, Objektiven und Strahlern besetzter, chromglänzender Kugelkopf.

»Euer Durchlaucht haben gerufen?«, erkundigte sich der Projektor.

»Vergiss den Majestätsplural«, winkte Barnacoll ab.

Der Apparat wirkte irritiert. »Eine Systemreform?«, erkundigte er sich beim Anblick der beiden Besucher vorsichtig. »Doch wohl keine Triarchie? Ich bin allergisch gegen Triumvirate ...«

»Keine Sorge, mein Guter. Es geht zurück auf null.«

»*Technokratischer Absolutismus?!*«, erschrak der Projektor.

»Stell dich an deinen Platz«, forderte Barnacoll ihn auf.

Der Apparat rollte einen halben Meter vorwärts, dann blieb er wieder stehen. »Welches Programm wird gewünscht?«

»Das Ende der alten Welt.«

Der Projektor sank ein Stück in sich zusammen. »Muss das sein?«, fragte er. »Kann ich nicht etwas Erheiterndes projizieren?«

»Schon morgen könnte hier ein fünfzig Kilometer großer Krater klaffen«, erklärte Barnacoll. »Also hör auf zu quengeln und walte deines Amtes!«

Der Projektor schien über die Worte nachzudenken. Ohne weiteren Kommentar rollte er schließlich auf die Drehscheibe, ließ seine Spurräder einrasten und dämpfte das Licht, bis in der Kuppel fast vollständige Finsternis herrschte. Einige Sekunden vergingen, dann begann ein Nachthimmel über den Anwesen zu funkeln.

»Das Sternenzelt«, sprach Barnacoll. »Auf den ersten Blick unterscheidet es sich kaum von dem uns gewohnten Firmament. Aber es ist, wie man bei genauerem Hinsehen und ein wenig astronomischer Kenntnis erkennen kann, nicht der uns vertraute Anblick. Was ihr hier seht, ist der Nachthimmel der alten Welt zu Beginn des Goldenen Zeitalters. Viele Fixsterne haben seither ihre Positionen geändert, Sternbilder sich im Laufe der Jahrtausende verzerrt, vertraute Konstellationen sich verschoben. Neben vielen kleinen und belanglosen Veränderungen gibt es jedoch auch einen fatalen, folgenschweren Verlust …«

Am Pseudohorizont begann ein leuchtendes, von Kratern übersätes Gestirn emporzusteigen.

»Das«, sprach Barnacoll, als es in voller Pracht am Nachthimmel stand, »war Luna – unser Mond. Hervorgegangen aus der gewaltigen Kollision zweier Protoplaneten am Anfang der Zeit, waren Erde und Mond jahrmilliardenlang ein unzertrennliches, in beispielloser Wechselwirkung stehendes Doppelsystem. Luna erhellte die Nacht, sorgte für die Gezeiten der Meere und hatte bedeutenden Anteil an der Entwicklung des irdischen Lebens. Ihr Verschwinden und jene Katastrophe, die wir Kataklysmos nennen, sind untrennbar miteinander verbunden.«

Die Mond-Projektion sank im Zeitraffer wieder hinter den Horizont. An ihrer Stelle blendete der Projektor nun Diagramme, Schaubilder, Planetenmodelle und Tabellen ein.

»Zu Beginn des Goldenen Zeitalters«, erklang Barnacolls Stimme im Hintergrund, »legten Astronomen viel Zeit und Aufwand in die Suche nach einem geheimnisvollen, Unheil bringenden Himmelskörper, der seinerzeit Nemesis, Nibiru, Tyche, Melancholia oder auch Wermut genannt wurde. Die Wissenschaftler trieb die Angst um, dieses hypothetische Objekt könnte verantwortlich sein für ein periodisches Massenaussterben, dem seit Urzeiten in regelmäßigen Abständen ein Großteil des Lebens auf der Erde zum Opfer fällt.

Viele Astronomen waren der Meinung, dass es sich um einen Wanderer und Wiedergänger handeln muss; ein Objekt, das für einen Sonnenumlauf Jahrzehntausende oder gar Jahrmillionen benötigt und bei seiner Annäherung an unser Zentralgestirn auf den inneren Planeten verheerende Katastrophen wie Eiszeiten oder Meteoriteneinschläge verursacht.

Im Goldenen Zeitalter gab es unter Wissenschaftlern mehrere Theorien, worum es sich bei Nemesis handeln könnte. Viele postulierten einen sogenannten Braunen Zwerg oder Zwergstern mit geringer Leuchtkraft, der die Sonne in etwa einem bis zwei Lichtjahren Entfernung umläuft. Dabei durchquert er in regelmäßigen zeitlichen Abständen die sogenannte Oort-Wolke am äußeren Rand des Sonnensystems, verändert mit seinem Schwerefeld die Bahnen der dort befindlichen Kometen und lenkt einen Teil von ihnen Richtung Erde. Eine andere Hypothese setzte voraus, dass weit jenseits der damals bekannten Planeten ein sogenannter Transneptun existiere, ein fünfter Gasriese, der einige Millionen Jahre nach seiner Entstehung aus dem inneren Sonnensystem geworfen wurde uns seitdem in einer weiten, exzentrischen Umlaufbahn um die Sonne kreist.

Nach Jahrzehnten intensiver Forschung verdichteten sich die Hinweise, dass tatsächlich ein periodisch wiederkehrender Himmelkörper existiert, der bei seiner Annäherung an die Sonne nicht nur Asteroiden und Kometen auf einen gefährlichen Kurs Richtung Erde schickt, sondern auf seiner extrem exzentrischen Umlaufbahn sogar bis ins innere Sonnensystem vordringt, wo er unter den Planeten für Chaos sorgt.

Worauf die Astronomen bei ihrer Suche nach dem Unheilsbringer während ihrer Himmelsdurchforstung schließlich stießen, war ein Schock für die gesamte Menschheit. Denn die wahre Nemesis entpuppte sich weder als uralter Planet noch als Brauner Zwerg oder gar als böser Zwilling der Sonne, wie einige Forscher postuliert hatten – sondern als sich aus dem Sternbild Schwan nähernder Kollapsar.«

»Was ist ein Kollapsar?«, wunderte sich Aris.

»Ein kollabierter Stern«, erklärte Barnacoll. »Ein Objekt mit absoluter Schwerkraft, das die Urwelt-Astronomen als Schwarzes Loch bezeichnet hatten.

Auch nachdem sich herausgestellt hatte, dass Nemesis wohl nichts mit dem Himmelskörper zu tun hatte, der für die periodischen Massenaussterben verantwortlich gemacht wurde, war seine Entdeckung ein Schock. Es war kein sonnenfressendes Monster, das da einsam durchs Universum wanderte, sondern ein vergleichsweise winziges Objekt, nicht viel größer als der Kopf meines Großprojektors – aber dennoch mächtig genug, um mit seiner Schwerkraft Planeten zu zerreißen.

Der Menschheit blieben von diesem schicksalhaften Tag an kaum mehr dreihundert Jahre, bis Nemesis auf ihrer Reise durch das innere Sonnensystem der Erde allen Berechnungen zufolge so nahe kam, dass ihre Strahlung und ihr Gravitationssog höchstwahrscheinlich jegliches höhere Leben auf der Oberfläche auslöschen würde. In kosmischen Maßstäben gemessen ist das weniger als ein Wimpernschlag.

Zwei Chancen sahen Futurologen für ein Überleben: den Exodus auf einen anderen Planeten oder den Irrwitz, die gesamte Erde aus der Gefahrenzone zu schieben. Beides erschien aus logistischen Aspekten zur damaligen Zeit unmöglich. In Ermangelung eines Ersatzplaneten entschieden die Menschen sich für Letzteres, frei nach dem griechischen Mathematiker Archimedes, der voll Überzeugung sprach: Gebt mir einen Punkt am Himmel, an dem ich stehen kann, und ich hebe die Welt aus den Angeln!

Sieben Jahre nach dem ersten direkten Sichtkontakt von Nemesis – oder besser gesagt: nach den von Tiefenraum-Teleskopen aufgezeichneten Auswirkungen ihrer Schwerkraft auf Objekte, die ihr in der Oort-Wolke zu nahe kamen – wurde schließlich das Archimedes-Projekt ins Leben gerufen.«

Barnacolls Hologramm hob die Hände zu einer allumfassenden Geste. »Ihr haltet diese Staumauer für etwas Kolossales?«, fragte er. »Dann, meine Freunde, hättet ihr erst die Archenar-Triebwerke sehen sollen!«

»Euer Majestät?«, erklang es in diesem Moment vom Eingangsportal her. Der Inspektor kam in den Kuppelsaal geschwebt. »Eine Videonachricht Eures Express-Adjutanten.«

»Ausgezeichnet!« Barnacoll klatschte erfreut in die Hände. »Worauf wartest du? Speise sie ein, hurtig, hurtig!«

Die Sonde koppelte sich an den Großprojektor, woraufhin dieser eine Filmsequenz an die Wand projizierte.

Eine blau leuchtende Bugwelle vor sich herschiebend, pflügte ein schlankes, vertrautes Gebilde durch pechschwarzes Wasser. In seiner Mitte erhob sich ein gedrungener, turmartiger Aufbau, an dessen Geländer sich zwei winzige Gestalten klammerten. Während Aris und Sloterdyke beim Anblick von Ninive und Zenobia erleichtert jubelten, starrte Barnacoll entgeistert auf das Tauchboot und hielt Maulaffen feil.

»Der Mesoscaph!«, entfuhr es ihm schließlich. »Aber das ist doch völlig unmöglich …!« Er wirbelte mit seinem Spiegel herum und rief: »Ist das ein Trick? Ein Trugbild? Seid ihr Quantengaukler?«

»Mitnichten«, sagte Sloterdyke. »Ohne das Aquaroid hätten wir es nie durch die Unterwasserhöhlen geschafft.«

»Selbstverständlich nicht, das hattet ihr bereits erzählt – aber wie kommt es in den Reaktorsee? Kein Detektor hat es erfasst, und kein subterraner Zugang ist groß genug für einen Transit.«

»Ich habe da so eine Ahnung …«, murmelte Aris.

Barnacoll sah ihn gespannt an. »Ja?«

»Das ist der falsche Zeitpunkt für Spekulationen«, warf Sloterdyke ein. »Alles wird sich früher oder später von selbst weisen.«

Das Hologramm zog eine Grimasse. »Wo habt ihr es überhaupt gefunden?«

»Es ist im Hochland umhergekrochen«, erklärte Aris.

In den Blick seines Gegenübers mischte sich ein Anflug von Verärgerung. »Mesoscaphen kriechen nicht, junger Freund, sie *tauchen*! Und wenn sie tauchen, dann zweifellos nicht in den Bergen.«

»Es ist beseelt und wird von einem quantenmechanischen Dybbuk gesteuert, der sein Habitat mit einem Elementargeist teilt«, sagte Sloterdyke. »Für seine strukturelle Stabilität sorgt ein molekularisierter Quint-Avatar, der ein diachronometrisches Nullzeitfeld überwacht. Beabsichtigte und unbeabsichtigte Raum- und Zeitsprünge gehen höchstwahrscheinlich auf das Konto einer Orb-Entität, der Türen und Unsterblichkeit ein Graus sind. Insofern ist, was das Aquaroid betrifft, theoretisch alles möglich.«

Barnacoll machte ein langes Gesicht. »Hast *du* verstanden, was er gesagt hat?«, fragte er Aris. Noch bevor dieser zu einer Antwort imstande war, nahm das Hologramm aus dem Augenwinkel heraus ein Detail wahr, das es elektrisierte. »Wiedergabe stoppen!«, rief es, woraufhin das Bild einfror. »Raster implementieren.« Barnacoll schwebte ein Stück näher an die Kuppelwand heran. »Orthogon 1C um Faktor 5 vergrößern. Ausschnitt zentrieren, Objektivverzerrung korrigieren und Bildschärfe erhöhen.« Ungeduldig wartete er, bis der Projektor die gewünschten Befehle ausgeführt hatte, dann sagte er: »Wiedergabe fortsetzen!«

Auf dem an die Kuppelwand projizierten Bildausschnitt kreiste nun ein riesiger Wasserstrudel, unter dem ein grelles blaues Licht flackerte.

Lange betrachtete Barnacoll die Aufnahme, dann sagte er: »Bei allen Göttern der Urwelt, der Kern hat begonnen zu rotieren!«

| 112 |

Im gebündelten Licht der Scheinwerfer kletterte Ninive eine ins Mauerwerk eingelassenen Steigleiter hinauf, bis sie Zenobias Stimme unter sich nicht mehr hören konnte. Die Bücherfrau lehnte auf Zehenspitzen stehend am Einstiegsdom des Aquaroids und unterhielt sich durch die offen stehende Luke leise mit Leon.

Die Sprossen der Leiter waren von einer dicken Kruste aus Edelrost überzogen, aber selbst nachdem äonenlang der Zahn der Zeit an ihr genagt hatte, war das Metall noch stabil. Etwa alle zwanzig Meter unterbrach ein schmaler, kaum einen Meter breiter Sims den Aufstieg, hinter dem die Leiter seitlich versetzt zur nächsten Stufe hinaufführte.

Am oberen Ende der fünften Leiter angekommen, legte Ninive sich auf den Felsboden, streckte ihre vor Anstrengung zitternden Beine aus und schloss die Augen. Die Ruhe währte jedoch nur Sekunden, dann traf sie greller Lichtschein ins Gesicht. Schützend hielt die Wandlerin sich eine Hand vor die Augen und blinzelte in das strahlende Etwas. Über ihr schwebte die Sonde, die ihnen bereits auf dem Reaktorsee zwei Besuche abgestattet hatte.

»Was glotzt du so?«, fuhr sie den Apparat an. »Danke für gar nichts. Verschwinde!«

»Folgen!«, schnarrte die Sonde, machte kehrt und surrte davon.

Ninive verdrehte die Augen. Erschöpft setzte sie sich auf und warf einen Blick in die Tiefe. Inzwischen hatte auch Zenobia mit dem Aufstieg begonnen und den untersten Sims erreicht.

Als die Sonde registrierte, dass die Wandlerin ihr nicht folgte, machte sie kehrt und schwebte wieder heran, blieb aber auf Abstand.

»Was will denn dieses impertinente Ding schon wieder?«, wunderte sich Zenobia, nachdem sie schwer atmend bei Ninive angekommen war.

»Folgen!«, erklang es aus dem Apparat.

»Gehen wir hinterher«, seufzte die Wandlerin, als er in die Dunkelheit schwirrte, und schulterte mürrisch ihren Rucksack. »Wohin auch immer.«

Die Sonde führte sie mehrere Hundert Meter weit zu einem in der Dunkelheit leuchtenden Spalt. Als die beiden Frauen sich ihm bis auf wenige Meter genähert hatten, glitten zwei Schiebetüren auf und erlaubten den Blick in eine kleine, erleuchtete Metallkammer.

»Was ist das?«, staunte Zenobia.

»Sieht aus wie eine Schleuse oder Transportkabine.« Ninive trat ins Innere, woraufhin an einer der Seitenwände ein Sensorschalttableau aufleuchtete. »Ich glaube, das ist ein Lift«, sagte sie, nachdem sie das verschachtelte Gebilde studiert hatte.

Argwöhnisch betrat nun auch Zenobia die Kabine. »Ich wäre jetzt gerne wieder in meinem Buch«, murmelte sie. »Mir behagt das hier nicht.«

»Wie geht es weiter?«, wandte sich Ninive an die vor dem Lift schwebende Sonde.

»Etagencode H 22«, surrte diese und projizierte eine Symbolkolonne an die Kabinenwand.

Ninive betrachtete die Zeichenfolge und verglich sie mit dem Schalttableau. »H 22?«, wiederholte sie skeptisch. »Das passt zu gar nichts.«

Der Scheinwerfer erlosch, woraufhin die Sonde kehrtmachte und in die Dunkelheit davonschwebte.

»He!«, rief Ninive ihm nach. »Wohin bringt uns …?«

Die Schiebetür glitt vor ihrer Nase zu.

»*Qua diba nemaja meha!*«, erklang eine Frauenstimme aus einem verborgenen Lautsprecher.

Neben Zenobia begann die Kabinenwand zu flimmern und ließ die Bücherfrau erschrocken zurückweichen. Ein verschlungenes und verschachteltes Gebilde aus Linien und Schriftzeichen leuchtete auf.

»*Noma temoti jehe!*«, sagte die Frauenstimme.

»Hallo?« Ninive sah zur Decke. »Können Sie uns hören?« Sie hob eine Hand. »Oder sehen?«

»*Noma temoti jehe!*«, wiederholte der Lautsprecher.

»Das hier sieht aus wie die Zielsymbole, die dieses fliegende Kugelding uns gezeigt hat«, sagte Zenobia und berührte mit der Fingerspitze einen der leuchtenden Nummerncodes auf dem Schalttableau.

»*Idona!*«, erklang die Frauenstimme. »*Usu tao: Sebonkana!*«

Das Liniengebilde und das Tableau verblassten, dann setzte die Kabine sich in Bewegung.

»Oh Gott!«, erschrak Zenobia. »War ich das?«

»Zumindest scheint es nach oben zu gehen«, flüsterte Ninive. »Das ist ja schon mal ein Fortschritt.«

TEIL 10

VON DER SCHÖPFUNG UND TILGUNG DER DINGE

Lösch mich nicht, denn was wird von mir bleiben?
Parabeln, deren Brennpunkt niemand weiß,
Abszissen, zwei Mantissen und ein Kreis.
Laserstrahl wird mich zu Staub zerreiben.

Stanislaw Lem,
LIEBE UND TENSOR

| 113 |

Ninives Finger schwebten vor einer großen Sensortaste, auf der ein nach links und rechts weisender Doppelpfeil leuchtete. Über ihr prangte ein auffällig gestaltetes Schild, das weder sie noch Zenobia so recht zu deuten wussten. Es zeigte einen vertikalen Strich, daneben zwei Kreise und eine seltsame Symbolfolge, die den Schriftzeichen auf dem verblassten Schalttableau ähnelte.

»Ich glaube, das ist eine Geschwindigkeitsanzeige«, sagte Zenobia. »Ich kenne so ähnliche Symbole aus unserem Almanach.«

Ninive betrachtete das Schild. »Und ist das viel oder wenig?«

Die Bücherfrau zuckte mit den Schultern. »Das weiß ich nicht«, gestand sie. »In meinem Zeitalter gab es so etwas nicht.«

Ninive blickte zurück zur geöffneten Kabine. Sie wussten nicht, wie hoch der Lift sie hinaufbefördert hatte. Nach minutenlanger Fahrt waren die Türen aufgeglitten und hatten den kaum zehn Schritte langen Korridor offenbart, an dessen abgesperrten Ende sie nun standen.

Zenobia legte ein Ohr an das Schott, lauschte einen Moment lang und richtete sich wieder auf. »Für mich klingt das nicht sehr einladend«, sagte sie mit gedämpfter Stimme. »Eher wie das Tor zu einem Ort, an dem Heulen und Zähneklappern herrschen …«

»Vom Anstarren werden wir nicht schlauer«, sagte Ninive und berührte den leuchtenden Doppelpfeil. »Finden wir es heraus.«

Das Schott glitt zur Seite auf, woraufhin eine Sturmbö ins Innere fuhr, die Ninive und Zenobia meterweit in den Korridor zurückwarf. Bevor sie es schafften, wieder auf die Beine zu kommen, wurden sie nach vorn gerissen und aus der Schleuse herausgesogen. Sie verdankten es lediglich einem am Rand eines schmalen Laufstegs angebrachten Metallgeländer, dass sie nicht in die Tiefe gerissen wurden.

Ninive zog sich an einer der Streben empor, bemüht, ihre windgepeitschten Haare im Zaum zu halten, und blickte sich um. Sie kniete mit Zenobia in einem etwa zwanzig Meter breiten und gut doppelt so hohen, leicht abschüssigen Tunnel, der sich zur Decke hin bis auf etwa fünf Meter verjüngte. Das Zugangsschott lag mittig zwischen den beiden dreieckigen, Hunderte Meter entfernten Ausgangsportalen.

»Das muss eine der Passagen für die Elemente sein«, schrie Ninive, wobei ihr der Sturm die Worte von den Lippen riss.

»Ich habe keine Ahnung, wovon du sprichst«, rief Zenobia gegen das Tosen an. Sie war zur Pforte zurückgekrochen und kauerte in ihrem Windschatten.

»Cutter hat mir bei einem seiner Hausbesuche erzählt, dass in großer Höhe vier Passagen durch die Bannmauer führen. Sie seien jedoch nicht für Menschen gedacht, sondern für die Elemente.«

»Windgeister«, schlussfolgerte Zenobia. »Verdammt wütende Windgeister.«

»Ich vermute eher, das sind Flutüberläufe.«

Während Ninive zu den fernen Ausgängen blickte, wurde sie sich ein weiteres Mal der Gewaltigkeit des Bauwerkes bewusst. Es fiel ihr schwer zu glauben, dass es tatsächlich von Menschen konstruiert worden war. Die Bannmauer wirkte wie von Titanen errichtet, mit dem Ziel, alles auf Erden zu überdauern. Selten war in ihr das Gefühl, klein und unbedeutend zu sein, so intensiv gewesen wie in diesem Augenblick.

Wenige Meter entfernt entdeckte sie eine Lücke im Geländer, die Zugang zu einer metallenen Steigleiter gewährte. Prüfend warf sie einen Blick in die Tiefe. Als sie sah, dass die Sprossen weitgehend intakt zu sein schienen, hangelte sie sich am Geländer entlang und schickte sich an, die etwa drei Meter bis zum Tunnelgrund hinabzuklettern. Der schneidende Wind zerrte ungestümer an ihrer Kleidung als auf allen Berggipfeln, die sie bisher erklommen hatte.

Zenobia kam aus ihrer Deckung hervorgekrochen und klammerte sich an das Geländer.

»Was hast du denn vor?«, rief sie, als Ninive den Boden des Tunnels erreicht hatte und dem Luftstrom zu folgen begann.

»Vielleicht gibt es irgendwo dort hinten einen weiteren Zugang, der zu einem abwärts fahrenden Lift führt«, antwortete die Wandlerin.

»Tu das nicht! Auf dem abschüssigen Boden findest du keinen Halt. Wenn du ausrutschst, treibt der Sturm dich mit sich und reißt dich hinaus.«

»Dann lande ich wahrscheinlich auf einem Flutbrecher oder in einem Tosbecken«, schrie Ninive gegen den Wind an.

»Für Wasser, das aus dieser Höhe herabstürzt, benötigt man keine Flutbrecher mehr. Was unten im Tal ankommt, ist allenfalls Sprühregen. Du wirst dir beim Schlittern über das Gestein das Fleisch von den Knochen schaben. Glaubst du, das wird dann auch über Nacht heilen?«

Ninive verharrte und kauerte sich auf dem Boden zusammen. Unentschlossen blickte sie zum fernen Tunnelausgang, dann hinauf zu Zenobia.

»Komm zurück!«, rief die Bücherfrau und streckte fast schon flehentlich eine Hand nach ihr aus. »Bitte!«

Schlotternd vor Kälte standen sie beide kurze Zeit später wieder in der Liftkabine.

»Ich wünschte, Aris wäre hier«, klagte Ninive beim Betrachten des verschlungenen Transportnetzes. »Mit seinen Kenntnissen und

Fähigkeiten könnte er diese Schalttafel wahrscheinlich entziffern.« Sie atmete tief durch. »Festhalten«, warnte sie Zenobia. »Womöglich schießt der Fahrstuhl vor Schreck hinauf zur Schachtdecke, oder die Kabine stürzt ungebremst in die Tiefe ...«

»Nein, nicht!«, erschrak die Bücherfrau, als Ninive mit der rechten Hand über das Diagramm strich, und duckte sich in eine der Kabinenecken.

Ninive wartete gespannt, doch nichts geschah. Also wischte sie ein zweites Mal über das Panel, um das Tableau oder sogar den gesamten Lift zu beseelen. Doch weder das eine noch das andere führte zur erwünschten Reaktion. Die Kabine zeigte nicht die geringste Reaktion.

»Irgendetwas stimmt mit mir nicht«, sagte sie beunruhigt. »Etwas hemmt den Kanoflux oder scheint meine Kräfte aufgesogt zu haben.«

»Das Unersättliche ...«, murmelte Zenobia. »Vielleicht ist es das, worauf Divara angespielt hatte. Es ist nicht der Strudel, sondern das, was ihn verursacht.«

Trotz der Kälte trat Ninive der Schweiß auf die Stirn. »Nein, das darf nicht sein!« Trotzig, fast schon wütend, schlug sie ihre Hand erneut auf das Diagramm. »Ignoriere mich nicht!«, schrie sie es an und trat gegen die Metallwand. »Sag endlich etwas!«

Statt einer Antwort erzitterte die Kabine für mehrere Sekunden, dann setzte der Lift seine Aufwärtsfahrt fort.

»Worauf hast du gedrückt?«, fragte Zenobia mit belegter Stimme.

Ninive rieb sich die schmerzende Hand. »Ich fürchte, auf so ziemlich alles ...«

| 114 |

»Das Archenar-Triangel war ein Verbund aus drei gigantischen Lichtbogen-Triebwerken, deren vereinter Schub den Planeten innerhalb eines Jahrhunderts aus der Todesbahn von Nemesis bringen sollte«, kommentierte Barnacoll die an die Kuppelwand projizierten Schaubilder. Sie zeigten riesige, weit über die Wolkengrenze ragende, fragil wirkende Trichter, deren Außenwände das Sonnenlicht reflektierten und in alle Farben brachen. »Im Abstand von sechstausend Kilometern zueinander bildeten sie über drei Kontinente hinweg ein gleichseitiges Dreieck. Jedes von ihnen wurde ursprünglich von einem Kraftwerk wie diesem mit Energie versorgt. Wissenschaftlern und Ingenieuren war bewusst, dass der Strahlsog der Triebwerke womöglich einen Großteil der irdischen Atmosphäre unwiederbringlich ins All hinausreißen würde. Zu Abschirmung ließen sie daher um die Triebwerke herum dreißig Kilometer hohe, von Orbitalankern aufrecht gehaltene Barrieren errichten. Diese sogenannten Laval-Glocken sollten die dichte, bodennahe Atmosphäre vor dem Sog schützen und den Verlust an Atemluft minimieren.«

»Warum sehen wir heute keine Überreste dieser Konstruktionen?«, wunderte sich Aris.

»Weil der Kataklysmos sie verschlungen hat.« Barnacoll gab dem Projektor ein Zeichen, woraufhin dieser die Luftaufnahme eines sichelförmigen Eilands präsentierte. »Nur das hier ist von ›unserem‹ Triebwerk übrig geblieben: die vierzig Kilometer vor der Westküste gelegene Barchan-Insel. Sie besteht größtenteils aus den Trümmern seiner kollabierten Schutzglocke.

Als der Wasserspiegel der drei Stauseen damals fast zweihundert Jahre nach Grundsteinlegung der Talsperren ein siebzig- bis achtzigprozentiges Volumen erreicht hatte, entschloss man sich zu einem dreitägigen Effizienztest der Triebwerke. Er verlief reibungslos und vielversprechend.

Geplant war das Archimedes-Projekt als Vier-Phasen-Prozess: Mit dem ersten asymmetrischen Schub sollte die Erdrotation aufgehoben werden, um eine stabile, halbwegs lineare Flugbahn zu gewährleisten. Mit dem zweiten Feuern aller drei Triebwerke sollte der Planet aus dem gravierenden Einflussbereich des Kollapsars herausmanövriert werden. Wäre diese Phase erfolgreich verlaufen, hätten ein Bremsprozess und ein finaler asymmetrischer Schub den Planeten auf seiner neuen Umlaufbahn stoppen und die Rotation wieder in Gang setzen sollen. Man träumte damals sogar davon, die Erde auf ihre alte Umlaufbahn zurückzubefördern, sobald Nemesis das innere Sonnensystem wieder verlassen hätte.

Allerdings wäre die zweite Phase zeitlich nicht unbegrenzt gelaufen, sondern hätte maximal acht Monate gedauert. Dann hätte das Wasser den Berechnungen zufolge keinen ausreichenden Druck mehr auf die Turbinen ausgeübt. Für eine effiziente Fortführung des Prozesses hätten die Seen danach mindestens sieben Jahrzehnte lang neu aufgestaut werden müssen.«

»Aber der Kataklysmos war dem Projekt zuvorgekommen«, vermutete Aris.

»Oh nein, keinesfalls«, widersprach Barnacoll. »Die Aeternitas-Katastrophe ereignete sich knapp einhundert Jahre *vor* dem Kataklysmos – aber sie markierte den Anfang vom Ende des Archimedes-Projekts.«

»Moment mal.« Der Wandler schüttelte verwundert den Kopf. »Wollen Sie damit sagen, die Divara-Flut war *nicht* der Kataklysmos?«

»Aber nein. Wie kommst du denn darauf?«

»Es steht in den Chroniken Ihres Originals.«

Barnacoll runzelte seine holografische Stirn. »Nun, dann hast du entweder eine miserable Übersetzung meiner Memoiren gelesen, oder im Laufe der Jahrhunderte sind bedeutende Abschnitte davon verloren gegangen – was mich im Hinblick auf die tausendjährige Funkstille und euer spätes Auftauchen nicht verwundern würde.

Im Goldenen Zeitalter pflegten die Menschen ein Sprichwort: *Der Berg kreiste und gebar eine Maus*. Offenbar wurde Letztere im Laufe der Jahrhunderte zu einem Elefanten aufgeblasen.«

Der Projektor ließ Bilder zweier äußerst bizarrer Geschöpfe an der Kuppelwand aufleuchten, einer sehr kleinen und einer sehr großen Kreatur.

»Nachdem damals das Abbremsen der Erdrotation tatsächlich geglückt war, wurden alle drei Triebwerke synchron gezündet und auf volle Leistung gebracht«, nahm Barnacoll den Faden seiner Erzählung wieder auf. »Ein langsam auf Hunderte Teranewton ansteigender Schub erschütterte den Planeten in seinen Grundfesten. Und – gelobt sei Archimedes! – die Erde begann sich tatsächlich zu bewegen! Die überlebenswichtige, von globaler Euphorie getragene Hauptschubphase lief gerade einmal zwei Monate, als das Undenkbare passierte. Dass etwas furchtbar schieflief, wurde erst bemerkt, als sich auf dem See über Nacht ein mehr als einhundert Meter großer Strudel gebildet hatte. Der gewaltige Schacht, durch den das in zwei Jahrhunderten gesammelte Wasser damals aus dem See strömte, ist vermutlich eine uralte Gletschermühle, die während der letzten großen Eiszeit entstanden und in ein tief unter der Oberfläche verborgenes Höhlensystem durchgebrochen war.

Verzweifelt wurde das Menschenmögliche versucht, um den Abfluss wieder zu verstopfen, doch die in drei Kilometern Tiefe wirkenden kinetischen Kräfte haben alles, was in das Sinkloch gesogen wurde, zerschmettert und zermahlen. Machtlos mussten die Ingenieure über Jahre hinweg mit ansehen, wie der See sich leerte.

Den Verantwortlichen des Archimedes-Projekts war bewusst, dass mit den beiden verbliebenen Stauseen und ihren Triebwerken nur mit hohem Telemetrieaufwand ein symmetrischer Schub erzeugt werden konnte.

Jede Leistungsfluktuation erhöht die Gefahr eines Pirouetteneffekts. Er beschleunigt die Erdrotation, sodass ein siderischer Tag nicht mehr vierundzwanzig, sondern womöglich nur noch zwölf Stunden oder weniger dauert – mit katastrophalen Auswirkungen auf die Gezeitenströmungen.

Als weitaus gravierender erwies sich aber die Erkenntnis, dass selbst bei voller Leistung und einem Feuern bis zum letzten Wassertropfen zwei Triebwerke allein nicht leistungsstark genug waren, um den Planeten innerhalb der verbleibenden Zeit aus dem Einflussbereich des Kollapsars zu befördern.

Also entschloss man sich zu einer Verzweiflungsmaßnahme: Statt die benötigte Energie mittels Wasserkraft zu erzeugen, wurde der Westsektor der Talsperre in einen Levi-Reaktor umgebaut, mit einem vierhundert Meter tiefen, von einem Gletscherfluss gespeisten Reaktorbecken, das eine riesige Rotarium-Kernspindel barg. Um einen permanenten Zustrom von Kühlwasser zu gewährleisten, wurde der Fluss kanalisiert.

Letztlich erwiesen alle Mühen und Opfer sich jedoch als vergebens. Zwar gelang es noch, den Reaktor vier Monate vor dem Nemesis-Rendezvous hochzufahren und das dritte Triebwerk wieder zu starten, doch es war zu spät, um den Planeten gänzlich aus der Todeszone zu schieben. Den Menschen blieb nichts anderes übrig, als zu beten und sich den unvorstellbaren Kräften auszuliefern, die an der Erdoberfläche zu zerren begannen, als Nemesis sie passierte.

Angezogen von seiner enormen Gravitation, bäumte sich auf dem Ozean zum Zeitpunkt der größten Annäherung ein siebenundzwanzig Kilometer hoher, dem Kollapsar zugerichteter Flutdom auf, während die Erde sich unter ihm fast mit Schallgeschwindigkeit weiterhin um ihre Achse drehte. Auf dem Meer war er nur ein gigantischer, rotierender Berg aus Wasser, doch sobald er auf Land traf und über die Kontinente brandete, begann er die menschliche Hochzivilisation unter sich zu zermalmen.

Die einzigen Zonen, die verhältnismäßig glimpflich davonkamen, waren die Polarregionen jenseits des 70. Breitengrades.

Während die Erde wochenlang von Erdbeben und den Fluten des Kataklysmos heimgesucht wurde, aber zumindest strukturell erhalten blieb, war ihrem Mond nicht so viel Glück beschieden. Der Kollapsar hat ihn zerrissen und letztlich verschlungen.

Als alles vorüber war und der Planet sich aus dem Sog von Nemesis befreit hatte, war die menschliche Population von elf Milliarden auf weniger als fünf Millionen Individuen gesunken. Das entspricht in etwa der Weltbevölkerung gegen Ende der letzten Eiszeit vor 30.000 Jahren.

Zudem hatte der Kollapsar der Erde ein Drittel ihrer Atmosphäre und fast zehn Prozent ihres flüssigen Wassers geraubt.

Doch obwohl es nach damaligem Wissensstand völlig unmöglich erschien, kam auch etwas von dort zu uns herüber ...«

»Was meinen Sie mit ›etwas‹?«, fragte Aris.

»Eine Entität, die ihre Willenskraft, ihren Zauber, ihre Anima oder was auch immer auf diese Welt geschickt hat, bevor sie – für ewig gebunden an ihre zerstörerische Heimat – mit ihr für Jahrtausende oder Jahrzehntausende wieder in der Leere und Dunkelheit des Alls verschwunden war«, sprach das Barnacoll-Hologramm. »Die Überlebenden des Kataklysmos nannten sie ›den Geist der Nemesis‹.

Es ist eine sonderbare, fast schon unmögliche Art von Energie, die sich unsichtbar um den Planeten gelegt hat. Eine Kraft, die jeden und alles durchdringt, insbesondere euch Wandler. Es ist fast wie ein schlechtes Gewissen, das sich die Schuld gibt, so viel Tod und Zerstörung verursacht zu haben – und dessen Odium aus einem Schuldgefühl heraus und dem Wunsch, zu retten was noch zu retten ist, einige der wenigen noch lebenden Menschen seither mit etwas segnet, das man fast als Unsterblichkeit bezeichnen könnte. Fast so, als wollte diese Entität euch die Möglichkeit geben, die menschliche Zivilisation neu zu erschaffen.«

»Wollen Sie damit sagen, wir können Dinge beseelen, weil diese Nemesis-Entität sich die Schuld am Kataklysmos und dem Untergang des Goldenen Zeitalters gibt?«

»Womöglich.« Barnacoll machte eine lange Pause. »Und ich bin fast geneigt zu glauben, dass das nicht zum ersten Mal geschehen ist. Habt ihr das Buch *Genézeth* gelesen?«

Aris und Sloterdyke tauschten einen fragenden Blick.

»Diesen Namen kenne ich nicht«, sagte der Monozyklop.

»Es erzählt von der Alpha-Entität, ihren Asasid und der neunten großen Flut«, erklärte das Hologramm. »Die Geschichte, dass das Nichts sich selbst nicht genug war und mit seinen ersten Gedanken das Universum, die Welt und die Menschen erschuf.«

»Oh, Sie sprechen vom *Ablamathon*«, dämmerte es Sloterdyke. »Dem Buch von der Schöpfung und Tilgung der Dinge.«

Das Hologramm schürzte die Lippen. »Diese Legende hat viele Namen …«, sagte er.

| 115 |

Die Irrfahrt des Lifts schien ebenso ziel- wie endlos zu sein. Hin und wieder stoppte er, ohne dass die Türen sich öffneten. Mehrmals schien die Kabine sich dabei ein kurzes Stück diagonal oder sogar horizontal zu bewegen und den Förderschacht zu wechseln. Doch weder erschien eines der beiden Tableaus noch meldete die unverständliche Stimme sich wieder zu Wort, um den Passagieren die Möglichkeit zu geben, ihren Fehler zu korrigieren. Als ihre Odyssee schließlich endete und die Türen aufglitten, glaubten Ninive und Zenobia zuerst, der Lift wäre auf wundersame Weise im Kreis gefahren. Der nur vom Kabinenlicht erhellte Schleusengang war nahezu identisch mit dem auf Höhe des Flutüberlauftunnels. Nur an der Farbe der Wandbeschriftung war zu erkennen, dass sie sich tatsächlich in einem anderen Sektor der Mauer befanden. Auch war die Luft im Korridor nicht kälter, sondern wärmer – für Ninive ein untrügliches Zeichen dafür, dass sie wieder eine tiefer gelegene, gemäßigtere Region erreicht hatten.

»Warte hier«, bat sie die Bücherfrau und trat in den Korridor. Am Schott angekommen, legte sie ein Ohr an das Metall, lauschte eine Weile, sah zurück zu Zenobia und zuckte mit den Schultern. Schließlich ließ sie es zur Hälfte aufgleiten und spähte durch den

Spalt. Sekundenlang starrte sie in den stahlblauen Himmel, dann schloss die den Zugang wieder. Sie betrachtete ihre Hände, fasste sich ans Gesicht und ging dabei wie in Trance rückwärts.

»Alles in Ordnung?«, fragte Zenobia. »Was ist los?«

»Wir können hier nicht raus«, sagte Ninive. »Dort draußen gibt es keine Luft zum Atmen.«

Die Bücherfrau runzelte die Stirn. »Dafür hast du aber ziemlich lange dagestanden und dir den Himmel angesehen.«

»Wir sind auf der Mauerkrone«, erklärte Ninive. »Wenn wir dort rausgehen, werden wir ersticken und erfrieren.«

Zenobia drängte sie beiseite und entriegelte das Schott wieder. Mit zusammengekniffenen Augen stand sie da, atmete tief durch und blinzelte in die Sonne. »Es ist kühl«, befand sie und trat ins Freie. »Die Luft ist dünn, aber es gibt genug, um zu atmen.«

Ninive folgte ihr hinaus auf eine etwa zweihundert Meter breite, im Norden und Süden von Mauern begrenzte Ebene, die gen Osten in die Unendlichkeit zu führen schien.

»Wir müssen unter einer Art Kraftfeld stehen«, sagte Ninive mit einem Blick in den Himmel.

Das Schott, durch das sie ins Freie getreten war, öffnete sich in einem schmucklosen, bunkerartigen Bau, der nicht mehr zu beinhalten schien als den Lift und die Schleuse. Vor der südlichen Mauerbrüstung erhob sich in einer Entfernung von vielleicht dreihundert Metern ein turmartiges Gebilde, das Ninives Neugier weckte. Als sie mit Zenobia an seinem Fuß angekommen war, hielt sie es zuerst für eine Aussichtswarte, doch trotz seiner gut sechs Meter Höhe schien der Turm nicht für Menschen geschaffen worden zu sein. Größtenteils aus Stein gefertigt, sah das von einem flachen Kegeldach gekrönte Gebilde an seiner Spitze aus wie ein gläserner Käfig, in dem ein faustgroßes, flackerndes Licht eingesperrt war. Eine Wendeltreppe aus Metallgittern schlang sich um den Turm bis unter einen massiven Sims, aber der darüber liegende Glaskäfig besaß keinen sichtbaren Eingang und war zu klein, um einem menschlichen Beobachter Platz zu bieten.

Auf Höhe des Simses angekommen, vermochte Ninive, über die Mauerbrüstung hinab auf die Marschen zu blicken. Sie erspähte die südlichen Seeufer und bildete sich sogar ein, fern am südwestlichen Horizont die Silhouette der Stadt zu erkennen. Im Südosten zogen sich die Ausläufer des Hochlandes und Flodds mäanderndes, die Morgensonne spiegelndes Flussband dahin.

Gen Osten erhoben sich in Abständen von vielleicht einem Kilometer zueinander weitere der seltsamen Türme auf der Mauerkrone. Von einem der ferneren aus dürfte sie einen guten Blick auf den Ringwald und ihr Haus haben. Und falls dem so wäre ...

Ninive betrachtete das flackernde Licht im Inneren des Glaskäfigs.

»Was hast du vor?«, fragte Zenobia, als sie einen Arm über den Sims streckte und mit der Hand die Scheibe berührte.

»Vielleicht ein Rätsel lösen ...«

Aus dem Glaskäfig schoss jäh ein breiter, sengend heißer Lichtstrahl über die Mauerkrone hinweg in Richtung Hochland. Ninive und Zenobia schafften es im letzten Moment, sich unter den Sims zu ducken, bevor das sonnenhelle Gleißen herabschwenkte und sie traf. Für Sekunden waren sie von der Helligkeit geblendet. Der Gestank verbrannter Haare reizte Ninives Nase.

»Ein Leuchtfeuer!«, flüsterte sie mehr zu sich selbst. »Aeternitas' Sterne sind Leuchtfeuer!«

»Ihr da unten!«, dröhnte eine Stimme so laut, dass das gesamte Treppengerüst erzitterte. »Ich habe euch gesehen!«

»Gut gemacht!«, zischte Zenobia. »Das Ding wird uns rösten!« Sie beugte sich zur Seite und versuchte einen Fluchtweg zu erspähen, darauf achtend, den Kopf nicht unter dem Sims hervorzustrecken. »Müsst ihr Wandler ständig an allem herumfummeln, was euch gefällt oder ihr nicht kennt?«

»Na, *das* sagt die Richtige«, gab Ninive zurück. »Wer hatte denn gestern Nacht ihre Hände nicht unter Kontrolle?«

»Das ist jetzt nicht fair!«

»Ach ...«

»He, ihr beiden Turteltauben!«, donnerte das Leuchtfeuer. »Hört auf, da unten zu tuscheln. Zeigt euch!«

»Du kannst nicht alles beseelen, was nach einer hübschen Geschichte aussieht«, warf Zenobia der Wandlerin vor, ohne von der Aufforderung des Turms Notiz zu nehmen.

»Das mache ich bereits mein ganzes Leben lang.« Ninive schielte in die Höhe. »Und die meisten Relikte sind frohgemut, vom Kanoflux erfüllt zu sein, sich einen Daseinssinn zu suchen und eine Existenzberechtigung zu erarbeiten.« Sie schielte hinauf zum strahlenden Glaskäfig. »So, wie dieses Ding sich verhält, ist es nicht zum ersten Mal beseelt.«

Die Gitter der Ringplattform begannen unter ihnen Wellen zu schlagen.

»Ich weiß, dass ihr da unten seid«, rief das Leuchtfeuer und beugte seinen Glaskäfig hin und her. »Na kommt schon, zeigt euch, *putt, putt, putt …*«

Ninive verdrehte die Augen. »Du wirst uns nicht blenden und auch nicht verbrennen?«

»Wusst' ich's doch!«, frohlockte der Turm.

»Ja oder nein?«, rief Zenobia.

»Das ist nur eine Sache von Fokus und Brennweite.« Das Licht über ihnen erlosch fast vollständig. Kurze Zeit später war auch die Hitze erträglich geworden, sodass zuerst Ninive, dann auch Zenobia unter dem Sims hervorlugten.

»Ja, was seid *ihr* denn?«, dröhnte das Leuchtfeuer, als es sie erspähte. »Haben euch die Auguren auf den Damm gekackt?«

Zenobia sog scharf die Luft ein. »Es gibt keinen Grund, uns zu beleidigen«, erwiderte sie schroff.

»Beleidigen?«, wiederholte das Leuchtfeuer. »Ich? Euch? Habt ihr keinen Humor?« Es strahlte Ninive an. »Du, kleines komisches Ding! Warum hast du mich geweckt?«

»In der Hoffnung, du könntest dich erklären.«

Der Turm neigte abwägend seinen Glaskopf. »Vielleicht«, sagte er. »Aber wozu?«

»Um eine Metapher zu verstehen.«

»Ich bin ein Signalpylon. Ich übermittle Lichtbotschaften. Und was seid ihr, wenn keine Augurenkacke?«

»Wir sind Menschen.«

»Hahaa!«, gröhlte der Turm mit einer solchen Inbrunst, dass der Boden bebte. »Menschen! Ihr beiden Fusselgnome! Menschen! Da leucht' ich mir doch von hinten in den Schacht!«

»Aber wir *sind* Menschen«, beteuerte Zenobia. »Hast du etwa noch nie einen gesehen?«

»Heehoo!«, brüllte der Pylon und sandte einen pulsierenden Lichtstrahl in Richtung des nächstgelegenen Turms. »Kennst du schon den neuesten Witz? Hier sitzt so ein komisches Zeug auf meiner Wendel, das behauptet, es sei Menschen!«

»Hahaa!«, kam es aus der Ferne zurück. »Der ist gut! Schick es rüber, das will ich sehen!« Er drehte seinerseits den Leuchtkopf und blinkte hektisch seinen östlichen Nachbarpylon an. »Heehoo, willst du den Witz des Tages hören …?«

»Moment mal«, wunderte sich Ninive, während in der Ferne ein Turm nach dem anderen zu johlen begann. »Ich habe doch nur *dich* beseelt …«

»Beseelt?«, echote das Leuchtfeuer. »Nein, komisches kleines Ding, du hast mich nur geweckt. Beseelt hat uns der Korrespondent, um seine Botschaft zu senden.« Es beugte sich vor, als wollte er sich seine beiden Besucherinnen aus der Nähe ansehen. »Steigt hoch!«, forderte es sie auf. »Ich zeig euch etwas.« Als Ninive und Zenobia zögerten, senkte der Turm seinen Sims so weit herab, dass er fast den Boden berührte. »Na kommt, ihr Schnucken, ziert euch nicht so. Ich fress euch schon nicht auf.«

Kaum hatten seine beiden Besucherinnen den Sims erklommen, richtete der Pylon sich auf, sodass Ninive und Zenobia über die Mauerbrüstung hinab auf die Marschen blicken konnten.

»Denkt euch das hübsche Grün der Wiesen und Bäume weg«, sagte er. »Das Blau des Wassers und dieses ganze Dampfmaschinengewusel. Was ihr dort unten wirklich seht, ist angespülter

Schutt und Schlamm, auf dem heute Gras wächst und Seen schillern. Der ursprüngliche Grund des Tals aber lag vor der großen Flut einhundert oder vielleicht sogar zweihundert Meter tiefer. Alles, was einmal Mensch war, ist seit Äonen unter diesem Schlamm begraben, wo es verrottet und versteinert.« Der Turm beugte sich wieder herab und ließ die beiden Frauen zu Boden. »Also erzählt mir nicht, ihr wärt Menschen«, sagte er, nachdem er sich wieder aufgerichtet hatte. »Es gibt keine Menschen mehr.«

»Sag mal, wie funktioniert denn dieses Senden von Botschaften?«, interessierte sich Ninive.

»So.« Das Leuchtfeuer begann in kurzen und langen Intervallen zu flackern. »Bei Nacht ist es natürlich viel eindrucksvoller. Wir machen hier oben ganz supersupertolles Flimm-Flamm.«

»Und ... gab es viele Botschaften in der letzten Zeit?«

»Meine Schwestern und ich haben in den vergangenen Monaten oft und lange geblitzt«, bestätigte das Leuchtfeuer. »Bei Tag und bei Nacht.«

»Aus welchem Grund?«

»Weiß ich nicht. Frag den Korrespondenten. Wir haben nur getan, was uns aufgetragen wurde.« Es betrachtete seine Besucherinnen. »Es war immer dieselbe Botschaft.«

»Dann ist dieses Blitzen also eine Sprache?«, folgerte Zenobia.

»Ein Vail-Code.«

»Erinnerst du dich, wie diese Botschaft lautete?«

»Selbstverständlich: *Didadit dit didah dadidah dah dadadah didadit dadidah dit didadit dadit ...*«

»Stopp, stopp!« Ninive winkte hektisch mit den Armen. »Ich meinte in einer für *uns* verständlichen Sprache.«

»Ich habe nur das Signalprotokoll zitiert.« Das Leuchtfeuer erlosch für einen Moment, dann flammte es wieder auf und sagte: »Die dekodierte Botschaft lautet:

REAKTORKERN VOR K-GRENZE.
BEDENKLICH ZUNEHMENDE KERN-INSTABILITÄT.
POW IN T MINUS 19 TAGEN.
SENDET REGULATOREN!«

Ninive hatte die Augenbrauen zusammengezogen. »POW?«
»Punkt ohne Wiederkehr«, erklärte der Pylon.
»Was bedeutet das?«
»Ich weiß es nicht. Frag den Korrespondenten.«
»Wer ist denn dieser Korrespondent?«
»Das weiß ich auch nicht. Frag seinen Adjutanten.«
Ninive verdrehte die Augen. »Erinnerst du dich wenigstens daran, wann du diese Botschaft zum letzten Mal gesendet hast?«
»Vor achtzehn Tagen und elf Stunden.«
Ninive überlegte einen Moment lang, dann sagte sie: »Aber dann wäre dieser Punkt ohne Wiederkehr ja heute!« Neben ihr hielt Zenobia die Luft an. »Was hast du?«
Die Bücherfrau rang mit sich, dann sagte sie: »Es gibt da etwas, das du wissen solltest ...«

»*Zwölf Stunden?!*«, wiederholte Ninive fassungslos. »Uns bleiben gerade einmal zwölf Stunden, um den Weltuntergang zu verhindern, ohne zu wissen, wie?«
Zenobia starrte auf ihre Zehenspitzen. »Nein«, sagte sie.
»Nein?«
»Laut Divara waren es zwölf Stunden ab dem Moment, in dem du sie aus dem Speichersee befreit hast und ihr Wasser nicht mehr in den Flutkanal strömte. Jetzt sind es vielleicht noch sieben – oder sogar nur sechs.«
»Sechs Stunden ...«, sagte Ninive tonlos. »Das ist doch Wahnsinn!«
»Wohl wahr«, erklang hinter ihr eine vertraute Stimme. »Hier oben bummelt ihr beiden also herum ...«
»Ja, was bist du den für ein drolliger Lumpenschmalhans?«, freute sich der Turm, als Cutter über die Brüstung geschwebt kam.

»Schweig still!« Aus dem Sensenblatt schoss ein Blitz und traf den Glaskäfig, woraufhin das Licht im Innern erlosch.

»Warum hast du das getan?«, erschrak Zenobia.

»Ich bringe das morgen wieder in Ordnung«, beschwichtigte der Schwarzgekleidete die Bücherfrau. »Sofern es ein Morgen geben wird.«

»Hast du uns etwa die ganze Zeit beobachtet?«

Es musterte Zenobia, als würde er abwägen, ob er einen Elementargeist oder einen inkarnierten Quint-Avatar vor sich hatte. »Mitnichten«, antwortete er. »Die auf allen technischen Ebenen gesendeten Vermisstenmeldungen des Adjutant-Systems haben mich auf euch aufmerksam gemacht. Offenbar gibt es eine nicht näher spezifizierte Informationsüberladung im Transportsystem, die das gesamte Elevatornetz der oberen Etagen lahmgelegt hat.«

»Woher kommst du überhaupt?«, wunderte sich Ninive.

»Aus dem Urwelt-Archiv. Etage 367, Sektion 2909, Abteilung 122, Abschnitt C2. Völkerschlachten und arithmetische Kriegsführung, 4100 vor Christus bis 2394 nach Christus. Die guten alten Zeiten …«

»Was ist Christus?«

»Ein … Ach, nicht mehr so wichtig.« Cutter stellte seine Sense vor Ninive auf dem Boden ab. »Da die Elevatoren nicht mehr funktionieren, müssen wir durch den Orb. Ihr bringt mit euren Kapriolen noch das gesamte morph'sche Ereignisfeld zum implodieren.«

»Ich fürchte, das ist meine Schuld«, sagte Zenobia.

»Gut festhalten!«, warnte Cutter, als die Bücherfrau den Schaft ergriffen hatte. »Es geht ein paar Kilometer abwärts.«

| 116 |

Grübelnd und mit hinter dem Rücken verschränkten Armen schritt Aris die an den Wänden des Visionariums aufgereihten Spiegel ab. Viele reproduzierten Hologramme von Gobelins, Wandkandelabern, vergoldetem Dekoschmuck oder fast mannsgroßen Amphoren. Die meisten erzeugten jedoch Abbilder von Gemälden, auf denen eigenartige Wesen und in Metallrüstungen posierende Figuren zu sehen waren. Auf einem der Wandteppiche prangte ein seltsames, auf vier Beinen stehendes Ding, dessen Reiter seinen Blick zuerst neugierig erwiderte, um dann, als der Wandler vor ihm stehen blieb, so zu tun, als wäre dieser gar nicht da.

»Also ist dieses Nemesis-Ding der Ursprung des Kanoflux«, resümierte Aris, nachdem er einige Zeit über die Worte des Monozyklopen nachgedacht hatte. »Schon eine Ironie, dass wir unsere Gabe, Materie zu beseelen, einer Macht zu verdanken haben, die kurz zuvor die Welt zerstört hat ...«

»Oder nur mit ansehen musste, wie sie von jener Kraft zerstört wurde, die sie an sich gebunden hielt«, sagte Barnacoll. »Betrachtet es daher vielleicht mehr als eine Art Stellvertreter-Sühne.«

»Ein weitaus älteres Zeitdokument, auf dem die Legende des Nemesis-Geistes zu beruhen scheint, erzählt eine etwas andere Version dieser Geschichte«, meldete der Projektor sich überraschend zu

Wort. »Ihr zufolge kam diese ominöse Macht, Kraft oder Entität nicht von Nemesis selbst, sondern von Luna – und hatte sich auf die Erde gerettet, bevor der Mond von dem Kollapsar auseinandergerissen und verschlungen worden war. Leider ist es mir nicht mehr möglich, das Dokument wiederzugeben. Es ist zu beschädigt und nicht mehr lesbar.«

»Eines verstehe ich nicht«, sagte Aris. »Was hat dieses Morph-Ganglion mit der ganzen Sache zu tun?«

Das Barnacoll-Hologramm flimmerte, als hätte sein Spiegel eine technische Störung, dann fragte es: »Welches Morph-Ganglion?«

Ein ungewöhnliches Geräusch lenkte Aris' Aufmerksamkeit auf den Großprojektor und entlockte ihm einen Laut maßloser Überraschung. Wie aus dem Nichts waren Ninive und Zenobia neben dem massiven Apparat aufgetaucht. Sie klammerten sich schwankend aneinander und machten dabei eine starre Geste, als würden sie nach etwas greifen, das nicht existierte. Für den Bruchteil einer Sekunde glaubte Aris, noch einen dritten, dunklen Schatten neben ihnen wahrzunehmen, doch dieser verflüchtigte sich innerhalb eines Wimpernschlages. Aris sah Zenobia neben Ninive zusammensacken und vollbrachte es mit einem beherzten Sprung, die Bücherfrau vor einem Sturz auf den Steinboden zu bewahren.

»Ich komme schon klar«, keuchte die Wandlerin, wobei sie kraftlos in die Knie sank. Zitternd stützte sie sich am Projektorpodest ab. »Wo ist er?«

»Wer?«

»Cutter …«

»Nur ihr beiden seid hier aufgetaucht«, erklärte Sloterdyke, der ebenfalls herbeigeeilt war und Ninive auf die Beine half. »Wo kommt ihr denn her?«

Die Wandlerin deutete Richtung Saaldecke. »Von ganz oben«, sagte sie und wischte sich die Tränen aus den Augen. »Abwärts durch den Orb zu reisen ist wesentlich unangenehmer, als nur horizontal in der Landschaft umherzuspringen.« Sie sah sich um. »Wo sind wir hier?«

»In meinem bescheidenen Refugium«, erklärte Barnacoll, der neugierig näher geschwebt war.

Ninive musterte den Hologramm-Spiegel. »Was ist *das* denn?«

Aris schnaubte durch die Nase. »Das wirst du nicht glauben ...«

| 117 |

Barnacoll wirkte angesichts der Erkenntnis, dass er in Gestalt von Zenobia keinen Fluss in Menschengestalt mehr vor sich hatte, ein wenig deprimiert, kaschierte seine Enttäuschung aber durch gastgeberische Großzügigkeit. Die Bücherfrau selbst erholte sich nur langsam von ihrem Sturz durch den Orb, was hauptsächlich dem Umstand geschuldet war, dass sie seit zwei Tagen als Mensch aus Fleisch und Blut auf dieser Welt wandelte. Hinzu kam, dass sie seit ihrer Metamorphose weder gegessen noch getrunken oder geschlafen hatte – zumal Hunger und Durst nach Jahrtausenden der Existenz als Quint-Avatar etwas völlig Neues für sie waren. Der Dimensionssprung hatte den physischen und psychischen Raubbau ihres Körpers schließlich offenbart. Nach einer ersten Stärkung ruhte sie sich nun auf einem improvisierten, in einem Separee hergerichteten Schlaflager von den Strapazen aus.

»Auguste Barnacoll«, staunte Ninive derweil im Visionarium über den holografischen Hausherrn. »Der legendäre Stadtgründer, Allfabulus und Urwelt-Chronist …«

»Oh nein, diese Titulierungen würde ich mir nie auf die Fahne schreiben«, winkte das Hologramm geschmeichelt ab. »Ich bin nur ein autonomes Back-up. Eine hoffnungslos veraltete Sicherheitskopie meines ruhmreichen Originals.« Es studierte Ninive mit Blicken. »Ich muss mich für meinen Express-Adjutanten und sein Verhalten auf dem Reaktorsee entschuldigen«, sagte er. »Sein Exputer ist defekt. Er spricht 157 Altweltsprachen, aber keinen Satz vollständig, und mehr als eine Frage und eine Antwort kann er nicht speichern. Ich bin untröstlich, dass euer beider Anreise sich daher ein wenig beschwerlicher gestaltet hat als nötig.«

Ninive setzte zu einer Antwort an, als ein neuerliches Beben die Halle erschütterte und alle besorgt zur Kuppeldecke emporblicken ließ.

»Dieser Energiekern bewegt sich also Richtung Oberfläche«, resümierte sie, als das schaukelnde und wackelnde Interieur sich wieder beruhigt hatte. »Obwohl er eigentlich um ein Vielfaches schwerer ist als Wasser …«

»Eine der abnormen Eigenschaften von komprimiertem Rotarium«, nickte Barnacoll. »Es ist polarisierte Materie mit negativer Energiedichte. In ihrer reinen Form verhält sie sich fast wie das Gegenteil gewöhnlicher, baryonischer Materie, aber man darf sie nicht mit Antimaterie verwechseln. Es handelt sich vielmehr um Teilchen positiver Energie, die sich rückwärts durch die Zeit bewegen. Da Rotarium zudem die Eigenschaft besitzt, extrem repulsiv zu wirken, ist es so kompliziert, damit zu arbeiten. Je näher man dieser Materie kommt, desto intensiver wird die Abstoßung. Physikalisch gesehen ist es unmöglich, sie direkt zu berühren, da die Repulsion auf ihrer Oberfläche gen unendlich geht.

Der Kern schwebt daher frei im Becken, wo er jahrtausendelang von einem starken Magnetfeld in der Tiefe und in Balance gehalten wurde. Seine Strahlung hat das Feld im Laufe der Zeit jedoch geschwächt, sodass er langsam immer höher trieb.«

»Was passiert, wenn er die Wasseroberfläche erreicht?«

Das Hologramm schürzte die Lippen, dann wandte es sich um und sagte: »Zeige unserem Besuch das Barchan-Videodokument.«

»Das macht den Tag nur noch deprimierender«, seufzte der Projektor.

Sekundenlang funkelte an den Wänden des Kuppelsaals nur der Sternenhimmel, dann wurde das künstliche Firmament von einem gut dreißig Quadratmeter großen Panoramabild überstrahlt. Den unteren Rand bildete die Kante einer hohen Felsklippe. Dahinter erstreckte sich bis zum Horizont ein ruhig daliegendes Meer. Am Himmel glühten Wolken im Licht der tief stehenden Sonne, doch es war nicht zu erkennen, ob es ein Morgen- oder Abendrot war.

»Vor etwas mehr als eintausend Jahren zeichnete die Überwachungskamera einer Küstenstation ein Ereignis auf, das eine Vorstellung von dem vermittelt, was der Welt im Falle eines Auftauchens der Kernspindel bevorsteht«, erzählte Barnacoll.

Die Meeresidylle wurde von einem aufflammenden Lichtblitz überstrahlt, der fast das gesamte Bild mit reinem, grellem Weiß erfüllte. Als es abklang, stieg hinter dem Horizont eine riesige, blau glühende Pilzwolke auf. Gleichzeitig näherte sich über das Meer eine Wand blauer Flammen, die rasch an Höhe gewann und immer schneller auf den Betrachter zuraste, bis ihre Front die Kamera erfasste und das Bild abrupt erlosch.

Ninive war totenbleich geworden. »Der Feuersturm!«, flüsterte sie.

»Oh, du hast davon gehört?«

»Ich habe ihn *erlebt!*« Sie wandte sich von der Projektion ab und sah zu Aris. »Er hat mir einst alles genommen ...«

Barnacoll zeigte sich von ihren Worten gleichermaßen betroffen wie verwundert. »Du lieber Himmel!«, sagte er nach längerem Schweigen. »So langsam wird mir klar, warum man euch Äonenkinder nennt ...«

»Ich erinnere mich an diesen Tag, als wäre es gestern gewesen.« Ninive setzte sich auf den Schlitten des Projektors. »Wir hatten damals an der Ostküste gelebt, in einem Haus über den Klippen. Ich war früh aufgestanden, weil das Meer die ganze Nacht über getobt hatte und es nach Stürmen am Strand von angespültem Strandgut nur so wimmelte.

Über die Klippen führte eine Treppe mit 122 Stufen hinunter zum Strand, von denen die untersten zwölf immerzu von feuchten, glitschigen Algen bewachsen waren, weil sie bei Flut unter Wasser lagen. Man musste höllisch aufpassen, um nicht auf ihnen auszurutschen.

Der Feuersturm begann vor Sonnenaufgang. Ich erinnere mich an den gleißenden Blitz am Horizont, der mich minutenlang geblendet hatte. Als ich wieder sehen konnte, kam über das Meer eine riesige Wand aus blauem Feuer auf mich zu, die die Wolken vor sich hertrieb und alles auf ihrem Weg verschlang.

In den Klippen gibt es viele Grotten, deren Eingänge bei Flut unter Wasser liegen. Man gelangt dann nur tauchend hinein oder hinaus. Da der Weg hinauf zum Haus viel länger war als der zur nächstgelegenen Grotte, rettete ich mich ins Wasser. Der Feuersturm traf die Küste in dem Moment, in dem ich in ihrem Inneren auftauchte. Es gab keine Flutwelle, nur die Flammenwand und ein schrecklich grelles Licht, dessen Strahlen erst nach Minuten erlosch. Ich kauerte mich im hintersten trockenen Winkel der Grotte zusammen, verwirrt und verängstigt. Bereits damals war mir bewusst, dass ich gewisse Fähigkeiten besaß und für meine Eltern befremdliche Dinge tun konnte, aber ich wusste nicht, wozu sie gut waren oder wie man sie nutzte – geschweige denn, dass ich sie irgendeiner planetenfressenden kosmischen Entität zu verdanken hatte.

Ich war nass und fror und wünschte mir nichts sehnlicher, als diesem Zustand zu entfliehen. So kam ich dahinter, wie ich Wasser von mir und sogar von meiner Kleidung abstoßen konnte.

Erst als die Ebbe einsetzte und der Eingang der Grotte vollständig trocken lag, traute ich mich wieder aus meinem Versteck heraus und stieg hinauf aufs Plateau. Es sah aus, als wäre das Land zu Asche zerfallen. Alles war verbrannt: die Pflanzen, die Tiere, unser Haus – und …« Ninive stockte, den Blick ins Leere gerichtet. »Ich weiß nicht, warum sie sich nicht in Sicherheit gebracht hatten«, fuhr sie schließlich mit monotoner Stimme fort. »Seit dem Feuersturm werfe ich mir vor, dass sie gestorben sind, weil sie mich bis zum letzten Augenblick gesucht hatten und sich daher nicht mehr rechtzeitig verstecken konnten.«

»Dich trifft keine Schuld«, sagte Barnacoll. »Wasser ist das einzige Element, das Rota-Materie zu bändigen vermag und seine destruktive Energie abschirmt. Du hast damals also instinktiv das einzig Richtige getan.«

»Warum kommt es mir dann trotzdem so falsch vor?«

»Weil ein ganzes Äon auf dieser Erinnerung lastet.« Das Hologramm ließ seine Worte wirken, ehe es fortfuhr: »Die Masse an Rota-Materie, welche damals für den Feuersturm verantwortlich war, entsprach gerade einmal fünf Prozent dessen, was in unserem Kern gebunden ist. Diese bis zu den Wolken emporragende Staumauer hat Nemesis, dem Kataklysmos und der Zeit getrotzt, weil ihre zerstörerischen Kräfte nur von außen auf sie eingewirkt hatten. Die gegenwärtige Gefahr aber geht von innen aus. Sollte der Kristall die Oberfläche des Reaktorbeckens erreichen und seine Energie auf einen Schlag freisetzen, bleibt hier kein Stein auf dem anderen. Es gäbe eine Explosion, deren Gewalt vergleichbar wäre mit dem Einschlag eines fünfzehn Kilometer großen Asteroiden. Es wäre sogar denkbar, dass ihre Wucht die Erde aus der Umlaufbahn katapultiert – auf eine langsame, tödliche Spiralbahn in Richtung Sonne.«

»*Die Sonne!*« Ninive sprang auf und begann rastlos auf und ab zu wandern. »Nein, nein, nein, verdammt!«, murmelte sie dabei. »Wie konnte ich das vergessen? Oh, bitte, bitte nicht ausgerechnet *diese* Zukunft …!«

»Alles in Ordnung, junge Dame?«, erkundigte sich der Großprojektor. »Soll ich eine Sanitätsdrohne rufen?«

»Ja … nein … schon gut«, stammelte Ninive geistesabwesend. »Es ist nur … Ich hatte völlig vergessen … Es gibt da etwas, das nennt sich Ganglion, und das …« Sie deutete in die Höhe, schien sich beim Anblick der Hallendecke plötzlich bewusst zu werden, wie seltsam ihr Verhalten wirken musste. »Ach, vergesst es«, sagte sie. »Es ist wahrscheinlich eh zu spät …«

Sloterdyke und Barnacoll sahen einander ratlos an. »Ich habe nicht den blassesten Schimmer, wovon du redest«, gestand der Monozyklop.

»Ich schon.« Aris signalisierte Ninive mit einem Kopfnicken, ihm zu folgen, und ging zum gegenüberliegenden Ende des Kuppelsaals.

| 118 |

»Eine unvollendete Unvollkommenheit?«, wiederholte Ninive, nachdem Aris ihr von seinem Ganglion-Trip erzählt hatte. »Ernsthaft? Hast du überhaupt eine Ahnung, was das ist?«

»Die goldene Mitte?« Er zuckte mit den Schultern. »Es klang nach der Alternative mit dem größten Ereignisspielraum.«

»Oder nach endloser Verdammnis.«

»Dieses Ding hat mich mitten in der Nacht zu sich geholt«, rechtfertigte sich Aris. »Und ich frage mich seitdem, warum eigentlich mich und nicht dich. Schließlich war es *deine* Bestimmung, diese Entscheidung zu treffen.«

Ninive zuckte mit den Schultern. »Vielleicht, weil …« Sie stockte, riss die Augen auf, schaute in Richtung des Separees, in dem Zenobia schlief, und schließlich verlegen zu Boden. »Keine Ahnung. Orb-Wesen sind recht launisch …« Sie atmete tief durch und schlenderte betont lässig zurück zu Sloterdyke und dem Holo-Spiegel. Dabei huschte ihr Blick ziellos umher auf der Suche nach einem Anlass, das Thema zu wechseln.

»Gibt es etwas, das wir wissen sollten?«, erkundigte sich der Monozyklop, als sie ihn und Barnacoll erreicht hatte.

»Die Zeit läuft uns davon«, griff Ninive dankbar nach dem Strohhalm. »Ohne Divaras Kühlwasserzustrom bleiben uns bis zur

Katastrophe nur noch wenige Stunden.« Und mit einem anklagenden Blick zu Barnacoll fragte sie: »Warum haben Sie nie einen Ihrer Assistenten in die Stadt geschickt, um Hilfe zu holen, anstatt Leuchttürme unverständliche Botschaften senden zu lassen?«

»Ihre Levitatoren sind zu schwach«, erklärte das Hologramm. »Die maximale Ausdehnung ihrer Antigravitationskissen beträgt kaum zwanzig Meter. Vom Scheitel der Mauer oder aus einem ihrer Flutüberläufe aus wären sie wie Steine in die Tiefe gestürzt und am Fuß von Aeternitas' Wall zerschellt.

Für mein Original war der Barchan-Zwischenfall einst die Initialzündung, die vermeintlich sicheren Gefilde der Mauer zu verlassen und im Süden die Hilfe eines Rotarium-Bändigers oder Reaktor-Technotekten zu suchen – sofern ein Meister dieser Urweltwissenschaften noch existierte.«

»Welchen Durchmesser hat dieser Kern überhaupt?«, fragte Aris, der sich ebenfalls wieder zur Gruppe gesellt hatte.

»Samt der ihn umgebenden Kernspindel und ihren Polarisatoren misst er etwa sechzehn Meter«, sagte Barnacoll. »Bei einer Höhe von etwas mehr als achtzig Metern.«

Sloterdyke musterte den Wandler. »Ich spüre, dass in deinem Kopf irgendeine Verrücktheit querschlägt«, sagte er, als er seinen geistesabwesenden Blick wahrnahm. »Nur zu, raus damit! Besser verbaler Unsinn als gar nichts.«

Aris atmete tief durch. »Wir graben ein Loch«, erklärte er. »Und versenken den Kern darin bis in alle Ewigkeit.«

»*Wir?*«, echote Ninive. »Wie denn? Der See ist noch immer fast dreihundert Meter tief …«

»Mithilfe der Terragoden. Du sagtest, Divaras Wächter hätte von seinesgleichen im Plural gesprochen. Also müssen noch mehr dieser Ungetüme existieren.«

»Das ist doch wohl nicht dein Ernst«, erschrak Ninive. »Bitte sag mir, dass das ein Scherz war.«

»Wenn etwas die Kernspindel bändigen kann, dann sind es diese Steinbrecher«, sagte Aris. »Sie bohren sich durch Fels und Erdreich, als wäre es Butter, und fühlen sich offenbar auch im Wasser wohl. Wenn es uns gelingt, sie davon zu überzeugen, dass bei einer Explosion des Kerns auch ihr letztes Stündlein geschlagen hat, haben wir vielleicht eine Chance.«

»Gut, dann ruf einen von ihnen her und erklär ihm das Dilemma«, meinte Ninive. »Mal sehen, was er bei deinem Anblick davon hält.«

»Terragoden lassen sich nicht rufen«, sagte Barnacoll. »Schon gar nicht von euresgleichen. Ihr müsst den Ort finden, an dem sie leben.«

Ninive rollte mit den Augen. »Die werden auch wirklich begeistert sein, mich zu sehen«, brummte sie. »Nachdem ich vor wenigen Stunden einen der Ihren in den Mecha-Himmel geschickt habe ...«

»Es muss unter der Mauer ein Nest geben«, erklärte das Hologramm. »Wobei man angesichts der Größe dieser Ungetüme wohl eher von einem Habitat sprechen sollte. Allerdings weiß ich nicht genau, wo es sich befindet. Ich habe etliche Kundschafter ausgesandt, doch keiner von ihnen ist von dort zurückgekehrt.«

»Wo ist ›dort‹?«, fragte Aris.

»Tief unter dem Fundament des Gamma-Sektors, auf Höhe des alten Maschinenparks.«

Ninive schloss die Augen und schüttelte mutlos den Kopf. »In den wenigen Stunden, die uns noch bleiben, schaffen wir es nie, dort hinabzusteigen.«

»Oh, keine Sorge«, sagte Barnacoll. »Es gibt natürlich einen Lift.«

»Das ist doch Wahnsinn!«, urteilte Zenobia, nachdem sie sich Aris' Schlachtplan angehört hatte. Schlaftrunken sah sie zu Ninive, Sloterdyke und Barnacolls Hologramm auf. »Die Steinfresser zerquetschen uns wie lästiges Ungeziefer. Wir werden am Dämon der Zeit versagen!«

»Nicht, wenn wir uns aufteilen«, widersprach Ninive. »Während wir gemeinsam mit Aris das Terragodennest suchen, kann Auguste den Professor zum Reaktorsee führen.«

»Wozu?«

»Um euch mehr Zeit zu verschaffen«, erklärte Sloterdyke. »Indem wir mit dem Aquaroid versuchen, die Kernspindel so lange wie möglich am Auftauchen zu hindern. Falls diese beseelte Taucherrüstung noch intakt sein sollte und ein Rest von Divara noch in ihm steckt, haben wir einen fähigen Navigator an unserer Seite.«

Zenobia schloss die Augen und ließ ihren Kopf auf die herangezogenen Knie sinken. »Dann werde ich mich dem Zyklopen anschließen«, entschied sie. »Leon und ich bringen dieses Baalsopfer entweder gemeinsam oder gar nicht. Zudem ist mir Divara noch ein Versprechen schuldig.«

»Wir benötigen eine architektonische Karte«, wandte sich Aris an Barnacoll. »Oder einen Ihrer fliegenden Assistenten, der uns auf kürzestem Weg hinunter in den Gamma-Sektor lotst.«

»Das ist nicht nötig«, erklang dessen Stimme überraschend aus dem Hintergrund. »*Ich* werde euch führen!«

Lautlos kam ein zweiter Pylon in Zenobias Separee geschwebt. Auf seinem Projektionsschirm leuchtete ebenfalls ein Barnacoll-Hologramm – mit dem Unterschied, dass dieses noch Krone und Königsgewand trug.

»Bruder«, begrüßte er sein Ebenbild in aristokratisch-blasiertem Tonfall. »Ich bin gekommen, so schnell ich konnte.«

»Hab Dank, Bruder«, gab dieses höflich zurück. »Wir müssen unsere Chroniken synchronisieren.«

Die beiden Spiegel schwebten aufeinander zu, um schließlich Front an Front zu verharren. Als sie ihre Projektionsschirme kurze Zeit später wieder voneinander trennten, leuchtete das vertraute Barnacoll-Hologramm auf dem linken und das kostümierte auf dem rechten Pylon.

»Ein Spiegelklon«, staunte Aris über die Rochade.

»Proto-Paragon«, korrigierte ihn das gewandete Hologramm. »Aber nennt mich bitte Auguste.«

Ninive stellte sich zwischen die Spiegel und verglich die beiden Projektionen. »In wie viele Bewusstseinsmuster haben Sie sich damals reproduziert?«, fragte sie.

»In vierzehn«, erklärte ihr kostümiertes Gegenüber, wobei es sich die Krone vom Kopf zog und in einem Moment, in dem Ninive kurz ins Gesicht seines Pendants sah, verstohlen neben sich aus dem Sichtfeld des Projektionsschirms warf. »Eines für jeden Sektor.«

»Ist das etwa eine Perücke?«, wunderte sie sich, als sie bemerkte, dass seine lockige Haarpracht beim Abnehmen der Krone verrutscht war.

»Äh, ja …« Es zupfte verlegen an den Locken herum. »Eine *Allonge*-Nachbildung, zweites Jahrhundert vor *Aurea Aetas*. Sie würde auch Eurem Gefährten vortrefflich stehen.«

»Witzig, alter Mann«, brummte Aris.

Ninive beugte sich ein Stück näher heran. »Was ist das für ein seltsames Zeug in Ihrem Gesicht?«

»Pu… Puder«, stotterte Auguste und neigte seinen Spiegel langsam nach hinten. »Und … Rouge.« Aus bedenklicher Schräglage blickte es fast schon flehend an der Wandlerin vorbei zu seinem Ebenbild.

»Nun, ich denke, wir sollten meinem Bruder ein wenig Zeit für seine optische Assimilation gewähren!« Barnacoll glitt heran und schob den Pylon seines kostümierten Hologramm-Zwillings beiseite. »Und danach unverzüglich aufbrechen, nicht wahr? Die Wege hinab in die Reaktorebene und ins Gamma-Souterrain sind lang.« Er vollführte eine halbe Drehung, klatschte in die Hände und rief: »Droschken!«

Durch das Eingangstor des Visionariums schwebte der Schlitten, in dem Aris und Sloterdyke von Barnacolls Inspektor zum Audienz-Förderband kutschiert worden waren. Ihr folgte eine weiße, mit goldenen Beschlägen und Ornamenten verzierte Prunkgondel, vor die eine einzelne Zugmaschine gespannt war, die aussah wie ein vergoldeter Torpedo. In der Seitenwand des Gefährts öffnete sich eine Tür, und eine kleine Metalltreppe glitt herab.

»Steigt ein, steigt ein!«, forderte das Hologramm aus dem Gamma-Sektor die beiden Wandler auf. Es wartete, bis Aris und Ninive auf einer gepolsterten Bank Platz genommen hatten, und ließ seinen

Pylon vor den Sitzbänken mit dem Rücken zu ihnen in eine Art Ruheport sinken. »Es ist eine Fahrt von gut zwei Kilometern bis zur Elevator-Station, von der aus wir hinab ins Souterrain gelangen.«

| 119 |

Auguste hatte nicht zu viel versprochen: Der Lift brachte sie tatsächlich bis in die unterste Gebäudeebene. Allerdings zeigte selbst das Hologramm sich beim Öffnen der Kabinentüren schockiert darüber, wie nah sie dem Refugium der Terragoden dabei unbeabsichtigt gekommen waren. Der ursprünglich bis zu einer Schleuse führende Korridor war nur noch zur Hälfte vorhanden. Nach wenigen Metern endete er an einer Klippe, hinter der ein finsterer, scheinbar bodenloser Abgrund gähnte.

»Allmächtiger Dynamo!«, entfuhr es Aris beim Blick in die Tiefe. »Wie weit geht es hier hinunter?«

»Das weiß ich nicht. Diese Kaverne wurde nie kartografiert.« Auguste schwebte an die Felskante, beugte seinen Oberkörper aus dem Pylon und blickte um die Ecke. »Verdammte Urwelt-Wühler!«, sagte er verbittert. »Fressen das Fundament von innen heraus auf …«

Aris hob einen im Korridor liegenden Stein auf, um ihn in die Dunkelheit fallen zu lassen. Im letzten Moment konnte Ninive ihn davon abhalten.

»Falls das Nest der Terragoden sich tatsächlich dort unten befindet, sollten wir sie nicht provozieren, indem wir ihnen Steine auf die Köpfe werfen«, sagte sie.

»Hatte ich eigentlich auch gar nicht vor.«

Aris schnallte seinen Tornister ab, wühlte darin herum und zog einen Handstrahler heraus. Gemeinsam mit Ninive legte er sich vor der Felskante auf den Boden und leuchtete in die Tiefe. Der Lichtkegel der Lampe riss eine mehr als zwanzig Meter hohe, senkrecht abfallende Klippe aus der Dunkelheit, von deren Fuß aus ein Schutthang weiter in die Tiefe führte. Der Strahl der Lampe hatte eine zu geringe Reichweite, um ihr Ende zu erkennen.

»Wir müssen uns abseilen«, sagte er.

Augustes Hologramm gab ein undefinierbares Geräusch von sich. »Machst du Witze, junger Freund?«

»Sie können doch schweben.«

»Nur so hoch, wie das unter mir gestauchte Levitationskraftfeld es zulässt.«

Aris trat vor das Hologramm, ergriff die Seiten des Spiegels und sagte: »Schalten Sie es aus, ich halte Sie.« Der Pylon rutschte aus seinem Griff und kam halb auf dem Boden, halb auf Aris' linkem Fuß auf. »Okay – wieder – anschalten!«, presste der Wandler Wort für Wort hervor, woraufhin Barnacoll wieder zu schweben begann. Mit vor Anstrengung und Schmerz hochrotem Kopf humpelte Aris den Korridor auf und ab. »Ich dachte, es wäre tatsächlich nur eine Art Spiegel«, sagte er zerknirscht.

»Das gehärtete Lizian meiner Hologramm-Matrix hat fast die doppelte Dichte von Gold«, erklärte Auguste. »Zudem besteht der darüber liegende Prismenschirm aus einem Zentimeter dickem Kristallglas. Richte deiner Extremität aus, es tue mir leid.«

Gemeinsam ließen Aris und Ninive den lamentierend in einer Schlaufe hängenden Pylon auf den Schutthang hinabsinken. Selbst zu zweit hatten sie Mühe, das Stahlseil dabei nicht durch ihre Finger rutschen zu lassen. Nachdem Aris auch Ninives Abstieg gesichert hatte, seilte er sich als Letzter ab.

»Dein Rucksack«, erinnerte Ninive ihn, als er den Fuß der Klippe erreicht hatte.

Aris betrachte das Seil in seinen Händen, verzog die Lippen und strich seufzend über das Metall.

»Hol den Tornister«, wies er es an und warf es hinauf über die Klippe. Minutenlang regte sich nichts, dann kam eine der beiden Lifttüren über die Felskante geflogen, landete krachend auf dem Schutthang und rutschte hinab in die Dunkelheit.

»Den Tornister, du dummes Stück!«, rief Aris in die Höhe.

Über ihnen regte sich nichts mehr.

»War ja klar«, brummte der Wandler.

Ninive zog mitleidig die Augenbrauen hoch. »Vielleicht hättest du dem Seil erst mal erklären sollen, was ein Tornister überhaupt ist …«

Entgegen Aris' Befürchtungen war der Hang nicht locker und instabil, sondern erlaubte einen festen Tritt. Selbst Auguste schaffte es mit seinem Pylon problemlos hinabzuschweben.

»Das waren gut und gerne einhundert Höhenmeter«, sagte Aris, als sie den Fuß der Böschung erreicht hatten. Er richtete den Strahler auf einen Gegenhang, dann ließ er den Lichtkegel im Kreis wandern. Es gab keine Tropfsteine oder von der Decke herabgestürzte Felsen, nur ebenes Gestein und grauen Lehmboden.

»Was ist los?«, fragte Ninive, als ihr Aris' misstrauischer Blick auffiel.

»Wir befinden uns unter dem Niveau des Reaktorsees«, sagte er. »Und das macht mir ein wenig Angst.«

»Wahrscheinlich sind wir hier sogar schon tiefer als das Marschland«, bestätigte Auguste.

»Warum ist diese Kaverne dann nicht längst überflutet – obwohl ihre vermeintlichen Bewohner riesige Gänge durchs Erdreich bohren?«

»Du denkst, wir suchen am falschen Ort«, begriff Ninive.

Aris zuckte mit den Schultern. »Ich glaube nicht, dass diese Ungeheuer hier unten sind.«

»Doch, das sind sie.« Auguste deutete auf ein orangerotes Glosen in der Ferne. »Alle miteinander.«

Nachdem sie der unterirdischen Schlucht etwa einen halben Kilometer weit in westliche Richtung gefolgt waren, begann diese sich zu einer Tiefebene zu weiten, deren Decke von mächtigen, vereinzelt stehen gelassenen Steinsäulen getragen wurde. Mittlerweile hatte das Gestein unter Aris' und Ninives Füßen sich pechschwarz gefärbt und war so scharfkantig geworden, dass es tief in die Sohlen ihrer Stiefel schnitt. Dabei klang es, als würden sie Muschelschalen zertreten.

»Was ist mit dem Boden passiert?«, wunderte sich Ninive, wobei sie bemüht war, nicht auf die messerscharfen Grate zu treten.

»Sieht aus, als wäre er durch enorme Hitze geschmolzen«, sagte Aris. »Und kurz darauf wieder erstarrt.«

»Das Gestein ähnelt Obsidian«, staunte Auguste, nachdem Aris einige Bruchstücke aufgesammelt und ihm vor den Spiegel gehalten hatte. »Eine Art vulkanisches Glas. Das könnte erklären, warum die Kaverne nicht überschwemmt ist. Die Terragoden haben Wände und Boden mit einem Gesteinsschmelz aus einer meterdicken Glasschicht praktisch wasserdicht versiegelt.« Er blickte hinauf in die Dunkelheit, dann zu dem Glosen in der Ferne. »Wirklich schlau ...«

»Hört ihr das?«, fragte Aris, als sie sich dem Ende der Ebene bis auf etwa fünfzig Meter genähert hatten. Geduckt lauschte er dem leisen, lang gezogenen Heulen, das jenseits der Klippe aus der Tiefe empordrang.

»Ist das Gesang?«, flüsterte Ninive neben ihm.

»*Und ängstlich hört' ich die Flamme schwirren, indes sich dort ein tiefer Abgrund fand*«, sprach Auguste leise. »*Hinab verbannt von hoher Sonne Strahlen, zu jenen tiefen nachterfüllten Talen, wo leises Seufzen nur erschallt ...*«

»Das habe ich schon einmal gelesen«, erinnerte sich Aris. »In einer unserer Bibliotheken.«

»Ihr besitzt ein Exemplar der Göttlichen Komödie?«, staunte das Hologramm.

»Nur als Sphäroskopie, fürchte ich. Falls wir diesen Irrsinn hier überleben, sollten Sie die Stadt, die Ihr Original gegründet hat, vielleicht einmal besuchen kommen. Mit dem Kataklysmos ist nicht alles verloren gegangen …«

Während der Pylon zurückblieb, näherten Aris und Ninive sich geduckt der Felskante. Es war unmöglich zu kriechen, ohne sich am Gestein tiefe Schnittwunden zuzuziehen. Bevor sie die Klippe jedoch erreichten und einen Blick auf das mysteriöse Treiben in der Tiefe werfen konnten, wuchs vor ihnen ein kolossaler Schatten empor und ließ Ninive vor Schreck erstarren. Im Gegensatz zu Divaras Flutwächter aus dem Speichersee wirkte der Kopf des Terragoden nicht wie abgehackt, sondern bestand aus einem kreisenden Quintett kugelrunder, mit Zahnkränzen gespickter Rollenmeißel.

Die riesige Maschine senkte ihr Haupt, ließ ein halbes Dutzend Richtstrahlen aufleuchten und nahm die winzigen Eindringlinge ins Visier.

»Was habt ihr hier zu suchen, Epigonen?«, donnerte ihre Stimme auf sie herab.

Ninive richtete sich auf. »Euch«, rief sie. Und nachdem der Terragode nicht reagierte: »Wir benötigen eure Hilfe – und ihr die unsere.«

Der seltsame Orgelgesang aus der Tiefe erstarb. Nach und nach richteten sich hinter dem Wächter weitere Maschinen auf und streckten ihren Hals. Es schien, als ob jeder Terragode unbedingt noch einen Blick auf die drei Eindringlinge werfen wollte, bevor sie von ihrem Wortführer erschlagen, geschreddert oder zu Brei zerquetscht wurden. Erst waren es nur ein halbes Dutzend, die sich blicken ließen, bald schon zwanzig und schließlich so viele, dass ihre Leiber hinter den Reihen der vorderen kaum mehr zu erkennen waren.

Aris und Ninive wirbelten herum, als hinter ihnen mehrere Bohrköpfe aufheulten. Zwei der Maschinen hatten sich unterhalb der Plateaukante vorbeigeschlichen und frästen hinter Augustes Pylon mit ohrenbetäubendem Lärm ein metertiefes Halbrund in das Plateau.

»Sie haben uns den Weg abgeschnitten«, sagte Aris.

Ninive schloss die Augen und atmete tief durch. »Wir haben keine bösen Absichten«, rief sie dem Ungetüm zu, das sie als erstes entdeckt hatte.

»Du hast Minadora 22 enthauptet«, konterte dieses. »Und ihren Leib dem Wildwasser überlassen!«

»Sie wollte einfach nicht zuhören.«

Der Kopf des Wortführers zuckte herab und ließ Ninive rückwärts in Aris' Arme stolpern. »Treib nicht deinen Spott mit uns, Epigonin!«, dröhnte er so laut, dass der Boden erzitterte. »Eure Belange kümmern uns nicht!«

»Das sollten sie aber.« Ninive betrachtete die mit ihren Oberkörpern leicht hin und her pendelnden Terragoden. »Meinetwegen könnt ihr euch hier unten verkriechen, Trauerlieder brummen und versuchen, das Ende der Welt auszusitzen«, rief sie. »Aber das wird euch nicht gelingen.«

»Ist das eine Drohung?«, kam es aus den Reihen der Maschinen.

»Nein, Gewissheit.« Ninive wandte sich zu dem Hologramm-Spiegel um. »Zeigen Sie es ihnen!«

»Auguste!« Aris versetzte dem Pylon einen Stoß mit dem Ellbogen. »Ihr Auftritt.«

»Nein, nein, nein«, flüsterte dieser. »Ich bin gar nicht da ...«

»Stellen Sie sich nicht so an. Andernfalls werden Sie in meinem Reisebericht für den Rat kein gutes Bild abgeben.«

Auf der Projektionsfläche leuchtete ein schmaler Spalt auf, aus dem ein holografisches Augenpaar in die Dunkelheit blinzelte.

»Das ist Erpressung!«

Aris trat hinter den Spiegel und schob ihn vor bis zur Klippe.

Das Hologramm starrte in die Höhe, dann schöpfte es Energie, breitete seine Arme aus und rief: »Guten Abend, sehr glorifizierte Terragoden und, äh ... Terragodinnen. Ich heiße Auguste. Meine multiplen Wenigkeiten verwalten die Obergeschosse ...«

»Wir kennen dich!«, schmetterte der riesige Bohrwurm ihm entgegen. »Du bist hier ebenfalls unerwünscht!«

Aris zog eine Grimasse. »Ab jetzt kann es eigentlich nur noch besser werden«, raunte er Ninive zu.

| 120 |

»Eintausend Jahre«, brach Barnacoll das Schweigen in der Liftkabine. »Ich kann es gar nicht erwarten, den Mesoscaphen nach all der Zeit wiederzusehen.«

Sloterdyke und Zenobia musterten das Hologramm. »Ich bin nicht sicher, ob das, was Sie im Reaktorsee erwartet, noch Ihren Vorstellungen und Erinnerungen entspricht«, sagte der Monozyklop. »Es erfüllt zwar grundlegende Funktionen, hat jedoch zwei gravierende Metamorphosen hinter sich.«

Barnacoll ließ die Worte eine Weile auf sich wirken, dann fragte er: »War es etwa in der Gewalt von Nekromanten?«

»*Epora tarras keon!*«, informierte die Kabine ihre Passagiere und ließ das Hologramm aufhorchen.

»Wir erreichen das Reaktor-Plateau«, übersetzte es.

Als der Lift stoppte und die Türen sich öffneten, erwartete Zenobia, in die Dunkelheit der Reaktorhalle zu blicken. Stattdessen blendete sie der gleißende Scheinwerferstrahl des Express-Adjutanten.

»Folgen!«, begrüßte die Sonde das Trio, vollführte eine halbe Drehung und schwebte in die Dunkelheit.

Sloterdyke trat aus der Kabine und blickte in die Höhe. »Es regnet!«, stellte er verwundert fest. »Wie kann es in im Inneren einer Mauer regnen?«

»Die Halle hat aufgrund ihrer Größe ihr eigenes Wetter«, erklärte Barnacoll. »Sobald sich genug Wasserdampf unter der Decke angesammelt hat, beginnt es zu regnen.« Er wies mit einem Hologramm-Arm in die Dunkelheit. »Schönheit vor Alter, meine Teuerste.«

»Ich wurde mehr als zweitausend Jahre vor dem Ende des Goldenen Zeitalters geboren«, konterte Zenobia.

»Oh, da werde ich wohl passen müssen …«

Er schwebte aus dem Lift und folgte seinem Adjutanten. Während Sloterdyke sich den beiden mit Zyklopenschritten anschloss, musste Zenobia hinterhereilen, um mit dem Trio mitzuhalten. Allerdings brauchte sie nicht zu fürchten, sie aus den Augen zu verlieren oder über die Klippe zu stürzen, denn die Ebene endete vor einem unheilvollen Glühen, das den Abgrund jenseits des Plateaus erfüllte.

»Liebe Güte!«, murmelte Sloterdyke, als er den Rand der Klippe erreicht hatte und auf den Reaktorsee hinab sah. »Das ist wahrlich beängstigend.«

»*So geht sie hin, der All-Ehernen Welt, mit loderndem Tanz der Elemente*«, sprach das Hologramm beim Anblick des kaum einen halben Kilometer entfernt glühenden Strudels. »*Verschlungen werden Licht und Dunkel von des Unwesens Glanz in jähem Zorn.*«

»Der Vortex ist gewachsen«, fiel Zenobia auf. »Mindestens auf das Doppelte.«

Während sie sprach, zuckten unter dem Strudel zwei grelle Blitze auf und ließen Gischtfontänen aus dem wirbelnden Trichter schießen. Für einen Augenblick sah es aus, als würde er kollabieren, um sich kurz darauf nur noch weiter zu öffnen. Sekunden später ließ ein neues Beben den Boden erzittern, länger und heftiger als alle Erschütterungen zuvor.

»Der Kern wird instabil!«, erschrak Barnacoll. Er wandte sich ab, rief: »Rette sich, wer kann!«, und setzte zur Flucht an.

»Hiergeblieben!«, sagte Zenobia und stellte sich ihm in den Weg.

»Du verstehst das nicht, Urwelt-Kind«, lamentierte das Hologramm, wobei es versuchte, irgendwie an ihr vorbeizukommen.

»Was da eben explodiert ist, waren nur mikroskopisch kleine Rota-Partikel. Bereits ein Splitter von der Größe eines Sandkorns setzt so viel Energie frei wie eine halbe Tonne Dynamit – und ein Klumpen von der Größe einer menschlichen Faust würde ein kilometergroßes Loch in die Mauer reißen!«

»Dann hätten Sie die Außenwelt eben einige Jahrhunderte früher um Hilfe ersuchen sollen, anstatt nur ein paar Lichter blinken zu lassen, deren Sinn niemand mehr versteht!«, hielt Zenobia ihm entgegen. »Wie kann überhaupt der Boden beben, wenn dieser Kern in der Mitte des Sees treibt?«

»Das sind die Rota-Wellen.« Barnacoll blickte hinab auf den Strudel. »Sie sind die letzten Vorboten der Kernschmelze. Wasser lässt sich unter Druck setzen, verdrängen oder verdampfen, nicht aber komprimieren. Die Wellen bewegen sich mit halber Schallgeschwindigkeit hindurch und treffen schließlich auf die Bassinwände.«

In der Dunkelheit war der heftige Aufschlag eines großen, schweren Körpers auf der Wasseroberfläche zu hören. Kurz darauf wiederholte das Geräusch sich in der Ferne ein zweites und ein drittes Mal. Sloterdyke und Zenobia versuchten die Ursache zu erspähen, doch es war zu dunkel, um etwas auf der Oberfläche zu erkennen. Sie vernahmen nur das Rauschen und Tosen, mit dem das emporgeschleuderte Wasser zurück in den See fiel.

»Scheint, als hätten sich durch das Beben einige Steinquader aus der Hallendecke gelöst und wären in den See gestürzt«, sagte Barnacoll. »Wenn einer davon den rotierenden Kern trifft, brauchen wir uns über die Rettung der Welt keine Gedanken mehr zu machen.« Er schwebte auf Höhe der Steigleitern an die Felskante. »Güter Gott!«, entfuhr es ihm beim Blick in die Tiefe. »Das übersteigt die Leistung meiner Levitatoren.« Er setzte ein Stück zurück. »Hatte ich erwähnt, dass ich unter Höhenangst leide?«

Der Monozyklop warf einen Blick auf den Express-Adjutanten. »Ist es möglich, Ihr Bewusstseinsmuster auf diese Sonde zu übertragen?«

»Nicht, ohne das ihre zu löschen.«

»Ich dachte mehr an einen Tausch.«

Das Hologramm betrachtete die Sonde. »Meine komplexe Speichermatrix wird seine simple KI überfordern – aber ja, machbar wäre es.«

| 121 |

»Euer Untergang ist nicht unser Problem!«, befand der Wächter, nachdem Auguste den Terragoden geschildert hatte, welches Damoklesschwert über ihren Köpfen hing. »Es ist einzig das eure. Ihr habt es geschaffen. Meistert es oder hört auf zu existieren. Niemand wird euch vermissen.«

»In wenigen Stunden wird es auch euer Problem werden!«, rief Ninive. »Zumindest für einen letzten kurzen Augenblick – denn ihr werdet keine Zeit mehr haben, euch den Fehler eurer Überheblichkeit einzugestehen!«

Der Bohrkopf des Wächters zuckte vor und fräste die Klippenkante ab. Ninive schaffte es nur durch einen beherzten Sprung, dem Hieb der gigantischen Maschine zu entkommen. Nun aktivierten auch die hinter dem Wächter aufragenden Terragoden ihre Bohrköpfe, ließen drohend ihre Driller, Schmirgler und Steinfräsen rotieren und die Kanonenmeißel hämmern.

»Es gibt keinen Zustrom in den Reaktorsee mehr«, schrie Ninive gegen den Lärm der Maschinen an.

»Daran bist allein *du* schuld, Epigonin!«

»Wenn der Kern explodiert, werdet auch ihr ausgelöscht«, rief Aris. »Alles hier wird mit einem gewaltigen Knall verschwinden! So schnell könnt ihr gar nicht bohren, wie euch das Schicksal ereilen wird!«

»Genug davon!«, donnerte der Wächter. »Die Antwort lautet Nein!«

Aus dem Hintergrund schoss ein schwarzer Blitz über Aris und Ninive hinweg und ließ den Kopf der riesigen Maschine in einer Wolke aus Rost explodieren. Rasend schnell fraß sich das dunkle Feuer voran und ließ den Leib des Terragoden zu Staub zerfallen. Die restlichen Maschinen drängten erschrocken zurück, um nicht von den schwarzen Flammen erfasst zu werden.

»Hört euch an, was die Wandler euch zu sagen haben!«, erscholl eine mächtige Stimme, als der Körper des Wächters sich aufgelöst hatte. »Oder es wird, so wahr ich hier stehe, euer letzter Dünkel sein!«

»Cutter!«, rief Ninive, als sie den Schatten hinter Augustes Pylon erkannte.

Der Schwarzgekleidete ließ seine Sense sinken »Sag jetzt nicht, ich hätte anklopfen sollen«, brummte er.

»Ich dachte, ein derartiges Eingreifen würde das morphische Feld sprengen und das gesamte Gefüge zerstören.«

Cutter blickte zur Kavernendecke. »Ich denke, über uns ziehen sich genügend Erzadern durch das Gestein, um die Kollateralschäden für das Ganglion auf ein Minimum zu reduzieren«, sagte er. »Verzeiht mir, aber ich bin sehr beschäftigt. Ihr seid am Zug. Die Weltuhr tickt. Enttäuscht mich nicht.«

»Warte, wir …« Ninive starrte auf die Stelle, an der Cutter eine Sekunde zuvor noch gestanden hatte. »Verdammt!«

»Er ist und bleibt ein Kauz«, sagte Aris mit einem Blick hinauf zu den Terragoden, die schweigend und nahezu reglos auf ihre winzigen Besucher herabblickten. »Und ein Meister des resoluten Minimalismus.«

»Auguste?« Als das Hologramm nicht antwortete, legte Ninive ein Ohr an die ermattete Projektionsfläche und lauschte.

»Hat es ihn erwischt?«, fragte Aris.

Ninive schüttelte den Kopf und klopfte gegen den Spiegel. »Auguste!«

Ein leises Summen ertönte, dann begann der Projektionsschirm wieder schwach zu strahlen.

»Ist es vorbei?«, erklang Barnacolls Stimme.

»Das glaube ich jetzt nicht«, sagte Aris. »Haben Sie sich etwa *abgeschaltet*?«

»Na ja …« Das Hologramm leuchtete auf und schaute sich furchtsam um. »Es sah so aus, als sei es um uns geschehen. Was ist passiert? Sind wir tot?«

Ninive verzog die Mundwinkel. »Mitnichten, Euer Durchlaucht.«

»Ein Loch?«, vergewisserte sich eine der Maschinen, nachdem Aris ihnen seinen Plan zur Versenkung des Reaktorkerns erklärt hatte.

»Ein *abgrundtiefes* Loch!«, betonte Ninive. »Gefüllt mit Wasser aus dem See.«

Die Terragoden tauschten Blicke mit ihresgleichen. Schließlich zwängte sich eine verhältnismäßig kleine, wendige Maschine mit kegelförmigem, spitz zulaufendem Bohrkopf durch die Reihen ihrer Artgenossen.

»Ich bin Minadora 9«, stellte sie sich vor. »Ich bin eine Vortreiberin. Eigentlich bohre ich nur Stichkanäle für Bodenanalysen, aber ich bin schnell. Keine ist schneller als ich.«

Kaum war sie verstummt, ertönte aus dem Hintergrund ein Krachen und Schleifen, das den Felsboden erzittern ließ. Die Phalanx der Maschinen teilte sich und bildete eine Gasse für ein riesiges Exemplar, das unter den Terragoden seinesgleichen suchte.

»Ich bin Minador 4«, dröhnte es aus seinem Innern, als es die Klippe erreicht hatte. »Ich schuf die Turbinenschächte. Ich bohre langsam, aber meine Löcher sind die größten.«

»Wenn ich aufwärts einen Richtkanal ins Gestein treibe …«, sagte Minadora 9.

»… und ich ihn abwärts erweitere …«, fügte Minador 4 hinzu.

»… dann schaffen wir das in der Zeit, die uns bleibt!«, erklärten beide unisono.

Aris und Ninive sahen einander an. »Ist einen Versuch wert«, befand der Wandler.

»Und was bietest du uns für unsere Dienste an, Epigonin?«, fragte Minadora 9.

Ninive trat an die Klippenkante. »Mich.«

»Uns!«, korrigierte Aris sie. »Wir bringen das gemeinsam zu Ende.«

Minador 4 nahm den Pylon ins Visier. »Was hast du dazu zu sagen, Verwalter?«

Die Köpfe der Maschinen richteten sich auf Auguste.

»Ich?«, erschrak das Hologramm. »Nun ja, also … Menschen und Tunnelbohrmaschinen … Das hat es seit dem Ende des Goldenen Zeitalters nicht mehr gegeben. Ich denke, es ist ein Kollektiv der Hoffnung.«

»Dann soll es so geschehen!«, bestimmte Minador 4.

Der Terragode ließ seinen Bohrkopf herabsinken, bis er auf der Felskante aufsetzte. In seinem Inneren hämmerte und ratterte es, dann öffnete sich ein trapezförmiges, drei Meter hohes und einen Meter breites Schott und gab die Sicht auf eine steile, ins Innere der Maschine führende Metalltreppe frei.

»Tretet ein!«

Als auch Auguste sich anschickte, auf die Rampe zuzuschweben, versperrte ihm einer der Terragoden den Weg. »Du nicht!«, bestimmte er. »Wir haben Fragen. Wir verlangen Antworten – selbst wenn es die letzten sein sollten.«

| 122 |

Während Zenobias sorgenvoller Blick zwischen der Dunkelheit über ihr und dem glühenden Mahlstrom im Zentrum des Reaktorsees pendelte, assistierte Sloterdyke dem Hologramm bei seinem Persönlichkeitstausch.

»Bewusstseinstransfer komplett«, erklang Barnacolls Stimme schließlich aus dem Sondenkörper. »Der Datenaustausch ist abgeschlossen.« Er schien einen Moment lang in sein Interims-Habitat hineinzuhorchen, dann sagte er: »Lieber Himmel, was für eine finstere Datenbaracke. Kein Wunder, dass sich hier drin nur ein Satz mit drei Wörtern verwalten lässt …«

Ungelenk versuchte er sich mit einem der Greifarme von seinem Pylon abzukoppeln. Nachdem er zum wiederholten Mal neben das Datenkabel griff und sein Repertoire an Flüchen und Verwünschungen mit jedem gescheiterten Versuch bedenklicher wurde, hatte Sloterdyke schließlich ein Einsehen und löste die Verbindung zwischen der Sonde und dem Holo-Spiegel.

Unverständliches Zeug brummelnd, ergründete Barnacoll daraufhin die Funktionen des Adjutantengehäuses. Er schaltete sämtliche Scheinwerfer und Statusleuchten an, stieg in die Höhe und drehte Pirouetten, ließ seine Greifarme kreisen, blies seine Stimmenmodule durch und rief dabei: »Test! Test! *Soforodo*, Test!«

Sein Pylon hingegen zog in bedenklicher Schräglage dicht über dem Boden Kreisbahnen, ohne einen Funken künstlicher Intelligenz aufblitzen zu lassen.

»Hallo?« Zenobia trat vor ihn hin und klopfte an seine Frontseite. »Jemand zu Hause?« Als er nicht reagierte, versetzte sie ihm einen leichten Stoß, woraufhin er vor und zurück zu pendeln begann. Minuten verstrichen, bis sein Projektionsschirm endlich aufleuchtete und er sich horizontal ausrichtete. Statt eines menschlichen Abbildes leuchtete auf ihm das Hologramm eines Knäuels bunter Richtungspfeile.

»Aha!«, erklang es aus seinem Stimmenmodul. »Aha!«

»Er hält sich für einen Sphärenwegweiser«, erkannte Barnacoll. »Das ist ja interessant …«

Der Pylon drehte sich auf der Stelle, quittierte den Anblick des Monozyklopen und der Assistenzsonde ebenfalls mit »Aha! Aha!« und schwebte schließlich ohne einen weiteren Kommentar davon.

»He!«, rief Zenobia ihm nach. »Falsche Richtung!«

»Aha«, kam es aus der Dunkelheit zurück.

»Wie ich befürchtet habe«, seufzte Barnacoll. »Die Pylon-Matrix überfordert seine KI.«

Sloterdyke sah zu der Sonde empor. »Wie fühlen Sie sich?«

»Wie eine vierdimensionale Eins in einer dreidimensionalen Null. Ich vermisse mein neuronales Netz und die Weite meiner Platinen. Der Stimmenmodulator ist eine Katastrophe und die Datenspeicherkapazität eine Zumutung. Zudem klingt es, als wären irgendwo ein paar Schrauben locker.« Aus der Sonde kam ein tiefes Seufzen. »Na ja, was soll's?« Sie schwebte vor bis zur Felskante – und nach kurzem Zögern und einem Blick in die Tiefe schließlich darüber weg. »Es gibt ja noch dreizehn weitere von mir …« Dann ließ sie sich in die Tiefe sinken.

»Sie oder ich?«, fragte Zenobia, nachdem sie sich vergewissert hatte, dass Barnacoll unversehrt auf dem Bootsdeck angekommen war.

»Beide gemeinsam.« Sloterdyke presste eine Rauchwolke aus seinen Raketenstiefeln.

»Das ist nicht Ihr Ernst!«, erschrak die Bücherfrau.
»Oh doch, meine Teuerste.«

Kurz darauf landete der Monozyklop mit Zenobia in den Armen fauchend und Funken sprühend einhundert Meter tiefer auf dem Vorderdeck des Aquaroids. Im Gegensatz zu Barnacoll hielt sich ihre Begeisterung für die technischen Vorzüge des Monozyklopen in Grenzen. Schwer atmend kniete sie minutenlang auf dem Deck und versuchte ihre flatternden Nerven zu beruhigen. Sie sehnte sich nach ihrem Folianten, nach ihrer heimatlichen Welt ohne beseelte Mechafauna, beseelte Flüsse und gigantische Mauern. Nach Sand und Wüste und den Gerüchen der Basare. Nach einer Welt ohne Morph-Ganglien, Wandler, Flux-Kraftfelder und jedwede Art von technischen, elektronischen, hydraulischen und mechanischen Untieren.

»So weit, so gut«, sagte Sloterdyke, nachdem er seine Booster deaktiviert hatte. »Hier wären wir schon mal. Alles Weitere wird sich weisen.«

»Für mich wirkt es wie eine Sackgasse«, widersprach ihm eine Grabesstimme und ließ das ungleiche Trio die Köpfe heben. »Wenngleich auch eine sehr geräumige ...«

Auf dem untersten Zwischenabsatz der Steigleiter stand, nahezu verschmolzen mit dem Schatten der Mauer, eine sensenbewehrte Kapuzengestalt.

»Nur um mir meines elektronischen Seelenheils sicher zu sein«, drang Barnacolls Stimme aus dem Innern der Sonde. »Ihr seht dort oben ebenfalls einen Sensenmann, oder?« Als er keine Antwort erhielt, wiederholte er mit einem leichten Anflug von Panik in der Stimme: »*Oder?*«

»Das ist eine zur Impertinenz neigende Orb-Entität«, sagte Sloterdyke. »Die Wandler nennen sie Cutter.«

»Du!« Die Sonde deutet mit einem ihrer Greifarme auf das Schattenwesen. »Du bist real!«

»So etwas in der Art«, bestätigte Cutter. »Wenn auch nicht im herkömmlichen Sinne.«

»Ist er Ihnen etwa schon einmal begegnet?«, staunte Zenobia.

»Nur in den Projektionsspiegeln des Audienzsaals«, sagte Barnacoll. »Ich hielt ihn für einen Irrgeist. Einmal versuchte er mich sogar zu einer Partie Schach zu überreden …«

»Er ist mitverantwortlich dafür, dass wir es überhaupt hierhergeschafft haben«, erklärte Sloterdyke. »Obzwar seine Unterstützung oft nur metaphysischer Natur war.«

»Ich agiere im Rahmen der mir gegebenen Möglichkeiten und Gesetzmäßigkeiten.«

»Und das bedeutet?«

»Regulieren und lenken, ohne das Ganglion-Geflecht zu schädigen oder die morphischen Stränge und Ereignisfelder zu destabilisieren.«

»Was passiert, wenn die Dogmen und Gesetze gebrochen werden?«, fragte Zenobia.

»Dann wird jene Entität, die das gesammelte Wissen des Goldenen Zeitalters seit dem Kataklysmos in sich bewahrt, endgültig aufhören zu existieren – und ihr ebenfalls.« Cutter deutete auf den in der Ferne glühenden Mahlstrom. »Ich hatte es dir bereits in deinem Chronos-Refugium gesagt, Orphiker: Deine Ahnen hatten sich eingebildet, diese Kräfte beherrschen zu können. Aber an der Levi-Konstanten lässt sich nicht herumpfuschen. Irgendwann kommt alles wieder ins Gleichgewicht, selbst wenn es mit einem gigantischen, finalen Knall geschehen muss.« Er kam auf das Deck des Aquaroids herabgeschwebt, was Sloterdyke und die anderen dazu bewog, bis zum Einstiegsdom zurückzuweichen. »Aber so weit muss es nicht kommen«, fuhr Cutter in beinahe versöhnlichem Tonfall fort. Er blickte ins Wasser, als hoffte er auf ein verräterisches Rauschen oder Plätschern, ein verstecktes Zwinkern unter der Oberfläche oder eine verstohlene Bewegung in der Tiefe. »Divaras letztes beseeltes Wasser hat diesen Höllenpfuhl verlassen oder versteckt sich in den fernsten, finstersten Ecken des Bassins«, sagte er. »Ihr seid an Bord des Aquaroids auf euch allein gestellt. Da der Zugang durch den Dom nicht möglich ist und das Buchschott unter Wasser liegt, muss ich euch durch den Orb ins Innere bringen. Das ist also eure letzte Chance, euer Heil in der Flucht zu suchen.«

Zenobia, Sloterdyke und Barnacoll sahen einander an. »Wir haben eine Mission zu erfüllen«, erklärte die Bücherfrau und trat näher. »Ninive und Aris zählen auf uns.«

Cutter hüllte sich einen Augenblick lang in Schweigen. »Gut«, sagte er schließlich und stellte seine Sense vor dem Trio ab. »Deaktiviere deine Quantensensoren«, wies er die von Barnacoll kontrollierte Sonde an. »Der Rest kennt ja das Prozedere: Mund auf, Augen zu, Luft anhalten und nichts anderes berühren als den Schaft.« Er taxierte den Monozyklopen. »Und den Kopf einziehen!«, fügte er hinzu. »Ich will nicht, dass jemand mit seinem Gehirn, Memocortex oder Speichermodul in der Kabinendecke steckt, nachdem wir durch den Orb geschlüpft sind.«

| 123 |

Zenobia hatte erwartet, sich in der schummrig beleuchteten Tauchbootkabine wiederzufinden. Stattdessen traf sie ein derart greller Lichtschein, dass sie schmerzerfüllt aufschrie und die Hände vor die Augen schlug.

»Verzeih mir«, vernahm sie Cutters Stimme neben sich. »Du hast keine Aufgabe mehr zu erfüllen. Es ist nur zu deinem Besten.« Das Rascheln seiner Kutte verklang. Dafür drang das ferne Rauschen von Wasser an ihre Ohren.

Zenobia öffnete einen Spalt weit die Augen, sah verschwommen Felsen und das Ufer eines Sees. »Nein!«, rief sie entsetzt, als sie zu erkennen glaubte, wo sie sich befand. »Nein! Oh bitte nein, nein!« Nahezu blind umherstolpernd, suchte sie mit einer Hand in der Luft nach dem Sensenschaft oder dem Widerstand eines Körpers. »Das kannst du mir nicht antun!«, schrie sie in die Wolken. »Bring mich zurück! *Bring mich zurück!*«

Sie erhielt keine Antwort.

Minutenlang kauerte sie am Ufer, bis ihre Augen sich an die Lichtverhältnisse gewöhnt hatten und das Sehen nicht mehr schmerzte.

Keine zwei Kilometer vom Quellsee entfernt bäumte die karger werdende Landschaft sich zur alles überragenden Wand der

Bannmauer auf. Zenobia wanderte bis zum südlichen Ende des Sees und blickte hinab ins Tal, in der Hoffnung, Cutter hätte außer ihr womöglich auch Aris oder Ninive ›zwangsevakuiert‹. Doch das Einzige, was sich in weitem Umkreis bewegte, war das im Wind wogende Gras.

Der Quellsee lag am Rand einer kleinen Plateauzunge, die sich etwa fünfzig Höhenmeter über das Marschland erhob. Sein Wasser rauschte über Kaskaden den Südhang hinab und mündete etwa einen halben Kilometer entfernt in den zweiten von sechs lang gezogenen Seen, die das Tal von einer sich hinter ihren Südufern erhebenden Hügelkette trennten. Die tief im Westen stehende Abendsonne spiegelte sich auf dem Wasser und ließ seine Oberfläche glühen. Zenobia war sich sicher, dass es jene Seen waren, die sie nach dem Verlassen des Chronos-Komplexes mit dem Tauchboot durchfahren hatten. Bei genauem Hinsehen konnte sie am Westrand der Kaskaden sogar die Furchen erkennen, die das Aquaroid dort vor Tagen in den Boden gezogen hatte, als es den Hang emporgerobbt war. Weit im Osten, vom am höchsten gelegenen See der Kette, begann sich ein kleiner Fluss ins wolkenverhangene Hochland zu schlängeln.

Während Zenobia bis hinab zu den Ufern der Seenkette kaum eine Bewegung im Marschland erkennen konnte und die Luft auf der hiesigen Seite des Tals klar war, zeigten sich die Berghänge jenseits der Wasserbarriere rauchverhangen. Es sah aus, als hätte nahezu die gesamte höhere Mechafauna jenseits der Gewässer Zuflucht gesucht, wobei sie sich die Hänge bis zum Hügelkamm hinauf drängten. Jedoch schienen sie nicht zu weiden, sondern sie trotteten bergan. Selbst rauchende und dampfschnaubende Unika, die nicht so aussahen, als seien sie für derartige Anstiege geschaffen, schleppten sich unbeirrt weiter empor. Jene unter ihnen, die allein zu scheitern drohten, wurden gezogen oder geschoben, angetrieben vom Bestreben ihrer Artgenossen, den Bergrat zu überwinden.

Diesseits der Seen war das Marschland auf der gesamten Länge der Bannmauer wie ausgestorben. Nur vereinzelt schlichen altersschwache Nachzügler durchs Grün oder wanderten entlang der

Ufer, um die Wasserbarriere an einem der seichten Verbindungskanäle zu überqueren.

Alles, was Beine, Stelzen und Raupenketten hatte, schien einem übermächtigen Instinkt zu folgen, der sie zwang, ihre angestammten Weidegebiete zu verlassen. Vielleicht waren es die vom Rota-Kern ausgelösten Beben, welche sie zu ihrer Wanderung trieben, oder seine Strahlung. Es schien, als spürten alle Kreaturen, dass sich tief im Inneren der Bannmauer eine Katastrophe anbahnte.

Obwohl Zenobia nie zuvor Scheller, Makulas, Ritzelstelzer oder Mechafaune gesehen hatte, wusste sie, dass es kein normales Verhalten war. Was sich an den Berghängen abspielte, war ein Exodus!

| 124 |

»Das ist kein Cockpit«, stellte Aris fest, nachdem er Ninive über die Metallstiege in einen kleinen Kontrollraum mit blinden Monitoren und fingerdick mit Gesteinsstaub bedeckten Datenterminals gefolgt war. »Nur eine technische Wartungsbrücke. Möglich, dass die Metallwände uns vor der Strahlung abschirmen, aber wasserdicht ist das hier nie und nimmer.«

»Ich glaube, wir befinden uns in einem Kraftfeld.« Ninive setzte sich vorsichtig in einen uralten, auf einer Führungsschiene montierten Operator-Sitz. »Ich habe so eine Energiemembran auch im Damm am Ende des Flutkanals gespürt.«

»Dein Wort in des Terragodengottes Ohr ...« Aris wischte den Staub von einer der Konsolen. »Das hier scheinen mal Projektoren für holografische Bildschirme oder Messdiagramme gewesen zu sein. Wahrscheinlich wurde das alles seit dem Kataklysmos nicht mehr benutzt.« Er rüttelte am Terminal. »Wundert mich, dass das Zeug nicht längst versteinert ist ...«

Ein quäkender Alarmton durchschnitt die Stille, fast gleichzeitig begann an der Raumdecke eine orangefarbene Alarmleuchte zu rotieren.

»Außenschott geschlossen«, erscholl die Stimme des Terragoden aus den Wänden. »Luftfilterkompressoren aktiviert,

Temperatur- und Druckausgleichssysteme in Bereitschaft. Antriebsmodule 1 bis 4 entsichert. Vakuum-Abraumförderschacht und Vortriebsketten bereit für Sensorkontaktaktivierung. Fertig machen für Terramotus-Kalibrierung.«

»Terramotus-Kalibrierung?«, wiederholte Ninive. »Was bedeutet das? – Uh! … *Wooow!*«

Aris schaffte es gerade noch, sich an Ninives Sessel zu klammern, als der Terragode sich fast senkrecht aufrichtete und der Kontrollraum um neunzig Grad nach hinten kippte.

»Minador!«, schrie Ninive entsetzt. »Aufhören! Du bringst uns um!«

Hinter den Wänden knackte und quietschte es erbärmlich, dann folgte ein Geräusch, das klang, als hätten sich festgerostete Halteklammern gelöst. Im selben Moment begann die Wartungsbrücke wieder in die Horizontale zurückzuschwingen.

»Kalibrierung beendet«, verkündete der Terragode, während der Kontrollraum ausschaukelte. »Brückengyroskop aktiviert. Primärsysteme im Betriebsmodus. Abweichung vom künstlichen Horizont während der Grabung bei maximal sieben Prozent.«

»Musste das sein?«, beschwerte sich Aris, als das Schwanken aufgehört hatte.

»Die Erbauer haben diese Vertikal-Kaltstarts geliebt«, rechtfertigte sich Minador 4.

Einer der Balkenprojektoren des Terminals begann rot zu leuchten. In der Mitte der Konsole öffnete sich ein holografisches Fenster und zeigte fünf oder sechs übereinandergelagerte Videoaufnahmen, deren Anblick die Sinne verwirrte.

»Ihr seht nun mit meinen Augen«, erklärte Minador 4 die chaotische Projektion. »Wie lauten eure Instruktionen?«

»Ist es möglich, dass du die Übertragung nur auf die zentrale Front- und Heckkamera beschränkst?«, fragte Ninive.

»Das ist alles?«

»Wir müssen in den Reaktorsee«, sagte Aris. »Aber über der Oberfläche, sonst sinkt der Pegel noch schneller.«

»Ich hinterlasse im Migratmodus keine Hohlräume«, erklärte der Terragode. »Das von mir abgetragene Gestein wird von den Kompressoren nach dem Transit durch den Förderschacht wieder verdichtet und hinter mir abgelagert.«

Die beiden Wandler tauschten einen Blick. »Wie schnell bewegen wir uns in dem Modus, den wir benötigen, um den Reaktorkern hinab in ein Bohrloch zu ziehen?«, fragte Ninive.

»Nun, durch das harte Sockelgestein, und das mit einem hochexplosiven Tross aus Rota-Materie ...« Minador 4 verstummte einen Moment lang, als müsste er seine Leistung selbst erst berechnen. »Kaum mehr als zehn Meter pro Minute«, sagte er schließlich. »Wenn ich zusätzlich mit den Ultraschallkanonen feuere, um den Granit zu zermürben, vielleicht die doppelte Strecke. Normalerweise meiden wir die dichten, metamorphen Tiefengesteine, um die Bohrköpfe zu schonen.

Sobald der Granitsockel durchquert ist und wir amorphere Schichten erreichen, würde ich schätzen ...« Erneut herrschte Stille, dann sagte der Terragode: »Ich weiß es nicht. Lasst euch überraschen.«

TEIL 11

DAS ENDE ALLER GEHEIMNISSE (UND EIN PAAR WUNDER)

»*Woher kommt es, wohin geht es, ist es ein wahrhaftiges Sein oder nur ein Ding? Ist es ein Allvater der Urwelt oder der Traum im Traum einer sterbenden Schöpfung? Sind wir flüchtige Episoden seiner Ganzheit, oder ist es die Manifestation unserer letzten Wünsche? Hilf mir, es zu verstehen, mein treuer Denkschenk. Ich habe so viele Fragen ...*«

Die letzten Worte des Großen Dynamos auf seinem Sterbebett im Palast des Neuronenglänzers Garrammak.

| 125 |

Unfähig, sich zu bewegen, starrte Sloterdyke auf die vor ihm schwebende schwarze Kutte. Sie war leer, die Todesinkarnation daraus verschwunden. Dennoch schien das finstere Kleidungsstück von Eigenleben erfüllt und hielt die Sense aufrecht, ohne schlaff in sich zusammenzusacken. Der Monozyklop wollte den Schaft loslassen, aber seine Hand klebte am Holz wie festgewachsen.

Der geschwungenen Form des Sensenblattes folgend, umhüllte ihn und den von Barnacoll annektierten Express-Adjutanten eine glockenförmige Energiemembran, die wie ein Schutzschild aussah. Jenseits ihrer Grenzen war alles finster und verschwommen. Was vom schemenhaften Interieur zu erkennen war, konnte alles Mögliche sein: die Tauchbootkabine, ein Kellergewölbe oder gar die Brennkammer eines Unruh-Leviathans.

»Ich kann mich nicht bewegen«, presste Sloterdyke hervor, wobei er versuchte, sein Teleskopauge auf die verschwommene Umgebung zu fokussieren. »Sind wir an Bord?«

Die neben ihm schwebende Sonde regte sich nicht. »Das kann ich nicht beurteilen«, erklang Barnacolls Stimme. »Wir sind offenbar in einer Art Kraftfeld gefangen, das die Kontinuität hemmt.«

Der Monozyklop wollte zu einer Erklärung ansetzen, als etwas Absonderliches, Amorphes durch die Unschärfe geschwebt kam und lautlos an ihm vorüberglitt; ein von dunklem Nebel gebundenes Gewimmel, das gleich einem fernen Stern am Firmament am deutlichsten zu erkennen war, wenn man es nicht direkt ansah. Es verharrte einen Moment lang vor Sloterdyke, dann schlüpfte es in die Kutte. Kurz darauf verschwand die Unschärfe, und die bleierne Stille wich dem Rauschen, Summen und Surren von Navigationsinstrumenten. Überrascht, plötzlich wieder sein eigenes Gewicht zu spüren, sackte der Monozyklop in die Knie und vollbrachte es dabei sogar noch, die Assistenzsonde aufzufangen, ehe diese auf dem Boden aufschlug.

»Nullzeitfeld«, erklärte Cutter und klopfte mit der Sense gegen den über ihnen im Einstiegsdom verbauten Diametron-Pol. »Deine eigene Erfindung. Ich habe es nur um einen Orb-Faktor bereichert, um die Synchronisation schonender zu gestalten.«

»Wo ist der Quint-Avatar?«, wunderte sich Sloterdyke, als er sah, dass Zenobia sich nicht an Bord befand.

»In relativer Sicherheit«, sagte Cutter.

»Was hat das zu bedeuten?«, erklang Leons Stimme aus dem Lautsprecher, wohingegen die nach wie vor am Leitstand sitzende Rüstung nur den Kopf ein Stück in Richtung der Neuankömmlinge drehte. »Wo ist sie?«

»Außerhalb des unmittelbaren Ereignishorizonts.«

»Dann hol sie zurück!«, beschwerte Leon sich ungehalten.

»Wir können uns jetzt keine emotionale Ablenkung erlauben«, rechtfertigte Cutter seine Entscheidung. »Es steht zu viel auf dem Spiel.«

»Du hast mir dein Wort gegeben!«, rief Leon.

»Ich gab dir mein Wort, dass ich für eure Sicherheit sorgen werde«, erinnerte der Schwarzgekleidete den Avatar. »Aber ich kann es nicht erfüllen, wenn diese Welt auseinanderbricht. Es war eine Herausforderung, mit dem Boot ohne nennenswertes Feldflackern durch den Orb hierher in den Reaktorsee zu springen – aber einen außer Kontrolle geratenen Rota-Kristall zu zähmen, ist nicht im Geringsten mit dieser Tat vergleichbar. Wir sind in seiner unmittelbaren Nähe seiner Strahlung ausgesetzt, und je näher wir dem Kern kommen, desto zerstörerischer wirkt sie. Deine uneingeschränkte Aufmerksamkeit und Konzentration muss der Aufrechterhaltung und Stabilität des Fluxfeldes und dem Schutz des Aquaroids und seiner Insassen gelten, ohne dass du von eventuellen Sorgen um deine Gemahlin abgelenkt wirst.« Cutter schwieg einen Moment lang, als würde er auf Widerworte warten, dann wiederholte er: »Zenobia ist in relativer Sicherheit – auch wenn sie darüber nicht gerade begeistert ist.«

»Was heißt relativ?«, kam es aus dem Lautsprecher.

»Lass es mich mit dem wissenschaftlichen Humor der Ingenieure dieses Bauwerks sagen: Wenn der Rota-Kristall explodiert, ist der sicherste Ort auf diesem Planeten ein Bunker auf der dunklen Seite des Mondes.«

Mit fast vollständig geschlossener Blende seines Teleskopauges kniete Sloterdyke geraume Zeit später vor dem Bugfenster und blickte in das grelle, stroboskopartige Blitzen der kaum zwei Bootslängen vor dem Aquaroid wirbelnden Kernspindel. Barnacolls Großprojektor hatte historische Bilddokumente und Konstruktionspläne von ihr gezeigt, doch erst jetzt, als das Tauchboot vor dem rotierenden Kristall trieb, offenbarten sich ihre wahren Dimensionen.

Sechs gigantische, an den Polen vereinte Bogenmagneten hielten den frei schwebenden Kern in ihrer Mitte. Eingehüllt wurde die blau glühende Masse von einem Halo aus Gasblasen, die in alle Richtungen fortgetrieben wurden, ehe sie aufzusteigen begannen. Sie entstanden jedoch nicht auf der Oberfläche des Kristalls, sondern bereits gut einen Meter davor.

»Wie um alles in der Welt sollen wir dieses Ungetüm zum Stillstand bringen?«, murmelte der Monozyklop.

»Das können wir nicht.« Barnacoll hatte seine Assistenzsonde an das nautische System des Aquaroids gekoppelt und schwebte mit ihr über der Rüstung. »Jedenfalls nicht in der uns verbleibenden Zeit. Die Rotation des Kerns ist viel zu hoch, seine kinetische Energie enorm. Selbst wenn wir das Magnetfeld wieder auf volle Leistung bringen und die Spindel zum Absinken zwingen könnten, würde die Masseträgheit des Kristalls einen raschen Stopp unmöglich machen. Es würden Stunden, wenn nicht sogar Tage dauern, bis die Rotation wieder im Toleranzbereich läge.«

»Die Sensoren messen ein asymmetrisches Magnetfeld«, informierte die Rüstung die Insassen. »Der Magnettorus am Boden des Beckens scheint beschädigt zu sein. Seine ungleichmäßig verteilte Flussdichte stellt ein ernsthaftes Problem dar. Wir sollten uns der Kernspindel vorerst nicht weiter nähern.«

»Wieso dreht sich dieses Unding überhaupt?« Sloterdyke äugte über seine Schulter. »Immerhin ist es der Kern, der den Strudel erzeugt, und nicht umgekehrt.«

»Alles rotiert«, sprach Barnacoll. »Von Atomkernen bis hin zu Galaxien. Die Rota-Materie hat von Natur aus weder Form noch feste Struktur. Das Wasser lässt sie eine starre Außenkruste bilden, und die Spindelmagneten zwingen sie in die Form, die Ihr dort draußen seht. Im Inneren jedoch rotiert eine Art Plasma – und zwar mit weitaus höherer Geschwindigkeit, als der Kern es augenblicklich vermuten lässt. Allerdings lag die Toleranzgrenze ursprünglich bei vier Umdrehungen pro Minute. Inzwischen sind es knapp drei Umdrehungen pro Sekunde. Ich weiß nicht, wie lange die Spindel dieser Belastung noch standhält. Selbst wenn wir es schaffen, das Auftauchen des Kerns hinauszuzögern, werden die Zentrifugalkräfte sie früher oder später in Stücke reißen.«

»Ich flute die Ballasttanks für die Tieftauchphase«, sagte die Navigator-Rüstung. »Sollten die beiden Wandler erfolgreich sein, müssen wir das Magnetfeld stabilisieren. Sonst könnte die Masse des Terragoden dazu führen, dass der Kern auf verhängnisvolle Weise ins Taumeln gerät.«

Aus den Bordlautsprechern drang ein metallisches Kreischen.

»Was war das?«, stutzte Sloterdyke.

»Ein externes Audiosignal«, sagte Barnacoll. »Offenbar sorgt der Kern oder der defekte Magnettorus für Frequenzstörungen. Ich versuche sie herauszufiltern.«

»Hallo!«, schepperte es schrill und misstönend aus den Bordlautsprechern. »Ist jemand an Bord?«

Sloterdyke blickte ungläubig nach draußen. »Ist diese Kernspindel etwa beseelt?«, fragte er. »Kann sie *sprechen*?«

»Unmöglich!«, antwortete Barnacoll. »Absolut unmöglich!«

»Das ist definitiv etwas anderes«, bestätigte die Rüstung. »Das Signal ist nicht statisch. Seine Quelle befindet sich unter uns und verändert kontinuierlich ihren Standort.«

»Was heißt das?«

»Sie kommt näher – und zwar sehr schnell!«

»Ein beseelter Torpedo!«, erschrak Barnacoll.

Sekundenlang war nur Rauschen und Pfeifen zu hören, derweil die Rüstung sich bemühte, das Signal zu isolieren.

»Kann mich dort oben jemand verstehen?«, erklang es schließlich verständlich aus den Lautsprechern.

»Ivi!«, rief Sloterdyke erleichtert. »Liebes, du glaubst gar nicht, wie gut es tut, deine Stimme zu hören!«

»Ich kann Sie sehen …«

»Sehen?«, stutzte der Monozyklop und blickte aus der Frontluke. »Wo seid ihr?«

»Festhalten, Professor!«

Vor dem Aquaroid wuchs ein monströser Metallzylinder empor und richtete ein halbes Dutzend Zielstrahler auf dessen Bug.

»Heilige Mutter der Maschinen!«, rief der Monozyklop beim Anblick des Terragodenkopfes und wich vom Bugfenster zurück, während es der Rüstung nur durch ein beherztes Eingreifen gelang, das entsetzte Tauchboot an der Flucht zu hindern.

»Hier sind wir!«, erklang die Stimme von Aris.

Die Wiedersehensfreude währte nicht lange. Zu übermächtig war der Einfluss der Kernspindel, zu unheilvoll ihr hypnotisches Flackern, das jeden Betrachter früher oder später zwang, seinen Blick von ihr abzuwenden, um sein Seelenheil zu wahren. Der Ernst der Lage verwandelte die anfängliche Hochstimmung an Bord beider

Gefährte in eine Mischung aus Ernüchterung, Zweckoptimismus und trotziger Kampfeslust.

»Minador verfügt weder über Heckgreifarme noch sonstige Schleppvorrichtungen«, erklärte Ninive, als sie versuchten, sich einen gemeinsamen Schlachtplan zurechtzulegen. »Aber es gibt eine massive Sperr-Iris am Ende des Abraumkanals. Sie ist groß und robust genug, um den unteren Pol der Kernspindel einzuklemmen und sie langsam abzubremsen.«

»Wir können das Kopplungsmanöver jedoch nicht durchführen, solange die Magnetfeld-Asymmetrie besteht«, fügte Aris hinzu.

»Darum kümmern wir uns«, sagte Barnacoll. »Sind der Kern und der Terragode jedoch erst einmal gekoppelt, darf die Verbindung nicht mehr getrennt werden«, fügte er mahnend hinzu. »Ab dem Moment, in dem der Torus von dem sich aus dem Erdinneren emporbohrenden zweiten Terragoden zerstört wird und das Magnetfeld kollabiert, gibt es kein Zurück mehr. Bricht der Spindelpol oder die Iris, steigt der Kern wie ein riesiger Korken an die Oberfläche, und es kommt zur Kettenreaktion.«

»Minador kann sich frei im Wasser schwebend nicht effektiv fortbewegen«, erklärte Aris. »Der Hauptvortrieb erfolgt über Triebräder und Gleisketten. Wir benötigen einen Schubverstärker, um das Defizit auszugleichen.«

| 126 |

»Ich sehe ihn«, murmelte Sloterdyke, als das Aquaroid zweihundert Meter abgesunken war und er den von einem Lichtkranz umgebenen Feldtorus in der Tiefe erkennen konnte. »Von hier oben sieht alles intakt aus.«

»Nur fünf der sechzehn Generatoren erzeugen noch halbwegs identische Flussdichten zwischen 30 und 34 Tesla«, sagte Barnacoll nach der Auswertung seiner Messergebnisse. »Die Module 5 und 7 scheinen komplett ausgefallen zu sein.«

»288 Meter unter Oberflächenniveau«, vermeldete die Rüstung, nachdem das Tauchboot vor der gut zwanzig Meter großen Ringinstallation aufgesetzt hatte. »Wassertemperatur 39,6 Grad Celsius, Strömung liegt bei 2,2 Meter pro Sekunde, Außendruck knapp 29 Bar. Den Werten zufolge fällt der Pegel des Sees um rund drei Meter pro Stunde.«

Der Monozyklop betrachtete den Magnettorus in verschiedenen Lichtspektren. »Äußerlich scheint keines der Module beschädigt zu sein.« Er verrenkte sich unter dem Bugfenster und blickte in das geisterhafte Flimmern. »Dort oben rotiert die größte und verheerendste Bombe aller Zeiten«, murmelte er. »Wie konnten die Menschen nur ein solches Monstrum erschaffen?«

»Es war die *Ultima Ratio*«, sagte Barnacoll. »Auf Gedeih oder Verderb. Der Kollapsar oder die Menschheit.«

»Nun hat sie ihre Schöpfer und alle Zeitalter nach ihnen überdauert ...«

Darauf achtend, nicht in die Magnetfeldsäule zu geraten, manövrierte Barnacoll das Aquaroid um den Torus herum vor einen der defekten Generatoren.

»Ich kann die Greifarme nicht aktivieren«, klagte er, nachdem er mehrmals vergeblich versucht hatte, in den Operationsmodus des Aquaroids zu wechseln. »Sie reagieren nicht.«

»Welche Greifarme?«, wunderte sich Sloterdyke.

Aus der Assistenzsonde drang ein undefinierbares Geräusch, angesiedelt irgendwo zwischen Hysterie und Resignation. »Der Mesoscaph diente seinerzeit nur einem Zweck: es einem an Bord befindlichen Operationsteam zu ermöglichen, am Grund des Reaktorbeckens notwendige Reparaturen und Kalibrierungen an der Spindel und am Magnettorus vorzunehmen«, erklärte Barnacoll. »Dazu gehörte ein Set verschiedener, im unteren Bugbereich eingelassener Arbeits- und Werkzeugarme, mit denen sich alle Außenarbeiten durchführen ließen. Aber je länger ich mit den Bordsystemen verbunden bin, desto mehr beschleicht mich das Gefühl, in einem dysfunktionalen Replikat zu sitzen.« Er schwieg, als würde er noch einmal alle Optionen überdenken, dann sagte er: »Es sei denn, mein Original hätte das Boot vor seiner Fahrt durch die Unterwasserpassage modifiziert und auf in seinen Augen unnötigen Ballast verzichtet ...«

»Gibt es keine andere Möglichkeit, die Generatoren zu reparieren?«, meldete sich Leon.

»Die nächstliegende«, sagte Barnacoll. »Jemand muss hinüberschwimmen und den Torus manuell synchronisieren. Ich werde es ganz sicher nicht sein, denn für ein derartiges Umfeld habe ich meine Assistenten nicht konstruiert.«

»Ich werde gehen«, meldete sich die Rüstung und koppelte sich vom Führerstand ab. »Weder der Wasserdruck noch die Strahlung oder das Magnetfeld können mich beeinflussen.«

»Das ist Selbstzerstörung!«, beschied ihr Barnacoll.

Der Kugelkopf der Rüstung sank kraftlos vornüber, als hätte sie die Besinnung verloren. Als sie ihn nach wenigen Sekunden wieder hob, schwappte Wasser hinter den Sichtfenstern des Helms, und eine tiefe, weibliche Stimme sagte: »Nicht, solange ein Rest von mir in dieser Hülle weilt!«

»Du sprichst!«, staunte Sloterdyke.

»Ihr habt mein Element erlöst. Es gibt keinen Grund, länger zu schweigen.«

»Dann hilf uns!«, rief Leon. »Zieh die Spindel zurück in die Tiefe.«

»Das liegt nicht mehr in meiner Macht, Feldhüter. Ich bin alles, was hier im See von mir übrig ist. Die Strahlung des Kerns würde mich aus dieser Hülle herausbrennen. Selbst mir sind in meinem Element Grenzen gesetzt.« Die Rüstung warf einen prüfenden Blick nach draußen. »Jahrtausendelang war ich gezwungen, in diesen Pfuhl zu fließen, aber mein Bewusstsein hielt sich seit jeher von dieser unersättlichen Monstrosität fern. Der Todesinkarnat nannte sie nicht grundlos ein Ding, das nicht sein darf.«

Sie legte eine Hand an die Scheibe. Vor dem Bugfenster bildete sich eine Luftblase, die rasch an Größe gewann. Als sie die gesamte Bootsfront umhüllte, entriegelte die Rüstung die Luke und öffnete sie. Fast war es, als würde dabei sogar das Aquaroid gebannt den Atem anhalten. Ohne zu zögern, stieg Divara durch das Schott, trat hinaus in die Blase und schloss das Bugfenster hinter sich wieder. Geduldig wartete sie, bis der Monozyklop es von innen verriegelt hatte. Dann öffnete sie ihre Helmbullaugen und ließ gleichzeitig die sie umgebende Sphäre wieder schrumpfen, woraufhin der Tiefendruck ihren Lederkörper grotesk zusammenzupressen begann. Erst als das Wasser den Kopf der Rüstung erreichte und in ihr Inneres strömen konnte, begann sie wieder ihre vertraute Form anzunehmen. Statt zu schwimmen, wandte sie sich um und ging in ihren Bleischuhen schwerfällig auf den Torus zu.

Aufmerksam beobachtete Sloterdyke, wie die Rüstung sich am ersten defekten Generator zu schaffen machte. Selbst als bei der Reparatur des zweiten Moduls hoch über ihnen für einen Sekundenbruchteil ein Lichtblitz aufleuchtete und sie kurz darauf von der nachfolgenden Stoßströmung einige Meter abgetrieben wurde, ließ sie sich nicht aus der Ruhe bringen, stapfte zurück und führte ihre Arbeit fort.

»Was war das?«, meldete sich Aris besorgt über Funk.

»Eine Schockwellenfront«, erklärte Barnacoll. »Winzige Kristallsplitter haben sich vom Kern gelöst und sind innerhalb aufsteigender Gasblasen explodiert. Sie sind der Grund für die zunehmenden Beben innerhalb der Mauer. Noch bewegt sich alles im Bereich von Mikromillimetern, doch je größer die Splitter werden, umso heftigere Resonanzen sind zu befürchten.«

»Besteht die Gefahr, dass so eine Explosion den gesamten Kern entzündet?«, sorgte sich Ninive.

Sloterdyke schüttelte den Kopf. »Theoretisch nicht«, sagte er, als ihm bewusst wurde, dass Ninive ihn nicht sehen konnte. »Das Ereignis ist zu kurz, und es entsteht dabei lediglich eine Vakuumsphäre.«

»Synchronisation abgeschlossen«, verkündete Barnacoll, als die Rüstung ihre Arbeit beendet hatte. »Magnetfeld zu 99,1 Prozent homogen, Feldachse stabil.«

»Alle Generatoren arbeiten wieder zufriedenstellend«, bestätigte der Monozyklop, nachdem er die Messergebnisse überprüft hatte. »Ihr seid am Zug, Ivi.«

Er blickte in Richtung Torus. Erst im direkten Vergleich mit den die Rüstung um gut das Doppelte überragenden Feldmodulen wurden die Dimensionen der Generatoren deutlich. Statt sich jedoch auf den Rückweg zum Tauchboot zu machen, wanderte sie in die Mitte des Modulrings, hob ein Bein und begann, in regelmäßigen Intervallen mit ihrem Bleischuh auf den Boden zu stampfen.

»Was tut sie da?«, wunderte sich Barnacoll. »Warum kehrt sie nicht zurück?«

Sloterdyke beobachtete das seltsame Gebaren der Rüstung eine Weile. »Sie erzeugt ein Geosignal«, dämmerte es ihm schließlich.

»Der sich aus der Tiefe nähernde Terragode muss so nur das Epizentrum der Erschütterungen anpeilen.«

»Das kann sie nicht überleben«, meldete Leon sich über seinen Lautsprecher. »Die Trümmer werden sie unter sich begraben oder der Sog reist sie mitsamt den Generatoren in die Tiefe.«

Vor dem Bugfenster wurde es langsam dunkler, fast so als würde sich eine Wolke vor die Sonne schieben. Der Monozyklop hob den Kopf und sah bangend zu, wie weit über ihnen der Schatten des Terragoden das Strahlengewitter des Rota-Kerns verfinsterte.

Minuten vergingen, in denen über Funk nur statisches Rauschen zu hören war.

»Spindel gesichert«, erklang nach einer halben Ewigkeit endlich Ninives Stimme aus den Lautsprechern. »Wir haben den Kern angekoppelt und beginnen, seine Rotation zu drosseln.«

»Heureka!« Sloterdyke schloss sein Teleskopauge und ließ sich erleichtert gegen die Frontluke sinken.

»Der Prozess muss absolut gleichmäßig und äußerst behutsam verlaufen«, warnte Barnacoll. »Da der Kristall sich nicht mehr im kühlen Tiefenwasser befindet, ist die hohe Rotationsströmung womöglich das Einzige, was einen zu sprunghaften Siedeprozess verhindert. Verlangsamt sich die umgebende Fließgeschwindigkeit, bringt die Hitze des Kerns das Wasser möglicherweise explosionsartig zum Verdampfen. Die dadurch entstehende Gasblase könnte ausreichen, um die Kettenreaktion auszulösen.«

| 127 |

Seit mehr als einer Stunde schwebte Minador 4 samt der angekoppelten Kernspindel bereits über dem in der Tiefe leuchtenden Ring aus Generatormodulen. Dank Ninives per Funk übertragenem Zureden hatte Barnacoll das Aquaroid dazu gebracht, sich mit seinen Kufen an der Flanke der riesigen Maschine zu verkeilen, sodass seine Triebwerke dem Terragoden hoffentlich den nötigen Schub geben konnten, um den Seegrund zu erreichen.

Während Aris sich mit der Hand müde über die Augen fuhr und hinter dem Operator-Sitz auf und ab zu wandern begann, blickte Ninive gebannt auf das bedächtig rotierende Monitorbild. Sie hatten Barnacolls Rat befolgt und die Rotation der Spindel nicht vollständig gestoppt, sondern nur annähernd auf die ursprüngliche Geschwindigkeit reduziert. Nachdem der Strudeltrichter über ihr kollabiert war, hatten sie acht, vielleicht sogar zehn Meter Distanz zur Seeoberfläche hinzugewonnen. Sowohl die Richtstrahler des Terragoden als auch die Bugscheinwerfer des sich mit den Kufen an seine Flanke klammernden Aquaroids beleuchteten das Zentrum des Magnettorus. Obwohl Minador 4 fast achtzig Meter über dem Seegrund schwebte, war die Anlage im kristallklaren Wasser zu sehen. Selbst den Kugelkopf der unermüdlich auf den Boden stampfenden

Rüstung in ihrer Mitte glaubte Ninive als winzigen, verschwommenen Punkt zu erkennen. Ihre heimliche Sorge war, dass Minadora 9 sich dennoch an einer ganz anderen Stelle des Reaktorsees aus dem Boden bohren würde, da sie gar kein Seismometer besaß und die Zielkoordinaten falsch berechnete.

Ihr Unbehagen blieb auch Aris nicht verborgen. Mit der rechten Hand kraulte sie den auf ihrem Schoß liegenden Rucksack, mit der linken umklammerte sie die Seitenlehne des Operator-Stuhls so fest, dass ihre Fingerknöchel weiß hervortraten.

»Wird schon schiefgehen«, sagte der Wandler und legte seine Hand auf die ihre.

Ninive sah zu ihm auf. Sie war blass, ihre Gesichtszüge wie versteinert. Dankbar ergriff sie seine Hand und ließ sie nicht mehr los.

»Kennst du ein stimmungsvolles Endzeitgedicht?«, fragte sie mit einem leisen Anflug von Galgenhumor.

»Das Ende der Welt ist kein guter Nährboden für Poesie«, antwortete Aris.

»Ich registriere unter uns intensiver werdende Infraschallwellen«, erklang die Stimme von Minador 4. »Die Abweichung ihrer Quelle von unserer Richtachse beträgt 0,14 Grad. Bereitet euch auf die Zusammenkunft vor.«

»Sobald der Konterterragode durchgebrochen ist und das Wasser in den Schacht strömt, wird ein Sog entstehen«, meldete Barnacoll sich von Bord des Aquaroids. »Dieser sollte den Sinkprozess unterstützen.« Er verstumme kurz, dann fügte er leise hinzu: »Was auch immer hier und heute geschehen mag, das Ende wird gewaltig sein – auf die eine oder andere Weise.«

Das Licht der Scheinwerfer, die den Generatorring umgaben, begann mit dem zunehmenden Beben des Seebodens zu flackern. Sekunden später platzte das Gestein im Zentrum der Anlage auf, und ein kegelförmiger Bohrkopf wuchs aus dem Felsboden. Aris und Ninive mussten mit ansehen, wie die Rüstung von Staub und Felsen verschluckt wurde. Sekunden später erlosch der Scheinwerferkranz.

Eine Staubsäule mit sich emporreißend, katapultierte Minadora 9 sich aus ihrem Bohrloch heraus und hielt dabei direkt auf die Frontkamera ihrer riesigen Schwestermaschine zu. Kurz vor der Kollision änderte sie abrupt den Kurs und glitt wenige Meter an ihr vorbei. Lediglich ihr Staubschweif traf auf die Kameralinse und verhüllte das Monitorbild mit graubraunem Sedimentnebel. Kaum war der Lichterkranz um den Magnettorus erloschen, begann die Kernspindel das riesige Gespann auch schon in Richtung Wasseroberfläche zu zerren.

»Jetzt, Professor!«, rief Aris und klammerte sich an den Operator-Sitz. »Geben Sie uns alles an Schub, was Sie aufbringen können!«

Das riesige Gespann erzitterte, als die Strahltriebwerke des Aquaroids aufheulten. Mit gequälter Miene ertrugen Aris und Ninive das Kreischen sich verformenden Metalls. Es klang, als drohten die entgegengesetzt wirkenden Kräfte den Terragoden auseinanderzureißen. Ein heftiger Stoß erschütterte die Wartungsbrücke, als auch Minadora 9 sich an dessen Flanke verhakte und mit ihrem zusätzlichen Gewicht dem Auftrieb entgegenstemmte.

»Es funktioniert!«, rief Ninive. »Wir sinken!« Ihr Blick klebte auf dem in einer Ecke des Holo-Monitors leuchtenden Tiefenmesser. »Langsam zwar, aber wir sinken!«

Beiläufig nahm sie ein kurzes Blitzen wahr, dass das Kamerabild überstrahlte. Sekunden später ging ein Ruck durch den Terragodenleib, der dem Kollektiv zu einer unerwarteten Beschleunigung verhalf.

»Wieder eine Schockwelle«, murmelte Aris. »Aber um ein Vielfaches stärker als die vorangegangene.«

»Bodenkontakt in T minus 46 Sekunden«, informierte Minador 4 seine Passagiere, nachdem er die Sinkgeschwindigkeit neu berechnet hatte. Die Wartungsbrücke begann zu vibrieren, als er die Rollenmeißel an seinem Bohrkopf aktivierte und auf Höchstrotation schaltete. »Bereithalten für den Aufprall auf dem Schachtlimbus!«

Ninive schluckte schwer und wechselte zur Ansicht der Heckkamera, um die Kernspindel im Auge zu behalten. Kaum hatte das

Bild umgeschaltet, war über ihr eine vom Rota-Kristall hell leuchtende Gischtexplosion zu sehen. Ein riesiger Felsquader kam aus ihr herabgesunken und verfehlte einen der Bogenmagneten nur um Zentimeter.

»Verdammt!«, entfuhr es Aris, während Ninive bei dessen Anblick nur entsetzt die Augen aufriss. »Abkoppeln, Professor! *Abkoppeln!*«

Doch es war zu spät.

Seitlich touchierte der Quader das Aquaroid und rammte es aus seiner Verankerung, woraufhin es – vom Sog mitgerissen – aus dem Sichtfeld der Heckkamera sank.

»Verflucht!« Aris schaltete hektisch durch die Kanäle und versuchte, das Tauchboot mit einer der anderen Kameras zu erfassen. »Das darf doch nicht wahr sein!«

»Da ist es!«, rief Ninive, als es unvermittelt durchs Bild schoss.

Machtlos mussten Aris und sie mit ansehen, wie das Aquaroid mit dem Heck voraus neben den Überresten des Magnettorus aufschlug, wobei seine Ruderleitflosse zerschmettert wurde. Während die Trümmer in den Schacht gesogen wurden, trieben die noch immer laufenden Strahltriebwerke das Tauchboot in die entgegengesetzte Richtung. Wie in Zeitlupe schleuderte es über den Seeboden, bis es gut fünfzig Meter entfernt auf der Steuerbordflanke liegen blieb. Hinter seinem Bugfenster waren alle Lichter erloschen.

»Professor«, rief Ninive, »können Sie mich hören?«

Sie erhielt keine Antwort. Wenige Sekunden später sank die Kamera der Tunnelbohrmaschine unter die Schachtkante, und das Monitorbild verwandelte sich in weißes Rauschen.

| 128 |

Der Seeboden bebte unter der Gewalt des Bohrkopfes, als die Rollenmeißel sich ins Gestein zu fressen begannen. Kaum war der Terragode so tief vorgedrungen, dass seine Kettenlaufwerke an den Schachtwänden Halt fanden, beschleunigte das infernale Gespann.

Sloterdyke verfolgte durch das Bugfenster, wie die glühende Kernspindel, einen dichten Blasenschweif hinter sich herziehend, hinab in den Schlund gezogen wurde. Minutenlang strahlte aus ihm eine flimmernde, von Gasblasen erfüllte Lichtsäule, wurde schwächer und schwächer, bis vor dem Bugfenster schließlich vollkommene Finsternis herrschte. Das Licht der wenigen am Steuerpult noch leuchtenden Kontrollanzeigen spiegelte sich auf dem mittlerweile kniehoch in der Kabine stehenden Wasser.

»Professor?«, vernahm der Monozyklop Ninives verzerrte Stimme aus dem einzigen noch funktionierenden Lautsprecher. »Können Sie mich hören? Sind Sie wohlauf?«

»Wir schon«, antwortete Sloterdyke. »Das Aquaroid nicht.« Er warf einen Blick ins Heck, wo die Barnacoll-Sonde versuchte, das hinter Rohrleitungen und Stabilisationsstreben verborgene Leck abzudichten. »Wir haben einen Hüllenbruch.«

»Dann kehren Sie zurück an die Oberfläche!«

»Ich fürchte, dafür ist es zu spät, Ivi. Meinesgleichen hat seine Schuldigkeit getan.«

»Professor …?!«

»Es ist mir ernst mit dem, was ich sage. Der Felsblock hat den linken Ballasttank zertrümmert und ein Loch in den Rumpf gerissen. Wir liegen auf Grund, es geht weder vor noch zurück, und schon gar nicht hinauf. Aber das Wasser ist immerhin angenehm warm …« Er seufzte leise. »Lass den Kopf nicht hängen«, versuchte er Ninive aufzumuntern. »Ich hatte ein langes, ausgefülltes Leben, selbst wenn ich einen Großteil davon in meinem Chronoversum eingesperrt gewesen war.«

»Bringen Sie das Aquaroid dazu aufzutauchen!«, rief Ninive. »Befehlen Sie es ihm!«

»Das haben wir. Es reagiert nicht mehr. Womöglich befindet es sich in einer Art Schockstarre, aus der nur du es wecken könntest – oder der Treffer war tödlich.«

»Was ist mit Minadora 9?«

»Das weiß ich nicht. Seit unserer Havarie haben wir nichts mehr von ihr gehört oder gesehen. Wahrscheinlich ist sie längst in ihr Habitat zurückgekehrt.«

»Dann steigen Sie aus! Schwimmen Sie hinauf!«

»Es sind fast dreihundert Meter bis zur Oberfläche, Ivi. Der Wasserdruck würde mich zerquetschen.« Am anderen Ende der Verbindung herrschte betroffenes Schweigen. »Ich bin dir dankbar für deine Besuche in meinem goldenen Chronoversum-Käfig und habe jede Realsekunde unserer Zweisamkeit genossen, das darfst du mir glauben. Du warst mir in all den Jahrhunderten eine wundervolle, aufrichtige Freundin. Lebt wohl, Äonenkinder. Mögen die Schicksalsmächte des kommenden Zeitalters euch wohlgesinnt sein …« Einen Moment lang blickte er in das Wasser, in dem er saß, dann fragte er: »Würdest du einem alten Mönch noch zwei letzte Wünsche erfüllen?«

»Gewiss doch«, sagte Ninive, als sie ihre Stimme wiedergefunden hatte.

»Grüße den guten Cornelius von mir und richte ihm meinen Dank für seine ergebenen Dienste aus.«

Aus den Kabinenlautsprechern kam für eine Weile nur Rauschen. Schließlich fragte Ninive: »Und der zweite?«

»Rettet die Welt, um den ersten zu erfüllen.«

Er wartete nicht, bis Ninive antwortete, sondern kappte die Verbindung. »Welch ein Wahnwitz«, sprach er und blickte durch das Bugfenster. »Tod, wo ist dein Stachel? Hölle, wo ist dein Sieg?«

Die Klinge einer Sense schob sich von hinten vor seinen Hals. »Hier ist er«, antwortete eine ihm wohlbekannte Stimme. »Allzeit bereit.«

Der Monozyklop verdrehte sein Teleskopauge und gab einen Stoßseufzer von sich. »Ist man vor dir denn nirgendwo gefeit?«, fragte er tonlos, ohne sich umzublicken.

»Ich diskutiere jetzt nicht über Omnipräsenz, Orphiker.«

Sloterdyke schob die Klinge von sich fort. »Sagtest du nicht, du hättest keinen Einfluss mehr auf uns, sobald wir unter Wasser wären?«, fragte er, als ihm auffiel, dass die Barnacoll-Sonde unter dem Schacht des Einstiegsdoms reglos in der Kabine schwebte.

»Das ist wahr.« Cutter öffnete mit der Spitze der Sensenklinge die Abdeckung des Feldgenerators. »Ich bin auch nicht euretwegen hier.« Er zog sein Stundenglas hervor und entfernte einen seiner hölzernen Sockel.

»Was tust du da?«, erschrak Sloterdyke, als der Schwarzgekleidete sich anschickte, den Inhalt in den Transformationstank zu schütten.

»Ich ersetze das Obsolete durch das Notwendige.«

»Durch *Sand*?«

Cutter hielt inne. »Seelen«, sagte er. »Genauer gesagt: versteinerte Seelenkerne.«

»Was soll das bringen?«

»Euch ein wenig mehr Zeit.« Er streute auch den im Stundenglas verbliebenen Rest der pulverartigen Substanz in den Tank. »Aber vor allem schafft es den nötigen Raum für das Essenzielle.« Dann ließ er den Generatordeckel zufallen, hackte mit der Sense in eines der an der Kabinenwand verlaufenden Rohre und hielt den leeren Behälter unter das Leck. Nach einigen Sekunden begann eine dunkle Masse in das Stundenglas zu strömen.

»Leon!«, dämmerte es Sloterdyke. »Aber ohne den Quint-Avatar wird uns das kontaminierte Seewasser verseuchen und der Wasserdruck das Tauchboot zerquetschen!«

»Der Avatar ist obsolet.« Prüfend begutachtete Cutter die molekulare Substanz, schloss das Stundenglas und verstaute es wieder in seinem Mantel. »Manchmal ist es notwendig, einen wichtigen Faktor aus der Gleichung zu nehmen, um einen Trumpf zu etablieren.«

Skeptisch betrachtete der Monozyklop die Assistenzsonde. »Was stimmt mit ihr nicht?«

»Sie ist im Nullzeitfeld zwischen den Diametron-Generatoren gefangen«, erklärte Cutter. »Den Wandlern zufolge ist das ein Daseinszustand, den du in deinem Chronoversum bereits ausgiebig an dir selbst erprobt hast. Wenn ich du wäre, würde ich mich dazugesellen, solange die Schiffshülle intakt ist. Falls ihr Glück habt und alles planmäßig verläuft, wird das Seebecken sich in einigen Monaten vollständig geleert haben. Falls nicht ... Nun ja, in einem Nullzeitfeld existiert weder Leben noch Tod. Du hast darin also selbst vor mir nichts zu befürchten – für wie lange auch immer.«

Schweigend starrte der Monozyklop auf die Stelle, an der Cutter eben noch gestanden hatte. Ein keiner Wasserstrudel war alles, was für wenige Sekunden an die Anwesenheit des Schwarzgekleideten erinnerte.

»Entitäten«, seufzte Sloterdyke.

Als über ihm ein verräterisches Knacken und Knarren ertönte, schloss er die Blende seines Teleskopauges, ließ es in seine Stirn zurückgleiten und watete durch das Wasser in Richtung der im Nullzeitfeld erstarrten Barnacoll-Sonde ...

| 129 |

Mit sorgenvoller Miene blickte Ninive auf den vor ihr flimmernden Monitor. Während der Terragode dem bodenlos wirkenden Schacht folgte, den seine kleinere Schwester gegraben hatte, zeigten die im Zentrum seines Bohrkopfes sitzende Kamera und die in die Tiefe gerichteten Scheinwerfer ein surreales Bild. Ein Teil des abgetragenen Gesteins sank vor ihm hinab in die Tiefe, wo es in der Finsternis verschwand. Gleichzeitig bewegten die an der Bildperipherie gelegenen Tunnelwände sich auf den Betrachter zu, sodass es wirkte, als bewegte Minador 4 sich gleichzeitig aufwärts und abwärts.

»Das sieht aus, als würden wir in eine Vertigo-Dimension hinabsinken«, murmelte Ninive bedrückt.

»Erinnert mich eher an stereoskope Raumdehnung und Tesseraktkunde«, sagte Aris. »Zwei Lieblingslehrthemen der Saison-Dozenten auf der Ratsakademie.«

Ninive seufzte und rieb sich die Augen.

»Stell dir einfach vor, es ginge nicht nach unten, sondern nach oben«, schien Aris ihre Gedanken zu lesen. »Das macht das Ganze weitaus erträglicher.«

Er wechselte auf die Ansicht der Heckkamera und betrachtete den wie ein gigantischer Tauchsieder brodelnden Kristall. Vor seinem geistigen Auge konnte er sich den schäumenden Schweif aus heißen Gasblasen vorstellen, den das Gespann hinter sich herzog.

Ohne den vorgegrabenen Schacht und die Fähigkeit, das beseitigte Gestein aufzuschmelzen und an den Wänden abzulagern, wäre es Minador 4 unmöglich gewesen, genügend Platz für die Kernspindel zu schaffen. Von den Meißeln zermahlen und den Limbus-Radiatoren zu Glas verwandelt, erstarrte der Großteil der Felsmasse an den Tunnelwänden blitzartig zu einer spiegelglatten Kruste, die von den Maschinen *Konali* genannt wurde. Der Gesteinsschmelz sorgte dafür, dass der Terragode samt der Spindel fast allein kraft seines Gewichts zügig in die Tiefe vorstieß.

Ninive schaltete wieder in die Frontansicht. »Das ist zwar verwirrender, aber friedlicher anzuschauen als dieses kochende Höllending hinter uns«, sagte sie. »Wie tief sind wir, Minador?«

»Das kann ich aufgrund des durch den Kern verfälschten Wasserdrucks nur schätzen«, sagte der Terragode. »Etwa elfhundert bis dreizehnhundert Meter unter dem Mauerfundament.«

Als die Sinkgeschwindigkeit sich unvermittelt verdoppelte, hob es Aris von den Füßen. Im nächsten Augenblick war es, als würde der Terragode frontal gegen ein mächtiges Hindernis prallen. Aris wurde auf den Boden zurückgeworfen und Ninive so heftig in die Polster des Sessels gedrückt, dass ihr der Atem wegblieb und ihre Hals- und Brustwirbel knackten. Die gesamte Struktur der riesigen Maschine ächzte und krachte, als sie zusammengestaucht wurde. Man konnte hören, dass mindestens einer der riesigen Rollenmeißel brach und ins Innere des Bohrkopfes geschmettert wurde. Zugleich erlosch das Bild des Holo-Monitors. Für einen Moment überkam Ninive die Angst, das Kraftfeld könnte kollabieren und Tausende Tonnen Wasser über sie hereinbrechen – doch die Membran hielt der Belastung des Aufpralls stand.

»Was war das?«, stöhnte Aris, nachdem er sich wieder aufgerappelt hatte, und massierte seine schmerzenden Kniegelenke. »Sind wir in einen Hohlraum gestürzt?«

»Die Spindel hat sich von mir gelöst«, erklärte Minador 4.

Ninives Herz setzte vor Schreck einen Schlag aus. »Ist die Iris gebrochen?«

Die Antwort des Terragoden kam nicht sofort, fast so als müsste er den Schaden selbst erst analysieren. »Nein«, sagte er schließlich. »Sie ist geschmolzen.«

Trotz der Wärme auf der Wartungsbrücke überkam Ninive ein kalter Schauer.

»*Geschmolzen?!*«, wiederholte sie, wobei sie Aris' Blick ebenso bestürzt erwiderte.

Als der Wandler auf die Heckansicht schaltete, erstrahlte der Monitor in hellem Gleißen. Geblendet wandte Ninive den Blick ab. Im nächsten Augenblick fiel die Kamera aus, und das Bild erlosch.

»Gott ...«, flüsterte Aris entsetzt.

»Unwahrscheinlich«, lautete die Antwort des Terragoden. »Tatsächlich dafür verantwortlich ist die einsetzende Kernschmelze. Ich registriere eine extreme Überhitzung der Hecksektion und einen Ausfall der Vortriebsketten 17 bis 24 an Antriebsmodul 4.«

Der Kontrollraum begann zu vibrieren. Gleichzeitig setzte ein immer schriller werdendes Heulen und Dröhnen ein.

»Die Rota-Materie expandiert«, übertönte Minadors Stimme den Lärm. »Der Tunnel ist zu eng und der Siedeprozess zu intensiv. Um den Kern herum hat sich eine Gasblase gebildet. Noch verzögert das im Bohrloch verbliebene Wasser den Prozess, aber sobald die ansteigende Hitze es verdampft hat ...«

Als hätten seine eigenen Worte ihm die Erleuchtung gebracht, wie es um seine Passagiere und die Mission bestellt war, änderte der Terragode so abrupt die Richtung, dass das Gyroskop die Bewegung nicht sofort auszugleichen vermochte. Sich aneinander und den in seiner Führungsschiene ächzenden Sessel klammernd, hingen Aris und Ninive von den Fliehkräften mitgerissen sekundenlang waagerecht im Raum.

»Was tust du denn?«, rief Ninive, als die Wartungsbrücke sich weiterhin nur schwerfällig den Bewegungen der Maschine anpasste.

»Ich grabe eine Wendelhelix«, erklärte der Terragode, wobei er sich weiterhin gebärdete, als hätte er seinen Maschinenverstand verloren. »Das ist meinen Berechnungen zufolge die sicherste Struktur, um einer plötzlichen Expansion der Kernmaterie zu …«

Weiter kam er nicht. Ein heftiger Stoß erschütterte die riesige Maschine. Er riss Aris von den Beinen und schleuderte ihn gegen die rückwärtige Brückenwand, wo er lamentierend liegen blieb. Ninive wollte ihm zu Hilfe eilen, wurde jedoch derart hart in den Sitz gepresst, dass es ihr den Atem raubte.

Der Terragode kam abrupt zum Stehen. Noch immer benommen vom ersten Aufprall, rutschte Aris über den Fußboden quer durch den Raum und prallte vor Ninive gegen ein Terminal. Stöhnend quälte er sich auf die Knie und suchte mit einer Hand nach Halt.

Minador 4 kam nicht zur Ruhe. Der Terragode bebte, als würde er in einer riesigen Schrottpresse stecken. Als die Deckenverkleidung nachgab und scharfkantige Metallpaneele herabzustürzen begannen, hechtete Aris in Richtung Konsole, um sich vor den Trümmern in Sicherheit zu bringen. Im Fallen bekam er Ninives Mantelärmel zu fassen. Halb riss er sie mit sich zu Boden, halb fing er sie auf, da sie bereits von selbst aus dem Sitz gestürzt kam.

Zum infernalen Lärm gesellte sich grelles Licht, das durch jeden Spalt seinen Weg ins Innere des Terragoden fand und für Sekunden selbst das Metall zu durchdringen schien. Aris presste Ninive an sich und hielt schützend eine Hand vor seine Augen. Die Helligkeit war so gleißend, dass er durch die geschlossenen Lider die Knochen seiner Hand sehen konnte. Als das Licht endlich erlosch und das Beben endete, herrschte völlige Finsternis, bis ein Notstromaggregat anzuspringen schien und ein Teil der Brückenbeleuchtung wieder aufflammte. Noch immer geblendet, sah Aris sich blinzelnd um. Der Raum war kaum wiederzuerkennen. Fast die gesamte Kontrollelektronik war ausgefallen, die Wandverkleidung hatte sich teilweise gelöst, mehrere Bodenplatten waren eingesackt, und Teile von Stützstreben hingen von der Decke oder baumelten an Kabeln und gebrochenen Klemmträgern.

Aris sah zu Ninive. Die Augen wie in ungläubigem Staunen weit aufgerissen, erwiderte sie seinen Blick.

»Das war knapp«, sagte er. »Ich weiß zwar nicht, warum, aber es gibt uns noch …«

Ninive antwortete nicht. Tränen rannen über ihr Gesicht, doch ihr Blick blieb ausdruckslos und ihre Pupillen starr.

»Ivi?« Aris strich ihr durchs Haar, griff in etwas Warmes, Klebriges und zog die Hand erschrocken wieder zurück. Seine Finger waren feucht und rot. Ein Blutstropfen rann von Ninives rechter Schläfe in ihren Augenwinkel und vermischte sich mit ihren Tränen. Bestürzt starrte Aris auf die roten Schlieren.

»*Ivi!*« Ruckartig setzte er sich auf und bettete ihren Kopf auf seinen Schoß. »Nein, nein, *nein!*« Er blickte in die Höhe. Ein Stück der gebrochenen Deckenverstrebung hatte Ninive einer Axt gleich über der Schläfe getroffen. Aris sah dunkle Haarsträhnen an der Metallkante haften. Mit zitternden Fingern befühlte er Ninives Kopf und ertastete eine fingerlange, halbkreisförmige Fraktur über ihrem rechten Ohr, an der ihr Schädel sich mehr als fingerbreit nach innen wölbte.

»Grab weiter!«, schrie Aris in die Höhe. »Weiter!«

Der Terragode reagierte nicht. Stattdessen begann Rauch durch Ritzen und Spalten im Fußboden aufzusteigen.

»Minador, wir müssen an die Oberfläche!«, wiederholte Aris fast schon flehend und schlug mit der Faust heftig auf den Metallboden. »Schnell!«

Doch seine Worte fanden kein Gehör. Still und stumm ruhte die Maschine im Erdreich und bewegte sich weder vor noch zurück. Während der Qualm langsam dichter wurde, glaubte Aris das unter der Wartungsbrücke lodernde Feuer bereits zu hören. Er sah auf Ninive herab, wie in der Hoffnung, sie würde ihm jeden Moment zuzwinkern und neckisch anfangen zu grinsen – doch ihr Gesicht blieb eine bleiche, erstarrte Maske.

»Verzeih mir, Ivi«, flüsterte Aris und schloss mit zitternden Fingern ihre Augen. »Bitte verzeih mir …«

| 130 |

Dumpfes Rumoren und ein kurzes Beben des Felsbodens schreckten Zenobia auf. Im ersten Moment desorientiert ob der ungewohnten Umgebung, ließ sie ihren Blick über das Wasser des Quellsees schweifen. Ihre Hoffnungen wurden jedoch enttäuscht: Die Ufer waren leer.

Mit dem Erwachen kehrten auch die Wut, die Ohnmacht und der Kummer zurück. Wut darüber, dass die selbstgerechte Todesinkarnation ihre Naivität ausgenutzt hatte. Ohnmacht ob der Tatsache, dass sie angesichts der Macht, über die Cutter gebot, nichts daran zu ändern vermochte. Und der Kummer war ein Geschenk der Furcht, Leon womöglich niemals wiederzusehen und in die Arme zu schließen.

Zenobia setzte sich auf den Fels, in dessen Windschatten gekauert sie geschlafen hatte, und ließ sich von der Morgensonne wärmen. Erst als sie für eine Weile selbstversunken dagesessen hatte, fiel ihr auf, wie still es um sie herum war. Einzig das Rauschen der Kaskaden war in der Ferne zu hören.

Sie sah hinab zu den Seen, dann suchte sie die Bergflanken und Hügelkämme mit Blicken ab. So weit das Auge reichte, waren keine dampfenden, weidenden Maschinen mehr zu sehen. Die Marschen waren verwaist. Alle Herden schienen jenseits der Hügelkette vor dem drohenden Unheil Zuflucht gefunden zu haben. Selbst der Himmel war – von den Wolken einmal abgesehen – wie leer gefegt. Auf Zenobia wirkte es, als hätte der Sensenmann sie in einer Spiegelrealität ausgesetzt; einer sterilen Parallelwelt, auf der einzig die Elemente herrschten – ohne Menschen, Mecha-Wesen und Urweltmaschinen.

Im Grunde hätte sie gehen können, wohin auch immer sie wollte, jede Richtung bis auf den von der Bannmauer versperrten Norden stand ihr offen. Doch es war fast, als würde eine höhere Macht sie an diesen Ort bannen. Unentschlossen, wie sie mit ihrer Freiheit und der ungewohnten Situation umgehen sollte, schlenderte sie einige Male um den Quellsee herum, ohne sich dabei mehr als ein paar Meter weit vom Ufer zu entfernen.

Dabei klammerte sie sich an den Gedanken, dass Cutter sie nicht nur aus einer spontanen Laune heraus an diesen Ort gebracht hatte, sondern zu einem ganz bestimmten Zweck.

Andererseits: Wohin hätte sie auch gehen sollen? Zurück in den Chronos-Komplex zu Mimon, Aléxandros und den Furien? Oder vielleicht nach Süden, um die wundersame Mecha-Stadt zu suchen, von der Aris ihr erzählt hatte? Weder das eine noch das andere behagte ihr sonderlich. Diese Welt war nicht mehr die ihre – und sie würde es wahrscheinlich auch nie wieder werden.

Der Hunger trieb Zenobia schließlich dazu, den Hang abseits der Kaskaden ein Stück hinabzuklettern und nach genießbaren Kräutern, Beeren und Blüten zu suchen.

Ohne Vorwarnung riss ein einzelner, heftiger Erdstoß sie von den Beinen, dessen Wucht sogar den Quellsee zum Überschwappen brachte. Eine hüfthohe Woge rollte über den Uferwall und ergoss sich den Hang hinab, woraufhin Dutzende von Schraub-Archimeden und Polyapexe im nassen Gras strampelten und zappelten. Felsen und Geröll mit sich reißend, rauschte das Wasser die Kaskaden hinab und ließ Gischtwolken aufsteigen, in die die Morgensonne einen Regenbogen zauberte.

Die ferne Westflanke der Bannmauer blähte sich jäh auf, Staub und gewaltige Steinquader schossen in alle Richtungen davon, als explodiere unter dem Fundament ein Vulkan. Dann kollabierte ein kilometerlanger Abschnitt des Bauwerks und sackte inmitten einer riesigen Staub- und Schuttwolke in sich zusammen. Alles lief vollkommen lautlos und wie in Zeitlupe ab, was das Geschehen in seiner Ungeheuerlichkeit irreal erscheinen ließ. Erst mit großer Verspätung erklang ein fürchterlicher Donnerschlag, gefolgt von einem nicht enden wollenden Grollen. Mauerquader wurden kilometerweit über die Tiefebene geschleudert, schlugen beim Auftreffen tiefe Krater in die Landschaft und ließen dort, wo sie in die Seen stürzten, Dutzende von Metern hohe Wasserfontänen emporschießen.

Aus dem noch immer nicht zur Ruhe gekommenen Trümmerberg schoss ein mächtiger, gleißend blauer Strahl in den Himmel, um ein Vielfaches heller als die über dem Horizont stehende Morgensonne. Obwohl Zenobia mindestens zehn Kilometer von der Stelle entfernt war, an der er aus der Erde trat, spürte sie seine Hitze auf der Haut.

Hoch über den Wolken traf der Strahl unvermittelt auf etwas Gigantisches, das direkt in seiner Schusslinie schwebte. Es wurde nur indirekt sichtbar, als die zu blauen Flammen gebrochene Energie es umloderte. Was das Feuer offenbarte, ähnelte einem monströsen Polypen, einem unförmigen, kilometerdicken Knoten, aus dem zahllose, sich schlangenartig windende Tentakel sprossen. Hatte es zuerst ausgesehen, als würde der Strahl sich einfach durch das seltsame Gebilde brennen oder es gar verdampfen, wirkte es nun, als saugte dieses die aus dem Boden schießende Energie gierig in sich auf.

Wo die Lichtsäule aus dem Trümmerwall schoss, wurde eine kilometerhohe Fontäne aus glutflüssigem Gestein emporgerissen. Der durch die Bresche wehende Wind trieb den Auswurf gen Süden, wo er rauchend wieder auf die Ebene herabregnete und die Vegetation in Brand setzte. Minutenlang stand die Lichtsäule über dem Schuttwall und trieb ihre Energie in das wie ein riesiger Organismus pulsierende Medusending. Schließlich begann sie zu flackern und erlosch – und mit ihren Flammen entschwand auch das monströse Gebilde wieder in die Unsichtbarkeit.

Von Weinkrämpfen geschüttelt, kauerte Zenobia am Hang und hatte sich entsetzt die Hände vors Gesicht geschlagen.

»Nein …!«, flüsterte sie mit tränenerstickter Stimme. »Oh Gott, nein … Leon!«

| 131 |

Mit geschlossenen Augen und schweißüberströmtem Gesicht kniete Aris auf dem Boden der Wartungsbrücke. Schwer atmend presste er seine Hände auf das immer wärmer werdende Metall unter ihm.

Von dem Terragoden war offenbar kaum mehr übrig geblieben als sein Vorderteil, doch selbst ohne den Rumpf mit den Antriebsmodulen maßen seine Reste wahrscheinlich noch immer zwanzig oder dreißig Meter in der Länge.

Aris wusste nicht, in welche Richtung die Maschine ausgerichtet war und wie tief sie unter der Oberfläche festsaßen. Vielleicht waren es nur noch wenige Dutzend Meter bis ans rettende Tageslicht, vielleicht aber auch Hunderte. Sämtliche Kontrollinstrumente waren ausgefallen und das Bewusstsein des Terragoden erloschen mit der Explosion, die den Großteil von ihm verzehrt hatte. Aris' verzweifelte Bemühungen, das offenbar noch schwelende oder sogar brennende Wrack zu beseelen, waren bis jetzt erfolglos geblieben.

Seine einzige Chance, diesen Wahnsinn irgendwie zu überleben, war, die rettende Oberfläche zu erreichen, bevor das Feuer sich bis zur Wartungsbrücke ausgebreitet oder die verbliebene Atemluft verzehrt hätte – in der Hoffnung, dass dort oben überhaupt noch so etwas wie eine Oberfläche existierte ...

Getrieben vom Willen, die riesige Maschine wieder zum Leben zu erwecken, bevor der Kontrollraum sich in einen Backofen verwandelte, jagte er Fluximpuls um Fluximpuls in das Metall.

»Reg dich endlich, du verdammter Schrottwurm!«, presste er zwischen den Zähnen hervor. »Mach schon, mach schon, *mach schon*!«

Die letzten Worte klangen ihm noch in den Ohren, da wurde ihm schwarz vor Augen. Kraftlos kippte er zur Seite, prallte auf den Boden und blieb von Krämpfen geschüttelt liegen. Er hörte sich nach Luft ringen, fühlte sein Herz in der Brust hämmern und hatte dennoch das Gefühl, kein Teil seines Körpers mehr zu sein. Er wollte sich wieder aufsetzen, aber seine Muskeln gehorchten ihm nicht. Sein Inneres schmerzte, als hätte der letzte Kanoflux-Impuls ihm die Seele herausgerissen und durch unbeschreibliche Kälte ersetzt.

Minutenlang kauerte Aris neben Ninives leblosem Körper. Es war nicht mehr allein der dichter werdende Rauch, der ihm die Tränen in die Augen trieb, sondern auch Ohnmacht und Resignation.

Ein Zittern durchlief den Terragoden und schreckte Aris aus seinem Dämmerzustand, doch er konnte nicht sagen, ob es eine erste Bewusstseinsregung des Ungetüms war oder nur die Erschütterung einer weiteren Explosion. Mühsam startete er einen zweiten Versuch, sich aufzurappeln, und schaffte es, sich am Operator-Sitz hochzuziehen.

Aus einer unbestimmten Richtung erklang ein lang gezogenes »Hmmm …«

Aris blickte zur in Trümmern herabhängenden Decke.

»Wo bin ich?«, gab die Maschine endlich das ersehnte Lebenszeichen von sich. Ihrer fatalen Situation zum Trotz klang sie in keiner Weise beunruhigt oder gar panisch, sondern nur verwundert.

»Grab weiter!«, rief Aris. »Schnell!«

Sekundenlang herrschte Stille, dann fragte die Maschine: »Wieso? Wie denn? Wohin?«

»Nach oben, verdammt …« Ein Hustenanfall raubte Aris die Stimme.

Der Terragode schwieg eine Weile, ohne sich zu regen. »Wer bist du?«, wollte er schließlich wissen. »Was machst du in meinem Kopf?«

Mit jedem Atemzug wurde das Brennen in Aris' Lungen stärker. »Grab!«, schrie er den beseelten Terragoden an, schlug seine Handflächen auf den Boden und jagte einen letzten, verzweifelten Kanoflux-Impuls in den Metallleib. »*GRAB!*«

Das Wrack der Urwelt-Maschine erzitterte, als würde es von einem Erdbeben geschüttelt. Über Aris heulten die Rollenmeißel auf, und tief unter ihm, wo er eigentlich nur geschmolzenes Metall und zerfetzten Schrott vermutet hatte, erklang ein Geräusch, das wie die Mutter aller Getriebeschäden klang. Es war das Rasseln und Hämmern der verbliebenen, auf verzogenen Schienen rotierenden Raupenketten!

Benommen ließ Aris sich auf den heißen Boden sinken und presste Ninives leblosen Körper an sich, um sie vor weiteren herabstürzenden Deckenteilen zu schützen. Dank des offenbar noch intakten Gyroskops blieb die Brücke dabei halbwegs eben ausgerichtet. Aris betete, dass auch die Balance-Sensoren der Maschine noch funktionierten und sie sich tatsächlich in Richtung Oberfläche bewegten.

Als der Bohrkopf die letzte Gesteinsschicht durchbrach und es keinen Widerstand mehr gab, schoss der Terragode meterweit empor. Die plötzliche Beschleunigung presste Aris zu Boden – bis die Maschine jäh stecken blieb und der Ruck für einen Augenblick der Schwerelosigkeit sorgte. Alles, was im Inneren des Kontrollraums lose herumlag, wurde einen halben Meter emporgeschleudert, um schließlich dröhnend und scheppernd wieder herabzufallen. Das Geräusch, mit dem Ninives Kopf auf den Metallboden prallte, ging Aris durch Mark und Bein.

Durch Lücken und Spalten glaubte er Tageslicht über sich zu erkennen. Ein stärker werdender Luftzug wehte ins Innere, kühlte den Schweiß auf Aris' Haut und trieb den Rauch zurück in die Spalten, aus denen er gekrochen kam. Die plötzliche Sauerstoffzufuhr schien jedoch das Feuer im unteren Teil des Terragoden weiter anzufachen.

Da sein Bohrkopf wie ein riesiger Korken aufrecht aus dem Boden ragte, lag der Zustiegsschacht, über den sie auf die Wartungsbrücke gelangt waren, nun in fast zwei Metern Höhe. Die innen verlaufende Treppe führte in der Horizontalen nutzlos an seiner Wand entlang.

»Kriech aus deinem Loch und lass uns runter«, wies Aris die Maschine an.

»Ich kann nicht«, antwortete der Terragode. »Ich stecke fest.«

»Dann streng dich gefälligst an!«

Krachend und kreischend bewegte die Maschine ihren Metallleib hin und her. »Ich stecke fest«, wiederholte sie kaum noch hörbar. »Ich stecke fest …«

Fluchend schleppte Aris Ninive hinüber zur Wand, hievte sie mühsam empor in den Schacht, kletterte hinterher und schleifte ihren Körper zum geschlossenen Ausgang. Mit letzter Kraft stemmte er sich gegen das Schott. Als es sich nicht bewegte, trat er wütend dagegen.

»Öffne die verdammte Tür!«, herrschte er den Terragoden an.

Mit einem durchdringenden Knarren und Kreischen schwang sie an verformten Angeln auf, senkte sich in die Waagerechte und bildete eine kleine Plattform über dem Abgrund.

Aris streckte den Kopf ins Freie und schnappte erleichtert nach Luft. Ein Blick in die Tiefe sorgte jedoch für Ernüchterung. Aus zahllosen Öffnungen in der Hülle der Maschine quoll beißender schwarzer Qualm, und bis hinunter zum Erdboden waren es mindestens fünfzehn Meter. Während der Wandler nach einem Ausweg aus seiner misslichen Lage suchte, erschütterte eine heftige Explosion den Terragoden. Aris blickte über seine Schulter, sah durch den Zugangsschacht eine Flammenwand auf sich zurollen, riss Ninive an sich und ließ sich einfach fallen. Er spürte die Druckwelle der Explosion und die Hitze der Stichflamme auf der Haut. Im gleichen Moment hörte er ein sirrendes Geräusch und nahm aus dem Augenwinkel heraus einen riesigen Schatten über sich wahr.

Halte sie fest!, erscholl eine melodische Stimme in Aris' Kopf, während sich etwas um seinen Körper schlang. *Jetzt!*

Im selben Augenblick stoppte ein plötzlicher, schmerzhafter Ruck ihrer beider Sturz wenige Meter über dem Boden. Gleichzeitig wurden sie vorwärts und wieder nach oben gerissen, weg von dem brennenden Kopf des Terragoden.

Eine zweite, noch heftigere Explosion zerriss die Luft und ließ rauchende Metalltrümmer an ihnen vorbeiwirbeln. Aris schloss die Augen, in der Befürchtung, eines der Geschosse könnte sie treffen oder gar ihren mysteriösen Retter zum Absturz bringen. Da er Ninive an sich presste, hing er so kopflastig in den Metalltentakeln, dass es ihm nicht möglich war, einen Blick nach oben zu werfen. Erst als das fliegende Etwas sie auf dem Boden abgesetzt hatte und er mit Ninive etwa fünfzig Meter von dem brennenden Terragodenkopf entfernt im Gras saß, sah er das riesige Ding, das ihn gerettet hatte. Es schwebte zehn Meter über ihm und ähnelte einem riesigen Gong, der an einem halbmondförmigen, in allen Farben schillernden Ballonsegel hing.

»Du bist ein Augur!«, erkannte er verblüfft.

Ganz offensichtlich.

»Es heißt, ihr wärt längst ausgestorben ...«

Nun, offensichtlich nicht.

Die Marschen waren kaum wiederzuerkennen. Kilometerweit war die Landschaft von Kratern übersät, die aus der Mauer geschleuderte Felsquader ins Erdreich geschlagen hatten. Wo die teils hausgroßen Brocken in die Seen gestürzt waren, trieben dreckige Schaumteppiche auf der Wasseroberfläche. Am erschreckendsten waren jedoch die verheerenden Schäden an der Bannmauer. Woran Nemesis, der Kataklysmos und die Divara-Flut vor Äonen noch gescheitert waren, hatte der explodierte Rota-Kern innerhalb weniger Augenblicke vollbracht. Auf einer Länge von rund fünf Kilometern war die komplette Westflanke bis weit in den Gamma-Trakt hinein eingestürzt. Millionen Tonnen Gestein hatten alles unter sich begraben, zermalmt oder zu Staub zermahlen. Der Schuttberg, der sich in der Schneise erhob, mochte annähernd einen Kilometer hoch sein. Über ihm kreisten Tausende von Vögeln, deren Nist- und Schlafplätze beim Einsturz der Mauer in die Tiefe gerissen worden waren. Der aus dem Urstromtal wehende Wind trug den Geruch von Staub, Feuerstein und Verbranntem über die Marschen.

Am meisten verwunderte Aris jedoch, dass hier oben überhaupt noch ein Stein auf dem anderen lag und der Terragode sich nicht am Grund eines Hunderte Kilometer großen Kraters aus dem Boden gewühlt hatte.

Es sei denn, das, was bis jetzt geschehen war, wäre nur die Ouvertüre des Weltuntergangs gewesen und der Expansionsprozess des Rotarium-Kristalls längst noch nicht zu Ende ...

»Woher wusstest du, dass der Terragode hier auftauchen wird?«, rief Aris in die Höhe.

Unser Los ist es, die Zukunft zu sehen, erklang der Singsang des Auguren in seinem Kopf. *Vor einiger Zeit wurde sie jedoch ambivalent. Plötzlich gab es nicht nur eine, sondern drei gleichwertige, sich überlagernde Zeitlinien. Das hat unsere Sinne verwirrt und unsere Neugier geweckt. Wir haben über den Konfluenzpunkten des Paradoxons gewartet, um herauszufinden, welche Zukunft dominieren wird.*

»Woher kommt ihr?«

Von einem Kontinent ohne Menschen. Der Augur schwebte tiefer herab und betastete mit seiner Tentakelspitze vorsichtig Ninives Körper. *Warum regt sie sich nicht?*

Aris schluckte schwer. »Weile tote Menschen das nun mal nicht mehr tun ...«

Tot?, wiederholte der Augur. *Nein, das ist sie nicht. Ich kann ihr Sublime fühlen.*

»Sublime?«

Jene Energie, die ihr Kanoflux nennt. Ihr überlebt mit ihr, und sie überlebt in euch. Jeder von euch mag von einem anderen Geist erfüllt sein, aber das Sublime ist eins. Solange es deine Gefährtin nicht verlassen hat, kannst du sie reparieren.

Aris' Herz übersprang einen Schlag. »Du machst dich über uns lustig«, warf er dem Auguren vor.

Mitnichten, Wandler. Spott und Hohn gehören nicht zu unserem Repertoire.

Zerrissen von Zweifeln und Hoffnung, pendelte Aris' Blick zwischen dem Auguren und Ninives maskenhaft starrem Gesicht und hin und her. »Was muss ich tun?«, fragte er schließlich mit zitternder Stimme und setzte sich neben sie.

Dein eigenes Sublime in ihre Batterie leiten, um ihre Turbine zu starten.

»Ihre was?«

Ich weiß nicht, wie ihr diesen Vorgang nennt, sang der Augur. *Ich habe nie einen Wandler von innen gesehen. Kannst du deine Gefährtin vielleicht aufmachen, damit ich einen Blick auf ihr Getriebe werfen kann?*

»Nein!«, sagte Aris entsetzt. »Definitiv nein!«

Dann müssen wir improvisieren.

Ihren Kopf auf seinen Schoß gebettet und ihr Gesicht mit seinen Händen umfangen, kauerte Aris neben Ninive. Während er spürte, wie die Wunde über ihrer Schläfe sich unmerklich schloss, begann ihn von innen heraus eine nie gekannte Kälte zu lähmen. Jeder Fluximpuls, den er durch seine Finger strömen ließ, fühlte sich an, als würde er sich langsam die Seele aus dem Leib reißen. Ninives Rucksack kauerte neben seiner Herrin, schmiegte sich an ihren Hals und gab leise Gurr- und Klicklaute von sich. Instinktiv schien er zu spüren, dass etwas ganz und gar nicht so war, wie es sein sollte.

Doch selbst als von ihrer Verletzung längst nur noch blutverkrustete Haarsträhnen zeugten und Krämpfe Aris' Armmuskeln zu schütteln begannen, zeigte Ninive kein Lebenszeichen. Erschöpft löste der Wandler schließlich die geistige Bande und sank über ihr zusammen.

»Ich kann es nicht«, keuchte er schmerzerfüllt. »Ich habe keine Kraft mehr.«

Ihr Sublime wird sich an einen Platz zurückgezogen haben, an dem es sich sicher fühlt, erklärte der Augur. *Konzentriere dich auf ihr tiefstes Inneres. Dort wirst du es finden.*

»Sie ist schon zu weit weg«, widersprach Aris. »Ich kann sie nicht von den Toten auferstehen lassen.« Die Finger in den Stoff ihres

Mantels gekrallt, ballte er seine Hände zu Fäusten. »Ich schaffe das nicht ...«

Das plötzliche Gefühl, in die Tiefe zu stürzen, ließ ihn aufschrecken. Zumindest bildete er sich ein, den Kopf zu heben und die Augen aufzureißen. Als er an sich herabblickte, sah er jedoch keinen Körper, sondern nur Licht.

Überzeugt davon, wieder im Taschenuniversum des Ganglions zu sitzen, stieß er eine Tirade wüster Flüche aus. »Ich habe für so etwas jetzt absolut keinen Nerv!«, rief er. »Schick mich auf der Stelle zurück!«

Die erhoffte Reaktion blieb aus. Niemand antwortete. Stattdessen begannen sich überall im Licht umherschwebende, ineinanderfließende und wieder auseinanderdriftende Farben und Formen zu bilden, wurden zu Räumen, Landschaften, Gebäuden, Wäldern und Wolken. Durch die Szenerien bewegten sich geisterhaft verschwommene Nebelgestalten. Zuerst waren es nur einige wenige, doch je mehr Aris sich auf sie konzentrierte, desto zahlreicher wurden sie. Bald waren es Dutzende, die um ihn herum wandelten, dann Hunderte. Manche hatten Gesichter, doch sie waren maskenhaft, ohne Gefühl und Regung. Alle hielten die Augen geschlossen und schwebten kreuz und quer umher wie schlafwandelnde Gespenster, ohne Notiz von ihm zu nehmen. Hin und wieder glaubte Aris sich für einen flüchtigen Augenblick selbst zu sehen, betrachtet und beobachtet durch fremde Augen.

»Erinnerungen«, begriff er schließlich. »Ich bin *nicht* im Ganglion ...«

Stimmen begannen zu raunen. Mal schienen es Hunderte zu sein, die wild durcheinandersprachen, mal Tausende, die wie eine flüsterten.

»Hallo?«, rief er. »Was bist du?«

Ein Quantum, erhielt er prompt als Antwort.

Aris lauschte dem telepathischen Widerhall der Stimme. Obwohl er sie nur in seinen Gedanken gehört hatte, war es ihm vorgekommen, als wäre jede Silbe aus einer anderen Richtung in sein

Bewusstsein gedrungen. Im ersten Moment glaubte Aris, mit dem Wind-Auguren zu sprechen, aber es fehlte der melodische Singsang seiner Sprache. Zudem erklang jede Silbe in einer anderen Stimme: mal weiblich, mal männlich, mal kindlich hell oder altersheiser.

»Wo bin ich hier?«

In einem Fragment. Das geheimnisvolle Etwas schwieg einen Moment lang, dann fragte es: *Warum hast du mich aus dir verstoßen?*

Aris war irritiert. »Wie meinst du das?«

Du hast mich gezwungen, mit dem Quantum eines divergenten Fragments zu verschmelzen. Dieser Akt ist irreversibel.

»Das verstehe ich nicht.«

Du hast mich verloren. Für immer.

Einen Herzschlag später fand Aris sich halb über Ninive kauernd in den Marschen wieder. Als er sich aufsetzte, hob sie plötzlich ihren Brustkorb und machte einen einzelnen tiefen Atemzug.

»Ivi?« Er strich ihr das Haar aus dem Gesicht. »Oh, nein, nein, bitte nicht aufhören! *Nicht aufhören!*«

Ein zweiter Atemzug, ein dritter ...

Ninives Lider flatterten. Sie öffnete die Augen und sah Aris an, dann begannen ihre Pupillen hektisch zu zucken und umherzuhuschen. In einem Anfall von Panik bäumte sie sich auf und wand sich in seinem Griff, ohne dass ein Ton über ihre Lippen kam.

»Ruhig, Ivi«, sagte Aris und hielt sie mit sanfter Gewalt fest. »Alles ist gut. Alles ist gut ...«

Die Augen weit aufgerissen, starrte sie schwer atmend in den Himmel. Als die Erinnerungen zurückkehrten, klärte ihr Blick sich langsam wieder, und sie entspannte sich, doch kaum lockerte Aris seinen Griff, klammerte sie sich wieder fester an ihn. »Lass mich nicht fallen«, sagte sie leise. »Lass mich nie wieder fallen ...«

| 132 |

Dank des hohen Grases blieb Ninives Sichtfeld in der Zeit, in der sie wieder zu sich selbst fand, auf Aris und die dahinziehenden Wolken beschränkt. Mit der rechten Hand hielt sie die seine umklammert, den linken Arm hatte sie sich schützend über das Gesicht gelegt, da ihr das Sonnenlicht in den Augen schmerzte.

»Dieses Quantum ist ein *Wesen?*«, fragte sie ungläubig, nachdem Aris ihr sein Zwiegespräch mit seinem Sublime geschildert hatte.

»Mehr ein Teilwesen.«

»Wovon?«

Aris zuckte mit den Schultern. »Einer Entität? Einer Präsenz? Einer sphärischen Super-KI? Ich weiß nicht, was die Summe seiner Teile ergibt, aber es muss etwas mit dem Goldenen Zeitalter und dem einstigen Mond dieser Welt zu tun haben. Vielleicht finde ich in den Stadtarchiven etwas darüber.«

Verstohlen tastete Ninive ihren Bauch ab. »Ist es intelligent?«

»Es kann sprechen – wenn auch nur das Nötigste.«

Ninive hob den Arm und lugte mit zusammengekniffenen Augen darunter hervor. Aris sah erschöpft aus, und obwohl seine Hand auf ihrer Stirn ruhte, fühlte sie sein Zittern. Als eine Böe ihr den Rauch in die Nase trieb, hob sie den Kopf, um den Brandherd zu erspähen, aber Sträucher und hohes Gras verwehrten ihr weiterhin die Sicht.

»Der Kern ist explodiert«, erinnerte sie sich.

»Ja«, sagte Aris. »Es ist leider nicht so gut gelaufen wie erhofft.«

»Aber warum leben wir dann noch?«

»Das weiß ich nicht genau. Offenbar war die Idee, ihn in einem tiefen Loch zu versenken, unbewusst unsere Rettung. Als die Kettenreaktion begann, hat sie anscheinend nicht im gesamten Kern gleichzeitig stattgefunden, sondern an seinem oberen Ende begonnen. Der Großteil der frei gewordenen Energie hat sich dabei vertikal entladen – wie entzündetes Schießpulver durch ein riesiges Kanonenrohr. Wahrscheinlich ist der Kristall abgebrannt wie eine gigantische Wunderkerze. Was Minador am Ende fast den Garaus gemacht hätte, war die Schockwelle der Energieeruption, die uns durch sein Bohrloch gefolgt war, nachdem der Prozess das untere Ende des Kristalls erreicht hatte.« Aris sah auf und blickte am Wrack des Terragoden vorbei nach Westen. Der vom Meer her wehende Wind zerriss die über die Ebene treibenden Rauchschwaden. »Das ist wirklich verrückt …«

»Wo sind wir eigentlich?«, fragte Ninive.

»In der Nähe der Marschseen.«

»Ich habe von Rauch und Feuer geträumt«, erinnerte sie sich.

»Das war kein Traum.« Aris half ihr, sich vorsichtig aufzusetzen.

»Du lieber Himmel!«, erschrak sie, als sie den aus der Erde ragenden Kopf des Terragoden erblickte. »Ist das etwa Minador?«

Der Wandler sah zu dem qualmenden Wrack. »Zumindest das, was noch von ihm übrig ist. Die Rota-Schockwelle hatte sein Urbewusstsein ausgelöscht. Fast mein gesamter Kanoflux ist mit ihm in Rauch aufgegangen, als ich mich bemüht hatte, ihn zu reanimieren und wieder zu beseelen. Was nach dem Erreichen der Oberfläche noch davon übrig geblieben war, habe ich geopfert, um dich zu heilen.«

»Heilen …« Ninive hob eine Hand und tastete ihre Schläfe ab. Ihre Finger strichen über blutverklebte Haarsträhnen, dann wanderten sie weiter zu ihrer Schulter. »Wo ist Pagg?«

Aris nickte hangaufwärts, wo ihr Rucksack durchs Gras robbte und Springspindeln jagte. Bei seinen Versuchen, mehrere der in hohem Bogen flüchtenden Mechanismen gleichzeitig zu verfolgen, schlug er groteske Saltos.

»Behalt ihn gut im Auge.« Sie sah wieder zu Minador. »Wie hast du uns dort rausgebracht, ohne dir alle Knochen zu brechen?«

Allein, erklang eine melodische Stimme in ihrem Kopf. *Ich musste euch nur auffangen.*

»Splitter!«, rief Ninive, als der Irisring des Auguren dicht über ihren Köpfen hinwegschwebte und sein Ballonsegel die Sonne zu verdecken begann. »Was machst du denn hier?«

Prädestinationsethos, sang der Augur. *Mir war bereits über dem Wald von Gododdin bewusst geworden, dass du mit alldem, was dieser Tage geschehen ist, etwas zu tun haben musst. Die Zukunft hatte sich in drei gleichwertige Ströme gespalten, und du warst mit allen von ihnen verbunden. Das war sehr verwirrend.*

Von Aris gestützt, erhob Ninive sich auf zwei wackelige Beine und sah sich um, wobei ihr Blick lange auf dem kollabierten Bannmauersektor verweilte. »Was ist mit den anderen?«, fragte sie.

»Das weiß ich nicht. Nur wir beide sind hier.«

Das seid ihr nicht!

Der Augur ließ seinen Tentakel herausschnellen und richtete seine Spitze auf einen in ihrer Nähe herabgestürzten Mauerquader.

»Wer versteckt sich dort?«, rief Aris und begann am Rand des Kraters, den der Brocken ins Erdreich geschlagen hatte, entlangzuwandern. »Los, zeig dich!«

Ein brauner Haarschopf tauchte hinter dem Felsblock auf, und ein Augenpaar lugte über die Kante, den Blick bangend auf den schwebenden Auguren gerichtet.

»Zenobia!«, staunte Ninive. »Wie kommst *du* denn hierher?«

»Ich wurde betrogen.« Die Bücherfrau trat aus ihrem Versteck hervor. »Euer sinistrer Sensenfreund hat mich hierhergebracht, bevor ich an Bord des Aquaroids gehen konnte. Ich war nicht mehr dienlich gewesen …«

Ihr Blick pendelte zwischen Aris und Ninive. »Ich habe den Rauch und euch neben dem Terragoden gesehen und bin in eure Richtung gelaufen«, erklärte sie. »Habt ihr etwas von Leon und den anderen gehört?«

Ninive tauschte einen Blick mit Aris, dann sah sie hinüber zu dem rauchenden Schuttberg. »Den letzten Kontakt mit dem Professor hatten wir im Reaktorsee ...«, sagte sie.

Ein Schatten huschte über den Boden. Zenobia hob den Kopf, riss die Augen auf und ging mit einem leisen Schreckenslaut wieder hinter dem Mauerquader in Deckung.

Aus dem Gleißen der Sonne kamen drei weitere Auguren herabgeschwebt. Zwanzig Meter über dem Boden fingen sie ihren Sturzflug ab, derweil Agaliarepths neunter Splitter zu ihnen aufstieg. Klimpernd, flötend und posaunend kreisten sie schließlich gemeinsam um das ausgebrannte Terragodenwrack.

»Keine Angst«, sagte Ninive zu Zenobia, nachdem sie zur Rückseite des Felsblocks gelaufen war. »Das sind Freunde.«

»Es hat die Energie der Explosion absorbiert?«, staunte Aris, nachdem die Bücherfrau ein wenig Vertrauen zu den Auguren gefasst und den beiden Wandlern ihre Geschichte erzählt hatte.

»Zumindest hat es auf mich nicht so gewirkt, als wäre dieses Ding einfach nur zur falschen Zeit am falschen Ort gewesen«, erklärte Zenobia. »Mehr, als hätte es auf dieses blaue Höllenfeuer gewartet und es regelrecht genossen. Was wirklich geschehen ist und warum, weiß ich nicht.« Sie schaute fröstelnd in den Himmel. »Diese Monstrosität könnte gerade direkt über uns schweben ...«

Ninive folgte ihrem Blick, dann sah sie zu den kreisenden Wind-Auguren. »Du sagtest neulich, du wärst in der Luft gegen ein Hindernis geprallt«, rief sie jenem zu, den sie geheilt hatte. »Könnte es vielleicht eine Art unsichtbare Schutzhülle gewesen sein, unter der sich ein Wesen aus dem Orb versteckt gehalten hatte? So, wie wir mit Luft gefüllte Tauchboote und Rüstungen benutzen, um uns unter Wasser fortbewegen zu können?«

Ich bin mit keinem physischen Hindernis kollidiert, sondern mit einer Energiebarriere, sagte der Augur. *Sofern sich eine Orb-Entität*

darin verborgen hielt, um in den für sie lebensfeindlichen Sphären dieser Welt zu schweben, lautet die Antwort: ›Ja.‹

Ninive betrachtete die Wolken. »Dann war womöglich auch deine Bruchlandung im Wald schon kein Zufall mehr …«

Wir wissen, dass viele Ereignisse der jüngsten Vergangenheit nicht willkürlich geschehen sind, sondern einem komplexen Feldmuster folgten, bestärkte Agaliarepths neunter Splitter ihren Verdacht. *Unser Hiersein eingeschlossen. Was davon aus einer höheren Dimension gelenkt wurde, bleibt uns jedoch verborgen. Der Orb ist kein Teil des uns vertrauten Raum-Zeit-Gefüges.*

»Verzeiht bitte«, unterbrach Zenobia ihre Unterhaltung, »aber ist das dort oben ein gutes oder ein schlechtes Omen?«

Aris und Ninive folgten ihrem Blick. Jenseits der Seen bot sich ihnen ein bizarres Schauspiel: Hunderte von rauchenden und dampfschnaubenden Mecha-Tieren hatten auf dem Kamm der Hügelkette Stellung bezogen. Obwohl es bereits mehr sein mussten, als Ninive jemals in den Marschen und Hochlandtälern gesehen hatte, tauchten immer noch weitere von ihnen auf. Sie drängten in die verbliebenen Lücken, bis nahezu der gesamte Bergrücken von ihnen gesäumt wurde. Kilometerweit reihten sich schließlich Makulas Flanke an Flanke mit Schellern, Mechafaunen und Kettenschleichern. Das wahrlich Erstaunliche an dem Anblick war, dass Faune und Schleicher sich für gewöhnlich nicht ausstehen konnten und einen großen Bogen umeinander machten. Nun jedoch standen sie in trauter Eintracht beisammen, als könnten sie kein Wässerchen trüben. Keines der versammelten Tiere trat aus der Reihe, fast so als würde eine unsichtbare Barriere sie am Weitergehen hindern. Stattdessen schienen sie aufmerksam zu beobachten, was auf ihren Weidegründen vor sich ging.

»Ich glaube nicht, dass wir von ihnen etwas zu befürchten haben«, befand Ninive. »Offenbar sagen ihnen ihre Mecha-Instinkte, dass von der Bannmauer keine Gefahr mehr ausgeht.«

»Da bin ich mir nicht so sicher«, murmelte Aris. »Und die da oben offenbar auch nicht.« Er seufzte und massierte seine Augen.

»Ist alles in Ordnung?«, sorgte sich Ninive, als ihr seine fahle Gesichtsfarbe und seine schlechte Verfassung auffielen.

»Ich fühle mich leer und erschöpft«, gestand der Wandler. »Von meinem Kanoflux ist kein Erg mehr übrig. Nicht mal einen Hemdknopf kann ich noch beseelen.«

»Vielleicht wächst dieses Quantum-Ding ja nach«, versuchte Ninive ihn aufzumuntern. »Oder bildet sich im Laufe der Zeit einfach neu.« Sie trat in seinen Windschatten und lehnte sich an ihn. »Lass uns einfach abwarten, was passiert.«

»Nein, Ivi.« Aris mühte sich zu einem gequälten Lächeln. »Ich fürchte, mit meinem Wandler-Dasein ist es vorbei. Das ist der Tribut für den Erfolg. Vom heutigen Tag an werde ich ein belangloses Menschenleben führen und von Krankheiten geplagt alt werden – ohne Kanoflux und Selbstheilungskräfte. Ich möchte dir nicht zumuten, das an meiner Seite mitzuerleb…«

Ninive legte zwei Finger auf seine Lippen und stoppte seinen Redefluss. »Ich kann für mich selbst entscheiden«, sagte sie. »Und wenn *du* dieses Quantum in dir dazu bringen kannst, sich zu offenbaren, sollte mir das schon dreimal gelingen.« Dann ließ sie ihre Hand sinken und küsste ihn, bevor er zur Widerrede ansetzen konnte.

»Ihr seid so was von …« Zenobia verbiss sich den Rest des Satzes, wandte sich ab und stapfte davon, doch ihre Wut währte nur wenige Schritte weit. Mit gesenktem Kopf und verschränkten Armen verschwand sie hinter dem Felsblock, der ihr bereits zuvor als Versteck gedient hatte.

»Geh zu ihr«, bat Ninive Aris.

»Geben wir ihr einen Moment Zeit«, sagte er. »Angesichts ihrer Trauer war das nicht gerade eine empathische Glanzleistung von uns.«

Nachdem einige Minuten verstrichen waren, ohne dass Zenobia sich wieder hatte blicken lassen, schlenderte er ihr schließlich nach. Kaum war er hinter dem Felsbrocken verschwunden, wandte Ninive sich zu dem kreisenden Auguren-Quartett um.

»Kann mich einer von euch an den zerstörten Mauersektor bringen?«, rief sie zu ihnen hinauf.

Nein, Äonenkind. Die Strahlung ist zu hoch und das Gestein für deinesgleichen unerträglich heiß. Du wirst dich gedulden müssen.

Ninive verzog die Lippen. »Wäre es anmaßend, euch zu bitten, uns zumindest von hier fortzubringen?«, fragte sie. »Irgendwohin, wo es nicht mehr nach Feuer und Zerstörung riecht?«

Die schwebenden Maschinen unterbrachen ihren Reigen. Nach einer kurzen, fast schon orchestralen Beratung kamen drei von ihnen herabgesunken und setzten ihre Irisringe vorsichtig im hohen Gras auf.

Ganz im Gegenteil, antwortete Agaliarepths neunter Splitter. *Es wäre uns eine Ehre.*

Das ungewöhnliche Treiben lockte Aris wieder hinter dem Felsquader hervor, und auch Zenobia wagte es nach einem ersten schüchternen Blick, sich den gelandeten Auguren zu nähern. Dennoch mussten Ninive und er viel Überzeugungsarbeit leisten, um die Bücherfrau zu bewegen, in eines der Ungetüme zu steigen. Selbst als Agaliarepths neunter Splitter ihr versicherte, dass sie nichts zu befürchten hätte, obsiegte ihre Angst davor, im Inneren eines beseelten Metallkäfigs in den Himmel emporzusteigen. Letztlich ließ sie sich nur unter der Bedingung darauf ein, dass Ninive mit ihr in eine der Iriskammern stieg und sie den Flug gemeinsam bestritten. Dennoch wirkte sie, als würde ein öffentliches Todesurteil gegen sie vollstreckt werden, als der Iris-Torus sich hinter ihr schloss und die Turbine zu heulen begann.

Wohin ist ›irgendwohin‹?, erkundigte sich der Augur, als er sich in die Luft erhoben hatte.

»Bringt uns nach Hause«, sagte Ninive mit einem letzten Blick auf die in der Bannmauer klaffende Bresche und den rauchenden Schuttberg. »Einfach nur nach Hause …«

| 133 |

»Bist du sicher, dass du es dir nicht noch einmal überlegen willst?«, fragte Ninive, als Aris am darauffolgenden Morgen in den Irisring von Agaliarepths neuntem Splitter stieg. Der Augur hatte auf der Wiese vor ihrem Haus aufgesetzt. Seine drei Artgenossen kreisten derweil über dem Areal. »Es gibt hier ausreichend Platz für drei.«

»Dann könnten wir beide jeden Morgen im Stechschritt zusammen über die Lichtung paradieren und Marschmusik brummen, während ich im Vierviertaltakt rauche«, rief Guss vom Gartentor her. »Ja, das wäre prächtig!«

»Geh zurück ins Haus«, wies Ninive den Ofen an.

»Luxa öffnet mir nicht die Tür«, erwiderte Guss. »Sie sagt, ich hätte Rußthrombosen und wäre ansteckend.«

Die Wandlerin verdrehte die Augen und sah halb flehend, halb verlegen zu Zenobia, die in ungewohnt robuster, abenteuerlich kombinierter Kleidung auf einem der Torpfeiler saß. Ninive wusste nicht, wann Cutter Guss zusammen mit Luxa und Clogger wieder in ihrem Domizil abgeliefert hatte. Als die Wind-Auguren am Abend zuvor mit ihr, Aris und der Bücherfrau vor dem Haus gelandet waren, hatten sie in gewohnter Manier die Tür geöffnet und Ninive begrüßt, als wäre nie etwas geschehen. Die drei beseelten

Chaoten erinnerten sich nicht einmal mehr daran, dass sie entführt worden waren – falls sie es denn tatsächlich gewesen sein sollten und das Ganglion ihr im Orb-Taschenuniversum keine Trugbilder gezeigt hatte.

»Irgendjemand muss in die Stadt und dem Dynamo-Rat Bericht erstatten«, riss Aris' Stimme sie aus ihren Gedanken. »Ich weiß nicht, wen oder was Präsident Velocipedior als Nächstes schickt, falls ich nicht zurückkehren sollte. Erinnerst du dich an den Eisenwaldfräser, dessen Wrack im Hochland rostet? Er war ein Ratsgesandter von eigentlich recht friedfertigem Gemüt – bis er auf seiner Reise vom Blitz getroffen wurde und die Kontrolle über sich verlor.«

Ninive verzog die Mundwinkel. »Du willst doch nur im Ruhm baden«, stichelte sie.

»Ich fürchte, mein Bericht wird für mehr Wirbel sorgen, als mir lieb sein kann.« Aris blickte hinauf zu dem im Wind schaukelnden Ballonsegel. »Die Aeternitas-Passage gefunden und in Barnacolls wiederentdecktem Aquaroid durchfahren, mit einigen der mächtigsten Elementargeister Seite an Seite gekämpft, eine verborgene Nachtmoos-Kolonie gefunden, die Bannmauer bezwungen, Auguste Barnacolls leibhaftigem Persönlichkeitsmuster begegnet – und dann auch noch in einem vermeintlich ausgestorbenen Wind-Auguren im Universitätspark landen ... Seid ihr beiden sicher, dass ihr euch diese Show entgehen lassen wollt?« Er zwinkerte Ninive zu. »Es wäre ein weitaus geschichtsträchtigeres Schauspiel, wenn *drei* Auguren auf dem Campus landen würden – und aus einem ihrer Iris-Portale die sagenumwobene Wandlerin aus dem Hochland herausgeklettert käme ...«

Ninive tauschte einen Blick mit Zenobia. »Auf diesen Rummel kann ich verzichten«, sagte sie.

»Aber ohne euch wäre dieser Triumph nie möglich gewesen«, sagte Aris. »Ein Großteil der Ehre gebührt euch.«

»Nein, nicht uns«, widersprach ihm Zenobia. »Er gebührt denen, die sich für die Rettung der Welt geopfert haben. Diese Ehre wurde mir von eurem selbstgefälligen Sensenmann leider verwehrt.«

Mit diesen Worten rutschte sie von ihrem Pfeiler, lief quer durch den Garten und verschwand hinter dem Haus.

»Sie wird darüber hinwegkommen«, sagte Aris. »Irgendwann.«

»Ja, irgendwann ...« Ninive versuchte zu lächeln, aber es wollte ihr nicht so recht gelingen. »Wir werden unser Bestes geben, um sie auf andere Gedanken zu bringen.«

»Ich muss für die Stadtarchive einen detaillierten Reisebericht verfassen«, rief Aris, als der Irisring sich schloss und langsam vom Boden abhob. »Und einige Schriften und Dokumente überarbeiten und umschreiben. Dann sind da noch die Neu- und Wiederentdeckungen für die Lexikotheken. Ich fürchte, der Rat wird auch auf ein paar kleinere Empfänge, Gedenkzeremonien, öffentliche Vorträge, Festlichkeiten und derartiges Brimborium bestehen. Und die Archivillustratoren werden alles ganz genau wissen wollen, um es traditionell und virtuell angemessen zu bebildern. Sobald die lästigen Verpflichtungen erfüllt sind, werde ich eine Exo-Expeditionslizenz beantragen und wiederkommen.«

»Na, das hoffe ich doch!«, rief sie dem emporsteigenden Auguren nach.

»Grüß diesen Blechschädel Cornelius von mir, falls ihr den Chronos-Komplex besucht – sofern er nicht wieder kopfüber in irgendeinem Bottich steckt.«

Während Agaliarepths neunter Splitter sich langsam in südwestliche Richtung entfernte, ließen seine drei Artgenossen ihre Turbinen aufheulen und beschleunigten. Sie stiegen in weiten Spiralen empor, bis der gen Nordosten wehende Höhenwind sie erfasste, und wurden von den über dem Hochland hängenden Wolken verschluckt.

»Guten Flug«, sprach Ninive leise, als schließlich auch der Augur mit Aris hinter den Baumwipfeln verschwand. »Ich hoffe, wir sehen uns bald wieder ...«

| EPILOG |

Lange und andachtsvoll ließ Cutter seinen Blick über die Marschen schweifen. Die Landschaft hatte sich verändert. Wo sich einst nur grüne Ebene und hügeliges Grasland erstreckten, erhoben sich nun vielerorts mächtige Monolithen aus Mauerquadern, die von der Rota-Energiesäule aus dem Trümmerberg herausgeschleudert worden waren. Im Laufe der vergangenen Wochen hatte sich ein erster zarter Moosflaum auf ihnen gebildet.

Durch die kilometergroße Bresche am Westende der Bannmauer flogen riesige Schwärme von Vögeln ein und aus, und die mutigsten Individuen in den Herden der Scheller und Makula-Tiere hatten begonnen, den Schuttwall zu erklimmen und das dahinter liegende Urstromtal zu erkunden.

Die Kaskaden unter sich, schwebte Cutter die letzten Meter hinauf zum Kraterrand des Quellsees. Auf dem Gras und den Felsen glitzerte Morgentau. Forschend betrachtete Cutter den feinen, dunklen Staub im Inneren seines Stundenglases. Neigte er es ein wenig, schwappten die Partikel langsam darin umher wie eine zähe Flüssigkeit.

Cutter trat ans Ufer und setzte die Sanduhr vorsichtig auf der Wasseroberfläche ab. Statt zu kippen oder gar zu versinken, begann das Stundenglas langsam in Richtung Seemitte zu treiben. Selbst als es das Wallen des emporquellenden Wassers erreichte und sein Sockel überspült wurde, blieb es aufrecht, ohne von seinem Kurs abzuweichen. Im Zentrum der Dünung angelangt, bildete sich um es herum eine kreisförmige Welle, die sich langsam zusammenzog und dabei mehr und mehr an Höhe gewann, bis sie sich schließlich über dem Stundenglas schloss und es in die Tiefe zog.

»Wirst du auf deine alten Tage etwa sentimental?«, erklang hinter Cutter eine vertraute Stimme.

Verwundert darüber, sie in *diesen* Gefilden zu hören, wandte der Schwarzgekleidete sich um. Auf einem nahen Felsen saß ein marmorner Ganglion-Atlant. »Ist das nicht ein wenig gewagt?«, fragte Cutter mit Blick in den Himmel. »In Anbetracht der Tatsache, dass diese Welt gerade um Haaresbreite an einer weiteren globalen Katastrophe vorbeigeschrammt ist und die Rota-Eruption den Orb in seinen achtdimensionalen Grundfesten erschüttert hat.«

»Riskant«, wiederholte der Atlant und sann über das Wort nach. »Ja, das war es einmal. Doch nun verspüre ich zum ersten Mal seit meiner Flucht aus der Altosphäre nicht mehr den Schmerz des langsamen Verblassens und Vergessens. Zum ersten Mal, seit ich im Äther dieser Welt treibe, ist es nicht mehr allein die Hoffnung, die mich weiter bestehen lässt.« Er sah auf das in der Seemitte wallende Wasser. »Ein *Harenarium* ist eine äußerst bedeutsame Opfergabe an einen Elementargeist …«

»Ein neues Zeitalter bedarf einer neuen Zeit«, entgegnete Cutter.

»Wohl wahr.« Der Atlant sah hinab auf die Seenkette. »Ohne meine alte Heimat hält sich diese Welt erstaunlich gut. Zwar taumelt sie ein wenig und kann sich nicht so recht entscheiden, wo in Zukunft oben und unten sein soll, aber alles in allem macht sie das ganz passabel.« Er blickte in den Himmel. »Vielleicht gelingt es mir, einen neuen Mond herbeizuschaffen«, fügte er hinzu. »In ein paar Tausend Jahren …«

»Das klingt nach schockbedingter Astral-Hybris«, urteilte Cutter. »Sicher, dass es dir gut geht?«

»Ach, ich wünschte, du könntest fühlen, was ich fühle«, sprach der Atlant. »Diese neu gewonnene Macht, diese pure Energie, diese Kraft und Klarheit weit über die Grenzen dieser Welt und den Orb hinaus ...«

»Lass sie dir nicht zu Kopfe steigen.«

»Ich habe keinen Kopf, alter Freund.« Der Atlant hob eine Hand und befühlte seinen Kopf. »Du weißt, wie ich das meine«, sagte er. »Ich träume davon, dieser Welt all das zurückzugeben, was sie einst verloren hat.«

»Zehn Milliarden Menschen?«, zweifelte Cutter.

»Nein, die bedauerlicherweise nicht ... Aber ihr Wissen, ihre Großgeistigkeit, ihre Kreativität und Kultur. Und eines Tages vielleicht sogar den Grundstein für ein neues Goldenes Zeitalter.«

»Eine Redensart aus dieser Zeit prophezeite, dass der Weg in die Hölle mit guten Vorsätzen gepflastert sei.«

»Das Gute und das Schlechte trinken aus derselben Quelle.«

Cutter wiegte den Kopf hin und her. »Nun, wir werden sehen«, sagte er. »In ein oder zwei Äonen ...«

Der Atlant nickte, erstrahlte und war verschwunden.

Ein goldenes Flimmern lenkte Cutters Blick zur Seemitte. Von mehreren Wassertentakeln getragen, stieg dort eine strahlende, flüssige Sphäre aus der Quelldünung auf – und in ihr schwebte, zusammengekauert wie ein Fötus, ein nackter menschlicher Körper. Auf dem Weg Richtung Ufer schrumpfte die Kugel, bis die Tentakel nur noch den Körper trugen. Behutsam legten sie ihn vor Cutter ab, dann glitten sie zurück in den See.

»Alle Schulden sind beglichen, alle Versprechen erfüllt«, erklang Divaras Stimme aus dem Wasser, bevor sie gänzlich eins wurde mit ihrem Element.

Abendrot begann am westlichen Horizont zu leuchten, ehe die Anthropogenese gänzlich abgeschlossen war und Leon sich erstmals zu regen begann.

»Willkommen zurück im Makrokosmos, Homunkulus«, begrüßte Cutter den fleischgewordenen Quint-Avatar, als dieser die Augen aufschlug. »Heute ist dein Glückstag.«

Leon setzte sich auf und sah sich verwirrt um. »Sind wir in meinem *Cosmoreon*?«, staunte er.

»Sieht das hier etwa aus wie ein prosaisches Imitat?«, fragte Cutter seinerseits. »Oder wie ein Taschenuniversum?«

Leon drückte mit den Fingern auf diverse Körperstellen, als wollte er sich vergewissern, dass das, was er sah, tatsächlich real war. »Ich weiß es nicht«, gestand er. »Es fühlt sich unwirklich an.«

»Das hat eine Sturzgeburt ins Menschsein so an sich.«

»Dieses Wasser kann …?«

»… Leben erschaffen«, vollendete Cutter den Gedanken seines Gegenübers. »Darum ist es für den Fortbestand dieser Welt auch so wichtig.«

Leon blickte in den See. »Was ist Divara wirklich?«

Der Schwarzgekleidete zuckte mit den Schultern. »Die Quelle des Lebens ist immer dieselbe«, wich er aus. »Ihr Wasser in jedem Zeitalter ein anderes.«

»Dann hat es funktioniert?«

»*Es?*«

»Unsere Rettungsaktion.«

»Das liegt ganz im Auge des Betrachters …« Cutter trat beiseite und gab den Blick frei auf den kollabierten Westtrakt der Bannmauer. »Größtenteils.«

Leon erhob sich auf wackelige Beine, stolperte nach wenigen Schritten und fiel vornüber ins Gras.

»Tut mir leid, dass deine Menschwerdung sich ein wenig verzögert hat«, kommentierte Cutter die Gehversuche des Avatars. »Wir mussten warten, bis diese Welt und der Orb wieder im Gleichklang schwingen.«

Leon sah an sich herab. »Waren das tatsächlich alle Moleküle, aus denen Divara mich zusammengesetzt hat?«, fragte er und tastete seinen Körper ab. »Ich habe das Gefühl, es fehlt etwas …«

»Das zu beurteilen gehört entschieden *nicht* zu meinen Obliegenheiten.« Cutter wies mit seiner Sense gen Osten. »Es gibt jemanden hinter diesen Hügeln, der mit einem gebrochenen Herzen lebt …«

»Zena!« Leon kämpfte sich erneut auf die Beine, und diesmal schaffte er es, stehen zu bleiben. »Ist sie wohlauf?«

»Oh ja. Sie kommt sehr oft hierher, legt Blumen ans Ufer, betet zum Wasser und hofft noch immer auf ein Wunder.« Cutter wies auf ein Kleiderbündel, das hinter dem Avatar auf einem der Felsen platziert war und bereits Moos angesetzt hatte. »Das hat sie bereits vor Wochen hier platziert. Vielleicht besitzt es nur eine rituelle Bedeutung, und wahrscheinlich beherbergt es inzwischen ein paar seltsame Untermieter, aber fürs Erste dürfte es seinen Zweck erfüllen.«

Leon schüttelte die Kleidung aus, wobei in hohem Bogen Pflanzenreste, Glühschaben und Radasseln davonflogen. Dann zog er sie ungelenk und sehr vorsichtig an, das Gesicht zur Grimasse verzogen, als erwartete er, mit einem Arm oder Bein auf ein darin verbliebenes Ungeziefernest zu stoßen.

»Wo eine Illusion stirbt, wird auch immer eine neue Hoffnung geboren, hieß es zu meiner Zeit«, sagte er, nachdem er sich angekleidet hatte.

»Wohl wahr.« Cutter stellte seine Sense vor ihn hin. »Gut festhalten«, mahnte er Leon. »Mund auf, Augen zu, Luft anhalten, nicht zappeln und am besten auch nicht denken – und Finger weg von meinem Mantel!«

ENDE

MEIN DANK AN:

Gerhard Junker und Olaf Rappold, deren Einladung, eine Geschichte für die Jubiläumsausgabe 50 des Readers Digest Jugendbuches zu schreiben, den Grundstein für den Roman gelegt hatte. Herausgekommen war dabei „Zuhause, so fern ..." (2011), die Urversion der NOVA-Novelle „Der Kanon mechanischer Seelen" (im Roman enthalten als Teil 1: „Das Genetrix-Tier").

Michael K. Iwoleit und Olaf Hilscher, den Herausgebern des Science Fiction Magazins NOVA, deren Anfrage nach einer Story für die Jubiläumsausgabe 20 den Stein letztlich ins Rollen brachte.

Den Lesern der KANON-Novellen in den NOVA-Ausgaben 20 bis 23 und ihrem Wunsch nach einer Romanversion der Geschichte.

Den für den Kurd Laßwitz Preis votierenden SF-Schaffenden, welche „Coen Sloterdykes diametral levitierendes Chronoversum" aus NOVA 21 zur besten SF-Erzählung des Jahres 2013 gewählt und der KANON-Geschichte damit weitere Aufmerksamkeit verliehen hatten.

Iris Kammerer für die Übersetzung der letzten originalen Chronik-Seite ins Neu-Lateinische in „Das Genetrix-Tier", und einer Handvoll Mitglieder des Albert Martin-Forums, die manch knifflige Übersetzungsnuss in teils recht konfusen Forendiskussionen für mich geknackt haben.

Lilly Rautenberger und Alexander Burghardt, die als Testleser und – Lilly betreffend – als Zweitlektorin wichtige Änderungs- und Ergänzungsvorschläge eingebracht und meine Betriebsblindheit kompensiert haben.

André Piotrowski, dessen Zunft für ihre Lektoratsarbeit an einem Roman meist ungewürdigt bleibt, da sie nicht als Teil des kreativen Schreibprozesses betrachtet wird, aber so unschätzbar wichtig ist.

Und zu guter Letzt Nick Ebenhoch, Benjamin Suhr und Frank Hebben, ohne deren technische und logistische Unterstützung sich die Fertigstellung des Romans und seiner Illustrationen sich nach einem zum ungünstigsten Moment passierten Notebook-Crash wahrscheinlich um Wochen oder gar Monate verzögert hätte.

Feuerjäger Band 1
Die Rückkehr der Kriegerin
Susanne Pavlovic

Sie ist raubeinig, respektlos und mit allen Wassern gewaschen. Sie macht keine Gefangenen, weder auf dem Schlachtfeld noch in der Liebe. Ihr Schwert gehört jedem, der sie mit Gold bezahlen kann.
Krona Karagin ist alles andere als eine strahlende Heldin. Doch Helden sind viel zu selten in diesen ruhigen Zeiten, und als ein Feuerdämon sich über dem Königreich Abrantes erhebt, sammelt sie eine bunte Truppe von Zwergen, Kriegern und Zauberern um sich, um der Bedrohung die Stirn zu bieten.
Krona Karagin ist keine Heldin, aber sie ist stinksauer, und sie hat nichts zu verlieren.

Wir alle lieben unsere Heldengeschichten: von Rittern in schimmernder Rüstung, von großen Taten, von Aufopferung, Mühsal und edler Gesinnung, von mutigen Recken, die nichts und niemand von ihrem Weg abbringt.
Diese Geschichte ist keine davon."
Wolfram von Kürenberg

Band 1 des Dreiteilers um die Schwertmeisterin und ihre Weggefährten führt einmal quer durch das Königreich Abrantes.

„Feuerjäger" ist der Rock'n Roll der Fantasyliteratur.

Amrûn Verlag
650 Seiten
Hardcover | ISBN 978-3-95869-038-7 | 24,95 €
Taschenbuch | ISBN 978-3-95869-041-7 | 14,90 €
Auch als E-Book erschienen